STUART HARRISON

Der Ruf der Wale

STUART HARRISON

Stuart Harrison wurde 1958 in Northampton, England, geboren und wanderte mit Anfang zwanzig nach Neuseeland aus. Nach einer erfolgreichen Marketing-Karriere und der Gründung eines eigenen Unternehmens wandte er sich dem Schreiben zu. *Der Schneefalke*, sein erster Roman, wurde auf Anhieb in 13 Länder verkauft und weltweit ein großer Erfolg. Stuart Harrison lebt mit seiner Frau und seinen zwei Kindern in Sydney, Australien, und schreibt an seinem nächsten Roman.

STUART HARRISON

DER RUF DER WALE

ROMAN

Aus dem Englischen von
Charlotte Breuer und Norbert Möllemann

Weltbild

Die Originalausgabe erschien 2000 unter dem Titel
Still Water bei HarperCollins Publishers, London.

Stuart Harrison im Internet:
www.stuartharrison.com

Besuchen Sie uns im Internet:
www.weltbild.de

Genehmigte Lizenzausgabe für Verlagsgruppe Weltbild GmbH,
Steinerne Furt, 86167 Augsburg

Lektorat: Claudia Schlottmann
Umschlaggestaltung: Patricia Büdinger, Augsburg
Umschlaggestaltung: Manuela Drechsler, Augsburg
Umschlagmotiv: Frau: zefa visual GmbH, Düsseldorf,
Haus: Corbis/picture press, Hamburg
Autorenfoto: Robert Billington, Sydney
Gesamtherstellung: GGP Media GmbH,
Karl-Marx-Straße 24, 07381 Pössneck
ISBN 3-8289-7039-7

2004 2003 2002
Die letzte Jahreszahl gibt die aktuelle Lizenzausgabe an.

Für Dale, Mac und Robbie

Teil 1

1

Ella schaltete den Motor aus, und ihr unbeleuchtetes Boot glitt lautlos auf die Küste zu. Nur das fahle Mondlicht erhellte die Felsen, die vor ihr lagen. Sie war angespannt, ihre Hände hielten das Steuer fest umklammert. Hoch aufragende Bäume tauchten das Ufer in tiefe Dunkelheit, während sie nach einer geeigneten Stelle suchte, um das Boot zu vertäuen. Nicht zum ersten Mal in dieser Nacht kamen ihr Zweifel an dem, was sie vorhatte. Gewissensbisse und die Angst, entdeckt zu werden, machten ihr zu schaffen, doch sie schob ihre Zweifel und Bedenken beiseite. Diesen Luxus konnte sie sich nicht leisten. Mit einer schnellen Handbewegung wischte sie sich die Augen, als ungewollte Tränen ihr den Blick trübten.

»Nicht jetzt, Ella. Reiß dich zusammen«, ermahnte sie sich leise.

Vor ihr erhob sich der riesige Felsen, den sie gesucht hatte. Schnell riss sie das Steuer herum, um nicht auf Grund zu laufen, und drehte das Boot vorsichtig bei. Ella trat aus dem Ruderhaus und passte, das Tau in der Hand, den richtigen Augenblick ab, um ans Ufer zu springen. Sie landete auf einem weichen Teppich aus Kiefernnadeln. Eilig vertäute sie das Boot an einem Baum und verharrte noch einen Moment lang im Schutz der Zweige, um sich zu orientieren. Dann machte sie sich auf den Weg durch den Wald.

Eine Gruppe Schwertwale tauchte aus den tiefen Gewässern jenseits des Felsenriffs auf und bewegte sich auf ihre unachtsame Beute zu. Der Mond verschwand hinter einer Wolke, und einen Augenblick lang schien das Meer pechschwarz.

Der Himmel war mit Sternen übersät, und als die Wolke weiterzog, warf der Mond wieder sein silbriges Licht auf die Wellen. Die Luft vor der Küste von Maine war feucht und drückend. Die Orcas schwammen in loser Formation, ihre kraftvollen, glänzenden Körper glitten in sanften Bögen durch die Wellentäler. Zehn waren es insgesamt, erwachsene Männchen und Weibchen sowie mehrere Jungtiere. Die Herde wurde angeführt von einem alten Bullen, der zehn Meter lang war und achteinhalb Tonnen wog. Er besaß den für männliche Orcas typischen massigen, kompakten Körperbau, und seine fast zwei Meter lange Rückenfinne war hinten unregelmäßig eingekerbt. Die Rückenflossen der anderen Orcas, einschließlich die wesentlich kürzeren der Kühe, wiesen ein ähnliches Muster auf, was auf die Zugehörigkeit zu einem Familienverband schließen ließ.

Die Geräusche, die den Bullen aus einiger Entfernung erreichten, waren anfangs schwach und unregelmäßig. Das durch Bewegungen hervorgerufene Pfeifen und Zischen deutete auf Warmblüter hin. Der Bulle stieß klickende Töne aus, die vom Wasser übertragen wurden, und mit Hilfe der Echowellen machte er sich ein Bild von der Unterwasserlandschaft, das er mit seinem über die Jahre in diesem Teil des Golfs angesammelten Wissen verglich. Das Meer war hier nicht sehr tief, der Meeresgrund von Spalten und Tälern durchzogen, und vor der Küste einer großen Insel zog sich ein tiefer Graben von Norden nach Süden. Aus dieser Richtung kamen die Geräusche.

Der Bulle verlangsamte sein Tempo und gesellte sich zur Leitkuh der Gruppe. Sie war kleiner als er, vielleicht acht Meter lang, aber ebenso wie sein Körper wies auch ihrer viele Narben auf, ein Zeichen hohen Alters. Damit sie nicht hinter den anderen zurückblieb, wurde sie von zwei jüngeren Weibchen unterstützt, die neben ihr herschwammen. Behutsam sandte der Bulle seine Signale aus und lauschte auf die Echowellen, die ihm mitteilten, dass das rasselnde, gurgelnde Geräusch ihrer Atmung sich verschlimmert hatte. Die Leitkuh wurde immer schwächer. Seit vielen Wochen war sie jetzt schon krank, und während dieser Zeit war ihre Speckschicht beängstigend dünn geworden. Er streichelte sie mit seiner Schwanzflosse, und als Erwiderung rieb sie sich sanft an ihm, doch nur ganz kurz, denn selbst diese geringfügige Anstrengung erschöpfte sie. Eine Weile begleitete er sie, dann nahm er seine Position an der Spitze der Herde wieder ein.

Das pfeifende Geräusch vor ihm wurde lauter. Als der Bulle den Kopf aus dem Wasser hob, sah er die dunklen Umrisse einer Insel, die sich gegen den Nachthimmel abzeichneten.

Er tauchte wieder unter und schwamm auf eine kleine Bucht im Süden der Insel zu, die durch eine breite, bewaldete Landzunge von einem Hafen getrennt war. Die Bucht wurde durch ein unterseeisches Riff geschützt, das von den steilen Klippen im Norden in einem weiten Bogen ins Meer hineinragte. Hier war die wogende See tückisch wegen der unterschiedlichen Strömungen, die zwischen den Felsen des Riffs entstanden. Bei zurückgehender Flut war die Wasseroberfläche an dieser Stelle voller weißer Schaumkronen, während am Ufer die Brandung erbarmungslos gegen die Klippen peitschte und die Gischt fünfundzwanzig Meter hoch spritzte. Das Meer rauschte und toste, doch die Orcas wurden von einem anderen Geräusch angelockt. Es war das Zischen eines Schwarms von Blauflossen-Thunfischen, die auf der Jagd nach Makrelen durch die Wellen schossen. Die Thunfische waren von unterschiedlicher Größe, die meisten von ihnen Zwanzigpfünder, aber es gab auch eine ganze Reihe vier Jahre alter Fische unter ihnen, die gut und gerne fünfzig Pfund wogen, und einige acht oder neun Jahre alte, die bis zu zweihunderfünfzig Pfund schwer waren. Es war das saftige Fleisch dieser nomadisierenden Jäger, das die Orcas in Küstennähe trieb.

Sie näherten sich ihrer Beute in einer Linie, eine bewährte Jagdformation, bei der jedes Tier seinen festen Platz hatte. Der kleinste Orca, ein junges Weibchen, schwamm in der Mitte, die größeren Tiere an den Flanken. Nur die kranke Leitkuh, die zu schwach war, um an dem Angriff teilzunehmen, blieb, begleitet von einem jungen Weibchen, zurück. Der Bulle nahm seine Position an der äußeren linken Flanke ein, und mit kräftigen Bewegungen ihrer mächtigen Schwanzflossen gewannen die Orcas an Geschwindigkeit. Die größeren Tiere an den Flanken schwammen schneller als die anderen, sodass sich eine Zangenformation bildete. Mit fast dreißig Knoten schossen sie auf die Thunfische zu, die vor dem Eingang der Bucht ihre Beute jagten und die Gefahr immer noch nicht bemerkt hatten.

Der Bulle stieß einen durchdringenden Schrei aus, der sofort vom Rest der Herde aufgenommen wurde. Die Thunfische stoben in Panik auseinander, als wäre eine Bombe in ihrer Mitte explodiert. Viele versuchten zu fliehen und merkten nicht, dass sie in die Bucht schwammen, genau wie die Orcas beabsichtigt hatten. Das Wasser vibrierte von stakkatoartigen Klicklauten und dumpfem Dröhnen, und die Bandbreite der Töne, die die Orcas ausstießen, versetzte die Thunfische in noch größere Panik. Nur einige der älteren, erfahreneren unter ihnen begriffen, was geschah, und versuchten, ins offene Meer hinaus zu entkommen.

Einer von ihnen, ein Hundertpfünder, schoss an dem Schwertwalbullen vorbei, doch dieser drehte sich erstaunlich schnell und behände um und biss dem Fisch den Schwanz ab. Als der verletzte Thun hilflos zu trudeln begann, schnappte der Orca ihn und teilte ihn mit dem Weibchen, das ihm am nächsten war. Nur den Kopf ließen sie unberührt in die Tiefe sinken. Andere Thunfische versuchten, unter den Orcas hinwegzutauchen, wurden jedoch abgefangen, und schließlich blieben nur noch jene übrig, die in die Bucht geflüchtet waren. Die Orcas verteilten sich am Eingang der Bucht, stießen weiterhin ihre Klickgeräusche und schrillen Pfeiftöne aus und schlugen mit den Schwanzflossen aufs Wasser, um die Thunfische an der Flucht zu hindern. Dann schwammen sie abwechselnd jeweils zu zweit in die Bucht, um zu fressen.

An ihrer breitesten Stelle hatte die Bucht eine Ausdehnung von gut anderthalb Kilometern, und dort war das Wasser tief. Im mittleren Uferbereich, zwischen den steilen Klippen auf der einen Seite und der bewaldeten Landzunge auf der anderen, befand sich ein schmaler Sandstrand mit einem hölzernen Steg, der wie ein knorriger Finger in die Bucht ragte. Im bleichen Mondlicht wirkte der Strand wie ein weißliches Band am dunklen Saum des Wassers.

Der Bulle und ein Weibchen schwammen als Letzte in die Bucht. Aus entgegengesetzten Richtungen trieben sie die Thunfische zusammen. Dann jagten sie ihre Beute vor sich her auf das Ufer zu, in flacheres Wasser, um sie daran zu hindern, in die Tiefe zu tauchen. Das Weibchen verfolgte einen Dreihundertpfünder, der bei dem Versuch zu entkommen wie ein silbriger Pfeil aus den Wellen sprang, doch der Bulle fing ihn ab und riss ihm ein riesiges Loch in den Bauch. Unglaublich flink bewegten die Orcas sich zwischen den in blinder Angst flüchtenden Thunfischen und machten so viele wie möglich schwimmunfähig, indem sie ihnen Rücken- und Schwanzflossen abbissen, sodass ihre Opfer hilflos auf den Grund sanken. Erst als das aufgewühlte Wasser in der Bucht sich beruhigt hatte, verschlangen sie die verwundeten Fische.

Nachdem sie ihren Hunger gestillt hatten, schwammen die beiden Schwertwale zurück, um die kranke Leitkuh zu holen und sie gemeinsam in die Bucht zu begleiten. Sie atmete schwer, und ihre Bewegungen waren langsam. Der Bulle geleitete sie ins flache Wasser. Als ein Thunfisch an ihm vorbeischoss, biss er ihm die Schwanzflosse ab und brachte ihn dem Weibchen, das ihn zur Hälfte verschlang. Doch einen Augenblick später spie sie ihn wieder aus, so wie alles, was sie während der vergangenen Tage gefressen hatte. Der Bulle schwamm neben ihr her, rieb sich zärtlich an ihr und lauschte auf ihr angestrengtes Atmen. Er tätschelte sie mit seiner Brustflosse, doch sie reagierte kaum. Ihre Körper ragten zur Hälfte aus dem Meer, die riesige Rückenfinne des Bullen war weithin zu sehen. Er bewegte sich in Richtung tieferes Wasser und versuchte, die Kuh dazu zu bringen, es ihm gleichzutun.

In diesem Augenblick zerriss ein lauter Knall die Stille der Nacht. Der Bulle fuhr herum und schaute zum Ufer hinüber, von wo das Geräusch gekommen war.

Ella griff sich an die Stirn und spürte warmes, klebriges Blut. Der Schmerz war brennend, wie von tausend Nadelstichen, und plötzlich war sie wieder hellwach. Sie setzte sich auf und versuchte zu begreifen, was geschehen war. Sie musste über eine Eichenwurzel gestolpert, dann gestürzt und mit dem Kopf gegen den Baumstamm geschlagen sein. An der rauen Rinde hatte sie sich wohl die Haut aufgeschürft. Sie schätzte, dass sie vielleicht eine halbe Minute bewusstlos gewesen war. Ein dumpfer Schmerz dröhnte in ihrem Schädel. Wenn sie sich bewegte, fühlte es sich an, als rollte darin etwas hin und her und quetschte ihr Gehirn ein. Mehrere Minuten lang blieb sie einfach dort sitzen, die Ellbogen auf die Knie und den Kopf in die Hände gestützt.

Ihr Blick fiel auf das Bündel neben ihr, und sie sah schnell wieder weg, um sich nicht übergeben zu müssen. Die warme, schwüle Luft war erdrückend. Der süßliche Geruch nach Erde und verrottendem Laub vermischte sich mit etwas, das noch erdiger, noch modriger roch. Der Geruch des Todes.

»Mein Gott«, flüsterte sie verzweifelt.

Sie blieb noch einen Moment lang still sitzen und bemühte sich, all ihre Willenskraft zusammenzunehmen, um weitergehen zu können. Blut lief ihr übers Gesicht, aber sie erinnerte sich, einmal gehört zu haben, dass Kopfwunden immer stark bluten und schlimmer aussehen, als sie sind. Zitternd stand sie auf. Sie atmete tief durch, dann bückte sie sich, packte das Bündel, das zu ihren Füßen lag, und begann wieder, Schritt für Schritt rückwärts zu gehen und das Bündel weiterzuzerren.

Sie brauchte zehn Minuten bis zu dem Weg, der durch den Wald auf die Landzunge führte. Dort draußen standen größtenteils Ferienhäuser. Ella schwitzte und atmete schwer. Ihre Arme und Schultern schmerzten, und während sie sich die Muskeln rieb, schaute sie durch das Blätterdach in den Himmel hinauf. Es war eine klare Nacht, die dichten Wolken und Sturmböen, die der Wetterbericht vorhergesagt hatte, waren ausgeblieben. Ella spähte den Weg entlang, der in tiefem Schatten lag, aber hier und da vom fahlen Mondschein erhellt wurde. Sie rechnete nicht damit, dass zu dieser Stunde irgendjemand unterwegs war. Eine Eule schrie in der Nähe, und tief im Wald röhrte ein Hirsch.

Ellas Nackenhaare sträubten sich. Das Röhren des Hirschs hatte unheimlich geklungen, wie ein Schrei aus dem Grab. Schaudernd stieß sie ihren Atem aus. Sie erwartete fast, zwischen den Bäumen ein bleiches Gesicht zu sehen, das sie mit stummem Vorwurf anstarrte, doch da war nichts. Dann hörte sie einen Zweig knacken und das unverwechselbare Geräusch von Schritten auf dem Weg. Ella erstarrte. Sie stand neben einem Baum, ihre Umrisse waren in seinem Schatten kaum zu erkennen. Ihr Herz pochte, und sie hatte einen trockenen Mund. Reglos wartete sie ab, fragte sich, wer außer ihr zu dieser Stunde hier draußen unterwegs sein mochte, doch sie hörte nur das leise Rascheln von irgendeinem Tier im Unterholz und das Wispern der Blätter in der leichten Brise. Sie zählte bis dreißig, dann noch einmal, die Nerven zum Zerreißen gespannt. Schließlich spähte sie vorsichtig um den Baum herum.

Zuerst sah sie nichts, doch dann entdeckte sie zu ihrer Rechten eine Gestalt in der Dunkelheit. Jemand stand auf dem Weg, höchstens zwei Meter von ihr entfernt. Ein Windstoß fuhr raunend in die Kronen der alten Bäume, und Mondlicht fiel auf den Weg. Ella erkannte Kate Little. Erschrocken holte sie Luft.

Einen Augenblick lang starrten die beiden Frauen einander an, dann schob sich eine Wolke vor den Mond, und der Weg versank wieder in Dunkelheit. Ella hörte Schritte, die sich entfernten.

Sekunden vergingen, die ihr wie Minuten erschienen. Ella fiel auf, dass sie die ganze Zeit die Luft angehalten hatte, und atmete tief aus. Ihr Herz hämmerte in ihrer Brust. Sie wusste nicht, was sie tun sollte. Schließlich packte sie wieder das Bündel, das zu ihren Füßen lag, und zerrte es zwischen den Bäumen hindurch zu ihrem Boot.

Die *Osprey*, einer von mehreren Schleppnetzkuttern, deren Heimathafen Sanctuary war, fuhr mit sieben Knoten Richtung Nordost durch die Dünung. Der fünfzehn Meter lange Kahn mit einem Rumpf aus Stahl war in den fünfziger Jahren für den Kabeljaufang in den ehemals reichen Fischgründen vor

Stellwagen Bank gebaut worden. Heute fischte er in den Gewässern vor der Insel hauptsächlich Makrelen und Felsenbarsche. Sein Rumpf war rostig und das Vorschiff so dicht mit einer schleimigen Algenschicht überzogen, dass kaum noch zu erkennen war, welche Farbe er einmal gehabt hatte.

Carl Johnson, der Skipper, stand im Ruderhaus und übertönte das dumpfe Dröhnen der Dieselmotoren mit Country-Musik aus dem Radio. Plötzlich, durch die jaulenden Töne der Steel-Gitarren und die klagende Stimme von Tammy Wynette hindurch hörte er etwas, das wie ein Gewehrschuss klang. Er schaute zur Insel hinüber und zu der weißen Gischt über dem Riff, das der Stillwater-Bucht vorgelagert war. Er drosselte die Motoren, doch im selben Augenblick warf Billy Pierce auf Deck die Winde an und fast eine Minute lang hörte Carl nichts außer Rasseln und Knirschen. Als es vorbei war, dümpelte die *Osprey* im Leerlauf auf den Wellen.

»Wieso halten wir an?«, rief Billy.

»Ich dachte, ich hätte was gehört.«

Billy folgte Carls Blick in Richtung Insel. »Was denn?«

»Weiß nicht. Vielleicht war's auch nichts.« Carl zuckte die Achseln.

Er richtete sein Augenmerk wieder auf ihr Ziel, und dabei fiel sein Blick auf das Echolot. Eine Ansammlung schwarzer Punkte zeigte an, dass ein großer Fischschwarm vor ihrem Bug in östliche Richtung schwamm. Carl brachte den Motor wieder auf Touren und änderte den Kurs, wobei er den Bildschirm im Auge behielt.

»Da unten tut sich was!«, rief er.

Billy schaute auf. »Was ist es denn?«

Carl zog die Stirn kraus. »Könnten Makrelen sein.« Er war sich nicht sicher; die Punkte waren unterschiedlich groß. Es sah fast so aus, als handelte es sich um ziemlich große Tiere, womöglich Makrelen und noch irgendwelche anderen Fische.

Die *Osprey* pflügte jetzt mit voller Fahrt durch die Dünung, die Bugwellen schimmerten in der Dunkelheit. Carl hatte den Schuss, den er gehört hatte, völlig vergessen. Er rief Billy zu, er solle das Netz vorbereiten, dann warf er einen Blick auf seine Armbanduhr. Es war kurz nach zwei.

Um drei Uhr siebzehn machte Ella die *Santorini* los. Es herrschte völlige Dunkelheit, doch gegen jede Vernunft und alle Regeln der Seemannschaft startete sie ohne Beleuchtung. Von Osten her begann die Wolkendecke sich wie angekündigt zu verdichten, und hin und wieder wurde der Mond verdeckt. Ella fuhr ganz langsam an der Südseite der Bucht entlang, den Blick auf den weißen Schaum über dem Riff geheftet. In einer Nacht wie dieser, bei ruhigem, klarem Wetter, war die Fahrt nicht gefährlich, doch Ella hörte deutlich das entfernte Rauschen der Brandung, die gegen das Riff und die Felsen toste. Sie musste an das Boot ihres Vaters denken, das vor einem halben Jahr in einem Sturm an den Klippen zerschellt war. Sie umklammerte das Steuer und biss sich auf die Lippe, versuchte, die Erinnerung an jene Nacht zu verscheuchen.

Als sie die Bucht verlassen hatte, erhöhte sie die Geschwindigkeit. Sie bemerkte die Lichter eines Fischkutters, aber er schien sich von ihr wegzubewegen. Die mächtigen Umrisse der Insel wichen zurück, und Ella sah, dass in einem Haus auf der Landzunge Licht brannte. Vielleicht war es Kate Littles Haus. Als sie eine Viertelmeile von der Insel entfernt war und sich über dem Graben befand, schaltete Ella den Motor aus. Die Stille der Nacht senkte sich über sie. Ihr Blick fiel auf das Bündel, das im dunklen Schatten der Reling lag, und ohne weiter über Kate nachzudenken, machte Ella sich an die Arbeit.

Nach einer Weile nahm sie plötzlich ein Motorengeräusch wahr. Sie zuckte zusammen, und ihr wurde bewusst, dass sie ganz in Gedanken versunken gewesen war. Ein voll beleuchteter Schleppnetzkutter tauchte vor ihrem Bug aus der Dunkelheit auf. Sie wischte die Tränen fort, die ihr über die Wangen liefen.

Der Motor des Kutters wurde gedrosselt, und Ella wusste, dass man sie entdeckt hatte. Als der Kutter sich näherte, sah sie, dass es sich um die *Osprey* handelte. Sie konnte sogar die Umrisse von Carl Johnson im Ruderhaus erkennen. In ihrem eigenen Ruderhaus krächzte das Funkgerät.

Ella zögerte einen Moment, dann schlüpfte sie hinein, schaltete ihre Mastlaterne an und nahm das Funkgerät in die Hand.

Sie holte tief Luft und hoffte, dass ihre Stimme nicht zittrig klang. »Hallo, Carl. Bist du's?«

»Ja, Ella. Alles in Ordnung?«

»Klar, alles okay.«

Es dauerte einen Augenblick, bevor Carl sagte: »Du hattest kein Licht an. Ich dachte schon, es wär was passiert.«

Er klang besorgt, und sie tat ihr Bestes, um unbekümmert zu wirken. »Nur ein Wackelkontakt. Ich hab's gerade repariert. Jetzt ist alles in Ordnung.« Sie schaltete das Funkgerät aus und beobachtete, wie die *Osprey* näher kam. Sie warf einen Blick auf den Davit und die Holwinde und wartete ab, was Carl tun würde. Nach einigen Sekunden fasste sie einen Entschluss und schaltete ihr Funkgerät wieder ein.

»Tschüss, Carl.« Sie ließ den Motor an und wendete die *Santorini*, sodass es den Anschein hatte, als wollte sie in Richtung Hafen fahren. Carl blieb noch einen Moment lang auf Kurs, dann veränderte sich das Motorengeräusch, und die *Osprey* fuhr in östlicher Richtung davon.

»Viel Glück«, sagte Carl.

»Dir auch.« Sie schaltete das Funkgerät aus und atmete erleichtert auf. Ihr Herz raste. Erst als die *Osprey* außer Sichtweite war, stellte sie den Motor wieder ab.

Diesmal arbeitete sie schnell. Sie nahm ein Messer und kappte die Leine, die zur Winde führte. Dann war ein Klatschen zu hören. Dann Stille.

2

Der Geruch von Holzfeuer wehte über den Zaun. Henry trat auf seine Veranda.

»Bist du da, Matt?«, rief er.

Henry war Matts Nachbar. Er war um die siebzig, ein kleiner, dunkelhäutiger Mann portugiesischer Abstammung. Als Matt vor drei Monaten in das Haus eingezogen war, hatte Henry ihm als Begrüßungsgeschenk eine Makrele gebracht, gefischt von dem kleinen Krabbenfänger, mit dem er fast jeden Tag hinausfuhr. Seitdem war er davon überzeugt, dass Matt ebenso gern Fisch aß wie er selbst.

»Ich hab ein paar leckere Makrelen auf dem Feuer. Willst du eine zum Frühstück?«

»Ich hab schon gegessen«, erwiderte Matt von seiner Veranda aus.

Die beiden Häuser standen auf einer Lichtung an einem steilen Hang, von dem aus man Sanctuary Harbor überblicken konnte. Henry tauchte am Zaun auf. Zwischen den beiden Grundstücken verlief ein schmaler, grasbewachsener Streifen Land. Ein staubiger Weg wand sich zwischen den Bäumen hindurch und stieß irgendwann auf die Valley Hill Street, die in die Stadt hinunterführte.

»Ich heb dir 'n paar fürs Abendessen auf.«

»Danke, Henry. Brauchst du irgendwas aus der Stadt?«

»Vielleicht 'n bisschen Tabak, wenn's dir nichts ausmacht.«

Henry fuhr selten in die Stadt. Er hatte in einer kleinen, felsigen Bucht am südlichen Zipfel der Insel einen Liegeplatz für sein Boot, und wenn er nicht auf See war, um zu fischen, arbeitete er in seinem Obstgarten oder bastelte an einer neuen Apfelpresse, die hauptsächlich durch eine Investition von Matt finanziert wurde. Es handelte sich zwar um eine recht geringe Summe, aber es war so ziemlich alles Geld, was Matt besaß. Henrys Cidre war der beste, den Matt je getrunken hatte, und die beiden planten, ihn in Flaschen abzufüllen und auf dem Festland zu verkaufen.

Henry gesellte sich zu Matt auf die Veranda. Er trug Jeans und das ausgebleichte Hemd, das er fast jeden Tag anhatte. Er hatte einen leicht O-beinigen Gang und freundliche Augen. Der Geruch nach Fisch und Holzfeuer begleitete ihn, wohin er auch ging.

»Ich hab Kaffee auf dem Herd, falls du welchen willst«, sagte Matt.

Henry ging ins Haus und kam mit einem Becher zurück. Sie schauten auf den Hafen und die Bucht. Das Meer schimmerte blau, mit unterschiedlichen hellen und dunklen Schattierungen, die hier und da fast ins Grüne übergingen. In der Ferne, wo die Temperatur sich änderte, wurde das Blau dunkler, beinahe mitternachtsblau. Es waren schon mehrere Boote draußen, einige aus St. George, andere von den nahe gelegenen Inseln oder aus kleinen Häfen entlang der Küste. Bass Harbor und Penobscot Bay lagen im Norden, weiter im Süden das Kap.

»Schicker Anzug«, bemerkte Henry.

Er war dunkelblau, einer von sechsen in Matts Kleiderschrank, die aus seiner Zeit als Staatsanwalt in Boston stammten. Es war das erste Mal seit seinem Umzug auf die Insel, dass er einen Anzug trug, und er kam sich jetzt schon komisch vor.

»Muss einen Mandanten aufsuchen«, log er.

»Hmm.« Henry schlürfte seinen Kaffee. »Gehst du zu der Versammlung heute Abend?«

»Gut möglich.«

»Da wirst du sicher auch Ella Young treffen.«

»Schätze, ja.« Matt fragte sich, ob das mit dem Anzug eine gute Idee gewesen war. Wenn es Henry so offensichtlich schien, dass er Ella beeindrucken wollte, dann würde sie ihn sicherlich ebenfalls durchschauen. »Es wird wieder heiß«, sagte er, um das Thema zu wechseln.

»Hmm.« Henry gab keinen weiteren Kommentar von sich, doch seine Augen funkelten leicht amüsiert.

Der Wald hinter ihnen bestand hauptsächlich aus Eichen und Ahornbäumen, weiter oben mischten sich Tannen zwischen die Laubbäume. Im Westen, jenseits der Hügelkette, wuchsen in erster Linie Zedern. Neben Sanctuary Harbor, der einzigen nennenswerten Stadt, gab es auf St. George einige Dörfer und im Norden ein paar vereinzelte Farmen. Auf der Landzunge standen große Ferienhäuser von Leuten, die im Sommer auf die Insel kamen. Matts Familie hatte früher auch einmal so ein Ferienhaus besessen und jeden Sommer dort verbracht. Den Rest des Jahres lebten sie in Boston, wo Matts Vater eine erfolgreiche Anwaltskanzlei betrieb, während seine Mutter Tennis spielte und sich in den Vorstand diverser Wohltätigkeitsvereine wählen ließ.

Die Insel hatte sich seit damals nicht sehr verändert. Ihre Bewohner lebten nach wie vor hauptsächlich vom Fischfang. Im Gegensatz zu einigen anderen Inseln im Golf von Maine lockte St. George nur eine geringe Zahl von Touristen an, und diejenigen, die es dennoch hierher verschlug, kamen aus genau diesem Grund. Die Hotels und Pensionen waren sauber und komfortabel, jedoch selten ausgebucht. Die Geschäfte in der Stadt boten in erster Linie Waren für die Inselbevölkerung an, und es gab kaum Touristenkitsch und Kunsthandwerk zu kaufen. Matts Mutter hätte lieber ein Ferienhaus auf Martha's Vineyard, auf Nantucket oder Cape Cod gehabt, aber Matts Vater war dagegen. Einmal im Jahr wolle er weg vom Trubel, erklärte er. Irgendwo sein, wo er sich nicht jeden Tag rasieren müsse und wo ihm nicht dauernd jemand über den Weg laufe, der seinen Rat in irgendeiner geschäftlichen Angelegenheit brauche. Matt und sein Bruder Paulie hatten sich auf die Seite ihres Vaters geschlagen, und angesichts dieser Übermacht hatte ihre Mutter kapituliert, allerdings unter der Bedingung, dass sie sich ein anständiges Haus auf der Landzunge bauten. Und so hatten sie sich geeinigt und waren Teil der kleinen

Gemeinde von Urlaubern geworden, die jeden Sommer auf die Insel kamen.

Fünfzehn Jahre waren vergangen, seitdem das Haus verkauft worden war, und weitere zwei Jahre, seit Matt das letzte Mal einen Fuß auf die Insel gesetzt hatte. Bis er vor drei Monaten zurückgekommen war. Bei der Gelegenheit hatte er dieses Haus entdeckt, das den Erben einer Frau gehörte, die vor einem Jahr gestorben war. Henry behauptete, sie sei eine griesgrämige Person gewesen und eine lausige Nachbarin, dennoch vermisse er es seit ihrem Tod, jemanden zu haben, mit dem er reden könne. Das am Wald gelegene Haus mit der schönen Aussicht hatte Matt gleich gefallen, es war ein guter Ort, um einen Neuanfang zu wagen. Ein Ort, an dem er versuchen konnte, die Geister seiner Vergangenheit zu verscheuchen.

Er schüttete seinen Kaffeesatz in die Büsche. »Ich mach mich mal auf den Weg.«

»Schönen Tag«, sagte Henry, und sein Blick fiel auf Matts blank polierte Schuhe.

Als Matt den Weg hinunterfuhr, schaute er in den Rückspiegel, und durch die feine Staubwolke, die sein Wagen aufwirbelte, sah er, wie Henry vergnügt den Kopf schüttelte.

Bis zu seiner kleinen Kanzlei in einer Seitenstraße des Founders Square brauchte er etwa zehn Minuten. Zwei Wege kreuzten sich in der Mitte des Platzes, durchschnitten den gelb gewordenen Rasen von einer Ecke zur anderen. In regelmäßigen Abständen entlang der Wege standen Parkbänke, wo man in Ruhe sitzen und sich die Zeit vertreiben konnte. Um die Bänke herum wuchs kein Gras mehr, und im Winter verwandelte sich die blanke Erde in Matsch, bis schließlich der Frost kam. Das Rathaus lag gegenüber der Polizeiwache. Die Feuerwehr befand sich an der südlichen, die Bibliothek und das Gericht an der nördlichen Seite des Founders Square. Diese Gebäude waren, wie die meisten Häuser der Stadt, ziemlich heruntergekommen, und die Flagge, die über dem Gericht flatterte, war vom Wetter ausgeblichen. Alles an Sanctuary Harbor wirkte ein bisschen ausgemergelt, wie ein alter Hund, der hechelnd in der Sonne liegt.

Den größten Teil des Vormittags verbrachte Matt damit, die

Zeitung zu lesen und Kaffee zu trinken. Er war der einzige Angestellte in seiner neu eröffneten Kanzlei, und in zwei Monaten hatte er ungefähr so viel Geld eingenommen, wie er für Lebensmittel brauchte. Das Geschäft lief langsam an, aber er hatte auch nicht erwartet, damit reich zu werden. Vielleicht würde Henrys Cidre genug abwerfen, um die Miete zu zahlen. Im Verlauf des Nachmittags erledigte er einige Telefonate und schlichtete einen Grundstücksstreit zwischen zwei Bauern im Norden.

»Ich schätze, dann werde ich demnächst eine Rechnung von Ihnen bekommen«, sagte Norton, Matts Mandant, zähneknirschend, womit er wohl andeuten wollte, dass er Matts Rolle bei dem Vergleich so gering einschätzte, dass sie eine Bezahlung nicht wert war.

»Sie könnten mir ja auch etwas Schinken zukommen lassen.«

Es entstand ein kurzes Schweigen. Wahrscheinlich nahm Norton an, Matt würde ein ganzes Schwein verlangen. Sie einigten sich auf eine Speckseite, aber als Norton auflegte, klang er immer noch argwöhnisch, als hätte er das Gefühl, übers Ohr gehauen worden zu sein.

»Keine Ursache, du alter Geizkragen«, murmelte Matt, als er das Klicken in der Leitung hörte.

Gegen Abend verließ er erleichtert das Büro. Er überquerte den Platz und ging auf das Rathaus zu. In wenigen Wochen standen die Bürgermeisterwahlen an, und der Wahlkampf wurde dominiert von dem Streit über die Freigabe von Bauland an der Südküste der Insel. Es wurden heiße Debatten über das Thema ausgetragen, die lange vor Matts Ankunft auf der Insel begonnen hatten. Die Gemeinde teilte sich fast genau zur Hälfte in Gegner und Befürworter.

Matt wartete an der Treppe, nickte hin und wieder zum Gruß, wenn er unter denen, die das Gebäude betraten, jemanden erkannte. Auf dem Gehweg standen Leute in kleinen Gruppen beieinander, unterhielten sich mit gedämpfter Stimme und rauchten. Ein paar Hafenarbeiter, die einen leichten Fischgeruch verströmten, verstummten plötzlich und schauten mit mürrischem Gesichtsausdruck zu einer Frau hinüber, die gerade den Platz überquerte. Ella kam näher, und Matt ging ihr entgegen. Sie lächelte, als sie ihn sah.

»Hallo.«

»Hallo«, sagte er.

»Schön, dass Sie kommen konnten.«

»Das würde ich mir doch um nichts in der Welt entgehen lassen.«

Sie sahen einander an und wussten beide, dass er nicht nur die Versammlung gemeint hatte. Matt fielen wieder Ellas verschiedenfarbige Augen auf, das eine grau, das andere grün. Manchmal kam es ihm so vor, als wären sie beide rauchgrau, aber wenn Ella lächelte oder wenn sie sich ereiferte, war der Unterschied deutlicher zu sehen, und aus irgendeinem Grund war es diese Besonderheit, die Ella für Matt mehr als attraktiv machte.

Sie stiegen die Stufen hinauf, und ihre Ellbogen berührten sich, als Ella sich ein paar flachsblonde Strähnen aus dem Gesicht strich. Sie war schlank, etwa einsfünfundsechzig oder einssiebenundsechzig groß, aber sie strahlte eine Energie aus, die ihre Größe Lügen strafte. Ihr vorgerecktes Kinn ließ sie entschlossen wirken, beinahe dickköpfig. Obwohl sie einander erst seit kurzer Zeit kannten, hegte Matt große Bewunderung für sie. Ella verdiente ihren Lebensunterhalt mit der Hummerfischerei, ein harter Job, der normalerweise Männern vorbehalten war. Aber im Gegensatz zu den Männern, die vor dem Rathaus herumstanden, hatte Ella nicht dauernd den Geruch ihrer Arbeit an sich. Sie wirkte frisch geduscht, ihre Haut schimmerte rosig, und Matt nahm einen Hauch von Parfüm an ihr wahr.

Als sie sich das Haar aus dem Gesicht strich, kam ein Pflaster an ihrem Haaransatz zum Vorschein. Die Stelle darunter war blaugrün und geschwollen.

»Das sieht aber böse aus. Wie ist das passiert?«

Verlegen schüttelte sie ihr Haar wieder zurück ins Gesicht, sodass die Verletzung verdeckt wurde. »Ich bin ausgerutscht. Nichts Schlimmes.«

»Sie sollten damit mal zum Arzt gehen. Nur zur Sicherheit.«

»Ja, vielleicht.«

Sie gingen hinein und schoben sich durch die Menge in der Eingangshalle. Der Versammlungsraum war bereits ziemlich voll. Die meisten Plätze waren besetzt, und viele Leute standen an der hinteren Wand.

Ein vierschrötiger Mann mit dichtem, weißem Haar trat auf Ella und Matt zu.

»Hallo, Ella. Komm hier rüber.« Ein Lächeln huschte über sein Gesicht. »Euch sieht man ja neuerdings nur noch zusammen.« Er schüttelte Matt die Hand und geleitete die beiden zu ein paar Leuten, mit denen er sich unterhalten hatte. Als Ella sie begrüßte, fiel Matt auf, dass sie bis an die Haarwurzeln errötet war.

»Wie sieht's denn aus?«, erkundigte Matt sich bei George Gould.

»Schwer zu sagen. Aber ich schätze, es wird ziemlich knapp werden.« George deutete auf die Fischer, die im hinteren Teil des Raums standen. »Diese Burschen da hinten, die sind alle für Howard. Jake Roderick, kennen Sie den? Der Hässliche da, der so aussieht, als hätte ihm nie jemand beigebracht, wie man lächelt. Er und sein Bruder sind sozusagen die Anführer dieser Fraktion. Aber seinen Bruder sehe ich im Moment nicht.« George schaute sich im Raum um und warf einen Blick auf die Uhr. »Komisch, er müsste eigentlich längst hier sein. Den beiden gehört jedenfalls ein Stück Land in dem Gebiet, das Howard erschließen will, es ist also keine Frage, für wen die stimmen, wenn's so weit ist. Das Land wäre dann in einem Jahr mindestens dreimal so viel wert wie jetzt.«

»Mit Geld erreicht man alles«, meinte Matt.

»Bei manchen. Jimmy Noon, der wird auch für Howard stimmen. Ihm gehört der Eisenwarenladen auf der Independence Street, und es käme ihm sehr entgegen, wenn mehr Touristen die Insel besuchen würden. Aber so denkt nicht jeder. Sehen Sie Joanna da drüben, die in dem blauen Kleid? Ihr gehört das Café hier am Platz, und ihr Geschäft würde bestimmt aufblühen, wenn Howard gewänne, aber sie ist auf unserer Seite.«

George fuhr fort, Matt zu erklären, wer auf wessen Seite stand. Matt hörte interessiert zu und ließ den Blick im Raum schweifen. Vorn befand sich ein Podium, und dahinter hingen zwei Spruchbänder an der Wand. Das eine forderte »Wohlstand für die Zukunft«, darunter war ein Yachthafen voller leuchtend weißer Segelboote abgebildet. Auf der Promenade bummelten Touristen an Schaufenstern und Restaurants vorbei. Unter dem Bild stand: »Wählt Howard Larson.« Daneben hing ein Spruchband mit der Aufschrift: »Wählt Ella Young. Schützt unsere Insel.« Mehr nicht. Kein Bild. Der Kontrast zwischen den beiden Spruchbändern hätte nicht größer sein können. Das von Howard Larson mit seiner Verheißung von Reichtum und Veränderung und das von Ella mit seiner simplen Aufforderung.

George entschuldigte sich, und Matt blieb allein zurück. Einige Leute warfen ihm neugierige Blicke zu. Er war erst kurze Zeit im Ort und erregte immer noch Aufmerksamkeit. Als er in Richtung Podium schaute, begegnete er zufällig Howard Larsons Blick. Howard sagte etwas zu dem Mann, der neben ihm stand, und kam auf Matt zu.

»Hallo, Matt. Schön, Sie zu sehen.« Sie schüttelten sich die Hände. Howard Larson war nicht groß, aber kräftig, das ließ ihn größer wirken, beeindruckender. Er hatte fleischige Wangen und kleine, funkelnde Augen, die einen kurzen Moment nicht zu sehen waren, weil das Licht sich in seinen Brillengläsern brach. Sein einstudiertes Lächeln wich nicht von seinem Gesicht. »Ich schätze, wir sind gleich so weit.«

Er blickte sich prüfend in dem gefüllten Saal um, als versuchte er sich auszurechnen, wie hoch sein Stimmenanteil ausfallen würde. Er machte einen etwas angespannten Eindruck, und Matt fragte sich, wie viel für Howard vom Ausgang der Wahl abhing. Ihm gehörte die Fischverarbeitungsfabrik an der Spitze der Landzunge, aber mit der Fischerei ging es seit geraumer Zeit bergab und es hieß, Howard stecke in Schwierigkeiten.

»Und, haben Sie sich schon für eine Seite entschieden?« Howard folgte Matts Blick quer durch den Raum. »Ich schätze, bei dem Versuch, Sie zu überzeugen, hatte Ella einen unfairen Vorteil, was?« Er lachte, aber es lag etwas Gehässiges in seinem Ton.

»Ehrlich gesagt brauchte sie mich nicht groß zu überzeugen«, erwiderte Matt.

Beinahe wäre Howards Lächeln verrutscht. »Sie sollten sich erst entscheiden, wenn Sie alle Argumente gehört haben, Matt. Aber das brauche ich Ihnen als Anwalt wohl nicht zu sagen.«

»Ich habe fast mein ganzes Leben in der Stadt verbracht, Howard. Und ich bin hierher gekommen, weil ich in einer friedlichen Umgebung, in unberührter Natur leben möchte. Sie wollen das verändern.«

»Tja, eine schöne Landschaft kann man nicht essen. Wir dürfen nicht nur an uns selbst denken, es geht vor allem um die jungen Leute. Der alte George da drüben würde eher das Grab seiner Mutter umpflügen als mich die Wahl gewinnen und mein Projekt realisieren lassen. Wenn es nach ihm ginge, würde hier alles so bleiben, wie es schon immer gewesen ist. Aber die Menschen brauchen Arbeit, sie brauchen eine Zukunft, damit ihre Kinder nicht bei der erstbesten Gelegenheit das Weite suchen. Ewiggestrige wie George wollen nicht einsehen, dass die Zeiten sich geändert haben. Es ist nicht mehr wie früher, wir können nicht mehr allein vom Fischfang leben.«

»Ella ist durchaus nicht von gestern«, erwiderte Matt. »Und sie lebt vom Fischfang.«

»Naja, Ella meint es gut, aber Tatsache ist, so wie die Dinge sich in den letzten Jahren entwickelt haben, wird sie noch dankbar sein, wenn dieser Yachthafen gebaut wird. Es geht darum, mehr Touristen auf die Insel zu locken, Matt. Das bedeutet Geld, Jobs. Die Leute brauchen Unterkünfte, Ferienhäuser, sie werden ihren Freunden erzählen, wie schön es hier ist, das wird ein Selbstläufer. Jeder wird davon profitieren.«

Vor allem diejenigen, denen zufällig ein großes Stück von dem zurzeit wertlosen Land an der Südküste gehört, dachte Matt.

»Sie sollten noch mal drüber nachdenken«, meinte Howard. »Wir werden eine Menge kluger Köpfe brauchen. Wie steht's eigentlich mit Ihrer Kanzlei?«

»Im Moment tut sich nicht viel, aber das wird sich schon noch ändern.«

»Wissen Sie, das könnte eine große Chance für Sie sein. All

diese Leute, die hierher kommen werden, wollen Geschäfte eröffnen und Häuser bauen, und für die Verträge werden sie einen Anwalt brauchen. Als jemand, der vom Festland stammt und ihre Sprache spricht und der gleichzeitig mit der Insel vertraut ist, sind Sie genau der richtige Mann für sie. Ich könnte dafür sorgen, daß sie zu Ihnen kommen, Matt.«

»Ist der Anwalt Doug Keillor nicht ein Freund von Ihnen?«, fragte Matt.

Howard machte eine wegwerfende Handbewegung. »Doug hat nicht Ihre Erfahrung. Aber davon abgesehen gäbe es für Sie beide genug zu tun. Denken Sie noch mal drüber nach. Vielleicht können Sie ja auch mal mit Ella reden.« Dann wandte er sich mit einem verschwörerischen Augenzwinkern ab und ging in Richtung Podium.

Matt sah ihm nach. Wenn Howard jetzt schon versuchte, ihn so offen zu ködern, wie würde er sich erst verhalten, wenn er die Wahl gewann?

Joanna Thompson eröffnete die Versammlung, und Ella war die erste Rednerin. Sie setzte sich leidenschaftlich für die Insel ein, auf der sie seit ihrer Geburt lebte. Wie sie sich so ins Zeug legte, strahlte sie eine Energie aus, die Matts Herz höher schlagen ließ. Sie sprach über das angenehme Leben auf der Insel, die niedrige Verbrechensrate, die guten nachbarschaftlichen Kontakte und darüber, dass sie und viele andere immer noch ihren Lebensunterhalt als Fischer verdienten, jeden Tag auf dem Meer verbrachten, das sie umgab und das ihr Leben beherrschte. Matt wünschte, er hätte diese Frau schon viel früher kennen gelernt.

Jemand aus dem Publikum meldete sich zu Wort. »Also, ich krieg vierzig Cent für'n Pfund Hummer, und dann geht irgend so 'n feiner Pinkel auf dem Festland in ein Restaurant und bezahlt fünfundzwanzig Dollar dafür. Ich sollte lieber 'n Restaurant aufmachen.«

Die Leute brachen in beifälliges Gelächter aus, und Ella lächelte ebenfalls. »Dir geht's doch ganz gut, Bill Harris. Ich hab den neuen Reifen gesehen, den du letzte Woche für deinen Laster gekauft hast.«

Wieder ertönte Gelächter, denn jeder wusste, dass Bill Harris' Laster mindestens fünfzehn Jahre alt war und mit Hilfe von enormen Mengen Öl und einem gelegentlichen Stoßgebet am Leben erhalten wurde und dass sein Boot in keinem besseren Zustand war. Viele der Anwesenden befanden sich in einer ähnlichen Situation.

»Aber wenn du das Fischen satt hast, könntest du dich natürlich in Howards Fabrik ans Fließband stellen«, fügte Ella als Seitenhieb gegen ihren Kontrahenten hinzu. »Oder vielleicht könntest du auch einen Job in der neuen Tankstelle bekommen, die Howard plant.« Sie machte eine kleine Pause, dann fuhr sie mit ernster Stimme fort: »Letztlich geht es doch darum, dass wir hier leben, weil es uns hier gefällt, weil wir uns für diese Art Leben entschieden haben. Wenn ich Lust hätte, an einem Ort zu wohnen, der jedes Jahr von Touristen überschwemmt wird, wäre ich längst von hier fortgezogen. Natürlich ist es nicht immer leicht, auf dieser Insel seinen Lebensunterhalt zu verdienen. Ich weiß das, ich bin Hummerfischerin, und niemand braucht mir zu sagen, wie hart das heutzutage ist. Es gibt nicht mehr so viele Hummer wie früher. Aber das wird sich wieder ändern, wenn wir alle durchhalten und wenn keiner von uns mehr als seinen Anteil aus dem Meer holt.« Bei diesen Worten fixierte sie jemanden im hinteren Teil des Raums. Als Matt sich umdrehte, entdeckte er Jake Roderick, der Ella grimmig anstarrte.

»Vielleicht würde Howards Yachthafen Touristen und Geld und Jobs auf die Insel bringen. Aber was für Jobs? Wollt ihr Leuten, die sich hier große Häuser bauen und die Grundstückspreise in für uns unerreichbare Höhen treiben, in Restaurants das Essen servieren? Als Putzfrau oder Gärtner für sie arbeiten? Vielleicht würden auch neue Geschäfte entstehen, aber dort würden nur Dinge verkauft, die wir uns nicht leisten können. Welche anderen Segnungen würde der Yachthafen mit sich bringen? Wie steht es mit Drogen? Soweit ich weiß, tauchen sie überall dort auf, wo die Leute mit den Yachten auftauchen. Wollt ihr eure Kinder dieser Gefahr aussetzen?«

Ella ließ ihren Blick durch den Saal schweifen. Viele der Zuhörer wirkten nachdenklich, Howard machte ein missmutiges Gesicht. Dann lächelte Ella und breitete die Arme aus, eine Geste, die ihrer Rede ein wenig die Schärfe nahm. »Aber was weiß ich schon? Vielen Dank jedenfalls fürs Zuhören.«

Sie ging zurück an ihren Platz, und einen Augenblick lang herrschte Schweigen. Dann klatschte jemand zögernd einmal in die Hände, Matt fiel ein, und dann spendete ihr das Publikum begeistert Beifall. Als der Applaus verebbte, hörte Matt hinter sich jemanden murmeln: »Verdammtes Miststück.«

Er brauchte sich nicht umzudrehen, um zu wissen, dass die Stimme Jake Roderick gehörte.

Nach der Versammlung begleitete Matt Ella zu ihrem Wagen. Sie nahmen einen Umweg, schlenderten langsam am Hafen entlang, wo das Mondlicht auf den Wellen schimmerte. Die Nachtluft war warm und drückend.

»Sie haben Ihre Sache gut gemacht«, sagte Matt.

Ella lächelte. »Danke. Aber Howard hat die Leute wieder ein Stück auf seine Seite gezogen. Er ist nicht dumm, das muss man ihm lassen.«

Es stimmte, Howard hatte ein paar Punkte gemacht. Er hatte Schaubilder mit Kurven und Tabellen präsentiert, an denen abzulesen war, in welchem Ausmaß der Yachthafen der Insel durch steigende Touristenzahlen der Insel Geldströme bescheren würde. Er hatte versprochen, dass die neuen Geschäfte und Restaurants in erster Linie den Einheimischen zugute kommen sollten. »Es geht darum, unser Leben zu verbessern, nicht das Leben anderer Leute. Es geht um uns«, hatte er gesagt, und viele Leute hatten zustimmend genickt.

»Ich glaube trotzdem, dass Sie heute Abend den Sieg davongetragen haben«, meinte Matt.

»Vielleicht.« Ella runzelte die Stirn.

»Stimmt was nicht?«

»Es ist nur ... ach, ich weiß nicht. Das Ganze entwickelt sich allmählich zur Schlammschlacht. Damit habe ich wohl nicht gerechnet.«

»Das passiert, wenn's um Politik geht.«

»Oder um Geld.«

»Das ist in der Regel dasselbe. Howard wird von ein paar ziemlich unangenehmen Leuten unterstützt. Jake Roderick zum Beispiel. Ich hatte den Eindruck, er kann Sie nicht leiden.«

»Das stimmt. Er hat was gegen mich, und sein Bruder ebenfalls.«

»Bereiten die beiden Ihnen Ärger?«

»Das kann man wohl sagen.« Ella machte eine wegwerfende Handbewegung, als sie an ihrem Pick-up ankamen. »Schön, dass Sie gekommen sind. Hat mich gefreut.« Sie zögerte. »Es freut mich überhaupt, dass Sie hier sind. Auf der Insel, meine ich.«

Ohne zu überlegen, beugte er sich vor, und ihre Lippen berührten sich ganz leicht. Es war ein schüchterner Versuch, und er spürte ihre Unsicherheit, bevor sie sich sanft abwandte.

»Matt ... ich hab in meinem Leben bisher kein Glück mit Männern gehabt.« Sie bemühte sich, es leichthin klingen zu lassen, und rang sich ein Lächeln ab.

»Hören Sie, ich will Sie nicht drängen. Ich hab mich einfach hinreißen lassen. Wir haben alle Zeit der Welt. Ich werde nicht wieder von hier fortgehen.«

Sie lächelte erneut und nickte, doch in ihren Augen spiegelten sich Zweifel und Unsicherheit, oder vielleicht auch nur Vorsicht.

»Gute Nacht.« Sie stieg in ihren Wagen, dann schaute sie ihn an und sagte: »Schöner Anzug übrigens.«

Er grinste und schlug die Tür zu. »Gute Nacht, Ella.«

3

Dave Baxter arbeitete seit fünfundzwanzig Jahren auf dem Polizeirevier von St. George, die letzten sieben Jahre als Polizeichef. Er war siebenundvierzig Jahre alt und der letzte Spross einer langen Linie auf der Insel ansässiger Baxters. Er hatte eine Schwester, die im Staat New York wohnte; sie hatten sich seit sechs Jahren nicht gesehen, telefonierten jedoch gelegentlich und schrieben einander Weihnachtskarten. Baxter lebte allein, wie er es die meiste Zeit getan hatte. Als er jung war, hatte es einmal eine Frau gegeben, mit der er sich drei Jahre lang regelmäßig traf, doch schließlich wurde ihnen beiden klar, dass sie mehr wollte als ein freundschaftliches Verhältnis. Sie sprachen übers Heiraten, aber als sich daraufhin nichts bewegte, stellte die Frau ihm ein Ultimatum. Sie gab ihm ein halbes Jahr, in dem er sich überlegen sollte, was er wollte, und als die Zeit um war und er immer noch keinen Entschluss gefasst hatte, traf sie ihre eigene Entscheidung, trennte sich von ihm und verließ die Insel. Baxter zog in Erwägung, ihr nachzureisen, wie sie es wahrscheinlich von ihm erwartete, beschloss jedoch dann, noch einmal über alles nachzudenken, und einige Zeit später hörte er, dass sie einen Lebensmittelhändler aus Bangor geheiratet hatte. Seitdem fühlte er sich am wohlsten allein oder in der Gesellschaft von Freunden. Er verstand die Frauen nicht, und in Wahrheit fürchtete er sich sogar ein wenig vor ihnen.

Am Mittwochmorgen, dem Tag nach der Versammlung, saß Baxter Jake Roderick gegenüber, der gekommen war, um eine Vermisstenanzeige aufzugeben. Sein Bruder war verschwunden. Baxter kratzte sich hinterm Ohr.

»Sie haben Bryan Montagabend zuletzt gesehen. Und seitdem haben Sie nichts mehr von ihm gehört. Kein Anruf, nichts?«

»Ich hab's Ihnen doch gesagt. Er ist weg.«

»Tja, vielleicht ist er weggefahren, um jemanden zu besuchen.«

Jake schüttelte den Kopf. »Sein Pick-up steht in der Scheune bei seinem Haus«, sagte er nachdrücklich. »Ich bin da gewesen.«

Baxter nahm einen Bleistift und klopfte nachdenklich damit gegen seine Zähne. Die Uhr an der Wand sagte ihm, dass es eigentlich Zeit für sein zweites Frühstück im Café war. Allein der Gedanke an den Duft von gebratenem Speck ließ ihm das Wasser im Mund zusammenlaufen. Er überlegte, ob er Jake raten sollte, noch einen Tag abzuwarten. Wahrscheinlich war Bryan bloß irgendwohin gegangen, ohne seinem Bruder etwas davon zu sagen. Aber Baxter musste zugeben, dass das nicht zu Bryan passte, denn normalerweise tat er kaum etwas, ohne Jake zu informieren. Außer es hatte etwas mit einer Frau zu tun. An Jakes Gesichtsausdruck war deutlich zu erkennen, dass er sich nicht so leicht würde abwimmeln lassen. Baxter stand seufzend auf.

»Okay, dann fahren wir mal hin und sehen nach.«

Sie fuhren in Baxters Streifenwagen zu Bryans Haus, das auf einer Lichtung in der Nähe der Stillwater-Bucht stand und das man über einen Waldweg erreichte, der von der Landstraße abzweigte. Wie Jake gesagt hatte, stand Bryans Pick-up in der Scheune, die als Garage diente. Drinnen im Haus war es sauber und aufgeräumt.

»Ihr Bruder scheint ein ordentlicher Mensch zu sein«, bemerkte Baxter. »Hat er eine Putzfrau oder so was?« Er musste an sein eigenes Haus denken, in dem ein ziemliches Chaos herrschte.

Jake sah sich mit zusammengezogenen Brauen um. »Nein, er hat keine Putzfrau.«

»Vielleicht eine Freundin? Jemand, mit dem er sich trifft?«

»Bryan trifft sich mit 'ner Menge Leute.«

Das konnte Baxter sich vorstellen. Ob Jake sich wohl jemals gefragt hatte, wie es kam, dass er den Kürzeren gezogen hatte, als es ums Aussehen ging? Der jüngere Roderick hatte, abgesehen von einer Neigung zum Grübeln, wenig Ähnlichkeit mit Jake. Jake war gedrungen und schwerfällig, Bryan dagegen groß und muskulös. Während Jake ein eher einsilbiger Typ war, besaß Bryan einen rauen Charme, den er nach Belieben einsetzen konnte. Baxter vermutete, dass Frauen auf das dichte schwarze Haar, die breiten Schultern und das strahlende Lächeln flogen. Er zog seinen Bauch ein, als er sich zufällig in einem Spiegel sah.

Er öffnete die Wohnzimmertür. Hinter der Tür befand sich ein Waffenschrank. Ein Gewehr fehlte. Baxter fuhr mit dem Finger über die Mulde und stellte fest, dass sie staubfrei war.

»Fehlt da was?«

Jake warf einen Blick in den Schrank. »Ja. Ein Gewehr. Ein Remington.«

»Vielleicht ist es in seinem Wagen.« Sie gingen hinaus, um nachzusehen. Auf dem Weg durch den Hausflur fiel Baxter eine Schale mit Schlüsseln auf, die auf einem Schränkchen stand. »Gehören die Bryan?«, fragte er und hielt einen Schlüsselbund hoch.

»Ja. Das ist der Hausschlüssel, der ist für die Scheune, der für das Kühlhaus und der da für die *Seawind.*«

»Und was ist mit diesem Bund?« Baxter nahm ihn in die Hand. Es waren nur zwei Schlüssel daran.

Jake zuckte mit den Schultern. »Anscheinend Ersatzschlüssel. Einer für's Haus, einer für die Scheune.«

Sie gingen hinaus und warfen einen Blick in den Wagen, fanden jedoch kein Gewehr. Baxter schloss das Scheunentor und betrachtete das Haus. »Die Tür war offen, als Sie herkamen?«

»Sie war jedenfalls nicht abgeschlossen.«

»Und Sie haben sich überall umgesehen?« Baxter spähte in den Wald rund um die Lichtung, als erwarte er, Bryan könnte jeden Augenblick zwischen den Bäumen hervortreten. »Vielleicht ist er auf die Jagd gegangen, und irgendwas ist passiert.«

»Ich hab mich umgesehen, aber ich hab nichts gefunden«, sagte Jake.

»Tja, dann holen wir am besten mal ein paar Leute hierher.« Baxter ging auf seinen Streifenwagen zu. Er überlegte, wie viele Männer er brauchen würde und wie er eine ordentliche Suchaktion organisieren sollte. Der Wald erstreckte sich bis zur Mitte der Insel, bis weit hinauf in die Hügel. Wenn ein Mann sich dort draußen verletzte und nicht um Hilfe rufen konnte, würde er vielleicht nie gefunden. So etwas war schon vorgekommen, wenn auch nicht auf St. George, soweit Baxter wusste. Es war Mittwoch. Falls Bryan irgendwo da draußen war, womöglich mit einem gebrochenen Bein oder noch Schlimmerem, wie lange mochte er schon da liegen?

»Wann, sagten Sie, haben Sie ihn zuletzt gesehen?«, fragte Baxter.

»Montagabend. Nachdem er bei Ella war.«

»Bei Ella?«

»Sie haben sich gestritten.«

»Ach ja? Und worüber?«

»Ich hab nicht alles gehört. Sie hat behauptet, wir hätten ihre verdammte Ausrüstung beschädigt oder irgend so 'n Blödsinn.«

Das konnte Baxter sich gut vorstellen. Es wäre nicht das erste Mal gewesen, dass die Rodericks mit Ella aneinander gerieten, weil sie sie beschuldigte, die Leinen ihrer Hummerkörbe durchgeschnitten oder absichtlich die daran befestigten Bojen verschoben zu haben. Und Ella war nicht die Einzige, die immer wieder Ärger mit den beiden hatte. Die Rodericks waren regelrechte Gauner. Vor sechs, sieben Jahren waren sie auf die Insel gekommen und hatten sich rücksichtslos ihren Platz unter den Hummerfischern erkämpft. Jede Familie hatte ihre angestammten Stellen, wo sie seit Generationen ihre Hummerkörbe ausbrachte, und das wurde allgemein respektiert. Es war ein ungeschriebenes Gesetz. Doch die Rodericks hatten von Anfang an keinen Zweifel daran aufkommen lassen, dass sie einzig und allein nach ihren eigenen Regeln handelten.

»Wo haben die beiden sich denn gestritten?«, fragte Baxter.

»Unten am Hafen. Das verrückte Miststück hat ihn mit dem Gewehr bedroht.«

»Ella? Sie hat ihn bedroht?«

»Hab ich doch grade gesagt, oder?« Jake sah Baxter mit zusammengekniffenen Augen an. »Sie brauchen sich nicht auf meine Aussage zu verlassen. Es gibt noch mehr Zeugen.«

Baxter sagte nichts. Er schaute noch einmal zu dem Haus hinüber und schob sich einen Kaugummi in den Mund. »Auch einen?«

Jake machte ein mürrisches Gesicht. »Vielleicht können wir mal langsam mit der Suche anfangen.«

Baxter stieg in seinen Wagen. Er dachte daran, dass Ella ihr Gewehr auf einen Mann gerichtet hatte, von dem jeder wusste, dass sie ihn, gelinde gesagt, nicht ausstehen konnte und der jetzt verschwunden war. Wahrscheinlich hatte es nichts zu bedeuten. Dennoch war Baxter nicht ganz wohl bei dem Gedanken.

4

Ella legte mit der *Santorini* längsseits am Pier an, ihr Heckmann sprang an Land, und sie schaltete den Motor ab. Sie warf Gordon die Vorleine zu. Aus den Augenwinkeln sah sie Dave Baxter am Ende des Piers stehen. Gegen einen Schuppen gelehnt, unterhielt er sich mit einem der Männer, die dort arbeiteten, beobachtete sie jedoch gleichzeitig. Ihre Blicke begegneten sich, sie hob eine Hand zum Gruß, und er winkte grinsend zurück, dennoch hatte Ella ein ungutes Gefühl.

Gordon und sie luden ihren Fang aus, wozu sie nicht lange brauchten, denn es war ein schlechter Tag gewesen. In fast jedem Korb, den sie aus dem Wasser gezogen hatten, waren zwei, drei Hummer gewesen, aber die meisten waren zu klein.

»Morgen haben wir mehr Glück«, versicherte sie Gordon. Sie hoffte es jedenfalls, denn um diese Jahreszeit gab es gewöhnlich reichlich große Hummer. Sie sah Baxter auf sich zukommen. »Du kannst gehen, ich mach das Boot dann sauber.«

»Ist schon gut«, sagte Gordon, der bereits dabei war, einen Wasserschlauch herbeizuholen.

»Geh nach Hause«, drängte sie ihn.

Er richtete sich auf und zuckte die Achseln. »Meinetwegen. Wir seh'n uns morgen früh.«

»Alles klar.«

Baxter tauschte ein paar Worte mit Gordon, dann kam er

zu Ella hinüber, schnappte sich eine Kiste und setzte sich darauf. Er blinzelte in die Sonne, die am späten Nachmittag immer noch vom Himmel brannte.

»Hallo, Ella. Guten Fang gemacht?«

»Hab schon bessere Tage gehabt. Was kann ich für Sie tun?«

Baxter wischte sich die Stirn. »Es ist wahrscheinlich nichts, aber Bryan Roderick ist verschwunden, hat sich verdrückt oder was weiß ich.« Er machte eine vage Handbewegung in Richtung Landzunge. »Seit Tagen hat ihn niemand mehr gesehen. Ich hab einen Suchtrupp losgeschickt. Sie sind ihm nicht zufällig begegnet?«

Ella schüttelte den Kopf. »Ich? Warum sollte ich ihm begegnet sein?«

»Ich versuch nur rauszufinden, wann er zum letzten Mal gesehen wurde. Ich muss wissen, wie lange er schon verschwunden ist. Ich hab gehört, dass Sie Montagabend Streit mit ihm hatten.«

»Stimmt.«

»Ich hab mit Jake und noch ein paar anderen gesprochen, Ella. Sie behaupten, Sie hätten Bryan mit 'nem Gewehr bedroht.« Es schien ihm unangenehm zu sein, das Thema anzusprechen, und so wie er gegen das vom Wasser reflektierte Licht blinzelte, wirkte sein Gesichtsausdruck regelrecht gequält.

»Das ist die Wahrheit«, sagte Ella. Sie grinste. »Sie glauben doch nicht etwa, ich hätte ihn erschossen, oder?«

Baxters Lachen klang etwas bemüht. »Natürlich nicht, Ella, aber ich muss Ihnen diese Fragen stellen. Dafür werde ich bezahlt.«

»War nur 'n Scherz.«

»Ja, ich weiß«, erwiderte Baxter, doch er wirkte unsicher. Er ließ seinen Blick über den Hafen schweifen, und schließlich sah er sie wieder an. »Dann erzählen Sie mir mal von diesem Streit.«

»Bryan kam her, um sich auf meine Kosten zu amüsieren. Ich glaube, er hatte getrunken. Jedenfalls hatte ich ein paar Tage zuvor Probleme mit meinen Körben gehabt, drüben in der Little Shoal Bay, und einen Tag vorher war die *Seawind* da draußen gewesen. Darüber sind wir aneinander geraten.«

»Tja, das kann ich mir vorstellen«, sagte Baxter. »Aber ihn mit einem Gewehr zu bedrohen, ist das nicht ein bisschen übertrieben, Ella?«

»Das war nicht wegen der Körbe. Er hat versucht, auf mein Boot zu kommen. Ich mag es nicht, wenn jemand ungebeten an Bord kommt.«

Baxter sah sie an, dann taxierte er den Abstand zwischen sich und der *Santorini.*

»Kommen Sie, Baxter, Sie kennen ihn doch. Die Rodericks und Howard haben die Sache mit dem Yachthafen gemeinsam ausgeheckt, und ich bin für die ein rotes Tuch. Was Bryan von sich gegeben hat, war reichlich unverschämt. Ich wollte ihn nur in seine Schranken weisen. Außerdem war das Gewehr nicht geladen.«

»Was hat er denn gesagt?«

»Er ist ziemlich persönlich geworden. Das muss ich doch nicht wiederholen, oder?« Ella war es gewöhnt, dass manche Leute Bemerkungen über sie und ihre Arbeit auf dem Kutter machten, und sie hatte gelernt, das Gerede zu ignorieren. Aber bei Bryan gelang ihr das nicht. Er hatte so eine Art, sie anzusehen. Sie konnte seine Gedanken lesen, und er wusste es. Sein spöttisches Grinsen verursachte ihr jedes Mal eine Gänsehaut.

Baxter schüttelte den Kopf. »Nein, das brauchen Sie nicht. Was ist denn danach passiert?«

»Nichts. Er ist gegangen.«

»Und Sie haben ihn nicht wieder gesehen?«

»Nein.«

Baxter erhob sich lächelnd und breitete die Arme aus. »Okay, das war's dann. Bis später, Ella.«

»Bis dann«, sagte sie und schaute ihm nach, wie er in die Richtung zurückschlenderte, aus der er gekommen war.

Howard stand an seinen Cherokee gelehnt am Hafen und sah nachdenklich zu, wie Baxter in seinen Wagen stieg. An einer Wand auf der gegenüberliegenden Straßenseite war eins seiner Wahlplakate abgerissen worden, auf denen derselbe Slogan und dasselbe Bild zu sehen waren wie auf dem Spruchband bei der Versammlung. Nur noch ein kleiner Fetzen war übrig geblieben, und stattdessen hing jetzt ein Plakat von Ella dort. Zähneknirschend betrachtete Howard ihr strahlendes Lächeln. Er fühlte, wie ihm in der Hitze der Schweiß den Nacken hinunterlief. Dieser verdammte Wahlkampf brachte ihn noch um. Er sah zu, wie Ella mit dem Wasserschlauch hantierte, und wünschte, sie würde mitsamt ihrem Boot im Meer versinken. Trotz seiner schlechten Laune und trotz des Geschwürs, das sich anscheinend in seinem Magen breit machte und wie Batteriesäure an seinen Eingeweiden fraß, weidete er sich am Anblick ihres Hinterns, als sie sich vornüberbeugte.

Es war ein flüchtiges Vergnügen. Die dunklen Umrisse seiner Fischverarbeitungsfabrik draußen an der Spitze der Landzunge lenkten ihn ab und erinnerten ihn an die Zwangslage, in der er steckte. Sein Vater hatte die Fabrik vor dem Krieg aufgebaut. Damals gab es noch mehr Fische im Golf, als man glauben würde, wenn man die heutigen Fangquoten kannte, und die Fabrik hatte ein Vermögen eingebracht. Howard hatte seinen Vater gedrängt, den Betrieb zu erweitern, vielleicht auf dem Festland einen Großhandel aufzuziehen, aber der alte Trottel hatte geglaubt, St. George würde eines Tages Nantucket und Martha's Vineyard als Urlaubsdomizil für reiche Städter Konkurrenz machen. Er hatte sein ganzes Geld in den Kauf von Grundstücken investiert, bis ihm große Teile der Insel gehörten. Dann waren die Fischbestände immer weiter zurückgegangen, und die ehemals florierende Wirtschaft hatte einen Niedergang erlebt. Heute war die Insel wie ein schöner, ungeschliffener Edelstein, unentdeckt und unverdorben. Und Howard verabscheute sie aus tiefster Seele.

Ein Passant warf ihm einen neugierigen Blick zu, und einen Augenblick zu spät dachte Howard daran, ein Lächeln aufzusetzen. »Schöner Tag, nicht wahr?«

»Ja, ja«, kam es lakonisch zurück.

Howard schaute wieder zu der Fabrik hinüber, aus deren Schornstein öliger Rauch aufstieg. Der Laden trieb ihn in den Ruin. Er konnte sich nicht leisten, ihn zu schließen, und verkaufen konnte er ihn auch nicht. Falls er die Wahl gewann, würde er die Fabrik, sobald der Yachthafen gebaut war und die richtigen Leute auf die Insel kamen, in ein Hotel umwandeln. Dann würde er diese verhasste Insel vielleicht für immer verlassen können. In seinen Tagträumen lebte er in Kalifornien oder in Mexiko. Überall, nur nicht auf St. George.

Er warf einen Blick auf die Uhr und fragte sich, wo zum Teufel Bryan Roderick steckte. Er hatte ihn seit Tagen nicht gesehen. Die Wahl stand kurz bevor, und es sah so aus, als würde es ein Kopf-an-Kopf-Rennen. Zu knapp, um sich zurücklehnen zu können. Er brauchte die Hilfe von Bryan und seinem Bruder, sie mussten etwas unternehmen, um seine Chancen zu verbessern. Howard runzelte die Stirn und dachte an das Grundstück, das er den Rodericks so gut wie geschenkt hatte. Er hatte von Anfang an gewusst, dass er ihre Unterstützung brauchte, wenn er seine Pläne verwirklichen wollte. Auf der politischen Ebene konnte er es jederzeit mit Ella aufnehmen, aber es wäre töricht gewesen, alles dem Zufall zu überlassen. Falls es irgendjemanden gab, der Ella davon abbringen konnte, gegen ihn anzutreten, dann waren es die Rodericks. Bisher waren sie jedoch erfolglos gewesen. Er konnte nur hoffen, dass er ihnen dieses Grundstück nicht umsonst so billig überlassen hatte. Andererseits, falls Ella die Wahl gewann, spielte das auch keine Rolle mehr. Dann war das Land wertlos und er ruiniert. Trotz der Hitze lief ihm ein kalter Schauer über den Rücken. Herrgott noch mal. Wo war Bryan?

Schließlich hielt er es nicht mehr aus und beschloss, mit Bryans Bruder zu reden. Er ging in den *Schooner*, wo Jake allein an einem Tisch saß und missmutig in sein Bier starrte. Howard trat an den Tresen und bestellte noch ein Bier für Jake und für sich einen Bourbon. Dann ging er zu Jake hinüber, wischte einen der staubigen Stühle ab und setzte sich, peinlich darauf bedacht, die Ellbogen nicht in die Bierpfütze auf der Tischplatte zu stützen. In der Kneipe stank es nach Zigarettenrauch und irgendetwas anderem, was Howard lieber nicht genauer ergründen wollte. Vielleicht Erbrochenem.

»Wo ist Bryan? Ich warte die ganze Zeit auf ihn«, sagte er und stellte das Bier vor Jake hin. »Es sieht im Moment nicht besonders gut aus.« Er beugte sich vor und fuhr leise fort: »Wenn Sie beide sich nicht um Ella kümmern, gewinnt sie am Ende noch die Wahl. Wollen Sie das etwa?« Allein der Gedanke ließ ihn erschaudern. »Bryan hat gesagt, er würde schon mit ihr fertig. Ich hab aber einen ganz anderen Eindruck. Es scheint mir, dass er sich um nichts kümmert.«

Jake starrte ihn stumm an. Manchmal fragte Howard sich, ob der andere überhaupt etwas mitbekam. Mit ihm zu reden war, als würde man versuchen, einem verdammten Affen Vernunft beizubringen. Wenn er sich's recht überlegte, wäre das bei einem Affen womöglich noch leichter gewesen. Howard hatte lieber mit Bryan zu tun. Der war zwar auch keine Intelligenzbestie, und es ging ihm auf die Nerven, dass Bryan sich für so einen tollen Hecht hielt. Der Typ bildete sich ein, sämtliche Frauen auf der Insel bekämen feuchte Höschen, wenn sie ihn sahen. Aber zumindest wusste er, worum es ging. Um Geld. Die Sprache, die jeder verstand. Wo zum Teufel steckte er?

»Er ist weg«, sagte Jake.

»Was?« Howard wartete darauf, dass Jake ihm antwortete, doch der starrte ihn nur an. »Was heißt weg? Wer ist weg? Bryan?«

»Hab ihn seit Montag nicht gesehen.«

Howard verlor die Beherrschung. »Was ist los mit euch beiden? Wenn Ella gewinnt, können wir den Yachthafen in den Wind schreiben. Ihr habt genauso viel zu verlieren wie ich, vergesst das nicht.« Er stieß mit dem ausgestreckten Zeigefinger in Jakes Richtung. »Ihr solltet dafür sorgen, dass sie von der Kandidatur zurücktritt, und die Zeit läuft uns davon. Ich schlage vor, Sie sehen zu, dass Sie Ihren Bruder schleunigst auftreiben, und dann erinnern Sie ihn gefälligst daran.«

»Bryan ist tot.«

Howard blinzelte. »Tot? Wann? Wieso?«

Jake antwortete nicht, aber in seinen Augen flackerte etwas, das Howard gefährlich an das Glimmen eines Höllenfeuers erinnerte.

5

Die Uhr an der Wand, die Matt zusammen mit den Büroräumen übernommen hatte, zeigte ihm, dass es Viertel nach sechs war. Er schaute auf seine Armbanduhr und stellte fest, dass die Wanduhr zwanzig Minuten vorging, dabei hatte er sie erst gestern gestellt. Er beschloss, dennoch Feierabend zu machen, stand auf und streckte sich. Er hörte Schritte auf der Treppe, dann klopfte jemand an die Tür. Als er öffnete, stand Ella vor ihm. Sie sah ihn unsicher an.

»Kommen Sie rein.« Er trat zur Seite, erfreut, sie zu sehen. Er hatte schon überlegt, sie anzurufen, wollte jedoch nicht aufdringlich erscheinen. In letzter Zeit dachte er ziemlich häufig an Ella, aber er wollte nichts überstürzen, und so war ihr Besuch eine freudige Überraschung.

»Ich war mir nicht sicher, ob ich Sie um diese Zeit noch hier antreffen würde«, sagte sie und sah sich neugierig um.

»Ich ersticke in Arbeit.«

Sie warf einen zweifelnden Blick auf den Schreibtisch, wo er kurz zuvor ein Kreuzworträtsel gelöst hatte.

»Okay, das ist gelogen. In Wirklichkeit wollte ich gerade Feierabend machen. Sollen wir beide nicht irgendwo was trinken gehen?«

Sie schüttelte den Kopf. »Ich habe einen besseren Vorschlag. Kommen Sie doch zum Abendessen zu mir. Oder haben Sie schon was anderes vor?«

»Keineswegs«, erwiderte er. »Sagen Sie mir einfach, wo und wann.«

Sie gab ihm die Adresse und bat ihn, um sieben bei ihr zu sein. Dann gingen sie zusammen die Treppe hinunter und auf die Straße hinaus. Sie wirkte abwesend, als bedrückte sie etwas, und er fragte sich, ob es einen bestimmten Grund für ihren Besuch in seiner Kanzlei gab.

»Alles in Ordnung, Ella?«

Sie sah ihn an, und einen Augenblick lang schien sie zu zögern, doch dann nickte sie. »Alles in Ordnung. Bis heute Abend dann.«

»Abgemacht.«

Matt traf ein paar Minuten vor der Zeit ein, frisch geduscht, in Jeans und Hemd, eine Flasche Weißburgunder unter dem Arm. Er hatte ernsthaft überlegt, ein Jackett anzuziehen und vielleicht sogar eine Krawatte umzubinden, doch der Gedanke an Henrys vielsagende Blicke hatte ihn davon abgehalten. Aber allein die Tatsache, dass er es überhaupt in Erwägung gezogen hatte, machte ihm bewusst, wie wichtig ihm Ella geworden war. Er hatte nichts dagegen. Sie war intelligent, angenehm im Umgang und sah gut aus, abgesehen davon, dass er sie sehr mochte. Wahrscheinlich hatte er einfach nicht damit gerechnet, noch einmal solche Gefühle für jemanden entwickeln zu können. Als er vor ihrer Tür stand, kam er sich vor wie ein verlegener Teenager bei seiner ersten Verabredung. Er musste über sich selbst grinsen. Kurz nachdem er geklopft hatte, wurde die Tür geöffnet, und Ella stand wie eingerahmt in dem weichen Licht einer Lampe, die hinter ihr brannte.

»Hallo. Ich bin hoffentlich nicht zu früh.«

»Nein, nein, kommen Sie rein.« Sie führte ihn ins Wohnzimmer. »Ich hoffe, es macht Ihnen nichts aus, wenn meine Mutter mit uns isst. Ich dachte, es würde ihr Freude machen, Sie kennen zu lernen. Sie kommt in letzter Zeit nicht viel unter Menschen.«

»Ich würde sie auch gern kennen lernen«, sagte Matt. »Vor allem, wenn sie Ihnen ähnlich ist.«

Sie lächelte über das Kompliment und nahm die Weinflasche entgegen. »Fühlen Sie sich wie zu Hause.«

Auf dem Kaminsims standen Fotos. Trotz der abgenutzten Möbel wirkte der Raum gemütlich. Man spürte, dass hier gelebt wurde. Während Ella in die Küche ging, um die Flasche zu entkorken, betrachtete Matt ein Foto, das an der Wand hing. Ein Kind zwischen zwei Erwachsenen. Es schien ein Junge zu sein, aber das Foto war unscharf, und die Gesichter waren schwer zu erkennen. Der Mann war groß und schlank und hatte tief liegende Augen. Ella kam ins Wohnzimmer zurück und reichte Matt ein Glas Wein.

»Meine Eltern.«

Matt sah noch einmal hin. »Das ist Ihr Vater?«

Sie trank einen Schluck, während sie das Foto betrachtete. »Ja. Er ist letzten Winter gestorben.«

»Das tut mir Leid.« In ihren Augen lag Trauer, aber auch noch etwas anderes, was er nicht deuten konnte. »Was ist passiert?«

»Es gab einen schrecklichen Sturm, sein Boot kenterte, und er ist ertrunken.« Matt hatte den Eindruck, sie wollte noch etwas hinzufügen, doch dann behielt sie es für sich. »Wollen wir uns setzen? Ich hoffe, Sie mögen Rinderbraten.«

»Ich liebe Rinderbraten. Ehrlich gesagt, hatte ich mit Hummer gerechnet. Aber ich muss gestehen, ich habe Hummer noch nie gemocht.«

»Ich auch nicht«, bekannte sie. »Wenn man seinen Lebensunterhalt damit verdient, sie zu fangen, verlieren sie ihren Reiz.«

»Das leuchtet mir ein.«

»Wissen Sie«, begann Ella zögernd, »ich erinnere mich noch, wie Sie früher in den Sommerferien hergekommen sind. Ihre Familie hatte ein Haus auf der Landzunge. Touries.«

Matt wunderte sich, dass sie ihn von damals kannte. »Touries?«

»So haben wir die Urlauber immer genannt.«

»Und wir haben die Inselbewohner Hummerfresser genannt.«

Einen Augenblick lang wirkte sie betroffen, doch dann musste sie lachen. »Nicht schlecht.« Sie zögerte. »Eigentlich wollte ich Ihnen das gar nicht erzählen, aber ich war als Kind richtig in Sie verknallt.«

»Wirklich?«, fragte Matt verblüfft. Bei seinem letzten Urlaub auf der Insel war er fast zwanzig, und sie musste fünfzehn oder sechzehn gewesen sein. Er konnte nicht glauben, dass sie ihm nicht aufgefallen war.

»Es kränkt mich nicht, wenn Sie sich nicht an mich erinnern«, unterbrach sie lächelnd seinen Gedankengang. »Ich sah damals ganz anders aus, und wenn wir uns unter die Touries gemischt haben, dann meistens, um sie zu ärgern.«

Er warf noch einen Blick auf das Foto, auf das Kind, das er für einen Jungen gehalten hatte, und da dämmerte es ihm. »Das sind Sie?«

Sie grinste. Matt meinte, sich nun doch an sie zu erinnern. In Gedanken sah er das Bild eines etwa dreizehnjährigen Mädchens vor sich. Kurzes, sonnengebleichtes Haar, die Fäuste geballt und einen grimmigen Ausdruck im Gesicht. Ein Junge im Dreck zu ihren Füßen, der sich Blut von den Lippen wischte und sich verblüfft zu fragen schien, wie es möglich war, dass ein Mädchen ihn aufs Kreuz gelegt hatte. Ein paar andere Kinder standen um die beiden herum und schauten zu, und als sie sich der Blicke bewusst wurde, huschte ein Anflug von Unsicherheit und Verwirrung über das Gesicht des Mädchens.

»Sie hatten kurzes Haar, waren ziemlich dünn?«, fragte Matt. Ella nickte, immer noch lächelnd, während er versuchte, das Bild aus der Vergangenheit mit der Gegenwart in Übereinstimmung zu bringen.

Jetzt, wo er sich an sie erinnerte, fielen ihm noch andere Situationen ein. Einmal waren er und sein Bruder ihr auf der Straße begegnet, und als sie an ihm vorübergeeilt war, hatte Paulie den Kopf geschüttelt und gesagt, was für ein komisches Mädchen. In ihren Jeans und mit dem kurzen Haar und den Sommersprossen auf der Nase hatte sie ausgesehen wie ein Junge. Aber vor allem erinnerte Matt sich, sie am Hafen gesehen zu haben, wo sie jemandem, wahrscheinlich ihrem Vater, half, den Fang des Tages von einem Kutter zu laden.

»Ich hätte Sie nie erkannt.« Er konnte sich auch nicht erinnern, etwas von ihrer Verliebtheit mitbekommen zu haben.

»Ella war damals ein ziemlicher Wildfang«, sagte eine Stimme.

Matt erhob sich, als er sah, dass Ellas Mutter den Raum betreten hatte. Sie hinkte beim Gehen und hielt ihren linken Arm wie jemand, der einen Schlaganfall erlitten hat. Die Ähnlichkeit zwischen den beiden Frauen fiel ihm sofort auf, obwohl Ellas Mutter ein dunklerer Typ war. Ihr Haar war fast vollständig ergraut, doch man sah noch deutlich, dass es einmal pechschwarz gewesen war, so wie auf dem Foto an der Wand. Die auffälligste Ähnlichkeit zwischen den beiden war die Kraft, die sie ausstrahlten, und Matt verstand, woher Ella ihre Energie hatte. Aus dem leichten Akzent und den mediterranen Zügen der alten Frau schloss er, dass sie aus Südeuropa stammte, vielleicht aus Griechenland.

»Mom, das ist Matt Jones, von dem ich dir erzählt habe«, stellte Ella ihn vor.

Sie gaben sich die Hand. Ellas Mutter war zierlich, ihre Haut trocken und faltig, aber ihr kurzer Händedruck war fest. Sie hatte das gleiche Lächeln wie ihre Tochter. Es verwandelte sie.

»Es freut mich, Sie kennen zu lernen, Mrs. Young.«

»Bitte nennen Sie mich Helena.« Sie sah liebevoll zu Ella hinüber. »Wissen Sie, als Kind wäre sie am liebsten ein Junge gewesen. Sobald sie laufen gelernt hatte, folgte sie ihrem Vater auf Schritt und Tritt. Lag ihm dauernd in den Ohren, er solle sie auf seinem Kutter mitfahren lassen. Er hat immer so getan, als würde sie ihm auf die Nerven gehen, aber in Wirklichkeit war er stolz auf sie. Mit vierzehn konnte sie einen Motor auseinander nehmen und kannte die Gewässer rund um die Insel wie ihre Westentasche.«

Ella nahm die Hand ihrer Mutter, und einen Augenblick lang war Matt ausgeschlossen. Er spürte, dass die beiden etwas verband, was weit über eine normale Mutter-Tochter-Beziehung hinausging.

Schließlich sagte Ella: »Kommt, setzen wir uns an den Tisch.«

Während des Essens redeten sie über die Insel. Helena berichtete, wie sie als junge Frau hergekommen war und Ellas Vater geheiratet hatte. Als sie kurz auf die Wahlen zu sprechen kamen, glühte Helena vor Stolz, dass ihre Tochter womöglich demnächst Bürgermeisterin wurde. Bei der Erwähnung von Howards Namen machte sie eine wegwerfende Handbewegung.

»Ich weiß noch, wie er vom College zurückkam. Das war kurz bevor sein Vater starb. Howard sah immer so aus, als hätte er gerade in eine Zitrone gebissen«, sagte sie lachend. »Dem liegt nichts an der Insel.«

Sie wollte etwas über Matts Leben wissen, und er erzählte ihr, dass er geschieden war und einen Sohn hatte, dass seine Eltern noch immer in Boston wohnten und sein Vater sich inzwischen aus dem Berufsleben zurückgezogen hatte. Ella wusste von Matts zerbrochener Ehe, aber er hatte ihr nicht viel mehr gesagt, als dass Kirstin ihn verlassen und wieder geheiratet hatte.

»Ella sagt, Sie seien in Boston als Staatsanwalt tätig gewesen?«

»Ja, das stimmt.«

»Und was hat Sie auf diese Insel verschlagen? Sie können mir ruhig sagen, wenn ich zu neugierig bin.«

Matt lächelte. Es fiel ihm nicht leicht, seine Beweggründe zu erklären, und so begnügte er sich mit einer allgemeinen Antwort. »Ich brauchte einfach eine Veränderung in meinem Leben. Ich war als Junge oft hier und habe mich auf der Insel immer wohl gefühlt.« Er wollte nicht darauf eingehen, dass er sich als Versager fühlte wegen seiner gescheiterten Ehe und weil er so viel gearbeitet hatte, dass er seinen Sohn kaum kannte.

»Sie haben doch einen Bruder, nicht wahr?«, fragte Ella.

»Ja, Paulie«, erwiderte Matt vorsichtig. »Er war ein paar Jahre älter als ich. Er starb, als ich noch studierte.«

»Oh, das tut mir Leid.« Ella schüttelte den Kopf. »Ich erinnere mich an ihn. Er schien so lebenslustig.«

»Ja, das war er. Paulie war nicht zu bremsen. Man hatte immer das Gefühl, seine Energie wäre unerschöpflich.« Matt zögerte, war sich nicht sicher, ob er erzählen wollte, was geschehen war, aber er wusste auch, dass er irgendwann lernen musste, damit umzugehen. Er hatte das Gefühl, der Tod seines Bruders überschattete sein Leben, und er durfte der Auseinandersetzung damit nicht länger aus dem Weg gehen. Das gehörte auch zu den Gründen, warum er sich entschlossen hatte, auf die Insel zu ziehen.

»Paulie hatte gerade sein Architekturstudium beendet, als er getötet wurde. Es war eins jener dummen, sinnlosen Ereignisse, die einfach passieren. Er ging eines Morgens in einen Supermarkt, wo sich gerade ein Raubüberfall ereignete. Der Typ mit der Pistole war im Drogenrausch, geriet in Panik und erschoss Paulie.«

Helenas Augen weiteten sich. »Wie schrecklich. Und Ihre armen Eltern.«

»Das war schlimm für sie«, gab Matt zu. »Meine Eltern hat es sehr schwer getroffen.« Er griff nach seinem Glas, verspürte plötzlich das dringende Bedürfnis, das Thema zu wechseln. »Aber das ist alles lange her, und wir sollten uns so eine köstliche Mahlzeit dadurch nicht verderben lassen. Auf die Köchin.« Er hob das Glas, und Ella lächelte, doch an ihrem Blick erkannte er, dass sie ihm seinen Gleichmut nicht abnahm.

Nach dem Essen half Matt Ella, den Tisch abzuräumen, und dann verkündete Helena, sie wolle schlafen gehen. »Ich bin in letzter Zeit immer so müde. Ich hoffe, wir sehen uns bald wieder.«

»Das hoffe ich auch.«

Ella begleitete ihre Mutter ins Schlafzimmer, und als sie zurückkehrte, schloss sie die Tür zur Diele.

»Ich mag sie«, sagte Matt. »Wie habe ich abgeschnitten?«

»In unserer Familie fällen wir keine vorschnellen Urteile. Aber ich schätze, Sie haben einen guten Eindruck gemacht.«

Beim Kaffee erfuhren beide etwas mehr über den anderen. Matt erzählte Ella von seiner Frau und seinem Sohn.

»Sie wohnen in der Nähe von Salem. Alex ist jetzt sieben, und ich hoffe, er kommt mich im Herbst hier besuchen.«

Matt wusste bereits, dass Ella einmal verheiratet gewesen war, und als er sie nach ihrem Exmann fragte, sprach sie ziemlich unbefangen von ihm. Allerdings gab es nicht viel zu erzählen. Sie hatte jung geheiratet, und die Ehe hatte nur knapp ein Jahr gehalten.

»Ich weiß noch nicht mal, wo er jetzt wohnt«, sagte Ella. »Als ich das letzte Mal von ihm gehört habe, lebte er in Mexiko.«

»Wenn man Kinder hat, ist alles viel komplizierter«, meinte Matt. Er war überzeugt, dass Kirstin es am liebsten gesehen hätte, wenn er einfach aus ihrem Leben verschwunden wäre, aber das ging nicht, wegen Alex.

Nach einer Weile kamen sie wieder auf Paulie zu sprechen, allerdings war es nicht Matt, der das Thema aufbrachte.

»Hat das, was mit Ihrem Bruders geschehen ist, Ihre Entscheidung, Staatsanwalt zu werden, beeinflusst?«, fragte Ella.

»Wie kommen Sie darauf?«

»Ich weiß nicht. Ich hatte so ein Gefühl, als Sie eben davon sprachen. Sie haben sich sehr nahe gestanden, nicht wahr?«

»Ja, das stimmt. Er war der typische erfolgreiche, überall beliebte große Bruder. Sie wissen schon, der Typ, dem alles in den Schoß fällt. Aber ich habe nie das Gefühl gehabt, in seinem Schatten zu stehen, ich habe ihn bewundert. Ich war furchtbar wütend, als er starb, dachte, als Staatsanwalt hätte ich die Möglichkeit zurückzuschlagen.«

Paulies Tod hatte ihn lange Zeit sehr belastet. Er spürte, wie er sich Ella gegenüber öffnete, gestand ihr, sich jahrelang wie ein Besessener in die Arbeit gestürzt zu haben, und zwar so sehr, dass er fast alles andere in seinem Leben vernachlässigt hatte. Er hatte einen privaten Kreuzzug gegen die Schurken dieser Welt geführt, hatte versucht, sie möglichst lange hinter Gitter zu bringen. Um Paulie zu rächen. Aber am Ende hatte er seine Familie verloren, und dann war er eines Morgens aufgewacht und hatte sich eingestanden, dass er in seinem bisherigen Leben nichts Nennenswertes erreicht hatte.

»Ich wollte Gutes tun«, erklärte er, »aber manchmal kam es mir vor, als würde ich mit dem Kopf gegen die Wand rennen. Das Justizsystem machte mich fertig. Anwälte, die vor Prozessbeginn mit Richtern einen Deal für ihre Mandanten aushandelten, sodass die bei einem Schuldeingeständnis ein geringeres Strafmaß aufgebrummt bekamen, andere, die vor Gericht zogen und den Geschworenen irgendeine hanebüchene Geschichte verkauften: Es war ein Unfall, es war Selbstverteidigung, oder der Mandant hatte eine schreckliche Kindheit, weswegen es entschuldbar war, dass er seine Frau vor ein Auto gestoßen hatte. Oft genug wurden solche Leute freigesprochen.«

Matt schüttelte den Kopf, als er merkte, wie er sich in Rage redete. Er betrachtete die Knöchel an seiner Hand, mit der er die Kaffeetasse umklammerte, dann stellte er sie ab. »Tut mir Leid, dass ich mich so ereifert habe.«

»Ist schon in Ordnung. War es genauso bei dem Mann, der Ihren Bruder erschossen hat? Ist er auch davongekommen?«

»Man hat ihn nie geschnappt.«

Ella schwieg nachdenklich. »Darf ich Sie etwas fragen?«, erkundigte sie sich nach einer Weile zögernd. »Das, was Ihrem Bruder zugestoßen ist, ist furchtbar, aber kommt es Ihnen nicht manchmal in den Sinn, dass die schrecklichen Dinge, die Menschen tun, uns in einem ganz anderen Licht erscheinen würden, wenn wir alles über diese Menschen wüssten? Jemand, der etwas Schlimmes tut, ist doch nicht immer ein schlechter Mensch, oder?«

»Ich schätze, ich habe zu oft erlebt, dass Schuldige ihrer gerechten Strafe entgehen. An die Opfer wird gar nicht mehr gedacht.«

Er hatte sich als eine Art edler Ritter gesehen, der die Bösewichte jagte. Anfangs hatte Kirstin sich nicht darüber beklagt, dass er als Staatsanwalt weniger verdiente als Anwälte oder Juristen in der freien Wirtschaft. Aber es machte sie unglücklich, dass er nie zu Hause war. Es kam zu Streitereien, und im Hintergrund weinte das Baby. Als Alex seine ersten Schritte machte, dauerte es eine Woche, bis Matt es bemerkte. Er erinnerte sich an das eisige Schweigen, als es ihm schließlich aufgefallen war, an Kirstins vorwurfsvollen Blick, der ihn mehr getroffen hatte, als wütende Worte es vermocht hätten.

»Aber meinen Sie nicht auch, dass die Fakten nicht immer die ganze Geschichte erzählen?« Ella hatte sich vorgebeugt und sah ihn eindringlich an.

»Ich weiß nicht. So eine hypothetische Frage ist schwer zu beantworten, ohne in die Einzelheiten zu gehen. Außerdem dürfen sie mich so was nicht fragen, da bin ich die falsche

Adresse. Ich habe meine Ehe in den Sand gesetzt, und meinen Sohn kenne ich kaum.«

Ella schwieg nachdenklich, und wie am späten Nachmittag vor seiner Kanzlei hatte er das Gefühl, dass ihr etwas auf der Seele lag.

»Geht es Ihnen um einen ganz bestimmten Fall, Ella?«

»Nein. Es interessiert mich nur, warum Sie nach St. George gekommen sind, das ist alles.«

»Die Antwort lautet: um noch einmal von vorne anzufangen. Um dem Leben zu entfliehen, das mich beinahe zerstört hätte. Und wissen Sie was, ich bin froh, dass ich mich dazu entschieden habe. Es tut mir gut, jetzt hier bei Ihnen zu sein.«

Ella lächelte, aber in ihrem Blick lag etwas, das er nicht ergründen konnte.

»Noch eine Tasse Kaffee?«, fragte sie.

»Ja, bitte.«

Sie ging in die Küche, und als sie mit einer frischen Kanne zurückkehrte, wechselten sie das Thema, redeten über andere Dinge. Dennoch spürte Matt, dass das Gespräch dem Abend etwas von seiner Leichtigkeit genommen hatte. Ella wirkte still und ein wenig verschlossen, und als er bemerkte, wie spät es geworden war, beschloss er aufzubrechen. Ella geleitete ihn zur Tür.

»Vielen Dank für die Einladung«, sagte er. »Sie sind eine hervorragende Köchin.«

»Danke.«

»Ich würde mich gern revanchieren. Sie einmal zu mir zum Essen einladen. Allerdings reichen meine Kochkünste nicht an Ihre heran. Ich bringe kaum mehr als Spaghetti zustande.«

»Das wäre schön. Irgendwann mal.«

Am liebsten hätte er einen Tag vorgeschlagen, aber ihre Reaktion zeigte ihm, dass es besser war, es vorerst dabei zu belassen. Er musste an ihre Bemerkung denken, mit Männern habe sie bisher ziemlich viel Pech gehabt, und er hatte das Gefühl, dass Ella eine Frau war, die sich nicht drängen ließ.

»Gute Nacht«, sagte sie.

»Gute Nacht, Ella.« Er wandte sich zum Gehen und hörte, wie die Tür hinter ihm leise ins Schloss fiel.

6

Die Sonne stand hoch am strahlend blauen Himmel. Die *Santorini*, ein zwölf Meter langer Motorkutter, der vor dreißig Jahren in Portland gebaut worden war, fuhr eine halbe Meile vor der Inselküste durch leichte Dünung. Ella hatte das Boot eigenhändig hellblau angestrichen. Das Ruderhaus befand sich am Heck, und auf dem breiten Deck wurden Köder und Hummerkörbe transportiert. Hinter dem Ruderhaus führte eine Luke in den Maschinenraum, zu einer winzigen Kombüse und einer Kajüte. Als sie fünfundzwanzig war, hatte Ella die *Santorini* von ihrem hart verdienten Geld gekauft. Der Bankkredit, den sie zusätzlich aufnehmen musste, reichte für einen Satz Körbe und einen Pick-up. Als sie anfing, in den Küstengewässern der Insel auf Hummerfang zu gehen, warteten viele Leute nur darauf, dass sie scheiterte. Einige meinten, es sei unnatürlich für eine Frau, einen eigenen Kutter zu haben, auch wenn ihr Vater einer der besten Fischer der Insel war. Sie brachte sie alle zum Schweigen, indem sie ihnen zeigte, dass sie Unrecht hatten. Im Winter ging sie auf Krabbenfang, damals, als es noch reichlich Krabben gab, und die restliche Zeit fing sie Hummer. Ein paar Jahre lang war sie erfolgreich, erfolgreicher als die meisten, was ziemlich viel Neid hervorrief, doch dann erhöhte die Regierung die gesetzlich vorgeschriebene Mindestgröße der Hummer, die gefangen werden durften, und setzte weitere Maßnahmen zum Schutz der abnehmenden Bestände durch. Für die Fischer begannen harte Zeiten, und obwohl Ella im Gegensatz zu manch anderem durchhielt, waren die letzten Jahre nicht leicht für sie gewesen.

Zusammen mit Gordon war sie dabei, Körbe einzuholen, die sie vor ein paar Tagen ausgelegt hatten. Eine Stunde vor Morgengrauen waren sie aus dem Hafen ausgelaufen. Ella hatte gerade mal vier Stunden geschlafen, und selbst diese kurze Zeit der Nachtruhe war nicht erholsam gewesen. Jedes Mal, wenn ihr die Augen zufielen und sie sich dankbar in den Schlaf sinken ließ, erschienen ihre ganz persönlichen Dämonen, um sie zu quälen. In ihren Träumen tauchten immer wieder Bilder von ihrem Bruder auf, der als Baby gestorben war, der einzige Sohn ihres Vaters. Und Bilder von dem schrecklichen Sturm im Februar, dem verzweifelten Anruf ihrer Mutter mitten in der Nacht.

Gordon befestigte die Leine eines Korbs an der Holwinde, nachdem er zuvor die Boje entfernt hatte, an der die Leine festgebunden gewesen war. Ellas Bojen waren in derselben Farbe angestrichen wie die *Santorini*, mit zusätzlichen gelben und weißen Ringen, an denen sie deutlich als ihre zu erkennen waren. Gordon war siebzehn und arbeitete seit einem Jahr als Ellas Heckmann. Er schaltete den hydraulischen Motor der Winde ein, mit der die Körbe vom Meeresgrund heraufgehievt wurden.

Gespannt warteten sie ab. Gordon warf ihr einen kurzen Blick zu und bemühte sich zu lächeln. Mit seinem roten Haar und seinem breiten Gesicht glich er seinem Vater, aber die Augen hatte er von seiner Mutter. Als Gordon spürte, dass die Leine zu Ende war, schaute er über die Reling, wo der Korb gerade aus dem Wasser auftauchte. Der Köder war verschwunden, doch der Korb war leer. Er zog ihn an Deck.

»Der Wievielte ist das?«, fragte Ella.

»Der Vierundzwanzigste.«

»Verdammt!«

Sie wandte sich ab, damit er die Tränen der Wut nicht sah, die ihr in den Augen brannten. Sie blinzelte und biss die Zähne zusammen.

»Okay, legen wir einen neuen Köder rein.«

Er zögerte.

»Was ist los?«

»Was ist, wenn es wieder passiert?«

»Dann legen wir sie wieder aus. Wir machen einfach weiter.«

Sie klang entschlossener, als sie sich fühlte. Jeder Korb, den sie an diesem Morgen aus dem Wasser gezogen hatten, war leer gewesen. Der Einkommensverlust eines Tages war schon schlimm genug, aber mit den Körben, die sie am Tag zuvor heraufgeholt hatten, war es dasselbe gewesen. Wenn das so weiterging, eine Woche lang oder womöglich noch länger, wäre sie gezwungen, Gordon zu entlassen. Die Raten für den Pickup und den Kutter und die Hypothekenraten für das Haus ihrer Mutter würden sich schon bald zu einem riesigen Schuldenberg auftürmen. Es war beängstigend, wie selbst eine kleine Pechsträhne ihre Existenz bedrohen konnte. Nur dass dies hier nichts mit Pech zu tun hatte.

Ella nahm einen Köder. Für diese Körbe benutzte sie Schollen, und sie bezahlte fünfundsiebzig Dollar für ein Fass mit den filetierten Überresten der Plattfische. Mit schnellen, aggressiven Bewegungen schlug sie den eisernen Haken durch die Augen von drei Fischgerippen und befestigte sie im Korb. Gordon beobachtete Ella schweigend. Auf einmal warf sie ihm den Korb so heftig zu, dass er beinahe das Gleichgewicht verlor.

»Wir haben nicht den ganzen Tag Zeit. Ich übernehme die Winde«, raunzte sie und tauschte den Platz mit ihm.

Er sah sie verblüfft und leicht gekränkt an, während sie den Kutter in Position brachte.

»Okay«, sagte sie.

Gordon warf den Korb über die Reling. Mit einem Klatschen fiel er ins Wasser und sank schnell, die Leine hinter sich herziehend.

Ella steuerte auf die nächste Boje zu, drehte in einem engen Kreis gegen die Strömung und manövrierte den Kutter gekonnt neben die Boje. Gordon beugte sich über die Reling, zog die Boje mit einem Haken an Bord und legte die Leine um die Winde. Bei der ganzen Aktion hüllte er sich in eisiges Schweigen, und Ella wünschte, sie hätte ihren Ärger nicht an ihm ausgelassen.

»Tut mir Leid, ich wollte dir nicht den Kopf abreißen. Kümmer dich einfach nicht um mich.«

»Warum lassen wir uns das von dem Typ gefallen?«, fragte er unvermittelt.

»Von wem?«

Gordon schüttelte entnervt den Kopf. »Von Jake. Du weißt doch genau, dass er dahinter steckt.«

»Wir wissen es aber nicht mit absoluter Sicherheit.«

»Wer soll denn sonst so was machen?«

Gordon hatte Recht. Sie wusste, dass Jake der Übeltäter war. Seit Bryan vermisst wurde und seit es hieß, die Suche solle eingestellt werden, war er noch mürrischer als gewöhnlich. Außerdem gingen Gerüchte im Hafen um. Immer wieder wurden Bryans Name und die Tatsache, dass Ella ihn mit dem Gewehr bedroht hatte, im selben Atemzug erwähnt. Es war kein Geheimnis, dass sie die Rodericks nicht ausstehen konnte. Vor allem Bryan war ihr zuwider, und seit dem Vorfall hatte ihn niemand mehr zu Gesicht bekommen.

Sie machten sich wieder an die Arbeit und hievten den nächsten Korb hoch. Auch der war leer. Gordon warf Ella einen viel sagenden Blick zu, hielt jedoch den Mund. Er bestückte den Korb mit einem frischen Köder und warf ihn wieder über Bord. Ella warf das Ruder herum und steuerte auf die nächste Boje zu. Sie arbeitete routiniert und gab sich alle Mühe, sich nicht aus der Ruhe bringen zu lassen, während ein Korb nach dem anderen leer aus dem Wasser gezogen wurde. Sie konzentrierte sich auf andere Dinge, ließ ihre Gedanken bewusst in die Vergangenheit schweifen.

Ella musste etwa zwölf oder dreizehn Jahre alt gewesen sein, als sie Matt des Öfteren mit einem Buch in der Hand am Strand hatte sitzen sehen. Er war damals schmal und schlaksig und braun gebrannt. Sein Bruder und ein paar andere Jugendliche schwammen im Meer oder waren mit einem Segelboot draußen. Nur Matt sah sie nie schwimmen. Wenn einer von den anderen Jungs ihm vom Wasser aus etwas zurief und sich in die Wellen stürzte, verzog Matt jedes Mal das Gesicht. Dann wirkte er auf einmal seltsam verletzlich.

Als Kind hatte Ella mit den Touries, die den Sommer in ihren

Ferienhäusern verbrachten, wenig zu tun gehabt. Die Insulaner blieben lieber unter sich. Die Urlauber waren Fremde; sie hätten ebenso gut von einem anderen Planeten stammen können. Es wäre eine Ironie der Geschichte, dachte Ella, wenn die Inselbewohner Howard tatsächlich zum Bürgermeister wählten und sein Yachthafen eine Flut von Fremden anlockte, die das Leben auf der Insel nachhaltig veränderten.

Matt war der erste Junge, für den Ella sich interessiert hatte. Er hatte völlig neue, unbekannte Gefühle in ihr geweckt, und das war sehr verwirrend für sie gewesen. Manchmal, wenn sie ihm auf der Straße begegnete, wäre sie am liebsten auf ihn zugegangen und hätte ihn angesprochen, doch ihr fiel kein einziges Wort ein, das sie zu ihm hätte sagen können. Er war älter als sie und nahm sie kaum zur Kenntnis. Sie hatte keine Ahnung, was für ein Leben er führte, wenn er nicht auf St. George war, genauso wenig wie er eine Vorstellung von ihrem Alltag haben konnte. Hin und wieder sah sie ihn mit einem Mädchen seines Alters sprechen, eine von den Touries, die kesse Kleider trug und Lippenstift benutzte. Vor Eifersucht und Verachtung hätte Ella sie am liebsten angespuckt.

Dann, in dem Sommer, als sie fast sechzehn war, ging sie zum ersten Mal zu einem Tanzfest. Sie trug ein Kleid, das ihre Mutter mit ihr gemeinsam ausgesucht hatte, und außerdem hatte sie sich die Haare ein wenig wachsen lassen. Bei dem Tanzfest fühlte sie sich fehl am Platze, obwohl einige Mädchen dort waren, die sie kannte. Sie kam sich vor wie eine Pralinenschachtel, hübsch verpackt und zum Verzehr angeboten. Jungen, die sie kannten, warfen ihr überraschte Blicke zu. Matt war auch da, und sie wartete darauf, dass er sie bemerkte, dass er zu ihr kam und sie ansprach, aber jedes Mal, wenn sie einen verstohlenen Blick in seine Richtung riskierte, schaute er eine andere an. Schließlich sprach einer der einheimischen Jungen sie an, und sie kam sich ganz komisch vor, weil er sich ihr gegenüber auf einmal vollkommen anders benahm als sonst. Das machte sie verlegen. Bei der erstbesten Möglichkeit flüchtete sie nach draußen in die kühle Nachtluft. Das war das letzte Mal, dass sie Matt gesehen hatte, bis er vor ein paar Monaten auf die Insel zurückgekehrt war.

Jetzt stellte sie fest, dass sie andauernd an ihn denken musste. Was immer es sein mochte, das sich zwischen ihnen entwickelte – es hatte ganz langsam angefangen. Fast unmerklich entstand jedes Mal, wenn sie sich begegneten, eine neue Schicht von Gefühlen. Als er sie nach der Versammlung geküsst hatte, war ihr plötzlich klar geworden, dass sie mehr für ihn empfand, als ihr bewusst gewesen war. Das hatte sie nachdenklich gemacht. Es war sehr lange her, dass sie sich einem Mann nahe gefühlt hatte. Der Vorschlag, Matt zum Essen einzuladen, war von ihrer Mutter gekommen; vielleicht spürte sie, was in Ella vorging. Sie erinnerte sich daran, wie entspannt er an dem Abend zunächst gewirkt hatte. Doch nachdem ihre Mutter zu Bett gegangen war, hatte sich seine Stimmung verdüstert. Offenbar hatte der Tod seines Bruders ihn nicht nur tief getroffen, sondern auch eine große Verbitterung in ihm ausgelöst. Obwohl er sein früheres Leben aufgegeben hatte, betrachtete er die Welt immer noch aus einem engen Blickwinkel, kannte nur schwarz oder weiß. Das beunruhigte Ella. Wie sollte eine Beziehung zwischen zwei Menschen gedeihen, wenn einer der beiden Geheimnisse hatte? Vielleicht hatte sie insgeheim gehofft, dass sie sich Matt anvertrauen konnte, dass er verstehen würde, was geschehen war, aber als sie ihn so hatte reden hören, hatte sie widerstrebend einsehen müssen, dass sie das Risiko nicht eingehen konnte. Das machte sie traurig.

Ella und Gordon arbeiteten ununterbrochen den ganzen Tag. Zuerst holten sie die Körbe ein, die sie entlang des Riffs ausgelegt hatten, und dann noch weitere, die sie in der Nähe der Klippen vor der Seal Bay an der zerklüfteten Westküste verteilt hatten. Insgesamt holten sie zweihundertachtzehn Körbe ein, und in keinem befand sich auch nur ein einziger Hummer, obwohl die Köder verschwunden waren. Ella fragte sich, warum Jake nicht einfach die Leinen durchtrennt hatte, die die Körbe mit den Bojen verbanden, sodass sie nicht nur ihren Fang, sondern auch noch die Körbe verloren hätte, die sechzig Dollar das Stück kosteten. Wahrscheinlich war das seine Art, ihr Leiden zu verlängern. Er provozierte sie. Er wollte zusehen, wie sie nach zehn Stunden harter Arbeit auf See mit leeren Händen in den Hafen zurückkehrte. Am späten Nachmittag machten sie sich auf den Weg zurück nach Sanctuary. Sie waren noch eine Meile von der Insel entfernt, als eine Bewegung im Wasser in einer Entfernung von mehreren hundert Metern Ella wieder zurück in die Gegenwart holte. Eine Rückenflosse stieß durch die Wasseroberfläche, dann noch eine. Fasziniert beobachtete sie, wie eine Herde Schwertwale in nördliche Richtung zog. »Gordon, sieh mal!«, rief sie und deutete mit ausgestrecktem Arm auf die Tiere. Zu dieser Jahreszeit tauchten die Orcas regelmäßig im Golf von Maine auf, wenn auch nicht in großer Zahl, und Ella freute sich jedes Mal, wenn sie das Glück hatte, welchen zu begegnen. Sie kamen aus tieferen Gewässern hierher, um wandernde Fische zu jagen, doch seit einigen Jahren war die Ausbeute für Menschen und Wale gleichermaßen mager. Dass manche Fischer, wie zum Beispiel die Roderick-Brüder, auf jeden Wal schossen, der ihnen vor die Flinte kam, weil die Orcas ihnen angeblich die Fische wegfraßen, machte die Situation nicht besser. Einmal hatte Ella gesehen, wie Bryan Roderick an Deck der *Seawind* stand, das Gewehr auf eine Gruppe Orcas gerichtet, die seinem Kutter ausgewichen war. Als die *Seawind* den Kurs änderte und mit hoher Geschwindigkeit die Verfolgung der Wale aufnahm, hatte Ella Bryan per Funk angedroht, ihn anzuzeigen. Die Rodericks hätten sowieso alles abgestritten, aber zumindest diesmal hatte ihre Drohung sie aufgehalten. Sie erinnerte sich, wie sie durch das Fernglas Bryans wütenden Blick gesehen hatte.

Ella überkam ein Gefühl von Traurigkeit, während sie nun die Orcas vorüberschwimmen sah, als zöge mit ihnen etwas Unwiederbringliches davon.

Eine einsame Dreizehenmöwe stieg hoch in die Luft auf und folgte den Walen.

Der Bulle nahm das Motorengeräusch des kleinen Boots wahr. Er sah die beiden Gestalten an Bord, hörte das Quietschen einer Winde und das Zischen, das beim Einholen eines Hummerkorbs entsteht. Er war den Anblick von Menschen gewöhnt, er kannte die Geräusche, die sie machten, und die Art, wie sie mit Netzen oder Haken riesige Mengen Fische aus dem Meer holten. Er wusste auch, dass manche Schiffe gefährlich werden konnten, und war stets auf der Hut, wenn seine Herde sich in ihrer Nähe aufhielt.

Im Laufe des Vormittags wandten die Wale sich in Richtung Westen und näherten sich der Festlandküste. Direkt vor ihnen registrierte der Bulle die Geräusche eines großen Schwarms Alsen. Drei Orcas schwammen in einem weiten Bogen um die Fische herum, und als sie in Position waren, bewegten sich die anderen, angeführt von dem Bullen, auf den Schwarm zu. Zwei Orcas tauchten in die Tiefe, um zu verhindern, dass die Fische entkamen. Geräuschlos näherten die Schwertwale sich ihrer Beute. In unmittelbarer Nähe der Alsen begannen sie, Geräusche von sich zu geben, eine Kakophonie von Klicklauten und schrillen Schreien, die dazu dienten, die Alsen zu orten und sie zugleich zu erschrecken und zu verwirren. Die Fische stoben auseinander, wurden jedoch von den Orcas, die unter ihnen hinweggetaucht waren, dicht an der Wasseroberfläche zusammengedrängt. In einem verängstigten Pulk flohen die Fische alle in dieselbe Richtung. Ein Stück weiter warteten die drei Orcas, die einen weiten Bogen geschwommen waren, auf ihre ahnungslose Beute.

Auf ein Signal des Bullen hin griffen sie an, stießen Furcht erregende Laute aus und schossen auf den Fischschwarm zu. Die Alsen gerieten in Panik, schwammen orientierungslos in einem dichten Knäuel umher. Die Orcas durchbrachen die Wellen, sprangen hoch in die Luft und ließen sich mit ihrem ganzen Gewicht ins Wasser zurückfallen, um die Fische durch die Druckwellen zu betäuben. Dann stießen sie einer nach dem anderen in den Schwarm vor, um zu fressen.

In der Nähe lag ein kleines Boot mit Außenbordmotor vor Anker, und die beiden Männer, die mit ihren Angelruten darin saßen, bemerkten das Geschehen zunächst gar nicht. Beim ersten Angriff der Orcas brachen viele Alsen aus dem Schwarm aus und suchten Schutz in der Nähe des Boots.

Den Männern fiel auf, dass es plötzlich um sie herum von Dreipfündern nur so wimmelte.

»Was zum Teufel …«, stieß einer von ihnen hervor und sah seinen Freund verblüfft an.

Sofort bestückten die beiden ihre Angelhaken mit frischen Ködern und warfen die Angeln aus, doch keiner der Fische biss an.

»Sieht so aus, als hätte irgendwas sie erschreckt.«

Der andere Mann sah sich um. Etwa zweihundert Meter von ihnen entfernt wurde die Wasseroberfläche von unzähligen, panisch zappelnden Fischen aufgewühlt, und dann entdeckte er die Rückenflossen mehrerer Orcas, die auf sie zukamen.

Er erbleichte und deutete mit der Hand in die Richtung. Sein Freund folgte seinem Blick.

»Oh, verdammt«, sagte er leise.

In fünfzig Metern Entfernung brach ein Orca aus den Wellen, sein großer, schwarzer Rücken und seine schneeweiße Brust waren deutlich zu erkennen, als er meterhoch in die Luft schnellte und sich dann mit einem gewaltigen Klatschen ins Meer zurückfallen ließ.

»Mein Gott«, flüsterte einer der Männer ergriffen

Sein Freund ließ die Angel fallen und versuchte, den Außenbordmotor zu starten. Die Wellen, die die Orcas verursachten, brachten das kleine Boot gefährlich zum Schaukeln. Plötzlich schrie der andere Mann auf und deutete entsetzt auf eine anderthalb Meter hohe Rückenflosse, die in einiger Entfernung aus dem Wasser ragte. Der sechs Tonnen schwere Orca schoss mit einer Geschwindigkeit von etwa fünfundzwanzig Knoten auf das Boot zu.

»Um Gottes willen, der kommt direkt auf uns zu«, rief der Mann am Motor.

Die beiden Männer klammerten sich mit weit aufgerissenen Augen am Dollbord fest. Im allerletzten Augenblick änderte der Schwertwal die Richtung, doch die Welle, die er ausgelöst hatte, brachte das Boot beinahe zum Kentern, und einer der Männer fiel ins Wasser. Sein Freund rief ihm etwas zu, lehnte sich über den Bootsrand und streckte ihm den Arm entgegen. Der Mann im Wasser konnte nicht sehen, dass der Orca noch einmal kehrtgemacht hatte und auf ihn zukam. Die riesige Rückenflosse des Wals ragte bedrohlich aus den Wellen.

Der angsterfüllte Ausdruck im Gesicht seines Freundes sagte dem Mann, dass er sich in großer Gefahr befand. Er schwamm, so schnell er konnte, aber seine wasserdurchtränkten Kleider und Schuhe behinderten ihn und er begann, in Panik zu geraten.

»Schneller!«, rief der Mann im Boot.

Verzweifelt ruderte der andere mit den Armen. Er wusste, dass der Orca dicht hinter ihm war. Plötzlich spürte er, wie er von der Bugwelle des Wals hochgehoben wurde, und schrie entsetzt auf. Er rechnete damit, jeden Augenblick von dem riesigen Maul verschlungen und zermalmt zu werden. Er spürte, wie er die verängstigten Alsen mit den Händen streifte, dann wurde er von der nächsten Welle auf das Boot zu getragen, wo sein Freund ihn zu packen bekam.

Es dauerte eine Weile, bis der Mann begriff, was geschehen war. Als er schließlich bemerkte, dass der Blick seines Freundes über ihn hinweg aufs Meer gerichtet war, drehte er sich um und sah die Rückenflosse des Wals in einiger Entfernung untertauchen. Er meinte, einen schrillen Ton zu hören, dann war der Orca verschwunden. Mit einem Mal war die See wieder ruhig, nur von einer leichten Brise bewegt.

Die übrig gebliebenen Alsen hatten sich zerstreut. Die kleinen Fische einzeln zu verfolgen lohnte sich für die Wale nicht, und so formierten sie sich wieder, um ihren Weg fortzusetzen. Der junge Bulle, der auf das Boot zugeschossen war, nahm seine Position an der Flanke ein. Er hatte den Mann im Wasser nicht als Beute betrachtet, genauso wenig wie er auf die Idee gekommen wäre, einen anderen Wal zu fressen. Obwohl der Mann vollkommen hilflos gewesen war, hatte der Orca ihn nicht angegriffen. Er war zwar noch ein Jungtier, doch er hatte bereits gelernt, die Gehirnströme eines hoch entwickelten Raubtiers zu erkennen, das ihm an Intelligenz ebenbürtig war.

7

Die *Santorini* kehrte am späten Nachmittag ohne einen einzigen Hummer in den Hafen zurück. Jake Roderick stand mit einigen Männern neben der *Seawind*. Sie unterhielten sich leise und warfen feindselige Blicke in Richtung der *Santorini*, die gerade anlegte.

Ella gab sich alle Mühe, die Männer zu ignorieren. Gordon sprang auf den Steg, um den Kutter zu vertäuen, dann schnappte er sich ohne Vorwarnung einen kurzen Landungshaken und marschierte auf die Männer zu. Ella rief ihn zurück, und als er nicht reagierte, eilte sie hinter ihm her. Bei der *Seawind* angekommen, baute Gordon sich breitbeinig vor den Männern auf, den Haken drohend in der Hand.

»Welcher von euch Mistkerlen hat sich an unseren Körben zu schaffen gemacht?« Er blickte von einem zum anderen. Es schien sie alle zu verblüffen, dass sie von jemandem zur Rede gestellt wurden, den sie für einen kleinen Jungen hielten. Zögernd sahen sie einander an.

»Was ist los? Hat keiner von euch den Mumm, mir ins Gesicht zu sehen?«

»Werd bloß nicht frech«, warnte ihn einer der Männer, behielt jedoch den Haken im Auge und rührte sich nicht.

»Sonst?«, fragte Gordon herausfordernd.

Jake löste sich aus der Gruppe und trat nach vorne. Er wirkte unbeeindruckt. »Sieh zu, dass du zu deiner Mama kommst, bevor ich dir eine Tracht Prügel verpasse, die du so schnell nicht vergisst, Kleiner. Was hast du überhaupt mit dem Ding da vor? Glaubst du im Ernst, du könntest mit so was umgehen?«

Gordon warf einen Blick auf die gefährliche Metallspitze des Landungshakens. Jakes drohender Unterton hatte ihn leicht verunsichert.

»Mit dem Ding kann man einen Mann töten. Ihm glatt den Schädel spalten. Traust du dir das zu? Wenn du damit auf mich losgehst, dann mach dich auf was gefasst.« Jake schlenderte lässig zur *Seawind* hinüber, langte über die Reling und griff sich einen mit Fischblut beschmierten Landungshaken. Er schwang ihn ein paar Mal hin und her, testete sein Gewicht, und dann schlug er damit unvermittelt auf einen Plastikbehälter ein, der auf dem Pier stand. Der Behälter barst mit einem lauten Krachen.

Jake befreite den Haken. »Glaubst du, so was könntest du mit mir machen?«

Gordon wich nicht zurück, doch er wirkte nervös. Die anderen Männer standen abwartend da.

»Du liegst nur deshalb noch nicht am Boden, weil du noch feucht hinter den Ohren bist und weil ich deinen Vater kenne«, sagte Jake. »Ansonsten würde es dir Leid tun, den Haken jemals in die Hand genommen zu haben. Und jetzt mach, dass du Land gewinnst, bevor ich mich vergesse.« Er sprach ruhig, beinahe gleichgültig, seine zur Schau gestellte Lässigkeit ein wohl überlegter Affront.

Gordon geriet ins Wanken, sein Gesicht war gerötet, die Hand, die den Haken hielt, schweißnass. Er spürte die Blicke der Männer. Einige von ihnen grinsten. Er trat einen Schritt vor.

Als Ella ihn erreichte, sah sie, wie seine Schultermuskeln sich spannten, und sie wusste, er war drauf und dran, eine Dummheit zu begehen. »Gordon, nicht!«

Sie packte ihn am Arm. Im selben Augenblick riss Jake ihm den Haken aus der Hand, sodass er beinahe das Gleichgewicht verlor. Mit einer lässigen Bewegung schleuderte Jake den Landungshaken ins Hafenbecken.

»Du solltest einen Jungen keine Männerarbeit verrichten lassen, Ella«, sagte Jake.

Sie beachtete ihn nicht, sondern redete auf Gordon ein.

»Hör nicht auf ihn. Deine Wut ist ja berechtigt, aber so kommen wir nicht weiter.« Verzweifelt überlegte sie, was sie tun sollte, um die Situation zu entschärfen, um dafür zu sorgen, dass Gordon sein Gesicht wahren konnte, ohne sich auf einen Kampf einzulassen, den er nicht gewinnen konnte. Er wirkte angespannt, seine Fäuste waren geballt, und in seinem Gesicht lag die blanke Wut.

»Bitte, Gordon, tu's nicht. Woher soll ich einen neuen Heckmann nehmen, wenn du verletzt wirst? Ich brauch dich auf der *Santorini*. Ohne dich bin ich aufgeschmissen. Und das ist genau das, was er will.«

Sie hoffte inständig, dass Gordons dummer, männlicher Stolz ihn nicht davon abhielt, Vernunft anzunehmen.

»Er darf nicht einfach so davonkommen«, stieß er hervor.

»Das wird er auch nicht. Wir werden es ihm heimzahlen. Aber nicht auf diese Weise. Das ist er nicht wert.«

»Du solltest auf sie hören, Junge«, sagte Jake. »Dein Vater ist wahrscheinlich viel zu nachsichtig mit dir. Vielleicht sollte ich dir doch mal 'ne Lektion erteilen. Wenn du mein Sohn wärst, würd ich dich nicht für dieses verdammte Miststück arbeiten lassen.«

Ella sah Gordon fest in die Augen. »Er versucht nur, dich zu provozieren. Beachte ihn einfach nicht.«

Gordon sagte nichts, doch sie sah, dass er angestrengt nachdachte.

»Bitte, Gordon.«

Schließlich spürte sie, wie er sich ein wenig entspannte. Sie nutzte den Moment, fasste ihn am Arm und führte ihn zurück in Richtung *Santorini*.

»Mit dir bin ich noch nicht fertig, Ella. Ich werde dafür sorgen, dass du für das bezahlst, was du getan hast!«, rief Jake hinter ihr her.

Ella wandte sich nicht um. »Ich möchte, dass du deine Sachen nimmst und nach Hause gehst. Und morgen früh erwarte ich dich frisch und munter an Bord.«

»Ich hab keine Angst vor ihm …«

»Das weiß ich.«

Sie erreichten die *Santorini*, und Ella half Gordon, seine Sachen zusammenzupacken. »Bis morgen, okay?«

Er schaute noch einmal zu den Männern hinüber, die grinsend und feixend auf dem Pier standen.

Dann sah er Ella an und nickte.

Sie blickte ihm nach, bis er außer Sichtweite war, um sicher zu sein, dass er nicht etwa auf die Idee kam, umzukehren und einen neuen Streit vom Zaun zu brechen. Als sie merkten, dass das Schauspiel vorüber war, gingen die Männer auseinander, und Jake sprang auf seinen Kutter. Ella spritzte das Deck der *Santorini* ab und versuchte, sich auf die Arbeit zu konzentrieren, doch sie musste immer wieder an all die leeren Körbe denken, die sie an den letzten beiden Tagen einen nach dem anderen aus dem Wasser gezogen hatten. Sie begann, die beschädigten Körbe abzuladen, die repariert werden mussten, und dann schleppte sie das leere Köderfass auf den Pier. Obwohl sie nicht hinsah, spürte sie, wie Jake sie beobachtete. Sein Blick bohrte sich förmlich in ihren Nacken. Sie hörte derbes Gelächter und Gejohle, das ihren Ohren vertraut war.

Ihr Blick fiel auf ein Stück Kantholz, das auf dem Pier lag, und ohne lange zu überlegen, hob sie es auf und ging auf die *Seawind* zu. Als sie näher kam, sprang Jake von seinem Kutter und ging ihr entgegen.

»Lass gefälligst die Finger von meinen Körben, du verdammter Dreckskerl, sonst kann ich für nichts mehr garantieren«, sagte sie mit vor Wut zitternder Stimme.

Jakes schwarze Augen funkelten. »Bryan hat schon immer gesagt, dir müsste es mal einer ordentlich besorgen, Ella.«

»Das glaub ich dir aufs Wort. Bryan ist ziemlich gut darin, es Frauen zu besorgen, stimmt's?«

»Pass bloß auf, was du sagst, du Schlampe.«

»Sonst?«, entgegnete Ella. »Was passiert sonst, Jake? Worauf wartest du noch, du Großmaul?«

Jake zögerte einen Moment, dann ging er auf Ella los, und sie reagierte ohne nachzudenken, holte aus und schlug mit dem Kantholz nach seinem Kopf. Der Schlag traf ihn an der Schläfe. Blut lief ihm übers Gesicht. Einen Augenblick lang sah er sie verblüfft an, dann sank er zu Boden.

8

Dave Baxter fuhr an den Straßenrand und stieg aus dem Streifenwagen. Er hatte den Tag damit verbracht, zusammen mit zwanzig anderen Männern den Wald um die Bucht herum nach Bryan Roderick abzusuchen. Baxter glaubte nicht, dass sie ihn noch finden würden, und so hatte er beschlossen, die Suche einzustellen. Er blieb im Schatten einer Pappel stehen, die vor dem Supermarkt auf dem Gehweg wuchs, und tastete in seiner Hosentasche nach einem Kaugummi. Vor drei Jahren hatte er das Rauchen aufgegeben und jetzt war er süchtig nach Kaugummi. Außerdem hatte er seither fast zehn Kilo zugenommen, die er nicht mehr loswurde.

Ein Mercedes-Kombi parkte auf der gegenüberliegenden Straßenseite. Er gehörte Kate Little. Baxter wusste, dass sie ihre Einkäufe in diesem Supermarkt erledigte, und in der Hoffnung, sie dort anzutreffen, ging er hinein.

»Hallo, Dave«, begrüßte ihn Julie Eggert. »Das Übliche?«

Sie langte nach einer Familienpackung Wrigley's Spearmint-Kaugummi und reichte sie ihm. Baxter kannte Julie seit seiner Kindheit. Sie war das hübscheste Mädchen in der ganzen Schule gewesen, doch jetzt wog sie fast neunzig Kilo und begann nach Luft zu japsen, wenn sie mehr als hundert Meter zu Fuß ging. Sie war mit einem Fischer verheiratet und hatte sechs Kinder, was wohl erklärte, warum sie zehn Jahre älter wirkte, als sie tatsächlich war.

»Danke«, sagte Baxter und sah sich verstohlen nach Kate Little um.

»Ist das alles?«

»Eigentlich könnte ich mir noch was fürs Abendessen mitnehmen, wo ich schon mal hier bin.«

»Klar.«

Baxter ging an den Kühlregalen im hinteren Teil des Ladens entlang und legte eine Packung Hamburger in seinen Einkaufswagen. Dann schlenderte er durch sämtliche Gänge, konnte Kate jedoch nirgends entdecken. Als er schließlich zur Kasse zurückging, war sie gerade dabei, den Inhalt ihres Einkaufswagens auf das Band zu legen.

»Du kannst drüben bei Lisa bezahlen, Dave, dann brauchst du nicht zu warten«, meinte Julie.

»Ist schon gut, ich hab Zeit.« Baxter nahm eine Zeitschrift aus dem Regal an der Kasse, und während er darin blätterte, schaute er hin und wieder aus den Augenwinkeln zu Kate hinüber. Nachdem sie alles auf das Band gelegt hatte, kramte sie in ihrer Handtasche nach ihrem Portemonnaie. Sie hatte pechschwarzes Haar, das ihr bis fast zur Taille reichte. Wie es sich wohl anfühlte? Es sah so weich und seidig aus, und es erinnerte ihn irgendwie an feinen Nieselregen an einem Sommerabend. Ihre Nägel waren passend zu ihrem Lippenstift leuchtend rot lackiert, und die Ärmel ihrer weißen Leinenbluse waren umgeschlagen, sodass ihre schmalen Handgelenke zur Geltung kamen. Die Bluse sah teuer aus, ebenso ihre Hose und ihre Schuhe. Sie trug mehrere auffällige Ringe, mit Diamanten, wie Baxter annahm.

Julie hatte alle Preise in die Kasse eingegeben und nannte Kate den Endbetrag. Ohne zu lächeln, nahm sie die Kreditkarte entgegen und schob sie in das Lesegerät, dann wandte sie sich um und begann, Lisa, die an der Kasse nebenan saß, irgendwas zu erzählen, was eins ihrer Kinder ausgefressen hatte. Falls Kate der subtile Affront aufgefallen war, ließ sie es sich jedenfalls nicht anmerken. Sie schaute einfach gelassen aus dem Fenster zur Straße hinaus. Baxter runzelte die Stirn.

Nachdem Kate alles eingepackt hatte, stellte Baxter die Zeitschrift ins Regal zurück und bezahlte seine Kaugummis und seine Hamburger.

»Hast du das gesehen?« Julie schaute Kate nach, die gerade den Supermarkt verließ. »Zwei Flaschen Wodka.« Sie zog abschätzig die Mundwinkel nach unten.

Vor einer Woche hatte Baxter Dan Eggert, Julies Ehemann, vor dem *Schooner* in seinem eigenen Erbrochenen liegend vorgefunden und den vor sich hin jammernden Mann nach Hause gefahren, doch das erwähnte er jetzt nicht.

»Ich fürchte, wenn Howard Larson die Wahl gewinnt, müssen wir uns dran gewöhnen, dass noch viel mehr von ihrer Sorte hier rumstöckeln«, fügte Julie resigniert hinzu.

»Dann hast du also vor, für Ella zu stimmen?«

Julie zog die Brauen zusammen. »Ich weiß nicht. Dan will vielleicht einen kleinen Laden aufmachen, wo man Fischsuppe und Hummer und so Sachen kaufen kann. Er sagt, diese ganzen Touristen würden einem das Zeug aus der Hand reißen.« Sie machte ein nachdenkliches Gesicht, als malte sie sich aus, wie sie in ihrem eigenen Laden hinter dem Tresen stand. »Und außerdem gibt's da diese Gerüchte über Ella, weil doch Bryan Roderick verschwunden ist und so.« Sie errötete, als ihr plötzlich bewusst wurde, mit wem sie redete.

»Wie kannst du bloß auf so was hören?«, sagte Baxter. Er nahm seine Kaugummis und seine Hamburger, und während er nach draußen ging, versuchte er, sich vorzustellen, wie Dan Eggert ein eigenes Geschäft führte. Dan arbeitete auf einem Schleppnetzkutter namens *Rose Marie*, und wenn er nicht arbeitete, war er meistens betrunken. Baxter schüttelte den Kopf. Manche Leute hatten einfach keinen Funken Verstand.

Kate war gerade dabei, ihre Einkäufe in den Kofferraum zu laden, und einen Augenblick überlegte Baxter, zu ihr hinüberzugehen und ihr seine Hilfe anzubieten, doch bevor ihm eingefallen war, was er sagen konnte, stieg sie schon in den Wagen und fuhr davon. Wehmütig sah er ihr nach. Er hatte es nie verstanden, Frauen gegenüber selbstbewusst aufzutreten. Das Funkgerät in seinem Wagen riss ihn aus seinen Gedanken. Er beugte sich durch das Fenster und holte das Mikro heraus.

»Was gibt's, Martha?«, fragte er.

»Chief? Tom Spencer hat gerade angerufen. Am Hafen hat's Ärger gegeben. Am besten, Sie fahren gleich mal hin.«

»Was für Ärger?«

»Ella Young. Sie hat sich anscheinend mit Jake Roderick angelegt.«

Baxter runzelte die Stirn, wunderte sich jedoch nicht. Er hatte befürchtet, dass es früher oder später so weit kommen würde. »Okay. Bin schon unterwegs.«

Anne Laine arbeitete seit neun Jahren als Ärztin in Sanctuary Harbor. Ursprünglich war sie auf die Insel gekommen, um Urlaub zu machen, um einmal alles hinter sich zu lassen, aber dann gefiel es ihr so gut, dass sie beschloss, dort zu bleiben, und obwohl die langen Winter ihr hin und wieder auf die Nerven gingen, hatte sie die Entscheidung nie bereut. Sie verdiente weniger als früher, doch die Insel und der Anblick des Meeres und die Einsamkeit der Wälder machten das mehr als wett. Die Einheimischen waren manchmal ein bisschen verschlossen, aber in all den Jahren, die sie jetzt hier lebte, hatte sie noch nie ihre Haustür verriegelt, und sie fürchtete sich nicht, nachts allein durch dunkle Straßen zu gehen, was heutzutage alles andere als selbstverständlich war. Nachdem sie Jakes Kopf verbunden hatte, gab sie ihm ein Rezept. Er nahm es entgegen, ohne einen Blick darauf zu werfen.

»Schlucken Sie alle vier Stunden zwei davon. Sie werden ein paar Tage lang Kopfschmerzen haben, aber es besteht kein Grund zur Sorge«, erklärte sie in sachlichem Ton.

Im Wartezimmer saß Baxter und hörte sich an, wie Howard Larson seine Empörung über Ellas Verhalten zum Ausdruck brachte. »Und diese Frau erwartet tatsächlich, dass die Leute sie wählen«, sagte er kopfschüttelnd.

Baxter hörte ihm nur mit halbem Ohr zu. Als Anne erschien und Howards Redeschwall unterbrach, stand Baxter erleichtert auf und trat ihr entgegen. »Wie geht's dem Patienten?«

»Er wird's überleben. Er hat zwar einen ordentlichen Schlag abbekommen, aber es gibt keine Anzeichen für eine Fraktur.«

»Tja, der Bursche hat einen ziemlich harten Schädel«, meinte Baxter. Anne hob die Brauen und lächelte.

Howard machte ein mürrisches Gesicht. »Ich habe den Eindruck, Sie nehmen die Sache nicht ernst, Chief. Sie hätten ihn mal sehen sollen, als ich ihn hergebracht habe. Er war blutüberströmt. Es war reiner Zufall, dass Ella ihn nicht totgeschlagen hat.«

»Ich wage zu bezweifeln, dass sie das vorhatte, Howard.«

Anne bat die beiden ins Sprechzimmer. Baxter ging vor, und Howard folgte ihm, wobei er weiterhin ununterbrochen auf Baxter einredete.

»Ich weiß nicht, diese Frau ist unberechenbar, das sehen Sie doch selbst. Womöglich war das nicht das erste Mal, dass so was passiert ist«, fügte er mit einem viel sagenden Blick hinzu.

Baxter wandte sich um. Ihm war klar, worauf Howard hinauswollte. »Wir wollen doch keine voreiligen Schlüsse ziehen.«

»Ach, kommen Sie schon, Chief. Hier weiß doch jeder, dass Ella Bryan bedroht hat. Und Sie haben ihn da draußen im Wald immer noch nicht gefunden, stimmt's?«

Howard sah höchst zufrieden aus, fand Baxter. Alles, was ein schlechtes Licht auf Ella warf, wirkte sich für ihn günstig aus. Am Hafen war das Gerede ziemlich schnell losgegangen, die Leute hockten in den Kneipen, zählten zwei und zwei zusammen und hatten gleich eine plausible Erklärung parat. »Er wird schon wieder auftauchen«, sagte Baxter, klang jedoch wenig überzeugt. In Wirklichkeit bereitete ihm die ganze Sache immer mehr Kopfzerbrechen.

»Sie sollten sie hinter Schloss und Riegel bringen, bevor sie jemanden umbringt. Mein Gott, sehen Sie sich ihn bloß an.«

Jake saß auf einem Stuhl und betastete vorsichtig seinen Kopf.

Baxter fragte sich, ob Howard gezielt versuchte, Unfrieden zu stiften, und wie viel er mit all dem zu tun hatte. »Indem Sie solche Reden schwingen, helfen Sie niemandem, Howard.« Er zog einen Stuhl heran und setzte sich Jake gegenüber. »Wollen Sie mir erzählen, was vorgefallen ist?«

»Das kann ich Ihnen genau sagen. Ella, dieses Miststück, ist mit 'nem Kantholz auf mich losgegangen. Sie hätte mich fast totgeschlagen.«

Baxter wickelte einen Kaugummi aus. Etwas Blut war durch Jakes Verband gesickert, und Baxter beobachtete fasziniert, wie der Fleck allmählich größer wurde. Unwillkürlich fragte er sich, wie Ella es geschafft hatte, einen Mann fertig zu machen, der doppelt so groß und zehnmal so bösartig war wie sie. Zähneknirschend musste er sich eingestehen, dass er sie in gewisser Weise bewunderte, auch wenn ihn die ganze Geschichte irritierte. Die Frage war, wozu sie sonst noch fähig war, wenn jemand sie wirklich zur Weißglut brachte.

»Wie ist es dazu gekommen?«, erkundigte er sich.

»Warum zum Teufel fragen Sie Ella nicht danach?«

»Mit Ella unterhalte ich mich später, jetzt rede ich mit Ihnen.«

»Fragen Sie sie auch nach Bryan, wenn Sie schon mal dabei sind? Es sind jetzt schon vier verdammte Tage.«

»Das haben wir doch bereits alles ausführlich besprochen«, erwiderte Baxter. Seit Mittwoch kam Jake täglich zweimal in sein Büro. Allmählich hegte Baxter den Verdacht, dass Howard Jake Feuer unter dem Hintern machte.

»Sie hat ihn mit 'ner Flinte bedroht, Herrgott noch mal«, mischte sich Howard ein. »Und es gibt reichlich Zeugen, die das gesehen haben.«

»Genau, und sie haben ihn alle hinterher weggehen sehen. Kommen Sie, Howard, halten Sie sich ein bisschen zurück.« Baxter wandte sich wieder an Jake. »Eine Privatfehde mit Ella anzuzetteln macht die Sache nicht besser, Jake. Ich habe mit Tom Spencer gesprochen, und er hat mir gesagt, dass irgendjemand seit Tagen Ellas Hummerkörbe plündert. Sie wissen nicht zufällig irgendwas darüber?«

»Wollen Sie das etwa mir in die Schuhe schieben?«

»Nein, ich versuche nur rauszufinden, wie das alles angefangen hat. Ich vermute, Ella hat einen Grund für ihr Verhalten.«

»Was das angeht, würde ich vorschlagen, erkundigen Sie sich am besten bei ihr selbst«, meinte Howard.

»Ella ist bereits festgenommen worden. Ich werde mich schon noch mit ihr befassen, machen Sie sich da mal keine Sorgen.«

Howard lächelte tatsächlich. »Sie haben sie verhaftet?«

»Freuen Sie sich nicht zu früh, Howard. Und Sie, Jake, wollen Sie Anzeige wegen Körperverletzung erstatten?«

»Natürlich will er das«, sagte Howard.

Baxter überging Howards Einwurf. »Falls Sie sich dazu entschließen«, erklärte er, »werden wir auf beiden Seiten ermitteln müssen. Und ich schätze, dann müssen wir ganz genau rekonstruieren, wie es dazu kam, dass Ella Ihnen diese Kopfverletzung beigebracht hat. Das gibt womöglich einen interessanten Artikel im *Island Herald.*« Er ließ Jake Zeit, sich auszumalen, wie sämtliche Inselbewohner beim Frühstück die Zeitung lasen und erfuhren, dass eine Frau ihn außer Gefecht gesetzt hatte.

Jake starrte ihn wütend an.

»Ich nehme an, das heißt nein.« Baxter erhob sich. »Wir sehen uns später, Howard.« Grinsend verließ er die Praxis.

Matt saß im Café und hörte ein paar Männer am Nebentisch über den Vorfall diskutieren. Als Ellas Name fiel, dachte er, es handele sich um einen Irrtum, doch als er später von seiner Kanzlei aus auf dem Polizeirevier anrief, erfuhr er, dass Ella dort war.

»Haben Sie sie verhaftet?«, erkundigte er sich.

»Das müssen Sie den Chief fragen«, erklärte Officer Williams. »Er müsste jeden Augenblick zurück sein.«

Matt legte auf und hängte ein Schild mit der Aufschrift »Bin in zehn Minuten zurück« an die Tür seiner Kanzlei. Als er auf der Polizeiwache eintraf, war Baxter bereits aus der Arztpraxis zurück und begrüßte ihn mit einem leicht verblüfften Gesichtsausdruck.

»Tag«, sagte Matt, und die beiden Männer schüttelten sich die Hände. Sie hatten sich kurz nach Matts Umzug auf die Insel kennen gelernt. Matt hatte sich dem Polizeichef offiziell vorgestellt und dabei den Eindruck gewonnen, dass er ein typischer Kleinstadtpolizist war, der jeden kannte und über alles Bescheid wusste. Bei einer Tasse Kaffee hatte Baxter ihm erzählt, die Kriminalitätsrate auf der Insel sei äußerst niedrig und es seien kaum schlimmere Verbrechen zu verzeichnen als hin und wieder ein Fall von Vandalismus oder kleinere Diebstähle, von denen die meisten sowieso nicht angezeigt würden. Häufig handele es sich bei diesen Straftaten um das Ergebnis seit Jahren bestehender Fehden zwischen rivalisierenden Fischern, die von den beteiligten Parteien auf ganz eigene Weise geregelt würden. Obwohl Baxter seine Rolle als Polizist ziemlich entspannt zu sehen schien, hatte Matt den Eindruck gewonnen, dass er stets nahe am Geschehen war und wusste, wann er einschreiten musste, damit die Dinge nicht aus dem Ruder liefen.

»Russ hat mir von Ihrem Anruf berichtet, Mr. Jones«, sagte Baxter reserviert. »Vertreten Sie Ella?«

»Braucht sie denn einen Rechtsbeistand?«, entgegnete Matt. »Und übrigens, Sie können mich Matt nennen.«

»Also, Ella wurde nicht verhaftet, falls Sie das meinen. Sie hat nicht erwähnt, dass sie Sie angerufen hat.«

»Das hat sie auch nicht, ich habe nur zufällig ein Gespräch im Café mit angehört und daraufhin beschlossen, mal vorbeizuschauen und zu sehen, ob ich ihr irgendwie behilflich sein kann.«

Baxter musterte ihn argwöhnisch.

»Ich bin nicht auf der Suche nach einer Mandantin, Chief, falls Sie das annehmen. Ich bin mit Ella befreundet, das ist alles.«

»Das hatte ich auch nicht angenommen«, erwiderte Baxter, doch Matt hätte darauf wetten können, dass er log.

»Was ist denn genau vorgefallen? Ich habe etwas von einer Schlägerei auf dem Pier gehört.«

Baxter wirkte nachdenklich, sogar besorgt. »Ja. Ich schätze, ich hätte damit rechnen müssen. Ella und die Rodericks waren noch nie die besten Freunde, um es vorsichtig auszudrücken, aber es sieht so aus, als würden die Dinge eskalieren. Jake und Ella hatten heute einen Streit, der damit endete, dass Ella sich ein Kantholz geschnappt und Jake damit eins über den Schädel gezogen hat.«

»Das hat Ella tatsächlich getan?« Matt wusste, dass sie knallhart sein konnte und in der Lage war, sich in einem Streit zu behaupten, doch die Vorstellung, dass sie sich auf eine Schlägerei mit einem Mann einließ und die Oberhand gewann, war etwas ganz anderes.

»Ella bestreitet nicht, ihn geschlagen zu haben«, fuhr Baxter fort. »Aber ich habe mit der Ärztin gesprochen, und sie sagt, Jake hat keine ernsthaften Verletzungen davongetragen. Er wird übrigens keine Anzeige erstatten. Die Idee schien ihm nicht mehr so verlockend, als er sich ausmalte, wie die Leute in der Zeitung lesen würden, dass er von einer Frau verprügelt worden ist.«

»Sie muss einen Grund gehabt haben, ihm eins überzubraten«, überlegte Matt. »Wahrscheinlich hat sie in Notwehr gehandelt.«

»Ella hat ihre Existenzgrundlage verteidigt, wenn Sie so wollen. Jemand hat die Hummerkörbe geplündert, die sie heute eingeholt hat, und zwar alle ohne Ausnahme. Das ist eine Menge Arbeit ohne Lohn.«

»Hat Jake das getan? Hat er es zugegeben?«

Baxter schüttelte den Kopf. »Das brauchte er nicht. Er war's.«

»Aber warum sollte er ihre Hummerkörbe plündern?«

»So was kommt vor. Die Leute geraten in Streit darüber, wer wo fischen darf, oder es ist irgendeine persönliche Geschichte, die auf diese Weise ausgetragen wird. Normalerweise kappen sie ein paar Taue oder plündern zwei, drei Körbe. Aber gewöhnlich nimmt es nicht solche Ausmaße an. Es gibt eine Art ungeschriebenes Gesetz, an das sich die Fischer halten. Sie haben ihre eigenen Regeln. Sich ein bisschen an den Körben eines anderen zu schaffen zu machen, ist eine Sache, das reicht nicht aus, um jemanden an den Rand des Ruins zu treiben. Aber diese Geschichte geht entschieden zu weit.« Baxter runzelte die Stirn, und seine Miene verdüsterte sich.

»Und was bringt Jake dazu, den Bogen zu überspannen?«

»Sie waren doch neulich auf der Versammlung, oder? Dann wissen Sie also Bescheid über Howard Larsons Pläne, einen Yachthafen auf der Insel zu bauen. Wegen dieser Sache liegen Ella und die Rodericks sich schon eine ganze Weile in den Haaren, und jetzt ist auch noch Bryan verschwunden. Die Leute fangen an zu reden.« Baxter merkte, dass Matt ihm nicht folgen konnte. »Sie haben doch sicherlich davon gehört, oder?«

Während der vergangenen Tage hatte Matt Henry beim Ausschachten des Fundaments für den Schuppen geholfen, in dem die Apfelpresse untergebracht werden sollte, und war lediglich ein paar Mal in die Kanzlei gefahren, um den Anrufbeantworter abzuhören, nur um festzustellen, dass keine Nachrichten für ihn da waren. Er hatte gehört, dass Bryan vermisst wurde und ein Suchtrupp die Gegend durchkämmte, doch er hatte das alles nicht mit Ella in Zusammenhang gebracht.

»Was wird denn geredet?«

Baxter seufzte. »Ich dachte, Sie wüssten davon. Es scheint im Moment das einzige Gesprächsthema im Hafen zu sein. Ella hat Bryan am Abend vor seinem Verschwinden mit einem Gewehr bedroht.«

»Sie hat ihn bedroht?«, wiederholte Matt ungläubig. »Was genau bedeutet das?«

»So wie Ella es darstellt, hatten sie einen heftigen Streit, und Bryan machte Anstalten, auf ihren Kutter zu kommen. Da hat sie sich ihr Gewehr geschnappt und ihm geraten, sich das noch mal zu überlegen, denn es könnte das Letzte sein, was er je tun würde. Oder so ähnlich. Sie behauptet allerdings, das Gewehr sei nicht geladen gewesen«, fügte Baxter hinzu.

Matt schüttelte den Kopf. »Moment mal, Sie wollen doch nicht andeuten, dass das irgendetwas mit Bryans Verschwinden zu tun hat, oder?«

»Es geht nicht darum, was ich annehme. Ich sage nur, dass die Leute reden, und Jake ist nicht der Typ, der tatenlos rumsitzt, wenn er sich einmal was in den Kopf gesetzt hat. Ella sagt, sie hätte Bryan nach dem Streit nicht wieder gesehen, und mehrere Zeugen haben beobachtet, wie er von ihr wegging. Ich habe keine Ahnung, was mit ihm passiert ist.«

»Ich denke, ich sollte jetzt mal mit Ella reden«, meinte Matt.

»Bitte sehr.« Baxter deutete auf eine Tür. »Sie ist in meinem Büro.«

Ella schien überrascht, Matt zu sehen. Er zog einen Stuhl heran und setzte sich ihr gegenüber. Dabei gab er sich alle Mühe, sich nicht anmerken zu lassen, dass ihn das, was Baxter ihm erzählt hatte, irritierte, vor allem die Sache mit dem

Gewehr. Er führte sich vor Augen, welchem Druck Ella in letzter Zeit ausgesetzt war, wegen der Wahl und wegen der Schikanen der Rodericks, und kam zu dem Schluss, dass sie höchstwahrscheinlich nichts mit Bryans Verschwinden zu tun hatte. Er lächelte sie an in der Annahme, ein freundliches Gesicht würde ihr jetzt gut tun.

»Wie geht's?«

Sie rang sich ein schwaches Lächeln ab. »Geht so. Was machen Sie hier?«

»Ich habe von Ihren Schwierigkeiten gehört und dachte, ich könnte vielleicht helfen. Baxter sagt, Jake wird keine Anzeige erstatten.«

Ella schien sich nicht darüber zu wundern. Sie sah Matt an, als versuchte sie, seine Gedanken zu lesen. »Ich hätte ihn nicht schlagen dürfen. Wahrscheinlich haben mir die Dinge, die in letzter Zeit passiert sind, mehr zugesetzt, als ich dachte.«

»Baxter hat mir von Ihren Problemen mit den Rodericks erzählt. Wie lange geht das denn schon?«

Ella schüttelte resigniert den Kopf. »Seit drei, vier Monaten. Sie haben mir schon immer Ärger gemacht, aber seit ich mich entschlossen habe, für das Bürgermeisteramt zu kandidieren, ist alles noch schlimmer geworden. Ich bekomme Anrufe, bei denen sich keiner meldet. Einmal wollte mein Pick-up nicht anspringen, und als ich die Kühlerhaube aufmachte, musste ich feststellen, dass jemand die Batterie gestohlen hatte. Ein- oder zweimal hörte ich nachts im Dunkeln Schritte hinter mir, aber als ich mich umdrehte, war niemand da. Solche Sachen.«

»Haben Sie Anzeige erstattet?«

»Weswegen denn? Ein paar anonyme Anrufe? Schritte im Dunkeln?«

Matt verstand, was sie meinte. Jeder Vorfall für sich betrachtet war nicht mehr als einfacher Diebstahl oder Belästigung. Insgesamt gesehen sicherlich beängstigend, aber schwer nachzuweisen.

»Ich glaube, vor kurzem hat jemand versucht, in die *Santorini* einzubrechen. Vielleicht hatten sie vor, den Motor zu manipulieren oder so was Ähnliches«, sagte Ella.

»Und Sie nehmen an, das waren die Rodericks?«

»Ich bin mir ziemlich sicher. Die Anrufe und die Schritte im Dunkeln waren eher Bryans Stil, aber letzten Endes steht Jake seinem Bruder an Boshaftigkeit in nichts nach.«

»Haben Sie sich am Montag wegen des versuchten Einbruchs mit Bryan gestritten?«

Ella hielt Matts Blick stand; die unterschiedliche Farbe ihrer Augen machte ihn leicht nervös. »Ja.«

»Baxter sagt, Sie hätten Bryan mit einem Gewehr bedroht.«

»Es war nicht geladen.«

»Aber Sie haben die Waffe auf ihn gerichtet?«

»Ja.«

»Sie wissen sicher, dass man darüber redet, jetzt, wo Bryan verschwunden ist?«

»Ja, ich hab davon gehört.«

Matt zögerte. Irgendwie erwartete er, sie würde noch etwas hinzufügen, wenn er auch nicht wusste, was. Wollte er von ihr hören, dass sie nichts mit Bryans Verschwinden zu tun hatte? Er musste an den Abend denken, als er mit ihr und ihrer Mutter zu Abend gegessen hatte, wie er den Eindruck gehabt hatte, ihr liege etwas auf der Seele. War es das gewesen, was sie bedrückt hatte? Er erinnerte sich, wie sie ihn später am Abend nach seinen Gefühlen in Bezug auf Paulies Tod und nach seiner Meinung über das amerikanische Rechtssystem gefragt hatte. Ob es da einen Zusammenhang gab? Sie musterte ihn, und ihrem Gesichtsausdruck nach zu urteilen, erriet sie seine Gedanken.

»Sie hätten mir eher davon erzählen sollen«, sagte er, wohl wissend, dass sich das vorwurfsvoll anhörte.

»Sie meinen, bevor ich die Dinge selbst in die Hand genommen habe? Finden Sie, ich habe falsch gehandelt?«

»Ich glaube einfach, jemanden mit einer Schusswaffe zu bedrohen ist keine Lösung.«

Einen Augenblick lang war sie wütend. Er sah es am Aufblitzen ihrer Augen, die sich zu schmalen Schlitzen verengten. Dann war es vorbei, und sie wirkte nur noch erschöpft.

Matt wünschte, er hätte den Mund gehalten. Im Moment brauchte sie keine Zurechtweisung, sondern Unterstützung. Es herrschte verlegenes Schweigen. »Hören Sie, Sie haben einen anstrengenden Tag hinter sich. Sie brauchen nicht länger hier zu bleiben. Ich werde Sie nach Hause bringen, wenn es Ihnen recht ist.«

Nach kurzem Zögern nickte sie. »Danke.«

Beim Hinausgehen erkundigte Baxter sich bei Ella, ob alles in Ordnung sei. Er bat sie, falls es wieder Ärger mit Jake geben sollte, zu ihm zu kommen, bevor sie erneut versuchte, die Sache selbst in die Hand zu nehmen. Ella versprach es.

»Passen Sie auf sich auf«, sagte Baxter und sah ihr mit leicht besorgtem Blick nach.

9

Es war ein langer Tag gewesen, und Baxter wollte sich gerade auf den Heimweg machen, als Russ Williams in sein Büro kam und sagte, jemand wolle ihn sprechen. Es war nach acht, und Baxter hatte Hunger. Der Vorfall mit Jake und Ella hatte einen üblen Nachgeschmack bei ihm hinterlassen; er befürchtete, wenn Bryan nicht bald auftauchte, würde es Ärger geben. Ihm war nicht danach, sich an diesem Tag mit noch mehr Problemen herumzuschlagen.

»Kann das nicht bis morgen warten?«

»Es ist Carl Johnson, Chief. Ich schätze, es wird Sie interessieren, was er zu sagen hat.«

Baxter seufzte. »Also gut, schicken Sie ihn rein.«

Carl Johnson sah in seinen Jeans und dem verschwitzten Sweatshirt aus, als käme er direkt vom Hafen oder aus der Kneipe. Er verströmte nicht nur Fischgeruch, sondern hatte auch noch eine Alkoholfahne. Baxter reichte ihm die Hand. Carls Hände waren knochig und schwielig, seine blauen Augen wässrig.

»Was kann ich für Sie tun, Carl?«

»Tja, die Sache ist die, wir waren ein paar Tage draußen und sind erst heute Nachmittag im Hafen eingelaufen. Da hab ich gehört, was hier los ist.«

Baxter wusste nicht, wovon Carl redete. »Was hier los ist?«

»Die Sache mit Bryan. Dass er vermisst wird.«

Baxter wurde hellhörig. »Haben Sie ihn gesehen?«

»Äh, nein. Jedenfalls nicht direkt.«

»Nicht direkt?« Baxter war nicht in der Stimmung, sich auf Rätselraten einzulassen. »Wenn Sie irgendwas über die Sache wissen, spucken Sie's gefälligst aus.«

»Naja, wir ... also, Billy Pierce und ich«, begann Carl. »Sie wissen doch, dass Billy für mich arbeitet? Wir sind Montagabend ausgelaufen. Da wurde Bryan doch zum letzten Mal gesehen, oder? Jedenfalls sind wir nach Nordosten gefahren, Richtung Coffins Shelf, und da haben wir Ellas Kutter gesehen. Die *Santorini.*«

Als Carl Ellas Namen erwähnte, hob Baxter die Hand, bedeutete Carl, Platz zu nehmen, und setzte sich an seinen Schreibtisch. Er wusste zwar nicht, worauf dieses Gespräch hinauslaufen würde, aber er wollte sich für alle Fälle ein paar Notizen machen. »Russ, haben Sie einen Stift für mich, dieses verdammte Ding schreibt nicht.« Russ Williams zog einen Kuli aus seiner Brusttasche und reichte ihn Baxter. Der nahm ein Blatt Papier aus einer Schublade. »Sie haben also Ella gesehen. Um wie viel Uhr?«

»Etwa Viertel nach drei Uhr früh.«

»Sagen Sie dem Chief, was Sie gehört haben«, mischte sich Russ ein. Baxter warf ihm einen strengen Blick zu, damit klar war, wer hier die Fragen stellte.

Carl runzelte die Stirn. »Ach ja, richtig. Etwa eine Stunde vorher kam es mir so vor, als hätte ich was gehört. Einen Schuss.«

»Einen Schuss?«

»So kam's mir jedenfalls vor. Vielleicht waren es auch mehrere, aber das weiß ich nicht, weil Billy gerade anfing, an der Winde zu kurbeln, und ich nichts mehr hören konnte. Auf jeden Fall hab ich den Motor gedrosselt, um besser hören zu können, weil ich mich gefragt hab, wer da mitten in der Nacht rumballerte.«

»Und da haben Sie Ella gesehen?«

»Nein, das war später.«

»Wo waren Sie denn, als Sie den Schuss hörten?«

»Vielleicht 'ne Viertelmeile draußen vor der Stillwater-Bucht, würd ich sagen.«

»Sie haben also einen Schuss gehört. Und was geschah dann?«

Carl zuckte die Achseln. »Dann haben wir mit dem Fischsucher 'n Schwarm Makrelen ausgemacht. Normalerweise haben wir nicht so viel Glück, kaum dass wir aus dem Hafen ausgelaufen sind, und wir wollten uns die Chance nicht entgehen lassen und haben ein Netz ausgeworfen. Es war 'n bisschen mühsam, aber wir haben 'nen ordentlichen Fang gemacht. Sie hatten sich ziemlich weit verteilt, als hätte sie irgendwas erschreckt. Haie vielleicht. Jedenfalls, als wir das Netz wieder eingeholt hatten, sind wir wieder an der Bucht vorbeigefahren, nur diesmal weiter draußen. Und da haben wir die *Santorini* gesichtet.«

»Und das war gegen Viertel nach drei?«

»Ja, ungefähr. Sie fuhr ohne Positionslichter. Ich dachte, sie hätte vielleicht Probleme, deshalb haben wir unsere Fahrt verlangsamt.«

»Sind Sie sicher, dass es die *Santorini* war? Sie sagten doch, der Kutter fuhr ohne Beleuchtung.«

»Klar«, erwiderte Carl. »Wir waren ja ziemlich dicht dran, und ich hatte ein Fernglas. Außerdem hab ich über Funk mit ihr gesprochen.«

»Sie haben mit Ella gesprochen?«

»Ja. Wie gesagt, ich dachte, sie hätte vielleicht Probleme. Jedenfalls, als wir näher kamen, ist sie ins Ruderhaus gegangen und hat die Positionslichter eingeschaltet. Ich hab sie gefragt, ob sie Hilfe braucht, aber sie meinte, es wär alles in Ordnung, sie hätte nur 'nen Wackelkontakt gehabt. Dann hat sie beigedreht und ist in Richtung Hafen gefahren.«

Carl verstummte, und Baxter dachte nach. Soweit er es beurteilen konnte, war das, was Carl ihm berichtet hatte, ohne Bedeutung. Er fragte sich, ob ihm irgendetwas entgangen war. Russ Williams wand sich förmlich auf seinem Stuhl und konnte es kaum abwarten, sich einzumischen.

»War das alles?«, fragte Baxter schließlich leicht gereizt.

Carl kratzte sich am Kinn. »Naja, sie hatte irgendwas an ihrem Davit hängen.«

»Und was war das?«

»Ich konnte es nicht richtig erkennen. Es war lang und schmal. Sah aus wie 'n Bündel oder so.«

Wieder herrschte Schweigen, diesmal mehrere Sekunden lang. »Sie meinen, wie ein Hummerkorb?«, fragte Baxter.

»Nein, dafür war's zu groß.«

»Wie groß war es denn, dieses Ding?«

»Anderthalb, vielleicht knapp zwei Meter lang. Schwer zu sagen.«

»Knapp zwei Meter lang?«, wiederholte Baxter. Er hatte das Gefühl, wie ein verdammter Papagei zu klingen.

Carl nickte bedächtig. »Ja. Etwa so groß wie Sie.« Er zögerte. »Ich hab mir erst nichts dabei gedacht. Ich meine, ich war 'n bisschen neugierig, das ist alles. Aber später hab ich mich gefragt, was sie da draußen gemacht hat. Sie benahm sich irgendwie komisch. Und ohne Licht da draußen rumzufahren.«

»Ich dachte, sie hätte einen Wackelkontakt gehabt?«

»Naja, das hat sie jedenfalls behauptet.«

»Sie haben ihr nicht geglaubt?«

»Ich weiß nicht. Ich hatte das Gefühl, sie wollte nicht gesehen werden.«

Baxter lehnte sich zurück und klopfte mit Russ' Kuli gegen seine Zähne. »Und was ist dann passiert?«

»Naja, eigentlich nichts. Es sah so aus, als würde sie zurück zum Hafen fahren.«

»Und was war mit dem Ding, das Sie gesehen haben? Diesem Bündel oder was auch immer?«

»Tja, ich bin mir nicht sicher, aber ich glaub, es hing immer noch da. Ihr Davit war auf der anderen Seite von ihrem Kutter, nicht auf der, wo wir waren.«

»Ist das alles?«

Carl zögerte. »Wie gesagt, ich hab mir nichts dabei gedacht, wir haben uns einfach wieder auf den Weg gemacht. Aber nach 'ner Weile hab ich mich noch mal zu ihr umgedreht, und da kam's mir so vor, als hätte Ella wieder angehalten.«

»Warum hätte sie das tun sollen?«

»Aus allen möglichen Gründen, nehm ich an.«

Baxter wartete geduldig ab in der Annahme, dass das noch nicht alles war.

»Wie gesagt, ich könnt's nicht beschwören, aber vielleicht hat sie das, was da hing, ins Meer geworfen«, sagte Carl schließlich.

»Haben Sie das beobachtet?«

Carl schüttelte den Kopf. »Es war dunkel, und sie war zu weit weg. Ich sage nur, es könnte sein, dass sie's getan hat.«

Eine ganze Weile sagte niemand etwas. Baxter spürte einen beginnenden Kopfschmerz und rieb sich die Schläfen. Er fragte sich, wie viel von seinem Bericht Carl sich zurechtgelegt hatte, nachdem er das Gerede im Hafen gehört hatte. Baxter beugte sich vor und sah Carl eindringlich an.

»Carl, ich möchte, dass Sie sehr gut nachdenken, bevor Sie die folgende Frage beantworten. Sie sagen also, Sie haben nicht gesehen, wie Ella etwas über Bord geworfen hat? Ist das Ihre Aussage?«

Carl überlegte. »Nein, ich hab's nicht gesehen. Ich hatte nur den Eindruck.«

Baxter dachte einen Augenblick nach, dann stand er auf. »Vielen Dank, dass Sie uns das alles berichtet haben, Carl. Wir müssen Ihre Aussage noch schriftlich aufnehmen, okay?«

»Klar.«

»Ach ja, und wir müssen auch mit Billy reden. Sagen Sie ihm bitte, er soll sich morgen früh hier melden.« Bevor Russ und Carl sein Büro verließen, fiel Baxter noch etwas ein. »Übrigens, Carl, wissen Sie schon, für wen Sie bei der Bürgermeisterwahl stimmen werden?«

Carl zuckte mit den Schultern, wirkte jedoch leicht verblüfft. »Howard Larson, würd ich sagen. Das mit dem Yachthafen und den ganzen Touristen und den Arbeitsplätzen und so, das gefällt mir. Mit der Fischerei ist es doch heutzutage vorbei. Warum fragen Sie? Was hat das mit der anderen Sache zu tun?«

Baxter machte eine wegwerfende Handbewegung. »Wahrscheinlich überhaupt nichts. Ach ja, noch was. Haben Sie mit irgendjemandem darüber gesprochen?«

»Ich hab's vielleicht 'n paar Leuten gegenüber erwähnt.«

»Das habe ich mir schon gedacht. Nochmals vielen Dank, Carl«, sagte Baxter, nur diesmal klang es nicht so, als meinte er es ernst.

10

Lautes Hämmern und Sägen riss Matt früher als gewöhnlich aus dem Schlaf. Er zog Jeans und ein T-Shirt über und ging hinaus. Die Sonne war schon aufgegangen und begann, die feuchte Augustluft über dem Golf zu erwärmen.

Ein Stapel Bauholz war vor dem Nachbarhaus abgeliefert worden, und Henry hatte angefangen, den Schuppen für die Apfelpresse zu bauen. Matt ging hinüber, um ihm zu helfen, und eine ganze Weile arbeiteten sie schweigend in der noch relativ kühlen Luft des frühen Morgens. Henrys Körper war drahtig und kräftig, die Sehnen an seinen Armen zeichneten sich auf seiner braunen, wettergegerbten Haut ab.

Matt dachte an Ella. Er hatte die ganze Nacht an sie gedacht, und lauter unbeantwortete Fragen gingen ihm durch den Kopf. Als er sie am Tag zuvor von der Polizeiwache nach Hause fuhr, hatten sie kaum gesprochen. Vor ihrem Haus hatte er zu ihr gesagt, sie könne ihn jederzeit anrufen, wenn sie etwas brauche.

»Danke, das werde ich tun«, hatte sie geantwortet.

Es gab einen Augenblick der Verlegenheit, bevor sie ausstieg. Ihm war, als hätte die leichte Veränderung ihrer Stimmung an dem Abend, als er bei ihr zum Essen eingeladen war, sich zu einer deutlichen Distanz zwischen ihnen ausgewachsen. Das bedrückte ihn, denn er hatte den Eindruck gehabt, dass sie sich gut verstanden. Entweder hatte er sich etwas vorgemacht, oder sie hatten tatsächlich beide angefangen, mehr füreinander zu empfinden als nur freundschaftliches Interesse. Er war überzeugt, dass Ella seine Gefühle erwiderte, auch wenn sie die Sache vielleicht vorsichtiger anging als er. Das war verständlich, und eigentlich hatte er nichts dagegen, sich ein bisschen mehr Zeit zu lassen. Sie hatten beide in der Vergangenheit Pech mit Beziehungen gehabt, und er wollte diesmal alles richtig machen. Er wusste, es würde ihm leicht fallen, sich in Ella zu verlieben, aber er hatte sich irgendwann geschworen, dass es beim nächsten Mal für immer sein würde.

Während er einen Balken hielt, damit Henry ihn festnageln konnte, überlegte er, was Ella dazu bewogen haben mochte, sich zurückzuziehen. Er musste daran denken, dass sie Bryan mit einem Gewehr bedroht hatte, und bei dem Gedanken war ihm unbehaglich zumute. Wie hieß es noch in dem alten Sprichwort? Richte nie eine Waffe auf einen Menschen, es sei denn, du hast vor, sie zu benutzen. Er wurde den Verdacht nicht los, dass Ellas Verhalten ihm gegenüber und Bryans Verschwinden irgendetwas miteinander zu tun hatten.

Kurz nach acht läutete das Telefon, und Matt ging ins Haus, um das Gespräch anzunehmen. Es war Ella. Sie klang angespannt und erklärte ihm, sie sei auf der Polizeiwache.

»Baxter hat mich hergebeten, um mir ein paar Fragen zu stellen. Ich habe ihm gesagt, ich würde gern zuerst mit Ihnen telefonieren.«

Matt war verwirrt. »Hat Jake es sich anders überlegt und nun doch Anzeige erstattet?«

»Ich glaube, es geht nicht um Jake«, erwiderte Ella vorsichtig. »Matt, ich würde Sie normalerweise nicht um Hilfe bitten, aber Sie haben gesagt, ich könnte mich jederzeit an Sie wenden.«

Eine leichte Beklommenheit überkam ihn, doch er bemühte sich um einen unbefangenen Tonfall. »Sie haben genau das Richtige getan. Es freut mich, dass Sie anrufen.«

»Danke«, erwiderte sie hörbar erleichtert.

»Was hat Baxter Ihnen gesagt?«

»Nicht viel, aber ich glaube, es geht um Bryan.«

»Was immer es sein mag, wir werden das schon in den Griff kriegen«, versicherte er ihr, doch in Wirklichkeit wuchs seine Besorgnis von Sekunde zu Sekunde. »Lassen Sie mich mal mit Baxter reden.«

Einen Moment später meldete sich der Polizeichef. »Worum geht's, Chief?«

Baxter zögerte, und Matt vermutete, dass Ella direkt neben ihm stand. »Ich würde vorschlagen, Sie kommen hierher und hören sich die Geschichte persönlich an.«

Matt versprach, sich sofort auf den Weg zu machen, und dann ließ er sich Ella noch einmal geben. »Sagen Sie nichts, bevor ich da bin, okay?«

»Okay.«

»Und machen Sie sich keine Sorgen«, fügte er hinzu, bevor er auflegte.

Er ging kurz rüber zu Henry und sagte ihm, er müsse dringend in die Stadt, dann zog er sich eine leichte Hose und ein frisches Hemd an und stieg in den Wagen.

Als er auf dem Polizeirevier eintraf, saß Baxter im Vorraum auf einer Schreibtischkante und sah aus, als hätte er wenig geschlafen.

»Ella ist in meinem Büro«, erklärte er. »Wir haben ihr eine Tasse Kaffee gebracht, und ich habe sie gefragt, ob ich ihr einen Donut oder so was besorgen soll, aber sie sagt, sie hat keinen Hunger.«

»Nette Geste, Chief. Lassen Sie mich kurz mit ihr reden, dann können wir beide uns unterhalten, und Sie erzählen mir, worum es geht. Was halten Sie davon?«

»Einverstanden.«

Als Matt auf Baxters Büro zuging, sagte der: »Matt? Das war nicht nur eine Geste. Ich kenne Ella fast seit ihrer Geburt.«

Matt nickte. Es gab gute Polizisten, und es gab Polizisten wie Baxter, die in Kleinstädten lebten und arbeiteten, in denen sie selbst aufgewachsen waren, und denen die Menschen, für deren Wohlergehen sie zu sorgen hatten, am Herzen lagen. »Alles klar. War nicht böse gemeint, Chief.«

»Schon gut.«

Als Matt das Büro des Polizeichefs betrat, schaute Ella auf, wandte den Blick jedoch gleich wieder ab. Sie wirkte nervös und hatte einen störrischen Zug um die Mundwinkel.

»Alles in Ordnung?« Matt zog einen Stuhl heran und setzte sich ihr gegenüber. »Das scheint ja zu einer Angewohnheit zu werden. Haben Sie eine Ahnung, was Baxter von Ihnen will?«

»Eigentlich nicht. Ich weiß nur, dass es was mit Montagnacht zu tun hat. Baxter wollte wissen, was ich gemacht habe, nachdem Bryan vom Pier weggegangen ist. Da habe ich ihm gesagt, ich will zuerst mit Ihnen sprechen.« Einen Augenblick lang schwieg sie unsicher. »Heißt das, dass Sie jetzt mein Anwalt sind? Ich meine, weil Sie hergekommen sind.«

Die Frage hatte Matt sich auch schon gestellt. Es schien so, als sei ihre Beziehung erneut in einer Veränderung begriffen, und das begeisterte ihn nicht gerade, doch im Moment durfte das keine Rolle spielen. »Darüber können wir uns später den Kopf zerbrechen. Jetzt unterhalte ich mich erst mal mit Baxter, dann komme ich wieder zu Ihnen, und wenn wir beide über alles geredet haben, sehen wir weiter.«

»In Ordnung.«

Er stand auf und ging zur Tür. Dort drehte er sich noch einmal um, wollte sich erkundigen, ob es irgendetwas gab, das er ihrer Meinung nach wissen musste, doch er brachte es nicht fertig, ihr diese Frage zu stellen. Wenn es etwas Wichtiges gegeben hätte, hätte sie es ihm mitgeteilt, redete er sich ein. »Ich bin gleich wieder da«, sagte er.

Baxter berichtete Matt, was Carl Johnson beobachtet hatte. Es fiel Matt nicht schwer, sich auszumalen, welche Fragen Baxter durch den Kopf gingen, wahrscheinlich die gleichen, die sich ihm aufdrängten. Er ermahnte sich jedoch, Ella als seine Mandantin zu betrachten, und schob die Fragen beiseite.

»Und, was halten Sie von der Sache, Chief?«

»Tja, ich würde gern hören, was Ella dazu zu sagen hat, bevor ich anfange, mir meine eigenen Gedanken zu machen.«

»Aber die Sache gefällt Ihnen nicht, stimmt's? Ich meine, es gibt doch kein Gesetz, das Ella verbietet, mit ihrem Kutter da draußen rumzufahren, oder?«

»Nein, es gibt kein solches Gesetz«, stimmte Baxter zu.

»Hören Sie, mir gefällt das genauso wenig wie Ihnen. Aber Sie wissen so gut wie ich, dass ich verpflichtet bin, Ella zu fragen, was sie dort draußen getrieben hat. Das letzte Mal, als man Bryan lebend gesehen hat, war er in einen Streit mit Ella verwickelt, und sie hat ein Gewehr auf ihn gerichtet. Jeder weiß, dass die beiden in letzter Zeit dauernd wegen irgendwas aneinander geraten sind. Wenn also jemand hier aufkreuzt und mir was von Gewehrschüssen in der Bucht berichtet, wo Bryan zufällig wohnt, und wenn er mir auch noch erzählt, er hätte Ella mitten in der Nacht mit ihrem Kutter draußen auf See gesehen, wo sie sich angeblich ziemlich seltsam aufgeführt und womöglich etwas Schweres über Bord geworfen hat, dann müssen Sie doch wohl zugeben, dass das alles ein bisschen verdächtig wirkt.«

»Wie es wirkt, spielt keine Rolle«, erwiderte Matt. »Bryan war quicklebendig, als er an dem Abend vom Pier weggegangen ist, und es gibt keinen Hinweis darauf, dass Ella seitdem irgendwas mit ihm zu tun hatte. Sie haben selbst eingeräumt, dass Carl Johnson nicht genau sagen konnte, was er eigentlich gesehen hat. Nichts von all dem hätte vor Gericht Bestand. Das sind alles nur Indizien.«

Baxter sah Matt verblüfft an. »Hier hat doch niemand was von Gericht gesagt. Ich möchte nur von Ella hören, was sie da draußen gemacht hat, das ist alles.«

»Okay, aber geben Sie mir eine Minute, um mich mit ihr zu besprechen.«

»Nehmen Sie sich so viel Zeit, wie Sie wollen. Ich frage mich allerdings«, fügte Baxter hinzu, »ob Ella irgendwas zu verbergen hat. Ich meine, wieso hat sie Sie sonst angerufen?«

Das hatte sich Matt auch schon gefragt. Er betrat Baxters Büro und bemühte sich, entspannt zu wirken, doch als Ella ihn ansah, hatte er das Gefühl, sie könne in seinem Gesicht lesen wie in einem offenen Buch.

»Und?«

Er setzte sich und berichtete ihr in knappen Worten, was er in Erfahrung gebracht hatte. »Carl Johnson behauptet, er hätte Gewehrschüsse gehört«, schloss er. »Und Sie haben bereits zugegeben, dass Sie Bryan an dem Abend mit dem Gewehr bedroht haben.«

»Ich hatte keinen Grund, es zu leugnen.«

»Was genau ist denn geschehen? Können Sie sich erinnern, welche Worte gefallen sind?«

»Er hat versucht, an Bord meines Kutters zu kommen. Da hab ich ihm gesagt, wenn er auch nur einen Fuß auf die *Santorini* setzt, wird es das Letzte sein, was er in seinem Leben tut.«

Matt zuckte innerlich zusammen. Er stellte sich vor, wie sie sich mit dem Gewehr vor Bryan aufbaute, und dann sah er sie vor sich, wie sie einem anderen Mann mit einem Kantholz eins über den Schädel gab. Den Vorfall mit Bryan schob er vorerst beiseite, um sich auf das zu konzentrieren, was Carl Johnson gesehen und gehört hatte. Er nahm sich die Notizen vor, die er sich während des Gesprächs mit Baxter gemacht hatte.

»Sie waren also mit dem Kutter draußen in der Nähe der Bucht? War es Ihr Boot, das Johnson gesehen hat?« Sie nickte. »Und er hat über Funk mit Ihnen gesprochen?« Sie nickte wieder. »Wie spät war es da ungefähr?«

»Ich weiß nicht. Wenn Carl gesagt hat, es war gegen drei, dann wird es wohl stimmen.«

Matt notierte sich etwas. »Was haben Sie denn da draußen gemacht?«

Er beobachtete sie genau, und sie zögerte ganz kurz, bevor sie antwortete.

»Ich bin zum Fischen rausgefahren.«

»Und um wie viel Uhr sind Sie aufgebrochen?«

»Gegen neun, halb zehn.«

»Und das war wie lange nach dem Streit mit Bryan?«

»Etwa eine halbe Stunde.«

Matt machte sich noch eine Notiz. »Waren Sie allein?«

»Allein?«

»Sind Sie allein zum Fischen hinausgefahren? Oder war noch jemand auf dem Boot?«

»Nein. Ich meine, ja, ich war allein.«

»Fahren Sie oft nachts allein zum Fischen hinaus?«

»Manchmal. Nicht oft.«

»Haben Sie in jener Nacht viel gefangen?«

»Nein, nur ganz wenig.«

»Johnson sagt, Sie seien ohne Licht gefahren. Stimmt das?«

»Ja. Ich hatte einen Wackelkontakt.«

»Ach ja, er hat erwähnt, dass Sie ihm das gesagt haben. Erinnern Sie sich an das Gespräch mit ihm?«

»Natürlich.«

Erneut machte Matt sich eine Notiz. Bis jetzt hatte Ella alles bestätigt, was Johnson ausgesagt hatte.

»Schien der Mond in jener Nacht? Ich meine, wie gut war die Sicht?«

»Der Mond war da, aber der Himmel war teilweise bewölkt.«

»Konnten Sie Johnsons Boot deutlich erkennen? Wie weit war er von Ihnen entfernt?«

»Es war dunkel. Er war, ich weiß nicht, vielleicht hundertzwanzig Meter entfernt. Vielleicht ein bisschen weiter.«

»Aber Sie konnten sein Boot deutlich erkennen?«

»Ich konnte es sehen.«

Matt schrieb sich etwas auf, und während er das tat, stellte er seine nächste Frage, ohne Ella anzusehen. »Sie waren also draußen, um zu fischen. Carl Johnson sagt, Sie hätten eine Art großes Bündel an ihrem Davit hängen gehabt, und es hätte so ausgesehen, als hätten Sie es über Bord geworfen. Was war das für ein Bündel, Ella?« Matt hatte sich bemüht, die Frage im selben Tonfall zu stellen wie alle vorherigen, bezweifelte jedoch, dass ihm das gelungen war.

»Ich hatte kein Bündel dabei«, erwiderte Ella. »Ich weiß nicht, wovon Carl redet. Vielleicht hat er einen Hummerkorb gesehen oder Seetangreste oder was weiß ich. Ich glaube, ich habe in der Nacht irgend so was zusammen mit einem Hummerkorb raufgezogen.«

Matt hatte viele hundert Zeugen im Zeugenstand gesehen, und er kannte den Klang der Wahrheit, wenn er sie hörte, und er wusste, dass Ella jetzt log. Er fühlte sich getroffen. Es kränkte ihn, dass sie ihm etwas verschwieg, und es machte ihn zornig. Er blickte auf, sah ihr direkt in die Augen.

»Ich möchte Ihnen helfen, Ella, aber das kann ich nur tun, wenn Sie mir die Wahrheit sagen.« Er ließ einen Augenblick verstreichen, um seine Worte sinken zu lassen. »Sie wissen, welchen Eindruck das alles macht, nicht wahr? Sie streiten sich mit einem Mann, von dem jeder weiß, dass er Ihr Feind ist. Ein Mann, der sich von dem Yachthafen, dessen Bau Sie zu verhindern versuchen, eine Menge verspricht, und Sie bedrohen ihn vor Zeugen mit einem Gewehr. Als Nächstes verschwindet der Mann, und dann stellt sich heraus, dass Sie zufällig in derselben Nacht dabei beobachtet werden, wie Sie in der Bucht vor seinem Haus etwas Schweres über Bord werfen. Und dann ist da noch der Schuss, von dem Johnson gesprochen hat. Haben Sie in jener Nacht irgendwelche Schüsse gehört, Ella?«

Sie sah ihn wütend an. »Nein, verdammt, ich habe keine Schüsse gehört. Warum sprechen Sie es nicht offen aus?«

»Was?«

»Sagen Sie mir doch geradeheraus, dass Sie mir kein Wort glauben. So ist es doch, nicht wahr? Es steht Ihnen mitten ins Gesicht geschrieben.«

»Es wundert Sie, dass ich leichte Zweifel habe?«, fragte er ungläubig. »Kommen Sie, Ella. Sie haben den Mann mit einem verdammten Gewehr bedroht.« Matt hatte die Erfahrung gemacht, dass Leute, die eine Waffe auf andere richteten, meist nur um Haaresbreite davon entfernt waren, abzudrücken.

Ellas Stimme klang beherrscht, wenn auch ein wenig zittrig, als sie sagte: »Ich habe Ihnen von dem Ärger erzählt, den ich seit langem mit Jake und Bryan habe. Glauben Sie, das ist nichts? Es hört sich vielleicht so an, als wären das alles Lappalien, aber es steckt weit mehr dahinter. Ich bin im Hafen aufgewachsen, auf den Kuttern und zwischen den Männern, die darauf arbeiten, und falls es Ihnen noch nicht aufgefallen ist, ich bin die einzige Frau da draußen. Und falls Ihnen auch das noch nicht aufgefallen ist, ich bin den ganzen Tag in Gesellschaft von Leuten, die man nicht gerade als weltoffen bezeichnen kann. Seit ich vierzehn bin, muss ich mich mit Typen herumschlagen, die mich bei jeder Gelegenheit runtermachen, Typen, die der Meinung sind, dass es sich für eine Frau nicht gehört, ihren Lebensunterhalt mit Fischen zu verdienen. Manche von ihnen verabscheuen mich, weil ich meine Arbeit gut mache. Was glauben Sie, wie das für mich ist, wenn ich an ihnen vorbeigehe, während sie gerade ihre Netze säubern und sie dumme Sprüche machen und lüstern hinter mir herglotzen? Und sich dabei auch noch richtig witzig vorkommen! So ein Verhalten ist nicht nur geschmacklos, es ist boshaft, Matt. Aber genau das gefällt den Rodericks. Vor allem Bryan. Sie haben ja keine Ahnung, was ich mir von denen schon habe anhören und gefallen lassen müssen. Aber wissen Sie was? Ich lasse mich von diesen Mistkerlen nicht einschüchtern. Ich habe ihnen schon immer die Stirn geboten, und als Bryan meinte, er könnte einfach so auf meinen Kutter kommen, da habe ich ihm klargemacht, dass er sich irrt. Und soll ich Ihnen noch was sagen? Es hat funktioniert. Wenn Sie also glauben, ich hätte überreagiert, als ich ihn mit dem Gewehr bedroht habe, oder ich hätte gestern nicht mit dem Kantholz auf Jake losgehen dürfen, nachdem er versucht hat, mir meine Existenzgrundlage zu zerstören, dann haben Sie keinen blassen Schimmer davon, was es bedeutet, in meiner Haut zu stecken!«

Eine ganze Weile sagte keiner von ihnen ein Wort. Matt dachte, dass Ella vielleicht Recht hatte und er wirklich nicht viel davon wusste, was sie in ihrem Leben bereits alles durchgemacht hatte. Vielleicht beurteilte er sie nach Maßstäben, die hier nicht in gleicher Weise galten wie dort, wo er herkam, obwohl ihm das unwahrscheinlich erschien. Aber eins wusste er mit Sicherheit, und zwar, dass es sie nicht weiterbrachte, sich jetzt darüber zu streiten.

»Wissen Sie, Ella, es spielt eigentlich keine Rolle, was ich denke«, sagte er. »Baxter wird Ihnen dieselben Fragen stellen, die ich Ihnen gestellt habe. Er wird in Ihnen eine Frau sehen, die, aus welchem Grund auch immer, einen Mann mit einer Waffe bedroht hat, und er wird das mit dem in Zusammenhang bringen, was Carl Johnson ausgesagt hat. Und dann wird er von Ihnen wissen wollen, was Sie in jener Nacht da draußen in der Bucht gemacht haben. Also, warum sagen Sie mir nicht, was Sie dort gemacht haben?«

»Ich habe Ihnen doch schon gesagt, ich bin zum Fischen rausgefahren.«

In ihre grau und grün funkelnden Augen zu sehen irritierte Matt, es war, als würde er zwei verschiedene Personen ansehen. Er fragte sich, ob sein Misstrauen unbegründet war. Warum sollte sie nicht zum Fischen hinausgefahren sein?

»Und jetzt habe ich eine Frage an Sie«, sagte Ella.

»Und welche?«

»Sie wollen wissen, ob ich Bryan getötet habe? Sie wollen die Wahrheit wissen? Hier ist sie: Ich habe Bryan Roderick nicht erschossen. Ich habe ihn nicht getötet. Ich habe ihn, seit er vom Pier weggegangen ist, nicht mehr gesehen.« Sie sprach jedes einzelne Wort klar und deutlich aus, ohne den Blick auch nur einmal von Matt abzuwenden. »Und jetzt sagen Sie mir eins: Glauben Sie mir?«

Die Zeit, die er brauchte, um zu antworten, sprach für sich. Er wollte ihr glauben, aber er wurde das Gefühl nicht los, dass sie ihm etwas vorenthielt.

»Wenn Sie sagen, dass Sie es nicht getan haben, dann glaube ich Ihnen«, sagte er, doch er wusste, er hatte sein Misstrauen nicht verbergen können. Ihre Reaktion überraschte ihn. Er hatte mit ihrem Zorn gerechnet, doch stattdessen sah sie ihn einfach nur an, und ihre beiden Augen schienen jetzt fast dieselbe Farbe zu haben, rauchgrau. Sie nickte einmal, wie zur Bestätigung von etwas, das sie erwartet hatte, und das traf ihn mehr, als ihr Zorn es vermocht hätte.

Baxter verhörte Ella vierzig Minuten lang. Er ging alles durch, was Johnson gesehen hatte oder glaubte, gesehen zu haben, er kam noch einmal auf Ellas Streit mit Bryan zu sprechen, und obwohl er bisweilen nachdenklich wirkte, während er sich Ellas Antworten notierte, und obwohl er einige Punkte mehrmals erörterte, war es am Ende offensichtlich, dass es nichts gab, was Ella mit Bryans Verschwinden in Verbindung brachte.

»Ich würde mir gern Ihr Gewehr ansehen, Ella«, sagte Baxter schließlich. »Vielleicht kann Russ Sie zur *Santorini* begleiten und es herbringen.«

»Mein Gewehr?«

»Es ist reine Routine.«

»Das geht nicht. Ich habe es vor ein paar Tagen verloren.« Baxter warf Matt einen Blick zu, doch der verzog keine Miene.

»Wie konnte das denn passieren, Ella?«, fragte Baxter ungläubig.

»Ich musste einen Hai erschießen, und dabei ist es mir irgendwie über die Reling gefallen.«

Baxter runzelte die Stirn, aber da er keine andere Wahl hatte, ließ er die Sache auf sich beruhen, wenn sie ihm auch offensichtlich nicht behagte. »Noch eins, Ella. Sind Sie jemals in Bryans Haus gewesen?«

»Nein. Warum sollte ich?«

»Keine Ahnung.« Er zuckte die Achseln.

»Ich habe keine weiteren Fragen mehr. Sie können jetzt gehen, Ella.«

Als Matt und Ella sich erhoben, gab Baxter Matt ein Zeichen, dass er ihn unter vier Augen sprechen wolle. Er wartete, bis Ella außer Hörweite war.

»Ich dachte, es würde Sie interessieren zu erfahren, dass ich heute Morgen mit dem Händler gesprochen habe, dem Ella immer ihren Fisch bringt. Er hat gesagt, am Dienstagmorgen habe sie ihm keine Hummer verkauft, und als sie am Nachmittag eingelaufen sei, habe sie auch kaum welche gehabt.«

»Und das bedeutet?«

»Ella behauptet, sie sei zum Fischen rausgefahren. Also, was hat sie mit ihrem Fang gemacht?«

»Bewahren Fischer ihren Fang nicht manchmal in Wassertanks auf?«, fragte Matt.

»Ja, ja«, sagte Baxter, als hätte er daran auch schon gedacht, und wickelte nachdenklich einen Kaugummi aus. Matt wurde das Gefühl nicht los, dass den Polizeichef noch etwas beschäftigte.

»Was gibt's noch, Chief?«

»Ich wollte Sie fragen, ob Ella wohl damit einverstanden wäre, dass wir ihre Fingerabdrücke abnehmen, wenn sie schon einmal hier ist.«

»Wozu?«

»Um sicher zu sein. Wir haben Bryans Haus auf Fingerabdrücke abgesucht und kaum welche gefunden. Ein paar von ihm selbst, die haben wir mit Abdrücken auf der *Seawind* verglichen, aber außer denen gab es nur noch einen einzigen anderen Fingerabdruck, und zwar am Wasserhahn in der Küche.«

»Das ist alles?«, fragte Matt.

»Ja. Sieht fast so aus, als hätte da jemand gründlich sauber gemacht.« Mehr sagte er nicht, aber der Blick, mit dem er Matt fixierte, sprach Bände. Warum sollte jemand das Haus gründlich säubern, es sei denn, er versuchte, etwas zu vertuschen?

»Ich bin dagegen, dass Sie Ellas Fingerabdrücke abnehmen. Selbst wenn sie zu dem passen, den Sie an dem Wasserhahn gefunden haben, würde das nicht mehr beweisen, als dass sie kürzlich in dem Haus gewesen ist.«

Baxter zuckte die Achseln. »Ella sagt, sie sei nie in dem Haus gewesen. Ich könnte sie immer noch wegen der Schlägerei mit Jake drankriegen, dann würde ich ihre Fingerabdrücke bekommen, aber es wäre mir lieber, sie würde freiwillig einwilligen. Wenn sie nichts zu verbergen hat, kann es doch nicht schaden.«

Matt gefiel Baxters Ansinnen nicht, aber anscheinend blieb Ella keine Wahl.

»Lassen Sie mich kurz mit ihr reden.« Er ging zu Ella in den Vorraum und erklärte ihr, was Baxter wollte. »Sie müssen nicht einwilligen, aber wenn Sie es nicht tun, wird er die Sache mit Jake noch mal aufrollen und Ihre Fingerabdrücke in dem Zusammenhang abnehmen.«

»Würde er das wirklich tun?«

»Ich weiß es nicht«, erwiderte Matt ehrlich.

»Er kann meine Fingerabdrücke haben«, sagte sie.

Matt versuchte, sich nicht anmerken zu lassen, wie erleichtert er war. Die Tatsache, dass sie sich einverstanden erklärte, zeigte, dass sie zumindest in dieser Hinsicht nichts zu verbergen hatte. Baxter rief Officer Minelli herbei, der auf einem Tisch die Utensilien aufbaute, die er zur Abnahme der Fingerabdrücke brauchte. Die Prozedur nahm nur wenige Minuten in Anspruch.

»Okay, Ella, das war's dann«, sagte Baxter und geleitete sie zur Tür.

»Geben Sie mir Bescheid, wenn sich etwas Neues ergibt und Sie noch einmal mit Ella reden müssen?«, fragte Matt.

Baxter nickte.

Matt und Ella verließen die Polizeiwache und gingen zu dem Parkplatz, auf dem Ella ihren Pick-up abgestellt hatte. Sie schwiegen beide. Der Abgrund, der sich zwischen ihnen aufgetan hatte, schien mittlerweile eine Meile breit zu sein, dachte Matt. Er war sich über seine Gefühle nicht mehr im Klaren, und er brauchte Zeit zum Nachdenken. Neben Ellas Wagen blieben sie stehen.

»Ist die Sache damit erledigt?«, fragte Ella.

»Es sei denn, sie finden noch irgendwelche Beweise.«

»Beweise?«

»Eine Leiche zum Beispiel«, erklärte Matt. »Deswegen wollte er Ihr Gewehr sehen. Wenn sie eine Leiche hätten und wenn die eine Schusswunde aufwiese, würden sie nach einer Kugel suchen, um festzustellen, ob die aus Ihrer Waffe stammt.«

Ella wandte sich ab und strich sich ein paar Strähnen aus dem Gesicht. Matt fiel die Verletzung an ihrem Haaransatz auf, die er am Abend bei der Versammlung bemerkt hatte. Die Schwellung war zurückgegangen, aber der blaue Fleck war noch sichtbar. Er musste daran denken, wie sie reagiert hatte, als er sie darauf angesprochen hatte, wie sie sich abgewandt und hastig das Thema gewechselt hatte. Ella schien seine Gedanken zu erahnen und hob reflexartig eine Hand, als wollte sie die Stelle verdecken, hielt jedoch mitten in der Bewegung inne und ließ die Hand wieder sinken.

»Vielen Dank, Matt. Lassen Sie mich wissen, was ich Ihnen schuldig bin?«

Sie schüttelten sich die Hand. Die Förmlichkeit der Geste unterstrich die Distanz, die zwischen ihnen entstanden war. »Vergessen Sie's. Sie haben mir ja noch nicht mal offiziell ein Mandat erteilt. Warten wir einfach ab, was sich weiterhin ergibt«, sagte er.

Sie sah ihm fest in die Augen. Ihr Gesichtsausdruck verriet nicht, was in ihr vorging.

»Als Sie mit Baxter sprachen, habe ich mir gesagt, dass das auch keine so gute Idee wäre. Vielleicht sollten wir lieber alles so lassen, wie es ist.«

Es dauerte eine Weile, bis Matt begriff, was sie meinte. »Sie wollen meine Hilfe nicht?«

»Ich glaube, es ist besser so.« Sie machte eine Pause. »Aber ich möchte Ihnen für alles danken, was Sie für mich getan haben.«

Und dann, bevor er sich eine Antwort überlegen konnte, öffnete Ella die Wagentür und stieg ein. Er schlug die Tür zu und trat zurück, und dann fuhr sie los, ohne ihm noch einen letzten Blick zuzuwerfen.

Als Matt nach Hause kam, sah er, dass Henry die Rahmenkonstruktion des Schuppens fertig gestellt und angefangen hatte, die Wände zu setzen. Sie tranken zusammen ein Bier auf Henrys Veranda. Die Luft war drückend, und es herrschte Windstille. Matts Blick wanderte über die Bäume hinweg zum südlichen Stadtrand. Im Zwielicht wirkte der Ort so hübsch und friedlich wie in einem Bilderbuch. Das Meer glitzerte golden im Licht der untergehenden Sonne, weiß getünchte Holzhäuser hoben sich von dem smaragdgrünen Sommerlaub der Bäume ab, und ein Kirchturm fügte sich ein in dieses Bild einer ländlichen Idylle. Es waren keine Verkehrsgeräusche zu hören, kein monotones Dröhnen von Lastern, die vorüberrumpelten, kein Wolkenkratzer aus Stahl und Glas weit und breit.

»Was geht dir durch den Kopf, Matt?«, fragte Henry.

»Nichts Besonderes.«

»Irgendwas mit Ella?«

»Ja.« Und dann erzählte er Henry, was vorgefallen war.

»Du glaubst doch nicht, dass sie diesen Kerl umgelegt hat, oder? Sie hat dir doch klipp und klar gesagt, dass sie's nicht getan hat.«

»Ich glaube es ja auch nicht«, meinte Matt schließlich, aber er war nach wie vor davon überzeugt, dass sie ihn angelogen hatte, als sie erklärte, sie sei in jener Nacht zum Fischen hinausgefahren.

»Hast du ihr das gesagt?«

»Ich weiß nicht, ob sie es mir abgekauft hat.« Auf einmal musste er sich eingestehen, dass die Ereignisse der vergangenen Tage ihn völlig verwirrt hatten. Er wusste nicht mehr, ob Ella die Frau war, für die er sie die ganze Zeit gehalten hatte.

»Ich weiß nicht, Henry. Ella will mir nicht sagen, was sie

wirklich da draußen in der Bucht getrieben hat. Wenn man lange genug als Jurist arbeitet, entwickelt man ein Gespür dafür, ob jemand die Wahrheit sagt oder nicht.«

»Tja, vielleicht hat sie ihre Gründe.«

Matt musste an Paulie denken, der tot war, weil irgendein Drogensüchtiger auf ihn geschossen hatte. Er wusste, dass Ella aufbrausend sein konnte, und sie hatte unter Beweis gestellt, dass sie auch gewalttätig werden konnte. Wahrscheinlich hatte sie tatsächlich ihre Gründe. Er fragte sich bloß, was das für Gründe sein mochten.

Teil 2

11

Die Orcas schwammen auf der Suche nach Nahrung in südwestlicher Richtung durch den Golf von Maine. Sie folgten einer kalten Strömung, in der sie auf Makrelen, Seehechte und andere Fische trafen, die sie zur Not auch fraßen. Zwei junge Bullen machten zum Vergnügen Jagd aufeinander, sausten im Zickzackkurs vor der Herde hin und her. Einer der beiden stieg aus dem Wasser auf und erschreckte den anderen, indem er beim Wiedereintauchen beinahe auf ihm landete.

Als es Abend wurde, konzentrierte sich der alte Bulle erneut auf die Suche nach Beute. Er führte die Herde in flacheres Wasser über den Bänken, an die er sich von früheren Jagdzügen erinnerte. Hin und wieder hörten sie die Geräusche von Buckelwalen, die in etwa hundertfünfzig Meter Tiefe auf Jagd waren, und ein- oder zweimal kamen sie an Zwergwalen vorbei, die sich schleunigst davonmachten, als sie die sich nähernden Orcas bemerkten.

In den vergangenen Tagen hatten die Schwertwale nur unregelmäßig Nahrung gefunden, aber die Zahl kleiner Fische, auf die sie trafen, wurde von Tag zu Tag größer, und mit diesen kamen größere Fische, die Jagd auf sie machten. Doch der Bulle war auf der Suche nach einem besonderen Fang. Die Anzahl der Thunfische von der Art, die die Herde vor fast einer Woche in die Bucht getrieben hatte, nahm zu, und der Bulle erwartete, dass mit ihnen die riesigen Blauflossenthunfische kämen.

Diese Tiere, bis zu vier Meter lang und fünfzehnhundert Pfund schwer, waren so schnell und listig, dass die Orcas sie in tiefen Gewässern nicht jagen konnten, aber über den Bänken war die Wahrscheinlichkeit größer, sie überraschen zu können.

An diesem Abend näherten sich die Orcas einer Stelle einige Meilen vor der Küste von St. George, wo das Meer auf einer ausgedehnten Fläche nicht viel mehr als fünfzig Meter tief war. Der Bulle und die älteste Kuh der Herde hatten sich zusammen mit einem weiteren Bullen von der Hauptgruppe gelöst und schwammen in einiger Entfernung voraus. Es war die Kuh, die zuerst die Geräusche von kraftvollen, schnell schwimmenden Fischen auf Beutezug wahrnahm. Ein Schwarm Blauflossenthune jagte ungefähr eine Meile vor ihnen und bewegte sich dabei fast parallel zu ihrem Kurs. Auf der Stelle wendeten die drei Orcas und kehrten zu ihrer Herde zurück.

Der alte Bulle hatte außerdem das Geräusch eines Schiffs wahrgenommen, das sich von Norden her mit großer Geschwindigkeit näherte.

Die *Seawind*, ein sechzehn Meter langer Fischkutter mit Stahlrumpf, der in den frühen achtziger Jahren in Portland gebaut worden war, war ursprünglich als Schleppnetzkutter vorgesehen. Aber Jake fischte am liebsten mit Schleppleine. Während der Hochsaison fing er allerdings auch Hummer.

Bryan und Jake hatten an dem Kutter einige Veränderungen vorgenommen, nachdem er in ihren Besitz übergegangen war. Sie hatten neue Mack-Doppelmotoren eingebaut, um eine Geschwindigkeit erreichen zu können, die der vieler Sportboote gleichkam. Außerdem hatten sie einen langen Bugspriet mit einer kleinen Plattform angebracht, von der aus man mit einer Harpune Schwertfische aufspießen konnte.

Jake stand im Ruderhaus und beobachtete die Mannschaft. Früher hatte er auch an Deck gearbeitet, hatte mit Köderhaken versehene kurze Leinen, so genannte Leitschnüre, an der Hauptleine befestigt, die über das Heck auslief. Er hatte bei jedem Wetter seinen Fang eingeholt, frierend und durchnässt von der Gischt, wenn der Bug in tiefe Wellentäler hinabstürzte.

Auf dem Achterdeck hatte die Mannschaft die Hauptleine eingeholt und war damit beschäftigt, die wenigen Fische auszunehmen, die sie gefangen hatten. Es handelte sich hauptsächlich um Felsenbarsche, aber auch mehrere Heringshaie und Blaubarsche waren darunter. Während Jake die *Seawind* beidrehte, überlegte er, in welche Richtung er fahren sollte, um einen weiteren Fischzug zu machen. Vielleicht sollte er tieferes Wasser ansteuern, um eine Stelle zu finden, an der der warme Golfstrom mit den kühleren Wasserschichten über den Bänken zusammentraf. Jake lebte immer am Rande des Existenzminimums, genau wie all die anderen Fischer aus Sanctuary Harbor. Auf der *Seawind* lasteten erhebliche Bankschulden, und nach Abzug des Lohns für die Mannschaft und der laufenden Kosten blieb selbst in guten Zeiten nicht viel Geld übrig.

Calder Penman, der Bryan als Maat ersetzte, trat zu Jake ins Ruderhaus. Die Tür stand offen, um die frische Brise hereinzulassen. Der Himmel war blassblau, nur einige Zyrruswolken waren hoch oben zu sehen, und die *Seawind* kreuzte mit acht oder neun Knoten gleichmäßig auf einer schwachen Dünung.

Während Jake den wogenden Ozean betrachtete, wanderten seine Gedanken zu Bryan, und seine Hände spannten sich um das Steuerrad. Er war davon überzeugt, dass sein Bruder irgendwo im Graben jenseits des Riffs lag, nicht weit von der Stelle entfernt, wo Carl Johnson Ella in jener Nacht gesehen hatte. Aber Ella lief immer noch frei herum, und das hatte sie nur ihrem feinen Anwalt zu verdanken.

Jake betastete den Verband um seinen Kopf. Wenn an jenem Abend nur keine Leute in der Nähe gewesen wären, dann hätte er Ella fertig gemacht, nachdem sie ihn mit dem Kantholz geschlagen hatte. Wahrscheinlich musste er sowieso selbst dafür sorgen, dass Bryan Gerechtigkeit widerfuhr, denn es sah ganz so aus, als hätte Baxter keine Chance gegen so einen Großstadtanwalt wie diesen Matt Jones.

»Verdammtes Miststück«, brummelte Jake laut vor sich hin.

»Wer?«, fragte Penman verwirrt.

Jake sah ihn an. »Ella, wer sonst? Wieso hat Baxter sie nicht längst eingelocht?«

»Ich nehme an, dass sie für so was Beweise brauchen, Jake.«

»Was brauchen die denn noch für Beweise? Carl hat alles gesehen, was passiert ist.«

Penman sagte darauf lieber nichts.

Genau in dem Moment rief einer der Männer an Deck ihnen etwas zu und deutete in Richtung Steuerbord, wo ein Schwarm Tölpel über dem Meer kreiste. Ab und zu legte einer der Vögel die Schwingen an und stieß wie ein Pfeil ins Wasser. Jake nahm sein Fernglas und stellte es scharf.

»Siehst du was?«, fragte Penman.

Jake antwortete nicht sofort. Die Tölpel fraßen Fische, aber was für welche es waren, konnte er nicht erkennen. Im nächsten Augenblick schoss ein silberblauer Pfeil aus dem Wasser, der im Licht der untergehenden Sonne aufblitzte.

»Herr im Himmel!« Jake ließ das Fernglas sinken und riss das Steuer herum, um die *Seawind* zu wenden, und gab Vollgas. Die Dieselmotoren röhrten auf, einen Augenblick lang schien das Boot stillzustehen, bevor die Schiffsschrauben das Wasser am Heck aufwühlten.

»Thunfische. Gottverdammte Riesenviecher.«

Penman rannte hinaus an die Reling, um besser sehen zu können. Selbst nach dreißig Jahren als Fischer im Golf von Maine war das ein Anblick, den er selten zu Gesicht bekommen hatte. Erregung packte ihn. »Verdammt. Das gibt's doch gar nicht.«

Die Blauflossenthunfische waren etwa drei Meter lang, was hieß, dass sie ein Gewicht von mindestens zehn Zentnern hatten. Mit einer Geschwindigkeit von sieben oder acht Knoten verfolgten sie einen Schwarm kleinerer Fische und sprangen dabei immer wieder aus den Wellen.

»Wie viele sind es?«, fragte Jake.

Gebannt beobachtete Penman die Fische, auf die der Kutter mit voller Fahrt zusteuerte. »Vielleicht dreißig. Oder sogar vierzig.«

»Mach die Harpunen klar.«

Penman rannte zum Bug und brüllte der Mannschaft Anweisungen zu. Jake behielt die Thunfische im Auge. Nie zuvor hatte er einen Schwarm von Fischen dieser Größe gesehen. Früher waren sie häufiger gesichtet worden, doch damals waren lediglich Sportangler daran interessiert gewesen, sie zu fangen. Die Fischfabriken hatten zu der Zeit gerade mal zehn Cent pro Pfund gezahlt, aber heute waren Thunfische auf dem Sushi-Markt sehr gefragt. Wenn der Fisch in gutem Zustand und ordentlich ausgenommen war, konnte man zwischen zwanzig und vierzig Dollar pro Pfund erzielen. Für einen Tausendpfünder kam da schon eine beachtliche Summe zusammen. Das Fleisch musste perfekt sein, der Fettgehalt genau richtig. Solche Fische wurden per Luftfracht über Nacht nach Japan gebracht, wo sie als Delikatesse gehandelt wurden. Die Chance, einen zu fangen, bot sich einem vielleicht nur ein einziges Mal im Leben.

An Deck war die Mannschaft hektisch mit Vorbereitungen beschäftigt. Alle waren von der gleichen Erregung gepackt, denn jedem wurde ein Anteil vom Fangerlös bezahlt, und der machte den größten Teil des Lohns aus. Einer dieser riesigen Thunfische konnte hunderte, vielleicht sogar tausende Dollars zusätzlich für jeden von ihnen bedeuten. Schließlich versammelten sich alle an der Reling der *Seawind*, um die Fische besser sehen zu können, und dann stieß plötzlich einer der Männer einen Schrei aus.

Jake schaute in die Richtung, in die der Mann mit ausgestrecktem Arm deutete. Eine Herde Orcas näherte sich von Südwesten, und es sah so aus, als würden sie den Thunfischen den Weg abschneiden. Sie schwammen schnell, ihre massigen schwarzweißen Körper durchbrachen immer wieder die Wasseroberfläche.

Jake stand im Ruderhaus. Seine Miene verfinsterte sich, als er mindestens acht dieser Meeresräuber zählte.

»Verdammte Biester«, fluchte er vor sich hin.

Ganz in der Nähe sprang ein Thunfisch aus dem Wasser, ein riesiges Tier von vier Metern Länge, fett und rund wie ein Torpedo. Auf dem Rücken war er dunkelblau, aber sein Bauch leuchtete silbern. Unter der Wasseroberfläche erkannte Jake die blitzenden Umrisse weiterer Thunfische. Während er die Orcas im Auge behielt, drehte er den Kutter noch etwas bei. Er hatte seine Beute gefunden.

Der Schwertwalbulle erkannte die *Seawind* am Geräusch ihrer Motoren. Die Herde war schon einige Male auf dieses Schiff gestoßen, und er wusste, dass Gefahr von ihm ausging.

Lautlos näherten sich die Orcas, um die Thunfische nicht auf sich aufmerksam zu machen. Das Geräusch mächtiger Körper, die durch das Wasser zischten, wurde lauter. Der Bulle hörte deutliche Herztöne und das Schlagen kräftiger Flossen. Auf der Jagd nach einem fetten Barsch, schoss ein Thunfisch aus den Wellen. Der Bulle hörte ihn kommen, machte eine blitzschnelle Kehrtwendung und sprang aus dem Wasser, um ihn abzufangen. Der Orca und der überrumpelte Thunfisch trafen in der Luft aufeinander. Als beide zurück ins Wasser krachten, biss der Orca dem Thunfisch die Schwanzflosse ab, und sofort breitete sich eine Blutlache aus. Der verwundete Thunfisch sank hilflos in die Tiefe, und der Bulle schwamm weiter. Die Orcas waren jetzt mitten zwischen den in Panik geratenen Thunfischen. Erbarmungslos fielen sie über sie her und bissen einem nach dem anderen die Schwanzflosse ab. Sie arbeiteten paarweise, einer von unten, um die Thunfische am Wegtauchen zu hindern, während der andere an der Wasseroberfläche angriff. Innerhalb kürzester Zeit war ein halbes Dutzend Thunfische getötet, einige der Tiere konnten jedoch mit wenigen schnellen Schlägen ihrer massigen Schwanzflossen entkommen. In dieses Gewühl stieß die *Seawind*, mit Penman auf dem Bugspriet, die Harpune wurfbereit.

Ein Orca-Weibchen tauchte, um einem fliehenden Thunfisch den Weg abzuschneiden. Dieser drehte ab, schoss wieder nach oben und durchbrach ein paar Meter neben dem Rumpf des Schiffes die Wasseroberfläche. Das Weibchen nahm zu spät die Warngeräusche des Bullen wahr und folgte ihm.

Penmans erster Wurf verfehlte sein Ziel, denn der Thunfisch drehte auf der Flucht vor einem Orca ab, wurde dann jedoch von einem anderen Orca, der von unten kam, erwischt. Vom Ruderhaus aus musste Jake mit ansehen, wie der zwanzigtausend Dollar schwere Thunfisch in zwei Hälften gebissen wurde. Er blickte sich zu dem Gewehrschrank hinter ihm um, konnte ihn aber nicht erreichen, ohne das Steuerrad loszulassen, und Penman gab ihm zu verstehen, dass er ein neues Ziel angepeilt hatte.

»Verdammt!«

Jake änderte den Kurs. Ein Orca stieg fünfzig Meter von ihnen entfernt aus dem Wasser, sein schneeweißer Bauch blitzte auf, und in seinem Maul zappelte ein Thunfisch. Gemeinsam krachten die beiden Tiere in einer riesigen rosagefärbten Gischtwolke zurück ins Wasser. Das ganze Meer um das Schiff herum glich einem unglaublichen Schlachtfeld. Jake musste dem Gemetzel tatenlos zusehen und biss vor Wut die Zähne aufeinander. Die Thunfische hatten ihre Jagd endgültig aufgegeben, versuchten nur noch zu fliehen. In wenigen Sekunden würden sie alle verschwunden sein.

Unten holte Penman gerade zu einem weiteren Wurf aus. Als ein Thunfisch aus dem Wasser sprang, warf er die Harpune, aber auf halbem Weg wirbelte der Fisch herum, die Harpune verfehlte knapp ihr Ziel und blieb stattdessen in der Rückenfinne eines ihn verfolgenden Orcas stecken. Penman griff nach seinem Messer, um die Leine zu kappen.

»Lass das!«, schrie Jake.

Die Leine spannte sich, und der Schwertwal bemerkte, dass er gefangen war. Er versuchte verzweifelt, sich über Wasser zu halten, aber Jake wusste, dass das Tier über kurz oder lang erlahmen würde. Selbst ein Orca war nicht in der Lage, mit der Geschwindigkeit der *Seawind* mitzuhalten, und schließlich würde das Tier ertrinken oder hilflos an der Oberfläche mitgeschleppt werden, bis die Thunfische verschwunden waren und Jake ihn sich vorknöpfen konnte. Er würde ihm ganz einfach eine Kugel ins Gehirn jagen und dann die Leine kappen. Das aus der Wunde an der Rückenfinne strömende Blut breitete sich ringsum aus. Bald würden die Haie angelockt werden, und vielleicht konnte sich Jake dann die Kugel sparen, denn der Orca wäre unfähig, sich zu verteidigen.

Draußen auf dem Deck war ein Schrei zu hören, als einer der Männer eine Harpune schleuderte und einen Thunfisch von zweieinhalb Metern Länge erwischte, der unmittelbar neben dem Schiff einen Meter unter der Wasseroberfläche aufblitzte.

Der Bulle hörte den Notruf der Kuh. Er schwamm hinter ihr her, und als er näher kam, schmeckte er ihr Blut im Wasser. Er hielt Abstand zum Boot, während ein Thunfisch langsam zum Bug gezogen wurde. Der getroffene Orca schlingerte in einer Entfernung von dreißig Metern neben dem Boot her. An Bord war die Mannschaft damit beschäftigt, ihren Fang einzubringen. Der Thunfisch, der an einer zwölf Meter langen Leine zappelte, versuchte sich zu befreien, doch vergeblich.

Der Bulle schwamm jetzt neben der Kuh her, rieb sich an ihr und stieß sanfte Klicklaute aus, um sie zu trösten. Auch die anderen Orcas hatten die Notrufe vernommen und die Angriffe auf die Thunfische eingestellt, aber es gelang dem Bullen, sie vom Schiff fernzuhalten. Die Spitze der Harpune hatte die Rückenfinne der Kuh durchbohrt, wo sie durch Widerhaken festgehalten wurde. Auf einmal veränderten sich die Motorengeräusche, und die Schiffsschrauben, die das Wasser aufwirbelten, drehten sich langsamer. Der Bulle spähte zum Deck hin, als ein Mann aus dem Aufbau am Bug trat.

Jake lud das Gewehr und trat an die Reling.

»Da sind zwei«, rief Penman.

Jake erkannte die Umrisse der Rückenfinne mit der charakteristischen Doppelkerbe. Er war früher schon in diese Herde geraten, daher wusste er, dass es sich um den Leitbullen handelte.

Er grinste. »Du bist gekommen, um zu sehen, was hier los ist? Also gut, dann krieg ich euch eben beide.«

Er richtete den Schlagbolzen an seinem Gewehr und hob es an die Schulter. Der Bulle tauchte weg, aber egal, dachte Jake, er konnte erst den einen, der an der Harpune hing, erledigen und dann warten, bis der Bulle wieder an die Oberfläche kam. Er nahm die Rückenfinne aufs Korn, wanderte von dort den Körper entlang bis zum Kopf und zielte auf einen Punkt genau über den Augen. Er presste den Gewehrkolben gegen seine Schulter und krümmte den Finger um den Abzug.

Plötzlich explodierte die Wasseroberfläche, und eine riesige Gestalt tauchte vor ihm auf. Er hörte ein Geräusch wie ein sehr hohes Knacken, und es dauerte einen Moment, bis er begriff, was passiert war. Fluchend zielte er noch einmal und feuerte.

Der Bulle tauchte knapp dreißig Meter in die Tiefe. Er konnte den heftigen Herzschlag der verzweifelten Kuh hören. Wieder gab er tröstende Geräusche von sich, und dann schoss er mit einer für ein so großes Tier unglaublichen Geschwindigkeit nach oben. Er durchbrach die Wasseroberfläche, sprang in die Luft und schnappte mit seinen großen, spitzen Zähnen nach der Harpunenleine. Die zerriss mit einem hörbaren Knall, und der Bulle krachte wieder zurück ins Wasser. Die Kuh tauchte in dem Augenblick ab, als Schüsse zu hören waren und dünne Blitze wie Silberpfeile durchs Wasser zischten, wo sie schnell erstarben.

Der Bulle und die Kuh schwammen zurück, um sich dem Rest der Herde anzuschließen. Als sie weit genug vom Schiff entfernt waren, kümmerte sich der Bulle um die verletzte Finne der Kuh. Er packte die Harpune mit den Zähnen und zog sie samt dem Rest der Leine heraus. Blut strömte aus der Wunde, doch sie würde bald heilen, und das Blut würde schnell gerinnen. Die Kuh rieb sich zärtlich an ihm, und als sie sich dem Rest der Herde wieder angeschlossen hatten, kam einer nach dem anderen zu ihr, um sie zu trösten und die Verbundenheit innerhalb der Herde zu bekräftigen.

Die Orcas sammelten alle Thunfische ein, die sie getötet hatten, und teilten sie untereinander auf. Als sie ihr Festmahl beendet hatten, schwamm der Bulle noch einmal zurück zur *Seawind*.

Jake verfluchte die Orcas, aber der Thunfisch, den sie an der Leine hatten, hielt ihn davon ab, sie zu verfolgen. Der Wert des Fisches hing vom Zustand seines Fleisches ab, und sie mussten sich vorsehen, dass er nicht zu heftig kämpfte, damit die Muskeln sich nicht überhitzten. Je eher das Tier getötet und zerlegt wurde, desto höher war der Preis, den man dafür erzielen konnte. Der Thunfisch schwamm jetzt an der Oberfläche, nur noch ein paar Meter vom Boot entfernt, und zwei Männer standen mit Landungshaken und Leinen bereit. Jake stieß einen leisen Pfiff aus. Wenn die verdammten Orcas nicht gewesen wären, hätten sie noch einen, vielleicht sogar noch mehrere Riesenfische fangen können, aber schon allein für diesen hier ließen sich mindestens fünfzehntausend erzielen. Wenn nicht mehr.

»Holt ihn ganz vorsichtig ein«, wies Jake die Männer an. »Das ist euer Extraverdienst, was ihr da seht, Jungs.« Er beugte sich über die Reling und spähte hinab. »Vorsicht mit der Leine, verdammt noch mal!«, fuhr er den Mann direkt neben ihm an.

Irgendetwas im Wasser erregte Jakes Aufmerksamkeit. Er blinzelte in das grelle Licht und fragte sich, ob er sich den dunklen Umriss nur eingebildet hatte. Dann brach plötzlich eine riesige Gestalt inmitten einer Gischtfontäne und mit der Gewalt eines Güterzugs durch die Wasseroberfläche, und die entsetzten Männer sprangen schreiend zurück. Mit weit aufgerissenem Maul und Furcht erregender Geschwindigkeit kam der Orca auf sie zu, ein schwarz-weißes Monster, das einen Mann mit einem einzigen Biss mühelos in zwei Teile zerreißen konnte. Dann packte der Schwertwal den Thunfisch und zerrte ihn in die Tiefe. Einen Augenblick später baumelte die Leine schlaff im Wasser.

Von einer Sekunde auf die andere war alles vorbei. Die Wasseroberfläche war wieder ruhig, und nur die aufgeregt pochenden Herzen der Männer bezeugten, was sie soeben erlebt hatten.

Jake war zu benommen, um etwas zu sagen. Er starrte fassungslos aufs Meer. Dann brüllte er los wie ein wütendes Tier.

Penman und die Männer wechselten beunruhigte Blicke.

12

Es war noch früh am Morgen, als Matt das Café betrat. Der einzige Kunde außer ihm war ein Mann, der mit einem Buch am Fenster saß und sich Notizen machte. Vor ihm auf dem Tisch standen ein Teller mit Pfannkuchen und Speck und eine Tasse Kaffee. Der Mann, der wie ein Tourist wirkte, hob den Blick und nickte Matt kurz zu. Er war um die dreißig, hatte einen kurz geschorenen Bart und trug eine runde Nickelbrille, Jeans und ein REM-T-Shirt.

Matt setzte sich an einen Tisch in der Nähe des Fensters. Sally Brewster brachte ihm einen Kaffee und ließ sich auf der Bank ihm gegenüber nieder.

»Ich mach grade Pause. Sie haben doch nichts dagegen?«, fragte sie und holte ein Päckchen Cools hervor.

»Im Gegenteil.« Er war froh, Gesellschaft zu haben. Sally war in den Dreißigern, geschieden und hatte eine freundliche Art. In ihrem Gesicht zeigten sich die ersten Spuren verblühender Schönheit.

»Und wann gehen Sie mal mit mir aus, Matt?« Sie sah ihn durch den Rauch ihrer Zigarette hindurch an.

»In dieser Stadt wüsste ich keinen Ort, an den man eine Frau wie Sie angemessen ausführen könnte, Sally, sonst hätte ich Sie längst gefragt«, erwiderte er.

Sie neigte den Kopf. »Ist das wahr?«

»Natürlich.«

Sie seufzte. »Ach, Sie sind ein Lügner wie alle Männer, aber es ist nett, dass Sie das sagen. Sie könnten mir doch einfach mal Ihr Haus zeigen. Ich würde mir gern mal ansehen, was Sie da draußen so ganz allein treiben.«

»Ich bin nicht allein. Henry leistet mir Gesellschaft.«

Sie beugte sich vor und drückte ihren Busen gegen die Tischkante. »Ich denke doch, dass ich mit dem alten Henry mithalten kann«, sagte sie augenzwinkernd.

Matt musste grinsen. Er war sich nie sicher, ob Sally es ernst meinte, denn sie flirtete mit der Hälfte ihrer Kundschaft auf diese Weise. Vermutlich gestaltete sie sich damit den Tag ein bisschen kurzweiliger.

»Und wie gefällt Ihnen das ruhige Leben, Matt?«, fragte Sally mit einem Anflug von Ironie. »Ich wette, Sie haben nicht damit gerechnet, in einen Mordfall hineinzugeraten, als Sie sich entschieden haben, hierher zu ziehen.«

»Ich habe nichts von einem Mordfall gehört, Sally.«

»Dann müssen Sie's ja gewaltig auf den Ohren haben. Ich hör seit Tagen nichts anderes mehr.« Sie kramte ein Papier hervor, und als sie es auseinander faltete, sah Matt, dass es sich um eins von Ellas Wahlplakaten handelte. Unter den Slogan: »Wählt Ella Young« hatte jemand geschrieben: »Oder sie bringt euch um.«

»Mein Gott«, sagte Matt. »Das denken die Leute?«

»Nun, ich würd eher sagen, es wird 'ne Menge darüber geredet, was Carl Johnson in der besagten Nacht gesehen hat.«

Matt starrte auf das Plakat. Vielleicht war es ja nur ein schlechter Witz, aber irgendwie hatte er den Verdacht, dass die Person, die dahinter steckte, finstere Motive hatte. »Sagen Sie mal, Sally, Sie kennen Bryan doch wahrscheinlich ziemlich gut. Was ist er denn für ein Typ?« Er wählte mit Bedacht die Gegenwartsform, um nicht den Eindruck zu erwecken, er hielte Bryan für tot.

Sally zog an ihrer Zigarette. »Och, ich glaub, er sah ganz gut aus«, sinnierte sie. »Aber andererseits ist die Konkurrenz hier auch nicht besonders groß. Anwesende natürlich ausgenommen. Er war wie die meisten Männer, er wollte nur das Eine.«

»Ich habe gehört, dass er ziemlich unangenehm werden kann.«

Sally hob die Augenbrauen. »Das haben Sie vermutlich von Ella. Nun, sie hat Recht, er konnte schon ein richtiger Mistkerl sein. Falls er tot ist, versteh ich nicht, warum alle denken, ausgerechnet Ella hätte ihn umgebracht. Wenn Sie mich fragen, dann hätte sie sich in eine ziemlich lange Schlange von Leuten einreihen müssen, die das mindestens genauso gern getan hätten.«

»Beruht diese Beobachtung auf persönlicher Erfahrung, Sally?«

Sie drückte ihre Zigarette aus. »Also, ich werd an seinem Grab keine Tränen vergießen, falls Sie das meinen, aber ich hab ihn auch nicht umgebracht.« Sie erhob sich. »Wenn Sie mehr über diese Schmierereien hier wissen wollen, da kommt grad einer, den Sie fragen können.« Sie tippte mit dem Finger auf das Plakat, als die Tür geöffnet wurde und Howard Larson eintrat.

Er sah Matt, steuerte auf ihn zu und ließ sich auf die Bank fallen, die gerade frei geworden war. »Sie haben doch nichts gegen ein bisschen Gesellschaft, Matt, oder? Ich hätte gern einen Kaffee, Sally.«

Howard starrte auf Sallys Hintern, während sie zum Tresen zurückging. Als er das Plakat auf dem Tisch sah, schüttelte er grinsend den Kopf, doch dann bemerkte er Matts Gesichtsausdruck.

»Was ist los? Kommen Sie, Sie müssen doch zugeben, dass es auch eine witzige Seite hat.«

»Mein Sinn für Humor scheint nicht besonders ausgeprägt zu sein.«

Howard machte eine wegwerfende Handbewegung. »Hören Sie, Sie können den Leuten nicht vorwerfen, dass sie reden, gerade bei so einer Sache. Das ist der Preis, wenn man in der Politik mitmischen will, Matt. Natürlich billige ich persönlich das auch nicht, aber ich denke, wer mit dem Feuer spielt, muss damit rechnen, sich die Finger zu verbrennen.«

»Diese Geschichte geht ein bisschen über Politik hinaus«, betonte Matt.

»Nun gut, wie auch immer.« Howard faltete das Plakat zusammen und schob es zur Seite. »Die Sache ist die, Matt. Nur weil Ella und ich bei dieser Wahl auf verschiedenen Seiten stehen, heißt das noch lange nicht, dass ich sie nicht leiden kann. Aber Sie können nicht von mir erwarten, dass es mir das Herz bricht, wenn ich wegen dieser Geschichte die besseren Chancen habe, gewählt zu werden. So ist nun mal das Leben, Matt. Und wenn etwas dumm läuft, ist es mir lieber, es passiert Ella und nicht mir. Außerdem bin ich mir sicher, dass der Bau des Yachthafens sich für die Insel äußerst positiv auswirken wird.«

»Ihr gutes Herz rührt mich, Howard. Und ich nehme an, dass Sie mit dieser Sache hier nicht das Geringste zu tun haben.« Er wies auf das Plakat. »Wie Sie bereits sagten, all das erhöht Ihre Chancen, gewählt zu werden, stimmt's?«

»Hören Sie, Sie glauben doch nicht im Ernst, dass daran überhaupt irgendein Zweifel besteht. Ich will ja nicht abstreiten, dass Ella ihre Anhänger hat, obwohl es jetzt vermutlich nicht mehr so viele sind wie vorher, aber selbst diese Leute werden mir am Ende dankbar sein. Tatsache ist, dass eine Menge von diesen Dumpfbacken es nicht mal mitkriegen würde, wenn ihnen eine gute Gelegenheit mitten ins Gesicht springen würde. Der Yachthafen ist das Beste, was diesem gottverdammten Flecken passieren kann. Er lockt Touristen an, Häuser werden gebaut, Geschäfte eröffnet. Die Dinge werden sich ändern, und die meisten Leute kapieren das auch. Sie sehen eine Chance, weiterzukommen. Ich dachte, Sie wären in der Lage, das zu begreifen, Matt. Der Wunsch, die Dinge so zu lassen, wie sie sind, ist völlig in Ordnung. Aber die Menschen brauchen etwas zu essen. Haben Sie eine Ahnung, wie viele Leute im letzten Jahr die Insel verlassen haben, weil sie kein Auskommen mehr hatten? Eine ganze Menge, lassen Sie sich das gesagt sein.«

Howard kippte den Kaffee, den Sally ihm hinstellte, auf einmal hinunter, während seine Augen wie die Zunge einer Eidechse über ihr Dekolleté huschten.

»Ich will nichts anderes, als das Leben von jedem Einzelnen auf dieser beschissenen kleinen Insel zu verbessern«, fuhr er fort. »Die meisten Leute hier haben keine Ahnung vom Rest der Welt, Matt. Was wir brauchen, sind mehr Leute wie Sie. Leute, die ein bisschen rumgekommen sind, die sich nicht beim ersten Anzeichen einer kleinen Veränderung in die Hosen machen.« Er hielt einen Moment inne, und sein Gesicht nahm einen verschlagenen Ausdruck an. »Sie sollten sich noch mal durch den Kopf gehen lassen, was ich Ihnen neulich abends gesagt habe. Es wird eine ganze Menge guter Gelegenheiten hier geben. Sie sollten mal in mein Büro kommen und einen Blick auf die Pläne werfen. Wir könnten miteinander reden. Diese Welt braucht Führungspersönlichkeiten, Männer mit Visionen, die den Menschen zeigen, was wirklich gut für sie ist.«

Matt trank seinen Kaffee aus. »Howard, wissen Sie, worin der Unterschied zwischen Ella und Ihnen besteht? Für Ella ist das hier ihre Heimat. Sie geben vor zu wissen, was für die Leute gut ist, aber in Wirklichkeit wollen Sie aus dem Land, das Sie besitzen, möglichst viel Gewinn herausschlagen. Und was kommt danach? Ich vermute, innerhalb eines Jahres werden Sie von hier verschwinden. Sie werden sich etwas suchen, das mehr nach Ihrem Geschmack ist. Etwas, das mehr darstellt als eine beschissene kleine Insel.«

Matt erhob sich. Er hatte das Gefühl, Howards Gesellschaft keine Minute länger ertragen zu können. Dessen kaum verhohlene Schadenfreude über den Verdacht, der auf Ella gefallen war, schlug ihm auf den Magen. Am liebsten hätte er Howard mit Ellas Plakat das Maul gestopft. Er ging ohnehin davon aus, dass Ellas Gegenspieler hinter der Verunstaltung ihrer Wahlplakate steckte.

Howards Lächeln erstarb. »Wissen Sie, welchen Unterschied es zwischen Ella und mir noch gibt, Matt? Ich habe niemanden umgebracht, das ist der Unterschied.«

Matt wandte sich ab und ging ohne ein Wort zum Ausgang.

»Sagen Sie nicht, ich hätte Ihnen keine Chance gegeben«, rief Howard hinter ihm her. »Sie sind genauso dumm wie all die anderen. Ella wird die Wahl sowieso verlieren. Glauben Sie etwa, irgendjemand hält ihr jetzt noch die Stange? Sie sollten noch mal drüber nachdenken, Matt.«

Beim Hinausgehen nickte Matt dem Mann im REM-T-Shirt zu. Der sah leicht verwundert zu ihm auf.

Die Straße führte über einen Höhenrücken, dann hinab durch den Wald, der die Stillwater-Bucht säumte. Die Tannen, Ahornbäume und Eichen spiegelten sich in der Oberfläche des dunkelgrünen Wassers.

Weit draußen vor der Bucht, über dem unterseeischen Riff, war deutlich die weiße Gischt erkennbar. Matt zog sich der Magen zusammen. Immer wieder kenterten Boote über dem Riff, ertranken dort Menschen. Die Strömungen und Unterströmungen waren tückisch, besonders bei schlechtem Wetter. Selbst die Fischer, die die örtlichen Gegebenheiten gut kannten, mussten auf der Hut sein. Matt hatte am eigenen Leib erfahren, wie hässlich es in der Bucht werden konnte. Jetzt im Moment erschien sie friedlich und malerisch, trügerisch still. Er stellte sich das graue, schäumende, vom Sturm aufgepeitschte Meer vor, die an die Felsen krachende Brandung. Er malte sich aus, wie ein Mann ins Wasser geschleudert wurde, unterging und sich, wenn seine Kräfte schwanden, willenlos der Trägheit überließ.

Matt kam an der Abzweigung zur Landzunge vorbei, auf der die großen Häuser der Sommergäste zwischen den Bäumen versteckt lagen. Die Straße führte ein Stück steil bergab. Unten angekommen, hielt er Ausschau nach dem Weg, der durch den Wald zum Wasser führte. Als er ihn gefunden hatte, folgte er ihm bis zu der Lichtung, auf der Bryans Haus stand. Die Veranda war rundherum durch Fliegengitter geschützt, und neben dem Haus befanden sich eine Garage und ein Schuppen. Alles war ruhig, nur die Vögel zwitscherten. Matt stellte den Motor ab und ließ die Stille auf sich wirken.

Das Haus und die Lichtung waren in goldenes Licht getaucht, das schräg durch die Bäume fiel. Das weiße Holzhaus hätte einen neuen Anstrich vertragen können, aber das graue Schieferdach war stellenweise ausgebessert, und eins der Fenster hatte einen neuen Rahmen. Vielleicht, so dachte Matt, war es Howards unverhohlene Freude darüber, dass sich die Stimmung in der Stadt zu Ellas Ungunsten wendete, was ihn dazu gebracht hatte, hierher zu kommen. Vielleicht wollte er einfach nicht, dass Howard die Wahl gewann. Vielleicht hatte er deshalb angefangen, sich zu fragen, was wirklich mit Bryan geschehen war. Vielleicht hatte er ja auch persönliche Gründe für sein Interesse, denn eins war sicher: Solange die Sache nicht auf die eine oder andere Weise geklärt war, ließ sich die Distanz zwischen ihm und Ella wahrscheinlich nicht überbrücken.

Welche Beweggründe er auch haben mochte, er hatte beschlossen herauszufinden, was mit Bryan Roderick geschehen war.

Matt ging um das Haus herum, aber er fand keinerlei Anhaltspunkte. Von der Lichtung aus führte ein Weg fünfzig Meter durch den Wald bis zu einem langgezogenen Strand. Als Matt zwischen den Bäumen hervortrat, sah er etwas in der Sonne blitzen und hielt eine Hand zum Schutz gegen das grelle Licht über die Augen. In einiger Entfernung entdeckte er ein Sportboot, das in der Nähe eines riesigen schwarzen Felsens im Wasser lag. Es war jedoch niemand zu sehen.

Unmittelbar vor Matt stand ein Bootsschuppen am Ufer. Die Tür war einen Spaltbreit offen, und als Matt hineinlugte, stellte er fest, dass der Schuppen leer war. Es roch nach Schimmel, und durch die Rückwand, in der einige Bretter fehlten, fiel Sonnenlicht herein. Am anderen Ende führte eine hölzerne Rampe ins Wasser, das dunkelgrün war und tief zu sein schien. Ein Holzsteg ragte zwanzig Meter weit in die Bucht hinein.

Weder der Schuppen noch der Steg waren da gewesen, als Matt und Paulie früher mit ihrem kleinen Segelboot hierher gekommen waren, aber das lag nun schon mehr als fünfundzwanzig Jahre zurück. Bei dem Steg blieb Matt zögernd stehen und blickte hinaus aufs Wasser. Obwohl es warm war, fühlte er kalten Schweiß auf seiner Stirn, und sein Puls ging schneller. Es regte sich kaum ein Lüftchen, und die Wasseroberfläche kräuselte sich nur ganz sanft. Matt setzte prüfend einen Fuß auf die erste Bohle des Stegs. Sie knarrte zwar, wirkte aber stabil. Er machte noch einen Schritt. Als er zwischen den Bohlen hindurch nach unten sah, stellte er fest, dass der Meeresgrund steil abfiel. Matt blieb stehen, seine Hände waren feucht. In seinen Ohren rauschte es, und er meinte, lang vergangenes Kinderlachen zu hören. Er bemühte sich, nicht ins Wasser hinunterzusehen, starrte stattdessen auf das Ende des Stegs, das ihm sehr weit weg zu sein schien. Bei jedem Schritt prüfte er die Festigkeit der Bohlen, und jedes Knarren und Ächzen verursachte ihm neuerliche Schweißausbrüche. Als er fünf Meter zurückgelegt hatte, blieb er stehen und blickte erneut hinunter. Er konnte den Meeresgrund nicht mehr sehen. Ihm wurde schwindlig, und einen Moment lang hatte er das Gefühl, seine Beine würden unter ihm nachgeben. Er atmete tief ein und aus, zählte langsam bis dreißig. Direkt vor ihm fehlten einige Bohlen, und er wusste genau, dass er nicht in der Lage sein würde, den Spalt zu überqueren, der nicht einmal einen halben Meter breit war. Matt wandte sich um und ging zurück, wobei er genau aufpasste, wohin er seine Füße setzte.

Eine ganze Weile lauschte er dem Schmatzen und Gurgeln der sanften Wellen, die am Ufer die Kieselsteine hin und her schoben. Er ging in die Hocke und nahm ein paar Steine in die Hand. Sie fühlten sich glatt und nass an. Er musste daran denken, wie Paulie ihn aus dem Wasser gezogen hatte, wie er nach Luft schnappend am Strand lag, wie Paulie ihm Wasser über das Gesicht und die schlammverschmierten Haare laufen ließ. Matt stand auf und warf die Kiesel ins Wasser.

Wieder blitzte irgendetwas einen knappen Kilometer entfernt im Sonnenlicht auf. In der Nähe des schwarzen Felsens, wo das Boot vor Anker lag, stand jemand am Ufer. Aus purer Neugier machte sich Matt dorthin auf, und als er näher kam, bemerkte er, dass das, was er für einen Felsen gehalten hatte, etwas anderes sein musste. Die Oberfläche erschien ihm zu glatt, die Form zu ebenmäßig für einen Felsen. Was es war, konnte er aber nicht erkennen.

Matt war noch etwa zweihundert Meter entfernt, als ein furchtbarer Gestank zu ihm herüberwehte und ihn veranlasste stehen zu bleiben. Der Geruch erinnerte an Fisch, war aber strenger, stechender, wie von verwesendem Fleisch. Er zögerte noch, ob er weitergehen sollte, als der Mensch, der am Ufer stand, ihn entdeckte und die Hand zum Gruß hob.

Das Ding am Strand lag zur Hälfte im Wasser. Es war nicht

völlig schwarz, sondern hatte helle Flecken. Als sie noch fünfzig Meter voneinander entfernt waren, erkannte Matt den Mann, den er am Morgen im Café gesehen hatte. Jetzt sah er auch, dass es sich bei dem Ding am Ufer um ein Tier handelte, und zwar seiner Größe und Form nach zu urteilen um irgendeine Art von Wal.

Der Mann lächelte, als Matt näher kam, und streckte ihm die Hand entgegen. »Hallo, ich bin Ben Harper.«

»Matt Jones.«

Sie schüttelten sich die Hände, dann deutete Matt auf das Tier. »Was ist das?«

Harper nahm seine Brille ab und putzte sie an seinem Hemd. Er blinzelte gegen das Licht, das vom Wasser reflektiert wurde. »Das«, sagte er, »ist das großartigste Geschöpf, das es meiner Meinung nach auf der Welt gibt. Zumindest war es das einmal. Es ist ein toter Orca.«

»Ein Schwertwal?« Matt wusste, dass sie hin und wieder im Golf von Maine auftauchten, aber er hatte noch nie einen gesehen, außer im Fernsehen. Das gestrandete Tier erschien ihm, obwohl es tot war, weitaus größer und beeindruckender, als er es sich vorgestellt hatte. Jetzt konnte er auch die Flossen und die Form des Kopfes erkennen. »Was ist mit ihm passiert?«

In diesem Augenblick stieg ihm wieder der Verwesungsgestank in die Nase, und er musste würgen.

»Nach einer Weile gewöhnt man sich daran.« Harper schien der Gestank nichts auszumachen.

»Sind Sie daran gewöhnt?«

»Ich bin Meeresbiologe am Ozeanographischen Institut in Woods Hole. Bei meiner Arbeit habe ich viel mit toten Tieren zu tun. Eigentlich verbringe ich gerade meinen Urlaub hier, aber letzte Woche habe ich diesen Orca gefunden und versuche seitdem herauszufinden, was mit ihm geschehen ist. Soweit ich es im Moment beurteilen kann, ist er an Lungenentzündung verendet.«

Sie gingen zu dem Orca hinüber. Matts Neugier war stärker als sein Widerwille, sich der Quelle des Zersetzungsgestanks zu nähern. Er sah einen verschmierten Overall und einen geöffneten Beutel im Sand liegen, daneben etwas, das aussah wie überdimensionale chirurgische Instrumente. Ben Harper hatte den Bauch des Wals vom Kopf bis zum Schwanz aufgeschlitzt und die Eingeweide teilweise herausgenommen.

»Die Lungen waren völlig verschleimt«, erklärte er, ohne zu bemerken, dass Matt schon ganz grün im Gesicht war. »Ich kann mir vorstellen, dass sich der Orca selbst an Land gebracht hat, bevor er starb. Es ist eine Kuh. Am Zustand ihrer Zähne lässt sich ablesen, dass sie schon ziemlich alt war. Vielleicht sechzig oder siebzig Jahre.« Erst jetzt nahm er Matt wieder wahr. »Alles in Ordnung? Sie sind ja ganz blass.«

In dem Moment wandte sich Matt ab und stolperte, so schnell er konnte, über den Strand zu den Bäumen. Er beugte sich vor und übergab sich ins Unterholz. Der Gestank des toten Wals schien sich in seinem Gaumen und seiner Kehle festgesetzt zu haben, und was er auch versuchte, er wurde den Geschmack nicht los. Immer wenn er dachte, es sei vorüber, musste er wieder würgen.

»Hier, trinken Sie das.« Harper stand neben ihm und hielt ihm eine Flasche hin. Matt schnupperte misstrauisch daran. »Zitronensaft«, sagte Harper. »Das hilft.«

Dankbar trank Matt einen Schluck von dem sauren Saft. Er schien wirklich zu nützen.

»Gurgeln Sie ein bisschen mit dem Zeug«, riet Harper ihm.

Matt gehorchte, dann spuckte er aus und gab die Flasche zurück. »Danke.«

Sie gingen den Strand entlang, weg von dem Gestank.

»Ich hatte ganz vergessen, wie es einem ergehen kann, wenn man nicht daran gewöhnt ist«, sagte Harper.

»Was wollen Sie damit machen?«, fragte Matt. Er dachte an all das Zeug, das auf dem Strand lag.

»Ich werde noch ein paar Proben entnehmen, auch von den Zähnen, und den Rest wird die Natur erledigen.«

Der Kadaver war mittlerweile von Seevögeln übersät, die in der Nähe gewartet hatten.

»Die Natur hält sich selbst gründlich sauber. In einem Monat werden nur noch Knochen im Sand herumliegen. Es ist schon seltsam«, fügte er gedankenversunken hinzu.

»Was?«

»Einen Orca so zu finden. Normalerweise sterben sie im Meer und sinken einfach auf den Grund.«

»Aber dieser hier ist an Land geschwommen, das sagten Sie doch?«

»Genau. Aber das machen diese Tiere normalerweise nicht. Vor allem verstehe ich gar nicht, was er überhaupt in der Bucht zu suchen hatte. Gewöhnlich sind Orcas in Herden unterwegs. Ich habe sie einige Zeit in Neufundland beobachtet und auch an der Westküste oben bei Vancouver Island. Sie kommen nicht häufig vor in den hiesigen Gewässern. Möglicherweise hat dieser hier, weil er krank war, die Orientierung und dann den Anschluss an seine Herde verloren.«

Sie waren ziemlich weit gelaufen und näherten sich bereits dem Bootssteg. Matt dachte über Harpers Worte nach. »Was sagten Sie, wann Sie den Orca gefunden haben?«

Harper überlegte einen Moment. »Das war am Dienstag. Ich war schon früh hier draußen, um ein bisschen zu angeln.«

»Haben Sie da zufällig jemanden gesehen? Einen Mann?« Er beschrieb Bryan in groben Zügen.

»Tut mir Leid.«

Matt zuckte die Achseln. »War auch nur so eine Idee.«

»Obwohl, eine Frau habe ich an dem Morgen gesehen«, sagte Harper. »Wenn Ihnen das weiterhilft.«

»Eine Frau? Hier?«

»Ungefähr da.« Harper deutete mit der Hand in Richtung des Stegs. »Ist das wichtig?«

»Könnte sein. Um wie viel Uhr?«

»Vielleicht so kurz nach sechs. Es war ein bisschen neblig, und ich lag mit meinem Boot ungefähr fünfzig Meter vom Strand entfernt. Ich hatte nicht damit gerechnet, hier jemandem zu begegnen. Da habe ich mich richtig erschrocken, als eine Frau aus dem Wald kam und zum Strand ging. Sie blieb einen Moment stehen und starrte auf die Bucht hinaus. Ich glaube nicht, dass sie mich bei dem Nebel überhaupt gesehen hat. Um die Wahrheit zu sagen, es war ein bisschen merkwürdig. Alles war ganz still, und plötzlich tauchte die Frau auf.« Harper zuckte die Achseln.

»Und wo ist sie dann hingegangen?«

»Nach einer Weile ging sie den Strand in diese Richtung hinunter.« Er wies zu der Landzunge hin.

Schon beinahe widerwillig und mit einem komischen Gefühl im Magen fragte Matt: »Können Sie sie beschreiben?«

»Schlank. Gut aussehend. So um die dreißig.«

»Und ihre Haarfarbe?«

»Weiß nicht. Sie hatte einen Pullover mit Kapuze an, und Jeans, glaube ich.«

Das könnte Ella gewesen sein, dachte Matt. Aber es könnte auch sonst wer gewesen sein. »Sie haben gesagt, sie kam zu Fuß. Ein Boot haben Sie nicht gesehen?«

»Nein.«

»Könnte es sein, dass es Ihnen wegen des Nebels entgangen ist?«

»Glaube ich nicht. Ich hätte es gehört. Ich habe mich nicht vom Fleck bewegt, bis der Nebel sich gelichtet hat, und dann war auch kein Boot da.«

»Diese Frau«, sagte Matt. »Würden Sie sie wieder erkennen?«

Harper überlegte eine Weile, schließlich nickte er. »Ja, ich glaube schon.«

13

Das Haus, in dem Howard wohnte, war vor beinahe sechzig Jahren von seinem Vater gebaut worden. Im Arbeitszimmer hing ein Porträt des alten Larson, der zu Howards Verdruss darauf bestanden hatte, dass sein Sohn auf der Insel blieb und sein Leben der Fischfabrik widmete, die er selbst in den dreißiger Jahren aufgebaut hatte.

»Es wäre nie so weit gekommen, wenn du auf mich gehört hättest«, sagte Howard, während er auf das Bild an der Wand starrte und an seinem Bourbon nippte. In dem Moment schaute seine Frau zur Tür herein.

»Howard, redest du schon wieder mit ihm? Er ist doch nun schon fast fünfzehn Jahre tot.«

»Er geistert immer noch hier rum, glaub's mir. Ich spüre ganz genau, wie der alte Bussard mich immerzu ansieht. Wahrscheinlich ist es ihm eine Genugtuung, mich untergehen zu sehen.«

Howard war am Nachmittag von seinen Buchhaltern gewarnt worden, dass er, sollte es bei den derzeitigen Verlusten der Firma bleiben, innerhalb eines Jahres pleite wäre. »Ich hab ihm schon vor fünfzehn Jahren gesagt, er soll den Laden verkaufen, aber er wollte ja nicht auf mich hören. Damals war doch schon abzusehen, dass es mit der Fischverarbeitung bergab geht. Und ich hab Recht behalten, stimmt's?«

Angela Larson trat lächelnd ins Zimmer. »Howard, das war

doch gar nicht der Grund, warum du wolltest, dass er verkauft. Dir hat es hier einfach nie gefallen, das ist alles.«

»Na und, das kann man mir doch wohl nicht vorwerfen, oder? Ich bin siebenundvierzig, Angela, und sieh mich bloß mal an. Ich mach mich kaputt, nur um diese Bruchbude am Laufen zu halten. Ich schwör's dir, dieser Ort hier bringt mich um. Du wirst schon sehen, eines Morgen wachst du auf, und ich liege steif wie ein Brett neben dir.«

»Du solltest dir nicht so viele Sorgen machen«, murmelte Angela, die mittlerweile das Interesse an dem Gespräch verloren hatte. Sie legte eine Hand an seine Wange und ließ den Blick zu den auf seinem Schreibtisch ausgebreiteten Plänen für den Yachthafen wandern.

»Komm, sieh dir das an«, sagte Howard, und seine Miene hellte sich auf.

Strahlend betrachtete er die Zeichnungen, malte sich aus, wie all das zum Leben erwachte.

»Natürlich wird es ein paar Jahre dauern, Angela, aber sobald sich herumspricht, was wir hier machen, wird die Insel für Investoren interessant, und dann geht's richtig los. Wir könnten ein neues Haus bauen, oben auf dem Hügel, mit Blick auf den Yachthafen. Ich hab mir die Stelle schon ausgesucht. Die beste auf der ganzen Insel. Es werden neue Leute auftauchen, mit denen man in Kontakt kommen kann. Ein ganz neues Völkchen, das sich hier rumtreiben wird. Vielleicht lernen wir dann sogar Leute kennen, die wir im Winter auf dem Festland besuchen können.« Howard verstummte, als er Angelas Gesichtsausdruck bemerkte. Ihr Lächeln verbarg kaum die Langeweile, aber schlimmer war noch ihr mitleidiger Blick.

»Das hört sich alles wunderbar an«, sagte sie. »Also, ich gehe ins Bett. Ich bin furchtbar müde.« Sie beugte sich zu ihm hinab und gab ihm einen flüchtigen Kuss auf die Wange.

Howard legte eine Hand auf ihre Hüfte und ließ sie einen Moment dort ruhen. Ihren Körper zu fühlen und ihr Parfüm zu riechen verursachte ihm eine Gänsehaut. Dann spürte er, wie Zorn in ihm aufstieg. Er wusste, dass Angela schon vor langer Zeit das Vertrauen in seine Fähigkeit verloren hatte, seine Pläne zu verwirklichen.

»Gute Nacht«, sagte er.
»Bleib nicht zu lange auf.«
»Nein, mach ich nicht.«
Er sah ihr nach. In ein paar Minuten würde sie irgendeinen Roman lesen, sich in einer anderen Welt, im Leben anderer Menschen verlieren, und eine Viertelstunde später würde sie das Licht ausschalten. Howard ging in der letzten Zeit selten ins Bett, bevor sie eingeschlafen war. Manchmal fragte er sich, was sie über ihn dachte, über die achtzehn Jahre ihrer Ehe, darüber, was aus ihrem Leben geworden war. Sie stammte aus einer wohlhabenden alten Familie aus Massachusetts, die allerdings in Schwierigkeiten steckte, als er Angela kennen lernte. Howard hatte immer das Gefühl gehabt, dass er sie eigentlich nicht verdiente, dass er nicht gut genug für sie war. Sie war immer noch schön, selbst nach all den Jahren, wohingegen er ziemlich fett geworden war. Er machte sich nichts vor. Manchmal, wenn er in den Spiegel sah, verabscheute er sich für das, was aus ihm geworden war, und er gab dieser lausigen Insel die Schuld daran.

Früher einmal schien eine vielversprechende Zukunft vor ihm zu liegen, damals, als noch niemand ahnte, dass das Fischereiwesen im Niedergang begriffen war, dass die Fangquoten immer weiter zurückgehen würden. Howard glaubte, dass Angela ihn stets gemocht hatte und sich anfänglich vorstellte, sie könne ihn eines Tages lieben lernen. Aber als das Geld ausging und all seine Bestrebungen und Pläne sich in Wohlgefallen auflösten, blieben ihre Gefühle für ihn irgendwo zwischen Sympathie und Zuneigung stecken. Es gelang ihm nicht, intensive Empfindungen in ihr wachzurufen. Und schließlich tat er ihr nur noch Leid.

Howard hatte das alles nach und nach erkannt, bis sich ihm die ganze Wahrheit vor mehr als einem Jahr offenbart hatte. Seit der Zeit war er unfähig, mit seiner Frau zu schlafen. Was körperliche Dinge betraf, war sie immer zurückhaltend gewesen, sogar regelrecht zugeknöpft. Anfangs, wenn sie miteinander ins Bett gingen, hatte er den Eindruck, sie sei zwar willig, aber doch weitgehend unbeteiligt. Und während des letzten Jahres hatte sie nie auch nur das Geringste dazu gesagt, dass sie keinen Sex mehr hatten. Es war, als hätte sie es gar nicht bemerkt.

Nachdem sie das Zimmer verlassen hatte, stellte sich bei Howard wieder das vertraute Gefühl sexueller Leere ein. Freudlos wandte er sich erneut seinen Plänen zu. Wenn es ihm nicht gelang, sie zu realisieren, wäre das sein Ende, das war ihm klar. Die Fabrik würde irgendwann Bankrott machen, und ein neuerliches Scheitern würde ihn vollends in die Ausweglosigkeit treiben. Angela könnte niemals mehr stolz auf ihn sein. Es würde keine Dinnerpartys mit wohlhabenden Freunden geben, die in der Nähe des Yachthafens, auf Grundstücken, die sie von ihm gekauft hatten, Häuser errichteten, keine Leute, in deren Gesellschaft Angela sich wohl fühlte. Sie würden nie gemeinsam auf der Terrasse ihres neuen Hauses stehen und hinabblicken auf die Lichter, auf all das, was er zustande gebracht hatte. Er würde es nie erleben, dass sie gemeinsam ins Haus traten, Angela seine Hand nahm und ihn mit einem Lächeln ins Schlafzimmer führte.

Howard goss sich noch einen Drink ein und dachte über Ella nach. Sie rief widersprüchliche Gefühle in ihm hervor. Einerseits bewunderte er sie. Sie war attraktiv. Mehr als attraktiv, auf ihre Weise war sie regelrecht hinreißend, und sie hatte Mumm, das musste man ihr lassen. Er hatte sogar gelegentlich den Gedanken gehegt, dass sein Leben vielleicht ganz anders verlaufen wäre, wenn er eine Frau wie sie geheiratet hätte. Sie hätte ihn unterstützt, ermutigt und jederzeit angefeuert, ganz anders als Angela, die nur lächelte, ohne von seinen Ideen überzeugt zu sein. Es war zum Heulen.

Aber Ella konnte seinen Untergang bedeuten. Sie hatte den Leuten Angst gemacht mit der Prophezeiung, alles Schlechte dieser Welt würde Einzug halten, wenn der Yachthafen gebaut würde. Howard konnte nicht nachvollziehen, warum Menschen sich vor Veränderung fürchteten. Es war nun mal so, dass nichts auf Dauer so blieb, wie es war. Mit ihrem Gerede davon, die Inselbewohner würden bei sich zu Hause zu Bürgern zweiter Klasse degradiert, die den reichen Leuten Pizza liefern und Sprit verkaufen müssten, hatte Ella einen wunden Punkt getroffen. Die Bewohner von St. George waren sehr empfindlich in diesen Dingen. Ella hatte ihnen die Idee in den Kopf gesetzt, die Neuankömmlinge würden das Ruder übernehmen und fortan die Geschicke der Insel lenken. Sie hatte wahrscheinlich sogar Recht, aber was war eigentlich schlimm daran, wenn die meisten Inselbewohner Dienstleistungsjobs annahmen? Wenigstens war das eine regelmäßige Arbeit.

Howard langte in eine Schublade und nahm einige zusammengeheftete Blätter heraus. Auf jedem Blatt stand eine Reihen mit Namen von Leuten, die für ihn stimmen würden, und eine mit den Namen derjenigen, die Ella ihre Stimme geben würden. Die aufgelisteten Personen stellten einen Querschnitt von Wählern dar, deren Ansichten er zu ergründen versucht hatte, um sich anhand dessen ein Bild vom voraussichtlichen Ausgang der Wahl machen zu können. Auf der Seite mit den Stimmen für Ella hatte er einige Namen durchgestrichen und sie bei sich eingetragen. Aufgrund der Gerüchte, die neuerdings aufkamen, begannen die Leute, sich von Ella abzuwenden. Sein kleiner Schachzug mit den Wahlplakaten hatte ihnen etwas zu reden gegeben. Wenn die Wahl am nächsten Tag gewesen wäre, hätte er sie wahrscheinlich gewonnen. Aber sie fand erst in zehn Tagen statt, und in der Politik war das eine lange Zeit, selbst hier in Sanctuary Harbor. Bis dahin waren die Leute vielleicht von Ellas Unschuld überzeugt oder fingen an, Bryan ganz einfach zu vergessen. Fakt war, dass es verdammt viele Wenn und Aber gab. Zu viele, als dass Howard sich beruhigt hätte zurücklehnen können. Für ihn hing zu viel von dieser Wahl ab, als dass er irgendetwas unversucht lassen durfte.

Jake saß vor dem Fernseher, als seine Frau ins Zimmer kam und sagte, Howard Larson wolle ihn sprechen. Jake stand auf und ging zur Haustür.

»Ich dachte, ich komme mal vorbei und erkundige mich, wie's Ihnen geht«, sagte Howard. »Ich hab von Carl Johnson gehört.«

»Was ist mit ihm?«

Howard blinzelte unsicher. »Ich meine, ich habe davon gehört, was er gesehen hat. Schlimme Sache.«

Jake sagte nichts. Er konnte Howard nicht leiden, hatte ihn

noch nie leiden können. Es war Bryans Idee gewesen, das Stück Land am Wasser zu kaufen, wo Howard seinen Yachthafen bauen wollte. Jake war darüber nicht sonderlich begeistert gewesen. Einen dicken Gewinn einzustreichen war zwar eine feine Sache, aber es bedeutete auf der anderen Seite, dass man sich mit Leuten vom Schlage Howards einlassen musste.

»Ich wollte Ihnen nur versichern, dass ich hinter Ihnen stehe«, erklärte Howard, um das Schweigen zu beenden. Er schien darauf zu warten, hineingebeten zu werden, und widerstrebend wies Jake ihm den Weg in die Küche. Dann öffnete er eine Flasche Bier und warf Howard einen fragenden Blick zu.

»Auch eins?«

»Gern.«

»Sie können sich setzen, wenn Sie wollen.«

Howard nahm auf einem der alten Stühle am Tisch Platz. Jake stellte ihm ein Bier hin, lehnte sich an die Anrichte und trank aus seiner Flasche. Er wartete.

Howard nahm einen Schluck. »Wie gesagt, ich stehe bei dieser Angelegenheit hinter Ihnen. Ella gehört meiner Meinung nach ins Gefängnis.«

Jake fragte sich, was zum Teufel Howard eigentlich wollte. Ihm dröhnte der Schädel. In letzter Zeit hatte er dauernd Kopfschmerzen. Unbewusst massierte er sich den Nacken.

»Ich habe den Eindruck, dass bei der Sache kein Verlass auf das Gesetz ist.«

»Was?« Jakes Kopfschmerzen wurden immer schlimmer. Manchmal verschwamm ihm alles vor den Augen, wurde trübe und grobkörnig. Howard redete weiter, aber Jake unterbrach ihn erneut: »Was haben Sie gesagt?«

Howard blinzelte. Ein Ausdruck der Verärgerung huschte über sein Gesicht, doch gleich darauf hatte er sich wieder unter Kontrolle. »Ich sagte gerade, dass es Ihnen wahrscheinlich niemand verübeln würde, wenn Sie die Sache selbst in die Hand nähmen.«

Jake fiel ein merkwürdiger Unterton auf. Howard wirkte nervös. Wovon redete der Mann? Jakes Kopfschmerzen hatten sich in ein dumpfes Pochen verwandelt, das sein Gehör beeinflusste. Howards Stimme klang fremd, irgendwie unnatürlich. Jake wünschte, Howard würde gehen. Er musste sich irgendwo hinlegen, wo es dunkel war.

»Ohne diesen Rechtsanwalt, mit dem sie befreundet ist, säße sie wahrscheinlich längst im Gefängnis.«

»Welcher Rechtsanwalt?«

»Matt Jones. Sie haben sich ganz schön angefreundet, die beiden. Sie wissen ja, wie Anwälte sind. Man hält ihnen eine rauchende Knarre vor die Nase, und sie versuchen, einen davon zu überzeugen, dass es sich um ein Feuerzeug handelt.«

Jake nahm noch einen Schluck von seinem Bier. Er hatte keine Ahnung, wovon Howard redete.

»Ich meine, das sind ja feine Sitten. Der Bruder eines Mannes wird ermordet, und nichts passiert. Absolut nichts. Wie gesagt, ich bezweifle, dass Ihnen irgendjemand einen Vorwurf machen könnte, wenn Sie sich entschließen würden, sich selbst darum zu kümmern.«

Howards Stimme klang heiser. Er trank einen Schluck Bier und befeuchtete seine Lippen.

»Warum zum Teufel sind Sie eigentlich hergekommen?« fragte Jake schließlich. »Gibt's irgendwas, was Sie mir sagen wollen? Wenn ja, dann spucken Sie's gefälligst aus.«

Howard sah ihn erschrocken an, dann stand er auf. »Vielleicht sollte ich jetzt besser gehen.«

Jake hatte nicht vor, ihn daran zu hindern, und begleitete ihn hinaus. Als Howard weg war, ging Jake nach oben und legte sich im Dunkeln hin. Er konnte den Fernseher unten hören. Sein Kopf dröhnte. Er dachte an etwas, was Howard gesagt hatte. Niemand würde es ihm verübeln, wenn er die Dinge selbst in die Hand nähme.

Howard Larson fuhr zurück nach Hause, verärgert über das Treffen mit Jake. Seiner Meinung nach war der Mann nicht ganz richtig im Kopf. Wahrscheinlich hatte er nur Bruchstücke von dem, was Howard gesagt hatte, mitbekommen. Howard runzelte die Stirn, dachte, dass das eventuell gar nicht so schlecht war. Auf einmal fühlte er sich etwas erleichtert. Vielleicht gab es ja bessere Möglichkeiten, Ella in ihre Schranken zu weisen.

14

Ella nahm die Quittung, die Art Turner ihr aushändigte, entgegen und unterschrieb sie. Turners schmales Gesicht wirkte noch verkniffener als sonst. Als sie ihm den Quittungsblock samt Kugelschreiber zurückgab, riss er ihr einen Durchschlag ab und grinste, wobei seine gelben Zähne zu sehen waren.

»Kann ich den Scheck jetzt gleich bekommen?«, fragte Ella.

»Jetzt gleich? Ich weiß nicht recht, Ella.«

»Ich wäre Ihnen wirklich sehr dankbar, Art.«

Er zögerte, dann zuckte er die Achseln. »Ach, was soll's. Natürlich können Sie ihn haben.« Er öffnete eine Schublade seines ramponierten Schreibtischs und nahm ein Scheckbuch heraus.

Während er die Summe eintrug, stand Ella am Fenster seines Büros und schaute auf den Hafen hinunter. Art war einer von vier Hummerhändlern auf der Insel. Er kaufte den Fischern ihren Fang ab, verpackte die Hummer und schickte sie den Großhändlern auf dem Festland, die wiederum Geschäfte und Restaurants belieferten. Normalerweise zahlte Art das Geld am Ende einer Woche aus, aber Ella hatte mittlerweile so lange mit ihm zu tun, dass er bereit war, eine Ausnahme zu machen. Er riss den Scheck heraus und übergab ihn ihr.

»Bitte sehr.«

»Danke.«

Ella warf einen Blick auf den Betrag. Zumindest konnte sie

damit Gordon auszahlen und ihre Schulden im Lebensmittelladen begleichen. Aber das war es dann auch schon. Sie hatte bereits die letzte Rate für die *Santorini* nicht gezahlt, und ihr Konto bei der Bank war überzogen.

»Alles in Ordnung?«, fragte Art.

»Ja, ja. Alles bestens. Ich hab nur gerade über etwas nachgedacht.«

»Im Moment ist der Markt gut. Da lässt sich viel Geld verdienen.«

»Das weiß ich, Art.« Sie lächelte. In all den Jahren, die sie mit ihm zusammenarbeitete, hatte er nie versucht, sie auch nur um einen Cent zu betrügen. »Irgendwie scheint's nie zu reichen, das ist alles«, fügte sie zerknirscht hinzu.

»Ich kann Ihnen alles abnehmen, was Sie mir bringen«, sagte Art.

»Ja«, erwiderte Ella stirnrunzelnd.

»Ich hab von Ihrem Ärger mit Jake gehört. Es heißt, er hat sich an Ihren Körben zu schaffen gemacht.«

»Nun, wenn nicht er, dann irgendjemand anders.«

Art senkte den Blick. Er trat nervös von einem Fuß auf den anderen, und ohne sie anzusehen, sagte er: »Geben Sie nichts auf das Gerede. Das sind Leute, die es nicht besser wissen. Ich hab mit Ihrem Vater lange geschäftlich zu tun gehabt. Und ich kenne Sie schon so viele Jahre.« Er errötete. »Wenn ich Ihnen irgendwie helfen kann, Ella, also, ich könnte Ihnen vielleicht einen Vorschuss zahlen oder so was.«

»Danke, Art. Das ist wirklich nett. Aber ich werd's schon so schaffen«, erwiderte Ella gerührt.

Auf dem Weg zur Bank blieb sie an einer Ecke des Platzes stehen, in dessen Nähe Matts Büro lag. Sie zögerte. Noch vor kurzer Zeit hatte sie den Eindruck gehabt, ihr Leben bewege sich in eine neue Richtung, eine, die ihr, bei aller Vorsicht, willkommen war. Es war schon lange her, dass sie etwas für einen Mann empfunden hatte. Nach dem Scheitern ihrer Ehe war sie mit verschiedenen Männern ausgegangen, hatte das Spiel mitgespielt, um nicht für unnahbar gehalten zu werden, aber bei keinem von ihnen war der Funke übergesprungen, für keinen hatte sie mehr als freundschaftliche Gefühle entwickelt.

St. George war eine kleine Insel, und mit der Zeit gab es immer weniger Männer, die für sie infrage kamen. Sie hatte schon befürchtet, womöglich immer allein zu bleiben. Auch aus diesem Grund hatte sie angefangen, sich mit einem Mann zu treffen, der auf einer Nachbarinsel lebte. Er war Witwer und Vater von zwei kleinen Kindern. Nach ein paar Monaten hatte er sie gefragt, ob sie ihn heiraten wolle. Sie hatte auf der Stelle gewusst, dass es nicht ging, dass sie ihn nicht genügend liebte. Er hatte es ihr angesehen und sie danach nicht wieder gefragt. Das Gefühl, vielleicht nie wieder lieben zu können, hatte ihr fast genauso weh getan wie ihm die Erkenntnis, dass sie seine Gefühle nicht erwiderte. Kurz darauf hatte sie die Beziehung beendet.

Das Wiedersehen mit Matt hatte ihr gezeigt, dass sie vielleicht noch nicht alle Möglichkeiten ausgeschöpft hatte. Zuerst wusste sie nicht, ob ihr Herzklopfen vielleicht nur ein Reflex ihrer Teenagerschwärmerei war. Aber als sie sich näher kennen lernten, merkte sie bald, dass sie sich in seiner Gegenwart einfach wohlfühlte. Ihre Gespräche flossen mühelos dahin, sie redeten über Gott und die Welt. Bruchstücke aus ihrer jeweiligen Vergangenheit kamen zutage, sie tauschten Beobachtungen und Meinungen über persönliche und allgemeine Dinge aus, oder sie erzählten sich Geschichten, über die sie lächeln mussten, von denen manche aber auch traurig waren. Und mit der Zeit reifte in ihr die Erkenntnis, dass sie sich doch noch verlieben konnte, dass ihre Zukunft nicht notwendigerweise aus unerfüllter Sehnsucht bestehen musste, dass sie eines Tages, wenn ihre Mutter starb, vielleicht doch nicht ganz allein auf der Welt sein würde.

Aber die Ereignisse der vergangenen Woche hatten all ihre Hoffnungen zerschlagen. Ein Graben hatte sich zwischen ihnen aufgetan, der immer tiefer wurde, und sie konnte nichts tun, um die Unstimmigkeiten aus dem Weg zu räumen. Wieder einmal sah sie bestenfalls einer einsamen Zukunft entgegen.

Und jetzt sollte sich auch noch alles andere, woran ihr Herz hing, ändern. Diese Vorstellung war ihr völlig fremd. Ganz gleich, was in ihrem Leben passierte, das Meer und die Insel würde sie immer lieben. Die Natur war ihre Zuflucht, die Einsamkeit der Wälder und der Buchten entlang der Küste, der Ozean, der sie ernährte und der tausend verschiedene Gesichter hatte, dessen Farbe sich mit den Jahreszeiten änderte, mit den Tagen und mit jeder Wolke, die vorüberzog. Sie empfand großen Respekt vor dem Ozean, vor dem Leben in ihm, und sie hatte immer gewusst, dass er sie schützen würde, wenn sie ihn gut behandelte, wenn sie ihm nur das entnahm, was er entbehren konnte.

Howard Larson jedoch wollte die Insel von Grund auf verändern. Die Wiesen würden umgepflügt für den Bau von Straßen und Wohnungen, die Wälder gerodet für die Errichtung von Herrensitzen, die Küstengewässer durch Vergnügungsboote und Abgase von Wassermopeds belastet. Ella hatte angenommen, sie könnte Howard und seine Anhänger aufhalten, Leute wie die Rodericks. Leute, die nur nahmen und nichts gaben. Es war paradox, dachte sie, dass Bryans Versuche, ihre Wahlchancen zunichte zu machen, zu seinen Lebzeiten gescheitert waren, dass er aber als Toter damit Erfolg haben könnte.

Selbst seine Einschüchterungsversuche hatten sie nicht von ihrem Entschluss abbringen können, für das Bürgermeisteramt zu kandidieren. Vor einem Monat war sie bei Dunkelheit auf dem Nachhauseweg gewesen, als sie Schritte hinter sich hörte. Das war nicht das erste Mal, aber in jener Nacht hatte sie eine Abkürzung durch eine einsame Gasse genommen. Kurz zuvor hatte es geregnet, und im gelben Lichtkegel einer Straßenlaterne stiegen Dunstschwaden vom Boden auf. Als sie schneller ging, wurden die Schritte hinter ihr ebenfalls schneller. Sie bog um eine Ecke und blieb stehen, aber die Schritte, anstatt sich zu verlangsamen, kamen rasch näher. Ihr Herz klopfte wie wild, und sie wollte losrennen, doch da wurde sie schon von hinten gepackt. Eine Hand hielt ihr den Mund zu.

Sie versuchte sich loszureißen, aber der Mann hatte ihren Körper fest im Griff. Er sagte kein Wort, das brauchte er auch gar nicht. Sie wusste, dass es Bryan war. Er verstärkte den Druck, bis sie das Gefühl hatte, er würde ihr die Rippen brechen. Plötzlich begriff sie und hielt still. Er lockerte den Griff ein wenig, hielt sie jedoch noch immer fest an sich gedrückt.

Sie spürte, wie er sich mit dem ganzen Körper an ihren Rücken presste, den Arm über ihren Brüsten, und fühlte sich ausgeliefert. Sein männlicher Geruch, seine Größe und seine Kraft schüchterten sie ein, und sie erkannte, dass es genau darum ging. Es sollte eine Warnung sein. Sie spürte seine Erektion und wurde von Angst und Abscheu erfasst.

Dann stieß er sie unvermittelt von sich, und als sie auf die Knie fiel, wandte er sich um und verschwand in der Dunkelheit. Als sie sich vor Aufregung zitternd wieder erhoben hatte, war er nicht mehr zu sehen.

Bei der Erinnerung an jene Nacht lief ihr ein Schauer über den Rücken. Jemand streifte sie im Vorbeigehen und entschuldigte sich, und sie fragte sich, wie lange sie an der Ecke gestanden haben mochte. An der Mauer neben ihr hing ein Plakat, das ihr zuvor nicht aufgefallen war, der Überrest eines ihrer eigenen Wahlplakate. Jemand hatte es halb abgerissen, aber man konnte noch die Worte lesen, die am unteren Rand mit Filzstift hingekritzelt worden waren: »Oder sie bringt euch um.« Ella riss das Plakat ganz ab und ging dann zur Bank.

Nachdem sie ihren Scheck eingelöst hatte, kehrte sie auf die *Santorini* zurück, wo Gordon gerade damit beschäftigt war, das Deck zu reinigen. Sie überreichte ihm seinen Lohn. Er zählte die Scheine, nahm die Hälfte und hielt ihr die andere Hälfte hin.

»Was soll das heißen?«

»Ich brauch's im Moment nicht.«

»Behalt's. Es gehört dir«, sagte Ella, und als er protestieren wollte, schob sie die Hand, in der er das Geld hielt, weg. »Das ist sehr nett von dir, wirklich. Aber es ist nicht nötig. Behalt das Geld.«

Er warf einen Blick auf den Liegeplatz, an dem die *Seawind* normalerweise festgemacht war. Am Tag zuvor hatten Ella und Gordon als Vorsichtsmaßnahme einige ihrer Hummerkörbe am Riff ausgelegt, weiter draußen, als sie es um diese Jahreszeit normalerweise taten.

»Mach dir keine Sorgen«, sagte sie. »Ich erledige den Rest, und dann sehen wir uns morgen früh.«

Er wollte gerade widersprechen, aber dann richtete sich seine Aufmerksamkeit auf etwas hinter ihr, und plötzlich hatte er es eilig. »In Ordnung. Ich war hier sowieso fast fertig.«

Ella drehte sich um und sah Gordons Vater näher kommen. Er war auf dem Heimweg von seiner Schicht in der Fischfabrik. Sie war mit Alan Neelon immer gut ausgekommen, aber seit er seinen Kutter verkauft und die Fischerei aufgegeben hatte, um in der Fabrik für einen regelmäßigen Lohn zu arbeiten, hatte er sich verändert. Er wirkte verbittert, und sie fragte sich, ob er ihr übel nahm, dass sie es geschafft hatte weiterzumachen und er nicht. Vielleicht wurde sein Gefühl sogar noch dadurch verstärkt, dass Gordon nun für sie arbeitete.

»Ich geh jetzt besser.« Gordon kletterte an Land und ging seinem Vater entgegen.

Ella hob die Hand zum Gruß. »Hallo, Alan.«

Der Mann deutete ein Nicken an und wandte sich dann abrupt an seinen Sohn. »Komm jetzt. Deine Mutter wartet bestimmt schon mit dem Abendessen.«

Gordon warf Ella über die Schulter einen verlegenen Blick zu.

»Bis morgen«, rief sie.

Alan Neelon wandte sich um und machte ein paar Schritte auf sie zu. »Ich will nicht, dass Gordon für nichts arbeitet, Ella. Du schuldest ihm noch den Lohn von letzter Woche.«

»Ich hab ihm eben den ganzen Lohn ausgezahlt«, erwiderte sie.

»Das stimmt, Dad.« Gordon zeigte seinem Vater das Bündel Geldscheine.

Anstatt ihn zufrieden zu stellen, schien der Anblick des Geldes Alan Neelon zu ärgern. »Du hast ihn für diese Woche ausgezahlt, aber was ist mit nächster Woche und mit übernächster?«

»Ich bin in meinem ganzen Leben noch nie jemandem Geld schuldig geblieben.«

»Ich könnte ihm Arbeit in der Fabrik besorgen. Da würde er wenigstens regelmäßig seinen Lohn kriegen. Außerdem kannst du ihn ja vielleicht gar nicht auf Dauer beschäftigen.«

»Ich gebe zu, dass es in letzter Zeit nicht leicht war«, antwortete Ella. »Aber wir werden das durchstehen. Es ist letztlich Gordons Entscheidung. Wenn er gehen will, halte ich ihn nicht auf.«

»Ich bleibe«, sagte Gordon, ohne auch nur einen Moment zu zögern.

Neelon sah zuerst seinen Sohn, dann Ella an. Er schien etwas sagen zu wollen, doch dann wandte er sich wortlos ab. Gordon warf Ella einen entschuldigenden Blick zu und folgte seinem Vater. Während sich die beiden Männer entfernten, begannen sie zu streiten, und Alan Neelon schaute verärgert zurück zu Ella, die an Deck der *Santorini* stand und ihnen nachblickte. Sie konnte sich denken, worüber sie stritten. Alan Neelon wollte nicht, dass sein Sohn für eine Frau arbeitete, die möglicherweise einen Menschen getötet hatte.

Nach einer Weile machte Ella sich auf den Weg nach Hause. Unterwegs kaufte sie einige Lebensmittel ein. Jenny Pope, die Kassiererin in dem kleinen Supermarkt, lächelte freundlich, als sie das Geld entgegennahm.

»Hallo, Ella. Wie geht's?«

Ella blickte auf und sah ihr Spiegelbild im Schaufenster. Ihr Gesicht war von tiefen Sorgenfalten gezeichnet. »Ich glaube, mir ist es schon mal besser gegangen.«

Jenny gab das Wechselgeld heraus, und für einen kurzen Moment spürte Ella einen sanften Druck in ihrer Hand.

»Lassen Sie sich nicht von den Mistkerlen unterkriegen«, flüsterte Jenny ihr augenzwinkernd zu.

»Keine Bange«, erwiderte Ella, froh über diese kleine aufmunternde Geste. »Und danke.«

Sie verließ den Supermarkt und überquerte die Straße. Vor der Post blieb sie einen Moment stehen und suchte in ihrer Tasche nach einem Brief, den sie abschicken wollte. Als sie ihn gefunden hatte, sah sie auf und wäre um ein Haar mit jemandem zusammengestoßen, der die Treppe herunterkam.

Ella wollte sich gerade entschuldigen, aber als sie Kate Little erkannte, brachte sie kein Wort heraus. Die beiden Frauen starrten einander überrascht und verwirrt an. Ella fiel ein, wie sie Kate in jener Nacht im Wald begegnet war, in der Nähe der Bucht. Ihr schwirrte der Kopf, sie konnte keinen klaren Gedanken fassen.

Kate hatte sich als Erste wieder unter Kontrolle. »Entschuldigung«, sagte sie leise und ging weiter.

Ella starrte ihr eine Zeit lang nach, ihr Herz klopfte wie wild, und alle Farbe war aus ihrem Gesicht gewichen. Schließlich wandte sie sich um, ging die Treppe hinauf und trat in das kühle, düstere Gebäude.

Auf der gegenüberliegenden Straßenseite saß Matt in seinem Wagen, tief beeindruckt von der Szene, die er soeben beobachtet, von dem, was sich auf den Gesichtern der beiden Frauen abgespielt hatte. Ben Harper saß auf dem Beifahrersitz neben Matt und spähte angestrengt durch die Windschutzscheibe.

»Ist das die Frau, die Sie in der Bucht gesehen haben?«, fragte Matt.

Ben nickte. »Das ist sie.«

»Sind Sie sicher?«

»Absolut.«

Matt sagte sich, dass damit nichts bewiesen war, weder in die eine noch in die andere Richtung. Aber er konnte die Zweifel und die Niedergeschlagenheit, die ihn überfielen, nicht verdrängen. Allein die Tatsache, dass Ella an dem Morgen, nachdem Carl Johnson sie gesehen hatte, am Strand in der Bucht gewesen war, warf Fragen auf. Matt dachte an das, was Baxter über Bryans Haus und über das Fehlen von Fingerabdrücken gesagt hatte. Dass es so aussah, als hätte dort jemand vor kurzem gründlich sauber gemacht. Sollte das Ellas Werk gewesen sein?

Ella war in der Post verschwunden, und die andere Frau stieg in einen Mercedes-Kombi. Von ihrem Aussehen her vermutete Matt, es handelte sich um eine Sommerurlauberin. Sie wirkte fehl am Platze in ihren ausgewaschenen Jeans, dem Designerhemd und den nach hinten gekämmten, schwarz gefärbten Haaren. Matt fiel auf, dass Ben sie ebenfalls beobachtete.

»Kennen Sie sie?«

Ben zuckte die Achseln. »Ich habe sie nur dieses eine Mal gesehen.«

Matt brauchte einige Sekunden, bis er begriff, was Ben meinte. Er warf noch einmal einen Blick auf die Frau, als der Mercedes anfuhr. »*Das* war die Frau, die Sie in der Bucht gesehen haben?«

»Klar«, erwiderte Ben. »Was haben Sie denn gedacht, wen ich meine?«

15

Matt verließ die Hauptstraße an der Abzweigung zur Landzunge. Er verlangsamte das Tempo, als er an dem Haus vorbeifuhr, das früher einmal seinen Eltern gehört hatte. Es lag ein Stück abseits der Straße inmitten von Bäumen. Ein Auto stand vor der Tür, und ein Kinderfahrrad lag im Gras. Er folgte weiter der Straße, die sich in ihrem Verlauf der hügeligen Landschaft anpasste und von Ahornbäumen und Zedern dicht gesäumt war. Es kam Matt so vor, als wäre es eine Ewigkeit her, dass er und sein Bruder Paulie auf der Suche nach Eichhörnchen durch diese Wälder gestreift waren.

Nach einer Weile passierte er ein offenes Holztor und fuhr die Einfahrt zum Haus von Kate und Evan Little hinauf, einem dreistöckigen, weißen Holzhaus im viktorianischen Stil mit Türmchen und prunkvollen Verzierungen. Es stand inmitten von Eichen und Ahornbäumen auf einem Grundstück von vielleicht einem Morgen Größe. Vor der Tür parkte der Mercedes-Kombi, den Matt am Tag zuvor gesehen hatte. Er stellte seinen Wagen daneben ab und betrachtete das Haus. Einige Stunden hatte er damit verbracht, Erkundigungen über Kate Little einzuziehen, und er hatte ziemlich schnell festgestellt, dass ihr ein bestimmter Ruf vorauseilte. Ihr Mann war ein wohlhabender Geschäftsmann, der im Rollstuhl saß und äußerst selten in der Stadt auftauchte. Jeden Sommer kamen die beiden auf die Insel, wobei der Mann manchmal für mehrere Wochen nach New York zurückkehrte, wo sie normalerweise lebten. Seine Frau stand in dem Ruf zu trinken, und das war nicht alles. Es hatte den Anschein, als sei Kate Little bei den Frauen von St. George aus gutem Grund weniger beliebt als bei den Männern.

Matt stieg aus dem Wagen, ging zum Haus und klingelte. Kate Little öffnete die Tür. Als sie ihn erblickte, lächelte sie ihn überrascht an.

»Ja bitte?«

Sie trug eine braune Hose und eine cremefarbene Bluse, die sie in der Taille geknotet hatte. Ihre Haare waren im Nacken mit einem breiten, schwarzen Band zusammengebunden. In einer Hand hielt sie einen Blumenstrauß, in der anderen eine Schere. Sie hatte kleine Fältchen um die Augen, deren Farbe Matt faszinierte. Sie waren dunkelblau, fast schon violett, und bildeten einen eindrucksvollen Kontrast zu ihrem tiefschwarzen Haar.

»Mrs. Little?«

»Ja?«

»Guten Tag, mein Name ist Matt Jones. Ich bin Rechtsanwalt. Könnte ich Sie vielleicht einen Moment sprechen?«

Sie schüttelte kurz, aber mit festem Griff die dargebotene Hand. »Rechtsanwalt?«

»So ist es.«

Sie zögerte, als erwartete sie eine Erklärung, dann trat sie zur Seite. »Kommen Sie herein.« Sie ging voraus in ein großes, luftiges Zimmer. Die Türen zur Terrasse standen offen. Sie stellte die Blumen auf einen Tisch neben ein halbvolles Glas Orangensaft.

»Also, was kann ich für Sie tun, Mr. Jones?«

»Ich untersuche das Verschwinden eines Mannes, der nicht weit von hier entfernt gewohnt hat. Er wurde vor einer Woche zuletzt gesehen, und ich versuche herauszufinden, ob sich vielleicht irgendjemand an etwas erinnert, was bei der Suche nach ihm hilfreich sein könnte.«

Kate zündete sich eine Zigarette an und blies den Rauch in Richtung Terrassentür. »Die Polizei war vor einigen Tagen schon hier und hat mich das auch gefragt.«

»Ich weiß«, erklärte Matt. »Und ich möchte Ihre Zeit nicht länger als nötig in Anspruch nehmen, aber ich wäre Ihnen wirklich sehr verbunden, wenn Sie einige Minuten erübrigen könnten.«

»In Ordnung. Aber ich werde Ihnen nicht viel sagen können.«

»Danke, das ist sehr nett von Ihnen, Mrs. Little. Ist Ihr Mann vielleicht zu Hause? Wenn es möglich wäre, würde ich mich gerne mit Ihnen beiden unterhalten.«

Sie musterte ihn einen Moment, dann nickte sie kaum merklich. »Kommen Sie.«

Matt folgte ihr in die Diele und einen Flur entlang. Er nahm ihr Parfüm und ihre legere, aber zweifellos teure Kleidung wahr. Ihr schulterlanges Haar verdeckte zum Teil ihren schön geschwungenen Hals. Er schätzte sie auf Mitte Dreißig, höchstens Anfang Vierzig.

»Sie hören sich nicht wie ein Bewohner der Insel an, Mr. Jones«, bemerkte sie im Plauderton.

»Bin ich eigentlich auch nicht, aber als Kind habe ich häufig mit meiner Familie den Sommer hier verbracht. Richtig hierher gezogen bin ich erst vor einigen Monaten.«

Kate blieb vor einer Tür stehen. »Dies ist das Büro meines Mannes.« Sie klopfte und wartete, bis von innen eine Stimme zu vernehmen war.

In dem großen Zimmer saß ein Mann im Rollstuhl an einem Schreibtisch und arbeitete an einem Computer. Auf einem langen Tisch standen weitere Rechner, dazu Drucker, ein Faxgerät und ein Scanner. Der Mann hatte kurz geschnittenes, graues Haar und eingefallene Wangen. Als die Tür geöffnet wurde, unterbrach er seine Arbeit und sah auf. Er war blass und hatte tief liegende, dunkle Augen, dennoch machte er einen energischen Eindruck.

»Wer zum Teufel sind Sie?«

»Das ist Mr. Jones. Er ist Rechtsanwalt und möchte uns einige Fragen stellen.« An Matt gewandt, sagte sie: »Mein Mann, Evan.«

Nach einem Moment des Schweigens drehte Evan Little sich mit dem elektrisch betriebenen Rollstuhl um und fuhr zu Matt hinüber, reichte ihm aber nicht die Hand.

»Sie müssen mein Benehmen entschuldigen, wir bekommen hier oben selten Besuch.«

»Tut mir Leid, dass ich Sie störe«, sagte Matt.

»In letzter Zeit bin ich nicht besonders gesellig. Ich konzentriere mich ganz auf meine Arbeit. Wie Sie sehen können, verbringe ich hier eine Menge Zeit.« Er machte eine ausladende Handbewegung.

Matt bemerkte in einer Ecke des Zimmers ein Bett, über dem ein komplizierter Flaschenzug angebracht war. Die Bettdecke war zurückgeschlagen, als hätte kürzlich jemand darin geschlafen.

»Worin besteht Ihre Arbeit?«, fragte Matt.

»Ich besitze eine Software-Firma. Mittlerweile wird sie von meinen Angestellten geführt, aber ich will an der Entwicklung dranbleiben. Die geschäftliche Seite der Dinge hat mich nie wirklich interessiert. Mich beschäftigen mehr die konzeptionellen Aspekte. Aber jetzt zu Ihren Fragen, Mr. Jones. Was möchten Sie wissen?«

»Wie ich Ihrer Frau bereits erklärt habe, untersuche ich das Verschwinden eines Mannes. Er heißt Bryan Roderick und wohnte in der Bucht, das heißt, er war praktisch Ihr Nachbar. Ich weiß, dass Sie bereits mit der Polizei gesprochen haben, aber ich würde gerne wissen, ob Ihnen seitdem noch irgendetwas eingefallen ist.«

Evan Little fuhr an einen Tisch heran, auf dem ein Glas Whisky stand, und nahm einen Schluck.

»Wir haben keinen Kontakt zu unseren Nachbarn, Mr. Jones«, erklärte er, wobei er die ganze Zeit Kate ansah. »Ich kann Ihnen nur das sagen, was ich schon der Polizei mitgeteilt habe. Wir haben nie zuvor von diesem Mann gehört. Es wird Ihnen sicherlich nicht entgangen sein, dass wir lediglich Sommergäste sind. Außerdem leben wir ziemlich zurückgezogen.«

Kate stand am Fenster und schaute hinaus. Sie wirkte abwesend, wie jemand, der einem Gespräch, das ihn nicht interessiert, nur mit halbem Ohr zuhört.

»Sind Sie beide in der Nacht vom letzten Montag auf letzten Dienstag zu Hause gewesen?«, fragte Matt.

»War das die Nacht, in der Roderick verschwunden ist?«

»Da wurde er das letzte Mal gesehen. Haben Sie in jener Nacht irgendetwas Ungewöhnliches gehört? Oder gesehen?«

»Was zum Beispiel?«

»Es lag ein Kutter draußen vor der Bucht. Der Kapitän meint, etwa um Viertel nach zwei einen Schuss gehört zu haben.«

»Wir schlafen gewöhnlich um diese Zeit.«

Matt sah zu dem Bett hinüber, und Evan Little folgte seinem Blick.

»Manchmal schlafe ich hier, wenn ich bis in die Nacht hinein arbeite. Aber nicht in jener Nacht, falls Sie sich das fragen.« In seiner Stimme lag ein scharfer Unterton.

»Und Sie haben auch nichts gehört, Mrs. Little?«, fragte Matt. Sie wandte sich vom Fenster ab und wechselte einen Blick mit ihrem Mann. Sie wirkte unsicher auf Matt, wogegen Evan Little ein spöttisches Leuchten in den Augen hatte, als amüsierte er sich insgeheim.

»Nein.«

»Haben Sie etwas dagegen, wenn ich frage, ob Sie oft in diesem Zimmer schlafen?«, erkundigte sich Matt, an Evan Little gewandt.

»Und ob ich etwas dagegen habe, Mr. Jones. Was soll das überhaupt?«

»Da Sie sich anscheinend so sicher sind, in jener Nacht nicht hier geschlafen zu haben, stellt sich mir die Frage, ob es einen besonderen Grund gibt, warum Sie sich daran erinnern.«

»Ich brauche dafür keinen besonderen Grund. Es geht Sie zwar nichts an, Mr. Jones, aber an den Rollstuhl gefesselt zu sein, beeinträchtigt meinen Verstand nicht im Geringsten. Sie glauben wohl, nur weil meine Beine nichts mehr taugen, taugt auch der Rest nichts?«

»Das habe ich damit nicht gemeint.«

Little starrte Matt an. Er trank den Whisky aus, dann drehte er den Rollstuhl abrupt um und fuhr zu seinem Schreibtisch. Er wühlte in einer Schublade, nahm verschiedene Fläschchen mit Tabletten heraus und zählte eine Handvoll ab, die er auf einmal schluckte. Matt fragte sich, ob es sinnvoll war, die Tabletten zusammen mit Alkohol einzunehmen, aber Kate machte keinerlei Anstalten, ihren Mann davon abzuhalten.

»Weiter können wir Ihnen nichts sagen«, erklärte Evan Little kurz angebunden, begab sich an einen Monitor und fing an, auf der Tastatur herumzutippen.

Matt hatte das Gefühl, schon zu lange geblieben zu sein. »Also, vielen Dank, dass Sie mir Ihre Zeit geopfert haben.« Als er Kate zur Tür folgte, rief ihm Little, plötzlich wieder in höflichem Tonfall, hinterher: »Tut mir Leid, dass wir Ihnen nicht weiterhelfen konnten, Mr. Jones.«

Matt musste daran denken, wie Kate und Ella vor der Post aufeinander getroffen waren und sich so seltsam angeblickt hatten. Irgendetwas stimmte da nicht, er verstand nur nicht, was es war.

»Sie müssen meinen Mann entschuldigen«, sagte Kate an der Haustür zu Matt. »Er hat oft Schmerzen und muss viele Medikamente einnehmen. Das beeinflusst seine Stimmungen hin und wieder.«

»Ist schon in Ordnung, das kann ich verstehen. Mrs. Little, ich würde Sie gern noch etwas fragen: Kennen Sie zufällig Ella Young?«

In Kates Augen flackerte so etwas wie ein Erkennen auf, aber gleich darauf war es wieder verschwunden. »Ich glaube nicht.«

»Vielleicht sind Sie ihr zufällig schon einmal begegnet, ohne sie zu kennen. Sie ist blond, in den Dreißigern, und ihr gehört ein Kutter, die *Santorini*.«

Kate schüttelte den Kopf. »Ich kenne nur wenige Leute auf dieser Insel, allerdings kommt mir der Name irgendwie bekannt vor.«

»Vielleicht haben Sie ihre Wahlplakate in der Stadt gesehen. Sie bewirbt sich um das Bürgermeisteramt.«

»Das wird es sein.«

»Aber Sie sind ihr nie begegnet?«

»Nein, nie.«

»War auch nur so ein Gedanke.« Er wollte gerade gehen, wandte sich dann aber noch einmal um. »Da fällt mir noch etwas ein. Gehen Sie manchmal hier im Wald spazieren? Vielleicht hinunter zur Bucht?«

»Manchmal.«

»Und letzten Dienstag? Waren Sie da vielleicht frühmorgens in der Bucht, so gegen sechs Uhr?«

Sie zögerte, und Matt hatte das Gefühl, dass sie ihre Antwort genau abwägte.

»Ja, das war ich.«

»Haben Sie an dem Morgen jemanden gesehen?«

»Nein.«

Matt sah sie einen Moment lang prüfend an und versuchte sich klar zu werden, ob er ihr glauben sollte. Sie begegnete seinem Blick gelassen und sagte nichts mehr.

»Auf jeden Fall bedanke ich mich für Ihre Hilfe, Mrs. Little.« Er schüttelte ihr zum Abschied die Hand.

Auf der Fahrt zurück in die Stadt dachte er über Kate und Evan Little nach. Er kam zu dem Schluss, dass er den Ehemann nicht mochte und dass er keinem der beiden Glauben schenkte.

Matt betrat die Polizeiwache und fragte nach Baxter. Kurz darauf bat ihn der Polizeichef in sein Büro und forderte ihn auf, Platz zu nehmen.

»Was kann ich für Sie tun, Matt?«, fragte Baxter, während er sich an seinen Schreibtisch setzte.

»Ich wüsste gerne, ob sich irgendwas Neues ergeben hat in der Sache mit Bryan Roderick.«

Baxter holte ein Päckchen Kaugummi aus der Schublade, bot Matt einen an und schob sich selbst einen in den Mund. Dann kippelte er mit seinem Stuhl nach hinten und fing an, sich mit einem Bleistift auf den linken Daumennagel zu klopfen. »Ich habe die Suche abgeblasen, zumindest vorerst. Ich kann meine Leute nicht ewig da draußen rumlaufen lassen.«

»Also gibt es keine neuen Hinweise?«

»Wir haben die Fingerabdrücke in ein Labor auf dem Festland geschickt. Hier ist der Bericht.« Aus dem Durcheinander auf seinem Schreibtisch fischte er ein Fax heraus. »Ellas Fingerabdrücke stimmen nicht mit denen überein, die wir auf dem Wasserhahn gefunden haben.«

Matt war erleichtert, obwohl er nichts anderes erwartet hatte. Wenn es eine Übereinstimmung gegeben hätte, wäre er sicher nicht erst jetzt darüber informiert worden. »Und was schließen Sie daraus?«

Matt hatte den Eindruck, dass Baxter über die Situation alles andere als glücklich war. »Sie gehen davon aus, dass er tot ist, stimmt's?«, sagte er aufs Geratewohl.

»Allerdings. Bryan war nicht der Typ, der sich einfach aus dem Staub gemacht hätte, ohne irgendjemandem ein Wort zu sagen. Außerdem ist nichts aus seinem Haus verschwunden. Seine ganze Kleidung ist noch da, die Zahnbürste, der Rasierapparat, der Pick-up. Wieso sollte er weggehen, ohne irgendwas mitzunehmen? Hinzu kommt, dass sein Bankkonto nicht angerührt wurde. Der einzige Gegenstand, über dessen Verbleib wir nichts wissen, ist sein Gewehr.«

»Was den Gedanken nahe legt, dass er auf die Jagd gegangen ist und einen Unfall hatte.«

Baxter stand auf, ging zu einer Landkarte an der Wand und zeigte auf die Gebiete, die durchsucht worden waren. Sie erstreckten sich von der Bucht bis weit ins Landesinnere. »Ich glaube nicht, dass er zu Fuß viel weiter gekommen wäre als bis dorthin. Selbst wenn er einen Grund gehabt hätte. Bryan war kein begeisterter Jäger, aber wenn er auf die Jagd ging, dann immer hier in dieser Gegend. In der Nähe der Bucht gibt's nicht viel zu jagen.«

»Heißt das, Sie gehen davon aus, dass jemand ihn getötet hat?«

Baxter hob ratlos die Hände. »Haben Sie eine plausiblere Theorie?«

Matt schüttelte den Kopf. »Leider nicht.«

»Vermutlich werden Sie mich als Nächstes fragen, ob ich glaube, dass Ella ihn getötet hat.«

»Und, glauben Sie das?«

Baxter runzelte die Stirn und setzte sich wieder an seinen Schreibtisch. Dann nahm er den Bleistift auf und klopfte damit gegen sein Kinn.

»Ich frage übrigens nicht als Ellas Rechtsanwalt. Sie hat mich sozusagen gefeuert.«

Baxter hob die Augenbrauen. »Wenn Sie nicht ihr Anwalt sind, was sind Sie dann?«

»Ein Freund.«

»Weiß sie, dass Sie hier sind?«

Matt schüttelte den Kopf.

»Nun«, meinte Baxter nach einer Weile, »ich werde Ihre Frage beantworten. Ich glaube nicht, dass Ella vorsätzlich jemanden töten würde. Sie ist manchmal unbeherrscht, und sie kann sehr hart sein, wenn's drauf ankommt. Ich schätze, andernfalls würde sie in ihrem Beruf nicht überleben. Aber sie ist ein guter Mensch.«

Matt wartete, er hatte den Eindruck, dass das noch nicht alles war.

»Ich habe viel darüber nachgedacht«, fuhr Baxter fort. »Wenn Bryan etwas zugestoßen ist, könnte es ja auch ein Unfall gewesen sein. Er und Ella waren bekanntermaßen nicht gerade die besten Freunde. Und wir wissen, dass sie in jener Nacht eine Auseinandersetzung hatten. Darüber hinaus wissen wir, dass Ella kurz danach mit ihrem Kutter hinausgefahren ist. Gehen wir mal davon aus, dass sie in der Nähe der Bucht gefischt hat und dann aus irgendeinem Grund in die Bucht hineingefahren und an Land gegangen ist. Es gibt mehrere Stellen an der Landzunge, wo man anlegen kann. Vielleicht hatte sie entdeckt, dass einige ihrer Hummerkörbe abgeschnitten oder beschädigt worden waren, und verdächtigte Bryan. Sie geraten sich also wieder in die Haare, und im Verlauf der Auseinandersetzung wird Bryan erschossen. Keine Ahnung, wie. Möglicherweise ein Versehen. Ella gerät in Panik, schafft die Leiche auf ihren Kutter, fährt raus bis über den Graben, beschwert die Leiche und wirft sie über Bord.«

Während Matt zuhörte, musste er sich eingestehen, dass er sich bereits ein ähnliches Szenario ausgemalt hatte. Aber seit Ben Harper ihm erzählt hatte, er habe an jenem Morgen Kate Little in der Bucht gesehen, fragte er sich, welche anderen Möglichkeiten es noch geben könnte. Wie hatte Sally Brewster es ausgedrückt? Ella hätte sich in einer ziemlich langen Schlange anstellen müssen, wenn sie vorgehabt hätte, Bryan zu töten. Es war nur so dahingesagt gewesen, aber vielleicht lag ja ein Körnchen Wahrheit darin. Matt wurde das Gefühl nicht los, dass einige Dinge nicht recht zusammenpassten.

»Ella hat mir erzählt, Bryan habe versucht, sie einzuschüchtern. Könnte da was dran sein?«

»Ich denke schon. Bryan war davon überzeugt, großen Eindruck auf Frauen zu machen. Er konnte gut reden, wenn er in der Stimmung war, und ich nehme an, er war die Sorte Mann, auf die manche Frauen fliegen. Aber er hatte auch eine andere Seite. Eine ziemlich unangenehme.«

»Wie unangenehm?«, fragte Matt und musste daran denken, was Ella ihm über Telefonanrufe und über Schritte, die sie nächtens verfolgten, erzählt hatte.

»Bryan und Jake haben es schon immer verstanden, anderen beim Fischen in die Quere zu kommen«, sagte Baxter. »Im Laufe der Jahre sind die beiden deswegen mit einigen Leuten ziemlich heftig aneinandergeraten. Auch in Ellas Fischgründen haben sie irgenwann zu wildern begonnen, außerdem haben sie sich an ihren Körben zu schaffen gemacht. Vermutlich hat die Bürgermeisterwahl und die Sache mit Howards Yachthafen die Situation noch verschärft. Ich kann mir durchaus vorstellen, dass Bryan in jener Nacht, als Ella in die Bucht fuhr, die Dummheit begangen hat, sein Gewehr auf sie zu richten. Schon allein um ihr heimzuzahlen, dass sie ihn zuvor mit ihrem bedroht hatte. Es geht hier schließlich um erheblich mehr als um ein paar Hummer.«

»Genau das beunruhigt mich. Der Gedanke, dass Ella vorsätzlich in die Bucht fährt und sich auf einen erneuten Streit mit Bryan einlässt, ergibt jedoch keinen Sinn. Sie ist nicht blöd, sie weiß, wozu er fähig ist. Das kann ich mir einfach nicht vorstellen«, gab Matt zu bedenken. »Aber okay, nehmen wir einmal an, sie hat es gemacht, und es gab eine Schießerei. Wie soll sie denn die Leiche auf ihr Boot geschafft haben? Was schätzen Sie, wie schwer er war?«

»So um die hundert Kilo.«

»Ein schwerer Bursche. Auf keinen Fall hätte Ella ihn alleine schleppen können. Aber selbst wenn, wie ist es dann weitergegangen? Ist sie in Bryans Haus zurückgekehrt, um alle Spuren eines Kampfes oder ihrer Anwesenheit zu beseitigen? Der einzige Fingerabdruck, den Sie gefunden haben, stammt nicht von ihr. Das hat natürlich noch nichts zu bedeuten, aber es ist eine Unstimmigkeit. Dann die Sache mit den Gewehren. Ella behauptet, sie hätte ihres verloren, und das von Bryan ist auch weg. Das passt überhaupt nicht zusammen. Ich schätze, sie hat ihn weder mit dem einen noch mit dem anderen erschossen. Verstehen Sie, worauf ich hinauswill? Es sind zu viele Dinge, die keinen Sinn ergeben. Und das führt uns wieder zurück zu dem, was Sie anfänglich gesagt haben. Sie glauben nicht, dass Ella vorsätzlich jemanden umbringen könnte. Wenn sie aber in die Bucht gefahren wäre, hätte sie genau das vorhaben müssen.« Matt schüttelte den Kopf. »Ich glaube das einfach nicht.«

Matt behielt für sich, dass er trotz allem den Eindruck hatte, Ella wusste mehr, als sie zugab.

Baxter klopfte noch einige Male mit dem Bleistift an sein Kinn, dann richtete er ihn auf Matt. »Die Frage, was Ella in jener Nacht gemacht hat, ist immer noch nicht beantwortet. Sie behauptet, sie sei zum Fischen draußen gewesen, aber das glaube ich genauso wenig. Ich habe übrigens Tom Spencer gebeten, einen Taucher an die Stelle zu schicken, wo Carl Johnson Ella gesehen hat.«

Tom Spencer, so viel wusste Matt, war der Hafenmeister. »Und?«

Baxter zuckte die Achseln. »Tom meint, dort ist es zu tief für einen Taucher. Die einzige Möglichkeit wäre ein Tauchboot, aber mein Budget reicht nicht für so was. Nehmen wir mal an, Sie hätten Recht. Wenn Ella Bryan nicht getötet hat, was zum Teufel ist dann mit ihm passiert?«

»Vielleicht kann ich Ihnen helfen, das herauszufinden.«

Baxter machte große Augen. »Und wie?«

»Gehen wir zum jetzigen Zeitpunkt einmal davon aus, dass Bryan getötet wurde, Ella aber nichts damit zu tun hat. Dann muss es also jemand anders gewesen sein, stimmt's?«

»Stimmt«, sagte Baxter vorsichtig.

»Wer sonst könnte ein Motiv gehabt haben, Bryan zu töten?«

»Damit kommen wir auch nicht weiter. Eine Menge Leute haben Bryan nicht besonders gemocht, aber das heißt noch lange nicht, dass sie einen Grund gehabt hätten, ihn zu töten.«

»Die meisten Ermordeten werden Opfer von Menschen, die

sie gut kennen«, sagte Matt. »Das ist eine Tatsache. Mit wem hat Bryan sich denn in letzter Zeit getroffen? Sie haben gesagt, er mochte Frauen.«

»Die Letzte, an die ich mich erinnere, ist Jill Peterson. Sie waren drei bis vier Monate zusammen, schätze ich. Aber das war schon im Winter.«

»Vielleicht sollten Sie bei ihr anfangen.«

Baxter schüttelte den Kopf. »Sie hat die Insel schon vor einigen Monaten verlassen, weil sie einen Job in Portland gefunden hat. Soweit ich weiß, ist sie seitdem nicht wieder hier gewesen.«

»Irgendwer sonst, der Ihnen einfällt?«

»Nicht auf Anhieb. Ich könnte mich ja mal umhören.«

»Und wenn er sich mit jemandem traf und nicht wollte, dass die Leute davon Wind bekamen? Mit einer verheirateten Frau zum Beispiel?«

»Wäre möglich«, erwiderte Baxter. Er kniff die Augen ein wenig zusammen und betrachtete Matt nachdenklich. Dann begann er wieder, mit dem Bleistift an sein Kinn zu klopfen. »Irgendwie habe ich den Eindruck, dass Sie auf was ganz Bestimmtes hinaus wollen.«

»Also gut, ich habe da eine Idee«, gab Matt zu. »Nichts Konkretes, nur so ein Gefühl, aber wenn man nichts anderes hat, muss man halt mit so was anfangen.« Er gab kurz wieder, was Ben Harper ihm über die Frau gesagt hatte, die er am frühen Dienstagmorgen in der Bucht gesehen hatte. »Sagt Ihnen der Name Kate Little etwas?«

Baxter hielt mitten in der Bewegung inne, und der Bleistift verharrte in der Luft. Nach einer Weile fragte er vorsichtig: »Was ist mit ihr?«

»Sie könnte Bryan gekannt haben. Sie wohnt oberhalb der Bucht. Als ich sie danach gefragt habe, hat sie behauptet, ihn nicht zu kennen, aber ich weiß nicht recht, ich hatte den Eindruck, sie erzählt mir nicht alles.«

»Sie haben mit ihr gesprochen?«

»Heute Nachmittag. Sie und ihr Mann scheinen sich nicht gerade heiß und innig zu lieben, und Kate ist eine gut aussehende Frau. Die Sorte, auf die verheiratete Frauen im Gegensatz zu ihren Ehemännern ziemlich allergisch reagieren. So kam es mir jedenfalls vor, als ich ihren Namen einige Male in der Stadt erwähnte.«

Zu spät registrierte Matt, dass sich Baxters Haltung verändert hatte. Der Polizeichef beugte sich über seinen Schreibtisch und sagte einigermaßen gereizt: »Sie sollten nicht so viel auf das Gerede der Leute geben. Außerdem hatten Sie keinen Grund, sie zu belästigen. Es gibt keinerlei Anzeichen dafür, dass Kate Little etwas mit dieser Sache zu tun hat.«

»Nun gut, vielleicht nicht. Aber es hat nicht geschadet, mit den Littles zu sprechen. Es hätte immerhin sein können, dass sie sich an etwas erinnern, was sie in der Nacht, als Bryan verschwand, gehört oder gesehen haben. Vielleicht bin ich ja, was Kate Little betrifft, auf der falschen Spur, aber meiner Meinung nach sollten Sie, wenn Sie davon ausgehen, dass Bryan getötet wurde, auch andere Leute unter die Lupe nehmen, nicht nur Ella.«

»Gut, ich werde darüber nachdenken.« Baxter stand auf. »Eins möchte ich Ihnen aber deutlich sagen: Ich will nicht, dass Sie herumlaufen und Leute ausfragen, mit denen wir bereits gesprochen haben. Meine Männer sind in sämtlichen Häusern auf der Landzunge gewesen. Niemand hat in der Nacht etwas gehört, weil alle geschlafen haben. Das hätte ich Ihnen auch sagen können.«

Baxter ging um seinen Schreibtisch herum zur Tür und öffnete sie. Matt verstand den Wink.

»Ich wäre Ihnen sehr dankbar, wenn Sie von nun an mir die Untersuchungen überließen«, sagte Baxter mit undurchdringlicher Miene. »Diese Angelegenheit geht Sie ja nun sowieso nichts mehr an, oder sehe ich das falsch?«

Matt wollte Baxter gerade daran erinnern, dass er noch vor zehn Minuten ganz anderer Meinung gewesen war, aber dann beschloss er, sich die Bemerkung zu verkneifen. Während er hinausging, spürte er Baxters Blick in seinem Rücken, und das war nicht gerade ein angenehmes Gefühl.

16

Die *Santorini* fuhr auf einer leichten Dünung vier Meilen östlich von St. George. Die Sonne brannte vom Himmel, und die Luft war feucht und drückend. Ein schmaler Streifen an den Rändern ausgefranster, dunkelgrauer Wolken am Horizont kündigte eine vom Atlantik heraufziehende Wetterfront an. Ella hielt eine Hand schützend über die Augen und beobachtete ein Boot, das etwa eine Meile vor ihnen fuhr.

»Klappt's?«, fragte sie und wischte sich ein paar Schweißtropfen ab, die ihr von der Stirn in die Augenwinkel zu laufen drohten.

Gordon stand mit nacktem Oberkörper im Maschinenraum unterhalb des Ruderhauses. »Du hattest Recht. Ich glaube, es ist die Kraftstoffpumpe.« Sein Rücken und seine Brust waren bleich und mit Sommersprossen übersät, Hals und Arme jedoch von der Sonne gebräunt.

Ella säuberte sich mit einem Lappen die ölverschmierten Hände. Als der Motor vor eineinhalb Stunden angefangen hatte zu stottern und schließlich ausgegangen war, hatte sie die Luke geöffnet und war in den Maschinenraum hinuntergeklettert. Sie hatte alle Kabel und Stecker überprüft und dann die Pumpe in Augenschein genommen, die ihr schon öfter Probleme bereitet hatte. Nach einer Weile hatte Gordon angeboten, ihr zu helfen.

»Verdammter Mist«, brummte sie vor sich hin. Das hatte

ihr gerade noch gefehlt. »Kannst du irgendwas dran machen?«

»Ich bin mir nicht sicher.«

Wenn die Pumpe endgültig defekt war, würde Ella versuchen müssen, über Funk Hilfe zu holen. Dann würde man sie wahrscheinlich in den Hafen schleppen, was bedeutete, dass ihr ein Arbeitstag verloren ginge. Sie waren noch eine halbe Meile von der Stelle entfernt, wo sie die Körbe ausgelegt hatten.

Gordon untersuchte die Einzelteile der zerlegten Pumpe. Er zog die Augenbrauen zusammen. »Vielleicht krieg ich sie provisorisch wieder hin.«

»Hoffentlich.« Ella beobachtete, wie Gordon konzentriert und mit großem Geschick arbeitete.

Er hatte seinen Vater nicht erwähnt, aber er war stiller als gewöhnlich, und Ella hatte das Gefühl, dass ihn etwas beschäftigte. Der Gedanke, ihn womöglich zu verlieren, gefiel ihr absolut nicht. Seit er vor einem Jahr angefangen hatte, für sie zu arbeiten, hatte er sich verändert; aus dem Jungen, den sie eingestellt hatte, war ein junger Mann geworden. Sie wollte nicht die Ursache für eine Verstimmung zwischen ihm und seinem Vater sein, andererseits sagte sie sich, dass Gordon alt genug war, um sich seine eigene Meinung über sie zu bilden.

Sie verließ den Maschinenraum und ging an Deck, wo es aufgrund der Brise ein wenig kühler war. Der Kutter hob und senkte sich mit der Dünung, und Ella stand am Bug, das Fernglas vor den Augen und den Blick über das Wasser auf ihre Bojen gerichtet. Sie hatte einige Leinen mit Körben im tieferen Wasser ausgelegt in der Hoffnung, dort mehr Hummer zu fangen. Fünfzig Körbe hingen an jeder Leine, an deren beiden Enden Markierungsbojen befestigt waren. Ella stellte das Fernglas auf den Kutter ein, den sie schon zuvor bemerkt hatte und der jetzt eine Dreiviertelmeile entfernt war. Sie beobachtete, wie die Männer an Deck ein Netz einholten. Sie schienen nicht viel gefangen zu haben.

Ella senkte das Fernglas. Die vergangenen sechs Monate waren hart für sie gewesen. Nachdem ihr Vater gestorben war, hatte sie entdeckt, dass seine Finanzen in Unordnung waren. Das Haus, von dem Ellas Mutter geglaubt hatte, es sei längst abbezahlt, war durch eine Hypothek neu belastet worden, und die Versicherungsverträge waren abgelaufen. Ella hatte ihrer Mutter nichts davon erzählt, und irgendwie war es ihr gelungen, die Tilgungsraten für das Haus aufzubringen und den Kredit für die *Santorini* weiter abzubezahlen. Ganz allmählich schien sich ihre Situation zu verbessern, trotz der Probleme, die sie mit den Rodericks hatte. Seit sie jedoch beschlossen hatte, gegen Howard Larson zu kandidieren, war es wieder bergab gegangen, sodass sie sich nun ernsthaft die Frage stellen musste, wie sie den Winter überstehen sollte. Ihr Konto war hoffnungslos überzogen, und nachts konnte sie vor lauter Sorgen kaum schlafen. Dennoch war das im Moment ihr geringstes Problem.

Immer wieder musste sie daran denken, wie die Insel wohl in einigen Jahren aussehen würde, wenn Howard die Wahl gewann. Der Hafen würde sich mit Ausflugsfähren und Charterbooten füllen, Schnellrestaurants und Videoläden würden sich an den Piers breit machen, Ferienhäuser in der Nähe von Golfplätzen und entlang der Küste wie Pilze aus dem Boden schießen, und die Fischer würden ihre Kutter aufgeben, um Gartencenter zu betreiben oder gelangweilten Teenagern aus wohlhabenden Familien Eiskrem und Würstchen zu verkaufen.

Was wohl ihr altmodischer Vater von alldem gehalten hätte? Dieser Mann, den sie verehrt, gegen den sie aber auch Groll gehegt hatte. Groll deshalb, weil sie stets gespürt hatte, wie sehr ihm der Verlust seines Sohnes zu schaffen machte. Unbewusst hatte sie schon als Kind seine Not erfasst und sich verzweifelt bemüht, ihm Sohn und Tochter zugleich zu sein, ein unerreichbares Ziel. Er hatte sie geliebt, das wusste sie, und sie hatte ihn geliebt, auch wenn ihre Gefühle für ihn widersprüchlich gewesen waren. Eines Tages hatte sie ihn nach Schnaps stinkend im verwüsteten Wohnzimmer vorgefunden, inmitten zerbrochener Bilderrahmen und Nippesfiguren, die überall auf dem Fußboden verstreut lagen. Sie war in ihr Zimmer gerannt und hatte nebenan ihre Mutter schluchzen gehört. Ella schob ihre Erinnerungen und den damit verbundenen Strudel von Empfindungen beiseite.

Die Wolken am Horizont wirkten dünn wie ein Schleier, aber

an einigen Stellen waren sie dunkel wie Qualm, der aus einem Fabrikschornstein quillt. Die Luft war drückend. Ella klebten die Kleider am Leib, und sie wünschte, es würde zu regnen beginnen. Für die vorige Woche war ein Wetterumschwung vorhergesagt worden, aber er war nicht eingetreten, und die warme feuchte Luft, die von Süden her in den Golf trieb, hielt jede Atlantikfront ab, die sich über dem Meer aufbaute. Der letzte große Sturm hatte die Küste im Februar erreicht. Heftige Böen hatten die See aufgepeitscht und die Fischer gezwungen, im Hafen zu bleiben. Der Regen war gegen die Fenster des kleinen Hauses geprasselt, das sie für sich allein gemietet hatte, als sechs Jahre zuvor ihre kurze Ehe jäh zu Ende gegangen war. Der Wind pfiff um das Dachgesims, und das Wasser floss in Sturzbächen aus einer defekten Dachrinne. Als das Telefon klingelte, war sie eben erst in tiefen Schlaf gesunken. Benommen tastete sie im Dunkeln nach dem Lichtschalter und warf dabei eine Blumenvase um. Als sie schließlich den Hörer abnahm, war sie hellwach, und noch bevor sie die Stimme ihrer Mutter vernahm, spürte sie, wie eine böse Vorahnung ihr die Brust zusammenschnürte.

Ihre Mutter klang besorgt. Sie sagte, es habe Streit gegeben und Ellas Vater habe das Haus verlassen. Ella konnte den Wind und den Regen durch das Telefon hören, und plötzlich wurde die Verbindung für einen Moment unterbrochen

»Mom, wo bist du?«

»Am Hafen. Sein Boot ist weg. Ella, dein Vater ist in den Sturm hinausgefahren.«

In diesem Augenblick hatte sich Ellas düstere Vorahnung in konkrete Angst verwandelt. Sie zog sich einen Mantel über und fuhr durch die Stadt; die Straßen waren überflutet, das flackernde Licht der Straßenlaternen wirkte gedämpft, wie unter Wasser. Die Ampeln an der Kreuzung zur Independence Street standen auf Rot und pendelten wie wild geworden im Sturm. Ella hielt an einer Telefonzelle, neben der ihre Mutter in ihrem Wagen wartete, und bis sie es geschafft hatte, gegen den Wind die Beifahrertür zu öffnen und einzusteigen, war Ella durch und durch nass. Ihre Mutter sah bleich aus, die Haare klebten ihr am Kopf. Als Ella den Arm um sie legte, zuckte sie zusammen.

»Was ist passiert? Bist du verletzt?«

Ihre Mutter schüttelte den Kopf und wandte den Blick ab. »Alles in Ordnung. Ich bin hingefallen.«

Im schwachen Licht, das durch die Windschutzscheibe drang, saßen sie einen Moment lang nebeneinander und sprachen kein Wort, dann nahm Ella ihre Mutter sacht in die Arme. Am Ende des Piers sah sie den leeren Liegeplatz, wo das Boot ihres Vaters normalerweise vertäut war.

Am nächsten Morgen war ein Wrack an den Fuß der Klippen gespült worden, jenseits des Riffs, das der Stillwater-Bucht vorgelagert war: das Boot von Ellas Vater. Von ihm selbst fehlte jede Spur, und so nahm man an, dass er ertrunken war. Seine Leiche wurde nie gefunden. Drei Tage später standen Ella und ihre Mutter schweigend auf einem kleinen Friedhof inmitten von Trauergästen, die sich um ein leeres Grab neben dem von Ellas jüngerem Bruder Danny versammelt hatten. Es war der Todestag von Danny, der im Alter von gerade einmal drei Monaten ganz plötzlich im Schlaf gestorben war. Eine Woche nach der Totenfeier für ihren Vater löste Ella ihren Haushalt auf und zog zurück in ihr Elternhaus.

Wenn sie in sich ging, konnte sie ihren Vater so deutlich vor sich sehen, als wäre er noch am Leben. Seine Augen hatten die Farbe des Atlantiks an einem stürmischen Tag, wenn das Wasser zwischen allen Grautönen wechselt. Wenn er lächelte, wirkten die Falten um seine Augen wie tief in seine wettergegerbte Haut eingeritzt. Wenn er ernst war, schien sein Blick nach innen gerichtet zu sein, grüblerisch und voller Melancholie. Er war ein ruhiger Mann gewesen, nach außen hin stark, aber unfähig, Gefühle zu zeigen. Er entstammte einer alteingesessenen Familie von Fischern und war an ein hartes Leben gewöhnt. Aber Dannys Tod hatte eine tiefe Verbitterung in ihm ausgelöst, die über die Jahre immer weiter gewachsen war und von seiner ganzen Persönlichkeit Besitz ergriffen hatte. Er hatte seinen einzigen Sohn verloren, und das konnte er der Welt nie verzeihen. Der Verlust quälte ihn, setzte Dämonen frei in seinem Verstand, und wenn er wütend oder frustriert war, ließ er seinen Unmut an denen aus, die er am meisten liebte. Ella war aufgewachsen in einem Haus mit einem Geheimnis, das sorgsam vor der Außenwelt verborgen wurde.

Im Ruderhaus krächzte das Funkgerät und schreckte Ella aus ihren Gedanken. Sie ging hinein, um den Funkspruch entgegenzunehmen.

»Bist du das, Ella?«, fragte eine Stimme. »Hier spricht Bo Winterman. Alles in Ordnung bei dir?«

Sie sah durchs Fenster zu dem Schiff hinüber, das immer noch eine Dreiviertelmeile entfernt war, die *Rose Marie*. Sie warf Gordon einen fragenden Blick zu.

»Ich glaub, ich hab's bald«, sagte er.

»Alles in Ordnung. Danke, Bo. Wir hatten ein Problem mit der Kraftstoffpumpe, aber das scheint gelöst zu sein. Mein Heckmann ist ein Genie«, fügte sie hinzu. Gordon grinste.

»Na gut, wenn du sicher bist. Ruf uns, falls du doch noch Hilfe brauchst.«

»Mach ich, danke. Wie beißen die Fische heute?«

»Geht so.«

»Viel Glück und nochmals danke.«

Ella schaltete das Funkgerät aus. »Was meinst du, wie lange es noch dauert?«, fragte sie Gordon.

»Vielleicht noch 'ne halbe Stunde.«

Die grauen Wolken am Horizont waren deutlich größer geworden. Feine schräge Streifen zwischen Wolken und Meer deuteten auf Regen hin, aber der war noch weit weg. Ella blieb im Schatten stehen und versuchte, nicht an die Hitze zu denken.

Als Jake den Funkruf von Bo auffing, steuerte die *Seawind* mit gleichmäßigen acht Knoten auf die *Santorini* zu, die noch mehr als eine Meile entfernt war. Jake stellte das Fernglas ein und sah Ella an Deck stehen. Auf einmal durchfuhr ihn ein stechender Schmerz, der sich vom Nacken aus in seinem Kopf ausbreitete wie ein Tintenklecks. Er stellte sich den Schmerz wie eine Farbe vor. Am Anfang war sie grau und verteilte sich über seinem Gehirn wie eine Flüssigkeit, die langsam fest wurde und einen geschmeidigen Film bildete. Dann wurde sie noch fester und begann, sich zusammenzuziehen, sein Gehirn einzudrücken. Der pochende Schmerz verstärkte sich rapide, und das Grau verwandelte sich in Schwarz. In manchen Momenten war ihm, als sickerte die zähe Masse hinter seine Augen und als würde es um ihn herum dunkler.

Seit Bryan verschwunden war, hatten sich Jakes Kopfschmerzen stetig verschlimmert. Er wusste, dass sein Bruder tot war. Er hatte es vom ersten Tag an gewusst. Er hatte es gespürt. Und er brauchte keinen gottverdammten Howard Larson, um zu wissen, dass Ella ihn getötet hatte. Howard war nur daran interessiert, gewählt zu werden, das wusste Jake auch.

Das Funkgerät machte sich wieder bemerkbar, und Jake hörte Bo Wintermans Stimme.

»Wir sind hier jetzt fast fertig, Ella. Bist du sicher, dass du keine Hilfe brauchst?«

»Ja. Alles in Ordnung, Bo. Gordon hat die Pumpe repariert. Wir fahren auch bald zurück. Pass auf, dass du nicht an meiner Leine da hinten hängen bleibst.«

»Keine Sorge. Ich seh deine Bojen. Viel Glück.«

»Dir auch.«

Während er das Gespräch verfolgte, beobachtete er, wie die *Rose Marie* Richtung Nordosten abdrehte und sich von der *Santorini* entfernte. Ellas Bojen befanden sich zwischen den beiden Kuttern. Jake brachte die *Seawind* in Position und nahm Fahrt auf in Richtung der Bojen. Kurz darauf kam Calder Penman zur Tür herein und warf einen Blick auf das Echolot.

»Haben wir was geortet?«

»Und ob wir was geortet haben.«

Penman blickte nach draußen. »Das ist doch die *Santorini*, oder?«

Jake hielt sich nicht mit einer Antwort auf. »Einer der Männer soll sich mit dem Landungshaken bereit machen.« Er hatte vor, die Erste von Ellas Bojen, die im toten Winkel der *Rose Marie* lag, einzuholen und die Leine mit den Schwimmern hinter sich herzuziehen, um so die daran befestigten Körbe über den Meeresboden zu schleifen. Nachher würde von Ellas Leine nur noch ein verheddertes Gewirr übrig sein.

Penman ahnte, was Jake vorhatte, und sagte widerstrebend:

»Jake, vielleicht ist das keine besonders gute Idee, solange die *Rose Marie* in der Nähe ist.«

Jake grinste. »Unfälle passieren nun mal, Calder, das kommt vor.«

Penman versuchte es noch einmal. »Hör zu, wir hängen hier alle mit drin. Ella soll kriegen, was sie verdient hat, aber am helllichten Tag 'ne Leine wegzuschleppen, wo uns jeder sehen kann, ist was ganz anderes, als nachts Körbe abzuschneiden.« Er stieß auf taube Ohren.

»Wenn du dir keinen neuen Job suchen willst, Penman, dann spar dir dein gottverdammtes Gemecker und tu, was ich dir sage. Sieh gefälligst zu, dass die Leute die Boje zu packen kriegen.«

Penman zögerte noch einen Augenblick, dann verließ er das Ruderhaus und wies einen der Männer an, sich einen Landungshaken zu nehmen.

Während an der Wasseroberfläche die Boote aufeinander zu fuhren, näherten sich von Norden die Orcas. Der Bulle lauschte auf das Geräusch von Buckelwalen, die weiter draußen in großer Tiefe jagten. Das Wasser über der Bank war lichtdurchflutet und schimmerte in den verschiedensten Blautönen. Am Meeresgrund wogte Seegras in allen Schattierungen von grün, braun und gelb. Streifiges Licht durchbrach die Wasseroberfläche, als die Sonne hinter den dahinziehenden Wolken hervorkam. Für den Orca-Bullen war die unterseeische Welt voller Klänge. Seine Sinne waren präzise darauf ausgerichtet, unwichtige von wichtigen Geräuschen zu unterscheiden. Er lauschte auf das entfernte Dröhnen der Buckelwale, die auf Tintenfische Jagd machten. Im Süden ortete er Fischkutter und weiter draußen im Osten noch andere Schiffe. Eins von ihnen leerte seine Kielpumpen und leitete verschmutztes Wasser ins Meer. Die drei Kutter im Süden konnte der Bulle anhand ihrer Motorengeräusche unterscheiden. Einer hatte gerade ein Netz eingeholt, was sich anhörte wie feiner Sprühnebel, den der Wind erzeugt, wenn er über die Wasseroberfläche peitscht. Die Motoren, die die Winde antrieben, brachten ein dumpf vibrierendes Rumpeln hervor. Der Bulle sandte seine Sonarwellen aus und versuchte, von der Art des Echos auf die Fische zu schließen, auf die der Kutter es abgesehen hatte, aber da war nichts.

Einer der beiden anderen Kutter legte Geschwindigkeit zu. Das gleichmäßige leise Tuckern der Motoren verwandelte sich in ein beständiges Knurren. Der Bulle wurde langsamer, weil er das Schiff erkannte. Plötzlich nahm er ein weiteres Geräusch wahr: den charakteristischen Klang sich nähernder Thunfische. Sie jagten in lockerer Formation durchs Meer, wobei sie einen Kurs verfolgten, auf dem sie genau mit den Booten zusammentreffen würden. Das Zischen und Fauchen, das sie durch ihre blitzschnellen Drehungen und das kraftvolle Schlagen ihrer Schwanzflossen erzeugten, war unverkennbar. Der Bulle fürchtete sich zwar vor der *Seawind*, aber der Hunger und die Bedürfnisse der Herde wogen schwerer als die Gefahr, und so erhöhten die Orcas ihre Geschwindigkeit.

Bo Winterman fragte sich, was Jake im Schilde führte. Sein Maat, Rob Taylor, stand neben ihm und rauchte eine Zigarette.

»Ich glaub, dieser Scheißkerl hat vor, ihre Leine zu kappen.«

»Das scheint mir auch so.«

Die *Santorini* hatte wieder Fahrt aufgenommen, aber sie war erheblich kleiner und langsamer als die *Seawind*.

»Es gefällt mir nicht, bei so was tatenlos zuzusehen«, sagte Taylor. Er wandte sich um und spuckte verächtlich zur Tür hinaus.

Jake und sein Bruder waren nie besonders beliebt gewesen im Hafen, dachte Bo, schon gar nicht unter den Hummerfischern. Aber in Sanctuary gab es, genau wie überall, auch Schurken, und die hatten in den Rodericks schnell ihre Anführer gefunden. Andererseits stand Ella auf der Beliebtheitsskala zur Zeit auch nicht gerade ganz oben. Es hatte immer Leute gegeben, die sie nicht ausstehen konnten, doch seit sie für das Bürgermeisteramt kandidierte und nun auch noch mit dem Verschwinden von Bryan in Verbindung gebracht wurde, wussten viele nicht mehr so recht, was sie von ihr halten sollten. Bo kannte Ella schon seit ihrer Kindheit, und auch ihren Vater hatte er gut gekannt. Bis vor einigen Tagen hatte er nicht viel auf das Gerede gegeben, aber als Carl Johnson anfing rumzuerzählen, was er in der Nacht gesehen hatte, in der Bryan verschwunden war, hatten sogar Bo erste Zweifel beschlichen.

»Sollen wir was unternehmen?«, unterbrach Taylor Bos Gedankengänge.

Die *Seawind* befand sich mittlerweile ganz in der Nähe von Ellas ersten Bojen. Bo widerstrebte es, sich einzumischen, aber wenn Ella etwas Unrechtes getan hatte, war es Sache der Justiz, sie dafür zu bestrafen. Jake hatte kein Recht, die Sache selbst in die Hand zu nehmen, und abgesehen davon ging es entschieden zu weit, die Ausrüstung eines anderen zu ruinieren.

»Scheißkerl«, murmelte Bo und machte sich daran, die *Rose Marie* zu wenden.

In diesem Augenblick rief einer seiner Leute ihm vom Deck aus etwas zu. Bo schaute in die Richtung, in die der Mann zeigte, konnte aber nichts sehen. Als dann die anderen Männer begannen, durcheinander zu schreien, entdeckte er den Grund für ihre Aufregung. Eine Viertelmeile westlich der *Santorini* wurde die Wasseroberfläche von springenden Fischen durchbrochen. In der Sonne blitzte ein Schwarm silbriger Thunfische auf, die auf kleinere Fische Jagd machten.

Bo und Taylor beobachteten fasziniert, wie die Riesenfische mit hoher Geschwindigkeit auf sie zukamen. Einige schienen zwei bis drei Meter lang zu sein, vielleicht neunhundert Pfund bestes Fleisch. Bo konnte sich nicht daran erinnern, so etwas schon einmal erlebt zu haben, nicht einmal als kleiner Junge, und damals waren Thunfische dieser Größe noch ein relativ normaler Anblick im Golf gewesen.

»Sieh mal da drüben.« Taylor zeigte mit ausgestrecktem Arm in Richtung Norden, wo riesige schwarze Rückenflossen die Wellen durchschnitten.

»Schwertwale«, sagte Bo ruhig. Er beobachtete sie eine Zeit lang und kam zu dem Schluss, dass sie vermutlich vorhatten, die Thunfische abzufangen und dass das genau an der Stelle passieren würde, wo sein Kutter sich gerade befand. Er zögerte, hin und her gerissen, ob er Ella zu Hilfe eilen oder die Thunfische jagen sollte. Es blieb keine Zeit mehr, ein Netz auszuwerfen, aber an Bord der *Rose Marie* befanden sich Harpunen, die allerdings nur selten benutzt wurden.

Bo traf eine Entscheidung und änderte den Kurs, weg von der *Seawind*. Für einen Moment hatte er ein schlechtes Gewissen, aber er sagte sich, dass schon ein einziger guter Thunfisch eine Menge Geld wert war, und schließlich musste auch er sehen, wo er blieb. Eine Gelegenheit wie diese würde vielleicht nie wieder kommen, und wer konnte schon sagen, ob die *Rose Marie* in einem Jahr überhaupt noch in diesen Gewässern fischen würde? Man musste jede Chance ergreifen, die sich einem bot.

»Hol die Harpunen raus.«

Ellas Erleichterung darüber, dass es Gordon gelungen war, die Pumpe zu reparieren und den Motor wieder ins Laufen zu bringen, währte nicht lange, denn kurz darauf entdeckte sie die *Seawind*, die direkt auf eine ihrer Bojen zuhielt. Sofort war ihr klar, was Jake vorhatte, dass er im Begriff war, ihre Existenzgrundlage zu zerstören.

Ella und Gordon konnten nur hilflos zusehen, wie die *Seawind* an ihnen vorüberzog. Als die *Rose Marie* den Kurs änderte, schöpften sie einen Moment lang Hoffnung, denn es sah so aus, als hätte Bo vor, sich einzumischen. Aber plötzlich drehte sein Kutter wieder ab.

»Was macht er denn jetzt?«, rief Gordon bestürzt.

Ella verließ der Mut. Sie konnte Jake im Ruderhaus stehen sehen und stellte sich sein triumphierendes Grinsen vor und den Hass, der in seinen Augen glühte. Sie sah, wie einer seiner Männer sich seitlich über die Reling beugte, um die erste Boje einzuholen. Mit Schrecken stellte sie sich vor, wie ihre Körbe über den Meeresboden geschleift wurden, wie die Leinen dem Druck nicht standhielten und schließlich abrissen. Ella hielt das Steuer krampfhaft umklammert und biss sich so fest auf die Unterlippe, dass sie den salzigen Geschmack von Blut spürte.

»Ella.«

Gordon ergriff ihren Arm und deutete Richtung Steuerbord

aufs Meer. Sie sah das blitzende Sonnenlicht, das von silbrigen Körpern reflektiert wurde, die aus dem Wasser sprangen, und da begriff sie, warum Bo Winterman den Kurs geändert hatte. Jake, der seine Sabotageaktion inzwischen beendet hatte, änderte ebenfalls die Richtung, zweifellos hatte auch er den Thunfischschwarm entdeckt. Die Fische bewegten sich auf einem Kurs, der sie genau zwischen die beiden Kutter führen würde. Enttäuscht stellte Ella fest, dass der Schwarm weit entfernt an der *Santorini* vorbeiziehen würde und sie nicht schnell genug war, um Jagd auf die Tiere machen zu können. Aber als die Thunfische näher kamen, wurde deutlich, dass sie sich auf ein ziemlich großes Gebiet verteilten und eine geringe Chance bestand, dass einer von ihnen doch nahe genug an Ellas Kutter herankäme. Sie mussten nur schnell genug Schleppleinen auswerfen.

Ella drosselte den Motor, dann machten sie und Gordon sich an die Arbeit. Wie viele andere kleine Kutter war auch die *Santorini* für verschiedene Arten des Fischens ausgerüstet. Obwohl sie in erster Linie Hummerfang betrieb, verlegte sich Ella hin und wieder auf das Fischen mit Schleppleinen. Wenn ein großer Fisch anbiss, wurde die Leine über die Winde gelegt, um das Tier längsseits zu bringen, und genau das hatten sie auch jetzt vor.

Gordon schaffte Haken und Leinen herbei, anschließend zogen sie Köder auf. Hundert Meter vor ihrem Bug sprang ein Thunfisch aus dem Wasser, der einen Felsenbarsch verfolgte. Ella hielt die Luft an. Der Fisch musste an die vier Meter lang sein, das entsprach etwa fünfhundert Kilo bestes Fleisch. Sie überlegte schon, wie viel er wohl wert sein mochte. Jedenfalls genug, um ihr für ein Jahr die Geldsorgen zu nehmen. Sie arbeiteten hektisch, warfen die Leinen aus, so schnell sie konnten.

Plötzlich erregte eine Rückenflosse, die durch die Wellen schnitt, ihre Aufmerksamkeit. »Sieh dir das an, Gordon!«

Eine Herde Orcas kam von Norden her näher, und es war offensichtlich, dass sie vorhatten, die Thunfische abzufangen, und dass sie und die beiden anderen Kutter auf der Jagd nach derselben Beute aufeinander treffen würden. Ella beschlich eine düstere Vorahnung.

Jake beobachtete, wie die Orcas zwischen den beiden Fischkuttern hin und her schwammen, wobei sie sich näher an der *Rose Marie* zu halten schienen. Er hatte sein Gewehr locker im Arm und hielt Ausschau nach dem großen Bullen mit der doppelten Kerbe in der Rückenflosse.

»Jetzt bist du geliefert, du Mistvieh«, sagte er ruhig, als er ihn entdeckt hatte, und hob das Gewehr, aber in dem Moment tauchte der Bulle in ein Wellental ein und verschwand. Die anderen Tiere taten es ihm nach, und es war zu erwarten, dass sie nun unter Wasser bleiben und nur zum Luftholen hochkommen würden. Jake behielt die Stelle im Auge, wo der Bulle vermutlich wieder auftauchen würde, doch dann kam er fünfzig Meter weiter nördlich aus dem Wasser. Jake feuerte einen übereilten Schuss ab, aber der Bulle war schon wieder in den Wellen verschwunden.

Jake fragte sich, warum die Orcas zwischen den Booten blieben. Als er die sich nähernden Thunfische sah, wusste er die Antwort. »Dieses Scheißvieh benutzt uns.« Die Schwertwale hielten sich im Schutz der Kutter auf, um nicht von den Thunfischen entdeckt zu werden. Jake ging ins Ruderhaus und funkte Bo Winterman an.

»Was gibt's, Jake?« Bos Stimme kam krächzend aus dem Funkgerät.

»Diese verfluchten Orcas benutzen uns als Deckung. Wenn die Thunfische merken, was sie erwartet, hauen sie sofort ab. Willst du tatenlos zusehen, wie uns die Orcas um unseren Fang bringen? Hol verdammt noch mal dein Gewehr.«

»Das ist nicht nötig, Jake.«

»Was zum Teufel ist mit dir los, Winterman? Hast du 'ne Ahnung, wie viel die Thunfische wert sind? Vor'n paar Tagen hab ich schon einen an diese gefräßigen schwarzen Biester verloren. Das lass ich mir nicht noch mal bieten.«

»Du irrst dich, Jake. Guck mal raus, hinter die Thunfische.«

Jetzt sah Jake sie auch. Im Abstand von einigen hundert Metern verfolgten drei Orcas den Thunfischschwarm. Ihre Rückenflossen waren deutlich sichtbar, und wenn sie aus den Wellen auftauchten, blitzten die weißen Flecken an ihren glänzenden schwarzen Körpern auf.

»Behalt die drei im Auge, Jake. Von denen kannst du was lernen«, sagte Bo.

Genau in diesem Moment hörte Jake einen Warnruf vom Bug her und legte fluchend das Mikro weg.

»Sie hauen ab«, schrie Penman.

In einer Entfernung von weniger als hundert Metern drehte der Thunfischschwarm Richtung Südwesten ab. Die Leitfische hatten offenbar bemerkt, dass versteckt zwischen den Kuttern Orcas auf sie lauerten. Jake griff wieder nach dem Mikro.

»Beim nächsten Mal hörst du besser auf mich, du Trottel«, schrie er Winterman an. Dann warf er das Steuer herum und drehte die *Seawind* bei. Flüchtig nahm er ein silbriges Aufblitzen unter der Wasseroberfläche wahr, verursacht von unzähligen Wellenbarschen, die auf der Flucht vor den Thunfischen an seinem Bug vorbeischwammen. Die *Seawind* nahm Fahrt auf, und als Jake den Kutter auf Kurs gebracht hatte, schaltete er auf Autopilot, öffnete den Spind hinter sich, holte eine Kiste mit Kanonenschlägen heraus, rannte an Deck und verteilte sie an die Mannschaft.

Bo Winterman auf der *Rose Marie* blieb nichts anderes übrig, als mit ohnmächtiger Wut zuzusehen, wie sich eine Katastrophe anbahnte. Er schrie ins Mikrophon, bis er heiser war, aber schließlich gab er auf und warf das Gerät verärgert hin.

»Dieser Vollidiot vermasselt alles«, fluchte er, als die erste Explosion zu hören war.

Bo fischte seit fünfzig Jahren in diesen Gewässern und hatte die Orcas schon früher bei der Jagd beobachtet. Ihm war klar, dass die drei nebeneinander herschwimmenden Orcas aus einem ganz bestimmten Grund Abstand zu den Thunfischen hielten, und jetzt sah er, dass sie auf den geänderten Kurs der Thunfische reagierten, indem sie sich ihnen von der Seite näherten. Die Schwertwale schlugen mit den Schwanzflossen aufs Wasser, um die Thunfische auf sich aufmerksam zu machen. Hätte Jake sich nicht eingemischt, hätten sie die in Panik geratenen Thunfische zwischen die Kutter getrieben, auf den Rest der Herde zu. Menschen wie Orcas hätten ihren Anteil an der Beute bekommen. Bo war einmal Augenzeuge gewesen, als

Orcas Fische auf ein Schleppnetz zutrieben, das vor dem Schwarm ausgelegt worden war. Die Orcas hatten mit dem Schleppnetzfischer zusammengearbeitet, und so durften sie sich im noch offenen Netz über den Fang hermachen, bevor es zugezogen wurde. Aber jetzt konnte Bo nur wütend mit ansehen, wie die Kanonenschläge die Orcas vertrieben und somit den Thunfischen die Möglichkeit zur Flucht gaben.

»Du gottverdammter Trottel«, fluchte er verzweifelt.

Nachdem die drei Orcas, die dem Schwarm gefolgt waren, aufgeschlossen hatten, stießen sie markerschütternde Schreie und stakkatoartige Klicklaute aus, um den Thunfischen zu zeigen, dass sie ab jetzt die Gejagten waren. Als die Orcas, die zwischen den Schiffen warteten, ebenfalls begannen, Lärm zu machen, sah sich der Schwarm von beiden Seiten eingeschlossen.

Urplötzlich wurde das sensible Gehör des Bullen von einem ohrenbetäubenden Knall erschüttert, der sich wie eine Lanze in seine Ohren bohrte. Neben ihm schrie ein Jungtier in Todesangst. Eine weitere Explosion folgte, und dann noch eine. Orientierungslos und völlig benommen drehten die Orcas ab, versuchten, dem Lärm zu entfliehen. Der Bulle begriff, was vor sich ging, und entfernte sich vom Schauplatz der Explosionen. Als er weit genug weg war, rief er den Rest der Herde zusammen. Einer nach dem anderen ließ sich, fast besinnungslos vor Schmerz, von seinen Rufen leiten. Nachdem sie sich in sicherer Entfernung von den Kuttern versammelt hatten, spähte der Bulle zurück zur *Seawind*. Nach wie vor warfen Männer Gegenstände im hohen Bogen ins Wasser, und jedes Mal folgte ein dumpfer Knall. Die Thunfische, die plötzlich merkten, dass sie nicht mehr eingekreist waren, flohen in die entgegengesetzte Richtung. Die Gelegenheit war vertan.

Als die ganze Schwertwalherde wieder zusammengefunden hatte, führte der Bulle sie in Richtung Nordwesten zu einem Riff, wo er auf Schwärme von Thunfischen zu treffen hoffte.

Jakes Freude darüber, dass die Orcas geflohen waren, währte nur kurz, denn die Kracher hatten mittlerweile auch die Thunfische vertrieben. Sie schwammen jetzt so schnell Richtung

Süden, dass sie durch nichts aufgehalten werden konnten. Ein einzelner Fisch am Ende des Schwarms schoss durchs Wasser, genau vor dem Bug der *Seawind*. Penman, der mit der Harpune bereitstand, zeigte Jake, wohin er steuern sollte. Als Jake das Steuer scharf nach Backbord einschlug, bemerkte er, dass die *Rose Marie* Kurs in seine Richtung genommen hatte. Offensichtlich jagte sie denselben Fisch.

Das Funkgerät schaltete sich ein, und Bo Winterman rief: »Aus dem Weg, Jake!«

Jake bellte ins Mikro: »Scher dich zum Teufel!«

Er behielt Penman im Auge, der wie wild mit den Armen ruderte.

»Der Fisch gehört mir, Winterman!« Jake warf das Mikro hin und schlug das Steuer noch weiter ein.

Bo fluchte, behielt aber seinen Kurs bei. Er hatte den Thunfisch lange vor der *Seawind* ausgemacht, also stand das Tier von Rechts wegen ihm zu.

Auf einmal erkannte Bo, dass Jake nicht ausweichen würde. Taylor stand schon am Bug bereit, um die Harpune zu werfen, genau wie Penman auf der *Seawind*. Bo zögerte noch einen Moment, denn es widerstrebte ihm aufzugeben, aber schließlich bedachte er Jake mit einem Schwall von Flüchen und warf das Steuer herum. Im selben Moment wusste er, dass es zu spät war. Die beiden Kutter fuhren direkt aufeinander zu. Beide Kapitäne versuchten verzweifelt, in letzter Sekunde auszuweichen. Die Bugspitzen drehten mit erschreckender Langsamkeit ab, zwischen den Booten türmte sich weißer Schaum auf, und dann stießen sie mit einem endlos scheinenden Knirschen zusammen. Die Besatzung beider Kutter wurde auf Deck der Länge nach hingeschleudert. Das Geräusch von splitterndem Holz und berstendem Metall ging in ein ohrenbetäubendes Getöse über. Bo stolperte und schlug mit dem Kopf gegen den Metallrahmen des Echolots. Für einen Moment verlor er das Bewusstsein.

Als er zitternd wieder auf die Beine kam, betastete er seinen Kopf und stellte fest, dass er blutete. Die *Seawind* schlingerte an seiner Steuerbordseite. Die beiden Männer mit den Harpunen hatten ebenfalls das Gleichgewicht verloren, und der Thunfisch war unbehelligt entkommen.

Ella schüttelte traurig den Kopf, als sie die erste Explosion hörte. Sie wünschte, sie hätte irgendetwas unternehmen können, denn sie wusste genau wie Bo, dass genügend Fische für alle dagewesen wären, wenn Jake die Taktik der Orcas verstanden hätte. Aber dieser Mann war ohnehin nicht daran interessiert, die Beute zu teilen. Er hätte die Orcas sogar getötet, wenn er gekonnt hätte, und das nahm Ella ihm bitter übel.

Plötzlich wurde ihre Aufmerksamkeit auf eine der ausgeworfenen Leinen gelenkt, die sich rasend schnell von ihrer Spule abwickelte. Es dauerte einen Moment, bis Ella begriff, was los war, doch dann handelte sie blitzartig. Sie löste das Ende der Leine und legte sie über die Rolle der hydraulischen Winde. In einer Entfernung von etwa zwanzig Metern schoss ein drei Meter langer Thunfisch wie eine Rakete aus dem Wasser. Bevor er wieder in die Wellen eintauchte, drehte und krümmte er sich in der Luft, um den Haken loszuwerden, von dem er gehalten wurde.

Als der Fisch davonjagte, spannte Ella die Leine, um ihn zu bremsen, dann übergab sie sie Gordon, eilte ans Steuer und drehte die *Santorini* bei. Aus dem Augenwinkel nahm sie wahr, dass die *Seawind* und die *Rose Marie* sich auf Kollisionskurs befanden, doch dann richtete sie ihre volle Aufmerksamkeit wieder auf den Kampf mit dem Thunfisch.

Die *Santorini* folgte dem Fisch mit niedrigem Tempo, so dass er sie beinahe zog. Ella beabsichtigte, das Tier zu ermüden, bevor sie versuchten, es zu landen, aber sie mussten behutsam vorgehen, damit das Fleisch durch den Einsatz von zu viel Muskelkraft nicht verdarb. Je besser der Zustand des Fleisches, desto höher der Preis, den sie dafür erzielen würde. Der Fisch tauchte ab, und Gordon holte etwas Leine ein. Nach einigen Minuten kam der Fisch wieder herauf, durchbrach die Wasseroberfläche, sprang in die Luft und schoss pfeilschnell in östliche Richtung. Gordon ließ die Leine wieder locker, während Ella den Kutter beschleunigte.

Auf diese Weise verfolgten sie den Thun meilenweit durchs Meer. Ella drosselte die Geschwindigkeit, und Gordon korrigierte immer wieder die Spannung der Leine. Jedes Mal, wenn sie dachten, er sei geschlagen, mobilisierte dieser großartige

Fisch neue Kraftreserven und schoss abermals davon. Sie kämpften mit ihm, bis die Sonne tief stand und das kobaltblaue Meer silbrig, dann kupfern schimmerte.

Schließlich tauchte der Thunfisch immer seltener unter, sein Widerstand wurde schwächer, er ermüdete. Dreieinhalb Stunden benötigten sie, um ihn längsseits zu bringen. Bevor sie ihn mit vereinten Kräften an Deck holten, jagte Gordon ihm einen Dorn ins Gehirn, der ihn auf der Stelle tötete. Dann schlangen sie ein Seil um Kopf und Schwanz und zogen ihn mit der Winde hoch. Gleich darauf begann Gordon, den Fisch auszunehmen und das Rückgrat herauszulösen. Er machte Einschnitte ins Fleisch, um es auszubluten, dann füllten sie gemeinsam Eis in die Leibeshöhle. Als sie ihre Arbeit beendet hatten, standen sie da und bewunderten freudestrahlend ihren Fang.

Ella spürte kaum die Erschöpfung und die Schmerzen in ihren Armen. In diesem Moment waren alle Sorgen aus ihrem Kopf verbannt, und in ihrem Hochgefühl schlang sie die Arme um Gordon und drückte ihn fest. So torkelten sie gemeinsam übers Deck. Als sie sich voneinander lösten, brachen sie in schallendes Gelächter aus.

»Was glaubst du, wie viel der bringen wird?«, fragte Gordon, nachdem sie sich wieder beruhigt hatten.

»Keine Ahnung. Auf jeden Fall so viel, dass du dir von deinem Anteil endlich ein Motorrad kaufen kannst.«

»Und was ist mit dir? Was wirst du dir kaufen?«

Ella dachte eine Weile nach. »Ein wenig Zeit«, antwortete sie schließlich ernst.

Zu ihren Füßen lag der Thunfisch und glitzerte in der Abendsonne. Obwohl sie ein bisschen traurig war über den Tod dieses schnellen, kraftvollen Tieres, spürte Ella immer noch die Hochstimmung, die die Jagd in ihr ausgelöst hatte. Sie betrachtete Gordon und stellte sich vor, dass ihre eigenen Augen genauso glänzten wie seine. Dann sah sie an sich hinunter; ihr Ölzeug war verschmiert vom Blut und von den Eingeweiden des Fisches.

Ihr Leben, so schien es ihr, war geprägt von Extremsituationen, vom Kampf ums Überleben, der so alt war wie das Meer.

17

Matt wachte schweißgebadet in seinem zerwühlten Bett auf. Schwer atmend, blinzelte er in die Dunkelheit und wusste zunächst nicht, wo er war. Der Traum, den er eben noch lebhaft vor Augen gehabt hatte, verblasste. Nur ein verwirrender Eindruck blieb zurück, der Geruch nach Meer, doch dann bauschte sich der Vorhang vor dem offenen Fenster, und Matt erkannte, dass er sich nicht in der Wohnung befand, die er in Boston gehabt hatte. Er befreite sich von dem Bettzeug, das sich fest um seinen Körper gewickelt hatte, stand auf und trat ans Fenster. Der Nachthimmel war tiefblau und mit strahlenden Lichtpunkten übersät. Es wehte eine warme Brise, und die Luft war feucht und drückend.

Matt hatte schon lange nicht mehr von seinem Bruder geträumt. Paulie war drei Jahre älter gewesen als er und hatte die stämmige Statur ihres Vaters gehabt, der als Student Ringkämpfer gewesen war, während Matt nach seiner Mutter kam.

Paulie war dreizehn, als Matt und er mit der kleinen Jolle, die sie in der Stillwater-Bucht liegen hatten, hinausgesegelt waren. Sie konnten beide gut schwimmen, aber sie hatten gelernt, Respekt vor dem Meer zu haben. So nahmen sie das Boot nur bei gutem Wetter und wagten sich nie weiter hinaus als bis zum Riff. Doch Paulie wurde mit der Zeit immer tollkühner. Auf sein Drängen hin fuhren sie eines Tages bei unbeständigem Wetter mit dem Boot hinaus. Der Himmel war im einen Moment blau, im nächsten voller dunkler Wolken. Matt erinnerte sich, dass er am Strand gestanden und beobachtet hatte, wie sich Schaumkronen auf den Wellen bildeten, wenn der Wind drehte, und dass Paulie ihm gesagt hatte, er solle nicht den Angsthasen markieren, es werde schon nichts passieren. Sie segelten so weit hinaus, bis sie die Wirbel auf dem Wasser sahen, dort, wo sich das Riff befand. Es begann zu regnen, und der Wind fühlte sich plötzlich kalt an.

»Wir sollten umkehren«, sagte Matt.

Paulie musterte den Himmel, der sich bedrohlich zugezogen hatte. Von Minute zu Minute wurde die See rauer. »Meinetwegen.« Paulie tat so, als gäbe er nur Matt zuliebe nach, doch die tiefen Falten auf seiner Stirn straften seine Lässigkeit Lügen.

Sie wendeten. Der ablandige Wind wurde immer stärker, und als er das Segel wieder aufblähte, wurden sie unverhofft von einer heftigen Bö erwischt, und das Boot kenterte. Keiner von beiden trug eine Schwimmweste. Sie waren schon oft gekentert, und normalerweise gelang es ihnen, das Boot aufzurichten, hineinzuklettern und weiterzusegeln, als wäre nichts geschehen. Doch das Wasser schien plötzlich eiskalt geworden zu sein.

Als Matt prustend wieder auftauchte, konnte er weder das Boot noch Paulie entdecken. Es regnete in Strömen, der Wind peitschte das Meer auf, und die ganze Welt war mit einem Mal grau. Wellen brachen sich, das Salz brannte in Matts Augen. Er begann, mit den Armen zu rudern, kämpfte gegen die aufkeimende Angst an, und dann, als er von einer Welle angehoben wurde, erblickte er Paulie, der sich an die Jolle klammerte. Paulie rief Matt zu, er solle zu ihm herüberschwimmen, und vielleicht war es die Panik in der Stimme seines Bruders, die Matt erst richtig Angst einflößte. Die Entfernung zwischen ihnen betrug nur wenige Meter. Matt schwamm mit aller Kraft, und hin und wieder, wenn eine Welle ihn hochhob, sah er Paulie, der sich mit einer Hand an der Jolle festklammerte und die andere nach ihm ausstreckte, während er verzweifelt immer wieder seinen Namen rief. Es schien Matt, als käme er dem Boot kein bisschen näher. Allmählich ließen seine Kräfte nach, und je schwächer er wurde, desto größer wurde seine Angst, und desto verzweifelter wurden seine Bewegungen. Sie befanden sich viel zu dicht am Riff; er spürte die Strudel und Strömungen wie unsichtbare Hände an seinem Körper zerren.

Ihr Vater hatte ihnen eingeschärft, ruhig und tief zu atmen, wenn sie in Gefahr gerieten, nicht wild um sich zu schlagen, keine Energie zu vergeuden. Matt war, als hörte er die Stimme seines Vaters, doch er konnte sich nicht beherrschen und ruderte und strampelte weiterhin verzweifelt gegen die Strömung an. Eine Welle brach sich über seinem Kopf, er bekam Wasser in den Mund und verschluckte sich daran. Eine weitere Welle schwappte über ihn hinweg und drückte ihn unter Wasser. Er tauchte wieder auf, stieß einen angstvollen Schrei aus, doch im nächsten Augenblick ging er erneut unter, und von da an lief alles wie in Zeitlupe ab. Es kam ihm so vor, als hätte er sich in zwei Teile aufgespalten. Nur noch ein Teil von ihm nahm seine trägen Bewegungen unter Wasser wahr und spürte die riesige Klaue, die von hinten seine Brust zu umklammern und alles Leben aus ihm herauszuquetschen schien. Ein anderer Teil von ihm befand sich ganz woanders. Er sah seine Eltern und Paulie zu Hause um den großen, polierten Eichentisch sitzen. Sein Vater schnitt einen Rinderbraten in Scheiben, und seine Mutter lächelte über etwas, was Paulie gesagt hatte. Es war warm im Esszimmer, die Wandlampen verströmten sanftes Licht; draußen war es dunkel, und Schneeflocken trieben gegen die Fensterscheiben. Es war ein Wochenende im vergangenen Winter, kurz nachdem Paulie sich beim Football-Spielen den Arm gebrochen hatte, und er genoss die Aufmerksamkeit, die sein Gipsarm ihm bescherte, in vollen Zügen. Es kam Matt so vor, als befände er sich dort im Esszimmer bei seiner Familie, doch gleichzeitig bewegte der Raum sich von ihm weg, und obwohl er versuchte, sich durch Rufen bemerkbar zu machen, brachte er keinen Laut über die Lippen. Die Szene verblasste, und er fühlte sich zutiefst einsam und allein. Dann sah er nur noch einzelne Bilder, seine Eltern und sein Bruder erschienen ihm wie Geister, und plötzlich nahm er das Wasser wieder wahr und den stechenden Schmerz in seinen Lungen. Er hörte auf zu strampeln, wurde völlig apathisch, und auf einmal wusste er, dass er sterben würde.

Da packte ihn eine Hand und zog ihn an die Oberfläche. Er spürte kalte Luft im Gesicht und begann zu atmen.

»Schwimm, Matt! Verdammt noch mal, schwimm!«

Er hörte Paulies Stimme, doch die Worte drangen nicht bis zu ihm durch, und er fing an, um sich zu schlagen und zu treten; er kämpfte, von Todesangst gepackt, gegen das Wasser und gegen Paulie zugleich.

»Hör auf zu strampeln!«

Matt versuchte, sich aus Paulies Griff zu befreien, sich umzudrehen und an ihn zu klammern wie an eine rettende Insel.

»Ich hab gesagt, hör auf zu strampeln, du Blödmann!«

Diesmal erreichten ihn Paulies Worte, und Matt hörte auf, sich zu wehren. Paulie sagte ihm, er solle mit den Beinen Schwimmbewegungen machen, und er gehorchte, und schließlich fing er an, auch seine Arme einzusetzen, und irgendwann schafften sie es gemeinsam bis zu ihrem Boot. Der Sturm war vorüber, und der Himmel klarte wieder auf.

Als Matt den hölzernen Rumpf mit den Händen berührte, wusste er, dass er doch nicht sterben würde.

Es hatte eine Zeit gegeben, da hatte er diesen Traum fast jede Nacht geträumt. Seit jenem Tag in der Bucht fürchtete er sich vor Wasser, und nach Paulies Tod hatten ihn jahrelang Schuldgefühle geplagt, weil er nicht in dem Supermarkt gewesen war, um Paulie das Leben zu retten, als der Mann auf ihn schoss. Dass er nicht zur Stelle gewesen war, um das zu tun, wozu er sich seinem Bruder gegenüber verpflichtet fühlte. Die Besessenheit, mit der er sich später in seine Arbeit als Staatsanwalt stürzte, hatte ihre Wurzeln in diesen Schuldgefühlen. Und Matt wusste, dass sie ihn noch immer begleiteten und dass sie ihn dazu brachten, der Frau zu misstrauen, die er liebte.

Nach dem Aufstehen half Matt Henry eine Stunde lang beim Bau des Schuppens für die Apfelpresse. Die Rahmenkonstruktion war fertig, und jetzt begannen sie, Bretter für die Wände auf Länge zu sägen. Während der Arbeit dachte Matt darüber nach, wie Baxter auf die Erwähnung von Kate Littles Namen reagiert hatte. Er sägte noch ein Brett ab, dann schaltete er die Maschine aus.

»Beschäftigt dich irgendwas?«, fragte Henry.

»Ich musste an Baxter denken. Er ist nicht verheiratet, stimmt's?«

»Nein. Nie gewesen.«

»Weißt du zufällig, ob er was mit einer Frau hat, die Kate Little heißt?«

»Hab den Namen noch nie gehört.«

»Sie wohnt oben auf der Landzunge, zusammen mit ihrem Mann, Evan Little. Sie verbringen ihren Sommerurlaub hier.«

»Ich kenn eigentlich keinen von denen, die da oben wohnen. Warum willst du das wissen?«

»Ich bin mir nicht sicher«, erwiderte Matt. Er hatte mit dem Gedanken gespielt, dass Baxter und Kate womöglich ein Verhältnis hatten, aber je länger er darüber nachdachte, umso lächerlicher erschien ihm die Vorstellung. Dennoch wurde Matt das Gefühl nicht los, dass Baxter nicht vorhatte zu überprüfen, ob Kate Bryan Roderick kannte.

Er schaute auf seine Armbanduhr und zog die Arbeitshandschuhe aus. Schließlich musste er sich um seine Anwaltskanzlei kümmern, auch wenn er bis jetzt noch keine Mandanten hatte. Am Tag zuvor war auf dem Anrufbeantworter eine Nachricht von einer Frau gewesen, die ihren Mann verdächtigte, sie mit einer anderen zu betrügen. Die Frau wollte sich mit Matt über eine mögliche Scheidung unterhalten. Der Ehemann arbeitete offenbar auf der Fähre, die zwischen den Inseln und dem Festland verkehrte, und seine Frau meinte, er bleibe seit einiger Zeit häufiger als gewöhnlich über Nacht fort, und sie traue ihm nicht. Früher hätte Matt sich um so einen Fall nicht gerade gerissen, doch im Augenblick konnte er es sich nicht leisten, wählerisch zu sein.

»Ich muss in die Stadt«, sagte er zu Henry. »Ich werd versuchen, heute Nachmittag wieder hier zu sein.«

»Alles klar.«

Auf dem Weg zu seiner Kanzlei fuhr Matt am Hafen vorbei, und ihm fiel auf, dass dort mehr Betrieb herrschte als sonst.

Überall standen geparkte Autos, und sämtliche Vergnügungsboote, die an den Piers lagen, waren überfüllt. Die Piers, an denen die Fischkutter ihre Liegeplätze hatten, waren dagegen fast leer. Matt fuhr langsamer, und als er Ben Harpers Boot entdeckte, hielt er an und stieg aus. Ben hockte neben der offenen Luke auf seinem Achterdeck, und um ihn herum lagen lauter Maschinenteile. Er blickte auf, als Matt sich näherte, und in seinen Brillengläsern brach sich das Sonnenlicht.

»Probleme?«, fragte Matt.

»Der verdammte Motor lässt mich dauernd im Stich.«

»Was hat denn all die Aufregung zu bedeuten?«, fragte Matt und deutete auf die Vergnügungsboote und kleinen Yachten im Hafen.

»Haben Sie's noch nicht gehört?«

»Was denn?«

»Gestern hat jemand einen riesigen Thunfisch gefangen. Das Biest wog fast neunhundert Pfund. Anscheinend war ein ganzer Schwarm Thunfische unterwegs. Die halbe Stadt ist heute da draußen.« Ben zeigte auf die Motorteile auf seinem Deck. »Ich wäre selbst auch rausgefahren, wenn ich gekonnt hätte.« Er bemerkte Matts verständnislosen Blick. »So ein Blauflossenthun ist eine Menge Geld wert«, erklärte er. »Von diesen Riesen gibt es nicht mehr viele. Ein Fisch, der neunhundert Pfund wiegt, kann, wenn er in gutem Zustand ist, fünfzehn- bis zwanzigtausend Dollar bringen.«

Matt stieß einen anerkennenden Pfiff aus.

»Wenn Sie morgen früh hierher kommen, werden Sie kein einziges Boot mehr im Hafen finden.«

»Ihres eingeschlossen, schätze ich.«

»Tja, das hoffe ich. Aber ich bin nicht an den Thunfischen interessiert. Ich habe gehört, dass da draußen auch eine Herde Orcas gesichtet wurde, und die würde ich mir gern ansehen.« Ben erhob sich und blickte Matt fragend an. »Ich hatte eigentlich gedacht, Sie wüssten über all das Bescheid.«

»Der einzige Thunfisch, mit dem ich mich auskenne, ist der, den ich im Supermarkt in der Büchse kaufen kann«, sagte Matt. »Woher sollte ich Bescheid wissen?«

Ben grinste. »Diese Frau, für die Sie sich neulich interessiert haben. Die, die für das Bürgermeisteramt kandidiert. Sie hat doch einen Kutter, oder?«

»Ella Young?«

»Ja, genau. Sie ist diejenige, die den Thunfisch gefangen hat.«

Den ganzen Tag über schaute Matt ununterbrochen auf die Uhr. Abgesehen von der Frau, die sich von ihrem Mann scheiden lassen wollte, ließ sich kein potenzieller Mandant in seiner Kanzlei blicken. Die Frau rief am frühen Vormittag an, um mit ihm einen Termin zur Mittagszeit auszumachen. Sie kam pünktlich und sah sich neugierig um. Es stellte sich heraus, dass sie jünger war, als Matt erwartet hatte. Ende Zwanzig, schätzte er. Sie trug Jeans und ein T-Shirt.

»Ich bin noch nie bei einem Anwalt gewesen«, erklärte sie, als sie Platz nahm.

Wahrscheinlich entsprach seine spartanisch eingerichtete Kanzlei nicht dem, was sie aus dem Fernsehen kannte. Er fragte sie, ob sie einen Kaffee wolle, und während er mit der Zubereitung beschäftigt war, erzählte sie ihm von sich. Sie hieß Ruth Thorne, war seit fünf Jahren verheiratet und hatte zwei Kinder. Ihr Mann Charlie arbeitete auf der Fähre, die zwischen dem Festland und einem halben Dutzend Inseln verkehrte, von denen St. George diejenige war, die am weitesten draußen lag. Die Fakten entsprachen mehr oder weniger dem, was sie ihm bereits am Telefon gesagt hatte. Ihr Mann musste hin und wieder auf dem Festland übernachten, je nachdem, für welche Schicht er eingeteilt war. In letzter Zeit allerdings blieb er häufiger über Nacht weg als früher, angeblich, weil die Dienstpläne sich geändert hatten. Sie war misstrauisch geworden und hatte mehrmals in der Pension angerufen, in der er angeblich abstieg, nur um zu erfahren, dass er nicht dort war.

»Haben Sie ihn darauf angesprochen?«, fragte Matt.

Sie nickte traurig. »Er sagte, er hätte kurz entschlossen bei einem Freund übernachtet. Aber ich hatte den Eindruck, dass er log.«

»Es könnte dennoch die Wahrheit sein«, wandte Matt ein.

»Das würde ich gerne glauben, wirklich. Aber wir verstehen

uns seit einiger Zeit nicht mehr so gut. Wenn er zu Hause ist, streiten wir uns dauernd. Charlie verdient nicht besonders viel, und manchmal kommen wir kaum über die Runden.«

Ruth erkundigte sich, wie sie vorgehen müsse, um eine Scheidung zu erwirken, und Matt erläuterte ihr das Verfahren. Er sagte, wenn sie wolle, könne er jemanden beauftragen, der beim nächsten Mal, wenn ihr Mann über Nacht auf dem Festland blieb, herausfand, was dieser dort trieb.

»Sie meinen, ich soll ihn überwachen lassen?«, fragte sie mit weit aufgerissenen Augen. Sie biss sich auf die Lippen und dachte einen Moment lang nach. »Wie viel wird das alles denn kosten, Mr. Jones? Ich habe nicht viel Geld. Ich meine, ein bisschen was habe ich gespart.«

Er sagte ihr, wie hoch er die Kosten schätzte, und riet ihr, sich das alles noch einmal durch den Kopf gehen zu lassen.

»Okay, das mache ich. Aber das Geld ist mir egal. Wenn Charlie mich betrügt, dann ist es aus mit uns. So einen Mann kann ich nicht brauchen. Ich komme auch allein zurecht, wenn's sein muss.«

Matt begleitete sie zur Tür und bat sie, ihn anzurufen, falls sie sich dazu entschließen sollte, irgendwelche Schritte zu unternehmen. Sie bedankte sich und schüttelte ihm die Hand. Er dachte, hoffentlich hat sie sich, was ihren Mann angeht, geirrt und ich sehe sie nie wieder. Er mochte sie. Das trotzige Aufblitzen in ihren Augen erinnerte ihn an Ella, und er sagte sich, dass dieser Charlie Thorne, falls er seine Frau tatsächlich betrog, ein ausgemachter Trottel sein musste.

Anschließend ging er hinüber ins Café, um eine Kleinigkeit zu essen. Sally Brewster setzte sich zu ihm und zündete sich eine Zigarette an. Sie sah sich in dem halb leeren Café um.

»So geht das schon den ganzen Tag. Und die Leute reden über nichts anderes als über den Fisch, den Ella gefangen hat. Sie haben wahrscheinlich auch schon davon gehört?«

»Hab ich.«

»Also, ich freue mich für Ella. Sie kann ein bisschen Glück gebrauchen. Jedenfalls gönne ich es ihr mehr als Jake Roderick.«

»Jake?«

»Ich hab gehört, er war auch da draußen«, sagte Sally und erzählte ihm den neuesten Klatsch. »Ich schätze, das hat ihm gar nicht gefallen, dass Ella ihm so einen Fisch vor der Nase weggeschnappt hat.«

»Wahrscheinlich nicht«, stimmte Matt zu. Er aß sein Sandwich auf und ging zurück in die Kanzlei. Es gefiel ihm nicht, dass Jake jetzt noch mehr Grund hatte, Groll gegen Ella zu hegen. Am späten Nachmittag gab es nichts mehr, womit er sich in seinem Büro die Zeit vertreiben konnte, also schaltete er den Anrufbeantworter ein und ging zum Hafen hinunter. Viele der Vergnügungsboote, die am Morgen an den Piers gelegen hatten, waren fort. Die Besitzer anderer Boote waren immer noch damit beschäftigt, längst überfällige Reparaturen auszuführen und sich auf die Thunfischjagd vorzubereiten. Matt setzte sich auf einen Poller und beobachtete einen Mann, der mit einem kleinen Schlauchboot zu einem Motorboot hinausruderte. Der Mann warf zusammengerollte Leinen auf das Motorboot, kletterte an Deck und zog etwas hinauf, das aussah wie ein Bündel Stangen. Es dauerte eine Weile, bis Matt aufging, dass es sich um Harpunen handelte.

Gegen fünf Uhr kehrten die ersten Fischerboote in den Hafen zurück. Eine Schar Silbermöwen kreiste über einem Schleppnetzkutter, der am Pier anlegte, und sobald er festgemacht war, begann die Mannschaft, ihren Fang auszuladen. Eine kleine Menschenmenge versammelte sich auf dem Pier, um zuzusehen, und Matt gesellte sich zu den Leuten. Kein einziger Thunfisch wurde ausgeladen, und die Zuschauer zeigten sich enttäuscht. Jemand fragte einen der Fischer, ob Thunfische gesichtet worden seien. Der Mann blickte von seiner Arbeit auf, eine Zigarette im Mundwinkel.

»Ich hab jedenfalls keinen gesehen«, sagte er. »Und soweit ich weiß, hat auch sonst niemand einen zu Gesicht bekommen.«

Dennoch liefen die Leute zum nächsten Boot hinüber, das festmachte. Matt wartete auf die *Santorini*, und als sie endlich angetuckert kam, hatte sich herumgesprochen, dass den ganzen Tag keine Thunfische gesichtet worden waren, und die Menge hatte sich zerstreut. Aus einiger Entfernung sah Matt zu, wie Ella und ihr Heckmann drei Kisten ausluden. Jede Kiste enthielt acht bis zehn Hummer, deren Scheren mit Schnur zusammengebunden waren, damit sie nicht aufeinander losgingen.

Als sie ihre Arbeit beendet hatte, ging Ella zum Büro ihres Händlers hinüber, und Matt beschloss zu warten, bis sie zurückkam. Er war sich nicht sicher, was er eigentlich hier wollte, doch die Rückkehr seines alten Alptraums hatte ihn daran erinnert, wie viel er im Leben bereits verpasst hatte, weil er die Geister seiner Vergangenheit nicht losgeworden war. Die Distanz, die zwischen ihm und Ella entstanden war, hatte in erster Linie sie geschaffen, doch Matt war sich darüber im Klaren, dass das zumindest teilweise mit seiner Reaktion auf ihre Aussage zu tun hatte, sie habe Bryan nicht umgebracht. Er wollte mit ihr reden. Er konnte nicht leugnen, dass er Zweifel gehabt hatte, aber er wollte wenigstens versuchen, ihr den Grund dafür zu erklären. Und er wusste, dass Ella ihm nicht alles über diese ganze Sache gesagt hatte. Er wollte den Graben zwischen ihnen überwinden. Sie dazu bringen, mit ihm zu reden. Denn sonst würde ihnen beiden etwas Wertvolles verloren gehen, und er jedenfalls wollte das nicht. Er konnte nur hoffen, dass sie ebenso empfand.

Das Geräusch von Schritten riss ihn aus seinen Gedanken. Er blickte auf und sah Ella näher kommen. An ihrem Gesichtsausdruck erkannte er, dass sie etwas bewegte, doch er konnte nicht sagen, was es war. Sie blieb bei ihm stehen.

»Ich habe von Ihrem Fang gehört, Ella, und ich bin gekommen, um Ihnen zu gratulieren. Ich freue mich für Sie.«

Ein Lächeln huschte über ihr Gesicht. »Danke.«

Es entstand ein verlegenes Schweigen. Matt wusste nicht, wie er in Worte fassen sollte, was er ihr sagen wollte. Schließlich setzten sie gleichzeitig zum Sprechen an.

»Lassen Sie mich zuerst«, bat Matt.

Ella nickte. »Okay.«

»Ich bin hergekommen, um mich zu entschuldigen. Ich hatte Zweifel an dem, was Sie mir sagten, und das tut mir Leid.« Er hob eine Hand, als sie etwas entgegnen wollte. »Bitte, Ella, lassen Sie mich ausreden. Ich schätze, ich bin einfach zu lange Staatsanwalt gewesen. Der Beruf macht einen misstrauisch, man sieht die Welt nur noch aus einem einzigen Blickwinkel. Wenn ich ehrlich bin, muss ich gestehen, dass ich ziemlich entgeistert war über das, was zwischen Ihnen und Bryan vorgefallen ist, und über den Streit, den sie mit Jake hatten. Das gebe ich zu. Aber ich habe Ihnen einmal gesagt, dass ich auf die Insel gekommen bin, um ein neues Leben zu beginnen, und ich hatte angefangen zu hoffen, dass Sie ein Teil davon sein könnten. Und eigentlich hoffe ich das immer noch. Ich würde gern noch einmal dort anfangen, wo wir waren, bevor das alles passiert ist. Falls Sie mir noch eine Chance geben.«

Sie blickte ihn unverwandt an, während er sprach, und er konnte sehen, wie sie über das, was er sagte, nachdachte. Als er geendet hatte, wandte sie sich ab und schaute aufs Meer hinaus. Ihr Gesicht leuchtete im Sonnenlicht, und ihre Haarspitzen schimmerten fast weiß. Er wartete, bis sie sich ihm wieder zuwandte.

»Matt, Sie brauchen sich nicht bei mir zu entschuldigen. Ich hätte nicht so reagieren dürfen, wie ich es getan habe. Es lag wohl an der Art, wie Sie mich angesehen haben, ich weiß nicht, ich hatte das Gefühl, Sie verurteilen mich.«

»Vielleicht muss ich mich erst noch an die Vorstellung gewöhnen, mit Annie Oakley auszugehen«, bemerkte er scherzhaft.

Sie lächelte. »Hören Sie, ich freue mich, dass Sie hergekommen sind. Und ich freue mich auch über alles, was Sie gesagt haben.«

»Heißt das, Sie geben mir noch eine Chance?«

»Es geht nicht darum, ob ich Ihnen noch eine Chance gebe.« Sie schüttelte den Kopf. »Es ist schwierig, Matt. Ich bin mir einfach nicht sicher, ob dies der richtige Zeitpunkt ist. Es gibt Dinge, die ich Ihnen im Augenblick nicht erklären kann.«

»Ella, es kann nicht funktionieren, wenn wir nicht miteinander reden. Wollen Sie nicht wenigstens versuchen, mir zu vertrauen?«

Sie schien mit sich zu kämpfen. »Es ist nicht so, dass ich es nicht will.«

»Was auch immer Ihnen auf der Seele liegt, Ella, Sie brauchen es mir nicht jetzt gleich zu sagen. Wir können uns Zeit lassen, einander von Neuem kennen lernen.« Er meinte, etwas in ihren Augen zu sehen, als wolle sie ihm zustimmen, als wolle sie reden, doch gleichzeitig spürte er, dass sie Zeit brauchte, dass sie erst Vertrauen zu ihm fassen musste. »Hören Sie«, sagte er leichthin in der Hoffnung, es ihr zu erleichtern, den ersten Schritt zu tun. »Sie sollten es sich überlegen, solange Sie die Gelegenheit haben. Männer wie ich sind hier im Moment sehr begehrt. Erfolgreicher Anwalt, gut gehende Kanzlei und so weiter.«

Sie grinste. »Das ist die eine Seite, würde ich sagen. Aber Sie reden immerhin mit der Eigentümerin eines florierenden Schifffahrtsunternehmens. So leicht bin ich nicht zu beeindrucken.«

»Das gefällt mir schon besser. Wie wär's mit einem gemeinsamen Essen heute Abend? In einem netten, kleinen Restaurant, nur wir beide?«

Während er auf ihre Antwort wartete, hielt ein Streifenwagen am Ende des Piers. Baxter stieg aus und kam auf sie zu. Irgendetwas an seinem Gesichtsausdruck ließ sämtliche Alarmlampen in Matts Kopf aufleuchten. Ella wandte sich um. Sie wollte sehen, was passiert war.

»Möchte wissen, was der will«, sagte Matt, doch Ella antwortete nicht.

Als Baxter bei ihnen stehen blieb, lächelte er fast verlegen und wischte sich den Schweiß von der Stirn. Er sah zuerst Matt an, dann Ella.

»Tut mir Leid, Ella. Sie stehen unter Verdacht, Bryan Roderick ermordet zu haben. Ich muss Sie leider verhaften.« Er langte nach den Handschellen, die hinten an seinem Gürtel hingen, doch dann fiel ihm offenbar ein, wo er sich befand und mit wem er sprach, und er ließ den Arm sinken. Unbeholfen deutete er auf seinen Streifenwagen.

»Ich muss Sie bitten, mit mir zu kommen, Ella.«

18

Einmal wöchentlich führte Richter Walker den Vorsitz bei Anhörungen im Gerichtssaal von St. George. Den Rest der Woche über arbeitete er am Hafen in seinem Laden für Schiffszubehör. Das Gericht befasste sich mit Bagatellfällen wie Schadensersatzforderungen nach gelegentlichen Kneipenschlägereien oder familiären Zwistigkeiten. Schlimmere Fälle, die auf St. George nur selten vorkamen, wurden an die Staatsanwaltschaft auf dem Festland verwiesen, und falls es zur Gerichtsverhandlung kam, fand diese vor dem Gericht in Brunswick statt.

Als er auf der Polizeiwache eintraf, erfuhr Matt, dass Baxter bereits mit dem Richter gesprochen hatte. Walker hatte für den kommenden Vormittag eine Anhörung anberaumt, bei der festgestellt werden sollte, ob die Beweise ausreichten, um Ellas Fall der Staatsanwaltschaft auf dem Festland zu übergeben. Ella war von dem bedauernd dreinblickenden Officer Williams in eine der Zellen gesperrt worden, die sich im hinteren Teil des Gebäudes befanden. Matt bat um ein Gespräch mit Baxter.

»Was hat das alles zu bedeuten?«, fragte er, als sie allein waren.

»Mir blieb keine andere Wahl«, erwiderte der Polizeichef. »Heute Nachmittag sind neue Beweise aufgetaucht.«

»Haben Sie eine Leiche gefunden?«

»Nein, das nicht. Aber wir haben einen Augenzeugen. Er behauptet, Ella Montagnacht in Bryans Haus gesehen zu haben. Er hat unter Eid ausgesagt, er habe durch das Fenster geschaut und Bryan blutüberströmt auf dem Boden liegen sehen. Und Ella habe mit einem Gewehr in der Hand daneben gestanden.«

Matt verschlug es die Sprache. Er fühlte sich, als wäre seine Welt aus den Angeln gehoben worden, als hätte jemand seine Hoffnungen auf ein Leben mit Ella gerade in Grund und Boden gestampft. Baxter sah ihn mitfühlend an.

»Tut mir Leid, Matt. Ich habe in Ihrer Kanzlei angerufen, aber Sie waren nicht dort.«

Matt zog sich einen Stuhl heran, und Baxter setzte sich auf die Schreibtischkante. »Wer ist dieser Zeuge?«, brachte Matt schließlich hervor.

»Jerrod Gant. Er wohnt oben an der Straße, die nach Norden rausgeht.«

Der Name sagte Matt nichts. Der Schock, den Baxters Neuigkeiten ihm versetzt hatten, hatte ihn vorübergehend denkunfähig gemacht. Ihm stand nur die ganze Zeit das Bild vor Augen, wie Ella ihn bei ihrer Verhaftung angesehen hatte, in ihrem Blick eine Art wortloses Flehen. Er war sich jedoch nicht sicher, ob sie ihn um Hilfe oder um Verständnis angefleht hatte. Er hatte ihr gesagt, sie solle ruhig mit Baxter gehen, es werde sich alles aufklären, es müsse sich um ein Missverständnis handeln. Obwohl Baxters Gesichtsausdruck das Gegenteil vermuten ließ.

Allmählich begann sein Gehirn wieder zu funktionieren, und jetzt ärgerte er sich über sich selbst. Während der Jahre bei Gericht hatte er schon früh gelernt, dass Zeugenaussagen die unzuverlässigsten Beweismittel waren. Zeugen hatten menschliche Schwächen. Während forensische Beweismittel eindeutig waren, machten Zeugen Fehler, logen oder brachten ihre eigenen Interessen in einen Fall ein. Rachegelüste oder rassistische Vorurteile hatten schon manchen Zeugen dazu verleitet, unter Eid eine Falschaussage zu machen. Matt hatte gelernt, niemals einer Zeugenaussage unbesehen Glauben zu schenken. Man musste sie genau unter die Lupe nehmen und auf Ungereimtheiten oder eigennützige Motive hin überprüfen. Dass er diese Lektion vorübergehend vergessen hatte, machte ihm deutlich, wie schnell er immer noch bereit war, Ellas Worten zu misstrauen, entgegen allem, was er ihr erst vor einer Stunde beteuert hatte. Das ärgerte ihn am meisten. Jetzt, wo er darüber nachdachte, drängte sich ihm eine Frage auf.

»Wie kommt es, dass dieser Jerrod Gant so lange gebraucht hat, um sich zu melden?«, fragte er. »Bryan ist seit neun Tagen verschwunden.«

»Gant behauptet, er wollte nicht in den Fall verwickelt werden.«

»Er wollte nicht in den Fall verwickelt werden? Soll das ein Witz sein?«, fragte Matt fassungslos. »Er ist Augenzeuge in einem Mordfall! Hier steht niemand in Verdacht, über eine rote Ampel gefahren zu sein. Und wieso hat er es sich plötzlich anders überlegt? Hatte er vielleicht einen Anfall von akuter Gewissensnot?«

Baxter schien sich nicht besonders wohl in seiner Haut zu fühlen, und Matt vermutete, dass der Polizeichef genauso wenig wie er wusste, was er von der Sache halten sollte. »Sie glauben diesem Kerl auch nicht, stimmt's? Das Ganze ist doch nichts anderes als ein verdammtes Ablenkungsmanöver. Was zum Teufel wird hier eigentlich gespielt, Chief?«

»Glauben Sie etwa, ich würde Ella ohne Grund verhaften?«, entgegnete Baxter aufgebracht. »Ich hab hier eine eidesstattliche Aussage von einem Mann, der behauptet, er hätte Ella in jener Nacht in Bryans Haus gesehen. Gant hat den halben Nachmittag hier gesessen, und ich bin die Geschichte immer wieder mit ihm durchgegangen, aber er weicht keinen Fingerbreit von seiner Aussage ab. Im Augenblick bleibt mir nichts anderes übrig, als ihn beim Wort zu nehmen. Wenn er lügt, wird die Kriminalpolizei das schon rausfinden.« Er sah Matt wütend an und fuhr sich mit der Hand durch das kurze Haar. Dann sagte er schon versöhnlicher: »Hören Sie, Matt, wie ich die Sache sehe, ist es vielleicht am besten so. Auf die Art und Weise wird diese verdammte Angelegenheit geklärt, bevor noch jemand zu Schaden kommt.«

»Wer denn zum Beispiel?«

»Haben Sie von dem Fisch gehört, den Ella gestern gefangen hat? Also, Jake war auch da draußen, und er hat Ellas Hummerkörbe beschädigt. Bo Waterman hat ihn beobachtet. Jake glaubt, Ella hätte seinen Bruder ermordet. Was meinen Sie, wie er es findet, dass ausgerechnet sie diesen Fisch erwischt hat? Und was glauben Sie, wie lange es noch dauern wird, bis er eine Riesendummheit begeht? Es dient neben allem anderen Ellas eigenem Schutz.«

Wahrscheinlich war Baxter überzeugt von dem, was er sagte, zumindest teilweise, aber das gab ihm noch lange nicht Recht. »Kommen Sie, Chief, Sie können Ella nicht einfach einsperren und dann behaupten, es geschehe zu ihrem eigenen Schutz.«

»Das habe ich nicht gesagt. Ella wurde verhaftet, weil ein Augenzeuge behauptet, er hätte sie neben Bryans Leiche stehen sehen.«

»Ein Zeuge, dem Sie kein Wort glauben.«

»Vielleicht passen einige Dinge nicht zusammen, aber das bedeutet nicht, dass Gant sich das alles bloß ausgedacht hat.«

Matt fragte sich, ob es noch andere Gründe gab, warum Baxter so wild darauf war, den Fall der Kriminalpolizei zu übergeben. Er musste wieder daran denken, wie der Polizeichef reagiert hatte, als er Kate Little mit Bryans Verschwinden in Verbindung gebracht hatte. Und obwohl er nicht unbedingt annahm, dass Baxter sich bei polizeilichen Ermittlungen von seinen persönlichen Gefühlen leiten ließ, konnte Matt diesen Gedanken doch nicht ganz abschütteln.

Baxter blieb unnachgiebig, und Matt sagte sich, dass es keinen Zweck hatte, sich mit ihm anzulegen. Er beschloss, seine Zeit lieber darauf zu verwenden, Ellas Anhörung vor Richter Walker am kommenden Vormittag vorzubereiten. »Ich möchte mit Ella sprechen, und ich hätte gern eine Kopie von Jerrod Gants Aussage«, sagte er.

Baxter nickte. »Sie kriegen alles, was ich Ihnen geben kann. Und Sie dürfen so lange mit Ella reden, wie Sie wollen. Ich habe Minelli bereits zu ihr nach Hause geschickt, damit er ein paar Sachen für sie holt. Ich habe nicht die Absicht, Ella das Leben unnötig schwer zu machen, das können Sie mir glauben, Matt.«

Matt konnte nicht widerstehen, Baxter auf die Probe zu stellen. »Sind Sie schon dazu gekommen, sich zu erkundigen, ob Kate Little Bryan gekannt hat?«

Baxter starrte ihn an. »Ich weiß nicht, warum Sie diese Frau immer wieder ins Spiel bringen. Sie hat nichts mit der Sache zu tun.«

Irgendetwas an der Art, wie er das sagte, ließ Matt aufhorchen.

Ella blickte auf, als Matt in die Zelle geführt wurde. Matt wartete, bis Minelli sich diskret zurückgezogen hatte, dann setzte er sich neben Ella auf die Pritsche. Sie wirkte nicht ganz so gefasst wie gewöhnlich.

»Baxter hat mir erzählt, was Jerrod Gant ausgesagt hat. Es stimmt nicht, Matt. Ich schwöre Ihnen, es ist nicht wahr.«

Selbst wenn er noch Zweifel gehabt hätte, jetzt brauchte er Ella nur anzusehen, um zu erkennen, dass sie nicht log. »Das weiß ich«, sagte er, und ihre Erleichterung war deutlich spürbar. »Und ich glaube, Baxter weiß es auch.« Sie sah ihn verblüfft an. »Er sagt, er macht sich Sorgen, dass Ihnen etwas zustößt. Stimmt es, dass Jake Ihre Hummerkörbe beschädigt hat?« Sie nickte. »Tja, zumindest in dem Punkt scheint Baxter Recht zu haben. Egal, was passiert, Sie müssen sich vor Jake in Acht nehmen, Ella.«

»Ich weiß.«

Er sah sie lächelnd an. »Ich schätze, das Abendessen müssen wir verschieben. Das Wichtigste ist im Moment, dass Sie mir offiziell ein Mandat erteilen. Okay?«

Ella zögerte, dann nickte sie. »Okay, Sie haben den Job.«

»Als Erstes müssen wir Sie hier rausholen. Die schlechte Nachricht lautet, das geht nicht vor der Anhörung morgen früh. Bis dahin werde ich eine Möglichkeit finden, den Richter davon zu überzeugen, dass das alles Hirngespinste sind und er Sie nach Hause gehen lassen muss.«

»Wird Ihnen das gelingen?«

»Klar. Ich bin schließlich ein gewiefter Anwalt, oder? Ich werde die Aussage von diesem Gant genau unter die Lupe nehmen. Haben Sie eine Ahnung, warum er ausgerechnet jetzt mit so einer Geschichte kommt? Hat er irgendeinen Grund, Ihnen schaden zu wollen?«

Ella schüttelte den Kopf. »Ich kenne den Mann kaum.«

Matt wählte seine nächsten Worte sehr sorgfältig. »Ella, Gant behauptet, er hätte Sie in jener Nacht in Bryans Haus gesehen.« Er hob eine Hand, als sie ihn unterbrechen wollte. »Lassen Sie mich ausreden, okay?«

»Okay.«

»Wenn ich Ihnen helfen soll, müssen Sie mir auch helfen. Sie müssen mir alles sagen, Ella. Also, was ist in jener Nacht geschehen?«

Sie starrte ihn unverwandt an, und er konnte beinahe hören, wie ihre grauen Zellen hektisch arbeiteten.

»Ich habe Bryan nicht getötet, Matt. Ich schwöre es. Und ich war noch nie in seinem Haus, weder in jener Nacht noch in irgendeiner anderen Nacht.«

Matt war sich darüber im Klaren, dass sie seine Frage eigentlich nicht beantwortet hatte, doch er wollte sie jetzt nicht drängen, denn er fürchtete, das bisschen Vertrauen, das sie ihm entgegenbrachte, erneut zu verlieren. Vorerst ging es schlicht um die Frage, ob er ihr glaubte oder nicht. Er drückte ihr beruhigend die Hand.

»Danke«, sagte sie. Ob sie sich für seine Hilfe bedankte oder dafür, dass er sie nicht unter Druck setzte, konnte er nicht einschätzen. Er erkundigte sich, ob sie irgendetwas brauche, oder ob er nach ihrer Mutter sehen solle, doch sie schüttelte den Kopf.

»Ich habe eine Nachbarin angerufen und sie gebeten, bei ihr zu bleiben. Und ich habe mit meiner Mutter gesprochen und ihr gesagt, dass es mir gut geht. Ich werde sie später noch einmal anrufen, um sie auf dem Laufenden zu halten.«

»Sagen Sie ihr, dass Sie morgen früh wieder nach Hause kommen.«

Matt hoffte, dass er sein Versprechen auch würde halten können.

In dem Protokoll mit Jerrod Gants Aussage stand ziemlich genau das, was Baxter Matt berichtet hatte, und auf den ersten Blick waren die Angaben so belastend wie die sprichwörtliche rauchende Pistole. Matt saß mit einer Tasse Kaffee auf seiner Veranda und suchte nach Ungereimtheiten in Gants Darstellung dessen, was er gesehen haben wollte, doch er konnte keine entdecken. Jahrelange Erfahrung hatte Matt eins gelehrt: Wenn ein Ereignis bei Dunkelheit beobachtet wurde, noch dazu durch ein Fenster, wie in diesem Fall, und womöglich aus einiger Entfernung, konnte die Identifizierung eines Täters in Zweifel gezogen werden. Aber Gant hatte erklärt, er habe direkt am Wohnzimmerfenster gestanden, drinnen habe Licht gebrannt, und Ellas Gesicht sei ihm zugewandt gewesen. Da war kein Irrtum möglich. Matt legte die Papiere weg. Gant schien der perfekte Zeuge zu sein. Seine Aussage war hieb- und stichfest, es sei denn, es stellte sich heraus, dass er blind war. Mehr als alles andere war es diese Erkenntnis, die Matt zu der Überzeugung brachte, dass Gant log. Seine Aussage war einfach zu perfekt. Sie wirkte irgendwie konstruiert. Wenn man zudem bedachte, wie lange Gant sich Zeit gelassen hatte, um sich zu melden, und wie wenig überzeugend die Begründung war, die er dafür vorgebracht hatte, konnte man sich des Eindrucks nicht erwehren, dass es sich um eine abgekartete Sache handelte. Die Frage war nur, warum Gant log. Und vor allem, wie Matt den Richter davon überzeugen sollte, dass Gant log.

Später kam Henry herüber und brachte ihm einen Teller mit frisch geernteten Tomaten.

»Kennst du diesen Jerrod Gant?«, fragte Matt.

»Klar«, sagte Henry. »Ihm gehört eine kleine Bootswerft an der Südküste.«

»Und, was ist er für ein Typ?«

Henry begann, sich eine Zigarette zu drehen. Er verteilte den Tabak sorgfältig auf dem Blättchen und rollte es dann geschickt zu einem Röhrchen. »Ehrlich gesagt, habe ich nicht viel mit Jerrod zu tun. Er ist auf der Insel geboren, aber irgendwie scheint er nie was Rechtes zustande zu bringen. Er ist mit einer Frau von einer der Nachbarinseln verheiratet, allerdings habe ich mich immer gefragt, was sie an ihm findet.«

»Traust du ihm zu, dass er sich so was ausdenkt?«

»Manche Leute würden alles tun, wenn sie mit dem Rücken zur Wand stehen. Ich glaube kaum, dass Jerrods Werft in den vergangenen Jahren viel abgeworfen hat. Trotzdem kann ich mir nicht vorstellen, warum ihn das dazu bringen sollte, sich so eine Geschichte aus den Fingern zu saugen.«

»Vielleicht sollte ich mal mit ihm reden«, überlegte Matt.

Das Haus, in dem Gant wohnte, lag mehrere Kilometer nördlich der Stillwater-Bucht. In Gants Aussage stand, er habe gerade im Wald unweit der Bucht Fallen aufgestellt, als er einen Schuss gehört habe. Während der Fahrt dachte Matt über dieses Detail nach. Ein Mann hört einen Gewehrschuss, läuft zum nächstgelegenen Haus und schaut durch ein Fenster hinein. Drinnen sieht er eine Frau, die er sofort erkennt und die mit einem Gewehr in der Hand neben der Leiche eines Mannes steht, den er ebenfalls erkennt und dem das Haus gehört. Dann dreht er sich auf dem Absatz um und lässt über eine Woche lang kein Wort darüber verlauten. Das ergab nicht nur keinen Sinn, das war geradezu lächerlich.

Matt fuhr langsamer, als er sich der Stelle näherte, wo er die Zufahrt zu Gants Haus vermutete. Der Lichtkegel seiner Scheinwerfer fiel auf ein hölzernes Namensschild und einen Briefkasten am Straßenrand. Er bog ab und fuhr mehrere hundert Meter über einen unbefestigten Weg, bis er zu einem Haus gelangte, dessen Veranda teilweise zusammengebrochen war und an einer Ecke von ein paar Holzkisten gestützt wurde. Das Gras vor dem Haus war vertrocknet, zwischen den verrosteten Überresten eines alten Pick-up wuchs Unkraut, und daneben stand ein kleiner Ford, der schon bessere Zeiten gesehen hatte. Die Fenster im Erdgeschoss waren erleuchtet, und als Matt aus seinem Wagen stieg, wurde die Haustür geöffnet, und gelbes Licht fiel auf die Veranda und auf die Stufen, die in den Vorgarten führten. Eine schmale Gestalt erschien im Türrahmen.

»Hey«, rief eine Frauenstimme. »Bist du das, Charlie?«

»Mrs. Gant? Mein Name ist Matt Jones, ich bin Rechtsanwalt.« Er trat in den Lichtschein am Fuß der Treppe, sodass die Frau ihn sehen konnte.

»Oh«, sagte sie.

»Sind Sie Mrs. Gant?«

»Ja«, antwortete sie verunsichert.

»Mrs. Gant, ich bin auf der Suche nach Ihrem Mann.« Sie sah ihn nur ausdruckslos an und sagte nichts. »Jerrod? Ist er zu Hause?«

»Nein, er ist nicht da.«

»Wissen Sie, wann er zurückkommt?« Matt trat auf die Veranda. Jetzt konnte er die Frau besser erkennen. Sie war ziemlich jung, vielleicht Mitte Zwanzig, was ihn überraschte, denn er war davon ausgegangen, dass Gant mindestens vierzig war. Die Frau hatte dunkelblondes, strähniges Haar, das schlecht geschnitten war, und sie trug zerschlissene Jeans und eine weite Bluse. Sie sah Matt argwöhnisch an, wie ein Tier, das bereit war, jeden Augenblick die Flucht zu ergreifen. Matt lächelte sie an. Wenn sie nicht so verängstigt gewirkt hätte, wäre sie vielleicht sogar hübsch gewesen, dachte er.

»Er hat nicht gesagt, wann er wiederkommt.« Sie machte keine Anstalten, Matt ins Haus zu bitten, im Gegenteil, so wie sie in der Tür stand, schien sie ihm den Weg versperren zu wollen.

»Tja, wissen Sie dann vielleicht, wo ich ihn finden kann?«

Sie schüttelte den Kopf. »Er hat mir nicht gesagt, wo er hin ist. Manchmal fährt er auf die anderen Inseln und sucht dort Arbeit. Meistens ist er dann ein, zwei Tage unterwegs. Manchmal auch drei.«

»Und Sie wissen nicht, wo ich ihn erreichen könnte?«

»Bis heute Nachmittag wusste ich noch nicht mal, dass er vorhatte wegzufahren.«

»Mrs. Gant, Ihr Mann hat heute bei der Polizei eine Aussage über einen Vorfall gemacht, den er vor einer Woche beobachtet haben will. Es kommt mir sehr merkwürdig vor, dass er anschließend einfach weggefahren sein soll.« Die Frau sah ihn wortlos an. »Wissen Sie irgendetwas über das, was Ihr Mann beobachtet hat, Mrs. Gant?«

»Er erzählt mir nie was.«

Matt fragte sich, ob es möglich war, dass sie tatsächlich keine Ahnung hatte, wovon er redete. »Es geht um Mord, Mrs. Gant. Ihr Mann behauptet, Zeuge eines Mordes geworden zu sein. Hat er Ihnen denn nichts davon erzählt? Das ist doch seltsam, finden Sie nicht?«

»Ich weiß nichts darüber«, beharrte sie.

Matt wunderte sich über ihre Sturheit. Offensichtlich wollte sie nicht mit ihm reden.

»Mrs. Gant, es handelt sich um eine ernste Angelegenheit, und ich würde mich gern mit Ihnen darüber unterhalten. Darf ich bitte eintreten?« Sie zögerte. Offenbar überlegte sie, was es zu bedeuten hatte, dass er Rechtsanwalt war: ob er sie nur höflich bat, oder ob er sich den Zutritt zu ihrem Haus erzwingen konnte.

»Vielleicht ist es Ihnen lieber, jetzt mit mir zu reden, als morgen früh auf die Polizeiwache zu kommen«, sagte er.

Widerwillig trat sie zur Seite. »Ich hab nicht aufgeräumt.« Mit einer angedeuteten Handbewegung bot sie ihm einen Stuhl an, und bevor sie die Tür schloss, spähte sie in die Dunkelheit hinaus, als suchte sie jemanden.

Matt erfuhr kaum etwas Brauchbares von Lucy Gant. Anscheinend erzählte ihr Mann ihr wirklich nicht viel. Sie machte noch einen sehr kindlichen Eindruck, eine junge Frau, die mit einem fünfzehn Jahre älteren Mann verheiratet war und hier mitten im Wald ohne Geld in einem heruntergekommenen Haus festsaß, auf einer Insel, auf der sie kaum Freunde hatte. Sie rauchte eine Zigarette nach der anderen, während Matt sie befragte. Aus irgendeinem Grund schien sie nervös zu sein, doch sie beantwortete Matts Fragen ohne Argwohn, und er hatte nicht den Eindruck, dass sie ihm etwas vorenthielt. Sie wusste einfach nichts, und es schien sie weder zu interessieren noch zu wundern, dass ihr Mann eines Abends nach Hause gekommen sein und vergessen haben sollte, ihr zu erzählen, dass er gerade einen Mord beobachtet hatte.

»Erinnern Sie sich an jene Nacht?«, fragte Matt. »Wissen Sie noch, um wie viel Uhr Ihr Mann nach Hause gekommen ist?«

Sie zündete sich eine Zigarette an und überlegte. »Tut mir Leid. Für mich ist ein Tag wie der andere.«

Matt stellte ihr noch ein paar Fragen, doch dann kam er zu dem Schluss, dass er nichts weiter aus ihr herausbekommen würde, und gab auf. Als er sich erhob, um sich zu verabschieden, lächelte sie zum ersten Mal – wie jemand, der eine

Prüfung bestanden hat und sich freut, dass es vorbei ist. Sie schaute immer wieder zur Tür und beeilte sich dann, sie zu öffnen, als könnte sie es nicht erwarten, ihn loszuwerden.

»Vielen Dank für Ihre Hilfe.« Matt und reichte ihr eine Visitenkarte. »Wenn Ihr Mann auftaucht, sagen Sie ihm bitte, er soll mich anrufen. Oder rufen Sie mich an, falls Ihnen noch etwas einfällt.« Sie nahm die Visitenkarte entgegen, ohne einen Blick darauf zu werfen.

»Okay.«

Auf dem Weg zu seinem Wagen drehte Matt sich noch einmal um. Lucy Gant schloss gerade die Tür. Wahrscheinlich ging sie geradewegs in die Küche und warf die Visitenkarte in den Mülleimer.

19

Die Anhörung im Gericht war für zehn Uhr anberaumt, und Matt arbeitete seit sechs Uhr daran, seine Überzeugung zu untermauern, dass Gants Aussage bestenfalls unzuverlässig, schlimmstenfalls aber eine komplette Lügengeschichte war. Er fuhr zu Gants Bootswerft, die, wie Henry ihm gesagt hatte, in einem kleinen Gewerbegebiet an der Südküste gelegen war, an der Stelle, wo der Ash River ins Meer mündete und Howard Larson seinen Yachthafen plante. Matt erkannte die Werft an einem verwitterten Schild, das an einem heruntergekommenen Schuppen hing. Eine Ablaufbahn führte zum Wasser hinunter, und am Flussufer lagen ein paar rostige Maschinenteile im Schlamm. Matt rüttelte an der Holztür, doch sie war verriegelt. Der ganze Laden wirkte ziemlich verlassen. Er ging zu einem Gebäude hinüber, vor dem ein roter Pick-up parkte. Ein Schild verkündete: »KFZ-Reparaturen Decoy«. In der Werkstatt stand ein Mann über den Motor eines Jeeps gebeugt; an der offenen Kühlerhaube baumelte eine Lampe. Der Mann bemerkte Matt und richtete sich auf. Als Matt ihn fragte, ob er Jerrod Gant gesehen habe, schüttelte er den Kopf. Dann kam er nach draußen und schaute zur Flussmündung hinüber.

»Er hat dort einen Liegeplatz, aber sein Boot ist nicht da. Dann ist er wohl damit weggefahren. Versuchen Sie's morgen oder übermorgen noch mal.«

»Danke.« Matt wandte sich zum Gehen und ließ seinen Blick über die Wiesen streifen, wo bereits Baugrundstücke abgesteckt waren. »Ich schätze, wenn alles wie geplant läuft, werden die Geschäfte besser gehen«, bemerkte er.

»Möglich. Es gibt jedenfalls Leute, die das behaupten.« Der Mann zündete sich eine Zigarette an. »Aber das hier wird alles verschwinden.« Er deutete auf die Werkstatt, in der er arbeitete, und auf die Gebäude zu beiden Seiten.

»Verschwinden?«

»Hier am Fluss sind lauter Liegeplätze geplant, und für unsereins sollen da drüben neue Gebäude entstehen.« Er zeigte auf ein Stück Land weiter oben am Fluss, hinter einem Buchenwäldchen.

Die Aussicht, in eine neue Werkstatt zu ziehen, schien den Mann nicht gerade zu begeistern, was Matt wunderte, denn er ging davon aus, dass diejenigen, die zurzeit hier ein Gewerbe betrieben, einen guten Preis für ihr Land erzielen würden. Einschließlich Jerrod Gant. Aber als er seine Vermutung äußerte, schüttelte der Mann den Kopf.

»Die Grundstücke hier sind alle gepachtet. Das Land gehört größtenteils Howard Larson. Ich schätze, für uns wird sich nicht viel ändern, egal, wie die Sache ausgeht. Wenn der Yachthafen kommt, kriegen wir mehr zu tun, doch Larson wird uns zwingen umzuziehen, und ich wette, für die neuen Gebäude müssen wir viel mehr Miete zahlen, und dann sind wir auch nicht besser dran als jetzt.« Er zuckte die Achseln. »Aber was soll man machen?«

Der Mann ging zurück an seine Arbeit, und Matt betrachtete nachdenklich den Schuppen, in dem sich Gants Bootswerft befand.

Als Matt im Gerichtsgebäude eintraf, wurde er bereits erwartet. Die Anhörung sollte in Richter Walkers Büro stattfinden, und auf dem Weg dorthin sah Matt Baxter am anderen Ende des Korridors stehen und mit Howard Larson reden. Sie brachen ihr Gespräch ab, und Baxter kam Matt entgegen.

»Ella ist schon drin.«

»War das Howard, mit dem Sie gerade gesprochen haben?«

Baxter drehte sich um, als müsste er nachsehen. »Ja«, sagte er, ohne eine Erklärung folgen zu lassen.

»Haben Sie über Ella geredet?«

Baxter sah ihn durchdringend an. »Warum sollten wir?«

»Das frage ich Sie.«

Baxter blieb eine Antwort schuldig und öffnete die Tür. »Gehen wir rein.«

Ella wirkte zugleich erleichtert und besorgt, als sie Matt sah. Er lächelte ihr aufmunternd zu, und nachdem er dem Richter die Hand geschüttelt hatte, nahm er neben ihr auf einem großen Ledersofa Platz.

»Ich hab mir schon Sorgen gemacht«, sagte sie.

»Tut mir Leid, dass ich so spät bin. Versuchen Sie, ganz ruhig zu bleiben. Und beantworten Sie alle Fragen wahrheitsgemäß, okay?«

Ella biss sich auf die Lippe und nickte.

»Sie sind bald wieder draußen«, versprach er ihr.

Richter Walker, der um die sechzig zu sein schien, war dünn und fast kahl, und er hielt sich gebeugt. Zu der Anhörung war er in einem grauen Anzug erschienen. Dazu trug er ein blaues Hemd und eine schlecht gebundene braune Krawatte. Sein Blick war jedoch hellwach und durchdringend, und Matt beschloss, sich nicht vom äußeren Schein trügen zu lassen. Der Richter nahm an seinem Schreibtisch Platz und setzte seine Brille auf. Vor ihm lagen die Unterlagen über die Anschuldigungen gegen Ella, einschließlich der Zeugenaussage von Jerrod Gant.

Der Richter kam gleich zur Sache. Er schaute Ella an und fragte: »Alles in Ordnung, Ella? Brauchen Sie noch irgendwas?«

»Alles in Ordnung, Herr Richter.«

»Also gut, wir sind hier, weil wir feststellen wollen, ob genügend Beweise vorliegen, um die Anschuldigungen aufrechtzuerhalten, die Chief Baxter gegen Sie vorgebracht hat. Sollten wir zu dem Schluss kommen, dass dies der Fall ist, bedeutet das nichts weiter, als dass Ihr Fall an die Staatsanwaltschaft auf dem Festland übergeben wird.« Er schaute sie über seine Brille hinweg an. »Das würde aber auch bedeuten, dass wir

Sie in ein dortiges Gefängnis überführen müssten, Ella. Haben Sie das verstanden?«

Sie warf Matt einen kurzen Blick zu. »Ja.«

Der Richter wandte sich an Baxter. »Ich schlage vor, Sie fangen an, Chief.«

Die Tatsachen, die Baxter darlegte, waren ziemlich eindeutig. Als Beweismittel brachte er Ellas Streit mit Bryan vor, Carl Johnsons Aussage und vor allem den Augenzeugenbericht von Jerrod Gant. Matt hörte schweigend zu. Baxter sprach, ohne Matt oder Ella auch nur einmal anzusehen, und als er fertig war, schien er erleichtert zu sein, dass er es hinter sich hatte.

Richter Walker machte sich beim Zuhören Notizen, gab jedoch keine Kommentare ab. Schließlich sah er Matt an. »Sie sind dran, Herr Rechtsanwalt.«

»Herr Richter«, sagte Matt, »ich möchte zunächst etwas zu dem Streit sagen, den Ella an jenem Abend mit Bryan hatte. Ella leugnet nichts davon, und eine Menge Leute haben Bryan anschließend weggehen sehen. Der Streit hat also keinerlei Aussagekraft.« Alle übrigen Zeugenaussagen, führte er weiterhin aus, beträfen lediglich Indizien und seien ohne erhärtende Beweise wertlos.

»Was ist mit Gants Aussage?«

»Herr Richter, diese Aussage ist das Papier nicht wert, auf dem sie geschrieben steht.« Matt schilderte, wie er zu Gants Haus gefahren war und mit dessen Frau gesprochen hatte. »Zunächst einmal möchte ich festhalten, dass dieser Mann behauptet, einen Mord beobachtet zu haben, aber nicht auf die Idee gekommen ist, sich sofort an die Polizei zu wenden. Ja, noch nicht einmal seiner Frau gegenüber hat er auch nur ein Wort davon erwähnt. Das ist doch ziemlich merkwürdig, finden Sie nicht?«

»Ich weiß nicht, es gibt durchaus Dinge, die auch ich meiner Frau gegenüber nicht erwähne«, wandte der Richter ein, und Matt lächelte. Walker machte eine wegwerfende Handbewegung. »Okay, akzeptiert. Fahren Sie fort.«

»Dann wartet Gant zehn Tage lang, bis er sich entschließt, eine Aussage zu machen. Er behauptet, er habe nicht in die Sache verwickelt werden wollen, aber er liefert keine glaubwürdige Erklärung dafür, warum er es sich plötzlich anders überlegt hat. Das alles ergibt überhaupt keinen Sinn.«

»Meiner Erfahrung nach passiert es ziemlich häufig, dass Leute Dinge tun, die keinen Sinn ergeben«, bemerkte Richter Walker. Er sah Baxter an. »Sie sind so still, Chief. Haben Sie dazu nichts zu sagen?«

Baxter warf Matt einen kurzen Blick zu. »Ich gestehe, dass mich das auch stutzig gemacht hat. Aber ich bin das alles gestern mehrere Stunden lang mit Gant durchgegangen, und er schwört, dass er die Wahrheit sagt, Herr Richter. Es blieb mir keine andere Wahl, als Ella zu verhaften.« Er wandte sich an Ella. »Es ist so, dass ich mir abgesehen von allem anderen auch Sorgen um Sie mache, Ella. Ich habe den Eindruck, diese ganze Sache könnte eskalieren, und ich möchte nicht, dass irgendjemandem etwas zustößt.« Dann wandte er sich wieder an Richter Walker. »Es hat bereits Ärger zwischen Jake und Ella gegeben, Herr Richter. Ich wage nicht mir auszudenken, wie er reagieren könnte, wenn ich Ella jetzt laufen lasse.«

»Wir sind nicht hier, um Jakes Wünsche zu erfüllen«, beschied der Richter ihn.

»Das weiß ich. Aber wir können auch nicht mit Sicherheit sagen, dass Jerrod Gant lügt. Ich bin der Meinung, wir sollten den Fall der Kriminalpolizei übergeben. Damit die Wogen sich wieder glätten.«

Matt schüttelte energisch den Kopf. »Ich bitte Sie. Seit wann sperren wir Leute ein, bloß weil es zweckdienlich erscheint? Wenn Chief Baxter Jake für gefährlich hält, sollte er ihn einsperren, nicht Ella.«

»Immer mit der Ruhe«, mahnte Richter Walker. »Wir sollten uns auf Jerrod Gants Aussage konzentrieren, denn um sie dreht sich hier alles. Ich würde mich gern persönlich mit ihm unterhalten.«

»Er ist verschwunden, Herr Richter. Seine Frau weiß nicht, wo er ist, und auch sonst hat ihn niemand gesehen. Ich bin bei seiner Werft gewesen. Sein Boot ist weg.« Baxter sah Matt erstaunt an. »Und wenn niemand Gant zu dem befragen kann, was er gesehen zu haben behauptet, macht das seine ganze Aussage unglaubwürdig.« Matt nahm seine Kopie des Aussageprotokolls zur Hand. »Gant sagt, er sei zufällig in der Nähe von Bryans Haus gewesen, als er einen Schuss hörte, und er weiß sogar ganz genau, um wie viel Uhr das war, was sich ziemlich gut trifft, da es sich mit dem deckt, was Carl Johnson gehört hat. Dann schaut er in ein hell erleuchtetes Fenster und sieht Ella mit einem Gewehr in der Hand neben Bryan Rodericks Leiche stehen. Also, wissen Sie ...«

»Herr Richter«, unterbrach Baxter ihn. »Wenn Matt davon ausgeht, dass Gant lügt, dann soll er ihn vor Gericht ins Kreuzverhör nehmen.«

Der Richter brachte Baxter mit einer Handbewegung zum Schweigen. »Die Staatsanwaltschaft wird es uns nicht danken, wenn wir ihr diesen Fall ohne verlässliche Beweismittel übergeben, Chief. Ich möchte mir anhören, was Matt zu sagen hat. Sie glauben diesem Gant also nicht. Aber warum sollte er sich eine solche Geschichte ausdenken?«

»Das würde ich ihn gern selbst fragen. Doch das kann ich nicht, weil er zufälligerweise verschwunden ist. Mir jedenfalls kommt das alles vor wie ein abgekartetes Spiel.«

»Ein abgekartetes Spiel? Wir befinden uns hier auf St. George, Herr Anwalt, nicht in Chicago. Wer sollte ein Interesse daran haben, Ella etwas anzuhängen?«

»Vielleicht jemand, dem sie im Weg ist. Jerrod Gants Geschäfte gehen nicht besonders gut, aber seine Werft steht unten an der Südküste, direkt an der Flussmündung. Wenn Ella angeklagt und ins Gefängnis gesteckt wird, hat sie nicht die geringste Chance, die Wahl nächste Woche zu gewinnen. Gant hätte große Vorteile davon, wenn der Yachthafen gebaut würde. Jeder hier weiß, dass Ella gegen den Yachthafen ist.« Matt ließ einen Augenblick verstreichen, um die Bedeutung seiner Worte sinken zu lassen, dann fügte er, an Baxter gewandt, hinzu: »Aber vielleicht haben auch noch andere Leute ein Interesse daran, dass Ella von der Bildfläche verschwindet.«

»Andere Leute?«

»Die Sache ist die, Herr Richter, ich habe einfach das Gefühl, dass mit Gants Aussage irgendetwas faul ist. Sieht man von seinen Behauptungen ab, liegt nichts gegen Ella vor, das heißt, es gibt noch nicht einmal einen Beweis dafür, dass Bryan überhaupt tot ist. Bisher wissen wir nicht, was ihm zugestoßen ist. Aber selbst wenn er tot sein sollte – Bryan hat eine Menge Feinde gehabt. Meiner Meinung nach ist nicht genug unternommen worden, um herauszufinden, wer sonst noch ein Motiv haben könnte, Bryan zu töten.«

Baxter sah Matt mit zusammengekniffenen Augen an, als ahnte er, worauf dieser anspielte. Er wollte etwas sagen, doch der Richter hob die Hand. »Einen Augenblick, Chief. Ich habe noch nichts von Ihnen gehört, Ella. Ich wüsste gern, was Sie zu all dem zu sagen haben.«

»Ich weiß nicht, warum Jerrod Gant diese Aussage gemacht hat, Herr Richter, aber ich schwöre, ich habe Bryan Roderick nicht getötet. Falls Gant wirklich in jener Nacht jemanden in dem Haus gesehen hat, dann nicht mich.«

Der Richter nickte nachdenklich. »Also gut«, sagte er nach einer Weile. »Ich schließe mich Matts Meinung über Jerrod Gants Darstellung an. Mir erscheint das alles äußerst dubios. Vor allem, da er plötzlich spurlos verschwunden ist. Also, bis er wieder auftaucht und wir ihn befragen können, haben wir nicht genügend Beweismittel, die es rechtfertigen, Ella der Kriminalpolizei zu übergeben. Selbst wenn wir es täten, würde Matt sie innerhalb eines Tages wieder rausholen, so wie die Beweislage aussieht. Andererseits kann ich Gants eidesstattliche Erklärung nicht einfach ignorieren. Ich treffe also folgende Entscheidung: Finden Sie Jerrod Gant und bringen Sie ihn her, damit ich ihn befragen und feststellen kann, ob seine Aussage wasserdicht ist oder ob es sich um einen schmutzigen Trick handelt, mit dem verhindert werden soll, dass Ella die Wahl gewinnt. Ich gebe Ihnen eine Woche, bis zum Tag nach der Wahl. Wenn Sie ihn bis dahin nicht gefunden haben und er auch nicht von selbst auftaucht, werden wir den Fall der Kriminalpolizei übergeben. Dann können die entscheiden, was zu tun ist.«

Er sah Ella an. »Das ist alles, was ich für Sie tun kann, Ella. Tatsache ist, falls Matt mit seinem Verdacht richtig liegt, wird es Ihnen nicht viel nützen, dass ich Sie laufen lasse. Die Leute werden von der Sache Wind bekommen und sich ihre eigenen Gedanken machen. Wenn Matt Gant nicht vor der Wahl aufspürt und beweist, dass der Mann gelogen hat, kann es gut sein, dass Sie keinerlei Chancen haben. Aber fürs Erste sind Sie frei.«

20

Ella legte den Hörer auf, nachdem sie mit ihrer Mutter gesprochen hatte. Sie drehte sich zu Matt um. »Und was passiert jetzt?«

»Wie Richter Walker gesagt hat, Sie dürfen gehen. Ich schätze, er hat Gants Aussage ebenso wenig Glauben geschenkt wie ich.«

»Das spielt jetzt auch keine Rolle mehr, nicht wahr?«, sagte Ella bitter. »Ich hatte vielleicht nie große Chancen, die Wahl zu gewinnen, aber jetzt ist es so gut wie aussichtslos. Richter Walker hat Recht. Die Leute werden von der Sache erfahren, und viele von ihnen werden sich sagen, wo Rauch ist, da ist auch Feuer. Ich weiß doch, wie sie denken.«

Matt widersprach ihr nicht. Auch wenn Ella jetzt auf freiem Fuß war, etwas würde an ihr hängen bleiben. Und falls Gant auftauchte und bei seiner Aussage blieb, würde sie sich über ganz andere Dinge Sorgen machen müssen als darüber, ob sie die Wahl gewinnen konnte. Ella bemerkte, dass er beunruhigt war, und fragte ihn nach dem Grund.

»Ich bin mir nicht sicher, warum Gant gelogen hat. Ich vermute lediglich, dass seine Aussage etwas mit der Wahl zu tun hat.«

»Was könnte er denn sonst noch für einen Grund haben?«

»Vielleicht ist nicht alles gelogen«, überlegte Matt. »Damit will ich nicht sagen, dass er Sie in jener Nacht in dem Haus gesehen hat, aber vielleicht hat er irgendeine andere Person gesehen. Womöglich glaubt er sogar, dass Sie es waren.«

Ella begriff, worauf er hinauswollte. »Sie meinen also, es könnte trotz allem Anklage gegen mich erhoben werden.«

»Falls Gant bei seiner Aussage bleibt.« Matt schwieg einen Augenblick lang, um Ella Gelegenheit zu geben, über das nachzudenken, was er gesagt hatte. »Es gibt natürlich noch eine andere Möglichkeit«, fuhr er fort, »wie wir dafür sorgen können, dass Howard die Wahl nicht gewinnt und dass Sie nicht wegen Mordes angeklagt werden.«

»Und welche wäre das?«

»Wir brauchen nur zu beweisen, dass Sie Bryan nicht ermordet haben. Was bedeutet, wir müssen herausfinden, wer es getan hat.«

Matt wartete darauf, dass Ella etwas sagte, doch sie sah ihn nur an, und er konnte nicht ergründen, was sie dachte.

»Ella, gestern auf dem Pier haben Sie gesagt, es gebe Dinge, die Sie mir nicht erklären könnten, und als ich Sie fragte, was sich in jener Nacht wirklich zugetragen hat, sind Sie meiner Frage ausgewichen. Sie haben mir beteuert, dass Gant Sie nicht in Bryans Haus gesehen haben kann und dass Sie Bryan nicht getötet haben. Ich glaube Ihnen beides, aber ich habe das Gefühl, Sie wissen mehr, als Sie mir sagen.«

Sie sah ihn an, und ihre Augen nahmen wieder diesen rauchigen, graugrünen Farbton an, den sie manchmal hatten. Sie schien innerlich hin und her gerissen zu sein.

Matt ergriff die Gelegenheit und bedrängte sie. »Was ist in jener Nacht passiert, Ella?«

Sie schüttelte den Kopf. Offenbar war sie zu einer Entscheidung gelangt. »Ich weiß es nicht.«

Sie log, und diese Erkenntnis bedrückte ihn, doch ihr trotzig vorgerecktes Kinn zeigte ihm, dass sie ihren Entschluss nicht so schnell ändern würde.

»Tut mir Leid, ich muss gehen«, sagte sie.

Als Ella nach Hause kam, stand ihre Mutter mit blassem, sorgenvollem Gesicht vor ihr. Ella führte die alte Frau zu einem Sessel. »Hast du deine Medikamente genommen?«

Helena machte eine wegwerfende Handbewegung. »Es geht mir gut. Aber was ist mit dir, Ella? Alles in Ordnung?«

Ella versicherte ihrer Mutter, die Nacht im Gefängnis sei gar nicht so schlimm gewesen. »Das Essen hat gut geschmeckt, und alle waren nett zu mir«, sagte sie, als hätte sie in einem Hotel übernachtet. In Wirklichkeit war es schrecklich gewesen. Dass jemand sie in eine Zelle brachte, die Tür hinter sich zuzog und den Schlüssel im Schloss umdrehte – sie jeglicher Freiheit beraubte – das war eine ernüchternde Erfahrung gewesen. Sie hatte es unerträglich gefunden, dass andere die Kontrolle über all ihre Handlungen hatten, bestimmen konnten, wann sie ihre Mahlzeiten zu sich nahm, wann sie zu schlafen hatte, wie sie ihren Tag verbrachte, wann es ihr gestattet war, den Himmel zu sehen und frische Luft zu atmen. Es war schlimm genug, im Gefängnis von Sanctuary eingesperrt zu sein, wo sie immerhin die Wärter kannte. Sie wagte nicht, sich auszumalen, wie sie sich in einem Gefängnis auf dem Festland fühlen würde.

»Ella.« Helena nahm die Hände ihrer Tochter. Ella fiel auf, wie zerbrechlich die Hände ihrer Mutter wirkten, wie trocken ihre Haut sich anfühlte. Innerhalb weniger Monate war sie um Jahre gealtert. Der Schlaganfall, den sie nach dem Tod ihres Mannes erlitten hatte, hatte sie geschwächt, ihr alle Vitalität geraubt und sie viel zu früh zu einer alten Frau gemacht. Helena kam aus einer griechischstämmigen Familie, die in der Nähe von Provincetown lebte. Auf alten Familienfotos standen die Männer aufrecht, das Kinn vorgereckt, während die Frauen auf Stühlen saßen und stoisch in die Kamera blickten. Helena war im Alter von einundzwanzig Jahren mit Ellas Vater durchgebrannt und hatte danach nie wieder mit ihrem eigenen Vater gesprochen.

»Ich finde, wir sollten mit ihm reden. Ich finde, wir sollten Matt alles erzählen«, sagte Helena.

»Nein.« Ella schüttelte den Kopf. Die Nacht im Gefängnis hatte sie in der Meinung bestärkt, dass das unmöglich war. »Ich werde schon damit fertig, Mom. Es wird alles gut, das verspreche ich dir.«

Helena sah Ella in die Augen, versuchte zu ergründen, ob sie es ernst meinte. Schließlich nickte sie kaum merklich.

Ella konnte sich nicht vorstellen, wie es wäre, nicht jeden Tag mit der *Santorini* aufs Meer hinauszufahren. Die Inselküste mit ihren Buchten und Klippen und Landzungen war ihr zutiefst vertraut. Sie kannte die bewaldeten Hänge, die Hügelkette, die sich wie ein Rückgrat über die Insel zog, die Felder im Norden, auf denen Kühe weideten, das mit Preiselbeersträuchern bedeckte Sumpfgebiet. Sie genoss den Wechsel der Jahreszeiten. Das tiefe Grün der Hemlocktannen und Zedern, welches das ganze Jahr hindurch die Hänge schmückte, die Blumen, die die Wiesen im Frühling mit blauen, gelben und orangefarbenen Tupfen sprenkelten, das scharlachrote Feuer der Ahornbäume und das Goldbraun der Eichen im Herbst. Sie sah das alles vom Meer aus. Im Sommer, bei sengender Hitze, wenn die Deckplanken so heiß wurden, dass man sich die Haut daran verbrannte, und im Winter, wenn die Wellen sich wie graue Mauern auftürmten und der Himmel tief hing und das Meer nicht mehr blau war, sondern schwarz oder blassgrau mit weißen Schaumkronen. Wenn raue Winde ihr die Gischt ins Gesicht peitschten, dass es brannte wie Nadelstiche, wenn ihre Hände blaugefroren waren und später, wenn sie wieder warm wurden, höllisch schmerzten. All das gehörte zu ihrem Leben, und Ella hatte sich nie etwas anderes gewünscht. Auch wenn es in ihrem Beruf nicht leicht war, seinen Lebensunterhalt zu verdienen, sie hielt durch, wie viele andere auch. Sie waren die letzten wirklichen Jäger und Sammler, Teil des Kreislaufs von Leben und Tod, von Verfall und Erneuerung, und sie wollte nicht, dass die Insel sich jemals änderte. Sie wollte nicht, dass die Wiesen umgepflügt wurden und Menschen in Designerkleidung die Insel überschwemmten, sie wollte keine schicken Bars und Restaurants, keine neuen Straßen, auf denen die Urlauber mit ihren teuren Wagen herumfahren konnten, keinen Yachtclub, von dessen Bar aus sie ihre strahlend weißen Boote bewundern konnten. Sie wollte, dass alles so blieb, wie es war.

Das Verrückte war nur, dass sie das alles mit ihrem Schweigen aufs Spiel setzte, aber sie wusste nicht, was sie sonst tun konnte.

Als sie später zum Hafen hinunterging, spürte sie die neugierigen Blicke der Leute. Wahrscheinlich wusste inzwischen jeder, dass sie verhaftet und wieder auf freien Fuß gesetzt worden war, und jetzt breiteten sich die Gerüchte wie ein Lauffeuer aus. Zweimal kam es ihr so vor, als wechselte jemand bei ihrem Anblick absichtlich die Straßenseite, doch sie ermahnte sich, nicht in Panik zu geraten. Gleichwohl bemerkte sie, dass Gespräche verstummten, wenn sie sich näherte, und wieder aufgenommen wurden, wenn sie außer Hörweite war. Auf dem ganzen Weg bis zu ihrem Boot hatte sie ein unbehagliches Gefühl.

Gordon saß an Deck der *Santorini* und flickte Hummerkörbe. Er grinste, als er Ella sah. Ihr Kutter war einer der wenigen, die noch im Hafen lagen. Die meisten anderen waren wieder unterwegs auf der Jagd nach den Thunfischen.

»Ich hab gehört, ein paar sind weiter südlich gesichtet worden, ganz nah am Festland«, sagte Gordon. »Und es heißt, heute Morgen hätte jemand in der Nähe der Insel Bear einen gefangen.«

Ella ging zu Art Turners Büro hinüber. Als sie eintrat, sprang er auf und bot ihr seinen Stuhl an. Dann öffnete er eine Schublade und überreichte ihr einen Scheck. Sie las den Betrag, und ihre Augen weiteten sich.

»Haben Sie Ihren Anteil einbehalten?«

»Fünfzehn Prozent. Der Rest gehört Ihnen, Ella.«

Sie blickte noch einmal auf den Betrag, zählte die Nullen, um sich zu vergewissern. Der Fisch, den sie und Gordon gefangen hatten, hatte ihnen einen langen Kampf geliefert, deswegen war sein Fleisch nicht in einwandfreiem Zustand gewesen. Ella hatte mit weniger als der Hälfte dessen gerechnet, was Art ihr nun zahlte.

»Das arme Tier wird wahrscheinlich gerade in irgendeinem vornehmen japanischen Restaurant zu Sushi verarbeitet«, sagte Art. »Nicht zu fassen, was diese Japaner für so einen Fisch hinblättern, aber mir soll's recht sein.«

»Mir auch.« Sie erhob sich und steckte den Scheck ein, dann beugte sie sich über den Schreibtisch und drückte Art spontan einen Kuss auf die Wange. »Ich muss zur Bank.«

Zwei Drittel des Betrags zahlte sie auf ihr Konto ein. Obwohl ein Großteil des Geldes für die Hypothekenraten draufgehen würde, mit denen sie im Rückstand war, blieb genug übrig, um ihr ein bisschen Seelenfrieden zu bescheren, jedenfalls vorerst. Die restlichen Geldscheine verstaute sie in ihrer Hosentasche. Dann ging sie zur *Santorini* zurück und überreichte Gordon seinen Anteil. Sie freute sich über seine großen Augen, als er das Geld nachzählte.

Bevor er protestieren konnte, schloss sie seine Hände um die Scheine. »Behalt es. Du hast es dir verdient, Gordon.«

Später am Abend, als ihre Mutter schon schlief, saß Ella neben dem Telefon, vor sich einen Block, auf dem sie Kate Littles Nummer notiert hatte. Mehrmals griff sie zögernd nach dem Hörer, ließ jedoch ihre Hand gleich darauf wieder sinken. Immer und immer wieder ging sie durch, was sie ihr sagen wollte, doch sie war zu verwirrt, konnte keinen klaren Gedanken fassen, und irgendwann wurde ihr klar, dass sie es nicht fertig bringen würde, Kate anzurufen. Schließlich schaltete Ella das Licht aus und ging zu Bett.

Teil 3

21

Howard lag auf dem Bett, die Hände hinter dem Kopf verschränkt, und betrachtete Amy Tucker, die gerade aus dem Badezimmer kam. Sie war nackt, und ihre blassen Brüste hüpften, als sie auf das Bett sprang. Sie nahm den Kaugummi, den sie ans Kopfteil geklebt hatte, und steckte ihn in den Mund. Howard erhaschte einen Blick auf ihre rosafarbene Zunge. Als sie bemerkte, wie er sie ansah, packte sie seinen schlaffen Penis.

»Woran denkst du, Howard?«

Sie hockte sich über ihn, und als er die dunkle Spalte zwischen ihren Beinen sah, spürte er, wie sein Penis steif wurde.

»Wow, Howard, sieh dir das an. Du bist doch echt ein Tier.«

Amy beugte sich vor und küsste ihn, schob ihm ihre feste, kleine Zunge in den Mund. Sie schmeckte nach Kaugummi und auch ein bisschen nach Zigaretten, was ihm weniger gefiel. Mit einer Hand führte sie ihn in sich hinein und bewegte ihre Hüften hin und her, als wollte sie es sich auf ihrem Lieblingssessel bequem machen.

»Mann, Howard, du weißt genau, was eine Frau braucht.« Amy schloss verzückt die Augen, ihre Lippen waren leicht geöffnet, und sie gab Töne von sich wie ein Kätzchen, während sie sich rhythmisch vor- und zurückbewegte. »Gott, ist das gut. Du machst mich so geil.«

Howard wusste, dass das zumindest zum Teil gespielt war,

da gab er sich keinen Illusionen hin, aber vielleicht wusste Amy das auch von ihm, also war es egal. Alles war ein Spiel. Das ganze Leben war ein Spiel. Es gab Gewinner und Verlierer, sagte er sich, froh, dass er sich selbst zu den Ersteren zählen konnte. Sex mit Amy, egal, ob sie sich gegenseitig etwas vormachten, war gut, daran bestand kein Zweifel. Er nahm ihre Hände und legte sie auf ihre Brüste.

Sie ließ sich nicht beirren, stöhnte weiter, während sie ihn ritt, und begann, ihre Brüste zu massieren, streichelte ihre Nippel mit Zeigefinger und Daumen. Howard spürte, dass er sich dem Höhepunkt näherte. Amy öffnete ein Auge, drückte sich noch heftiger gegen sein Schambein, um ihren Orgasmus zu beschleunigen, und ein paar Sekunden später ließ sie sich schweißnass auf ihn fallen. Keuchend wie zwei hechelnde Hunde lagen sie einander in den Armen.

»Huh«, sagte Amy nach einer Weile und rollte sich von ihm herunter. »Du bist ’ne Wucht, weißt du das?«

Er lächelte stolz. »Davon kannst du noch jede Menge haben, Schätzchen.«

Sie stützte sich auf einen Ellbogen und schob sich die Haare aus dem Gesicht. Mit einem Finger begann sie, Muster auf seine Brust zu malen. »Wir könnten das jede Nacht machen«, sagte sie, bemüht, kokett zu klingen.

Howard setzte sich auf die Bettkante. Die Matratze gab unter seinem Gewicht deutlich nach. Sie waren in Amys Wohnung, über ihrem Frisiersalon. Das Fenster stand offen, und der Geruch vom Hafen – Fisch und Salz und Schlick – lag wie eine feuchte, dunstige Glocke über der Stadt. Howard spürte, wie Amy hinter ihm schmollte.

»Wenn wir das jeden Tag täten«, sagte er, »würde es doch gar keinen Spaß mehr machen. Dann hätten wir uns ziemlich schnell gegenseitig über.«

»Ich würde dich nie überhaben«, erwiderte sie trotzig.

»Das würdest du garantiert, wenn du nicht wüsstest, dass ich bald reich sein werde.«

Sie kniete sich hinter ihn und umschlang ihn mit den Armen, drückte ihre vollen Brüste an seinen Rücken. »Glaubst du das wirklich? Dein Geld interessiert mich gar nicht. Ich kapier nur nicht, warum du mit deiner Frau zusammenbleiben willst. Wann hat sie dich das letzte Mal so geritten wie ich?«

In dem Punkt musste Howard Amy Recht geben. Aber was Amy nicht begriff und was Howard ihr nie würde erklären können, war, dass in einer wohlgeformten Wade seiner Frau mehr Klasse und mehr Reiz lag, als Amy in all ihren üppigen Kurven je haben würde. Manche Frauen taugten fürs Vergnügen, und manche taugten zum Heiraten. Amy gehörte jedenfalls der ersten Kategorie an. Er wusste, dass sie ihn nicht unter Druck setzen würde. Sie kam hin und wieder auf das Thema zu sprechen, um zu sehen, ob er es sich anders überlegt hatte, doch sie schien nicht darunter zu leiden, dass sie seine Geliebte war und nicht seine Ehefrau. Er vermutete sogar, es gefiel ihr, wie es war. Sie profitierte von seinem Geld, ohne sich mit der Eintönigkeit des täglichen Zusammenseins herumplagen zu müssen.

Sie löste sich von ihm, ließ sich aufs Bett fallen und langte nach ihren Zigaretten. Howard zog sich seine Socken an, stand auf und suchte nach seiner Unterhose. Der Anblick seines dicken, bleichen Bauchs und seiner dünnen Beine verursachte ihm leichtes Unbehagen. Wie die meisten Menschen hatte er ein Bild von sich selbst, das eher einem retuschierten Foto entsprach, und es widerstrebte ihm, mit der Wahrheit konfrontiert zu werden.

»Du bist nicht gerade Rockefeller, Howard«, stellte Amy fest.

»In einem Jahr sagst du so was nicht mehr. Wenn ich die Wahl erst gewonnen habe und der Yachthafen endlich gebaut wird, schwimme ich im Geld. Es gibt genug Investoren, die es kaum erwarten können, sich an der Sache zu beteiligen.«

»*Falls* du die Wahl gewinnst.« Amy blies eine Rauchwolke in die Luft.

»Mach dir darüber mal keine Sorgen. Hast du nicht gehört, dass Ella verhaftet worden ist? Was glaubst du wohl, wer jetzt noch für sie stimmen wird?«

»Aber sie ist wieder freigelassen worden, Howard. Und kein Mensch weiß, wo dieser Jerrod Gant steckt.«

Howard wollte etwas sagen, überlegte es sich jedoch anders und grinste.

»Was gibt's da zu grinsen?«

Er schüttelte den Kopf. »Nichts. Es spielt keine Rolle, dass sie sie haben laufen lassen. Ella hat keine Chance, die Wahl nächste Woche zu gewinnen.«

Amy zog an ihrer Zigarette und musterte ihn nachdenklich. »Wird dieser Hafen dich wirklich reich machen, Howard?«

»Allerdings. Darauf kannst du Gift nehmen.«

»Wie reich? Glaubst du, wir könnten zusammen in Urlaub fahren, so wie wir es uns immer ausgemalt haben? Eine Kreuzfahrt zu den Bahamas machen oder so was?«

»Warum nicht? Das heißt, sobald alles geregelt ist. Eine Zeit lang werde ich ziemlich viel um die Ohren haben, Amy.« Er hatte seine Unterhose gefunden und zog sie an. Eigentlich kam er immer mehr zu dem Schluss, dass er Amy loswerden musste. Wenn alles so lief, wie er es sich erhoffte, konnte er nicht riskieren, dass irgendjemand von ihrer Affäre erfuhr. Er würde wohlhabende Freunde haben, wichtige Leute kennen lernen. Sie würden auch mit seiner Frau befreundet sein, und er konnte es sich nicht leisten, Angela bloßzustellen. Es war eine Schande. Amy war verdammt gut im Bett.

Sie schaute zu ihm auf. »Wann sehen wir uns wieder?«

»In ein paar Tagen«, sagte er. Vorerst brauchte er ihr noch nicht den Laufpass zu geben.

Er verließ das Haus durch die Hintertür, nachdem er sich vergewissert hatte, dass niemand ihn sah. Seinen Wagen hatte er in der Nähe seines Büros am Hafen geparkt. Es war früher Abend, und im Hafen herrschte reges Treiben. Die Kneipen und Restaurants der Stadt machten einen Riesenumsatz mit all den Leuten, die wie aus dem Nichts auf der Insel aufgetaucht waren. Kaum hatte sich die Kunde von dem Thunfisch verbreitet, den Ella gefangen hatte, waren die ersten eingetroffen. Bereits am nächsten Vormittag waren Boote aller Art in den Hafen eingelaufen. Charterboote mit Ausflüglern, Fischkutter vom Festland, Urlauber auf Segelyachten jeglicher Größe. Selbst die Fähre war ausgebucht; die Leute kamen auf die Insel in der Hoffnung, einen Platz auf irgendeinem Boot zu ergattern. Alle spekulierten darauf, einen Zehntausend-Dollar-Fisch zu fangen. Es war unglaublich. Wie ein verdammter Goldrausch.

Howard beobachtete einen Mann, der etwas auf eine Planke pinselte. Auf dem behelfsmäßigen Schild bot er für 200 Dollar pro Tag und Person Angeltouren an. Der Mann trug ein verwaschenes T-Shirt und zerschlissene Jeans und hatte vor lauter Konzentration die Stirn in Falten gelegt. Howard kannte ihn. Er hatte im vergangenen Jahr ein paar Monate in seiner Fischfabrik gearbeitet, aber Howard hatte ihn gefeuert, weil er mehrmals betrunken zur Arbeit erschienen war. Die Leute nannten ihn Lucky, was nur ironisch gemeint sein konnte.

»Das Wort da ist falsch geschrieben«, sagte Howard. Lucky wandte sich um und sah ihn abwesend an, während schwarze Farbe auf seine Jeans tropfte.

»Hä?«

»Angeltouren schreibt man mit ›ou‹.« Lucky hatte ›Angelturen‹ geschrieben. Er betrachtete sein Werk und nahm die Korrektur vor.

»Danke.«

Howard musterte den Krabbenfänger, der am Pier festgemacht war. Die Farbe war fast gänzlich abgeblättert, und der Motor sah vollkommen verrostet aus. Lucky hätte ihn schon bezahlen müssen, um ihn auf diesen Kahn zu kriegen, und er hoffte, dass der Knabe seinem Namen ausnahmsweise mal Ehre machte, wenn er das nächste Mal damit auslief. »Haben denn schon Leute gebucht?«

Lucky drehte sich zu ihm um. »Klar. Ein paar Typen aus Connecticut, die drüben auf dem Festland Urlaub machen.«

Howard schüttelte ungläubig den Kopf. Nicht zu fassen, welche Risiken manche Leute eingingen, wenn sie die Chance witterten, zu ein bisschen Geld zu kommen.

22

Matt hatte sich den ganzen Nachmittag vergeblich bemüht, Jerrod Gant ausfindig zu machen. Er hatte das Büro des Hafenmeisters aufgesucht und sich eine Liste mit den Telefonnummern von dessen Kollegen auf den umliegenden Inseln geben lassen, doch nachdem er mit allen gesprochen hatte und einer Reihe von Hinweisen nachgegangen war, war er auch nicht schlauer als zuvor. Gant war überall bekannt, und einige der Leute, mit denen Matt telefoniert hatte, erinnerten sich, ihn in der Vergangenheit mit Reparaturarbeiten betraut zu haben, doch niemand hatte ihn während der letzten Tage zu Gesicht bekommen.

Ansonsten hatte Matt an dem Nachmittag nur noch mit Ruth Thorne gesprochen, die ihn in der Kanzlei angerufen hatte.

»Ich habe nachgedacht, Mr. Jones, und ich möchte, dass Sie rausfinden, ob Charlie mich betrügt. Denn wenn er's tut, hat er mich nicht verdient. Dann werde ich keinen Tag länger mit ihm zusammenbleiben als unbedingt nötig.«

In ihrem Ton lag keine Spur von Unentschlossenheit, und obwohl Matt die Rolle nicht gefiel, die er bei der Sache spielte, fand er, dass sie richtig entschieden hatte. Ruth Thorne war ihm sympathisch, und er hoffte, ihr helfen zu können, wie auch immer diese Geschichte ausgehen mochte.

»Übrigens, nennen Sie mich Matt«, sagte er. Dann bat er sie, ihn anzurufen, wenn ihr Mann das nächste Mal über Nacht fortblieb. Er würde schon in Erfahrung bringen, wo der Bursche hinging. »Dann setzen wir uns zusammen, und Sie hören sich an, was ich zu berichten habe. Anschließend entscheiden Sie, was Sie als Nächstes tun wollen, okay? Ich schlage vor, wir gehen Schritt für Schritt vor. Ich stelle Ihnen dann jeweils nur die Zeit in Rechnung, die jeder einzelne Schritt in Anspruch nimmt. Und da Sie in dieser Woche meine erste Mandantin sind, gebe ich Ihnen zusätzlich einen Rabatt von vierzig Prozent.« Er fragte sich, was ihn dazu gebracht hatte, ihr dieses Sonderangebot zu unterbreiten – das war gar nicht geplant gewesen. Doch als er die Dankbarkeit in ihrer Stimme hörte, war er froh, dass er es getan hatte.

»Das ist sehr freundlich von Ihnen, Mr. Jones. Ich meine, Matt. Ehrlich gesagt, habe ich mir bereits Sorgen gemacht, was das alles kosten wird.«

»Keine Bange«, erwiderte Matt. »Wir werden uns schon einig.« Er legte auf und hoffte, dass Henrys Cidre sich gut verkaufen würde, denn als Anwalt konnte er auf der Insel wohl nicht allzu viel verdienen.

Er fuhr nach Hause und zog sich um. Einen Moment lang war er in Versuchung, Ella anzurufen, doch dann sagte er sich, dass sie wahrscheinlich eine Weile mit ihrer Mutter allein sein wollte, nachdem sie die Nacht im Gefängnis zugebracht hatte. Als es dunkel wurde, fuhr er in die Stadt, denn er verspürte das Bedürfnis nach ein bisschen Abwechslung. Unterwegs überlegte er, ob Baxter bei seiner Suche nach Gant wohl mehr Erfolg gehabt hatte, falls er sich überhaupt die Mühe gemacht hatte zu suchen. Mittlerweile wusste Matt nicht mehr so recht, was er von Baxter halten sollte. Er musste immer wieder daran denken, wie Baxter und Howard Larson vor der Anhörung am Ende des Korridors zusammengestanden hatten, und er hätte allzu gern gewusst, worüber die beiden geredet hatten.

Matt parkte seinen Wagen in der Nähe einer Kneipe namens *The Lobster Pot*, gegenüber den Piers, wo die Touristenboote vor Anker lagen, und als er die Straße überquerte, sah er Kate Littles Wagen vor dem Eingang stehen.

Die Tür zum *Lobster Pot* lag auf Straßenhöhe, und gleich

dahinter führte eine schmale Treppe hinauf in die Bar und das Restaurant, von wo aus man den Hafen überblicken konnte. Drinnen herrschte schummriges Licht, und die roten Lampenschirme auf den Tischen unterstrichen das etwas altmodische Ambiente.

Im Restaurant herrschte Hochbetrieb. Die Leute saßen beim Abendessen und unterhielten sich laut, tauschten Gerüchte über Thunfische aus, die im Laufe des Tages angeblich gesichtet worden waren. Die Speisekarte an der Wand bot hauptsächlich Hummer und Krabben sowie allerlei andere Meeresfrüchte an. Die Wände waren mit Plastikhummern und alten Kochtöpfen dekoriert, und über dem Tresen hing ein verstaubtes Fischernetz, gespickt mit Fischen, Krebsen und Muscheln aus Plastik.

Matt ging an den Tresen und bestellte ein Bier. Als er seine Verwunderung über den Preis zum Ausdruck brachte, entschuldigte sich der Wirt.

»Tut mir Leid, ich dachte, Sie wären einer von denen.« Er wies mit dem Kinn auf ein paar Männer an einem Tisch, die wie Großstädter aussahen. »Einheimische kriegen Rabatt.« Er deutete auf die neue Preisliste, die hinter dem Tresen an der Wand hing. Offenbar war die Inflation in St. George vollkommen außer Kontrolle geraten. Der Wirt gab Matt augenzwinkernd einen Dollar zurück, dann bediente er den nächsten Kunden.

Matt sah sich nach Kate Little um und entdeckte sie im hinteren Teil des Restaurants, wo sie allein an einem Tisch saß und aus dem Fenster schaute. Sie trug eine helle Hose und ein marineblaues Jackett, und im rötlichen Schein der Lampen leuchtete ihr Haar wie glühende Kohlen. Er beobachtete sie eine ganze Weile. Vor ihr standen ein fast leeres Glas und ein überquellender Aschenbecher. Sie wirkte gedankenverloren, hatte den Blick ins Leere gerichtet. Draußen am Hafen blinkten die Lichter, und in der Fensterscheibe spiegelte sich Kates Gesicht.

Matt sprach kurz mit einer Kellnerin, dann trat er an Kates Tisch. »Darf ich mich zu Ihnen setzen?«

Sie blickte überrascht auf, doch als sie ihn erkannte, deutete sie auf einen Stuhl. »Bitte.«

Matt nahm Platz, und die Kellnerin brachte einen Screwdriver. »Ich hab gesehen, dass Ihr Glas fast leer ist«, erklärte er.

Sie sah ihn lange an, als überlegte sie, ob sie das Getränk annehmen sollte, dann nickte sie kaum merklich. »Danke.«

»Möchten Sie etwas essen?«, erkundigte sich die Kellnerin.

»Darf ich Sie einladen?«, fragte Matt.

»Danke, aber ich muss gleich nach Hause, um das Abendessen für Evan vorzubereiten.« Sie zündete sich eine Zigarette an. An ihren langen, eleganten Fingern trug sie mehrere Ringe. Die Diamanten glitzerten im Licht.

»Geben Sie mir ein Zeichen, wenn Sie es sich anders überlegen«, sagte die Kellnerin.

Als sie allein waren, hob Matt sein Glas, und nach kurzem Zögern hob auch Kate ihres, und sie stießen an. »Wie ich höre, kommen Sie schon seit einigen Jahren auf die Insel. Verbringen Sie den ganzen Sommer hier?«

»Normalerweise bleiben wir etwa drei Monate «

»Im Vergleich zu New York muss es Ihnen hier sehr ruhig vorkommen.«

»Evan mag die Ruhe. Er hat nicht gern viele Leute um sich«, erklärte sie. Dann, nach einer Weile fragte sie: »Haben Sie schon etwas von dem Mann gehört, der vermisst wird?«

»Bryan Roderick? Nein, noch nicht.«

»Die Polizei hat in der Bucht nichts gefunden, nicht wahr?«

»Nein.«

»Glauben Sie, er ist tot?«

Die Frage kam beinahe beiläufig. Beinahe, aber nicht ganz. »Ich weiß nicht«, erwiderte Matt.

Sie zündete sich noch eine Zigarette an und blies den Rauch über den Tisch. »Ich habe gehört, gestern ist jemand verhaftet worden.«

»Ja, Ella Young, die Frau, nach der ich Sie gefragt habe. Sie wurde heute Morgen wieder freigelassen. Ella ist meine Mandantin.«

Kate starrte ihn an, und ihre Überraschung war offensichtlich.

»Wie geht es Ihrem Mann heute, Mrs. Little?«, erkundigte sich Matt.

»Ein bisschen besser. Er hat gute und schlechte Tage.«

»Darf ich fragen, wie er sich die Verletzung zugezogen hat?«

»Es ist beim Skifahren passiert. Evan ist gegen einen Baum geprallt. Es war reines Glück, dass er den Unfall überhaupt überlebt hat.«

Sie leerte ihr Glas und stellte es auf den Tisch, dann bedeutete sie der Kellnerin, ihr ein neues zu bringen. Matt fragte sich, wie viele Cocktails sie bereits getrunken haben mochte. Sie wirkte nicht angeheitert, aber viele Menschen, die regelmäßig größere Mengen Alkohol konsumieren, wirken noch nüchtern, wenn andere bereits volltrunken unter dem Tisch liegen.

»Das ist schon lange her. Vor seinem Unfall war er ein sehr aktiver Mensch.« Kate schaute wieder aus dem Fenster, aber Matt hatte den Eindruck, dass sie weder ihr Spiegelbild noch die Lichter im Hafen wahrnahm, sondern nach innen schaute, sich Erinnerungen hingab. Erst als die Kellnerin ihren Cocktail brachte, schien Kate sich Matts Gegenwart wieder bewusst zu werden.

»Wir waren erst anderthalb Jahre verheiratet, da geschah der Unfall. Ich arbeitete als Model, als wir uns kennen lernten«, sagte sie.

Matt hatte keine Mühe, sich das vorzustellen. Sie war eine attraktive Frau. »War das in New York?«

»Ja.« Zum ersten Mal, seit er sich an ihren Tisch gesetzt hatte, lächelte sie. »Anfangs mochte ich Evan nicht einmal. Er war damals schon ziemlich wohlhabend, er hatte eine eigene Software-Firma gegründet, bevor die Branche den großen Aufschwung erlebte. Sind Sie schon mal verheiratet gewesen, Mr. Jones?«

»Ja, einmal.«

»Und haben Sie sich auf den ersten Blick in Ihre Frau verliebt?«

»Eigentlich nicht. Es hat eine Weile gedauert.«

»Manchmal ist das anscheinend so. Komisch, nicht wahr? Evan hat die Leute immer gern mit seinem Geld beeindruckt, und als das bei mir nicht klappte, hat ihn das ziemlich fasziniert. Ich glaube, ich war für ihn eine Art Herausforderung. Er musste auf die altmodischen Methoden zurückgreifen, auf

Altbewährtes.« Sie nahm ihr Glas und trank einen großen Schluck. »Damals war er ganz anders. Charmant, witzig. Ich merkte kaum, wie ich mich allmählich in ihn verliebte. Der Unfall hat ihn verändert.«

»Sie sagten, die Medikamente, die er nimmt, beeinflussen seine Stimmungen?«

»Sie verstärken sie. Evan war schon immer ein wenig besitzergreifend. Durch die Medikamente ist das viel schlimmer geworden.«

»Das muss sehr schwer für Sie sein.«

»Das kann man wohl sagen.«

In ihrem Ton schwang Verbitterung mit, aber vor allem wirkte sie traurig. Matt nippte an seinem Bier. Wie Kates Verhältnis zu ihrem Mann genau aussah, konnte er nur ahnen, aber er war sich ziemlich sicher, dass die beiden keine glückliche Ehe führten, und das wahrscheinlich schon seit langer Zeit. »Viele Leute hätten es sich an Ihrer Stelle leichter gemacht«, sagte er vorsichtig.

Sie sah ihm in die Augen. »Fragen Sie sich, warum ich meinen Mann nicht verlassen habe, Mr. Jones?«

»Nein, das habe ich nicht gemeint«, erwiderte Matt, aber er wusste, dass er ihr nichts vormachen konnte.

»Die meisten Leute nehmen an, ich sei wegen des Geldes bei ihm geblieben.« Sie drückte ihre Zigarette mit energischen Bewegungen im Aschenbecher aus, und Matt fragte sich, wie oft sie wohl schon der Geldgier bezichtigt worden war. »Die Leute gehen immer vom Schlechtesten aus, nicht wahr? Liebe und Hass sind intensive Gefühle. Vielleicht stimmt es, was man sagt, dass sie zwei Seiten derselben Medaille sind.«

Matt war sich nicht sicher, was sie damit meinte, er wusste nur, dass er Kirstin, nachdem sie ihn wegen eines anderen verlassen hatte, auch eine Zeit lang gehasst hatte. Er hatte sich verraten und gedemütigt gefühlt, und später war er vor Selbstmitleid vergangen. Er hatte angefangen zu trinken, und während der Zeit, in der er um seine Ehe trauerte, hatte er Kirstin gleichzeitig geliebt und gehasst. Er erinnerte sich, wie seine Gefühle manchmal innerhalb einer einzigen Stunde mehrfach zwischen beiden Extremen hin und her schwankten.

Kate Little steckte ihre Zigaretten in die Handtasche und warf einen Blick auf ihre Armbanduhr. »Ich muss mich auf den Weg machen.«

»Es gibt noch etwas, was ich Sie fragen möchte«, sagte Matt. »Ihr Mann schien sich ziemlich sicher zu sein, dass er in der Nacht, in der Bryan Roderick verschwunden ist, nicht in seinem Büro geschlafen hat. Ich meine, bei all den Medikamenten, die er nimmt, könnte er sich doch irren, oder?«

»Schon möglich.«

»Sie erinnern sich nicht, wo er geschlafen hat?«

»Nein. Evan und ich haben getrennte Schlafzimmer. Er schläft sehr unruhig, und er braucht ein ganz spezielles Bett.«

Matt dachte einen Moment nach. »Wenn Ihr Mann also behauptet, Sie hätten beide geschlafen, als in jener Nacht gegen Viertel nach zwei in der Bucht Schüsse fielen, hat er nur für sich selbst gesprochen. Ich meine, er konnte schließlich nicht wissen, ob Sie in Ihrem Zimmer waren, oder?«

»Nein, das konnte er wohl nicht«, gab sie zu.

»Haben Sie in jener Nacht etwas gehört, Mrs. Little?«

»Nein.«

»Waren Sie die ganze Nacht über zu Hause?«

Sie sah ihn lange an. »Ja.«

Matt kam zu der Überzeugung, die auf nichts anderem beruhte als auf Instinkt, dass sie log.

Sie trank ihr Glas aus. »Und jetzt muss ich gehen, falls Sie keine weiteren Fragen mehr haben.«

»Nein, ich habe keine Fragen mehr«, erwiderte Matt und erhob sich. »Auf Wiedersehen, Mrs. Little.«

»Auf Wiedersehen.«

Durch das Fenster beobachtete er, wie sie auf die Straße trat und zu ihrem Wagen ging. Er sagte sich, bei der Menge Alkohol, die sie getrunken hatte, hätte sie eigentlich nicht mehr Auto fahren dürfen, doch es war zu spät, um sie noch aufzuhalten. Als sie in ihren Wagen stieg, schaute sie zu ihm herüber. Ihre Blicke trafen sich kurz, aber Kates Gesichtsausdruck war unergründlich.

Matt blieb noch eine Weile sitzen, trank sein Bier und dachte über Kate Little nach. Alles Mögliche ging ihm durch den

Kopf. Die Kellnerin trat an seinen Tisch, um Kates Glas und den vollen Aschenbecher abzuräumen, und einer spontanen Eingebung folgend, fragte Matt sie, ob Kate oft hierher komme.

»Sie ist so eine Art Stammgast.«

»Haben Sie sie mal mit irgendjemand Bestimmtem reden sehen?«

Die Kellnerin blickte ihn verschmitzt an, wahrscheinlich glaubte sie, er sei an Kate interessiert. »Sie meinen, mit einem Mann? Sie ist verheiratet, müssen Sie wissen.«

»So habe ich das nicht gemeint.« Er steckte ihr einen Fünf-Dollar-Schein zu.

»Naja, sie redet mit vielen Leuten. Eine Zeit lang hat sie sich hier öfter mit einem Mann getroffen, Jordan Osborne, aber das war letztes Jahr.«

Matt prägte sich den Namen ein. »Und in letzter Zeit gab es niemanden? Was ist mit Bryan Roderick? Haben Sie sie je mit ihm zusammen gesehen?«

Die Kellnerin schüttelte den Kopf. »Nein, Bryan ist nicht oft hierher gekommen, aber ich schätze, sie wäre sein Typ gewesen. Er hätte sie wohl als Klassefrau bezeichnet.« Sie verzog das Gesicht; anscheinend war sie anderer Meinung.

Matt bedankte sich und zahlte. Als er die Straße überquerte, um zu seinem Wagen zu gelangen, traf er Ben Harper, der gerade vom Pier herüberkam. Die beiden blieben stehen und begrüßten einander. Matt erkundigte sich, ob Ben sein Boot schon repariert hatte, und Ben erklärte, er warte auf ein Ersatzteil. Da Matt sowieso in die Richtung fuhr, bot er Ben an, ihn bis zu seiner Pension mitzunehmen.

»Und wie kommen Sie bei der Untersuchung des toten Schwertwals voran?«, fragte Matt, während sie am Hafen entlangfuhren.

»Ich habe ein paar Proben von dem Tier genommen, die ich nach Woods Hole schicken werde. Das ist so ziemlich alles, was ich tun kann. Den Rest überlasse ich der Natur.«

»Wie lange haben Sie noch vor zu bleiben?«

»Ein paar Tage vielleicht. Kommt drauf an, wann ich das Ersatzteil für mein Boot bekomme. Solange ich hier bin, würde ich gern ein paar von diesen Blauflossen-Thunfischen zu Gesicht bekommen, von denen die Leute alle reden.«

Matt hielt vor der Pension. »Haben Sie schon rausgefunden, wer die Frau war, die ich in der Bucht gesehen habe?«, fragte Ben.

»Ich weiß, wer sie ist. Aber ich weiß noch nicht, ob mich das weiterbringt«, erwiderte Matt.

»Ich habe gehört, dass Ella Young verhaftet wurde. Ist sie Ihre Mandantin?«

»Ja.«

»Die ganze Stadt redet darüber. Und über den Thunfisch natürlich, den sie gefangen hat.«

»Was sagen die Leute denn?«

»Dass sie unter Mordverdacht steht. Und dass es einen Zeugen gibt.«

»Tja, das stimmt, aber sie wurde wieder freigelassen. Jedenfalls vorerst. Und kein Mensch weiß, wo der Zeuge steckt. Glauben die Leute denn, sie hat es getan?«

»Nach allem, was ich gehört habe, sind die Meinungen geteilt, aber anscheinend geht die Mehrzahl davon aus, dass sie schuldig ist.« Ben war es offensichtlich unangenehm, der Überbringer schlechter Nachrichten zu sein. »Es ist nur das, was ich zufällig mitbekommen habe. Ein Eindruck. Ich kann mich auch irren.«

»Nein, Sie irren sich nicht«, sagte Matt müde. Er hatte nichts anderes erwartet.

»Sie halten sie wahrscheinlich für unschuldig, stimmt's? Verzeihung, das geht mich natürlich überhaupt nichts an.«

»Schon gut. Ja, ich halte Ella für unschuldig.« Einerseits, weil er das Bedürfnis hatte, mit jemandem zu reden, um seine eigenen Gedanken zu ordnen, und andererseits, weil Ben ein guter Zuhörer war, gab er ihm die allgemein bekannten Informationen über die Wahl, über das, was Johnson behauptete, gesehen zu haben, und über Gants Zeugenaussage.

»Und Sie wissen nicht, wo dieser Gant sich herumtreibt?«, fragte Ben, als Matt geendet hatte.

»Nein, aber ich muss ihn unbedingt finden und herausbekommen, was er in jener Nacht tatsächlich gesehen hat. Oder ich muss rauskriegen, wer Bryan wirklich getötet hat.« Er sah Ben an, der in Gedanken versunken zu sein schien. »Ist irgendwas?«

»Ich hab nur gerade überlegt, wenn jemand gesehen hat, wie Ella in der Nacht etwas über Bord geworfen hat, und ich nehme an, es besteht der Verdacht, dass das eine Leiche war, warum schicken Sie nicht einen Taucher da runter, um nachzusehen? Das würde die Sache doch aufklären helfen, oder?«

»Das wurde bereits in Erwägung gezogen, aber an der Stelle befindet sich ein Graben. Der ist zu tief für einen Taucher. Aber vielen Dank für den Vorschlag.«

»Ich wünschte, ich könnte Ihnen helfen.«

»Falls Ihnen noch irgendwas einfällt, lassen Sie es mich wissen.«

»Mach ich.« Ben stieg aus. »Danke fürs Mitnehmen.« Er sah, wie Matt das Schild betrachtete, auf dem stand, dass die Pension ausgebucht war. »Die haben mir angeboten, mir mein Geld zurückzugeben und pro Tag fünfzig Dollar draufzulegen, wenn ich ausziehe. Ich habe mit einem Mann gesprochen, der sein Zimmer mit zwei Freunden teilt. Sie bezahlen dreihundert Dollar die Nacht.« Er schüttelte den Kopf und hob eine Hand zum Gruß. »Auf Wiedersehen.«

23

Die Bootswerft, deren Besitzer Jordan Osborne war, bestand aus zwei geräumigen Schuppen, einem asphaltierten, mit Maschendraht umzäunten Platz und einer Ablaufbahn, die zum Wasser hinunterführte. Auf der gegenüberliegenden Seite des Hafens lag Howard Larsons Fischfabrik.

Matt sprach einen Mann an, der im Freien an einem Bootsrumpf arbeitete, und der ging los, um Osborne zu holen. Das Meer war bis zum Horizont mit Booten unterschiedlicher Größe gesprenkelt; einige fuhren so dicht beieinander, dass sie aussahen wie Raubtierrudel bei der Jagd. Der Gestank der Fischfabrik lag über der ganzen Stadt, doch hier war er besonders intensiv.

»Das liegt am Wind. Wenn Südwind herrscht wie heute, stinkt es hier, als stünde die Fabrik direkt nebenan.«

Matt drehte sich um, und Jordan Osborne reichte ihm die Hand.

»Selbst uns wird das manchmal zu viel. Dabei sollte man meinen, wir wären dran gewöhnt.«

Der Mann, mit dem Matt zuvor gesprochen hatte, war wieder an seinen Platz zurückgekehrt.

Matt stellte sich vor. »Können wir uns irgendwo unter vier Augen unterhalten?«

Osborne deutete mit dem Kopf in Richtung des hinteren Schuppens. »Drüben in meinem Büro.«

Während Matt ihm folgte, warf er einen Blick durch die offenen Türen des vorderen Schuppens, in dessen Innern ein Fischkutter Gestalt annahm. Das Deckshaus befand sich am Heck, und das gesamte Boot war etwa zwölf Meter lang. Ein Mann mit einer Schutzmaske bearbeitete den Rumpf mit einem Sandstrahlgerät. Der zweite Schuppen war größtenteils leer. Im hinteren Bereich hatte man einen kleinen Raum abgeteilt, der an eine riesige Obstkiste mit Tür und Fenster erinnerte. Im Innern des Büros befanden sich ein kleiner Schreibtisch, ein paar Stühle und mehrere Aktenschränke. Osborne lehnte sich mit seinem Stuhl so weit zurück, dass er nur noch auf zwei Beinen stand und gefährlich kippelte.

»Wir benutzen diesen Schuppen für die zweite Stufe der Fertigung, wenn wir viel Platz brauchen. Zurzeit brauchen wir aber keinen Platz«, fügte Osborne bedauernd hinzu. »Das Boot, das Sie in dem anderen Schuppen gesehen haben, bauen wir im Auftrag eines Mannes vom Festland. Er hat schon früher bei uns gekauft, und er weiß, wie wir arbeiten, aber trotz allem schaffe ich es gerade mal, die Kosten zu decken, mehr nicht. Ich habe nur noch zwei Angestellte. Lyle, der Bursche da draußen, arbeitet an einem Boot, das wir auf Verdacht bauen. Wir haben noch keinen Abnehmer dafür, und das bedeutet, wenn es fertig ist, werde ich so lange drauf sitzen bleiben, bis es jemand kauft. Das bindet eine Menge Kapital.«

»Vielleicht wird ja demnächst alles besser«, sagte Matt. »Heute liegt kein einziges Boot im Hafen.«

»Ja, kann sein.«

»Glauben Sie nicht?«

»Ich würde es wirklich gerne glauben.« Er deutete auf den leeren Schuppen, um seine Worte zu unterstreichen. »Aber diese Thunfische, hinter denen die ganzen Leute jetzt her sind, tauchen doch sowieso nur alle Jubeljahre hier auf. Im übrigen gibt's schon viel zu viele Boote da draußen. Und nicht mehr genug Fische.« Er hob nachdenklich die Schultern. »Aber Sie sind sicherlich nicht hergekommen, um sich meine Probleme anzuhören. Was kann ich für Sie tun?«

»Ich wollte Sie nach Kate Little fragen.«

Jordan Osborne hätte keinen guten Pokerspieler abgegeben. Sein Lächeln erstarrte. »Was ist mit ihr?«

»Ich vertrete Ella Young und untersuche das Verschwinden von Bryan Roderick. Dabei ist Kate Littles Name aufgetaucht.«

»Und was führt Sie zu der Annahme, ich könnte Ihnen helfen?«

»Ich habe gehört, dass Sie sich eine Zeit lang mehr oder weniger regelmäßig mit ihr getroffen haben. Was Sie sagen, behandle ich natürlich vertraulich«, fügte Matt hinzu. Bevor er hergekommen war, hatte er einige Erkundigungen über Osborne eingeholt. Unter anderem hatte er in Erfahrung gebracht, dass der Mann eine Ehefrau hatte.

Osborne erhob sich und schob die Hände in die Hosentaschen. Er durchquerte den Raum, und an der Wand angekommen, drehte er sich um. »Sie wissen, dass ich verheiratet bin?« Matt nickte. »Ich habe schon immer befürchtet, Mary könnte eines Tages von dieser Sache erfahren.«

»Durch mich wird sie nicht davon erfahren«, versicherte ihm Matt.

Osborne überlegte. Er schien sich zu fragen, ob er seinem Gegenüber trauen konnte oder nicht. »Was wollen Sie wissen?«, fragte er schließlich und setzte sich wieder.

»Wann hatten Sie das Verhältnis mit Kate?«

»Letztes Jahr. Das ging etwa zwei Monate lang. Wir trafen uns einmal pro Woche, manchmal auch zweimal, wenn ich es einrichten konnte, ohne dass meine Frau Verdacht schöpfte.«

»Wie haben Sie sich kennen gelernt?«

»Ich hatte Kate hin und wieder in der Stadt gesehen, mehr nicht. Dann, eines Abends, war sie im *Lobster Pot*, und wir kamen ins Gespräch. Wir haben ein bisschen getrunken.«

»Und danach haben Sie angefangen, sich regelmäßig zu treffen?«

»Ja. Ich weiß nicht, ich hatte Schwierigkeiten mit der Firma, und das führte dazu, dass ich zu Hause Stress bekam. Ich will nichts beschönigen, aber ich glaube, Kate hatte es damals ziemlich schwer mit ihrem Mann. Irgendwie ist es einfach passiert.«

»Wo sind Sie denn mit Kate hingegangen?«

»Manchmal hierher. Manchmal auch woandershin.« Osborne schüttelte den Kopf. »Ich weiß, was Sie denken. Ihr Mann sitzt im Rollstuhl und so weiter. Wenn es jemand anders gewesen wäre, hätte ich Schuldgefühle gehabt, aber dieser Typ, mit dem sie verheiratet ist, scheint ein richtiges Arschloch zu sein.«

»Sie hat über ihn gesprochen?«

»Eigentlich nicht. Aber ich hab genug mitbekommen, um mir ein Urteil bilden zu können. Er macht sie runter, gibt ihr das Gefühl, einen Scheißdreck wert zu sein. Ich schätze, darum trinkt sie auch mehr, als gut für sie ist.« Er überlegte. »Wissen Sie, ich glaube, sie wollte nur ein bisschen Gesellschaft. An Sex schien sie nicht wirklich interessiert zu sein; ehrlich gesagt, hatte ich immer den Eindruck, dass sie froh war, wenn es vorbei war.«

»Warum haben Sie das Verhältnis beendet?«

»Sie hat Schluss gemacht. Das war im Spätsommer, ein paar Wochen bevor sie nach New York zurückfuhr. Ich hatte damit gerechnet. Ich meine, wir haben uns nie vorgemacht, es könnte ewig so weitergehen.«

»Weil Sie verheiratet sind?«

»Ich schätze, ja. Ich glaube nicht, dass ich der Erste war, mit dem Kate ein Verhältnis hatte. Man hört das eine oder andere über sie. Aber wie ich schon sagte, ich denke, Kate brauchte nur ein bisschen Gesellschaft, jemanden, der nett zu ihr ist. Sie ist einsam, aber sie ist nicht darauf aus, anderer Leute Ehen zu zerstören. Sie hat mich immer wieder nach meiner Frau gefragt, und dann wurde sie jedes Mal ganz still, und ich spürte, dass sie Schuldgefühle hatte wegen dem, was wir taten. Ich begreife bis heute nicht, warum sie bei ihrem Mann bleibt. Anfangs dachte ich, es sei das Geld.«

»Aber was es ist, wissen Sie nicht?«

»Nein.« Er dachte einen Augenblick nach. »Ich glaube, sie bleibt bei ihm, weil sie ihn gern hat.« Er zuckte die Achseln.

»Und nachdem sie Ihr Verhältnis beendet hatte, haben Sie sie nicht mehr gesehen? Auch nicht, als sie in diesem Sommer wieder hergekommen ist?«

Osborne zögerte. »Um ehrlich zu sein, ich habe daran gedacht, mich wieder mit ihr zu treffen, aber sie hat mir zu verstehen gegeben, dass sie nicht interessiert ist. Sie hat es nicht direkt ausgesprochen, das brauchte sie auch nicht. Ich verstand es auch so. Als wir uns begegneten, war sie höflich, verstehen Sie? Freundlich, mehr nicht. Ich hab sie nicht bedrängt. In gewisser Weise war ich erleichtert. Wegen meiner Familie. Tja, ich weiß, wie sich das anhört.«

»Hat Kate einen anderen Liebhaber?«

»Woher soll ich das wissen?«

»Sie könnte es Ihnen erzählt haben. Oder vielleicht haben Sie sie mit jemandem zusammen gesehen.«

Osborne nahm einen Bleistift und drehte ihn zwischen den Fingern. »Sie meinen Bryan Roderick?«

»Wie kommen Sie auf Bryan?«

»Warum sonst sollten Sie sich bei mir nach Kate erkundigen? Sie haben doch gesagt, Sie untersuchen das Verschwinden von Bryan Roderick.«

»Hatte sie ein Verhältnis mit ihm?«

»Nicht dass ich wüsste.«

Matt glaubte ihm nicht. Osborne wich seinem Blick aus und erhob sich.

»Hören Sie, mehr kann ich Ihnen nicht sagen. Wenn das alles ist, ich habe zu tun.«

Matt ging mit ihm zum Schuppentor. »Noch eins. Wo waren Sie in der Nacht von Montag auf Dienstag letzter Woche?«

Falls Osborne log, überlegte Matt, falls Kate also ein Verhältnis mit Bryan gehabt und Osborne davon gewusst hatte, dann hatte er vielleicht selbst eine Rechnung mit Bryan zu begleichen gehabt.

»Ich war die ganze Nacht zu Hause. Bei meiner Frau.«

»Würde sie das bestätigen?« Das war eine ziemlich deutliche Drohung. Wenn Matt mit Osbornes Frau sprach, erfuhr sie womöglich auch von der Affäre ihres Mannes mit Kate Little. Osborne begriff, und sein Gesichtsausdruck verhärtete sich.

»Haben Sie nicht eben noch gesagt, meine Frau würde nichts von all dem erfahren?«

»Hier geht es um das Leben von Menschen«, sagte Matt.

»Falls Sie annehmen, ich hätte irgendwas mit Bryans Verschwinden zu tun, dann irren Sie sich. Wenn Sie meine Frau fragen wollen, wo ich jene Nacht verbracht habe, nur zu. Sie wird Ihnen dasselbe sagen wie ich.«

Diesmal glaubte Matt, dass Osborne die Wahrheit sagte, zumindest in diesem Punkt. »Aber Sie wissen irgendetwas über Kate und Bryan, stimmt's? Hat sie sich mit ihm getroffen?«

»Ich kann Ihnen nichts weiter sagen«, erwiderte Osborne kühl.

Anschließend fuhr Matt zurück in die Stadt. In der Polizeiwache angekommen, fragte er Officer Williams, ob er den Chief sprechen könne. Er musste einen Moment warten, bevor Baxter aus seinem Büro kam.

»Was kann ich für Sie tun?«, fragte er Matt reserviert.

»Ich würde mich gern mit Ihnen unterhalten, falls Sie ein paar Minuten erübrigen können.« Matt spürte, wie Officer Williams sich alle Mühe gab, unbeteiligt zu wirken, während er aufmerksam zuhörte. Sie gingen in Baxters Büro, und der Polizeichef setzte sich hinter seinen Schreibtisch. Dann wickelte er einen Kaugummi aus und steckte ihn in den Mund.

»Worum geht's?«

Matt hatte den Eindruck, dass Baxter ziemlich genervt war. Anscheinend war ihm nicht entgangen, dass Matt ihm unterstellte, seine eigenen Gründe zu haben, warum er Ella lieber nicht freigelassen hätte. Auf diese Weise hätte er sich nämlich ersparen können zu überprüfen, ob vielleicht noch jemand anders etwas mit Bryans Verschwinden zu tun hatte, wie zum Beispiel Kate Little. Matt waren auch noch andere Szenarien durch den Kopf gegangen. Er hatte wieder daran denken müssen, wie Howard Larson und Baxter vor Richter Walkers Büro auf dem Korridor zusammengestanden hatten. Howard hatte kein Blatt vor den Mund genommen bei dem Versuch, Matt für sich zu gewinnen, und vielleicht war er auf dieselbe Weise an Baxter herangetreten. Matt konnte nur hoffen, dass lediglich seine Phantasie mit ihm durchging. Baxter kam ihm nicht vor wie irgendein Kleinstadtpolizist, der sich leicht korrumpieren ließ, aber man konnte nie wissen. Matt hatte sich jedoch entschlossen, Baxter nicht zu verurteilen, solange er keine Beweise gegen ihn hatte. Wenn er Ella helfen wollte, blieb ihm auch gar nichts anderes übrig, denn er brauchte Baxters Unterstützung.

»Ich bin hergekommen, um Ihnen ein Friedensangebot zu unterbreiten. Ich schlage vor, wir beide vergessen, was vorgefallen ist, und fangen noch einmal von vorne an. Sicher können wir mehr erreichen, wenn wir zusammenarbeiten. Wir wollen doch beide dasselbe, oder?«

»Beim letzten Mal hatte ich nicht den Eindruck«, erwiderte Baxter.

»Hören Sie, wenn ich davon überzeugt wäre, dass Ella Bryan Roderick getötet hat, säße ich jetzt nicht hier. Und Sie sind, wenn ich das richtig sehe, ebenso wenig dieser Auffassung. Ich schätze, wir beide wollen nichts anderes, als die Wahrheit herausfinden, stimmt's?«

Baxter dachte über das nach, was Matt gesagt hatte. Als er wieder zu sprechen begann, klang er weniger abweisend. »Okay, ich kann mir Ella nicht als kaltblütige Mörderin vorstellen. Andererseits muss ich allen Hinweisen nachgehen.«

»Was anderes kann niemand von Ihnen verlangen.«

»Ich habe ja auch meine Zweifel, was diesen Jerrod Gant betrifft. Aber wie ich Ihnen bereits sagte, ließ er sich durch nichts in seiner Aussage beirren, und ich bin immer noch der Meinung, es wäre besser, Ella in Sicherheit zu bringen, bis die Sache aufgeklärt ist.«

»Glauben Sie, sie befindet sich in Gefahr?«

»Ich fürchte, Jake hat eine Mordswut im Bauch, und im Augenblick habe ich kaum die Möglichkeit, ihn im Auge zu behalten. Mir fehlen dafür schlicht die Leute. Letzte Nacht hat jemand einen Ziegelstein ins Schaufenster des *Striper Grill* geworfen. Und anschließend ist er in den Laden eingedrungen und hat mit einer gottverdammten Axt das ganze Mobiliar kurz und klein geschlagen.«

»Wer macht denn so was?«

Baxters Gesicht nahm einen gequälten Ausdruck an. »Tja, Kurt behauptet, es sei Dave Lamont gewesen. Ihm gehört das *Surfside*. Kennen Sie den Laden?«

Matt war öfters daran vorbeigegangen. Es war ein kleines Restaurant in der Nähe des Hafens.

»Lamont sagt, Kurt habe ein paar Passagiere von einem Charterboot davor gewarnt, im *Surfside* zu essen, weil sie dort Gefahr liefen, sich eine Fischvergiftung zu holen.« Baxter schüttelte den Kopf. »Wir haben alle Hände voll zu tun mit solchem Blödsinn. Haben Sie gesehen, wie viele Boote heute Morgen im Hafen lagen? Die Kunde von dem Fisch, den Ella gefangen hat, hat sich im ganzen Bundesstaat verbreitet. Die Leute kommen von überall her. Wissen Sie, wie viele Streitigkeiten wir gestern Abend schlichten mussten? Ich rede von Handgreiflichkeiten zwischen Inselbewohnern, die sich in die Haare geraten, weil jeder hofft, den einen oder anderen Dollar an den Leuten, die auf die Insel strömen, zu verdienen. Das Verrückte an dem Streit zwischen Kurt und Lamont ist, dass im Moment in allen Restaurants der Insel jeden Abend sämtliche Tische dreimal hintereinander besetzt sein könnten und es würden immer noch hungrige Leute rumlaufen.« Baxter wirkte müde. »Jedenfalls, wie ich schon sagte, ich kann Jake Roderick nicht Tag und Nacht im Auge behalten.«

Matt hatte Baxters Sorge um Ellas Sicherheit bisher für einen Vorwand gehalten und folglich nicht besonders ernst genommen, doch jetzt fragte er sich, ob Jake ihr tatsächlich gefährlich werden konnte. Vielleicht hatte Baxter Recht. Wer konnte sagen, wozu Jake fähig war? Umso wichtiger war es, Ellas Unschuld zu beweisen.

»Haben Sie bei Ihrer Suche nach Gant irgendwas rausgefunden?«, fragte Matt. Baxter runzelte die Stirn und erklärte, bisher hätten sie keinen Erfolg gehabt. Er sei einer ganzen Reihe von Hinweisen nachgegangen, jedoch vergeblich.

»Jerrod hat in letzter Zeit alle möglichen Jobs auf anderen Inseln angenommen. Wir sind gerade dabei, die Leute zu befragen, für die er gearbeitet hat. Vielleicht hat einer von denen ihn in den vergangenen Tagen gesehen.«

»Ich bin noch auf eine andere Spur gestoßen«, sagte Matt vorsichtig. »Ich glaube, es würde sich lohnen, ihr nachzugehen.« Er betrachtete Baxter aufmerksam. »Es könnte sein, dass Bryan ein Verhältnis hatte, eine Affäre mit einer verheirateten Frau, und ich denke, Sie sollten sich mal mit ihr unterhalten, um festzustellen, ob sie ein Motiv gehabt haben könnte, ihn zu töten.«

»Um welche Frau handelt es sich?« Baxter klang augenblicklich misstrauisch.

Matt berichtete ihm von seinem Gespräch mit Jordan Osborne, und sobald er Kate Littles Namen erwähnte, verdüsterte sich Baxters Miene. Als Matt geendet hatte, wartete er auf eine Antwort des Polizeichefs, doch der blieb stumm.

»Woran liegt es, dass ich jedes Mal, wenn ich auf Kate Little zu sprechen komme, das Gefühl habe, Sie würden mich am liebsten rauswerfen, Chief?«

Baxter nahm einen Bleistift in die Hand und begann, damit auf die Schreibtischkante zu klopfen. »Ich sehe einfach nicht ein, wieso Sie sie immer wieder ins Spiel bringen. Nichts weist darauf hin, dass sie irgendetwas mit der Sache zu tun hat. Sie wissen noch nicht mal, ob sie Bryan überhaupt gekannt hat.«

»Sie führt eine unglückliche Ehe, und sie hatte ein Verhältnis mit Osborne. Warum nicht auch mit Bryan Roderick? Was Frauen angeht, hatte er doch einen gewissen Ruf, oder? Außerdem konnte ich mich des Eindrucks nicht erwehren, dass Osborne mir irgendetwas verschwieg, als ich ihn nach Bryan fragte. Was wäre, wenn Kate ein Verhältnis mit ihm gehabt hat? Sie kann nicht beweisen, dass sie in der Nacht, als Bryan verschwunden ist, zu Hause war. Sie und ihr Mann haben getrennte Schlafzimmer. Vielleicht hat sie sich mit Bryan gestritten, und es kam zu einem Unfall. Vergessen Sie nicht: Ben Harper hat sie am frühen Morgen in der Bucht gesehen. Was hatte sie um die Zeit dort zu suchen?«

»Das sind doch alles bloß Vermutungen. Sie haben nichts in der Hand.«

»Da muss ich Ihnen Recht geben«, räumte Matt ein. »Aber meinen Sie nicht, es würde sich lohnen, sich die Sache einmal genauer anzusehen? Ich meine, falls Bryan ermordet wurde und Ella ihn nicht getötet hat, dann muss es doch jemand anders getan haben.«

Er erzählte Baxter nichts von der Begegnung vor der Post, deren Zeuge er geworden war, von den Blicken, die Ella und Kate getauscht hatten und die ihm noch immer Kopfzerbrechen bereiteten.

»Nennen Sie es Instinkt«, fuhr er fort, »aber als ich mich

mit Kate unterhielt, hatte ich das Gefühl, dass sie lügt. Und heute, bei meinem Gespräch mit Osborne, hatte ich dasselbe Gefühl.«

Baxter sah ihn unverwandt an. »Ich werde der Sache nachgehen«, sagte er schließlich, aber so wie er es sagte, bezweifelte Matt, dass er tatsächlich etwas unternehmen würde.

24

Howard knöpfte sich sein Hemd zu und schaute dabei aus dem Schlafzimmerfenster aufs Meer hinaus. Es war mit Booten übersät, als hätte jemand eine Hand voll Spielzeug ins Wasser geworfen.

»Verdammt«, knurrte er missmutig vor sich hin.

»Was ist los?«, fragte Angela abwesend, als sie an ihm vorbeiging. Ihr seidenes Nachthemd raschelte leise, und der Duft ihres Parfüms stieg ihm in die Nase.

»Sieh dir das an. Die interessieren sich alle nur noch für diese verdammten Fische.«

Angela sah ihn verblüfft an. »Die sind immerhin eine Menge Geld wert, Howard.«

Das wusste er selbst, Herrgott noch mal! Aber plötzlich schienen alle die Sache mit Ella vergessen zu haben. Und das passte ihm absolut nicht. Noch nicht. Die ganze verdammte Stadt schien durchgedreht zu sein. Am Tag zuvor waren ein paar Fische gefangen worden. Nicht so große wie der, den Ella erwischt hatte, aber dennoch hatten sie eine Menge Geld eingebracht, genug, um das Jagdfieber, das alle auf der Insel befallen hatte, weiter zu schüren. Mehrere große Schwärme waren gesichtet worden, und es gab Berichte über weitere Schwärme vor der Küste von Maine und Massachusetts.

Angela fragte Howard, ob er frühstücken wolle. Er starrte sie an. Offenbar hatte sie keine blasse Ahnung von dem, was er in letzter Zeit durchmachte. Seine gesamte Existenz, und damit auch ihre, hing vom Ausgang der Wahl ab. Er hatte ihr nicht gesagt, welche Summe er vorab bereits in den Bau des Yachthafens gesteckt hatte, für Studien und Investitionspläne und den Kauf von Grundstücken. Er hatte alles auf eine Karte gesetzt. Im Augenblick bestand zwar nicht die geringste Aussicht, dass Ella die Wahl gewann, aber er konnte kein Risiko eingehen. Er durfte nicht zulassen, dass die Leute vergesslich wurden.

»Ich hab keinen Hunger«, sagte er, schnappte sich sein Jackett und ging nach unten.

Es war fast Mittag, als Baxter Howard auf dem Gehweg auf sich zukommen sah. Er blickte sich nach einer Möglichkeit um, ihm aus dem Weg zu gehen, doch es war zu spät. Howard hatte ihn bereits entdeckt.

»Hallo, Chief. Wie steht's?« Howard strahlte, aber er sah blass aus und schwitzte stark. »Was sagen Sie zu dieser Hitze? Ich wollte gerade eine Cola trinken. Haben Sie einen Augenblick Zeit? Kommen Sie, wir setzen uns ein bisschen in den Schatten.«

Gegen seinen Willen wurde Baxter zu einem nahe gelegenen Getränkestand bugsiert. Als Nächstes drückte Howard ihm eine Dose Cola in die Hand und nötigte ihn, sich am nördlichen Ende des Hafens auf eine niedrige Mauer zu setzen, die im Schatten eines Ahornbaums lag.

Howard wischte sich die Stirn mit einem Taschentuch, das er aus seiner Brusttasche gezogen hatte. Sein leichter, hellbrauner Anzug war ziemlich zerknittert, und er machte den Eindruck eines Mannes, der vergeblich versucht, den schönen Schein zu wahren. Baxter kam er vor wie einer, der immer dort sein will, wo er gerade nicht ist, und jedes Ziel, das er sich setzt, liegt hoch oben auf einem steilen Berg, der in der schlimmsten Mittagshitze erklommen werden muss. Eines Tages wird der Stress ihn noch umbringen, dachte der Polizeichef.

»Wie sieht's aus, Chief?«, fragte Howard. »Sie haben zurzeit sicher ordentlich zu tun.«

Der Hafen war leer, kein Boot mehr in Sicht. Sie waren alle vor dem Morgengrauen ausgelaufen. Baxter und seine Männer waren fast die ganze Nacht ununterbrochen im Einsatz gewesen. Viele der Besucher hatten die Nacht über gezecht und gefeiert. Es herrschte eine regelrechte Festtagsstimmung unter all jenen, die das Jagdfieber, der Nervenkitzel oder was auch immer hergelockt hatte. Für die einheimischen Fischer dagegen waren die Thunfische eine ernste Angelegenheit, eine Chance, ihre finanziellen Probleme zumindest vorübergehend in den Griff zu bekommen, und es passte ihnen ganz und gar nicht, dass plötzlich jede Menge Amateure auftauchten und in Gewässern fischten, die die Inselbewohner als die ihren betrachteten. Besonders aufgebracht waren sie jedoch über das Eintreffen von Fischern aus anderen Häfen, denn die hatten viel eher die Chance, tatsächlich einen Fisch zu fangen. Spannung lag in der Luft, und die Polizei hatte alle Mühe, die Dinge im Griff zu behalten.

»Ich schätze, Sie können im Moment keine zusätzlichen Probleme gebrauchen, wie zum Beispiel diese Sache mit Bryan. Dass Sie Ella tatsächlich laufen lassen mussten!« Howard schüttelte ungläubig den Kopf. »Anwälte! Dieser Matt Jones, der hat uns gerade noch gefehlt. Kommt hierher und hält uns alle zum Narren.«

Baxter nippte an seiner Cola. Er hatte zwar eigentlich keine Zeit, mit Howard zu reden, aber das kalte Getränk tat gut. Später würden die Kneipen wieder brechend voll sein, es würde zu Schlägereien kommen. Ja, Howard hatte Recht, er musste sich schon mit genug Problemen herumschlagen, da brauchte er nicht auch noch einen Mordfall.

»Ich glaub, ich hab Matt Jones gestern aus Ihrem Büro kommen sehen«, sagte Howard. »Was wollte er denn von Ihnen? Ich wette, mal wieder seine Nase in alles reinstecken.«

Baxter ließ seine Gedanken schweifen. Sollte Howard sich ruhig ein bisschen gedulden. Komisch, er konnte sich nicht erinnern, dass Howard ihn jemals mehr als flüchtig gegrüßt hatte, wenn er ihm auf der Straße begegnet war. Auf keinen Fall hatte er ihm je zuvor eine Cola spendiert. Wahrscheinlich müsste er sich gekränkt fühlen, weil Howard ihn offenbar für blöd hielt und glaubte, er würde ihn nicht durchschauen, aber Baxter war nicht leicht zu kränken. Im Allgemeinen neigte er nicht zu heftigen Gefühlswallungen. Das war wahrscheinlich der Grund, warum er es im Leben nie wirklich zu etwas gebracht hatte und es wohl auch nie zu etwas bringen würde. Ihm mangelte es einfach an Ehrgeiz. Ihm lag nichts daran, andere zu überflügeln, und er brauchte nicht mehr als das, was er bereits besaß – ein nettes Haus, ein Boot, mit dem er am Wochenende zum Fischen aufs Meer fahren konnte, und einen Pick-up, der bereits abbezahlt war.

Er liebte das Meer, und er fuhr hinaus, sooft er konnte. Von seinem Haus aus hatte er eine wundervolle Aussicht auf den Golf, und an klaren Tagen konnte er die Küste von Maine erkennen. All das gab ihm ein gutes Gefühl. Mehr hatte er sich nie erträumt. Nur manchmal fühlte er sich ein bisschen einsam.

»Hat sich noch irgendwas ergeben?«, fragte Howard, allmählich ungeduldig.

»Nicht dass ich wüsste.«

»Ich nehme also an, Sie haben Jerrod Gant nicht aufgetrieben.«

Baxter sah Howard an und fragte sich, wie viel er über diese ganze Sache wusste. Als er gestern im Gericht aufgetaucht war, hatte es den Anschein gehabt, als wäre er ziemlich gut über das informiert, was Gant angeblich gesehen hatte.

»Wissen Sie was«, sagte Howard, »dieser Matt Jones lässt uns am Ende noch alle wie Idioten dastehen. Ein Mann beobachtet, wie Ella Young einen Mord begeht, und was tun wir? Wir lassen sie einfach laufen. Ich meine, ich mache Ihnen keinen Vorwurf, Chief, Sie hatten schließlich keine andere Wahl. Dieser Jones hat doch sein Leben lang nichts anderes getan, als dafür zu sorgen, dass Kriminelle wieder auf freien Fuß kommen. Gegen so einen gewieften Anwalt aus der Großstadt hatten Sie einfach keine Chance.«

»Er war Staatsanwalt«, erwiderte Baxter.

»Ach, das ist doch letztlich alles dasselbe.«

Baxter trank seine Cola aus und stellte die Dose auf der Mauer ab. »Ich muss los.«

Howard stand ebenfalls auf. »Ich komme mit. Wissen Sie,

ich hab mir überlegt, vielleicht sollten Sie doch lieber die Kriminalpolizei einschalten.«

Baxter blieb stehen. »Richter Walker hat uns eine Frist von einer Woche gesetzt. Bis nach der Wahl«, sagte er spitz. »Vielleicht taucht Gant ja bis dahin auf.«

»Richter Walker hat in diesen Dingen nicht mehr Erfahrung als jeder andere von uns. Verdammt, wann hatten wir denn zum letzten Mal einen Mordfall auf der Insel?«

»Mordverdacht. Wir wissen immer noch nicht, was genau mit Bryan geschehen ist.«

»Herrgott noch mal, Chief, Sie reden ja schon wie dieser Matt Jones. Wir wissen doch alle, dass Bryan tot ist. Ich sage nur, wir sollten den Fall der Kriminalpolizei übergeben. Wer zum Teufel verlangt denn, dass wir uns von einem dahergelaufenen Anwalt aus Boston rumkommandieren lassen? Sie wollen doch bestimmt nicht dastehen wie ein unterbelichteter Provinzsheriff, oder? Hören Sie auf meinen Rat und schalten Sie die Jungs von der Kriminalpolizei ein, die werden das Kind schon schaukeln.«

»Wieso interessiert Sie dieser Fall eigentlich so brennend?«, fragte Baxter.

»Ich versuche nur, Ihnen einen Gefallen zu tun.«

Genau, dachte Baxter, und ich bin der Kaiser von China.

»Sie haben doch ein Boot, nicht wahr?«, sagte Howard unvermittelt.

»Ja.«

»Dachte ich's mir doch. Ich hab Sie schon mal im Hafen zu einem Boot rudern sehen. Wenn ich eins hätte, würde ich wollen, dass es in einem Yachthafen liegt. Stellen Sie sich das mal vor. Ein eigener Liegeplatz, vielleicht sogar in der Nähe eines Cafés mit Tischen direkt am Wasser, wo Sie sitzen und ein Bier trinken können. Eine hübsche Kellnerin, die Sie bedient. Das wär doch was, oder?« Howard legte Baxter eine Hand auf die Schulter. »Denken Sie mal über das nach, was ich Ihnen gesagt hab, okay?«

»Mach ich«, erwiderte Baxter vieldeutig.

Howard zog die Stirn kraus, dann beschloss er, Baxters Antwort positiv zu deuten, und grinste. »Schönen Tag noch.«

Baxter sah ihm nach. Am liebsten hätte er sich gesagt, dass nichts auf der Welt ihn dazu bringen könnte, über Howards Worte nachzudenken, aber leider war er davon selbst nicht vollkommen überzeugt. Es ging ihm auf die Nerven, dass Matt dauernd versuchte, Kate Little mit Bryans Verschwinden in Verbindung zu bringen. Baxter dachte eine Weile über Kate nach. Diese Traurigkeit, die manchmal in ihren Augen lag, wenn sie den Blick in eine Ferne schweifen ließ, die nur sie sehen konnte.

Baxter schaute zum Himmel hinauf und wischte sich die Stirn. Es war verdammt heiß. Der Asphalt war aufgeweicht. Klebrige Pfützen schimmerten feucht, und die Schilder über den Läden flimmerten wie eine Fata Morgana.

25

Die letzte Versammlung vor der Wahl fand am Samstag um 19.00 Uhr statt. Vor dem Rathaus sah Matt Howard Larson mit einem stoppelbärtigen alten Mann in einem verwaschenen Hawaiihemd zusammenstehen. Als Howard Matt bemerkte, brach er mitten im Satz ab, packte den Alten am Arm und führte ihn etwas abseits neben die Treppe, wo sie ihr Gespräch wieder aufnahmen.

Matt traf eine Viertelstunde zu früh ein, aber es war bereits abzusehen, dass nicht viele Leute erscheinen würden. Der Saal war höchstens zu einem Drittel gefüllt, und draußen auf dem Platz vor dem Rathaus war kein Mensch zu sehen. Matt gesellte sich zu Ella und George Gould, die sich beide vergeblich bemühten, optimistisch zu wirken.

»Hallo, schön, dass Sie gekommen sind«, sagte Ella. Sie lächelte und legte ihm eine Hand auf den Arm, und nachdem sie sie wieder weggezogen hatte, spürte Matt noch eine ganze Weile die Stelle, wo sie ihn berührt hatte. Trotz ihrer müden Augen und des nicht ganz so strahlenden Lächelns fand Matt, dass sie ziemlich gut aussah, wenn man bedachte, was sie in letzter Zeit durchgemacht hatte. Sie trug Jeans und eine verwaschene blaue Bluse und hatte ihr Haar im Nacken zusammengebunden. Er konnte seinen Blick nicht von der zarten Stelle an ihrem Hals unterhalb des Ohrläppchens abwenden. Er malte sich aus, wie es sich anfühlen würde, sie dort mit den Lippen zu berühren und ihren Duft einzuatmen, während er sie küsste. Sie begegnete seinem Blick und sah ihn fragend an.

»Was ist?«

»Nichts. Ich musste nur gerade an etwas denken.«

Sie errötete kaum merklich, als hätte sie seine Gedanken erraten.

»Irgendeine Spur von Jerrod Gant?«, fragte sie.

»Leider nicht.«

»Du solltest jetzt da raufgehen«, sagte George und deutete auf die kleine Bühne, auf der sechs Stühle hinter einem Rednerpult aufgereiht standen. Howard nahm gerade seinen Platz ein. Er wirkte entspannt und plauderte lächelnd mit einigen seiner Anhänger.

»Wünscht mir Glück«, sagte Ella.

Matt nahm ihre Hand und drückte sie. »Machen Sie ihn fertig.«

Sie erwiderte seinen Händedruck, dann kehrte allmählich Ruhe ein, und als das letzte Gemurmel verstummte, begrüßte Joanna Thompson die Versammelten. Sie erinnerte daran, dass dies die letzte Gelegenheit für eine offene Diskussion vor der Wahl sei, und machte einen Scherz über die geringe Zahl der Anwesenden.

»Ich wüsste mal gern, wo die Leute alle sind«, sagte sie gespielt unbefangen.

Einige der Zuschauer rangen sich ein Lachen ab. Matt ließ seinen Blick durch den Saal schweifen. Nicht ein einziger Fischer hatte sich eingefunden. Das Publikum bestand fast ausschließlich aus Leuten, die entweder zu alt waren, um selbst auf Thunfischjagd zu gehen, oder die keine Möglichkeit hatten, auf andere Weise vom plötzlichen Auftauchen der Fische zu profitieren.

Etwa zwei Drittel der Versammlungsteilnehmer hatten auf der linken Seite Platz genommen, was sie als Howard Larsons Anhänger auswies. Matt erinnerte sich, einige von ihnen bei der letzten Versammlung gesehen zu haben, aber da hatten sie noch auf Ellas Seite gesessen.

Howard erhob sich, um als Erster das Wort zu ergreifen. Er

hängte allerlei Diagramme und Pläne und Zeichnungen auf, die zeigten, wie der Yachthafen und seine Umgebung aussehen und welche Profite er bringen würde. Es gab ein Bild, auf dem Segelboote mit weißen, geblähten Segeln auf blauem Wasser unter blauem Himmel zu sehen waren, im Vordergrund Urlauber, die mit ihren Kindern und Hunden auf weitläufigen Grünflächen spazieren gingen. Die Leute hörten höflich zu, doch es war offensichtlich, dass sie ihre Wahl bereits getroffen hatten. Viele von ihnen schauten immer wieder zu Ella hinüber, und Matt wurde das Gefühl nicht los, dass sie in erster Linie gekommen waren, um sie zu sehen.

Schließlich trat sie ans Rednerpult. Sie hatte kaum ein paar Worte gesprochen, als ein Mann, der in einer der hinteren Reihen saß, aufstand. Matt erkannte ihn als den Alten im Hawaiihemd, den er vor dem Rathaus mit Howard hatte sprechen sehen.

»Ich lebe seit meiner Geburt auf dieser Insel«, unterbrach der Mann Ella mit rasselnder Stimme. »Anfangs wusste ich nicht, ob ich für oder gegen Mr. Larsons Pläne sein sollte. Ich hab mir angehört, was er zu sagen hat, und ich hab mir angehört, was Sie zu sagen haben.« Er sah Ella wütend an. Mit seiner vor Empörung zitternden Stimme erinnerte er an einen Fernsehprediger. »Ihre Argumente haben mich überzeugt. Das ist vielen von uns so gegangen. Sie haben über die Dinge geredet, die uns am Herzen liegen. Vielen von uns gefiel die Vorstellung nicht, dass plötzlich Scharen von Fremden hier auftauchen, die die Grundstückspreise in die Höhe treiben, sodass die Leute, die hier auf der Insel geboren sind, sich kein Haus mehr leisten können. Ich wollte nicht, dass mein Enkel sein Geld als Tellerwäscher oder Pizza-Fahrer verdienen muss, anstatt mit dem Fischfang, so wie sein Vater und so wie ich, bevor ich zu alt dafür wurde, und so wie mein Vater vor mir. Wir sind damit nie reich geworden, aber wir hatten immer unser Auskommen, und wir waren niemandem Rechenschaft schuldig und stolz darauf, unser Geld mit unserer eigenen Hände Arbeit zu verdienen.« Der Alte redete sich immer mehr in Rage, und seine Augen funkelten wütend.

»Wir haben Ihnen geglaubt, als Sie sagten, wir würden mehr

Polizisten brauchen, um mit den Drogenproblemen und den Einbrüchen und all dem fertig zu werden, was der Yachthafen an Veränderungen mit sich bringt. Sie haben uns gefragt, ob wir das wollten. Nun, wir wollten es nicht. Wir haben auf Sie gehört, Ella Young.« Er atmete tief durch. »Ich hatte schon immer was dagegen, dass eine Frau einen eigenen Kutter hat. Ich weiß, dass man sich heutzutage nicht beliebt macht, wenn man so was sagt, aber ich bin der Meinung, eine Frau sollte zu Hause bleiben und sich um Haushalt und Kinder kümmern. Männer und Frauen sollten tun, wozu die Natur sie bestimmt hat. Aber ich hab Ihren Vater gekannt, Ella, und obwohl ich mit Ihnen nicht immer einer Meinung bin, war ich bereit, Ihnen zu folgen. Doch jetzt glaube ich, dass das falsch war. Mr. Larson sagt, die Leute, die hierher kommen werden, gehören nicht zu der Sorte, die Drogen nehmen und saufen. Er sagt, all das Gerede von Kriminalität ist nur dazu da, uns Angst einzujagen, und er garantiert uns, dass die Inselbewohner immer als Erste gefragt werden, wenn neue Läden und Restaurants aufgemacht werden sollen. Es wird sogar jemanden geben, der den Leuten hilft, die Hotels und Restaurants so einzurichten, wie es den Touristen gefällt.« Bei diesen Worten schaute er um Bestätigung heischend zu Howard hinüber, der ernst nickte. »Es geht doch letztlich nur um die Frage, wem von Ihnen beiden wir glauben. Also, es macht mir nichts aus, einen Fehler einzugestehen. Wir können nicht alles ewig so lassen, wie es immer schon gewesen ist, und die jungen Leute brauchen eine Chance. Worauf ich hinauswill, ist Folgendes: Jeder in diesem Saal weiß, was Jerrod Gant gesehen hat, und nach allem, was vorher schon passiert ist, reicht mir das. Vielleicht kann Ihr feiner Anwalt aus Boston, der da drüben sitzt, dafür sorgen, dass Sie erst mal nicht ins Gefängnis müssen, aber das ändert gar nichts. Ich weiß jedenfalls, wem ich am Dienstag meine Stimme gebe.«

Nach diesen Worten verließ der Alte abrupt den Saal. Nur das Poltern seiner Schritte auf dem Korridor war in der darauf folgenden Stille zu hören. Ella stand kreidebleich am Rednerpult und brachte kein Wort heraus. Sie ließ ihren Blick durch den Saal schweifen, doch wo auch immer sie hinsah, wandten sich die Leute ab oder starrten sie feindselig an. Selbst ihre Anhänger rutschten nervös auf ihren Stühlen herum. Auf einmal war das Scharren eines Stuhls zu hören. Ein Mann erhob sich wortlos. Er zögerte kurz, als wollte er etwas sagen, doch dann drehte er sich einfach um und ging. Es war, als hätte ein einzelner Stein sich aus einem Abhang gelöst und einen Erdrutsch verursacht. Einer nach dem anderen standen die Leute auf, um zu gehen, und schon bald erfüllte das Scharren von Stühlen den ganzen Raum, bis Ella schließlich, als der Saal sich fast ganz geleert hatte, vom Podium herunterstieg und mit grimmiger Miene aus der Tür stürmte. Matt folgte ihr.

Er holte sie auf dem Gehweg vor dem Rathaus ein, der bereits in tiefem Schatten lag.

»Ella.« Er fasste sie am Arm, und sie drehte sich um. Ihre Augen funkelten vor Wut und Schmerz. »Das war nur ein einzelner Mann. Nehmen Sie sich das nicht so zu Herzen. Ich habe gesehen, wie er vor der Versammlung mit Howard gesprochen hat, vielleicht hat der ihn sogar dazu angestachelt.«

»Es war nicht nur er. Sie haben doch selbst gesehen, wie die Leute den Saal verlassen haben. Sie glauben alle, ich hätte Bryan getötet.«

»Nicht alle glauben das. Der Saal war doch nur zu einem Drittel gefüllt.«

»Genau«, erwiderte sie verbittert. »Die anderen haben sich nicht mal die Mühe gemacht, die Versammlung zu besuchen und zuzuhören. Sie haben sich alle schon eine Meinung über mich gebildet, und außerdem sind sie im Augenblick sowieso auf nichts anderes aus, als schnell zu Geld zu kommen.«

Sie klang entmutigt, beinahe hoffnungslos, und Matt fiel nichts ein, was er sagen konnte, um sie aufzuheitern. Sie hatte Recht, und sie wussten es beide.

»Vielleicht hatte ich sowieso nie wirklich eine Chance. Auch wenn ich nicht unter Mordverdacht geraten wäre. Letzten Endes liegt den Leuten nicht genug an der Insel. Sie interessieren sich nur für Geld und dafür, wie sie immer noch mehr davon bekommen können. Manche von denen sind auch nicht besser als Jake, der auf die Orcas schießt, weil sie die Fische fressen, die seiner Meinung nach ihm zustehen.«

»Sie sind im Augenblick einfach deprimiert. Bevor Bryan verschwunden ist, haben Sie nicht so geredet. Da waren Sie überzeugt, die Leute hier würden Sie wählen, und viele von ihnen hätten es auch getan. Sie sind eine Kämpferin, Sie dürfen jetzt nicht aufgeben. Sie müssen sich behaupten«, sagte Matt. »Es ist noch nicht vorbei.«

»Matt, die Wahl findet in vier Tagen statt. Und Sie haben immer noch keine Spur von Jerrod Gant. Die Leute glauben, wo Rauch ist, da ist auch Feuer.«

»Gant ist nicht unsere einzige Hoffnung. Ich hab eine Spur, der ich im Moment nachgehe. Es gibt jemanden, der wissen könnte, was mit Bryan geschehen ist.«

»Wer denn?«, fragte Ella überrascht.

»Kate Little.«

Ella sah ihn mit vor Schreck oder Verblüffung weit aufgerissenen Augen an und wich vor ihm zurück. Es war eine kaum merkliche Bewegung, doch er spürte sie. Er nahm seine Hand von ihrem Arm.

»Was ist los?«

Sie schüttelte den Kopf. »Nichts.«

»Ella, kennen Sie Kate Little? Wissen Sie, ob sie in diese Geschichte verwickelt ist?«

»Nein. Ich kenne sie nicht.«

Er musste daran denken, wie sie vor der Post beinahe mit Kate zusammengestoßen wäre, wie die beiden Frauen sich angesehen hatten.

»Hören Sie, Matt, ich muss gehen.«

»Ich begleite Sie.«

Ella zögerte. »Ich brauche Zeit zum Nachdenken. Über heute Abend, über alles. Allmählich macht mich diese Sache ganz krank. Würde es Ihnen etwas ausmachen, mich allein zu lassen? Ich brauche einfach ein bisschen Zeit. Bitte.«

Widerstrebend willigte er ein. »Ich rufe Sie an.«

Sie versuchte zu lächeln, doch es gelang ihr nicht. Sie wirkte müde und abgekämpft. »Danke«, sagte sie. Er schaute ihr nach, lauschte dem Klang ihrer Schritte, die von den Häuserwänden widerhallten. Dann stand er allein auf dem Platz. Durch die offene Tür des Rathauses fiel Licht nach draußen.

26

Die Orcas schwammen in südwestlicher Richtung. Sie kamen aus den tiefen Gewässern jenseits des Riffs, wo sie nach Beute gesucht hatten. Es war noch früh, Sonnenaufgang, und der alte Bulle döste vor sich hin. Die See war ruhig, beinahe glatt, und die stromlinienförmigen Körper der Orcas machten leise, plätschernde Geräusche, wenn sie die Wasseroberfläche in sanften Bögen durchbrachen. Am Horizont zeigte sich ein heller Streifen, und es sah so aus, als würde es wieder ein heißer Tag. Das Hochdruckgebiet, das seit zwei Wochen über dem Golf lag, schien bewegungslos zu verharren. Nachts wurde der Himmel im Westen häufig von Blitzen erhellt, und Donner grollte wie anhaltender Trommelwirbel, der ab und zu näher kam, sich dann jedoch wieder zurückzog, und jeden Morgen brannte die Sonne erneut erbarmungslos aufs Meer.

Ben Harper hatte eine Fahrt auf der *Santorini* ergattert. Der Motor seines Bootes war immer noch nicht in Ordnung, aber weil er die Chance nicht verpassen wollte, die Thunfischjagd zu beobachten, hatte er Ella angeboten, sie dafür zu bezahlen, wenn sie ihn auf ihrem Kutter mitnahm. Sie hatte ihm gesagt, er solle sein Geld behalten, sie nehme ihn auch so mit.

Sie befanden sich etwa acht Meilen vor der Küste von St. George. Der Ozean war gesprenkelt mit einer ganzen Flotte von Booten verschiedenster Größe. Sie kamen sowohl aus

Sanctuary als auch aus den Häfen der umliegenden Inseln und von der Festlandküste. Überall im Golf waren riesige Blauflossenthune gesichtet worden, und einigen Berichten zufolge waren auch die kleineren Bonitos und Weiße Thune in größerer Anzahl aufgetaucht als in den vergangenen Jahren. Die etwa zwanzig Meter langen Schleppnetzschiffe und Leinenkutter, die weit draußen bei den Sandbänken fischten, fingen große Mengen dieser Fische, hin und wieder sogar einen vier- oder fünfhundert Pfund schweren Blauflossenthun. Schwertfischfänger, die normalerweise weiter im Norden unterwegs waren, beteiligten sich ebenfalls an der Jagd auf die Giganten. Motorboote, voll besetzt mit zahlenden Sportanglern, bevölkerten die Küstengewässer von Maine und Massachusetts, und jeder Mann und auch jede der wenigen Frauen unter ihnen hoffte, einen der riesigen Fische zu ergattern.

Ella musste an die Versammlung denken und daran, wie Matt plötzlich aus heiterem Himmel Kates Namen erwähnt hatte. Sie fragte sich, ob er ihre Verblüffung bemerkt hatte. Es war alles so ein furchtbarer Schlamassel. Als sie bei ihrem Wagen angekommen war, hätte sie um ein Haar kehrtgemacht und ihm alles erzählt. Die Vorstellung war ihr auf einmal verlockend erschienen. Sich alles von der Seele zu reden, sich ihm anzuvertrauen. Doch die Erinnerung an die Nacht im Gefängnis hatte sie davon abgehalten. Ihr war klar, dass sie Matt unrecht tat, aber sie wusste auch, dass es nicht nur um ihr Leben ging. Ihre Gedanken überschlugen sich, doch irgendwann schob sie sie beiseite und konzentrierte sich auf das Meer.

Ben Harper stand neben dem Ruderhaus an der Reling. Sie waren schon seit vier Stunden unterwegs, hatten jedoch bisher nur ein paar Felsenbarsche und Goldmakrelen gefangen. Ben suchte das Meer mit seinem Fernglas ab und sah dann ein Sportboot genauer an, das in ihrer Nähe dümpelte. Der Skipper stand am Bug unter einem Sonnensegel und ließ den Blick rundum über das Meer schweifen. Am Heck saßen vier Männer, deren Angelleinen schlaff ins Wasser hingen. Einer von ihnen nahm Bierdosen aus einer Kühlbox und verteilte sie an seine Kumpels. Ein anderer leerte noch schnell die Dose, die er gerade in der Hand hielt, und warf sie aufs Deck, bevor er die neue entgegennahm. Die Männer sahen aus wie Vertreter auf Urlaub. Sie waren übergewichtig, trugen Shorts und Polohemden, die über ihren Bäuchen spannten, und auf dem Kopf Baseballkappen. Ihre Nasen hatten sie mit fluoreszierender Sonnencreme eingeschmiert. Wahrscheinlich waren sie in einem der zahlreichen Privathäuser in Sanctuary untergebracht, die hastig umgeräumt worden waren, um Pensionsgäste aufnehmen zu können.

Ben meinte, die vier Männer am Morgen im Café gesehen zu haben, wo sie gut gelaunt das »Big Fisherman's Breakfast Special« mit Schinken, Rührei, Würstchen und Pfannkuchen verspeist hatten, das für elf Dollar angeboten wurde. Das gleiche Frühstück war vor ein paar Tagen noch für vier Dollar fünfundneunzig zu haben gewesen. Die Männer hatten lautstark Wetten darüber abgeschlossen, wer den größten Fisch fangen würde. Jetzt wirkten sie nur gelangweilt und waren offenbar schon leicht betrunken.

»Wenn bei den Typen einer anbeißt, kriegen sie Schwierigkeiten«, murmelte er vor sich hin.

Ella hörte die Bemerkung. »Das ist das Schlimmste, was einem Skipper passieren kann, der Chartertouren anbietet. Zahlende Kunden, die auf ihrem Hintern rumsitzen und keinen Fisch zu Gesicht bekommen. Vor allem, wenn's noch nicht mal Wellengang gibt.«

»Was macht das denn für einen Unterschied?«

»Bei Wellengang kann man wenigstens hoffen, dass ein paar von ihnen damit beschäftigt sind, ihr Frühstück über die Reling zu befördern«, erwiderte Ella grinsend.

Über ihnen war ein dumpfes Dröhnen zu hören. Ben hielt sich schützend eine Hand über die Augen und suchte den Himmel ab. Weit im Osten entdeckte er das Flugzeug. Wahrscheinlich war es auf der Suche nach Thunfischschwärmen, auf die die großen Fangschiffe Jagd machen konnten. Anscheinend hatte es aber auch nicht mehr Glück, denn es drehte ab und verschwand schließlich in der Ferne. Um sich zu beschäftigen, holte Ben seine Kamera und nahm ein Boot ins Visier, das sich von Westen her näherte. Es war etwa eine Meile von ihnen entfernt. Vor dem Ruderhaus stand ein Mann, der etwas in den Armen hielt, und als das Boot näher kam, erkannte Ben, dass es sich um ein Gewehr handelte. Er las den Namen des Boots, *Seawind*, und machte ein paar Aufnahmen. Dann, als er sah, dass der Bug beschädigt war, erinnerte er sich, wo er den Namen schon einmal gehört hatte.

»Ist das nicht der Kerl, mit dem Sie aneinander geraten sind?«, fragte er.

Ella wandte sich um. »Ja«, sagte sie stirnrunzelnd.

Ben wandte seine Aufmerksamkeit wieder den Bier trinkenden Vertretern auf dem gecharterten Boot zu. Sie waren in der Zwischenzeit aufgestanden und hielten offenbar nach etwas Ausschau, das sich in östlicher Richtung befand. Plötzlich sprang der Skipper auf und trat ans Ruder. Die Männer begannen, ihre Angelschnüre einzuholen.

»Da tut sich was.«

Andere Boote fuhren in dieselbe Richtung wie das Boot mit den Vertretern, und Ben und Ella fingen an, das Meer mit ihren Ferngläsern abzusuchen. Anfangs konnte Ben nichts entdecken, doch dann erregte eine Bewegung seine Aufmerksamkeit. Er konzentrierte sich auf die Stelle, und da war es wieder. Etwas Silbriges blitzte im Sonnenlicht auf, gleich darauf noch etwas. Er drehte sich zu Ella um, aber die hastete bereits zurück ins Ruderhaus.

»Ich hab sie gesehen.«

»Thunfische«, sagte Ben. »Sieht nach einem großen Schwarm aus. Fünfzig-, Sechzigpfünder, schätze ich.«

Überall um sie herum änderten Boote ihren Kurs. Die großen Sportboote brachten es mit voll aufgedrehtem Motor auf eine Geschwindigkeit von bis zu fünfunddreißig Knoten. Auf der Backbordseite wurde die *Santorini* von zwei Booten überholt, die mehrere hundert Meter voneinander entfernt fuhren. Mit hoch aufragendem Bug jagten sie durch die Dünung und hinterließen weißschäumendes Kielwasser. Ben zählte mehr als dreizehn Boote, die alle auf den Fischschwarm zurasten, gefolgt von zahlreichen langsameren Kuttern wie der *Santorini*.

»Das gibt ein Riesenchaos«, murmelte er vor sich hin.

Mehrere Boote mit Schleppangeln am Heck erreichten als

Erste das Gebiet, wo die fliehenden Thunfische gesichtet worden waren. Ben beobachtete das Treiben, doch es hatte den Anschein, als würde keiner anbeißen.

»Seltsam«, sagte er. Die *Seawind* fuhr auf nördlichem Kurs und schien sich nicht an der Thunfischjagd zu beteiligen, während die anderen Boote, die Kurs auf den Schwarm genommen hatten, einander gefährlich nahe kamen. Einige kleinere Boote liefen Gefahr, durch die Bugwellen größerer, schnellerer Boote zum Kentern gebracht zu werden. Es sah so aus, als handelte es sich um mehrere Thunfischschwärme, die sich miteinander vermischt hatten, unter ihnen der eine oder andere gigantische Blauflossenthun. Ein zwölf Meter langes Sportboot kreuzte gefährlich vor dem Bug eines etwas kleineren Krabbenfischers, was beinahe zu einer Kollision geführt hätte. Als Ella das Durcheinander vor ihnen sah, drosselte sie den Motor der *Santorini*.

»Irgendwas stimmt da nicht«, sagte Ben. »Sie beißen überhaupt nicht.«

Er schaute mit dem Fernglas in die Richtung, aus der die Thunfische flüchteten, und etwa einen Kilometer entfernt entdeckte er, was sie so in Panik versetzt hatte. Eine Herde Orcas tummelte sich in den Wellen. Wahrscheinlich machten sie sich gerade über die Thunfische her, denen die Flucht nicht gelungen war, und die *Seawind* hielt exakt Kurs in diese Richtung. Der Horizont hinter den Orcas wirkte verhangen, als hätten sich Wolken auf das Meer gelegt, doch der Himmel war klar.

»Was hat er bloß vor?«

»Ich weiß nicht.« Ella zog die Stirn kraus, doch dann änderte sie abrupt den Kurs und fuhr mit voller Kraft voraus.

Während Jake die Orcas beobachtete, bemerkte er aus den Augenwinkeln, dass die *Santorini* ihren Kurs änderte. Ein vertrauter, dumpfer Schmerz begann in seinem Hinterkopf zu pochen und sich allmählich in seinem ganzen Schädel auszubreiten. Er hob sein Fernglas und nahm Ella ins Visier. Warum zum Teufel hatten Baxter und Richter Walker sie nur laufen lassen, fragte er sich, nach allem, was Jerrod Gant gesehen hatte? Wahrscheinlich hatte dieser Anwalt, mit dem sie so dicke war, sie rausgehauen. Hatte alles zu ihrem Vorteil hingebogen, wie diese Rechtsverdreher es immer machten. Durch das Fernglas betrachtet, schien sie fast in Reichweite zu sein. Jakes Finger verkrampften sich, und der Kopfschmerz erreichte seine Schläfen. Vor seinen Augen flimmerten winzige schwarze Punkte. Ohne sich dessen bewusst zu sein, knirschte er mit den Zähnen.

Penman tauchte in der Tür des Ruderhauses auf. Er wirkte ungeduldig. Jake warf ihm einen flüchtigen Blick zu. »Mach schon mal 'ne Harpune fertig.«

Direkt vor ihnen schoss ein Orca fast senkrecht aus dem Wasser hoch. Das massige Tier drehte sich in der Luft, sein schwarz-weiß gefleckter Körper mit der an ein Segel erinnernden Rückenflosse glitzerte im Sonnenlicht. Dann krachte das Tier seitlich in die Wellen zurück, und das Wasser spritzte meterhoch auf. Anscheinend hatten die Orcas einige Fische zusammengetrieben. Ein gigantischer Blauflossenthun sprang aus dem Wasser und flüchtete in südliche Richtung.

»Wir kommen zu spät«, sagte Penman. Er hatte den Eindruck, dass alle Thunfische, die noch nicht getötet worden waren, bereits die Flucht ergriffen hatten.

»Ich will diesen Bullen haben«, erwiderte Jake, ohne den Blick vom Fenster zu wenden. »Das Mistvieh hat mir zum letzten Mal meinen Fang gestohlen.«

Penman zögerte. Er hatte nichts dagegen, einen Orca zu töten, wenn sich die Gelegenheit dazu bot. Jeder Orca weniger bedeutete mehr Beute für die Fischer. Aber der Ausdruck in Jakes Augen gefiel ihm nicht. Die Männer machten schon Bemerkungen darüber, wie seltsam Jake sich aufführte. Okay, sie wussten alle, dass die Sache mit Bryan ihm zusetzte, aber so wie er neuerdings auf Ella fixiert war und jetzt auch noch auf die Orcas, das war nicht mehr normal. Wenn er neulich nicht so erpicht darauf gewesen wäre, Ellas Leine zu kappen, hätten sie die Blauflossenthune vielleicht früher gesichtet und selbst einen gefangen, anstatt die *Rose Marie* zu rammen.

Jake fuhr herum. »Verdammt, worauf wartest du noch?«

Penman eilte zum Bug, um die Harpune bereitzumachen. Wenn Jake sich etwas in den Kopf gesetzt hatte, tat man gut daran, sich nicht mit ihm anzulegen.

»Diesmal kriege ich ihn«, rief Jake ihm nach. Von Westen her zog eine breite Nebelbank auf. Penman arbeitete schnell, und als die *Seawind* sich den Orcas näherte, entdeckte er die große, doppelt gekerbte Rückenfinne des Bullen. Die Tiere hatten ihre Jagd beendet. Die Wasseroberfläche war mit einem schimmernden Film aus Öl und Blut bedeckt. Jake hatte den Bullen ebenfalls gesehen und drehte die *Seawind* bei. Der Schwertwal tauchte, dann durchbrach sein Kopf die Wasseroberfläche, und Penman hätte schwören können, dass der Bulle ihn beobachtete. Er verschaffte sich einen festen Stand und bereitete sich darauf vor, die Harpune zu werfen, sobald sie nahe dran waren. Doch plötzlich tauchte der Orca wieder ab, und die ganze Herde schwamm in östlicher Richtung davon, der Bulle an der äußeren rechten Flanke.

Die *Seawind* vibrierte, und die Motoren heulten, als Jake volle Fahrt aufnahm. Bei ruhiger See kam der Kutter schnell voran. Vom Ruderhaus aus konnte Jake den Bullen, der in etwa sechs Meter Tiefe schwamm, deutlich erkennen. Er wusste, dass das Tier alle paar Minuten auftauchen musste, um Luft zu holen, und wenn es ihm gelang, ein bisschen näher ranzukommen, hätte Penman leichtes Spiel.

»Diesmal krieg ich dich, du verdammtes Mistvieh«, murmelte er vor sich hin. »Diesmal entkommst du mir nicht.« Er blickte auf in der Erwartung, nichts als den weiten Ozean vor sich zu sehen, doch stattdessen rasten sie auf eine weiße Wand zu. Die Nebelbank hatte sich durch das Zusammentreffen von kalten Strömungen mit der warmen Luft über dem Wasser rapide ausgebreitet. Jake begriff, dass der Bulle vorhatte, sich im Nebel in Sicherheit zu bringen, doch es war zu spät. Gegen die Geschwindigkeit der *Seawind* hatte er keine Chance.

In diesem Augenblick bemerkte Jake, dass die *Santorini* auf einem Kurs fuhr, der seinen kreuzte.

Ben sah, wie die *Seawind* dem Orca immer näher kam. »Er holt auf!«, rief er.

»Ich fahr, so schnell ich kann«, schrie Ella gegen das Dröhnen des Motors an. Der Abstand zwischen den beiden Booten verringerte sich stetig, sie hatte keine Ahnung, wie sie verhindern sollte, dass Jake den Orca tötete.

Ben schlug mit der Faust auf die Reling. »Verdammt! Wir müssen irgendwas unternehmen.«

Die *Santorini* fuhr mit voller Kraft voraus, und es hörte sich an, als würde sie jeden Augenblick auseinander brechen. Doch Ella wusste, wenn sie das Tempo verringerte, würde der Orca getötet werden, und das konnte sie nicht zulassen. Gordon warf ihr einen besorgten Blick zu, während er sich grimmig an der Reling festklammerte.

Die *Seawind* holte immer weiter auf, aber der Orca schien die Gefahr erkannt zu haben und schwamm auf die rettende Nebelbank zu. Wenn es ihr gelang, Jake durch irgendein Manöver zu veranlassen, seine Geschwindigkeit zu drosseln, hatte das Tier vielleicht eine Chance, dachte Ella. Der Abstand zwischen den beiden Booten betrug jetzt weniger als hundert Meter und verringerte sich zusehends. Wenn sie ihren Kurs beibehielt, würde sie mit der *Seawind* kollidieren. Die *Santorini* vibrierte unter der Belastung, der Motor stampfte unter ihren Füßen wie ein gigantischer Presslufthammer, und Ella hatte das Gefühl, als würden die Nägel gleich aus den Deckplanken springen. Sie fragte sich, ob sie es schaffen konnte, vor dem Bug der *Seawind* zu kreuzen und Jake dadurch zum Aufgeben zu zwingen, oder ob er sie mittschiffs rammen würde. Wenn das geschah, würde die *Santorini* zerbrechen und sinken. Sie würden alle ertrinken, denn selbst wenn sie den Zusammenstoß überlebten, würden sie von dem entstehenden Sog in die Tiefe gerissen. Sie sah Penman am Bugspriet stehen, in der Hand eine Harpune, bereit zu werfen. Wenn sie ihren Kurs beibehielt, konnte sie die Harpune vielleicht abfangen. Sie schätzte die Entfernung, unsicher, ob sie es wagen sollte. Nein, es war zu knapp, sie musste abdrehen.

»Was haben Sie vor?«, schrie Ben.

»Er wird uns rammen.«

Ben schüttelte den Kopf. »Sie können es schaffen.«

»Es ist zu knapp«, rief Ella. Aber er hörte nicht zu. Sie schaute zu Gordon hinüber. Sein Gesicht war kreideweiß, doch er wirkte wild entschlossen. Ella wusste, dass ihr nur Sekunden blieben, um eine Entscheidung zu treffen. Die *Seawind* ragte bedrohlich vor ihnen auf, und das Geräusch, das ihr Bug beim Durchpflügen des Meeres verursachte, mischte sich mit dem Dröhnen des Motors der *Santorini*.

Der Schwertwal tauchte auf, um Luft zu holen, und Penman machte sich zum Wurf bereit. Ben warf Ella einen letzten flehenden Blick zu.

»Sie sind verrückt«, sagte sie. »Das kann nicht gut gehen.«

Doch noch während sie die Worte aussprach, erkannte sie, dass es zu spät war, um auszuweichen, und im Bruchteil einer Sekunde traf Ella die Entscheidung, den Kurs zu halten. Sie schloss die Augen und betete, die Gnade irgendeines Gottes möge gewähren, dass sie überlebte, sodass sie sich später einmal an ihre eigene Dummheit erinnern konnte. Das Herz klopfte ihr bis zum Hals, und ihr ganzer Körper spannte sich an in Erwartung des Zusammenpralls.

Das Letzte, was sie sah, war der Nebel, der sie wie ein riesiger gespenstischer Vorhang einhüllte.

Im allerletzten Moment begriff Jake, was Ella vorhatte. Fluchend stürzte er aus dem Ruderhaus und schrie Penman an, er solle die Harpune werfen. Der Orca tauchte kurz auf, und einen Augenblick lang gab er ein perfektes Ziel für Penman ab, bevor Ella vor dem Bug der *Seawind* kreuzte.

»Wirf, verdammt noch mal!«, schrie Jake. Doch Penman zögerte, und da stieß Jake ihn zur Seite, schnappte sich die Harpune, zielte und bekam gerade noch mit, wie Ella ihn direkt ansah, als er die Harpune schleuderte.

Ella duckte sich instinktiv, und im selben Augenblick regneten Glasscherben auf sie nieder. Die Harpune hatte das Seitenfenster des Ruderhauses zertrümmert, zischte direkt über ihren Kopf hinweg und bohrte sich in die Holzwand hinter ihr. Wieder schloss sie die Augen und wartete auf den Zusammenstoß. In dem Moment wurde die *Santorini* vom Kielwasser der *Seawind* angehoben. Ella wurde an die Decke geschleudert, dann stürzte sie wieder zu Boden und schlug sich die Stirn am Ruder auf. Benommen und unfähig, sich zu bewegen, lag sie da und wartete darauf, das Geräusch von zersplitterndem Holz zu hören und von gurgelndem Wasser, das sie in ihr nasses Grab hinabzog, und auf einmal sah sie eine Gestalt vor sich, die aussah wie ihr Vater. Dann war es plötzlich totenstill, und ihr wurde schwarz vor Augen.

Als sie wieder zu Bewusstsein kam, stand Ben Harper neben ihr und half ihr auf die zittrigen Beine. Es war doch nicht ihr Vater gewesen. Die plötzliche Stille verwirrte sie, bis sie sah, dass sie bei ihrem Sturz an den Gashebel gekommen sein und den Motor abgeschaltet haben musste. Die *Santorini* trieb in der gespenstischen Stille des Nebels.

»Ich hatte nicht mehr damit gerechnet, dass sie es riskieren würden«, sagte Ben heiser.

Er war blass, und der Schreck stand ihm ins Gesicht geschrieben. Seine Hand zitterte, als er Ella losließ. »Sie haben sich verletzt.«

Er reichte ihr ein Taschentuch und führte ihre Hand an ihre Stirn. Sie blutete ein wenig, und der ganze Kopf schmerzte. Plötzlich erstarrte Ella.

»Gordon. O mein Gott, wo ist Gordon?«

Sie rannte an Deck, doch da kam er schon auf sie zugestolpert, und sie nahm ihn in die Arme und drückte ihn fest an sich.

»Alles in Ordnung?«, fragte sie besorgt, als sie ihn wieder losließ.

»Alles in Ordnung.«

Ihr Herzklopfen ließ nach. Sie hörte das Motorengeräusch der *Seawind*, das allmählich immer leiser wurde.

Zwanzig Minuten lang trieben sie im dichten Nebel. Hin und wieder wurde die Stille durch das Tuten eines Nebelhorns unterbrochen, doch ansonsten kam es ihnen vor, als befänden sie sich in einer Geisterwelt, als wäre das, was geschehen war, ein Traum gewesen. Schließlich lichtete sich der Nebel unvermittelt und löste sich in Dunstschwaden auf. In der Nähe hörten sie ein Platschen, und als sie sich umsahen, verschwand eine Rückenfinne wenige Meter von ihnen entfernt im Wasser. Ein massiger Schwertwal glitt lautlos unter dem Boot hindurch. Verblüfft liefen sie auf die andere Seite und beugten sich über die Reling. Der Orca durchbrach die Wasseroberfläche, und für einen Moment schien er sie anzusehen, dann tauchte er unter und verschwand.

27

Es war schon spät, als Baxter unerwartet in Matts Kanzlei erschien. Matt hatte mit einigen Leuten in Boston telefoniert, die ihm einen Gefallen schuldeten, und sie gebeten, Erkundigungen über Kate und Evan Little einzuholen. Es war nichts Neues dabei herausgekommen. Alle Informationen stimmten mit dem überein, was die Littles ausgesagt hatten, und keiner der beiden war vorbestraft. Matt wollte gerade Feierabend machen, als der Polizeichef an die Tür klopfte.

»Ich hab noch Licht gesehen. Sie haben wohl einen ziemlich langen Arbeitstag, was?«, meinte Baxter.

»Ich wollte mich gerade auf den Heimweg machen.« Matt knipste die Schreibtischlampe aus, stand auf und streckte sich. Er sagte Baxter nichts von den Telefonaten.

»Ich bin hergekommen, um Ihnen was zu erzählen.« Baxter berichtete Matt von dem Vorfall, der sich auf See zugetragen hatte. »Es war reine Glückssache, dass niemand ums Leben gekommen ist. Genau so was hab ich die ganze Zeit befürchtet«, fügte er mit leicht vorwurfsvollem Unterton hinzu.

»Sie glauben, Jake wollte Ella mit der Harpune treffen?« Matt malte sich die Szene in Gedanken aus. Wie die beiden Boote aufeinander zurasten und wie der lange, tödliche Speer auf Ella zuschoss.

»Jake ist ziemlich unberechenbar.«

»Und was werden Sie jetzt tun?«

»Ich kann nicht viel tun. Mit Jake hab ich bereits gesprochen. Er behauptet, das Ganze sei ein Unfall gewesen.«

»Und, glauben Sie ihm?«

Baxter überlegte. »Nein. Ich hab ihn gewarnt, aber das muss ihn nicht unbedingt beeindrucken.«

Baxter nahm einen Kaugummi aus seiner Jackentasche und wickelte ihn aus, dabei ließ er seinen Blick neugierig durch das Büro schweifen. Matt schielte zu einem Notizblock hinüber, der auf seinem Schreibtisch lag. Auf dem obersten Blatt stand Kate Littles Name geschrieben, mehrmals dick mit schwarzer Tinte unterstrichen.

»Kann ich sonst noch was für Sie tun, Chief?«

»Ich habe über das nachgedacht, was Sie in Richter Walkers Büro sagten. Dass Jerrod Gant vom Bau des Yachthafens profitieren könnte.«

Matt meinte, einen versöhnlichen Unterton aus Baxters Stimme herauszuhören. »Und?«

»Ich weiß nicht. Ich kann mir einfach nicht vorstellen, dass Jerrod Gant ganz von allein auf so was kommen würde.«

»Sie meinen, jemand könnte ihm einen Floh ins Ohr gesetzt haben? Zum Beispiel Howard Larson?«

»Ja, möglicherweise Howard Larson.«

»Sie kennen den Mann besser als ich, Chief. Trauen Sie ihm so was zu?«

»Vielleicht.«

»Aber solange wir Jerrod Gant nicht finden, können wir nicht in Erfahrung bringen, was er wirklich gesehen hat«, merkte Matt an. »Ich nehme an, in dieser Hinsicht haben Sie noch kein Glück gehabt?«

»Noch nicht. Sie?«

»Nein.«

Matt hatte das Gefühl, dass Baxter allmählich zugänglicher wurde. Dass er unter anderem deswegen zu ihm in die Kanzlei gekommen war, um das Gespräch zwischen ihnen wieder in Gang zu bringen. Das freute Matt. Baxters Blick fiel auf den Notizblock auf dem Schreibtisch, und seine Augen verengten sich leicht, als er den Namen las, der auf dem obersten Blatt stand. Er sah Matt an und schien etwas sagen zu wollen, doch dann überlegte er es sich anders. Eine ganze Weile schaute er gedankenverloren aus dem Fenster.

»Ich muss jetzt gehen«, meinte er schließlich. Er klang müde und ausgelaugt. »Ich schätze, es wird wieder eine arbeitsreiche Nacht.« An der Tür blieb er noch einmal stehen. »Vielleicht können Sie mal nach Ella sehen, falls Sie Zeit haben.«

»Danke für Ihren Besuch, Chief«, sagte Matt.

Baxter starrte ihn an, dann nickte er kaum merklich.

Nachdem Baxter gegangen war, rief Matt Ella an. Er erzählte ihr, dass er gehört hatte, was geschehen war, und dann fragte er sie, ob er etwas für sie tun könne.

»Nein, danke.« Ihre Stimme klang bleiern. »Das Einzige, was ich jetzt brauche, ist Schlaf.«

Es entstand eine verlegene Pause. Matt hatte den ganzen Tag über immer wieder an Ellas Reaktion denken müssen, als er am Vorabend nach der Versammlung Kate Littles Namen erwähnt hatte.

»Matt, ich bin hundemüde«, sagte sie, als hätte sie seine Gedanken erraten. »Ich werde mich jetzt einfach ins Bett legen.«

»Ella, ich muss mit Ihnen reden.«

Lange sagte sie nichts, dann seufzte sie. »Ich weiß. Aber nicht heute Abend. Bitte.«

»In Ordnung. Aber es muss bald sein.«

»Ja, bald. Ich verspreche es.«

Weil Ella so erschöpft klang und weil er sein Anliegen nicht am Telefon mit ihr besprechen wollte, beließ er es dabei. Nachdem er aufgelegt hatte, saß er noch eine Weile im Halbdunkel und dachte an das, was Baxter über Jake und die Gefahr, die von ihm ausging, gesagt hatte. Allmählich machte er sich große Sorgen um Ella.

Es war schon dunkel, als Matt die Tür zu seiner Kanzlei abschloss und zum Hafen hinunterging. Dort traf er Ben Harper an, der im Schein einer behelfsmäßig aufgehängten Glühbirne an seinem Boot arbeitete. Ben erzählte Matt ausführlich, was sich auf See ereignet hatte.

»Ich sage Ihnen, das war Absicht. Der Typ wollte Ella mit

der Harpune treffen«, schloss er. »Sie ist wirklich eine eindrucksvolle Frau. Übrigens, hat man inzwischen etwas von dem Mann gehört, der verschwunden ist?«

»Noch nicht.«

»Die Leute glauben, er liegt da unten in dem Meeresgraben, stimmt's?«

»So ungefähr. Warum fragen Sie?«

»Wie? Ach, ich hab da so eine Idee, aber ich möchte der Sache erst auf den Grund gehen.«

»Hat es was mit Ella zu tun?«

Ben zuckte die Achseln. »Was sie heute da draußen getan hat, war verdammt mutig. Ich mag sie. Ich würde ihr gern helfen, aber wie ich schon sagte, ich muss erst noch ein paar Dinge überprüfen.« Seine Andeutungen machten Matt neugierig, doch Ben ließ sich nicht dazu überreden, mehr preiszugeben. »Vielleicht ist ja gar nichts an der Sache dran.«

Er versprach, sich mit Matt in Verbindung zu setzen, falls er etwas Wichtiges in Erfahrung bringen sollte, dann verabschiedeten sie sich, und Matt machte einen Spaziergang am Hafen entlang, um einen klaren Kopf zu bekommen. Es war dunkel, und der Hafen war voller Boote. Im *Schooner* herrschte Hochbetrieb. Jedes Mal, wenn die Tür geöffnet wurde, drang lautes Stimmengewirr nach draußen, und durch den Zigarettendunst konnte man das Gedränge in der Kneipe sehen.

Matt schaute aufs Wasser. Es war so schwarz wie Öl, und weiter draußen spiegelten sich die Lichter der Stadt und tanzten auf den Wellen. Bei der *Santorini* angekommen, blieb Matt stehen und betrachtete das zerborstene Fenster des Ruderhauses. Als er die Reling mit beiden Händen umfasste und auf das Wasser hinunterschaute, wurde ihm schwindlig. Der Kutter schaukelte ganz leicht und scheuerte am Pier. Matt trat kalter Schweiß auf die Stirn. Er holte tief Luft, dann kletterte er an Bord. Er stellte sich mit beiden Füßen fest auf das Deck und kämpfte gegen die aufkommende Übelkeit an. Nach einer Weile ging er zum Ruderhaus und befühlte das zersplitterte Holz, wo die Harpune sich in die Wand gebohrt hatte. Genauso gut hätte Ella von dem Geschoss getroffen werden können, dachte er erschaudernd.

Nach einer Weile kletterte Matt zurück auf den Pier. Die *Seawind* war ein Stück entfernt festgemacht, und als er näher kam, bemerkte er, dass jemand an Bord war. Jake stand an der Reling und beobachtete ihn. Sein Gesicht wirkte ausdruckslos, es war unmöglich, seine Gedanken zu lesen.

»Ich hab gehört, es hat heute Ärger gegeben«, begann Matt. Doch Jake antwortete nicht. Er verharrte regungslos. »Jemand hätte getötet werden können.«

Jake wandte den Blick ab. »Anwälte«, sagte er verächtlich. »Sie und Baxter und dieser Richter, Sie haben doch überhaupt keine Ahnung. Es ist schon jemand getötet worden, falls Sie das vergessen haben sollten. Glauben Sie vielleicht, ich sehe tatenlos zu, wie sie ungeschoren davonkommt?«

»Ella hat nichts mit der Sache zu tun, Jake, was auch immer Bryan zugestoßen sein mag.«

»Soll das ein Witz sein? Reicht es nicht, dass sie ihn bedroht hat und dass Carl Johnson gesehen hat, wie sie ihn ins Wasser geworfen hat, eingewickelt wie ein verdammtes Stück Pökelfleisch? Ihr Anwälte faselt doch dauernd was von Beweisen, aber dann meldet sich ein Zeuge, der alles gesehen hat, und was passiert? Sie quatschen dem Richter die Ohren voll, und Ella läuft immer noch frei in der Gegend rum.«

»Jerrod Gant ist verschwunden«, bemerkte Matt. »Solange wir nicht mit ihm gesprochen haben, können wir nicht wissen, was genau er gesehen hat.«

»Alles dummes Gequatsche! Aber Sie halten ja sowieso zu ihr. Sie gefällt Ihnen, stimmt's? Nach allem, was ich gehört hab, sind Sie ziemlich gut mit ihr befreundet.«

»Das hat nichts mit dieser Sache zu tun, Jake.«

»Verarschen kann ich mich selbst. Wollen Sie mir etwa erzählen, Ella würde nach dem, was Gant ausgesagt hat, noch frei rumlaufen, wenn Sie nichts mit ihr hätten?« Jake verzog sein Gesicht zu einem hämischen Grinsen. »Sie hat Sie um den kleinen Finger gewickelt, was? Womit bezahlt sie Sie denn, hä? Bilden Sie sich etwa ein, Sie wären der Einzige? Dann will ich Ihnen mal was verraten, Herr Rechtsverdreher. Ella hat es faustdick hinter den Ohren.«

Matt ballte die Fäuste und versuchte, sich nicht von Jake

provozieren zu lassen. »Ich warne Sie. Lassen Sie sie in Ruhe, Jake.«

Jake lachte. »Was ist los? Hab ich einen wunden Punkt getroffen? Hören Sie, Herr Rechtsanwalt, sie ist es nicht wert. Verdammt, sie hat mir sogar angeboten, die Beine für mich breit zu machen, wenn ich sie dafür in Frieden lasse. Na, wie schmeckt Ihnen das?«

Matt reagierte, ohne nachzudenken. Er hielt sich an der Reling fest und sprang an Deck. Jake starrte ihn zunächst nur verblüfft an, doch dann stürzte er sich mit Gebrüll auf ihn. Matt wich aus und versetzte Jake einen kurzen, harten Schlag mit der Faust hinters Ohr. Jake ging stöhnend zu Boden. Mit einem dumpfen Geräusch schlug sein Kopf auf dem Deck auf.

Matts Wut war augenblicklich verflogen. Er war außer Atem, und seine Knöchel schmerzten von dem Schlag. Er trat näher, um nachzusehen, ob Jake schlimm verletzt war.

»Alles in Ordnung?«, fragte er und streckte ihm die Hand entgegen.

Jake packte Matts Arm, zog ihn ruckartig an sich heran und versetzte ihm einen heftigen Stoß mit der Stirn aufs Nasenbein. Es krachte vernehmlich, und Matt schmeckte Blut im Hals. Er wankte rückwärts, was Jake Zeit gab, aufzuspringen und ihn mit einem Faustschlag in die Rippen zu Fall zu bringen. Als Matt auf den Deckplanken landete, holte Jake zu einem Tritt gegen seine Schläfe aus, doch Matt erwischte Jakes Bein, und unter Einsatz seines ganzen Körpergewichts riss er ihn zu Boden. Plötzlich war Jake auf allen vieren und kroch auf Matt zu. Matt rollte zur Seite, immer noch ein wenig benommen. Er blutete heftig aus der Nase. Jake war schwerer, und Matt wusste, wenn der andere es schaffte, sich auf ihn zu stürzen, würde er sich nicht wieder abschütteln lassen. Wahrscheinlich würde er ihm den Schädel auf dem Bootsdeck zertrümmern. Er trat um sich und spürte, wie sein Fuß Jakes Wange traf. Jake heulte auf, dann fiel er nach hinten.

Die beiden Männer kamen gleichzeitig auf die Füße. Keuchend standen sie sich gegenüber. Matts Hemd war voller Blut.

Jakes Augen funkelten boshaft. »Was ist los, Herr Anwalt, gefällt's Ihnen nicht, die Wahrheit über Ella zu hören? Bryan hat sie übrigens auch gehabt.« Er wischte sich Blut von der Lippe. »Davon hat sie Ihnen nichts gesagt, was? Bryan hat mir alles erzählt. Sie hat ihn regelrecht darum angefleht.«

»Sie lügen, Jake.«

»Ach ja? Sind Sie sich da ganz sicher, Herr Anwalt? Fragen Sie sie doch selbst.«

Matt trat an die Reling und sprang auf den Pier zurück. Aus seiner Nase lief immer noch Blut, und als seine Füße auf dem harten Boden landeten, hatte er das Gefühl, sein Kopf würde zerspringen. Jake schaute von seinem Kutter auf ihn hinunter.

»Lassen Sie sie in Ruhe«, sagte Matt und wandte sich ab.

»Fragen Sie sie selbst, Herr Anwalt!«, rief Jake ihm nach. »Fragen Sie sie nur!«

Matt versuchte, Jakes Worte aus seinem Kopf zu verscheuchen, doch es gelang ihm nicht. Er fragte sich, ob Jake nicht zumindest in einem Punkt Recht hatte: Würde er Ella auch dann glauben, dass sie mit Bryans Verschwinden nichts zu tun hatte, wenn er sich nicht so sehr zu ihr hingezogen fühlte?

28

Kate klopfte leise an die Tür von Evans Arbeitszimmer. Von drinnen war kein Geräusch zu hören, also drehte sie den Türknauf und trat ein. Sie fand Evan im schummrigen Licht der Abenddämmerung auf dem Bett ausgestreckt. Leise ging sie zu ihm hinüber. Er lag in leicht gekrümmter Haltung, offenbar hatte er sich aus dem Rollstuhl gehievt und einfach auf das Bett fallen lassen. Seine dünnen, kraftlosen Beine waren in einem unnatürlichen Winkel verdreht, wie die Beine einer Stoffpuppe. Sie versuchte, ihn in eine bequemere Lage zu bringen, ließ jedoch gleich wieder von ihm ab, weil sie ihn nicht wecken wollte. Eine Weile blieb sie am Bett stehen und betrachtete sein schlafendes Gesicht.

Er wirkte friedlich, keine Spur von der Rastlosigkeit, von der Verbitterung, die seine Züge prägten, wenn er wach war. Sein Atem ging flach und regelmäßig. Die Reste seines Abendessens standen auf dem Tisch. Er hatte in seinem Arbeitszimmer gegessen. Etwas Suppe und Brot. Er habe einen guten Tag gehabt, hatte er ihr erklärt, und wolle nicht gestört werden. Wahrscheinlich hatte ihn nach dem Essen die Müdigkeit übermannt, und er war sofort eingeschlafen. Neben seinem leeren Suppenteller standen ein Glas und eine offene Flasche Whisky.

Allmählich wurde es dunkel, und Kate ließ ihren Gedanken freien Lauf. Sie hätte nicht sagen können, wann genau sie sich in ihn verliebt hatte. Es war ein langsamer Prozess gewesen. Anfangs hatte sie sich geschmeichelt gefühlt, wenn er sie drei-, manchmal sogar viermal in der Woche ausführte. Essen in den teuersten Restaurants, Karten für ausverkaufte Shows, alles, was sonst noch dazugehörte, und hinterher gestattete sie ihm ein Küsschen auf die Wange vor ihrer Wohnungstür. Dann, eines Abends, hatte er sie abgeholt und auf der Straße ein Taxi angehalten, aber keine Luxuslimousine, und zum ersten Mal war er nicht im Anzug erschienen.

»Überrascht?«, hatte er gefragt. »Ich hatte den Eindruck, das alles führt zu nichts, also versuche ich es mal auf andere Weise.«

Das hatte ihr gefallen. Er zeigte sich von einer ganz neuen Seite. Bis dahin war er stets höflich und galant gewesen, nicht direkt großtuerisch, aber immer bereit, Geld auszugeben, wovon er mehr als genug besaß. Sie gingen in ein kleines spanisches Lokal im Village. Das teuerste Gericht auf der Speisekarte kostete ungefähr zwölf Dollar, und Kate hatte das Gefühl, viel zu elegant gekleidet zu sein. Aber jener Abend war ein Wendepunkt gewesen. Evan wirkte auf einmal viel lockerer, versuchte nicht, sie zu beeindrucken, und erzählte ein bisschen von sich. Im Laufe des Abends leerten sie zwei Flaschen Wein.

»Das hat Spaß gemacht«, sagte sie, als er sie nach Hause brachte. Dann fragte sie ihn, ob er Lust habe, mit in ihre Wohnung zu kommen und noch ein Gläschen zu trinken. Sie war ziemlich beschwipst gewesen.

Er gab ihr einen flüchtigen Kuss und sagte grinsend: »Frag mich ein andermal.«

Wahrscheinlich war es dieser Augenblick gewesen, in dem ihre Gefühle für ihn sich gewandelt hatten. Seltsam, wie die Liebe sich langsam angeschlichen und in ihrem Herzen eingenistet hatte, ohne dass es ihr bewusst gewesen war.

Sie überlegte, wann sich das erneut geändert hatte, wann sie aufgehört hatte, ihn zu lieben. Auch das war ein allmählicher Prozess gewesen. Lange verleugnet und sehr, sehr schmerzhaft. Es kam ihr so vor, als hätte sie die letzten Jahre in einem tiefen, schwarzen Loch zugebracht. Sie hatte anderswo nach trügerischem Trost gesucht, stets in dem widersinnigen und naiven Glauben, Evan und sie könnten eines Tages wieder an das anknüpfen, was sie verloren hatten. Törichte Träume, mit denen sie sich selbst etwas vormachte.

»Woran denkst du?«

Evans Stimme ließ sie zusammenzucken. In dem Dämmerlicht konnte sie seinen Gesichtsausdruck kaum erkennen, und sie hoffte, dass er die Tränen nicht sah, die ihr über die Wangen liefen. Sie wischte sie fort. »Ich wollte nachsehen, ob du etwas brauchst.«

Schweigend betrachtete er ihre Kleidung. »Wie ich sehe, hast du vor auszugehen.«

»Ich muss ein bisschen raus an die Luft.«

»Klar, das verstehe ich.«

Kate konnte es zwar nicht sehen, aber sie kannte das hämische Grinsen, das er stets aufsetzte, wenn er diesen Ton anschlug. Sie ging zur Tür und schaltete das Licht an. Er blinzelte, und einen Augenblick lang wirkte er so verletzlich wie im Schlaf. In letzter Zeit waren das die einzigen Momente, in denen sie den Mann vor sich sah, den sie geheiratet hatte. Sie fragte sich, wie es so weit hatte kommen können, warum sie diese Entwicklung nicht aufgehalten hatte.

»Mit wem triffst du dich?«, fragte er.

»Mit niemandem.«

Evan richtete sich auf und langte nach seinem Rollstuhl. Kate machte keine Anstalten, ihm zu helfen, denn sie wusste, es würde ihn nur wütend machen. Stattdessen drehte sie sich um und schaute aus dem Fenster in die Dunkelheit hinaus. Schließlich schaffte er es, sich in den Rollstuhl zu hieven, dann hörte sie das Summen des Elektromotors.

Er trank einen Schluck Whisky aus dem Glas, das auf dem Tisch gestanden hatte, und sah zu, wie sie sich eine Zigarette anzündete. »Sag bloß, du hast beschlossen, dein Leben zu ändern.« Er grinste grimmig.

»Warum tust du das, Evan?«

»Was?«

»Mich provozieren. Mir Vorwürfe machen.«

»Oh, Verzeihung«, sagte er übertrieben nachdrücklich. »Fühlst du dich etwa in deiner Ehre gekränkt?«

»Du kannst so ein Ekel sein.«

»Komm schon, Kate. Es war immerhin mein so genannter Freund, mit dem du ins Bett gegangen bist, erinnerst du dich? Als ich hilflos im Krankenhaus lag. Wahrscheinlich habt ihr angenommen, ich würde sterben. Ihr müsst ja verdammt enttäuscht gewesen sein, als ich am Leben blieb. Du erwartest doch hoffentlich nicht, dass ich annehme, er ist der Einzige gewesen, oder?«

Kate schüttelte den Kopf, mehr aus Erschöpfung als zur Bestätigung. Wie oft hatte sie sich das schon anhören müssen? Sie hatte damals einen Fehler gemacht, weil sie fast durchgedreht war, weil sie jemanden gebraucht hatte, der sie tröstete, und Evan konnte es nicht lassen, sie immer wieder daran zu erinnern. Er hatte sie so oft beschuldigt, bis sie eines Tages schwach geworden war. Warum sollte sie es nicht zugeben, wenn er es ihr ohnehin dauernd vorwarf?

Aber jetzt? Sie wusste nicht, ob sie es noch länger ertragen konnte. Ihr waren die Augen geöffnet worden. Sie ging auf die Tür zu.

»Wo zum Teufel willst du hin?«, rief er.

»Weg von hier. Raus aus diesem Haus«, fauchte sie.

Er kam hinter ihr her, seine Gesichtszüge waren verzerrt. »Weg von mir?«

»Ja. Weg von dir!«

Es war ihr herausgerutscht, und sofort bereute sie, es gesagt zu haben. Sie sah seinen Blick, die Mischung aus Angst und Verachtung und vielleicht auch aus Liebe, die sich längst in Abhängigkeit verwandelt hatte.

»Ich weiß, dass du in jener Nacht draußen warst, Kate«, sagte er, als sie nach dem Türknauf griff. Sie erstarrte. Das Herz klopfte ihr bis zum Hals. In der Stille konnte sie förmlich spüren, wie er grinste. »Du weißt, von welcher Nacht ich spreche, nicht wahr, Kate? Die Nacht, in der dieser Fischer verschwunden ist. Vielleicht sollte ich die Polizei anrufen. Oder soll ich's lieber dem Anwalt erzählen, der neulich hier war?«

Sie drehte sich um, und er lächelte sie triumphierend an.

»Du hast gedacht, ich hätte dich nicht gehört, stimmt's? Ich habe dich vom Fenster aus gesehen, als du zurückgekommen bist. Willst du wissen, was mich geweckt hat? Schüsse. Ich habe Gewehrschüsse gehört. Na, was sagst du jetzt, Kate?«

Sie starrte ihn wortlos an, dann ging sie aus dem Zimmer und schlug die Tür hinter sich zu. Als sie das Haus verließ, hörte sie ihn schreien, sie solle zurückkommen, doch sie kümmerte sich nicht darum. Beim Losfahren drehten die Räder des Mercedes kurz durch und wirbelten Kies auf.

Dave Baxter machte gerade Pause, als Kate Little an ihm vorbeifuhr. Er hatte am Hafen geparkt, in der Nähe einer Kneipe, aus der lautes Stimmengewirr drang. Kate hielt mit quietschenden Reifen an, stieg aus, schlug die Fahrertür zu und überquerte die Straße. Es ging ihm wie jedes Mal, wenn er sie sah. Er verspürte ein Gefühl tiefer Sehnsucht, das in seiner Brust anfing und sich in seinem ganzen Körper auszubreiten schien. Gleichzeitig kam er sich ziemlich idiotisch vor.

Er war selbst überrascht gewesen, als er zum ersten Mal merkte, welche Gefühle er für Kate hegte. Es war keine Liebe auf den ersten Blick gewesen wie in diesen schnulzigen Liebesromanen, die sie im Supermarkt verkauften. Eigentlich hatte es damit angefangen, dass sie ihm Leid tat. Als Kate zum ersten Mal auf die Insel kam, war ihm nicht in erster Linie ihr gutes Aussehen aufgefallen, sondern die Tatsache, dass sie fast nie lächelte. Nicht dass sie unnahbar gewesen wäre oder sich wegen ihres Geldes für etwas Besseres zu halten schien, es war eher so, als wäre sie die ganze Zeit in Gedanken versunken. Als gäbe es etwas, was sie dauernd beschäftigte, und was immer es war, es machte sie traurig.

Im ersten Jahr war Kate nur in die Stadt gekommen, um ihre Einkäufe zu erledigen. Es gab auch Gerüchte über ihren Mann, es hieß, er trinke und sei ziemlich unangenehm. Frank Hunter, der sich um ihr Haus kümmerte, war der Einzige, der Evan Little häufiger begegnete, und er hatte ihn als Arschloch bezeichnet. Im zweiten Jahr wurde Kate häufiger in der Stadt gesehen, und in dem Sommer fing sie an, so viel zu trinken, dass die Leute über sie redeten. Baxter konnte sich nicht erinnern, was zuerst dagewesen war, das Gerede über ihren Alkoholkonsum oder das Gerede über ihre Männergeschichten.

Jedenfalls benahmen manche Leute sich in ihrer Gegenwart, als hätte sie irgendeine ansteckende Krankheit. Baxter wusste, wie gern die Bewohner von Sanctuary tratschten, vor allem über Sommergäste. Kate bot sich als Zielscheibe regelrecht an. Sie war reich, sie trank, und sie sah gut aus. Hinzu kam, dass sie sich allem Anschein nach nicht darum scherte, welchen Eindruck sie machte. Vieles von dem, was man sich über sie erzählte, entsprach nicht der Wahrheit, das wusste Baxter, aber er hatte sie einmal zusammen mit einem Mann gesehen, der eine Zeit lang auf der Insel gelebt hatte, und es war offensichtlich gewesen, dass zwischen den beiden etwas lief. Wahrscheinlich hatte es auch noch andere Männer gegeben, wie zum Beispiel Jordan Osborne.

Trotz allem hatte Baxter immer das Gefühl gehabt, dass Kate nicht so oberflächlich war, wie die Leute glaubten. Jedes Mal, wenn er sie sah, fielen ihm ihre traurigen Augen auf. Sie war unglücklich. Wenn er allein zu Hause oder mit dem Boot draußen war, musste er immer wieder an sie denken. Selbst während der langen Wintermonate, wenn das Sommerhaus der Littles leer stand, überlegte er, wo sie gerade sein oder was sie gerade tun mochte. Er hätte seine Gefühle nicht benennen können, doch er hatte sie mit der Zeit akzeptiert, ebenso wie er akzeptiert hatte, dass er sie ihr niemals offenbaren würde. Eigentlich war es ziemlich lächerlich: Ein nicht mehr ganz junger, leicht übergewichtiger Kleinstadtpolizist hegte derartige Gefühle für eine Frau, die ihn wahrscheinlich noch nie wahrgenommen hatte. Noch dazu für eine Frau, die verheiratet war.

Auf der gegenüberliegenden Straßenseite betrat Kate einen Lebensmittelladen, und ohne lange zu überlegen, folgte Baxter ihr. Als er in den Laden kam, stand sie an der Theke und wartete, bis sie an der Reihe war. Baxter nahm eine Zeitschrift aus dem Regal und tat so, als würde er darin lesen.

Meg Thorn stand hinter der Theke. Sie wünschte dem Kunden, den sie gerade bedient hatte, einen guten Abend, dann, als sie Kate erblickte, verhärtete sich ihr Gesichtsausdruck.

»Eine Schachtel Pall Mall, bitte«, sagte Kate.

Meg zögerte, bevor sie sich übertrieben langsam umdrehte,

eine Schachtel aus dem Regal nahm und sie auf die Theke knallte. Kate reichte ihr einen Geldschein. Meg nahm ihn entgegen, als wäre er besudelt, legte ihn neben die Kasse und tippte den Betrag ein. Baxter hatte schon oft erlebt, wie Leute ihre Abneigung auf subtile Weise zum Ausdruck brachten, aber das hier war unverschämt.

»Moment mal«, sagte Kate. Ihre Stimme klang verändert.

Meg sah sie überrascht an.

»Ich hab's mir anders überlegt.« Kate schob die Schachtel Pall Mall zurück über die Theke. »Ich möchte doch lieber eine andere Sorte.« Sie betrachtete die im Regal aufgereihten Schachteln. »Welche Marken führen Sie noch?«

Verwirrt deutete Meg auf das Regal und sagte widerwillig: »Das ist alles.«

»Ich sehe nicht gut. Sagen Sie mir bitte, was Sie haben.«

Die beiden Frauen starrten einander an. Anscheinend hatte Meg nicht vor, Kates Wunsch zu erfüllen. Baxter wandte sich um und legte die Zeitschrift, in der er geblättert hatte, auf die Theke.

»Die Dame hat gefragt, welche Marken Sie führen, Meg.«

Meg sah ihn wütend an. Dann begann sie, widerwillig sämtliche Zigarettenmarken zu nennen, die sie im Angebot hatte. Kate wartete, bis sie mit dem Aufzählen fertig war.

»Ach, ich glaube, ich nehme doch diese hier.« Kate steckte die Schachtel Pall Mall ein. »Das Wechselgeld ist für Sie«, sagte sie, nickte Baxter kurz zu und verließ den Laden.

Er holte sie auf der Straße ein. Sie warf ihm einen Blick von der Seite zu und erklärte: »Das wollte ich schon lange einmal tun.«

»Meg ist eigentlich kein schlechter Mensch.«

»Wenn Sie das sagen.« Sie überlegte. »Übrigens, vielen Dank. Verzeihen Sie, ich kenne Ihren Namen nicht.«

»Baxter.«

»Also, vielen Dank, Officer Baxter. Guten Abend.«

Sie ging weiter, und Baxter sah ihr nach. Schließlich überwand er sich und rief: »Mrs. Little?«

Sie blieb stehen.

Er beeilte sich, sie einzuholen, ohne sich darüber im Klaren zu sein, was er eigentlich vorhatte. »Haben Sie ein bestimmtes Ziel?«

»Ja. Nein. Ich wollte etwas trinken gehen.«

»Ich hätte auch nichts gegen ein Bier einzuwenden … Ich meine, falls Sie gern Gesellschaft hätten. Ich mache gerade Pause.«

Kate sah ihn lange an, und Baxter hoffte, es war dunkel genug, dass sie nicht bemerkte, wie ihm die Röte ins Gesicht stieg. Seine Wangen glühten, und seine Handflächen waren schweißnass. Er glaubte schon, sie würde ihm einen Korb geben, doch nach ein paar Sekunden, die ihm wie eine Ewigkeit vorkamen, nickte sie schließlich.

»Okay, Officer Baxter. Warum nicht?«

Er lächelte. »Ich heiße übrigens Dave.«

»Dave«, sagte sie.

Sie gingen ins *Lobster Pot*, setzten sich an einen Tisch in der Ecke und bestellten. Kate zündete sich eine Zigarette an. Als Rita die Getränke brachte, warf sie Baxter einen verwunderten Blick zu, den er jedoch ignorierte. Eine Weile plauderten sie über dies und das. Kate wollte wissen, seit wann Baxter Polizist war, ob er schon immer auf der Insel gelebt hatte, doch er hatte das Gefühl, dass sie das eigentlich nicht besonders interessierte. Sie bemühte sich nur, höflich zu sein. Hin und wieder schweifte ihr Blick in die Ferne, und Baxter hatte den Eindruck, dass sie ihm gar nicht wirklich zuhörte.

»Haben Sie Kinder?«, fragte sie nach einem Moment des Schweigens, während dessen er krampfhaft überlegt hatte, welches Thema er anschneiden sollte, um nicht so langweilig zu wirken. Beim Beantworten ihrer Fragen war ihm aufgefallen, was für ein durchschnittliches und ereignisloses Leben er führte.

»Ich war noch nie verheiratet.«

Sie wirkte überrascht. »Ich kann mir gar nicht vorstellen, wieso bisher keine Frau auf die Idee gekommen ist, sich Sie zu angeln.«

»Tja, ich weiß auch nicht«, sagte Baxter und lachte. Er meinte, einen leicht bedauernden Unterton aus ihrer Bemerkung herausgehört zu haben, was bedeuten konnte, dass sie sie vielleicht gar nicht so unernst gemeint hatte. Eine innere Stimme ermahnte ihn, mit der Träumerei aufzuhören. »Ich warte immer noch. Aber die Frauen rennen mir nicht gerade die Tür ein.«

Kate lächelte. Baxter hatte den Eindruck, dass ihre Stimmung sich allmählich besserte. Sie schien ihre Sorgen vergessen oder zumindest für eine Weile beiseite geschoben zu haben.

»Das ist eine Schande. Ich wette, Sie würden einen guten Vater abgeben. Haben Sie sich nie Kinder gewünscht?«

»Doch, früher einmal.« Er zuckte die Achseln. »Aber irgendwann habe ich wohl aufgehört, darüber nachzudenken.«

»Vielleicht werden Sie ja eines Tages welche haben.«

»Vielleicht«, sagte er, obwohl er es bezweifelte. »Was ist mit Ihnen, Mrs. Little? Haben Sie keine Kinder?«

Kate wandte sich ab, und ihre Miene verdüsterte sich. »Nein. Nach dem Unfall meines Mannes …« Sie nahm ihr Glas und hob die Schultern. »Manchmal läuft es anders, als man denkt.«

Baxter wusste nicht, was er sagen sollte. Er wünschte, er hätte den Mund gehalten. Er wechselte das Thema und erzählte Kate, wie er als junger Mann ein paar Mal in New York gewesen war, doch sie nickte nur abwesend. Er versuchte, sie wieder zum Lächeln zu bringen, indem er ihr von einigen lustigen Begebenheiten berichtete, die sich im Laufe der vergangenen Jahre auf der Insel ereignet hatten, aber entweder war er ein schlechter Geschichtenerzähler, oder sie war einfach nicht in der Stimmung. Nach einer Weile trank sie ihr Glas aus und erklärte, sie müsse sich auf den Weg machen.

»Es war nett, mit Ihnen zu reden«, sagte Baxter und stand auf.

»Ja, ich fand es auch nett«, erwiderte sie. »Tut mir Leid, wenn ich ein bisschen abwesend war.« Sie zögerte. »Dieser Mann, Bryan Roderick, gibt es irgendwelche Neuigkeiten über ihn?«

Etwas Seltsames lag in ihrem Ton. Sie bemühte sich offenbar, die Frage beiläufig klingen zu lassen, doch das gelang ihr nicht so recht. »Nein«, antwortete Baxter.

»Aber Sie nehmen an, dass er ermordet wurde, nicht wahr? Das habe ich zumindest gehört.«

»Es sieht so aus«, gab er zu.

Sie schien noch eine Frage stellen zu wollen, überlegte es sich jedoch anders. »Ich bin einfach neugierig. Also, nochmals vielen Dank.«

»War mir ein Vergnügen.«

Nachdem Kate gegangen war, blieb Baxter noch eine Weile am Tisch sitzen und trank sein Bier aus. Er dachte über das Gespräch nach und über den Traum, den er schon seit langem hegte. Er stellte sich immer wieder vor, wie sie ihn zu Hause besuchte, wie sie zusammen auf der Veranda saßen und grillten und sich bis spät in die Nacht miteinander unterhielten. Zum ersten Mal erschien ihm dieser Traum nicht mehr ganz so phantastisch. Es war, als könnte es wirklich eines Tages passieren. Dann fiel ihm ein, wie sie nach Bryan Roderick gefragt hatte, und seine gute Laune war dahin. Er erinnerte sich an das, was Matt Jones gesagt hatte, dass Kate irgendwie mit dieser Sache zu tun haben könnte, und sosehr er sich gegen die Vorstellung sträubte, sie ließ ihn nicht mehr los.

Als er das Glas abstellte, kam Rita an seinen Tisch und erkundigte sich, ob er noch ein Bier wolle.

»Nein, danke.«

Sie nahm sein leeres Glas und griff nach Kates. Baxter legte eine Hand auf ihren Arm.

»Würden Sie das bitte stehen lassen, Rita?«

Sie sah ihn verdutzt an, dann zuckte sie die Achseln. »Wie Sie wünschen.«

Nachdem sie gegangen war, starrte Baxter Kates leeres Glas an. Schließlich zog er ein Taschentuch heraus, wickelte das Glas hinein und nahm es mit.

29

Anne Laine war mit der Untersuchung von Matts Nase fertig. »Sie ist nicht gebrochen. Nur angeknackst«, erklärte sie und setzte sich an ihren Schreibtisch. »Ich kann sie bandagieren, wenn Sie wollen, aber ohne heilt es genauso gut.«

»Dann ist es mir lieber ohne«, sagte Matt und betastete vorsichtig seine Nase.

»Ich gebe Ihnen was gegen die Schmerzen. In den nächsten Wochen sollten Sie es lieber vermeiden, sich zu prügeln. Wie ist das überhaupt passiert? Ich hatte Sie gar nicht so eingeschätzt, dass Sie sich auf Kneipenschlägereien einlassen.«

»Tja, ich werde häufig unterschätzt.«

Sie lächelte, riss ein Blatt von ihrem Block ab und reichte es Matt. »Okay, das war's dann bei Ihnen.«

Matt faltete das Rezept zusammen und steckte es in die Tasche. Anne sah ihm offen ins Gesicht. Sie trug eine Brille mit rotem Gestell, ein rotes T-Shirt und Jeans, und wenn ihr Stethoskop nicht vor ihr auf dem Schreibtisch gelegen hätte, wäre man kaum auf die Idee gekommen, sie für eine Ärztin zu halten.

»Wollen Sie mir nicht erzählen, was vorgefallen ist? Jake Roderick war übrigens mit einem gebrochenen Kiefer bei mir.«

Matt musste grinsen. »Man könnte sagen, wir hatten eine kleine Meinungsverschiedenheit.«

»Und das hatte nicht zufällig etwas mit Ella zu tun? Diese Frage brauchen Sie natürlich nicht zu beantworten.«

»Es gab einen Zusammenhang«, sagte Matt und wechselte das Thema. »Ich würde Sie gern noch etwas fragen. Es geht um Bryan Roderick. War er ihr Patient?«

»Er ist ein- oder zweimal hier gewesen.« Sie überlegte. »Ich würde sagen, das letzte Mal vor etwa einem Jahr. Ich glaube, er hatte sich in die Hand geschnitten.«

»Was halten Sie von ihm?«

»Sie meinen, persönlich? Ich nehme an, es ist kein Bruch der ärztlichen Schweigepflicht, wenn ich Ihnen sage, dass er mir nicht besonders sympathisch war.«

»Gibt es dafür einen speziellen Grund?«

Anne sah ihn nachdenklich an, als überlegte sie, wie viel sie ihm sagen konnte. »Bryan hat sich immer für unwiderstehlich gehalten. Sagen wir einfach, er hat mir auf eine Weise Avancen gemacht, die mir nicht gefiel.«

»Ich dachte, er hätte großen Erfolg bei Frauen gehabt.«

Sie lächelte säuerlich. »Bei manchen Frauen vielleicht. Ich habe genug Männer von seiner Sorte kennen gelernt, um ihn einschätzen zu können. Und ich weiß auch, was mit Frauen geschieht, die sich mit diesem Typ Mann einlassen. Das Ergebnis bekomme ich oft genug in meiner Praxis zu sehen.«

»Wollen Sie damit sagen, dass er gewalttätig war?«

»Sagen wir einfach, Bryans Freundinnen hatten alle die Angewohnheit, mit harten Gegenständen zu kollidieren.«

Matt musste an das denken, was Jake am Abend zuvor behauptet hatte. »Darf ich Sie etwas fragen? Ist Ella eine dieser Frauen gewesen?« Er war sich nicht sicher, mit welcher Reaktion er gerechnet hatte. Nach allem, was ihm zu Ohren gekommen war, erschien es ihm unwahrscheinlich, dass Bryan und Ella je ein Paar gewesen waren, andererseits bestand durchaus die Möglichkeit, dass ihre Feindschaft in einer kurzen Affäre begründet lag, die ein unangenehmes Ende genommen hatte. Annes Verblüffung ließ ihm den Gedanken daran noch weniger wahrscheinlich erscheinen.

»Ella? Wie kommen Sie denn auf die Idee? Von allen Frauen ist Ella diejenige, die den weitesten Bogen um Typen wie Bryan macht.«

Matt war erleichtert und zugleich beschämt, weil er die Möglichkeit überhaupt in Erwägung gezogen hatte, doch Annes Wortwahl und ihre Verblüffung machten ihn stutzig. »Warum meinen Sie, Ella macht einen besonders weiten Bogen?«

Anne schürzte die Lippen. »Vielleicht hätte ich gar nichts sagen sollen. Normalerweise rede ich nicht über das Privatleben meiner Patienten.«

»Sie wissen sicherlich, dass ich Ella vertrete? Falls Sie irgendetwas wissen, was mir helfen könnte, ich könnte es im Moment gut gebrauchen.«

»Ich glaube nicht, dass das irgendwas damit zu tun hat.« Sie runzelte die Stirn, offenbar kämpfte sie mit ihrem Gewissen. »Kennen Sie Ellas Mutter?« Matt nickte. »Nach dem Tod von Ellas Vater hatte Helena einen Schlaganfall. Ella und sie stehen sich sehr nahe.« Sie wählte ihre Worte mit großer Sorgfalt. »Ellas Vater war ein schwieriger Mensch. Ich weiß nicht, ob Ihnen das bekannt ist, aber Ella hatte einen Bruder, der als Säugling gestorben ist. Das war lange bevor ich auf die Insel kam. Ich glaube, Ellas Vater hat den Verlust seines Sohnes nie überwunden. Ich habe ihn ein- oder zweimal wegen irgendwelcher unbedeutenden Erkrankungen behandelt, und ich hatte den Eindruck, dass er sehr schwermütig sein konnte. Womöglich litt er an Depressionen, das kann ich nicht beurteilen. Ich glaube, Ellas Mutter ist eine sehr starke Frau. Vom Charakter her, meine ich. Ich glaube, sie hat über die Jahre eine Menge mitgemacht.«

Matt versuchte, zwischen den Zeilen zu lesen. »Wollen Sie damit sagen, dass Ellas Vater gewalttätig war? Ich dachte, Ella stand ihm sehr nahe.«

»Das stimmt auch. Ich bin mir sicher, dass Ella und ihre Mutter ihn sehr geliebt haben. Aber jemanden zu lieben ist nicht immer ganz einfach. Wir alle haben unsere guten und unsere weniger guten Seiten.« Sie zögerte. »Hören Sie, es ist mir eigentlich nicht recht, darüber zu sprechen.«

Matt wusste nicht, warum, aber er hatte das Gefühl, dass diese Dinge wichtig waren. »Würden Sie sagen, Bryan war Ellas Vater in gewisser Weise ähnlich? Waren Sie deshalb so verblüfft, als ich Sie fragte, ob Ella ein Verhältnis mit Bryan gehabt haben könnte?«

»Eigentlich nicht. Sie ähnelten sich höchstens in einer Hinsicht. Ellas Vater war nicht der typische prügelnde Ehemann, ganz bestimmt nicht. Das war er nicht. Aber mit Sicherheit konnte er hin und wieder unberechenbar sein, und ich glaube, Ella hat als Kind einige Situationen erlebt, die traumatisch für sie waren. Ella ist intelligent, sie hat gewiss erkannt, was Bryan für ein Typ war. Mit so einem Mann hätte sie sich nie eingelassen, da bin ich mir ganz sicher.«

Matt war davon überzeugt, dass Anne Recht hatte, doch er sagte sich, wenn Ella in Bryan den Typ Mann gesehen hatte, der Frauen schlug, konnte das ein Grund für sie sein, ihn zu verabscheuen.

»Ich muss mich jetzt um meine anderen Patienten kümmern«, sagte Anne, und Matt spürte, dass sie glaubte, bereits zu viel gesagt zu haben. Er bedankte sich, blieb jedoch an der Tür stehen.

»Nur noch eins«, sagte er. »Kommt Kate Little als Patientin zu Ihnen, wenn sie auf der Insel ist?«

»Ja.«

»Hat sie auch die Angewohnheit, mit harten Gegenständen zu kollidieren?«

Anne hielt ihm die Tür auf. »Das fällt unter meine Schweigepflicht, Mr. Jones. Ich fürchte, mehr kann ich Ihnen nicht sagen.«

»Vergessen Sie's. Und noch mal vielen Dank.« Als er die Praxis verließ, dachte er, es war gar nicht nötig, dass sie seine Frage beantwortete. Was er wissen wollte, hatte er in ihren Augen gelesen.

Während der Fahrt von Doktor Laines Praxis in den südlichen Teil der Stadt hatte Matt Zeit zum Nachdenken. Er war sich jetzt fast sicher, dass Kate Little ein Verhältnis mit Bryan Roderick gehabt hatte. Das Wissen um Bryans Gewalttätigkeit Frauen gegenüber erhärtete zudem seinen Verdacht, Kate Little könnte etwas mit Bryans Verschwinden zu tun haben. Ein Motiv begann sich abzuzeichnen, und da Kate in der Nähe der Bucht wohnte und in der Nacht, in der Bryan verschwunden war, nicht im selben Zimmer geschlafen hatte wie ihr Mann, hatte sie auch Gelegenheit zu der Tat gehabt. Hinzu kam, dass Ben Harper sie am frühen Morgen gesehen hatte, möglicherweise auf dem Rückweg von Bryans Haus, wo sie gewesen sein könnte, um Spuren des Kampfs zu beseitigen.

Das Problem war nur, dass Matt bisher keinerlei Beweise hatte. Außerdem musste er sich eingestehen, dass es noch eine Menge anderer Dinge gab, von denen er nichts wusste. Und er fürchtete, diese Dinge könnten zum Teil mit Ella zu tun haben.

Jordan Osborne stand mit einer Tasse Kaffee in der Tür eines der Schuppen, als Matt an der Bootswerft vorfuhr und aus seinem Wagen stieg.

»Wir können da drinnen reden.« Ohne abzuwarten, was Matt wollte, führte Osborne ihn in sein Büro. »Ich hab mir schon gedacht, dass Sie früher oder später wiederkommen.«

»Jordan, ich will nicht lange um den heißen Brei herumreden«, sagte Matt. »Ich glaube, dass Kate und Bryan ein Verhältnis hatten und dass Sie davon wussten, es mir aber nicht sagen wollten. Die Frage ist, warum? So wie ich die Sache sehe, gibt es zwei mögliche Erklärungen. Die eine lautet: Wenn Sie zugegeben hätten, von dem Verhältnis gewusst zu haben, hätten Sie ein Motiv gehabt, Bryan aus dem Weg zu räumen. Möglicherweise, um Kate zurückzugewinnen.«

»Ich habe Ihnen bereits gesagt, dass ich in jener Nacht die ganze Zeit zu Hause war«, erwiderte Osborne zornig.

»Ich weiß. Und ich glaube Ihnen. Was bedeutet, Sie müssen einen anderen Grund gehabt haben, mir nichts davon zu sagen. Ich vermute, Sie wollten Kate schützen.«

Osborne versuchte, sich nichts anmerken zu lassen, doch Matt hatte das Gefühl, ins Schwarze getroffen zu haben. »Ich glaube außerdem, dass Bryan Kate gegenüber gewalttätig geworden ist und Sie auch davon wussten. Das macht wiederum Kate in gewisser Weise verdächtig. Wollten Sie sie deswegen schützen?«

Osborne starrte ihn an. »Ich habe Ihnen doch gesagt, ich weiß nichts darüber. Im Übrigen spielt es gar keine Rolle mehr, nach dem, was Jerrod Gant ausgesagt hat.«

»Es sei denn, Jerrod hat gelogen.«

Osborne überlegte. »Das müssen Sie ja behaupten, Ella ist

schließlich Ihre Mandantin. Hören Sie, ich mag Ella, aber ich kann Ihnen nicht helfen.«

»Jordan, ich habe den Eindruck, Sie sind ein anständiger Mensch«, sagte Matt. »Ich kann verstehen, dass Sie Kate schützen wollen. Sie steht Ihnen sehr nahe. Aber deswegen dürfen Sie nicht tatenlos zusehen, wie eine Unschuldige verdächtigt wird. Ella hat Bryan nicht umgebracht. Gants Aussage ist eine Lüge.«

Jordan Osborne wandte sich ab. Die Hände tief in den Hosentaschen vergraben, stand er in der Tür und schaute durch den Schuppen zum Wasser hinunter. Matt sah schweigend zu, wie der andere mit seinem Gewissen rang. Nach einer Weile trat Osborne an seinen Schreibtisch, nahm einen Stift in die Hand, spielte damit herum und legte ihn wieder hin. Matt beschloss, einen neuen Versuch zu wagen.

»Sind Sie auf St. George geboren, Jordan?«

»Ja, und ich habe immer hier gelebt.«

»Also, dann vergessen Sie mal für einen Augenblick, dass ich es bin, mit dem Sie reden. Denken Sie an Ella. Sie kennen sie doch sicher von klein auf. Wie würden Sie sich fühlen, wenn sie ins Gefängnis käme für etwas, was sie nicht getan hat? Könnten Sie dann noch ruhig schlafen?«

Es entstand ein langes Schweigen. »Okay«, sagte Osborne schließlich, »ich wusste, dass Kate ein Verhältnis mit Bryan hatte.« Er zog einen Stuhl heran und setzte sich. Dabei wirkte er wie ein Mann, der von einer großen, schweren Last niedergedrückt wurde, die er nicht länger tragen konnte. Vielleicht war er sogar erleichtert, dennoch widerstrebte es ihm offensichtlich immer noch, Kate zu belasten. »Aber das bedeutet nicht, dass sie etwas mit der Sache zu tun hat.«

»Vielleicht nicht. Also, woher wussten Sie von dem Verhältnis zwischen Kate und Bryan?«, fragte Matt.

»Ich ahnte, dass es einen anderen Mann gab. Kate ging mir bewusst aus dem Weg. Dann sah ich sie eines Abends in der Stadt. Sie hatte gerade ihren Wagen in der Nähe des Hafens abgestellt. Ich dachte, sie wollte ins *Lobster Pot* gehen, und ich folgte ihr. Ich dachte, wir könnten miteinander reden.«

»Wann war das?«

»Vor etwa drei Wochen. Jedenfalls ging sie am Hafen entlang, zu den Piers, wo die Fischkutter liegen. Da draußen ist es ziemlich düster.«

»Und Sie sind ihr gefolgt?«

Osborne nickte. »Bevor ich sie einholen konnte, kam Bryan in seinem Pick-up angefahren, hielt an und stieg aus. Ich hatte den Eindruck, er war wegen irgendwas ziemlich wütend. Ich habe mich nicht gleich gezeigt, weil ich mir nicht sicher war, was da vor sich ging. Es war weit und breit niemand anders zu sehen. Ich konnte hören, dass sie sich stritten, aber ich konnte nicht verstehen, was sie sagten. Dann packte Bryan Kate am Arm.«

»Fahren Sie fort.«

»Naja, es war ziemlich offensichtlich, dass er ihr weh tat. Ich wollte mich gerade einmischen, aber dann kam schon jemand aus der entgegengesetzten Richtung dazu. Sie muss auf ihrem Kutter gewesen sein und gesehen haben, was passierte.«

»Sie?«

»Es war Ella.«

Matt hörte schweigend zu, doch Ellas Name hallte in seinem Kopf wider. Er versuchte, sich auf das zu konzentrieren, was Osborne sagte, doch er musste daran denken, wie Ella und Kate sich angesehen hatten, als sie sich vor der Post begegnet waren, und jetzt glaubte er zu wissen, was diese Blicke zu bedeuten hatten. Komplizenschaft. Ein gemeinsames Geheimnis. Er war noch nicht einmal überrascht, denn er hatte schon so etwas geahnt, seit er Kates Namen Ella gegenüber erwähnt und ihre Reaktion bemerkt hatte.

»Bryan war betrunken«, erzählte Osborne weiter. »Als Ella auftauchte, ging er auch auf sie los. Beschimpfte sie. Er wurde ziemlich heftig, nannte sie eine frigide Zicke und Schlimmeres. Dabei hielt er Kate die ganze Zeit am Arm fest. Sie wirkte verdammt wütend, versuchte, sich von ihm loszureißen, und warf ihm alle möglichen Schimpfwörter an den Kopf, schrie, sie wolle ihn nie wieder sehen. Ella brüllte ihn an, er solle Kate loslassen, und ich erinnere mich noch, dass sie ihn einen Feigling nannte. Er wirkte ziemlich verblüfft, als sie das sagte.«

»Und was geschah dann?«

»Dann hat er Kate geschlagen. Es ging so schnell, ich hatte gar keine Zeit, einzugreifen. Er ballte die Faust und schlug zu. Ungefähr hier hat er sie getroffen.« Osborne zeigte auf seine Brust. »Er ging auf sie los wie ein Verrückter, beschimpfte sie und schlug auf sie ein, und Ella versuchte die ganze Zeit, ihn von Kate wegzuzerren. Ich glaube, er hat Ella auch geschlagen. Ich bin natürlich hingerannt, aber als ich bei ihnen war, hatten Kate und Ella sich schon losgerissen. Ich habe Bryan gepackt, und am liebsten hätte ich ihm den Schädel eingeschlagen, aber er hat sich so heftig gewehrt, dass mir die Kraft dazu fehlte, als ich ihn endlich niedergerungen hatte.« Er zuckte die Achseln.

»Was war mit Kate und Ella?«

»Das habe ich nicht gesehen. Sie liefen schon weg, als ich aufgetaucht bin. Ich weiß noch nicht mal, ob sie mich überhaupt bemerkt haben. Jedenfalls, als ich mich nach ihnen umschaute, waren sie verschwunden.«

Matt fragte sich, warum Ella und Kate leugneten, einander zu kennen. Warum Kate behauptet hatte, Bryan nicht zu kennen. Mögliche Erklärungen gingen ihm durch den Kopf, doch er verwarf sie wieder. Nach einer Weile unterbrach Osborne seinen Gedankengang.

»Ich habe ihn nicht umgebracht. Ich weiß, dass Sie das jetzt denken. Klar, an dem Abend hätte ich ihm am liebsten den Hals umgedreht. Ich war wütend. Ich konnte diesen Mistkerl noch nie ausstehen, ebenso wenig wie seinen Bruder. Ehrlich gesagt, würde es mir nicht Leid tun, wenn sich herausstellt, dass der Kerl tot ist. Aber ich war in jener Nacht zu Hause, und wenn es sein muss, wird meine Frau für mich aussagen.«

30

Ella saß am Bett ihrer schlafenden Mutter. In der Hand hielt sie das Foto ihres Vaters, das immer auf dem Nachttisch stand. Er lächelte in die Kamera, groß und blond. Das Bild war ein bisschen unscharf. Ella spürte einen leichten Druck auf ihrer Hand und sah, dass ihre Mutter aufgewacht war.

»Er war dir ein guter Vater, Ella.«

»Ich weiß.«

»Und er war ein guter Ehemann.«

»Ja«, sagte Ella. Und es stimmte, meistens war er das auch gewesen. Seufzend stellte sie das Foto zurück auf den Nachttisch.

»Hast du mit Matt gesprochen?«

»Nicht seit der Versammlung.«

»Du weißt, dass du ihm auf Dauer nicht aus dem Weg gehen kannst, Ella.« Helena lächelte. »Ich mag ihn. Ich glaube, er ist ein anständiger Mann.«

»Das glaube ich auch, Mom.«

Helena schloss die Augen, und ihr Atem ging regelmäßig, und Ella dachte, ihre Mutter sei wieder eingeschlafen. Sie legte deren Hand zurück auf die Bettdecke und stand auf, doch ehe sie die Tür erreichte, rief ihre Mutter sie. Ella drehte sich um. Im schummrigen Abendlicht wirkten Helenas Augen feucht.

»Ich finde, du solltest mit ihm reden, Ella. Ich finde, du solltest ihm vertrauen.«

Ella nickte, denn ihr war klar, dass ihre Mutter Recht hatte. »Ich weiß. Morgen früh gehe ich zu ihm.«
Helena schloss erneut die Augen. »Es wird alles gut. Er ist ein guter Mann.«

31

Ein Schatten fiel quer über den Tisch, an dem Matt saß. »Sie sehen aus, als könnten Sie ’n bisschen Gesellschaft brauchen.«

Sally Brewster schob sich auf den Platz ihm gegenüber. Sie hatte die hellbraune Uniform an, die sie immer bei der Arbeit im Café trug. Als sie saß, beugte sie sich vor und schlüpfte mit den Fersen aus ihren Schuhen.

»Gott, meine Füße bringen mich um. Meine Mutter hatte schon mit vierzig Krampfadern. Ich muss mir unbedingt einen anderen Job suchen. Vom vielen Stehen kriegt man Krampfadern, wussten Sie das? Wahrscheinlich nicht. Männer brauchen sich über so was keine Gedanken zu machen, stimmt’s?«

Sie lächelte schief und deutete auf Matts leeres Glas. »Wenn Sie nichts dagegen haben, trink ich noch ein Gläschen mit Ihnen.« Ohne auf seine Antwort zu warten, rief sie die Kellnerin und bestellte eine Bloody Mary.

»Und für meinen Freund hier noch mal das Gleiche, was er eben hatte, okay, Rita?«

»Klar. Noch ein Bourbon on the Rocks.«

Sally zündete sich eine Zigarette an. Seufzend stieß sie den Rauch aus. »Und, wie lange sitzen Sie schon hier?«

Matt warf einen Blick auf seine Uhr und stellte überrascht fest, dass es bereits nach zehn war. Im Hintergrund lief Musik, und am Tresen standen alle möglichen Leute, die mit ihren

Abenteuern beim Fischen prahlten. »Ein paar Stunden«, sagte er.

»Sagen wir, drei.«

»Könnte hinkommen«, gab er zu.

»Wie viele von denen haben Sie schon intus?«, fragte Sally und deutete auf sein Glas.

»Ein paar.« Er bemerkte ihren skeptischen Blick. »Vielleicht auch ein paar mehr. Woher wussten Sie, dass ich hier bin?«

»Wie kommen Sie darauf, dass ich es wusste? Ich bin nur vorbeigekommen, um mir nach 'nem harten Arbeitstag 'nen Drink zu genehmigen.«

Diesmal war es Matt, der skeptisch dreinblickte.

»Okay. Rita hat's mir gesagt. Sie hat mich angerufen. Sie weiß, dass ich ein Herz für Männer wie Sie habe, für die traurigen Fälle. Sie meinte, Sie hätten sich hier für den Rest des Abends eingerichtet, und ob ich nicht mal vorbeikommen wollte.«

Rita brachte die Getränke. Sally bedankte sich und probierte ihren Cocktail. Sie verzog das Gesicht. »Die tun nie genug Wodka rein. Nächstes Mal bestell ich ihn einfach ohne Tomatensaft.« Sie stellte ihr Glas ab und musterte Matt mit ernster Miene. »Was ist eigentlich mit Ihrem Gesicht passiert? Sie sehen ja aus, als hätte jemand Ihren Kopf als Punchingball benutzt.«

Matt rang sich ein Lächeln ab. »Sie sollten den anderen Kerl mal sehen.«

»Das gefällt mir schon besser.« Sie grinste.

Matt hob sein Glas und trank es in einem Zug halb leer. Er fühlte sich ein bisschen betrunken, was ihm nicht unangenehm war. »Ich fürchte, ich habe meinen Glauben an die Menschheit verloren, Sally.«

»Sieh mal einer an. Willkommen im Club.«

Er betrachtete sie verwundert. »Erzählen Sie mir nicht, Sie wären eine Zynikerin.«

Sie zuckte die Achseln. »Ich? Nein, ich bin keine Zynikerin, ich bin nur realistisch. Ich erwarte weder von mir selbst noch von andern allzu viel. Auf die Weise werde ich nicht so oft enttäuscht, und hin und wieder erlebe ich sogar eine angenehme Überraschung.«

Matt überlegte, ob das nicht doch eine ziemlich zynische Sichtweise war. »Das ist aber reichlich deprimierend, oder?«

»Immer noch besser, als zu viel zu erwarten. Dann wird man nämlich dauernd enttäuscht.«

»Kann es sein, dass Sie versuchen, mir irgendwas zu sagen?«

Sally trank ihr Glas aus. »Nein. Ich will nur erreichen, dass Sie aufhören, sich selbst Leid zu tun, das ist alles.«

»Aua.«

»Manchmal brauchen die Leute einen kleinen Tritt in den Hintern«, erklärte Sally. »Ich geh jetzt nach Hause und zieh mir was Bequemeres an.« Sie zupfte an ihrer Uniform. »Wie wär's, wenn Sie mitkommen? Ich könnte uns was zu essen machen. Ich wette, Sie haben den ganzen Tag noch nichts zwischen die Zähne gekriegt und trinken hier die ganze Zeit auf leeren Magen.«

Matt wollte gerade sagen, er habe keinen Hunger, doch sie ließ ihn nicht zu Wort kommen.

»Ich biete Ihnen nur was zu essen an, Matt. Weiter nichts. Sie sollten sich sowieso nicht mehr ans Steuer setzen, und ich wohne gleich gegenüber.«

Sie hatte Recht, außerdem merkte er jetzt, wo ihm eine Mahlzeit in Aussicht gestellt wurde, dass er doch Hunger hatte. Ein Abendessen mit Sally war sicher keine schlechte Idee, denn er hatte eigentlich keine Lust mehr, in der Kneipe zu bleiben, aber allein wollte er auch nicht sein. Er wollte nicht nach Hause gehen und sich den Kopf über Kate und Ella zerbrechen und darüber, was all die Dinge zu bedeuten hatten, die er im Laufe des Tages erfahren hatte.

»Vielen Dank, Sally, ich nehme das Angebot gern an.«

Als sie gingen, warf Rita Sally einen kurzen Blick zu. »Viel Spaß«, rief sie ihnen nach.

In ihrer Wohnung angekommen, fragte Matt Sally, während sie mit einem erleichterten Seufzer ihre Schuhe auszog: »Was haben Sie damit gemeint, als Sie neulich im Café sagten, es gebe eine ganze Reihe von Leuten, die Bryan gern töten würden?«

»Hab ich das gesagt? Ich kann mich gar nicht erinnern.«

»Sally.« Sie wandte sich zu ihm um. »Hatten Sie mal was mit Bryan? Das könnte sehr wichtig sein.«

»Wie bitte? Meinen Sie jetzt etwa, ich hätte ihn getötet? Ist das der Dank dafür, dass ich Mitleid mit Ihnen hab?« Er erwiderte nichts, und sie sah, dass er ihr die beleidigte Tour nicht abkaufte. Seufzend setzte sie sich hin. »Okay. Ich bin ein paar Mal mit ihm ausgegangen. Und ich sag Ihnen jetzt dasselbe, was ich Ihnen schon letztes Mal gesagt hab. Bryan war ein richtiger Mistkerl.«

»Hat er Sie geschlagen?«

Sie lächelte schwach. »Ja, ein paar Mal. Beim ersten Mal hat er gesagt, es wär aus Versehen passiert. Es täte ihm Leid und so weiter und so fort. Es hat 'ne Weile gedauert, bis ich kapiert hab, was für'n Scheißkerl er war. Jedenfalls hab ich ihm irgendwann gesagt, er soll sich zum Teufel scheren.«

»Wie haben Sie sich damals gefühlt?«, fragte Matt. »Als er Sie geschlagen hat?«

Sie zündete sich eine Zigarette an und sah ihn eine Weile schweigend an. Schließlich zuckte sie mit den Schultern. »Ich will Ihnen eins sagen. Als es hieß, er ist tot, da hab ich mir'n Glas Wein eingeschenkt und mir gewünscht, dass der Scheißkerl 'n bisschen was von dem zurückgekriegt hat, was er vorher ausgeteilt hat.«

In der Nacht wachte Matt einmal auf. Er hatte von Paulie geträumt und von dem Tag in der Bucht, wie die Wellen über seinem Kopf zusammengeschwappt waren, bevor Paulie ihn aus dem Wasser zog. Dann hatte er Ella gesehen, und diesmal war sie es, die ihn ans Ufer schleppte, wo er klatschnass liegen blieb und nach Luft schnappte. Sie schaute auf ihn herab, ihre Augen grau und grün wie das Meer im Winter, und er streckte seine Arme aus und zog sie zu sich herunter. Er spürte, wie ihr Körper sich an ihn schmiegte, doch dann griffen seine Hände in die Luft, und sie war verschwunden. Als er aufwachte, fühlte er sich verlassen. Es war dunkel und still im Zimmer. Alles kam ihm fremd vor, die Gerüche, die Zweige vorm Fenster, wo eigentlich gar kein Baum stand, ja, wo noch nicht einmal ein Fenster hätte sein dürfen, doch die Eindrücke waren verschwommen und vage, und er sank wieder in den Schlaf.

Als er erneut aufwachte, war es früh am Morgen. Fahles Licht drang durch den Vorhang, der sich im Wind blähte, und vom Hafen her wehte der Geruch von Salzwasser herein. Matt setzte sich auf. Er erinnerte sich wieder, wo er war. Sally wohnte in einer Vierzimmerwohnung im obersten Geschoss eines alten, dreistöckigen Hauses in der Nähe des Hafens. Er hatte auf dem Sofa geschlafen, konnte sich jedoch nicht erinnern, wie er dorthin gekommen war. Auf der Theke, die das Wohnzimmer von der Küche trennte, sah er zwei leere Weinflaschen. Er stand auf, tappte barfuß zur Spüle und füllte ein Glas mit Wasser. Seine Hose und sein Hemd lagen säuberlich gefaltet über einer Stuhllehne, aber er konnte sich auch nicht erinnern, sich ausgezogen zu haben. Die Wohnzimmertür war angelehnt. Matt zog sich an und ging durch den Flur zum Schlafzimmer. Dort war es halb dunkel, die Vorhänge waren zugezogen, und Sally schlief. Er wandte sich zum Gehen, doch dann zögerte er und überlegte es sich anders. Er konnte sich nicht einfach so aus dem Staub machen. Obwohl es ihn beruhigte, dass sie offenbar in getrennten Zimmern geschlafen hatten, wollte er wissen, wie und wann er auf dem Sofa gelandet war. Sie hatten Spaghetti gegessen und eine Menge Wein getrunken, und es kam ihm so vor, als hätte Sally ihm auch noch Brandy angeboten. Er erinnerte sich schwach an eine unbeholfene Umarmung zu später Stunde. Dann fiel ihm sein Traum wieder ein, und er fragte sich, ob es wirklich nur ein Traum gewesen war.

Sally öffnete die Augen und sah ihn neben ihrem Bett stehen.

»Hallo«, sagte sie.

»Hallo.«

»Wie spät ist es?« Ihre Stimme klang heiser.

»Zu früh zum Aufstehen.«

Sally stöhnte. »Mein Kopf fühlt sich an, als hätte ihn jemand mit 'nem Hammer bearbeitet.«

»Das Gefühl kenne ich.«

Sie stützte sich auf einen Ellbogen, und der Träger ihres Nachthemds rutschte herunter. Unbefangen schob sie ihn wieder hoch und strich sich die Haare aus dem Gesicht. »Gehst du?«

»Ja. Ich muss los.« Matt zögerte, er wusste nicht recht, wie er die Frage anbringen sollte, die ihm auf den Nägeln brannte.

»Soll ich dir Frühstück machen?«

»Nein danke, ist schon in Ordnung.«

Sally musterte ihn, offenbar in der Erwartung, dass er etwas tat, dann breitete sich ein verschmitztes Lächeln auf ihrem Gesicht aus. »Falls du dich fragst, ob du mich jetzt küssen musst – keine Sorge, es ist nichts passiert.«

»Ich habe mich nicht gefragt, ob ich dich küssen muss«, erwiderte Matt, beugte sich zu ihr hinunter und hauchte ihr einen Kuss auf die Lippen.

»Hmm. Am besten, du siehst zu, dass du Land gewinnst, bevor ich mich vergesse.«

Matt grinste. »Vielen Dank, Sally.«

»Wofür? Wir haben uns doch nur unterhalten.«

»Genau das meinte ich.«

Sie wedelte mit der Hand in Richtung Tür. »So früh am Morgen ist mit mir nichts anzufangen.« Dann ließ sie sich zurück auf ihr Kissen fallen.

Beim Hinausgehen hörte Matt, wie sie hinter ihm herrief: »Du solltest dir ziemlich bald überlegen, was du von ihr willst, Matt.«

»Von wem?« Er blieb an der Wohnungstür stehen, doch es kam keine Antwort.

Matt trat in die Morgendämmerung hinaus. Über die Kreuzung vor Sallys Haus hinweg hatte er einen guten Blick auf den Hafen, wo bereits emsiges Treiben herrschte. Er blieb vor der Tür stehen und beobachtete, wie ein Boot nach dem anderen ablegte. Die *Santorini* lag noch am Pier, doch dann sah Matt Ellas Pick-up vorfahren, und als sie ausstieg, begegneten sich ihre Blicke. Sie starrten einander ein paar Sekunden lang reglos an. Matt war klar, was sie von ihm denken musste. Er kam gerade aus einem Haus, in dem er ganz offensichtlich die Nacht verbracht hatte. Er wollte ihr etwas zurufen, brachte es jedoch nicht fertig. Er wusste einfach nicht, was er ihr sagen sollte. Sie hatte ihn angelogen, was Kate betraf, und wahrscheinlich war das nicht die einzige Lüge gewesen, die sie ihm aufgetischt hatte. Er spürte, wie der Graben zwischen ihnen sich wieder auftat.

Ella wandte sich abrupt ab.

32

Kate kam mit einer Tüte unter dem Arm aus dem Supermarkt. Sie hatte ihre Sonnenbrille auf den Kopf geschoben und trug eine Khaki-Hose. Während sie die Einkäufe in ihren Wagen lud, betrachtete Baxter das Fax in seiner Hand. Es war die Bestätigung vom Labor, dass der Fingerabdruck, der an dem Wasserhahn in Bryans Haus gefunden worden war, mit denen auf dem Cocktailglas aus dem *Lobster Pot* übereinstimmte. Es war der Abdruck eines rechten Daumens, und er stammte von Kate.

Baxter sagte sich erneut, dass dies lediglich bewies, dass Kate irgendwann in letzter Zeit in Bryans Haus gewesen war. Dafür konnte es alle möglichen Erklärungen geben.

Klar, Dave, träum weiter.

Er las das Fax noch einmal. Es standen keine Namen darauf. Nur Abdruck A und Abdruck B. Es handelte sich um Thermopapier, das sich so dünn und zart anfühlte wie Reispapier. Er könnte es zusammenknüllen und in den nächsten Mülleimer werfen, und niemand würde je davon erfahren.

Kate stieg in ihren Wagen und fuhr los. An der nächsten Kreuzung bog sie rechts ab in die Straße, die aus der Stadt hinaus führte. Baxter ließ den Motor an und folgte ihr. Als er sie einholte, blinkte er sie an, bis sie ihn bemerkte und an den Straßenrand fuhr. Er hielt hinter ihr und stieg aus. Sie kurbelte das Fenster herunter.

»Hallo. Bin ich zu schnell gefahren?«

»Nein, überhaupt nicht«, erwiderte Baxter. »Ich bin nur zufällig hier langgekommen, und ich hatte den Eindruck, eins Ihrer Bremslichter ist nicht in Ordnung.«

Kate runzelte die Stirn. »Oh.«

»Ich seh mal eben nach.« Baxter ging um den Wagen herum, dann rief er ihr zu, sie solle den Zündschlüssel umdrehen und aufs Bremspedal treten. Beide Lichter leuchteten auf. Baxter fragte sich, was zum Teufel er eigentlich vorhatte. Er ging zurück nach vorne. »Muss mich wohl geirrt haben. Aber lassen Sie die Bremslichter vorsichtshalber überprüfen, wenn Sie den Wagen das nächste Mal in die Werkstatt bringen.«

»Mach ich.« Kate lächelte, wirkte jedoch leicht verwirrt. »Sieht so aus, als würde es wieder ziemlich heiß.«

»Allerdings«, erwiderte Baxter. Einen Augenblick lang schauten sie beide zwischen den Bäumen hindurch aufs Meer.

Baxter schnippte mit den Fingern, als wäre ihm gerade etwas eingefallen. »Teufel, ich wusste doch, dass ich Sie noch was fragen wollte.«

»Was denn?«

»Es geht um diesen Kerl, der vermisst wird, Bryan Roderick. Ich hab mich gefragt, ob Sie vielleicht mal in seinem Haus gewesen sind, unten in der Bucht. Vielleicht sind Sie mal zufällig bei ihm vorbeigekommen und mussten telefonieren oder so was. Oder vielleicht haben Sie ihn mal um ein Glas Wasser gebeten?«

Kate sah ihn stumm an, und Baxter wusste, sie ließ sich nichts vormachen. Abgesehen davon, dass er ein schlechter Schauspieler war, musste er sich eingestehen, dass das so ziemlich das Lahmste war, was er selbst je gehört hatte.

»Wieso denken Sie, ich wäre in seinem Haus gewesen?«, erkundigte sich Kate.

»Das tue ich nicht. Ich hab mich das nur so gefragt.«

»Sie haben sich gefragt, ob ich bei jemandem im Haus gewesen sein könnte? Ohne irgendeinen Grund?«

»Naja, es wäre immerhin möglich. Vielleicht haben Sie sich mit Bryan unterhalten, ohne zu wissen, wer er war.« Die Sonne brannte auf Baxters Kopf. Er spürte, wie ihm der Schweiß über den Rücken lief. Sie glaubte ihm kein Wort, und er konnte es ihr nicht verübeln.

»Nun, die Antwort lautet nein.«

Baxter zuckte verlegen die Achseln. »Das hatte ich mir schon gedacht. War nur so eine Idee.« Er trat von ihrem Wagen zurück. »Schönen Tag noch.«

»Danke. Ihnen auch.«

»Bis dann.«

Er schaute ihr nach, als sie davonfuhr, dann setzte er sich in seinen Wagen. Ich bin ein Idiot, sagte er sich. Minutenlang starrte er auf die leere Straße. Er nahm das Fax und las es noch einmal. Er hatte Matt erklärt, er wolle den Fall, trotz seiner Zweifel an Jerrod Gants Aussage, der Kriminalpolizei übergeben, um Ella zu schützen. Aber stimmte das überhaupt? Wenn er ehrlich war, musste er sich eingestehen, dass es zumindest nicht die ganze Wahrheit war. Er warf noch einen Blick auf das Fax, dann faltete er es zusammen und nahm sein Funkgerät.

»Was gibt's, Chief?«, fragte Martha.

»Versuchen Sie mal, Matt Jones zu erreichen, ja? Sagen Sie ihm, ich würd mich gern in meinem Büro mit ihm treffen.«

Er legte das Funkgerät weg und starrte noch eine Weile durch die Windschutzscheibe. Schließlich wendete er und machte sich auf den Weg zur Polizeiwache.

Am Nachmittag fuhren sie durch das Tor und über die von großen Eichen gesäumte Zufahrt zum Haus der Littles. Kate selbst öffnete die Tür. Sie schaute zuerst Matt an, dann Baxter, schien über ihr Erscheinen aber nicht verwundert zu sein. Sie führte sie ins Wohnzimmer.

»Mein Mann arbeitet.«

»Das macht nichts«, sagte Baxter. »Wir wollen uns nur mit Ihnen unterhalten.«

Sie bedeutete ihnen, Platz zu nehmen, setzte sich auf die Armlehne eines Sessels und zündete sich eine Zigarette an. Baxter wirkte bedrückt, und Matt sagte sich, dass sie beide allen Grund hatten, sich unwohl zu fühlen. Als Martha ihn anrief, hatte er angenommen, es sei neues Beweismaterial aufgetaucht, was sich dann auch bewahrheitet hatte. Doch mit dieser Art von Beweismaterial hatte er nicht gerechnet. Baxter hatte ihm berichtet, Kates Fingerabdrücke stimmten mit dem überein, der in Bryans Haus gefunden worden war. Als er hörte, wie Baxter an Kates Fingerabdrücke gekommen war, konnte Matt seine Verwunderung kaum verbergen, und dann erzählte er Baxter, was er von Jordan Osborne erfahren hatte.

»Es muss einen Grund dafür geben, dass Kate und Ella leugnen, einander zu kennen«, hatte Matt überlegt. »Und warum Kate leugnet, Bryan zu kennen.«

»Glauben Sie, die beiden stecken gemeinsam in dieser Sache drin?«

Es hat zumindest den Anschein, dachte Matt, nur auf welche Weise, war ihm nicht klar. Ein Anruf beim Hafenmeister ergab, dass Ella zum Fischen hinausgefahren war, also beschlossen sie, zunächst Kate Little mit den Tatsachen zu konfrontieren, die ihnen mittlerweile bekannt waren. Während der Fahrt schlug Baxter vor, Matt solle Kate zu dem befragen, was Osborne ausgesagt hatte, da er die Informationen aus erster Hand hatte.

»Mrs. Little, wir möchten Ihnen ein paar Fragen über Bryan Roderick stellen«, begann Matt. Er ließ einen Augenblick verstreichen, um ihr Gelegenheit zu geben, darüber nachzudenken. »Ich habe mich gestern mit einem Freund von Ihnen unterhalten, Jordan Osborne. Er hat mir erzählt, er hätte vor drei Wochen mitbekommen, wie Sie sich am Hafen mit Bryan Roderick gestritten haben.« Er beobachtete sie, um zu sehen, wie sie reagierte, doch sie ließ sich nichts anmerken, nur ihre Augen weiteten sich kaum merklich. »Mrs. Little, als ich das letzte Mal mit Ihnen sprach, sagten Sie, Sie würden Bryan Roderick nicht kennen.«

Kate zögerte lange, doch als sie schließlich antwortete, klang ihre Stimme ruhig. »Es hat wohl nicht viel Sinn, etwas zu leugnen, was Sie bereits wissen. Ich hatte ein Verhältnis mit Bryan Roderick.«

Baxter starrte auf einen Punkt an der Wand. Er schien nicht gehört zu haben, was sie gesagt hatte.

»Wieso haben Sie das bisher verschwiegen?«, fragte Matt.

»Wir reden hier über einen Mann, der vermisst wird und möglicherweise tot ist.«

Sie hielt seinem Blick stand. Ihre Augen wirkten beinahe violett. Matt war in der Überzeugung hergekommen, dass Kate aller Wahrscheinlichkeit nach etwas mit Bryans Tod zu tun hatte, doch nun musste er sich eingestehen, dass sie ihm nicht wie eine Mörderin vorkam. Sie wirkte höchstens traurig. Andererseits hatte er das Gleiche auch von Ella angenommen.

»Ich habe Ihnen nichts davon gesagt, weil es etwas ist, worauf ich nicht gerade stolz bin. Und weil ich mit Bryan Schluss gemacht hatte, bevor er verschwunden ist.«

»Wann haben Sie ihn zum letzten Mal gesehen?«

»An dem Abend am Hafen.«

»Ella Young war ebenfalls dort. Sie haben auch gesagt, Sie würden sie nicht kennen.«

Kate senkte den Blick. Sie klopfte die Asche ihrer Zigarette über dem Aschenbecher ab, dann blickte sie wieder auf.

»Ich würde nicht sagen, dass ich sie kenne. Wir sind uns ein einziges Mal begegnet, und zwar an jenem Abend auf dem Pier. Und selbst da haben wir kaum ein Wort gewechselt.«

»Dann erzählen Sie mir mal von dem Abend. Was ist da vorgefallen?«

»Ein paar Tage zuvor hatte ich Bryan gesagt, ich wolle mich nicht mehr mit ihm treffen. An dem Abend hat er mir aufgelauert. Er war betrunken. Ich habe ihm noch mal erklärt, dass es zwischen uns aus ist, und da ist er gewalttätig geworden. Als Ella auftauchte, wurde er noch wütender.«

»Hat er Sie geschlagen?«

»Ja.«

»Ist das auch vorher schon mal passiert, Mrs. Little?«

»Ja«, erwiderte Kate ruhig. »Deswegen wollte ich ihn nicht mehr sehen.« Sie drückte ihre Zigarette aus. »Ich bin nicht gerade stolz auf mich, Mr. Jones.« Sie sah kurz zu Baxter hinüber. »Ich kann mir vorstellen, was Sie denken. Eine verheiratete Frau, die sich mit anderen Männern einlässt, während ihr Ehemann im Rollstuhl sitzt. Doch in Wahrheit ist unsere Ehe schon lange am Ende.«

»Wir sind nicht hier, um Ihr Verhalten nach moralischen Kriterien zu beurteilen, Mrs. Little«, sagte Baxter.

»Mag sein. Bryan war nicht der erste Mann, mit dem ich ein Verhältnis hatte. Aber Sie haben ja mit Jordan gesprochen, also wissen Sie das bereits. Sie haben Evan kennen gelernt. Er ist ein schwieriger Mann.«

Kate verstummte und lächelte traurig. Matt hatte den Eindruck, sie fürchtete sich vor dem, was sie über sie dachten. Oder zumindest vor dem, was einer von ihnen über sie dachte.

»Ich glaube, nach seinem Unfall hatte Evan Angst, ich könnte ihn verlassen«, sagte sie. »Wir waren damals noch nicht lange verheiratet. Diese Aussicht war wohl so schrecklich für ihn, dass er stattdessen alles darangesetzt hat, mich zu vertreiben. Sein Charakter hat sich nach dem Unfall verändert, er kann sehr grausam sein seitdem. Ich gebe zu, dass ich in Erwägung gezogen habe, ihn zu verlassen. Das klingt furchtbar, aber Sie müssen bedenken, Evan hat sich oft so verhalten, dass ich annehmen musste, er lehnt mich ab oder verabscheut mich sogar. Ich wusste zwar, dass seine Stimmungsschwankungen von den Medikamenten verursacht wurden, die er nehmen musste, und ich gab die Hoffnung nicht auf, dass das alles mit der Zeit vorübergehen würde. Doch es wurde nicht besser.« Sie ließ einen Augenblick verstreichen.

»Es fing an mit jemandem, den Evan kannte. Ein Freund, der für ihn arbeitete. Ich habe viel Zeit mit diesem Mann verbracht. Er war sehr nett zu mir, so verständnisvoll. Jemand, an dessen Schulter ich mich ausweinen konnte.«

Sie starrte an ihnen vorbei zum Fenster.

»Evan hat das mit Chris und mir herausgefunden, und er hat es mich nie vergessen lassen. Vielleicht bin ich deswegen bei ihm geblieben. Wegen der Schuldgefühle. Aber ich bin auch nur ein Mensch, und manchmal brauche ich jemanden, der mir zeigt, dass er mich mag. Das ist doch nicht verwerflich, oder?« Sie sah von einem zum anderen, als erwartete sie eine Antwort.

»Bryan war allerdings ein Fehlgriff, wie sich herausstellte«, sagte sie.

Plötzlich ertönte lässiger Applaus. Als sie sich umwandten, sahen sie Evan im Rollstuhl in der offenen Tür stehen.

»Welch eine brillante Vorstellung, Kate. Was meinen Sie, Chief? Und Sie, Mr. Jones? Sind Sie beeindruckt? Mir kommen beinahe die Tränen. Sie ist verdammt gut darin, sich selbst zu rechtfertigen. Es so darzustellen, als wäre ich schuld daran, dass meine Frau eine gottverdammte Hure ist.«

Sein Rollstuhl machte ein surrendes Geräusch, und die Räder zischten über den Boden.

»Lassen Sie sich durch mich nicht stören. Ich habe den ersten Teil verpasst, aber ich nehme an, Sie sind hier, um sie nach dem Fischer zu fragen, mit dem sie es getrieben hat. Hat sie Ihnen schon erzählt, dass sie in der Nacht, als er verschwunden ist, unterwegs war, oder wolltest du dir das für später aufheben, Kate?« Er lächelte sie boshaft an.

»Stimmt das?«, fragte Baxter.

Sie schaute ihren Mann an, und es hatte den Anschein, als wäre sie verblüfft über das, was sie sah. Als wären ihr die Augen geöffnet worden. Sie nickte. »Ich war in jener Nacht draußen. Ich konnte nicht schlafen, es war so heiß. Manchmal gehe ich nachts spazieren.«

»Um welche Uhrzeit ist das gewesen?«, fragte Matt.

»Ich weiß es nicht mehr genau.«

»Du bist gegen halb vier zurückgekommen«, warf Evan ein und starrte seine Frau mit offener Feindseligkeit an. »Und ich weiß, dass sie nicht im Bett war, als ich die Schüsse hörte. Das war so gegen zwei. Ich erinnere mich, weil ich auf meine Armbanduhr gesehen habe. Ich brauchte ein paar Minuten, um aus dem Bett zu kommen. Das ist gar nicht so leicht, wie Sie sich denken können, aber als ich in Kates Zimmer kam, war sie nicht dort.«

»Sie haben Schüsse gehört?«, fragte Matt.

»Davon bin ich aufgewacht. Ich glaube, es waren mindestens zwei.«

»Stimmt das, was Ihr Mann sagt?«

»Ich nehme es an, ich habe nicht auf die Uhr geschaut.«

»Haben Sie in jener Nacht irgendjemanden gesehen, Mrs. Little?«

Sie schüttelte den Kopf. »Nein.«

»Sind Sie sicher? Was ist mit Ella Young?«

»Ich sage es Ihnen doch. Ich habe niemanden gesehen.«

»Haben Sie Schüsse gehört?«

»Nein.«

Evan schnaubte verächtlich.

»Wie oft haben Sie sich mit Bryan Roderick getroffen?«, erkundigte sich Matt.

»Vielleicht zweimal in der Woche.«

»Immer bei ihm zu Hause?«

Sie schüttelte den Kopf. »Meistens. Aber nicht immer.«

»Hatten Sie einen Schlüssel zu seinem Haus?«

»Ja.«

»Waren Sie am Morgen nach seinem Verschwinden dort?«

»Ja.«

»Warum?«

»Ich wollte den Schlüssel zurückbringen. Ich hatte Bryan seit einer Woche nicht gesehen. Nach dem, was sich auf dem Pier ereignet hatte, wollte ich nicht zu ihm nach Hause gehen, solange ich fürchten musste, ihm in die Arme zu laufen.«

»Also sind Sie an dem Morgen hingegangen?«

»Ja.«

»Um wie viel Uhr war das?«

»Ich weiß nicht. Ziemlich früh.«

»Sind Sie irgendjemandem begegnet?«

»Nein.«

Matt überlegte. Kate hatte jede seiner Fragen spontan und ohne zu zögern beantwortet. »Ist Ihnen irgendetwas im Haus aufgefallen, das Sie zu der Annahme veranlasst hat, Bryan könnte etwas zugestoßen sein? Anzeichen für einen Kampf zum Beispiel?«

»Nein. Es sah alles ganz normal aus.«

»Die Polizei nimmt an, dass jemand dort aufgeräumt hat, möglicherweise, um Beweismittel zu entfernen. Waren Sie das? Haben Sie versucht zu vertuschen, dass Sie in seinem Haus gewesen sind?«

Sie zögerte. »Warum sollte ich das tun? Zu dem Zeitpunkt wusste ich doch noch nicht, dass Bryan etwas passiert war.«

»Vielleicht wussten Sie es doch«, sagte Matt. »Mrs. Little, haben Sie Bryan getötet?«

Sie schüttelte den Kopf. »Nein.«

»Vielleicht sind Sie ihm zufällig begegnet, und es ist zu einem Streit gekommen?«

»Nein.«

»Und Sie sind in jener Nacht niemandem begegnet?«

»Das haben Sie mich doch schon gefragt. Die Antwort lautet immer noch nein. Ich bin niemandem begegnet.«

Evan Little beobachtete das Ganze mit einem süffisanten Grinsen. Matt überlegte kurz, ob Evan womöglich etwas mit Bryans Verschwinden zu tun haben könnte. Er hatte immerhin ein Motiv, doch angesichts seiner Behinderung erschien Matt das unwahrscheinlich. Kate zündete sich eine Zigarette an. Sie gab sich gelassen, doch Matt spürte die Anspannung unter der Oberfläche. Er musste wieder daran denken, wie Kate und Ella einander angesehen hatten, als sie sich vor der Post begegnet waren. Er suchte nach irgendwelchen Ungereimtheiten in Kates Geschichte. Ihr Mann hatte Schüsse gehört, die ihn etwa um die Zeit geweckt hatten, als Carl Johnson ebenfalls Schüsse gehört zu haben glaubte. Wie war es möglich, dass Kate nichts vernommen hatte?

Matt wandte sich an ihren Mann. »Sie sagen, Sie haben in jener Nacht Schüsse gehört. Sind Sie sich sicher, was die Uhrzeit angeht?«

»Ich habe auf meine Armbanduhr gesehen.«

»Wie erklären Sie sich die Tatsache, dass Sie nichts gehört haben, Mrs. Little?«

»Ja, Kate, das wüssten wir alle gern«, sagte Evan. »Die Akustik hier ist ausgezeichnet. Geräusche aus der Bucht sind ziemlich weit hörbar.«

»Ich kann es mir nicht erklären.«

Irgendetwas klickte in Matts Kopf. Das Stichwort brachte ihn auf eine Idee. »Akustik«, murmelte er vor sich hin. Er merkte, dass sie ihn alle ansahen. »Mr. Little, haben Sie in jener Nacht noch irgendetwas anderes gehört?«

Evan wirkte zunächst verblüfft, doch dann schien er sich an etwas zu erinnern. »Jetzt, wo Sie mich danach fragen – ja, ich habe tatsächlich noch etwas anderes gehört. Das muss etwa eine Stunde später gewesen sein, eine Stunde nachdem ich die Schüsse gehört hatte. Bevor Kate nach Hause kam.«

»Und was war das?«, fragte Matt, dem eine vage Vorahnung die Kehle zuschnürte.

»Es war ein Boot. Ich habe gehört, wie ein Boot die Bucht verließ.«

33

Ella schaltete die Winde ein und wartete, während die Leine aufgerollt wurde. Mit der Gelassenheit und Routine, die sie sich in vielen Jahren Arbeit auf See angeeignet hatte, manövrierte sie die *Santorini* zwischen ihren Bojen hindurch und holte die Hummerkörbe ein. Ein wassertriefender Korb wurde hochgezogen, Gordon hievte ihn an Deck und nahm die Hummer heraus, vermaß ihre Panzer, um anschließend die ausreichend großen Tiere in den Wassertank und die kleinen zurück ins Meer zu werfen. Er bestückte den Korb mit frischen Ködern, während Ella die Boje wieder befestigte, und als Ella auf die nächste Boje zufuhr, ließ Gordon den Korb zu Wasser, wo er mit einem sanften Klatschen versank. Ella arbeitete wie mechanisch, ohne über das nachzudenken, was sie tat.

Dabei hatte sie die ganze Zeit ein Bild vor Augen, das sie nicht abschütteln konnte, das Bild von Matt, wie er am frühen Morgen vor Sally Brewsters Tür gestanden hatte. Sie sah jedes Detail deutlich vor sich. Sein zerknittertes Hemd, sein unrasiertes Gesicht, die vom Trinken geröteten Augen. Sie fühlte sich immer noch so wie in dem Augenblick, als sie ihn bemerkt hatte – als hätte jemand ihr einen Faustschlag versetzt. Sein Gesichtsausdruck, als er sie ansah, unergründlich, aber ohne Reue oder Schuldgefühle, hatte eine wahre Sturzflut verwirrender Gedanken und Gefühle in ihr ausgelöst. Es war eine Mischung aus Zorn und Bestürzung, aber vor allem fühlte sie sich zutiefst getroffen.

Als ihre Mutter ihr am Abend zuvor gesagt hatte, Matt sei ein anständiger Mann, hatte Ella ihr zugestimmt. Was sie in den vergangenen Wochen und Monaten durchgemacht hatte, hatte sie furchtbar mitgenommen. Eine tiefe Erschöpfung hatte von ihr Besitz ergriffen und raubte ihr allmählich alle Kraft. Sie hatte das Gefühl, dass sie mittlerweile weder über den Willen noch über das Durchhaltevermögen verfügte, die nötig waren, um sich gegen Leute wie Howard oder Jake zu wehren, und dass sie die Last der Verantwortung nicht mehr tragen konnte, die sie ihrer Mutter und Kate gegenüber empfand. Dazu kamen die Schuldgefühle, die sie schier erdrückten. Wo sie auch hinging, überall spürte sie die vorwurfsvollen Blicke von Leuten, die sie kannte, hörte das Flüstern in ihrem Rücken wie ein ständiges Rascheln im Gras, verursacht von einem Raubtier, das ihr auf den Fersen war. Aber Matt hatte ihr immer zur Seite gestanden, auf ihn hatte sie sich stets verlassen können. Ihrer Mutter war nicht entgangen, wie es um Ella stand. Sie hatte vorgeschlagen, sie sollten Matt ins Vertrauen ziehen, und Ella hatte sich schließlich einverstanden erklärt.

Nachdem sie einmal den Entschluss gefasst hatte, ihm alles zu erzählen, war sie zutiefst erleichtert gewesen, und sie hatte so gut geschlafen wie schon lange nicht mehr. Sie hatte gehofft, er würde, wenn er die Wahrheit erführe, in der Lage sein, von den Tatsachen abzusehen, und begreifen, dass das Leben nicht immer so geradlinig verlief, wie er sich das wünschte. Jetzt dankte sie Gott, dass sie, bevor es zu spät war, erfahren hatte, dass Matt Jones sich nicht von all den anderen Männern unterschied, denen sie begegnet war. Sie wischte die Tränen fort, die in ihren Augen brannten, und biss sich auf die Lippen, bis sie bluteten und der körperliche Schmerz den seelischen Schmerz überlagerte und ihr erlaubte, sich ihrer Wut hinzugeben. Diese Wut verlieh ihr neue Kraft. Sollte Matt sich zum Teufel scheren. Sie brauchte ihn nicht. Sie brauchte überhaupt keinen Mann.

»Ella?«

Gordons Stimme riss sie aus ihren Gedanken.

»Alles in Ordnung?«

»Alles bestens. Ich habe nur nachgedacht. Was gibt's denn?«

»Ich muss eine Zeit lang irgendwo unterkommen. Und da dachte ich, ob ich vielleicht ein paar Tage auf der *Santorini* wohnen könnte.«

»Warum?«, fragte sie. »Wegen deines Vaters?«

»Er will, dass ich aufhöre, für dich zu arbeiten.«

Ella seufzte. »Ich möchte nicht zwischen dir und deinem Vater stehen.«

Gordon schüttelte störrisch den Kopf. »Er kann mir nicht vorschreiben, was ich zu tun habe.«

Ella wandte sich ab, unsicher, wie sie sich verhalten sollte. Es war heiß, und sie schwitzte unter dem Ölzeug. Im Winter konnte die See sehr rau sein, der eisige Wind schneidend wie Messerklingen. Die Arbeit war hart, nicht selten auch gefährlich, und wenn Gordon Manns genug war für den Job, dann war er auch Manns genug, seine eigenen Entscheidungen zu treffen. Zumindest war Gordon der Einzige, dessen Loyalität ihr gegenüber nie ins Wanken geraten war.

Sie lächelte und legte eine Hand auf seinen Arm. »Du kannst so lange auf dem Schiff wohnen, wie du willst.«

Baxter parkte seinen Wagen etwa einen Kilometer vom Haus der Littles entfernt am Straßenrand. Matt und er stiegen aus und gingen über die Wiese bis zu einer Stelle, von wo aus sie die Bucht überblicken konnten. Die Sonne brannte gnadenlos, und die Luft war schwül und drückend. Der Horizont im Osten war verhangen, grau wie vom Ruß aus tausend Fabrikschornsteinen.

»Da braut sich was zusammen«, meinte Baxter. »Für die nächsten Tage ist Sturm angekündigt.« Er steckte sich einen Kaugummi in den Mund. Nach einer Weile sagte er: »Glauben Sie, Kate hat die Wahrheit gesagt?«

»Nein«, erwiderte Matt, und Baxter nickte nur, weil er seine eigene Vermutung bestätigt hörte.

»Was ist mit ihrem Mann? Glauben Sie ihm?«

Bevor er antwortete, dachte Matt über Evan Littles Aussage nach, seine Frau sei in der Nacht, als Bryan verschwand, unterwegs gewesen, und er selbst habe Schüsse gehört. Die Uhrzeiten, die er angegeben hatte, deckten sich mit Carl Johnsons Beobachtungen, doch da Evan Little Johnsons Version kannte, konnte es sein, dass er log, um sich an seiner Frau zu rächen, weil sie ihn betrogen hatte. Aber irgendwie erschien Matt das unwahrscheinlich. Evan Little war ihm zwar nicht gerade sympathisch, dennoch kam er zu dem Schluss, dass der Mann wahrscheinlich die Wahrheit sagte, und das teilte er Baxter mit.

»Und was ist mit dem Boot, das er gehört haben will?«

»Warum sollte er das erfinden?« Matt wusste, was Baxter als Nächstes fragen würde.

»Sie glauben, es war Ellas Boot?«

»Selbst wenn es so wäre, hätten wir keine Möglichkeit, es zu beweisen.« Matt sah Baxter an, und aus dessen Gesichtsausdruck schloss er, dass sie beide von ähnlichen Gefühlen beschlichen wurden.

»Das ist eine ziemlich seltsame Situation, finden Sie nicht?« Baxter sprach Matts Gedanken aus. »Ella ist Ihre Mandantin, also nehme ich nicht an, dass Sie mir meine Frage beantworten werden, aber ich stelle sie trotzdem. Glauben Sie, Ella und Kate sind irgendwie gemeinsam in diese Sache verwickelt?«

»Sie haben Recht, diese Frage kann ich Ihnen nicht beantworten.«

»Abgesehen davon, dass sie Ihre Mandantin ist, mögen Sie sie ziemlich, stimmt's?«

Matt zögerte, doch dann nickte er, obwohl er sich im Augenblick über seine Gefühle nicht recht im Klaren war. »Ich möchte Sie etwas fragen, Chief. Sie und Kate Little …« Er brachte die Frage nicht zu Ende.

Baxter schaute aufs Meer hinaus. »Sie tut mir immer ein bisschen Leid. Ich schätze, weil sie so einen Mann hat.«

»Das ist alles?«

Baxter antwortete nicht, aber das war auch nicht nötig. Matt seufzte und hockte sich ins Gras. Er zupfte einen Grashalm ab und zerrupfte ihn, wie er es als Junge immer getan hatte.

»Was denken Sie über die ganze Geschichte?«, fragte Baxter.

»Wie Sie schon sagten, Ella ist meine Mandantin.«

»Okay, ich rede, Sie hören zu. Ich schätze, Sie nehmen an, Kate ist Bryan in jener Nacht begegnet. Vielleicht geplant, vielleicht zufällig. Möglicherweise hat es einen Streit gegeben, und Bryan wurde erschossen. Wahrscheinlich war es ein Unfall. Dann kommt Ella irgendwie dazu. Entweder hat Kate sie gerufen, oder sie war zum Fischen draußen, wie sie behauptet, und sie hat einen Schuss gehört und ist in die Bucht gekommen, um nachzusehen, was passiert ist. Sie beschließt, Kate dabei zu helfen, die Leiche verschwinden zu lassen, schleppt sie in den Kutter und wirft sie über dem Graben, wo Carl Johnson sie gesehen hat, über Bord. Später geht Kate zurück und räumt im Haus auf, damit wir nichts von ihrem Verhältnis mit Bryan erfahren. Die Schlüssel, die Bryan ihr gegeben hat, lässt sie dort.«

Matt sagte eine ganze Weile nichts. Er zupfte noch einen Grashalm ab. »Gehen wir mal, rein hypothetisch, davon aus, dass das, was Sie sagen, zutrifft. Warum hat Ella Kate geholfen? Wenn es ein Unfall war, warum hat sie Kate dann nicht überredet, zur Polizei zu gehen?«

»Vielleicht dachten sie, es würde ihnen sowieso niemand glauben. Womöglich sind sie in Panik geraten. Bryan war ein ziemlicher Mistkerl, das wissen wir bereits, und weder Kate noch Ella hatten Grund, um ihn zu trauern.«

»Was ist mit Jerrod Gant? Was hat er gesehen?«

»Vielleicht hat er eine Frau gesehen und angenommen, es sei Ella. Oder er meinte, es sei von Vorteil für ihn, wenn er das behauptete.«

Matt stand auf. »Es gibt nur ein Problem. Ella ist diejenige, die verhaftet wurde, sie ist diejenige, die Gant angeblich gesehen hat. Also, warum hat sie uns nicht die Wahrheit gesagt, oder andersrum gefragt, warum hat Kate uns nicht die Wahrheit gesagt?«

Baxter runzelte die Stirn. Darauf wusste er keine Antwort. »Ohne Gant löst sich das alles in Wohlgefallen auf«, sagte er schließlich. »Wenn wir wüssten, was wirklich passiert ist, würden wir wahrscheinlich zu dem Schluss kommen, dass Bryan sein Schicksal verdient hat.«

Die Bucht tief unter ihnen wirkte idyllisch, die Bäume am Ufer spiegelten sich im Wasser, das blau und grün schimmerte. Seltsam, dachte Matt, wie sich das Leben manchmal im Kreis drehte. In dieser Bucht war er einmal beinahe ertrunken, und jetzt schien alles, was damals geschehen war und sein Leben geprägt hatte, wiederzukehren. Er fragte sich, was er für Ella empfand. Was sie mit Bryans Verschwinden zu tun hatte, und inwieweit das seine Gefühle ihr gegenüber beeinflusste. Er hatte einen Großteil seines Lebens damit verbracht, Schurken hinter Gitter zu bringen. Würde sich nun herausstellen, dass Ella zu den Schurken gehörte?

»Wir sollten aufbrechen«, meinte Baxter.

Matt ließ den Grashalm zu Boden fallen, und sie gingen zum Streifenwagen zurück, jeder in seine eigenen Gedanken vertieft.

Als Matt in seiner Kanzlei eintraf, war auf dem Anrufbeantworter eine Nachricht von Ruth Thorne. Sie sagte, laut Dienstplan werde ihr Mann die kommende Nacht auf dem Festland verbringen. Matt hatte Ruth fast völlig vergessen, und er hatte sich noch nicht bemüht, jemanden zu finden, der Charlie Thorne folgen konnte, um festzustellen, wo er die Nacht verbrachte. Matt rief bei der Reederei an und fragte, um welche Uhrzeit die Inselfähre auf dem Festland ankomme, und während er auf die Information wartete, blätterte er in seinem Adressbuch. Vielleicht entdeckte er dort jemanden, der ihm einen Privatdetektiv in der Gegend empfehlen konnte. Die Frau von der Reederei meldete sich wieder und teilte ihm die Ankunftszeit der Inselfähre mit.

»Um zwanzig Uhr geht eine Fähre zurück nach Lucia«, fügte sie noch hinzu.

Lucia war die St. George am nächsten gelegene Insel auf der Strecke, und die Fahrt dorthin dauerte nur etwa vierzig Minuten. Es kam Matt in den Sinn, dass Charlie Thorne seine Nächte womöglich dort verbrachte, anstatt auf dem Festland, und er beschloss, das zu überprüfen, bevor er einen Privatdetektiv anheuerte. Er erklärte der Frau am Telefon, er rufe von der Polizeiwache auf St. George an, und bat sie, einen Blick auf den Dienstplan der Fährenbesatzung zu werfen.

»Mit wem spreche ich, Sir?«, erkundigte sie sich.

»Chief Baxter«, sagte Matt.

»Okay, einen Augenblick bitte.«

Gleich darauf kam sie wieder an den Apparat. »Thorne, sagten Sie? Charles Thorne? Er ist für morgen nicht eingetragen. Sind Sie sicher, dass das der richtige Name ist?«

»Ja, schon in Ordnung«, sagte Matt. »Vielen Dank für Ihre Hilfe.« Er legte auf und fragte sich, ob Ruth Thorne sich vielleicht geirrt hatte.

An diesem Abend fuhr Ella vom Hafen aus nicht gleich nach Hause, sondern machte einen Umweg und parkte ihren Wagen am Ende einer Straße oberhalb der Stadt. Über einen von Eichen gesäumten, schattigen Fußweg gelangte sie zu einem Felsvorsprung, von dem aus man aufs Meer blicken konnte. Die See war tiefblau und ruhig, und das Licht der untergehenden Sonne ließ die Wellen kupferfarben glitzern. Einen Moment lang genoss Ella diesen friedvollen Anblick, dann wandte sie sich ab und betrat den Friedhof von Sanctuary. Auf manchen Grabsteinen waren die Namen von Männern zu lesen, die ertrunken waren und hier ein Grab hatten, obwohl ihre Leichen irgendwo auf dem Grund des Atlantiks lagen. Ella ging zum Grab ihres Vaters, das sich neben dem ihres kleinen Bruders befand, kniete sich hin und zupfte um die Grabstelle herum das Unkraut aus. Als sie wieder aufstand, wurde sie von einer Flut von Erinnerungen und Gefühlen überwältigt. Sie hatte ihren Vater vergöttert, und sie war sein Ein und Alles gewesen. Seine Tochter, seine kleine Meerjungfrau und der Sohn, den er nie gehabt hatte. Ella wurde fortgetragen von ihren Erinnerungen, sodass sie nicht bemerkte, wie die Zeit verging. Auf einmal riss ein Geräusch sie aus ihren Gedanken.

Matt folgte Ella, die vom Hafen kommend an ihm vorbeigefahren war. Als ihm klar wurde, wo sie hin wollte, beschloss er zunächst, an ihrem Auto auf sie zu warten, nach einer Weile ging er ihr jedoch nach. Er trat zwischen den Bäumen hervor, und da sah er sie auf dem Friedhof stehen. Ihre Gestalt hob sich deutlich gegen den Abendhimmel ab. Eine Zeit lang verharrte er unbemerkt und beobachtete sie. Er fragte sich, was in ihr vorging, gleichzeitig versuchte er, sich über seine eigenen Gefühle klar zu werden.

Als sie ihn hörte, fuhr sie erschrocken herum, und einen Augenblick lang standen sie einander schweigend gegenüber. An ihrem Gesichtsausdruck sah er, dass sie mit einem Wirrwarr widerstrebender Gefühle kämpfte, die jedoch zu flüchtig waren, als dass er sie hätte deuten können. Er trat durch das Friedhofstor, das laut quietschte, als er es öffnete.

»Ich habe Sie vom Hafen wegfahren sehen. Ich war gerade auf dem Weg zu Ihnen.« Sein Blick fiel auf den Grabstein, und er las die Inschrift.

»Was wollen Sie von mir?«, fragte sie kühl.

Ihm fiel ein, dass sie sich zuletzt am frühen Morgen begegnet waren, als er gerade aus dem Haus kam, in dem Sally Brewster wohnte. Ella hatte sich wortlos abgewandt, und er fragte sich jetzt, welche Schlüsse Ella wohl aus der Situation gezogen hatte. Er machte keinen Versuch, sie ins Bild zu setzen. Stattdessen betrachtete er das Grab ihres Vaters und dachte über das nach, was Anne Laine ihm erzählt hatte. Er glaubte jetzt verstehen zu können, warum Ella Bryan so sehr verabscheut hatte, dass sie für sich behielt, was sie wusste. Wenn nicht mehr dahinter steckte. Matt hatte den ganzen Tag überlegt, ob Baxters Theorie über den Tathergang möglicherweise in einem Punkt falsch war. Vielleicht war es Ella, die Bryan getötet hatte, und nicht Kate. Was auch immer geschehen war, er wollte die Wahrheit von Ella hören.

»Warum haben Sie mir nicht gesagt, dass Kate und Bryan ein Verhältnis hatten?«, fragte er. Sie schien sich nicht zu wundern, dass er davon wusste. Wahrscheinlich hatte sie damit gerechnet, er würde es früher oder später herausfinden. »Ich habe mit Jordan Osborne gesprochen, und er hat mir erzählt, was an jenem Abend auf dem Pier vorgefallen ist. Was ist in Ihnen vorgegangen, als Sie sahen, wie Bryan Kate schlug? Hat es Sie an Ihren Vater erinnert?«

Sie wirkte verblüfft, doch die Verblüffung verwandelte sich schnell in Zorn. »Bryan Roderick hatte keinerlei Ähnlichkeit mit meinem Vater! Mein Vater war tausendmal mehr wert als er!«

»Aber Sie müssen irgendetwas empfunden haben«, beharrte Matt. »In Ihren Augen war Bryan ohnehin ein Nichtsnutz, und dann sehen Sie, wie er eine Frau schlägt. Osborne hat mir erzählt, wie Sie ihr zu Hilfe geeilt sind.«

»Das ist doch wohl kein Verbrechen, oder?«

»Nein. Aber ich habe heute mit Kate Little gesprochen, Ella. Sie gibt zu, in der Nacht, in der Bryan verschwunden ist, auf der Landzunge spazieren gegangen zu sein.« Matt hatte den Eindruck, dass Ella hellhörig wurde.

»Was hat sie Ihnen denn sonst noch gesagt?«

Er überging ihre Frage. »Kates Mann hat ungefähr zur selben Zeit wie Carl Johnson Schüsse gehört. Und er sagt, er habe ein Boot in der Bucht gehört.« Matt wartete auf eine Antwort von Ella, doch sie sah ihn nur an, als rechnete sie damit, dass noch mehr kam. Vielleicht nahm sie an, Kate hätte ihm bereits alles gesagt.

»Waren Sie in jener Nacht in der Bucht, Ella?«

»Sie fragen mich, ob ich Bryan getötet habe, aber ich habe Ihnen bereits erklärt, dass ich es nicht getan habe.«

»Vielleicht haben Sie ihn nicht getötet, aber Sie haben etwas gesehen, stimmt's? Ist zwischen Kate und Bryan irgendwas vorgefallen? Haben Sie ihr geholfen, Ella? Ist es das, was Carl Johnson in jener Nacht draußen vor der Bucht gesehen hat? Haben Sie Bryans Leiche fortgeschafft?«

Ella starrte Matt an. »Was würden Sie sagen, wenn ich Ihnen erklärte, dass ich tatsächlich dort war? Was wäre, wenn Bryan Kate in jener Nacht angegriffen hätte und es einen Unfall gegeben hätte? Würden Sie sie deswegen verurteilen? Würden Sie mich verurteilen?«

»Wollen Sie damit sagen, dass es sich so zugetragen hat?«

»Ich will überhaupt nichts sagen. Ich spreche einfach nur Ihre Gedanken aus. Deswegen sind Sie doch hier, oder etwa nicht?« Sie war ebenso voller Unmut wie er. »Das Leben verläuft nicht immer so, wie Sie sich das vorstellen, Matt. Es ist nicht immer alles logisch und geradlinig, einfach Ursache und Wirkung. Menschen tun manchmal Dinge, die nicht richtig sind, aber das bedeutet noch lange nicht, dass sie ganz und gar falsch sind.«

Matt schüttelte den Kopf. »Verdammt, Ella, wir führen hier keine philosophische Diskussion. Ein Mann ist ums Leben gekommen, und jetzt erzählen Sie mir nicht, es war ein Unfall oder Notwehr. Niemand vertuscht einen Unfall auf dem Meeresgrund. Es geht um Mord. Vielleicht war Bryan Roderick kein vorbildlicher Bürger. Vielleicht war er ein durch und durch unangenehmer Zeitgenosse. Aber er war ein Mensch, und auch wenn Sie und Kate ihn für ein Riesenarschloch gehalten haben, gibt Ihnen das noch lange nicht das Recht, ihn zu töten.«

Er wusste nicht, welche Reaktion er erhofft hatte, aber als Ella ihn ohne jedes Zeichen des Bedauerns anstarrte, hatte er das Gefühl, sie überhaupt nicht zu kennen.

»Gott, Sie müssen mich für einen kompletten Idioten gehalten haben.«

»Glauben Sie das wirklich, Matt? Glauben Sie, ich hätte Ihnen etwas vorgemacht?«

»Was soll ich denn sonst denken, Ella? Sie hätten mir vertrauen sollen. Sie hätten mir die Wahrheit sagen sollen.«

»Und hätte ich Ihnen auch vertrauen sollen, als Sie sagten, Sie wollten sich mit mir ein neues Leben aufbauen? Haben Sie das auch zu Sally Brewster gesagt?«, schnaubte Ella verächtlich. »Im Übrigen habe ich nie behauptet, dass irgendetwas von all dem der Wahrheit entspricht.«

»Wollen Sie damit sagen, dass es nicht der Wahrheit entspricht? Haben Sie Jerrod Gant ganz vergessen? Bisher kann die Polizei nichts beweisen, aber früher oder später wird der Mann wieder auftauchen. Und was passiert dann?«

Ella sah Matt kopfschüttelnd an. Ihr Kampfgeist war erloschen, sie wirkte nur noch erschöpft. »Sie sind sich Ihrer Sache verdammt sicher, was? Sie glauben wirklich, Sie wüssten auf alles eine Antwort.«

Irgendetwas an ihrem Tonfall und an der Art, wie sie ihn ansah, verunsicherte ihn. Ihm war plötzlich, als hätte er irgendwie alles falsch verstanden. Aber was auch immer geschehen sein mochte, es war offenkundig, dass Ella nicht vorhatte, ihm mehr zu sagen. Sie wandte sich ab.

»Warten Sie.« Er streckte einen Arm aus, um sie aufzuhalten.

Ella betrachtete die Hand, die auf ihrem Arm lag, dann sah sie Matt in die Augen. »Würden Sie mich bitte gehen lassen?«

In ihrer Frage schienen unterschiedliche Bedeutungen mitzuschwingen. Er blickte sie lange an, doch er konnte nicht ergründen, was in ihr vorging. Er wusste nicht, was er sagen sollte, wie er zu ihr vordringen konnte. Er wusste nicht, ob sie schuldig war, und falls sie es war, wessen genau sie sich schuldig gemacht hatte, und er wusste kaum noch, was er für sie empfand. Schließlich nahm er seine Hand von ihrem Arm. Sie drehte sich um, und er schaute ihr nach, bis sie zwischen den Bäumen verschwand.

34

Als Matt nach Hause kam, war es fast dunkel. Er musste nachdenken, aber vor allem musste er sich körperlich betätigen, um den Kopf frei zu bekommen. Er zog sich Shorts und ein T-Shirt an, schlüpfte in seine Laufschuhe und verließ das Haus. Ganz langsam begann er, durch den Wald zu joggen.

Wo der Weg auf die Straße stieß, blieb er stehen, um ein paar Dehnübungen zu machen. Dann joggte er weiter über die Straße in Richtung Landzunge. Es war warm, und er schwitzte. Bald fand er seinen Rhythmus und ließ sich von dem regelmäßigen Geräusch, das seine Gummisohlen auf dem Asphalt machten, einlullen. Sein Atem ging leicht, und seine Bewegungen waren geschmeidig. Als er leichte Seitenstiche bekam, blieb er noch einmal stehen, um erneut ein paar Dehnübungen zu machen, bis die Schmerzen nachließen und er weiterlaufen konnte. Nach einer Viertelstunde gelangte er an die Abzweigung zur Landzunge.

Die Luft roch nach Kiefernnadeln und Lorbeer, Salz und Seetang und befreite seinen Kopf von dem unangenehmen Druck, den der viele Alkohol vom Vorabend verursacht hatte. Schließlich erreichte Matt den Pfad, der zu der Lichtung mit Bryans Haus führte. Er folgte ihm und genoss den weichen Waldboden unter den Füßen, sog den erdigen Geruch tief ein.

Als er die Lichtung erreichte, verlangsamte er sein Tempo. Er war außer Atem und nass geschwitzt. Das Haus lag verlassen da, es gab keinerlei Lebenszeichen. Matt ging weiter bis zur Bucht und trat aus dem Wald hinaus auf den schmalen, schmutzigen Sandstrand, an dem die Wellen leckten. Der hölzerne Steg ragte ins Wasser, ein schmaler Weg, der nirgendwohin führte. Matt ging zum Bootsschuppen hinüber und öffnete die Tür, ohne recht zu wissen, was er dort suchte. Der Schuppen war so leer wie zuvor, die Luft feucht, und in einer Ecke raschelte es.

Irgendetwas stimmte nicht. Matt spürte es ganz deutlich. Er ging zurück zum Wasser, schaute aufs Meer hinaus und wartete darauf, dass das, was in seinem Hinterkopf herumspukte, Gestalt annahm. Doch nichts geschah. Absolut nichts.

Als er nach Hause kam, läutete gerade das Telefon. Es war Ben Harper.

»Erinnern Sie sich, dass ich Ihnen sagte, ich hätte vielleicht eine Idee? Also, ich habe ein paar Nachforschungen angestellt. Unter anderem habe ich mit diesem Carl Johnson gesprochen, der Ellas Boot draußen vor der Bucht gesehen hat.«

»Und? Was ist mit ihm?«

»Tja, es geht weniger um ihn, als um das, was er gesehen hat. Ich nehme an, Sie wüssten immer noch gern, ob seine Vermutung stimmt, dass Ella etwas über Bord geworfen hat. Ich meine, wenn er sich irrt, würde das Ella doch entlasten, oder?«

»Wie sollen wir das rausfinden? Der Graben ist zu tief für einen Taucher.«

»Vielleicht auch nicht«, sagte Ben. »Können Sie vorbeikommen?«

»Wo sind Sie?«

»Im Büro des Hafenmeisters.«

»Bin schon unterwegs.« Nachdem er aufgelegt hatte, rief Matt Baxter an, denn was immer Ben zu berichten hatte, sollte der Polizeichef auch hören. Dann duschte Matt und zog sich um.

Baxter, Ben und Tom Spencer standen bereits um einen runden Tisch, auf dem eine Karte ausgebreitet lag, als Matt eintraf.

»Worum geht's?«, fragte er. Baxter zuckte mit den Schultern.

»Jetzt, wo alle da sind, kann ich ja anfangen«, meinte Ben. »Also, Carl Johnson sagt, er hätte Ellas Kutter ungefähr hier gesehen.« Er zeigte mit dem Finger auf eine Stelle auf der Karte, und Tom beugte sich vor.

»Genau. Direkt über dem Graben.«

»Viel zu tief für einen Taucher.«

»Johnson sagt aber auch, dass Ella, nachdem er mit ihr gesprochen hat, ihr Licht einschaltete und in Richtung Hafen fuhr. Er sagt, er habe sie eine Zeit lang beobachtet.« Ben fuhr mit dem Finger über die Karte. »Irgendwann, so Johnson, hielt sie wieder an, und erst dann warf sie etwas über Bord, wie er annimmt.« Ben schaute von einem zum anderen, und als er sah, dass den Männern dämmerte, worauf er hinauswollte, grinste er breit. »Also, wenn sie ungefähr auf diesem Kurs gefahren ist, was Johnson behauptet, ich habe ihn nämlich noch mal danach gefragt, müsste sie genau hier angehalten haben.« Sein Finger zeigte auf eine Stelle am Eingang zur Bucht. »Dort befindet sich ein Felsenriff. Das Wasser ist vielleicht fünfzehn, zwanzig Meter tief. Kein Problem für einen Taucher.«

Ben führte weiter aus, dass ein Gegenstand, der möglicherweise dort lag, von der Strömung mehr oder weniger in Position gehalten würde, zumindest solange kein Sturm aufkam. »Wenn Sie also einen Taucher dort hinunterschicken und wenn dieser Taucher dort unten nichts findet, würde das doch so gut wie beweisen, dass Ella die Wahrheit gesagt hat, stimmt's?« Er schaute in die Runde, verblüfft darüber, dass keiner der Anwesenden seinen Enthusiasmus zu teilen schien.

Matt sah Baxter an. Er vermutete, dass sie beide das Gleiche dachten. Ben war offenbar noch nicht auf die Idee gekommen, dass eine Tauchaktion, wie er sie vorschlug, nicht nur Ellas Unschuld beweisen konnte, sondern auch ihre Schuld.

Beinahe widerstrebend fragte Baxter, ob Ben dazu bereit sei, am nächsten Morgen im Auftrag der Stadt an besagter Stelle zu tauchen. Ben nickte.

»Okay, das wär's dann«, meinte Baxter. »Wir treffen uns bei Tagesanbruch.«

35

Howard saß vor dem *Schooner* in seinem Wagen und wartete. Bis zur Wahl waren es nur noch zwei Tage. Er zweifelte zwar nicht an seinem Sieg, aber der Rummel um diese verdammten Thunfische machte die Sache für ihn unberechenbar. Was wäre, wenn die halbe Stadt einfach nicht zur Wahl ging? Wenn sich plötzlich kaum noch jemand dafür interessierte, wer Bürgermeister wurde? Würde das Ellas Chancen erhöhen? Das hielt er zwar nicht für wahrscheinlich, es erschien ihm aber auch nicht ganz unmöglich. Howard war entschlossener denn je, nichts dem Zufall zu überlassen.

Die Tür des *Schooner* wurde geöffnet, Licht fiel auf den Gehweg, und lautes Stimmengewirr war zu hören. Eine massige Gestalt tauchte im Türrahmen auf, trat auf die Straße und schlurfte auf einen Pick-up zu, der in der Nähe parkte. Howard stieg hastig aus und lief auf den Mann zu, der gerade versuchte, den Schlüssel ins Türschloss zu stecken.

»Sind Sie das, Jake? Ich dachte doch, ich hätte Sie gesehen …« Howard blieb abrupt stehen, als der andere herumfuhr, das Gesicht wutverzerrt. Jake packte Howard am Kragen und schleuderte ihn so heftig gegen den Kotflügel des Pick-up, dass ihm die Luft wegblieb und er zu Boden sank.

»Himmel Herrgott, was soll das?«, fragte Howard. Jake blickte auf ihn hinab, die Fäuste geballt, und einen Augenblick lang dachte Howard, er würde ihn nicht erkennen.

»Ich bin's, Jake. Howard.« Zu seiner Erleichterung entspannte sich der andere ein wenig. »Helfen Sie mir mal auf, Mann.« Er streckte eine Hand aus, doch Jake reagierte nicht.

»Was zum Teufel haben Sie hier rumzuschnüffeln?«, blaffte er stattdessen.

Howard rappelte sich mühsam auf. »Ich bin zufällig hier vorbeigekommen, und da hab ich Sie gesehen.« Er merkte sofort, dass Jake ihm das nicht abkaufte. Als er sein Gegenüber genauer anschaute, erschrak er. »Was ist denn mit Ihnen passiert?« Jakes Gesicht war geschwollen und voller blauer Flecken, als hätte er in einer Schlägerei den Kürzeren gezogen. Er antwortete nicht, und Howard fiel auf, dass er ihn mit seltsam trüben Augen anstarrte. Er war nicht nur betrunken, in seinem Blick lag noch etwas anderes. Es hatte den Anschein, als wäre er verrückt geworden. Plötzlich stöhnte er laut auf und fasste sich mit beiden Händen an den Kopf. »Alles in Ordnung?«, fragte Howard.

Jake grunzte nur und versuchte, Howard mit einer Handbewegung zu verscheuchen. Schweißperlen bildeten sich auf seiner Haut. Er stieß etwas hervor, das wie eine Mischung aus einem tierischen Laut und unterdrücktem Fluchen klang. Nach einiger Zeit lehnte er sich gegen seinen Pick-up und atmete tief durch. Offenbar hatten die Schmerzen, oder was immer es gewesen sein mochte, nachgelassen.

»Was ist los? Kopfschmerzen?«, erkundigte sich Howard vorsichtig. »Das kenne ich. Das ist der Stress.« Er wusste nicht, ob Jake ihm überhaupt zuhörte. Vielleicht war jetzt nicht der richtige Augenblick, doch er war extra hergekommen, also konnte er die Gelegenheit auch nutzen. »Sie haben's in letzter Zeit nicht leicht gehabt«, begann er. Jake starrte ihn nur an, irgendetwas Unergründliches schien sich in seinem Kopf abzuspielen. »Es ist nicht in Ordnung, dass Ella diesen Riesenfisch erwischt und die ganze Kohle eingestrichen hat. Nach allem, was sie getan hat. Hab ich's Ihnen nicht gleich gesagt, Jake? Es gibt keine Gerechtigkeit mehr auf der Welt.«

Howard musste schlucken. Es machte ihn ganz nervös, wie Jake ihn wortlos anstarrte. Es hatte etwas ungeheuer Bedrohliches. Unwillkürlich wich Howard einen Schritt zurück. Was mach ich eigentlich hier, fragte er sich.

Auf der anderen Straßenseite ging die Tür des *Schooner* erneut auf. Jemand wankte auf die Straße und begann sich zu übergeben. Gelächter ertönte und verebbte wieder, als die Tür zufiel. Howard drehte sich noch einmal zu Jake um, der mit ausdruckslosen Augen vor sich hin starrte.

»Tja, dann mach ich mich mal auf den Weg«, sagte Howard und wandte sich nervös ab. Jake sagte immer noch nichts. Howard ging zu seinem Wagen und stieg ein. Jake stand nach wie vor reglos da und starrte wer weiß wohin. »Verrückter Kerl«, murmelte Howard vor sich hin, dann ließ er den Motor an.

Als Gordon aufwachte, tastete er schlaftrunken nach der Taschenlampe auf dem Boden neben seiner Koje. Er schaltete sie ein und stellte überrascht fest, dass es erst drei Uhr früh war. Er löschte das Licht wieder und dämmerte eine ganze Weile in der Dunkelheit vor sich hin. Das Boot schaukelte ihn sanft, doch es gelang ihm nicht, wieder einzuschlafen; zu viele Gedanken kreisten in seinem Kopf. Er fragte sich, was ihn wohl geweckt hatte, und lauschte auf das Knarren der hölzernen Planken, auf das sanfte Rumpeln der *Santorini*, wenn ihr Rumpf gegen die alten Reifen stieß, die am Pier befestigt waren. Irgendwo in der Nähe, auf einem Boot, klimperte ein Windspiel. Von weit draußen auf dem Meer war das Nebelhorn eines Schiffs zu hören.

In der Dunkelheit kam Gordon die Kajüte gar nicht mehr so klein vor. Er lag auf dem Rücken unter einer dünnen Decke, seine Zehen berührten die Kojenverkleidung. Wenn er den linken Arm ausstreckte, konnte er bis an die andere Wand reichen, und wenn er stand, war kaum genug Platz in der Kajüte, um sich um die eigene Achse zu drehen. Doch die Enge machte ihm nichts aus. Das Gefühl von Freiheit, das er in seiner neuen Behausung genoss, entschädigte ihn für die fehlende Bequemlichkeit.

Am frühen Abend hatte er an Deck gesessen, geraucht, Bier getrunken und den Vorübergehenden zugenickt. Einige von ihnen waren stehen geblieben und hatten ein paar Worte mit ihm gewechselt, andere waren weitergegangen, als wäre er ein Fremder. Es machte ihm nichts aus, dass manche ihn nicht beachteten. Das waren Leute, die sich gegen Ella gestellt hatten, weil sie sie ohnehin nicht leiden konnten.

Von draußen, irgendwo am Pier, kam ein Geräusch. Das Knirschen von Metall auf Beton oder irgendeiner anderen harten Oberfläche. Gordon lauschte angestrengt. Im Hafen herrschte nie vollkommene Stille. Man hörte immer irgendeinen Bootsrumpf an den Pier stoßen, das Wasser plätschern, eine lose Leine im Wind schlagen. Hundert kleine Geräusche, jedes vertraut und auf seine Weise beruhigend. Wenn eins plötzlich fehlen würde, würde er es sofort bemerken, davon war Gordon überzeugt, auch wenn man diese Geräusche meist nicht bewusst wahrnahm. Und genauso machte jedes ungewöhnliche Geräusch ihn neugierig. Er hatte vergeblich versucht, dem, was er eben gehört hatte, ein Bild zuzuordnen. Als eine Weile nichts weiter geschah, dachte er nicht länger darüber nach.

Er schloss die Augen und versuchte einzuschlafen. Dann hörte er es wieder, ein metallisches Kratzen. Er lauschte mit angehaltenem Atem. Auf einmal hörte er einen dumpfen Schlag, dann noch einen, und da wusste er, dass jemand sich an Bord der *Santorini* befand. Ein paar Sekunden lang lag er reglos da und fragte sich, was er tun sollte. Im ersten Moment dachte er, es wäre Ella, doch als die Luke nicht geöffnet wurde, verwarf er die Möglichkeit. Jetzt hörte er, wie jemand an Deck hin und her ging. Er kletterte aus der Koje und griff in der Dunkelheit nach seiner Taschenlampe, schaltete sie jedoch noch nicht ein. Dann schlüpfte er in seine Jeans und tastete sich durch die Kajüte bis zu den Stufen vor, die zur Luke hinaufführten. Sie knarrten unter seinem Gewicht, was er normalerweise gar nicht wahrgenommen hätte, doch jetzt erschien es ihm unnatürlich laut. Die Geräusche an Deck verstummten. Gordon wartete, er zählte die Sekunden, die vergingen, die Hand, in der er die Taschenlampe hielt, schweißnass.

Vom Pier her hörte er einen dumpfen Schlag. Er öffnete die Luke, und als er hinter dem Ruderhaus an Deck stieg, sah er ein Licht aufflackern, das sich in einem Bogen vom Pier in Richtung Kutter zu bewegen schien. Das Licht wirkte seltsam unwirklich, wie hinter Milchglas, und es dauerte einen Augenblick, bis Gordon bemerkte, dass dichter Nebel über dem Hafen lag. In dem Augenblick, als er seine Taschenlampe einschaltete, wusste er, dass das, was er gesehen hatte, eine Flamme war. Vom Heck her war ein dumpfes Prasseln zu hören, und Gordon meinte, eine Gestalt zu erkennen, die in der Dunkelheit verschwand. Dann sah er nur noch blaue und gelbe Flammen und nahm den beißenden Geruch von Benzin wahr. Die Flammen züngelten auf ihn zu, als wären sie lebendig.

Ohne nachzudenken lief er ins Ruderhaus und griff nach dem Feuerlöscher. Beim Hantieren mit dem Sicherungsstift verlor er wertvolle Sekunden, in denen die Flammen ihn einschlossen. Die Hitze war gewaltig, der Rauch brannte ihm in den Augen, doch auf all das achtete er nicht, während er den Schaumstrahl auf den Boden vor seinen Füßen richtete und sich auf dem Deck vorkämpfte. Als der Feuerlöscher leer war, holte er eine Decke, beugte sich über die Reling und tauchte sie ins Wasser. Dann begann er, die Flammen damit auszuschlagen. Er arbeitete wie besessen. Weil er so geistesgegenwärtig reagiert hatte, hatte das Holz noch nicht richtig Feuer gefangen, und so gelang es ihm, die Flammen zu ersticken. Vom Pier aus musste er wie ein Verrückter wirken, wie er da in dem gelben Feuer herumwirbelte, das ihm Haare und Brauen versengte. Seine Kleider schwelten, und die Haut an seinen Händen und Füßen war mit Blasen übersät, doch er nahm nichts von alldem wahr.

Als die letzten Flammen erloschen waren, wurde er von Erschöpfung übermannt. Er hörte Rufe und sah Gestalten in der Dunkelheit umherrennen, dann spürte er, wie er von Händen gepackt und auf den Pier geführt wurde, und das Letzte, was er sah, war ein Gesicht, das auf ihn herunterschaute.

Eine Stimme sagte: »Um Gottes willen, holt schnell einen Arzt.«

Dann wurde ihm schwarz vor Augen.

Teil 4

36

An einer Seite des Ruderhauses war der leuchtend blaue Anstrich der *Santorini* völlig verkohlt. Früh am Morgen hatte sich eine Menschenmenge auf dem Pier eingefunden, um zu gaffen, doch allmählich löste sie sich auf. Die meisten gingen zu ihren eigenen Booten, um die Jagd auf die Thunfische wieder aufzunehmen, obwohl immer mehr Leute behaupteten, die Fische seien längst verschwunden, sie hätten sich ebenso schnell aus dem Golf zurückgezogen, wie sie aufgetaucht seien.

Ein Streifenwagen stand vor dem Büro des Hafenmeisters, und ein unrasierter Baxter, der um vier Uhr morgens von einem Anruf aus dem Schlaf gerissen worden war, unterhielt sich mit dem Mann, der das Feuer auf der *Santorini* als Erster gesehen hatte. Er war gerade auf dem Weg zur Arbeit in einer Bäckerei am Hafen gewesen, als er die Flammen entdeckt hatte.

Ella war allein auf ihrem Kutter und versuchte, sich einen Überblick über den entstandenen Schaden zu verschaffen. Vom Pier aus beobachtete Matt, wie sie sich hinhockte, um einen verkohlten Gegenstand aufzuheben und zu begutachten, ihn schließlich weglegte und wieder aufstand. Ihr Gesicht war ausdruckslos, wie erstarrt angesichts der Verwüstung. Sie wirkte blass und verletzlich und allein, und Matt fragte sich, ob dieser Schlag der Tropfen war, der das Fass zum Überlaufen bringen würde. Bisher hatte sie allen Widrigkeiten getrotzt, aber selbst jemand, der so stark war wie Ella, musste irgendwann an die Grenzen seines Durchhaltevermögens stoßen.

Matt näherte sich der *Santorini*, und als Ella ihn bemerkte, blickte sie auf. »Ich habe gerade mit dem Krankenhaus telefoniert. Gordon geht es den Umständen entsprechend gut. Er hat ein paar böse Verbrennungen an den Armen, aber es ist nicht so schlimm, wie es anfangs aussah.«

Ella schloss die Augen, wie um ein stummes Dankgebet zu sprechen. Als Gordon in den Hubschrauber getragen wurde, der ihn aufs Festland fliegen sollte, war sein ganzer Körper mit Verbandzeug eingewickelt gewesen; seine verkohlten und nach Benzin und Rauch stinkenden Kleider waren aufgeschnitten worden und lagen auf dem Boden. Ella war von Kummer und vielleicht auch Schuldgefühlen überwältigt gewesen. Matt war sich beinahe sicher, dass sie sich zumindest zum Teil für das Unglück verantwortlich fühlte.

»Gordon lässt Sie grüßen. Er sagt, Sie sollen sich um ihn keine Sorgen machen.«

Ella war sichtlich erleichtert und atmete tief ein. Es schien sie all ihre Kraft zu kosten, die Selbstbeherrschung zu wahren.

»Ella«, sagte Matt. Auch wenn die Gelegenheit denkbar ungünstig war, wollte er ihr von dem geplanten Tauchgang erzählen. Vielleicht würde sie endlich einsehen, dass es höchste Zeit war, die Wahrheit zu sagen, wenn sie nicht wollte, dass noch jemand zu Schaden kam. Doch sie ließ nicht erkennen, ob sie ihn gehört hatte.

Bevor er es noch einmal versuchen konnte, kam Baxter herüber.

»Irgendwelche Spuren?«, fragte Matt.

»Wir haben einen leeren Benzinkanister auf dem Pier gefunden. Wir werden ihn auf Fingerabdrücke untersuchen, aber selbst wenn wir welche finden, können wir nicht beweisen, dass er benutzt wurde, um das Feuer zu legen.«

Plötzlich fuhr Ella dazwischen: »Es war Jake! Jake hat das getan, verdammt noch mal! Wollen Sie ihn ungeschoren davonkommen lassen? Gordon hätte verbrennen können!«

»Ich habe mit Gordon gesprochen, bevor der Hubschrauber

ihn ins Krankenhaus gebracht hat«, sagte Baxter. »Er hat nicht gesehen, wer es getan hat. Und mit Jake habe ich auch schon geredet. Er behauptet, er sei zu Hause gewesen, als es passiert ist, und seine Frau hat das bestätigt.«

Ella starrte ihn fassungslos an. »Und das kaufen Sie ihm ab?«

»Ich kann ihm jedenfalls nicht das Gegenteil beweisen, Ella.«

Sie schaute Matt an, dann wandte sie sich wütend ab.

Baxter warf einen Blick auf seine Uhr und sagte leise zu Matt: »Harper ist bereit. Wir müssen los, wenn wir den Tauchversuch heute noch machen wollen. Hier können wir im Augenblick sowieso nichts mehr tun.«

»Ich komme gleich.« Matt überlegte, was er Ella sagen könnte, um sie zu trösten, doch die Worte erstarben auf seiner Zunge, bevor er sie aussprechen konnte. Schließlich sagte er einfach, es tue ihm Leid, doch wieder war nicht ersichtlich, ob sie es überhaupt gehört hatte. Als er zu Ben Harpers Boot hinüberging, spürte er, dass sie ihm nachschaute.

Ben stand bereits auf der Brücke seines zwölf Meter langen Schnellboots. Neben der Luke am Heck hing ein Taucheranzug über einem Geländer, und auf dem Achterdeck lagen Sauerstoffflaschen und Schwimmflossen.

»Auf geht's«, sagte Ben. Er ließ die Motoren an und rief Matt und Baxter zu, sie sollten das Boot losmachen. Baxter nahm die Achterleine, und mit der Schwerfälligkeit eines resignierten Mannes, der sich seinem Schicksal machtlos ausgeliefert fühlt, kletterte er an Bord. Wahrscheinlich hätte er, wenn ihm irgendeine Ausrede eingefallen wäre, die ganze Aktion abgeblasen, dachte Matt. Baxter wirkte wie jemand auf dem Weg zur Eröffnung eines Testaments, dessen Inhalt er fürchtete. Matt löste die Vorleine und warf sie an Deck. Einen Moment lang blieb er zögernd am Kai stehen und starrte aufs Wasser.

»Alles in Ordnung?«, fragte Baxter.

»Ja, alles in Ordnung.«

Matt griff nach der Reling und sprang an Bord. Als das Boot leicht ins Schaukeln geriet, klammerte er sich mit beiden Händen an der Reling fest. Er merkte, dass die anderen ihn beobachteten.

»Ich habe einen Freund, dem wird jedes Mal schlecht, wenn ich ihn mit rausnehme«, sagte Baxter verständnisvoll.

»Keine Sorge.«

Von der Brücke aus rief Ben: »Kommen Sie ruhig hier rauf, der Fahrtwind wird Ihnen gut tun.«

»Ich bleibe lieber noch einen Moment hier stehen.« Matt ließ sie in dem Glauben, er sei nur seekrank. Er konnte buchstäblich fühlen, wie das Blut aus seinem Gesicht wich, als die Motoren aufheulten und das Boot sich vom Pier entfernte. Es war das erste Mal seit dem Tag, an dem er als Junge beinahe ertrunken wäre, dass er sich auf ein Boot wagte, das kleiner war als eine Fähre, und auch Fähren hatte er seither möglichst gemieden. Er fühlte sich regelrecht gelähmt von der irrationalen, panischen Angst, die ihm in die Glieder kroch. Er hatte von Menschen gelesen, die an Flugangst litten und keinen Fuß in ein Flugzeug setzen konnten, ohne sich in ein zitterndes Nervenbündel zu verwandeln, und er sagte sich, dass diese Menschen sich dann jedes Mal so fühlen mussten wie er jetzt. Er starrte aufs Wasser, und es erschien ihm unendlich tief und bedrohlich. Im Hafen war es ruhig, doch Matt wusste, dass sie jenseits der Landzunge mit Seegang rechnen mussten. Er schaute in den klaren, blauen Himmel hinauf, dann ließ er den Blick über den Horizont schweifen, wo immer noch der Dunst der aufkommenden Wetterfront lag. Das Wetter hätte nicht besser sein können, doch Matt wusste, wie schnell es umschlagen konnte, wie schnell das Meer sich in eine wogende, gefährliche Masse verwandeln konnte, die jeden Unvorsichtigen in die Tiefe riss und verschlang.

»Mein Gott«, murmelte er. Kalter Schweiß stand ihm auf der Stirn. Er wankte zur Leiter hinüber und packte sie mit beiden Händen.

»Alles in Ordnung?«, fragte Ben von der Brücke aus. Er schien ernsthaft besorgt zu sein.

»Alles in Ordnung.«

Als sie den Hafen verlassen hatten, beschleunigte Ben das Boot. Die Schrauben wühlten das Wasser auf, und der Bug hob sich aus den grün schimmernden Wogen.

Mit zusammengepressten Lippen beobachtete Ella, wie Ben Harpers Schnellboot den Hafen verließ.

Die folgenden Stunden verbrachte sie damit, das Chaos zu beseitigen, das das Feuer hinterlassen hatte. Sie arbeitete sich vom Bug bis zum Heck der *Santorini* vor, und obwohl die Flammen die Farbe vom Deck und einem Teil des Ruderhauses weggebrannt hatten, war ihr Kutter immer noch seetüchtig. Sie arbeitete, um sich abzulenken, doch immer wieder hielt sie inne, schaute aufs Meer hinaus und fragte sich, wo Bens Boot sein mochte. Sie musste daran denken, wie Matt und Baxter leise miteinander geredet hatten, und ihr fiel die Taucherausrüstung ein, die sie auf Bens Boot gesehen hatte.

Der Himmel war wolkenlos, und die Sonne brannte. Eine Reihe von Gesichtern tauchte immer wieder vor Ellas innerem Auge auf. Matt, Gordon, ihre Mutter, Kate Little. Sie versuchte, nicht nachzudenken, doch dann ertappte sie sich wieder dabei, wie sie aufs Meer hinausstarrte, und ihre Anspannung wuchs und wuchs, bis sie zu dem Schluss kam, dass sie nicht einfach abwarten konnte. Sie musste wissen, was da draußen vor sich ging.

Sie hörte Schritte, die sich näherten, blickte jedoch erst auf, als das Geräusch verstummte. Eine Gestalt stand am Pier. Zum Schutz gegen die Sonne hielt Ella eine Hand über ihre Augen.

»Ich habe von dem Feuer gehört. Ich dachte, Sie könnten vielleicht Hilfe gebrauchen«, sagte Kate Little.

37

Während der ersten Nachtstunden waren die Orcas Richtung Süden geschwommen, zwischen den Inseln hindurch auf die Küste zu. Kurz nach Mitternacht änderte der Bulle den Kurs. Die Herde schwamm in loser Formation. Wenn ihre Rückenflossen die Wasseroberfläche durchbrachen, bildeten sich kleine, phosphoreszierende Bläschen in ihrem Kielwasser. Die meisten Orcas dösten beim Schwimmen. Sie befanden sich in einem vollkommen entspannten Zustand, nahmen ihre Umgebung jedoch jederzeit wahr, sodass sie nie Gefahr liefen, im flachen Wasser vor den Inseln zu stranden oder mit in den Wellen treibenden Gegenständen zu kollidieren.

Das letzte Mal hatten sie während der Abenddämmerung Nahrung zu sich genommen. Der Bulle hatte sie zu einem Riff geführt, wo die Wassertemperatur um ein oder zwei Grad niedriger lag, weil sich dort der Golfstrom mit dem kalten Wasser aus den tiefen, der Küste vorgelagerten Gräben vermischte. Der Bulle hatte schon oft in dieser Gegend gejagt. Tagsüber, wenn die Sonne schien, versteckten sich die Fische tief in den Gräben, doch gegen Abend kamen sie zum Fressen herauf. Den Bullen hatte seine Ortskenntnis nicht im Stich gelassen, und die Herde hatte gute Beute gemacht.

Als die Orcas in einem großen Bogen auf die Küste zuschwammen, kam der Bulle zu dem Schluss, dass es an der Zeit war, die Herde nach Norden zu führen. Tagsüber waren so viele Boote im Golf unterwegs, dass die Unruhe, die sie verursachten, den Orcas das Jagen unmöglich machte. Viele der großen Thunfische, die sie geortet hatten, waren bereits wieder verschwunden. Diejenigen, die den Fischern entkommen waren, hatten sich in tieferes Wasser geflüchtet und waren selbst unterwegs Richtung Norden. Die Orcas mussten es ihnen gleichtun, in den Atlantik hinausschwimmen und anschließend nach Norden Richung Neuschottland, um dort auf die Jagd nach Seehunden und Zwergwalen zu gehen.

Der Bulle legte den Kurs fest, dann döste er, wie die anderen, noch eine Weile vor sich hin. Die Welt, durch die er sich so mühelos bewegte, war eine Welt voller Töne, die sich ständig veränderte. Ein Teil seines Gehirns war so gut abgestimmt mit den Temperaturschwankungen und den leichten Strömungsänderungen, dass der Bulle fast selbst ein Teil des Ozeans war.

Eins der älteren Weibchen gesellte sich zu ihm, schwamm neben ihm her und rieb sich sanft an ihm, um ihn aus seinem Schlummer zu wecken. Bald waren die Orcas alle wach, und sie fingen an, miteinander zu kommunizieren und sich ihr Zusammengehörigkeitsgefühl durch körperlichen Kontakt zu bestätigen. Eine Stunde lang schwammen sie umeinander herum und vollführten anmutige Unterwassermanöver.

Schließlich hatte der Bulle genug und entfernte sich ein Stück von der Herde, während die jüngeren Orcas dicht beieinander blieben. Wieder gesellte sich das Weibchen zu ihm und dann auch der nächstjüngere Bulle der Herde. Die beiden spürten die zunehmende Müdigkeit des alten Bullen und hielten sich seit einiger Zeit immer häufiger in seiner Nähe auf. Über die Jahre hatten sie aus seiner Erfahrung gelernt, und sie wussten beinahe so gut wie er, wo sich gute Jagdgründe befanden und wo man zu welcher Jahreszeit auf welche Beute treffen konnte. Irgendwann in naher Zukunft würde der Bulle einer Krankheit erliegen, vielleicht würde er auch einfach an Altersschwäche sterben, und dann würden diese beiden die Führung der Herde übernehmen und für deren Überleben sorgen.

Vieles hatte sich im Laufe der Zeit geändert, und vieles

änderte sich immer noch, nicht zuletzt durch das Verhalten der Menschen. Das Leben der Orcas war ein unaufhörlicher Anpassungsprozess, sie mussten lernen, wo Gefahren lauerten und wo sich ihnen günstige Gelegenheiten zur Jagd boten. Dabei waren sie sich stets der Unberechenbarkeit der Menschen bewusst. Manche Schiffe waren harmlos, und die Fischer sahen nur fasziniert zu, wenn die Schwertwale vorüberschwammen, doch vor anderen Schiffen hatten sie gelernt, sich zu hüten.

Bei Morgengrauen befanden die Orcas sich mehrere Meilen vor der Küste von St. George. Der Bulle nahm bereits die Geräusche der vielen Boote auf, die vom Hafen in Richtung offene See fuhren. Er beschloss, die Gewässer dicht vor der Küste der Insel aufzusuchen, die die Fischer größtenteils meiden würden. Dort könnten sie Fische jagen, die auf der Flucht vor den Booten in östliche Richtung schwammen, dann, wenn der Tag zu Ende ging, würde er die Herde weiter nach Norden führen, und in der Nacht würden sie auf das offene Meer hinausschwimmen.

Die Stimmung an Bord der *Seawind* war angespannt. Die Männer an Deck sprachen kaum bei der Arbeit, aber zwischendurch blickten sie immer wieder verstohlen zu Jake hinüber, der im Ruderhaus stand und mit den Augen das Meer absuchte. Ab und zu kam er heraus, um einen Blick über die Reling zu werfen, doch die Männer beachtete er nicht. Er schien vollkommen in Gedanken vertieft zu sein, und was auch immer ihn beschäftigen mochte, sein Gesichtsausdruck beunruhigte die Mannschaft.

Calder Penman arbeitete zusammen mit den anderen Männern an Deck. Seitdem er zum ersten Maat befördert worden war, befand er sich in einer schwierigen Position. Die Männer begegneten ihm mit Misstrauen. Sie wussten um die Verpflichtung, die mit seinem neuen Posten verbunden war, und überlegten sich gut, was sie sagten, wenn er sich in der Nähe aufhielt. Er war ihr Freund gewesen, aber jetzt war er ihr Boss. Während der beiden vergangenen Wochen hatte Penman sich manchmal seinen alten Job zurückgewünscht, es gab nichts, was ihm diese Freundschaft ersetzte. Jake war schon immer ein schwieriger Typ gewesen; in seiner Gegenwart hatte Penman sich nie wohl gefühlt. Jedes Wort musste er genau abwägen, um nicht Gefahr zu laufen, dass Jake sich auf den Schlips getreten fühlte.

»Wir können allmählich zur ersten Funkboje zurückfahren«, sagte Penman, als er zu Jake ins Ruderhaus trat.

»Na, dann macht euch an die Arbeit.« Jake sah ihn nicht an, sondern schaute durch sein Fernglas und suchte langsam den Horizont ab. In der Ferne schimmerte St. George blassblau im dunstigen Licht.

Jake hatte am Morgen, als sie im Hafen an der *Santorini* vorbeigefahren waren, keinerlei Gefühlsregung gezeigt. Die Männer hatten an der Reling gestanden und das vom Feuer geschwärzte Deck betrachtet. Wenn Gordon nicht an Bord gewesen wäre, hätte sich vielleicht niemand großartig aufgeregt. Aber der Junge hätte ums Leben kommen können, und das hatte ihnen zu denken gegeben. Penman war beunruhigt. Was würde als Nächstes passieren? Wie lange würde es noch dauern, bis jemand ernstlich zu Schaden kam? Dann würde man nicht mehr nur Jake die Schuld geben.

Penman wendete die *Seawind*, nahm Kurs auf die Funkboje und schaltete auf Autopilot. Während der nächsten Stunden blieb er im Ruderhaus, und die ganze Zeit über suchte Jake schweigend mit dem Fernglas das Meer ab. Schließlich ging Penman zurück an Deck. Die Männer standen zusammen und redeten leise miteinander. Als sie ihn kommen sahen, verstummten sie, und einer von ihnen trat vor.

»Calder, wir haben uns überlegt, du musst mit Jake reden.« Der Mann zögerte und sah sich kurz nach den anderen um, bevor er fortfuhr. »Die ganze Geschichte mit Ella gefällt uns nicht.«

»Sieh mal einer an.«

»Du musst zugeben, dass er sich in letzter Zeit ziemlich seltsam aufführt. Wir können ja verstehen, wenn er wütend ist, aber keiner von uns hat Lust, in was reingezogen zu werden, was außer Kontrolle gerät.«

Penman nickte. »Klingt vernünftig.«

Der Mann lächelte erleichtert. »Seht ihr«, sagte er zu den anderen. »Ich hab doch gesagt, Calder versteht uns.«

Penman starrte ihn an, und das Lächeln des Mannes erstarb. »Du redest also mit ihm?«

»Wenn du mit ihm reden willst, bitte sehr, tu dir keinen Zwang an. Ich wette, er wird sich freuen zu hören, was ihr ihm zu sagen habt.«

»Du bist doch der erste Maat, Calder, nicht wir«, knurrte der Mann.

»Da hast du verdammt Recht. Und jetzt macht euch gefälligst wieder an die Arbeit.«

Die Männer wandten sich ab. Penman trat an die Reling und zündete sich eine Zigarette an. Als er sich umdrehte, sah er seine Leute immer noch zusammenstehen und mit finsterer Miene tuscheln.

»Scheiße«, fluchte er, dann warf er seine Zigarette über Bord.

Sie näherten sich dem Ende ihrer Leine und der Boje mit dem Funkfeuer am späten Vormittag. Die Sonne brannte vom Himmel, und die Luft war schwer und drückend. Es sah so aus, als würde es nicht mehr lange dauern, bis die Front, die draußen über dem Atlantik lauerte, hereinkam und ein Sturm losbrach. Penman betrachtete seine Hände. Selbst seine Finger waren schweißnass. Er wischte sie an seiner Hose trocken und ergriff wieder das Steuer.

Er änderte den Kurs leicht ab, um längsseits der Boje zu kommen. Einer der Männer stand an der Reling bereit, um die Boje an Bord zu hieven.

»Penman!« Jake hielt sein Fernglas auf etwas gerichtet. Er stand stocksteif da, als hätte er gerade einen elektrischen Schlag bekommen. »Wenden.«

»Und was ist mit der Leine?«

Jake fuhr wütend herum. »Hörst du nicht, was ich sage? Du sollst wenden. Vergiss die gottverdammte Leine. Die läuft uns schon nicht weg.«

Penman suchte das Meer mit den Augen ab. Sie befanden sich mehrere Meilen von St. George entfernt, parallel zur Küste, die jetzt nicht mehr blassblau, sondern dunkelgrün schimmerte. Südlich von ihnen waren mehrere Boote zu sehen, aber keins davon schien sich zu bewegen. »Was ist denn da draußen?«, fragte Penman.

Jake drückte ihm das Fernglas in die Hand und schubste ihn zur Seite. »Weg da, verdammt. Ich mach es selbst.« Er warf das Steuer herum, und die *Seawind* drehte um neunzig Grad. Dann gab er volle Kraft.

Die Männer an Deck blickten verwundert auf. Penman schenkte ihnen keine Beachtung, sondern hob das Fernglas. Es dauerte eine ganze Weile, bis er entdeckte, was Jake in Aufruhr versetzt hatte: eine schwarze Rückenfinne, die sich deutlich vor dem Himmel abhob, dann wieder teilweise in den Wellen verschwand. Gleich darauf sah er noch eine. Sie war leicht gebogen, größer als die andere, und selbst aus der Entfernung konnte er die doppelte Einkerbung erkennen.

»Scheiße«, murmelte Penman. Er ließ das Fernglas sinken und drehte sich zu Jake um. Als er dessen Gesichtsausdruck bemerkte, überkam ihn eine dunkle Vorahnung.

38

Die *Santorini* näherte sich der Spitze der Landzunge, Ella steuerte einen nördlichen Kurs, um sie zu umschiffen. Sie hielt Ausschau nach Ben Harpers Boot, konnte es aber nicht entdecken. Das verblüffte und erleichterte sie, doch ihr ungutes Gefühl wollte nicht verschwinden.

Seit sie losgefahren waren, hatten Kate und Ella kaum miteinander gesprochen. Ella wusste nicht, was Kate dazu bewogen hatte, auf dem Pier aufzutauchen, andererseits sagte sie sich, dass sie einander nicht ewig aus dem Weg gehen konnten. Es gab Dinge, über die sie reden mussten, auch wenn bisher keine von ihnen Anstalten gemacht hatte, den ersten Schritt zu tun. Während Ella den Kutter steuerte, stand Kate draußen an der Reling. Zwischen ihnen lagen Welten. Kate wohnte wenige Monate im Jahr in einem großen Haus auf der Landzunge und war in vielerlei Hinsicht der typische Sommergast. Sie fuhr einen Mercedes, trug teure Kleider und brauchte sich über Geld wahrscheinlich nie den Kopf zu zerbrechen. Ella fragte sich, wie alt Kate sein mochte, und kam zu dem Schluss, dass sie etwa im selben Alter sein mussten. Kate hatte hohe Wangenknochen, ihr Haar war pechschwarz und glänzend. Womöglich floss europäisches Blut in ihren Adern. Wegen ihrer Haare erinnerte sie Ella vage an ihre eigene Mutter als junge Frau, wie sie auf alten Fotos aussah. Das gleiche Haar und die gleichen Wangenknochen. Vielleicht waren Kate und sie am Ende doch nicht so verschieden. Ella kam es auf einmal so vor, als hätte sie das schon immer gewusst.

Nachdem sie den Hafen verlassen hatten, wurde die Dünung stärker, und die *Santorini* hob und senkte sich mit den Wellen. Kate hielt sich mit beiden Händen an der Reling fest und betrachtete skeptisch das dunkle, tiefe Wasser, das gerade mal einen Meter unter ihnen war.

»Keine Angst«, rief Ella über das Dröhnen des Motors hinweg. »Die *Santorini* ist so gebaut, dass sie tief im Wasser liegt. Das macht es leichter, die Hummerkörbe einzuholen.«

Kate lächelte. »Ich habe nicht viel Erfahrung mit Booten.« Sie stellte sich breitbeinig hin und begann, sich den Bewegungen des Kutters anzupassen.

»So ist es schon besser.«

Kate sah Ella an. »Wissen Sie was, ich bewundere Sie.«

»Mich? Warum?«

Kate machte eine ausladende Bewegung mit dem Arm. »All das gehört Ihnen. Das ist Ihre Welt.« Sie suchte nach Worten, um auszudrücken, was sie empfand. »Sie haben Ihr Leben in der Hand. Was Sie besitzen, haben Sie durch eigene, harte Arbeit verdient.«

»Sagen Sie das noch mal im Winter, wenn die Temperaturen unter zwanzig Grad minus sinken und man das Gefühl hat, es wird einem nie wieder warm.«

»Ja, das gehört wohl auch dazu«, räumte Kate ein. »Aber bei der Hitze im Moment kann man sich das kaum vorstellen.«

»Dazu muss man wohl das ganze Jahr über hier leben.«

Kate warf ihr einen kurzen Blick zu, und Ella wurde bewusst, dass ihre Worte wie eine jener typischen abfälligen Bemerkungen über die Sommergäste geklungen haben mussten. »War nicht so gemeint.«

»Schon gut. Ich habe mir bereits vor langer Zeit ein dickes Fell zulegen müssen. Aber Ihnen brauche ich wohl nicht zu erklären, wie es ist, wenn die Leute auf der Straße anfangen zu tuscheln, sobald sie einen sehen.«

Ihre Blicke begegneten sich, und Ella fragte sich, wer von

ihnen das Thema ansprechen würde, das ihnen beiden auf den Nägeln brannte.

»Damals, in jener Nacht«, begann Kate. Sie zögerte einen Moment, bevor sie weitersprach. »Als ich Sie draußen auf der Landzunge gesehen habe. Ich wollte Ihnen nur sagen, dass ich niemandem davon erzählt habe. Der Polizei, meine ich.«

»Das hatte ich mir schon gedacht.«

»Chief Baxter und Matt Jones waren gestern bei mir zu Hause. Sie wissen, dass ich ein Verhältnis mit Bryan hatte, und mein Mann hat ihnen gesagt, dass ich in der Nacht neulich unterwegs war und er Schüsse gehört hat. Ach ja, und noch etwas. Er hat gesagt, er hätte ein Boot gehört.«

»Ich weiß«, sagte Ella. »Matt glaubt, ich hätte Ihnen geholfen, Bryans Leiche fortzuschaffen.«

Kate zog die Augenbrauen zusammen. »Sie hätten mir geholfen?«

Ella versuchte, Kates Gesichtsausdruck zu ergründen. Irgendetwas irritierte sie, ohne dass sie hätte sagen können, was es war. In diesem Augenblick fuhr die *Santorini* um die Landzunge herum, und die Bucht kam in Sicht. Was Ella dort erblickte, brachte das Gespräch abrupt zum Stillstand. Kate folgte ihrem verwirrten und besorgten Blick.

»Was ist los?«

Ella antwortete nicht. Ben Harpers Schnellboot lag mehrere hundert Meter vom Ufer entfernt vor Anker. Ella musste an die Nacht denken, als sie im Schutz der Dunkelheit aus der Bucht hinausgefahren war und über dem Graben angehalten hatte. Sie erinnerte sich, wie sie dahingedümpelt war, als die *Osprey* aufgetaucht war und Carl Johnson sie angefunkt hatte. Alles lief noch einmal vor ihrem geistigen Auge ab. Wie sie den Motor angelassen und Kurs auf den Hafen genommen hatte, wie sie abgewartet hatte, bis die *Osprey* außer Sichtweite war, und wie sie dann wieder angehalten hatte. Mit einem Mal dämmerte ihr, was dort drüben vor sich ging. Ihr Magen zog sich zusammen, als ihr klar wurde, dass sie ungefähr an der Stelle ausgekommen sein musste, an der Ben Harpers Boot jetzt vor Anker lag. Ella wusste, dass das Wasser dort nicht sehr tief war.

Und dann, während sie noch versuchte, all das zu verarbeiten, erblickte Ella die *Seawind*, die sich von Osten her näherte.

39

Die Orcas befanden sich mehrere Meilen von St. George entfernt, als der Bulle das Geräusch von Fischen aufnahm, die mit hoher Geschwindigkeit Richtung Westen schwammen. Er verlangsamte sein Tempo und hob den Kopf aus dem Wasser. Eine Schar Seevögel kreiste in etwa dreißig Metern Höhe aufgeregt über dem Meer. Immer wieder stießen die Vögel ins Wasser, wo ein Schwarm kleiner Fische, der von größeren Raubfischen zusammengetrieben worden war, dicht an der Oberfläche schwamm. Aus den Echos der kurzen Klicklaute, die der Bulle ausstieß, schloss er, dass es sich bei den Raubfischen größtenteils um Dreißigpfünder handelte, vielleicht Thunfische, eine willkommene Beute für seine Herde. Sie waren jedoch schon ziemlich weit weg, und der Bulle musste abwägen, ob es sich lohnte, die Verfolgung aufzunehmen, obwohl die Chancen schlecht standen, dass die Jagd erfolgreich verlief. Die Alternative war, weiter in Richtung Nordosten zu schwimmen, wo sie wahrscheinlich am Rande des Festlandsockels auf einen Schwarm Makrelen treffen würden.

Der Bulle stieß erneut eine Reihe von kurzen Klicklauten aus, diesmal, um den Meeresgrund zu erkunden. Aus den Echos formte sein komplexes Gehirn eine Unterwasserkarte. Weit entfernt erhob sich die Insel wie eine breite Gebirgskette, die zu einem Drittel aus dem Wasser ragte. Der Bulle registrierte die Lage von Flussmündungen und kleinen Buchten, die

Breite des Hafens und die Umrisse der Landzunge, durch die der Hafen von einer großen Bucht getrennt war. Der Fischschwarm bewegte sich auf diese Bucht zu, die, geschützt durch das vorgelagerte Riff, zu einer natürlichen Falle wurde, was die Orcas und auch kleinere Räuber ausnutzten, wenn sich die Gelegenheit dazu bot.

Die Schwertwale änderten ihren Kurs und schwammen lautlos auf die Insel zu. Schon jetzt gruppierten sie sich zu der Angriffsformation, die sie so oft erfolgreich eingesetzt hatten: die kleineren Tiere in der Mitte, die größten und ältesten an den Flanken. Wenn sie die Bucht fast erreicht hatten, würden die größeren Orcas ihr Tempo erhöhen, um den Schwarm in einer Art Zangenbewegung einzukreisen. Während er schwamm, ortete der Bulle die Positionen der vielen Boote in ihrer Nähe. Unweit der Insel vernahm er das leise, aber unverwechselbare Plätschern des Wassers gegen den Rumpf eines Schiffs, das sich nicht bewegte. Ein kleinerer Kutter fuhr um die Spitze der Landzunge herum in Richtung Nordosten. Im Rücken der Herde befanden sich viele weitere Boote, jedes einzelne erkennbar an seinem Geräusch. Der Bulle registrierte die Richtung, in die sie sich bewegten, und als die *Seawind* ihren Kurs änderte und das Geräusch ihrer Motoren eine höhere Tonlage annahm, wurde der Bulle sofort hellhörig. In dem Wissen, dass dieses Boot eine Gefahr darstellte, signalisierte er seiner Herde, schneller zu schwimmen. Doch schon bald spürte er, wie anstrengend das Tempo für ihn war.

Jakes Wut darüber, dass es ihm nicht gelungen war, die *Santorini* zu zerstören, beherrschte all seine Gedanken. Er erinnerte sich, wie die Flammen in der Dunkelheit auf dem Kutter gezüngelt hatten, und daran, welche Befriedigung er bei dem Anblick empfunden hatte, bis ihm klar geworden war, dass sich jemand an Deck befand. Aus einiger Entfernung hatte er beobachtet, wie Gordon das Feuer löschte, und später, als er mit der *Seawind* den Hafen verlassen und Ella an Deck der *Santorini* gesehen hatte, war er in Versuchung gewesen, sein Gewehr zu nehmen und sie einfach zu erschießen.

Er hatte Kopfschmerzen, es war, als hätte sich ein eisernes

Band um seinen Schädel gelegt und als rieselten Rußflocken hinter seinen Augen nieder. Er spürte die Unzufriedenheit seiner Mannschaft, doch er schenkte dem keine Beachtung. Penman sollte den Männern beibringen, sich zu fügen, dafür wurde er schließlich bezahlt. Andererseits hatte Jake das Gefühl, Penman wusste manchmal nicht so genau, wem er sich mehr verpflichtet fühlen sollte. Wenn das alles vorbei war, sagte sich Jake, würde er ihnen mal ordentlich den Marsch blasen. Oder besser noch, er würde sie gleich allesamt feuern.

Die *Seawind* fuhr mit voller Kraft voraus. Das Dröhnen der Motoren war so laut, dass Jake brüllen musste, um sich verständlich zu machen. Er rief Penman zu, er solle ihm das Fernglas geben. Mit einer Hand am Steuer beobachtete er die Orcas. Die *Seawind* holte auf.

»Diesmal entkommst du mir nicht«, knurrte er.

Er rieb sich die Augen. Das Meer sah aus wie auf einem alten, grobkörnigen Foto, und der Schmerz in seinem Kopf hatte sich bis in seinen Nacken ausgebreitet. Bei jeder Bewegung schienen sämtliche Nervenenden in seinem Gehirn empört aufzuschreien.

»Jake? Alles in Ordnung?«

Jake ignorierte Penman und legte das Fernglas weg. Er konnte die Orcas jetzt mit bloßen Augen sehen. Während er nach dem Bullen Ausschau hielt, dachte er, er hätte Ella schon vor langer Zeit eine Lektion erteilen sollen. Dann entdeckte er den Bullen an der äußeren Flanke der Herde und drehte bei. Dieses Ärgernis würde er sich ein für alle Mal vom Hals schaffen. Schwarze Punkte tanzten vor seinen Augen, und Schweiß lief ihm übers Gesicht.

»Mach die Harpune klar«, befahl Jake Penman. Er fixierte seinen Maat mit einem durchdringenden Blick. »Ich will dieses Mistvieh haben. Kapiert?«

Penman nickte. Sie näherten sich der Insel. Silbermöwen kurvten kurz vor ihnen aufgeregt über dem Wasser, und Jake vermutete, dass die Orcas einen Fischschwarm in die Stillwater-Bucht trieben. Wenn sie dem Schwarm in die Bucht folgten, würden die Orcas ebenfalls in der Falle sitzen. Sie konnten nicht entkommen, ohne an der *Seawind* vorbeizuschwimmen. Vielleicht würde er nicht nur den alten Bullen erlegen, dachte Jake. Vielleicht würde er die ganze verdammte Herde abschlachten.

Der Gedanke an das Gemetzel faszinierte ihn so sehr, dass er die *Santorini* nicht gleich bemerkte. Er sah das Schnellboot, das vor der Bucht vor Anker lag, und registrierte, dass ein zweites Boot sich näherte, doch erst als er weniger als eine halbe Meile entfernt war, erkannte Jake Ellas Kutter.

Plötzlich durchbohrte der Schmerz seinen ganzen Körper wie mit Lanzen. Jake wankte und stolperte und hielt sich den Kopf mit beiden Händen. Einen Augenblick lang wurde alles um ihn herum schwarz, dann ließ der Druck nach, und er konnte wieder sehen, wenn auch nur verschwommen. Als der Schmerz verebbt war, hatte er sich wieder in der Gewalt.

Das hier konnte kein Zufall sein, dachte er, es war ein Wink des Schicksals, seine Chance, alle offenen Rechnungen zu begleichen. Ella würde für das bezahlen, was sie getan hatte, er würde sie auf den Grund des verdammten Ozeans schicken, genauso wie sie es mit Bryan gemacht hatte, und während er das tat, würde er sich an ihrem angstverzerrten Gesicht weiden, und er würde diesen Bullen mit einer Harpune aufspießen und ihn zu Köder verarbeiten. Dieses Mistvieh würde ihm nicht noch mal den Fang vor der Nase wegschnappen.

In diesem Augenblick lösten die Orcas ihre Formation auf, änderten ihren Kurs und schwammen in nördlicher Richtung von der Insel weg.

»Was zum Teufel …?«, stieß Jake hervor, doch dann bemerkte er, dass der Bulle seinen Kurs beibehielt und direkt auf die Bucht zuschwamm, während der Rest der Herde flüchtete. Die Biester waren nicht dumm, das musste er ihnen lassen. Aber er wollte den Bullen. Die anderen würde er sich beim nächsten Mal vorknöpfen.

Penman stand mit der Harpune am Bug bereit. Jake lehnte sich aus der Tür des Ruderhauses und rief: »Sieh zu, dass du ihn diesmal erwischst, kapiert?«

Penman sah ihn an, dann nickte er und drehte sich um. Sie nahmen die Verfolgung des einsamen Bullen auf.

Als Kate und Ella die *Seawind* näher kommen sahen, war ihr Gespräch vorerst vergessen.

»Was hat er vor?«, fragte Kate.

»Er ist hinter dem Schwertwal her.«

Ella erkannte die Form der Rückenfinne. Es war dasselbe Tier, das sie erst vor ein paar Tagen vor Jake gerettet hatte. Sie erinnerte sich daran, wie der Orca lautlos vorübergeglitten war, als sie und Gordon sich im Nebel von den Wellen hatten treiben lassen, wie sein schwarz-weißer Körper aus dem Wasser aufgetaucht war und es den Anschein gehabt hatte, als sehe er sie mit seinen klugen Augen an.

Ihre Hände umklammerten das Steuer. »Er wird ihn töten.«

»Können wir nichts dagegen tun?«, fragte Kate entsetzt.

Ella überlegte kurz, ob sie Jakes Kurs kreuzen sollte, doch sie wusste, das wäre selbstmörderisch gewesen. Diesmal würde Jake nicht zögern, ihren Kutter zu rammen. Die *Santorini* befand sich kurz vor dem Eingang der Bucht. Ella behielt das Riff im Auge und gab gerade genug Gas, um ihre Position zu halten. Der Orca hatte sein Tempo verlangsamt, und die *Seawind* holte schnell auf.

»Warum tun die das?«, fragte Kate.

Ella wusste nicht, was sie antworten sollte. Sie konnte nur hilflos zusehen, wie Calder Penman sein Gewicht verlagerte und mit dem Arm ausholte. Der Orca war ein leichtes Ziel. Penman schleuderte die Harpune, die mit ihrer sechzig Zentimeter langen, mit Widerhaken versehenen Spitze auf den Bullen zuflog und eine sich abspulende Leine hinter sich herzog. Der Bulle tauchte zum Atemholen auf, seine Rückenflosse und ein großer Teil seines mächtigen Rückens durchbrachen die Wasseroberfläche; die weißen Flecken waren deutlich zu erkennen. Ella hielt den Atem an, und als die Harpune den Orca direkt hinter der Rückenflosse traf, zuckte sie zusammen. Sie stellte sich vor, wie das Wurfgeschoss tief eindrang, durch Fettschicht und Fleisch und vielleicht bis in die inneren Organe, wo es stecken blieb. Der Orca tauchte ab, und an der Wasseroberfläche breitete sich ein großer Blutfleck aus.

»Du Schwein«, flüsterte Ella. Tränen liefen ihr über die Wangen.

Als die Leine sich spannte, verlangsamte die *Seawind* abrupt ihr Tempo und drehte bei, sodass sie parallel zum Eingang der Bucht fuhr.

»Was haben die jetzt vor?«, fragte Kate.

»Sie wollen verhindern, dass er in die Bucht schwimmt. Sie werden die Leine einholen und ihn näher ranziehen, damit sie ihn töten können.« Ellas Stimme klang kraftlos und verzweifelt.

Tatsächlich trat Jake nun mit einem Gewehr in der Hand aus dem Ruderhaus. Er starrte zur *Santorini* herüber, und obwohl er so weit weg war, dass Ella seinen Gesichtsausdruck nicht erkennen konnte, spürte sie seine Feindseligkeit deutlich.

Als die *Seawind* fast zum Stillstand kam, witterte Ella ihre Chance. Sie riss das Steuer herum, um einen Kurs quer zum Eingang der Bucht anzusteuern, und gab Gas. Kate wankte und hielt sich fest, um nicht zu stürzen.

»Können Sie das Ruder übernehmen?«, fragte Ella.

Kate sah sie mit großen Augen an. »Ich weiß nicht. Ich hab's noch nie versucht.«

»Sie müssen nur darauf achten, dass der Bug immer auf den großen Felsen da drüben zeigt.« Ella deutete auf eine Stelle an der anderen Seite der Einfahrt zur Bucht.

Kate ergriff das Steuer mit beiden Händen.

»Ruhig halten. Etwas nach links. So ist es gut.«

Ella hielt inne. Plötzlich wurde ihr bewusst, dass sie kein Recht hatte, Kate in Gefahr zu bringen. Sie drosselte den Motor, und die *Santorini* verlor an Fahrt. »Ich dachte, ich könnte vielleicht die Leine durchtrennen«, sagte sie kopfschüttelnd. Es war gefährlich und dumm.

Kate schaute nach vorne. Sie begriff, was Ella vorgehabt hatte. Zwischen dem Orca und der *Seawind* lagen vielleicht fünfzig Meter. Der Bulle war wieder an die Oberfläche gekommen und schwamm mit nachlassender Kraft gegen den Zug der Leine, die sich bis zum Boot spannte. Er kam immer noch voran, doch nur sehr langsam. Anscheinend hatte Jake vor zu warten, bis der Orca vollends erschöpft war. Dann erst würde er ihn längsseits bringen. Das Gewehr locker in der Armbeuge, beobachtete er, wie der Bulle kämpfte. Er hätte ihn jederzeit erschießen und seinem Leiden ein Ende bereiten können, doch er schien sich an dem Elend zu weiden.

»Könnten wir es schaffen?«, fragte Kate plötzlich entschlossen.

Ella versuchte, die Entfernung abzuschätzen. »Ich weiß nicht. Vielleicht.« Die *Seawind* würde aus dem Stand drehen müssen, um sie aufzuhalten, doch der Orca würde wahrscheinlich sowieso sterben. Und Jake war gefährlich. Man konnte nie wissen, was er als Nächstes tun würde.

»Worauf warten wir noch?«, fragte Kate. »Wir können doch nicht einfach tatenlos zusehen.« Abrupt gab sie volle Kraft, und die *Santorini* nahm wieder Fahrt auf. Der Motor dröhnte, und das Deck vibrierte unter ihren Füßen. Ella sagte sich, sie sollte die Aktion lieber abbrechen, bevor etwas Schlimmes passierte. Es kam ihr verrückt vor, auf einer sinnlosen Geste bestehen zu wollen.

»Sollten Sie nicht irgendwas unternehmen?«, rief Kate.

In diesem Augenblick fiel Ellas Entscheidung. Verdammt, das war wenigstens etwas, was sie tun konnte, noch dazu etwas, was ihr richtig erschien. Sie ging in Richtung Bug, doch dann zögerte sie. Ihr Gespräch mit Kate fiel ihr wieder ein. Ihr Gefühl, dass irgendetwas nicht stimmte, als hätten sie von verschiedenen Dingen gesprochen.

»Was ist los?«, rief Kate.

Ella schüttelte den Kopf. »Nichts.« Sie durften keine Zeit verlieren.

Während Ella nach vorne eilte, näherte die *Santorini* sich der Leine, die die *Seawind* mit dem Schwertwal verband. Schließlich waren sie nur noch knapp fünfzig Meter davon entfernt. Ella schätzte, dass die Leine sich in der Mitte zwischen Kutter und Orca etwa zwei Meter oberhalb des Decks der *Santorini* befand.

Mit der einen Hand griff sie nach einem Landungshaken, mit der anderen nach einem langen Messer. Dann hörte sie einen Schrei, oder meinte, ihn zu hören, und als sie zur *Seawind* hinüberblickte, sah sie, wie Jake das Gewehr hob. Sie vernahm nichts außer dem Geräusch der Wellen, die gegen den Rumpf ihres Kutters schlugen, und einem Klopfen, das sich in das Dröhnen des Motors mischte, aber seine Absicht war eindeutig. Sie warf sich zu Boden und rief Kate eine Warnung zu. Als sie auf dem Deck landete, schlug eine Kugel dicht neben ihren Füßen in die Planken. Sie rollte sich herum und sah, wie Kate sich duckte, nur noch ein Teil ihres Kopfes war durch das Fenster zu sehen. Ihre Hände umklammerten immer noch das Ruder, um die *Santorini* auf Kurs zu halten. Eine zweite Kugel schlug in die Deckplanken, nur knapp einen Meter von Ella entfernt, dann traf eine dritte das Ruderhaus und schlug dicht über Kates Kopf durch die Fensterscheibe.

Ella kroch an die Reling und hob vorsichtig den Kopf, um einen Blick zu wagen. Die Leine spannte sich hoch über ihr, nur wenige Meter entfernt, und sie wusste, dass sie sich hinstellen musste, um sie zu kappen. Eine weitere Kugel traf einen Hummerkorb, der quer übers Deck flog. Ella versuchte, die verbleibende Entfernung abzuschätzen, duckte sich wieder und zählte langsam bis fünfzehn. Jake hatte aufgehört zu schießen. Wahrscheinlich war ihm klar, was sie vorhatte. Er würde warten, bis sie sich aufrichtete, und sie dann in den ein, zwei Sekunden, in denen sie ihm eine perfekte Zielscheibe bot, abknallen. Ihr Herz raste. Ihr Hals war wie zugeschnürt, und ihre Hände zitterten. Salzige Gischt spritzte über den Bug und brannte ihr in den Augen. Sie begann sich aufzurichten, dann ließ sie sich wieder fallen und robbte schnell nach vorne. Eine Kugel zischte über sie hinweg, weitere schlugen in die Deckplanken. Dann war sie auf den Beinen und schwang den Landungshaken über ihren Kopf.

Sie erwischte die Leine, spürte den Widerstand, und dann schien die Zeit unendlich langsam zu vergehen, während sie mit ihrem Messer sägte. Jeden Augenblick rechnete sie damit, von einer Kugel getroffen zu werden. Dann riss die Leine plötzlich, und mit dem Nachlassen der Spannung verlor Ella das Gleichgewicht. Als sie rücklings stürzte, hörte sie einen Schuss.

Dann nichts mehr.

40

Matt stand auf der Brücke von Bens Boot und sah hilflos zu, wie Ella sich aufrichtete, um die Leine zu kappen. Die Lähmung, die ihn befallen hatte, seit sie das offene Meer erreicht hatten, war plötzlich verschwunden. Er ergriff das Funkgerät, obwohl er sich sicher war, dass Jake ihn nicht hören konnte.

»Jake!«, schrie er. »Antworten Sie!«

Ein Schuss ertönte, die Leine riss, und Ella stürzte. Matt starrte auf die Stelle, wo sie liegen musste, er betete, sie möge sich aufrichten. Auf der *Seawind* sprang Jake die Stufen zum Ruderhaus hinauf. Matt warf das Funkgerät frustriert hin und drückte wieder auf den Startknopf. Die Motoren drehten, sprangen jedoch nicht an, wie schon die ganze Zeit, seit Matt begriffen hatte, was Ella vorhatte.

»Verdammt!« Er schlug mit der Faust auf das Armaturenbrett. Dann beugte er sich über das Geländer und rief Baxter zu: »Sehen Sie irgendwas?«

»Ja, ich glaub, ich hab's«, erwiderte der. »Noch einen Augenblick.«

Matt spähte ins Wasser hinunter. Die Oberfläche war ruhig, und das Sonnenlicht drang bis in die Tiefe, doch von Ben war nichts zu sehen. Er machte gerade seinen dritten Tauchgang, nicht ahnend, was sich hier oben abspielte. Matt schaute auf seine Uhr und stellte fest, dass Ben noch für ungefähr zehn Minuten Luft hatte.

»Komm schon«, murmelte er und hoffte inständig, Ben würde auftauchen, doch auch auf der anderen Seite des Boots war keine Spur von ihm zu entdecken. Auf der *Santorini* schaltete Kate den Motor aus, dann rannte sie aus dem Ruderhaus und kniete an der Stelle nieder, wo Ella gestürzt war. Matt konnte sich immer noch nicht erklären, was Kate auf dem Kutter zu suchen hatte. Auf der *Seawind* war Jake im Ruderhaus verschwunden. Ein schrecklicher Gedanke kam Matt in den Sinn, und er griff erneut nach dem Funkgerät.

»Kate, bitte kommen. Kate auf der *Santorini*, bitte kommen.« Er flehte innerlich, sie möge ihn hören, doch sie antwortete nicht.

Die Motoren der *Seawind* heulten auf, und als Jake begann, das Boot zu wenden, schaute Kate kurz über ihre Schulter, machte dann jedoch mit dem weiter, was sie vorher getan hatte.

»Kate!« Matt versuchte es noch einmal auf einer anderen Frequenz. »Hier spricht Matt Jones. Antworten Sie, wenn Sie mich hören.«

Er wischte sich den Schweiß von der Stirn. Die Sonne brannte gnadenlos, und das gleißende Licht wurde von der Wasseroberfläche reflektiert. Matt stellte sich vor, wie Ella mit blutdurchtränkten Kleidern an Deck der *Santorini* lag.

Die *Seawind* hatte beigedreht, und ihr Bug war jetzt auf die *Santorini* gerichtet.

Baxter rief von unten: »Versuchen Sie's noch mal.«

Matt drückte auf den Startknopf und schickte ein Stoßgebet gen Himmel. Die Motoren drehten langsam, sprangen jedoch nicht an. »Los, komm schon.« Matt versuchte noch einmal, Kate zu erreichen, denn er ahnte jetzt, was Jake vorhatte. Er sah erneut nach, ob Ben aufgetaucht war, doch es war immer noch keine Spur von ihm zu entdecken. Kurz vor dem Eingang der Bucht sah Matt die Rückenfinne des Orca durch die grünlich schimmernde Wasseroberfläche brechen und dann wieder verschwinden. Die Harpune steckte immer noch im Rücken des Tiers, und eine ölige Blutspur markierte seinen Fluchtweg.

Matt versuchte wieder, Funkkontakt mit der *Santorini* aufzunehmen, probierte alle möglichen Frequenzen aus. »Kate. Können Sie mich hören? Kate, hier spricht Matt Jones. Fahren Sie los. Hören Sie mich? Sie müssen losfahren. Die *Seawind* steuert direkt auf Sie zu.«

Er drückte erneut auf den Startknopf, und plötzlich sprangen die Motoren an, stotterten und knallten, und eine blaue Rauchwolke stieg vom Heck auf.

Baxter tauchte unten an Deck auf. »Er will sie rammen!«, rief er.

Die *Seawind* hatte an Geschwindigkeit gewonnen und fuhr direkt auf die *Santorini* zu, die sich immer noch nicht vom Fleck bewegte. Matt gab volle Kraft, und die Motoren heulten auf. Dann hob sich der Bug aus den Wellen, und das Boot schoss übers Wasser. Die Gischt schlug Matt wie feiner Nebel ins Gesicht, doch er wusste, sie würden es nicht schaffen.

Endlich merkte Kate, dass sie sich in Gefahr befand, sprang auf und eilte ins Ruderhaus. Die *Santorini* setzte sich in Bewegung.

»Los, schneller«, murmelte Matt. Er hielt das Steuer so fest umklammert, dass seine Knöchel weiß hervortraten. Die *Santorini* gewann mit quälender Langsamkeit an Fahrt. Kate war deutlich im Ruderhaus zu erkennen. Offenbar war ihr klar, dass Jake vorhatte, sie zu rammen, und sie riss verzweifelt das Ruder herum, um den Aufprallwinkel zu verkleinern.

An Bord der *Seawind* rannte Penman ins Ruderhaus, anscheinend wollte er Jake aufhalten, doch es war zu spät. Die beiden Boote stießen zusammen, die *Seawind* erfasste die *Santorini* am Heck und schob sie vor sich her wie ein Spielzeug. Kate kam aus dem Ruderhaus gelaufen und stürzte der Länge nach auf die Deckplanken, die Arme ausgestreckt, um den Sturz abzufangen. Der kleine Kutter wurde halb aus dem Wasser gehoben, und es hatte fast den Anschein, als würde er kentern. Einen Augenblick lang sah Matt Ellas leblose Gestalt, die auf dem Deck hin und hergeworfen wurde, dann drehte die *Santorini* sich durch die Wucht des Aufpralls um sich selbst und krachte seitlich gegen die *Seawind*. Ein furchtbares Kreischen und Quietschen von Holz und Metall war zu hören, dann drehte die *Seawind* ab. Matt erreichte die *Santorini*, als sie zu sinken begann. Er brachte das Schnellboot längsseits und stellte den Motor ab. Der Bug senkte sich ins Wasser, und im nächsten Augenblick stand Matt auch schon auf der Leiter.

Der Aufprall hatte die *Santorini* fast in zwei Hälften zerrissen, das Deck war bereits überflutet. Kate stand bis zu den Knien im Wasser, um sie herum schwammen Trümmer und Teile von zersplitterten Planken. Benommen watete sie über das Deck und suchte nach Ella.

Baxter stand am Heck des Schnellboots und streckte Kate einen Arm entgegen. »Nehmen Sie meine Hand«, rief er.

Kate hatte eine Platzwunde an der Stirn, ihr Gesicht war blutüberströmt, und als sie sich zu Baxter umdrehte, sah er, dass sie völlig verstört war. Er packte sie und zog sie an Bord, und im selben Augenblick kletterte Matt auf die Reling des Schnellboots. Die alte Panik stieg in ihm hoch, das Wasser erschien ihm plötzlich kalt und bedrohlich, seine Muskeln verkrampften sich. Dann ging das, was von der *Santorini* übrig geblieben war, unter. Wasser überspülte das Deck und schoss am Ruderhaus hoch, auf einmal sah Matt Ellas leblose Gestalt, eingeklemmt an der Stelle, wo das Schiff gerammt worden war.

Er sprang ins Wasser, und es schloss sich über ihm wie ein Grab.

Die plötzliche Temperaturänderung und die unvermittelt eintretende Stille waren wie eine kalte, dennoch seltsam tröstliche Umarmung. Es war die Konfrontation mit einer lange gehegten Angst, und das gab ihm ein makabres Gefühl von Vertrautheit. Gleichzeitig brach ein Sturm von Emotionen in ihm los, der ihn in Panik zu versetzen drohte. Er hörte die Stimme seines Vaters, der ihm und Paulie einschärfte, nicht in Panik zu geraten, wenn ihnen etwas zustieß. »Vergeudet keine Energie. Menschen, die in Panik geraten, ertrinken.« Bilder von damals, als sie in der Bucht gekentert waren, schossen Matt wie Sternschnuppen durch den Kopf, und er erinnerte sich an die Erstarrung, die sich seiner am Ende bemächtigt hatte. Er hatte sich aufgegeben, und wenn Paulie ihn nicht gepackt hätte, wäre er ertrunken. Die Angst hatte sich erst nachher eingestellt, als er japsend und Wasser spuckend am Strand gelegen hatte. Er hatte dem Tod ins Gesicht gesehen und war ihm entkommen, und seitdem lebte er in dem Bewusstsein, dass er den Ozean betrogen hatte und dass dieser ihn eines Tages doch noch holen würde. Jetzt, fünfundzwanzig Jahre später, kam es ihm so vor, als wäre das alles gerade eben erst geschehen.

Über ihm waren Licht, Wärme und Luft in Reichweite, und diesmal herrschte kein Sturm, außer dem in seinem Kopf, und er wusste, er konnte schwimmen und die Wasseroberfläche erreichen. Unter ihm sank die *Santorini* in Tiefen, in die kein Licht mehr hinabreichte.

Tauch auf!, befahl eine Stimme mit fast überwältigender Strenge. Beinahe hätte er nachgegeben, doch er besiegte seinen Instinkt und schwamm nach unten.

Seine Lungen brannten, obwohl erst Sekunden vergangen waren. Er suchte nach Ella und fand sie eingeklemmt zwischen den Planken. Ihre Augen waren geschlossen, ihr Haar umspielte ihr Gesicht, und wie in Zeitlupe sank sie immer weiter in die Tiefe. Er konnte nicht erkennen, ob sie noch lebte. Er ergriff ihre Hand und fühlte, dass sie warm war, dann zerrte er an den zersplitterten Planken, die sie festhielten. Das Holz gab nach, doch die Anstrengung verbrauchte den Sauerstoff in seinen Muskeln, und er spürte, wie sein Herz arbeiten musste, um mit dem schwindenden Vorrat in seinen Adern zurechtzukommen. Während er verzweifelt versuchte, Ella zu befreien, gingen ihm Bilder aus seiner Vergangenheit durch den Kopf. Kirstin; der schlafende Alex als Baby, seine Züge entspannt und sorglos; er selbst, wie er an einem kalten Oktobernachmittag an Paulies Grab stand und der Wind die Worte des Pfarrers davonwehte; Ella auf dem Pier an dem Abend nach der Versammlung, als er zum ersten Mal versucht hatte, sie zu küssen, und plötzlich gewusst hatte, dass er nichts anderes wollte und nichts brauchte als sie, um seinem Leben wieder einen Sinn zu geben.

Es gelang Matt nicht, Ella zu befreien. Seine Kräfte ließen allmählich nach. Er spürte, wie seine Lungen sein Blut mit Sauerstoff versorgten, wie es vom Maschinenraum seines Körpers aus in sein Gehirn und seine Muskeln transportiert wurde. Sein Herz war eine Maschine, ein Monster an Kraft und Energie, das rhythmisch und beständig pumpte und stampfte, doch der Rhythmus wurde langsamer, die Maschine ächzte und stöhnte, sein Blut wurde dicker und dunkler, je weniger Sauerstoff es bekam. Ein dunkler Fleck bildete sich in seinem Gehirn und wurde immer größer, als die Zellen abzusterben begannen.

Er halluzinierte, und er wusste es.

Er betrachtete Ella. Sie schien friedlich zu schlafen, und er war versucht, sie einfach in die Arme zu nehmen und das Leben loszulassen. Doch eine innere Stimme protestierte, brachte ihn dazu, dass er nach oben schaute, und durch das schillernde Wasser sah er das Licht, das ihn plötzlich unwiderstehlich anlockte. Mit letzter Kraft packte er die Planke, die Ella festhielt, und zog noch einmal. Muskelfasern gaben nach und rissen, Sehnen wurden überdehnt und schrien empört auf, und dann war sie frei, und er nahm sie in die Arme und schwamm nach oben. Seine Lungen brannten, und das grelle Licht explodierte in seinem Kopf, dann wurde alles um ihn herum schwarz, und er drückte seine Lippen auf ihre und gab auf. Sie waren so nah dran gewesen, ging es ihm durch den Kopf, und in Gedanken sagte er ihr, dass er sie liebte.

Dann atmete er tief ein, doch statt mit Wasser füllten seine Lungen sich mit Luft.

41

Eine Sekunde vor dem Zusammenstoß sah Jake Ella leblos an Deck der *Santorini* liegen. Er geriet aus dem Gleichgewicht, als er den Kutter rammte und die *Seawind* vibrierte und beinahe zum Stillstand kam. Doch dann trieben ihre kraftvollen Motoren sie wieder voran, und die Schrauben wühlten das Wasser zu einer schaumigen Masse auf.

Penman erschien in der Tür. Er war weiß im Gesicht und klammerte sich am Türrahmen fest. Er starrte Jake wortlos an, dann griff er nach dem Ruder. Die beiden Männer rangen kurz miteinander, und auf einmal ballte Jake die Faust und schlug Penman aufs Auge. Der stieß einen grunzenden Laut aus, torkelte rückwärts und versuchte, mit den Armen das Gleichgewicht zu halten, dann schüttelte er den Kopf wie ein Hund, dem man in die Schnauze getreten hat, stürzte wieder nach vorne und packte das Ruder mit beiden Händen.

»Du bringst sie noch um«, sagte er.

Jake packte ihn an den Haaren, riss seinen Kopf zurück und stieß ihn mit aller Kraft gegen das Steuer. Penman stöhnte auf, seine Beine gaben nach, und er sank zu Boden. Die *Santorini* schrammte laut knarrend und krachend an der *Seawind* entlang. Als Jake sah, dass der Kutter bereits zu sinken begann, schob er den Gedanken an Ella beiseite, konzentrierte sich wieder auf den Schwertwal und nahm Kurs auf die Bucht. Er konnte seine Rückenflosse in der Mitte der Bucht ausmachen, dahinter die Harpune, die aus seinem Rücken ragte. Die Bäume auf der Landzunge spiegelten sich in dem ruhigen, grünlichen Wasser, und die stille, warme Luft war eine Wohltat für Jakes schmerzenden Kopf. Er drosselte den Motor.

Der Bulle blieb an der Oberfläche, wahrscheinlich war er zu schwach, um den Atem anzuhalten. Ohne Hast beugte Jake sich hinunter, packte Penman unter den Schultern und schleppte ihn zur Tür. Auf Penmans Stirn klaffte eine tiefe Platzwunde. Jake fragte sich, ob er tot war, doch dann sah er, dass sich sein Brustkorb hob und senkte. Er schleppte den Bewusstlosen zur Tür des Ruderhauses. Seine Leute starrten vom Deck zu ihm hoch. Ohne nachzudenken, stieß er Penman wie ein lebloses Bündel die Stufen hinunter, dann holte er sein Gewehr aus dem Ruderhaus.

»Ich knalle jeden ab, der sich mir in den Weg stellt«, rief er.

Er wartete, ob jemand es wagen würde, ihn herauszufordern, und als sich niemand rührte, ging er zurück ans Ruder. Der Orca war jetzt direkt vor ihm, und Jake drosselte die Geschwindigkeit, bis die *Seawind* fast zum Stillstand kam. Womöglich versuchte das Mistvieh, in die offene See zu entkommen, schoss es Jake durch den Kopf, und ohne zu zögern schlug er mit dem Gewehrkolben die Scheibe ein, zielte durch das entstandene Loch und feuerte einen Schuss ab. Die Kugel schlug wenige Meter hinter der Rückenflosse des Bullen ins Wasser. Jake legte erneut an und drückte dreimal kurz hintereinander ab. Der Orca schwamm schneller, die Rückenfinne verschwand unter Wasser.

Jake lachte in sich hinein. »Na, wie gefällt dir das, du fettes Biest? Jetzt weißt du nicht mehr weiter.« Er ging hinaus und hielt Ausschau zu beiden Seiten des Bootes, bereit zu schießen, falls der Bulle versuchen sollte kehrtzumachen. Das Wasser schimmerte dunkelgrün, und das Sonnenlicht, das sich darin spiegelte, behinderte die Sicht in die Tiefe. Jake war überzeugt, dass zumindest ein paar Kugeln ihr Ziel nicht verfehlt hatten und der Orca nicht lange unter Wasser bleiben konnte. Selbst wenn er versuchte, ins offene Meer zu flüchten, würde Jake ihn mühelos fangen und töten können.

Er wartete, doch der Orca blieb verschwunden. Mehrere

Minuten vergingen. Jake ließ seinen Blick in alle Richtungen schweifen, aber das Wasser in der Bucht lag still und reglos da. Womöglich hatte er das Tier unterschätzt.

»Komm schon, verdammt, wo zum Teufel steckst du?«, murmelte er.

Da hörte er den Bullen die Luft ausstoßen und sah die Rückenflosse in einer Entfernung von mehreren hundert Metern vor sich auftauchen.

Jake grinste. »Ah, da bist du ja. Hast du vielleicht gedacht, der alte Jake würde abhauen, wenn du nur lange genug unter Wasser bleibst?«

Er warf einen Blick auf das Achterdeck, wo seine Männer um Penman herumstanden. Einer von ihnen blickte auf.

»Er ist ziemlich schwer verletzt«, sagte der Mann. »Wir müssen ihn ins Krankenhaus bringen.«

Jake reagierte nicht, sondern ging zurück ans Steuer. Er erhöhte die Geschwindigkeit ein wenig. Der Orca rührte sich kaum noch, er ließ sich treiben und bewegte nur schwach seine Schwanzflosse. Jake schaltete den Motor aus und brachte die *Seawind* längsseits des Tiers. Dann lud er sein Gewehr und trat aus dem Ruderhaus, verwundert, wie friedlich alles um ihn herum wirkte. Seine Kopfschmerzen hatten nachgelassen. Die bewaldeten Hügel auf der Landzunge und die Berge auf der Insel erhoben sich in den blauen Himmel. Das Wasser in der Bucht sah aus wie auf einem Gemälde, tief und grün und die Oberfläche nur ganz leicht gekräuselt. Ella war tot, daran bestand kein Zweifel; sie hatte gekriegt, was sie verdiente. Wahrscheinlich würde man ihm ein paar Fragen stellen, wenn er zurück in den Hafen kam, womöglich würde man ihn sogar ins Gefängnis stecken, doch er bereute nicht, was er getan hatte. Wenn er seinen Blick nach vorne richtete, vorbei an dem Orca, vorbei an dem kleinen Steg, der in die Bucht ragte, vorbei an dem schmalen Sandstrand, sah er etwas Weißes zwischen den Bäumen schimmern. Das musste Bryans Haus sein.

Jake ging zum Bug. Es wurde Zeit, die Sache zu Ende zu bringen. Er brauchte sich nur über die Reling zu beugen und dem Orca eine Kugel in den Kopf zu jagen. Langsam trieb die

Seawind näher. Er wollte dem Bullen ins Auge sehen, wenn er abdrückte.

Dann, plötzlich und unerwartet, tauchte der Orca mit einer geschmeidigen Drehung nahezu lautlos ab und verschwand.

Jake lief nach Steuerbord, das Gewehr im Anschlag, doch es war nichts zu sehen. Er beugte sich über die Reling und spähte mit zusammengekniffenen Augen in die Tiefe, versuchte, durch die in der Sonne glitzernde Wasseroberfläche hindurch etwas zu erkennen. Er wusste, dass es hier nicht sehr tief war. Vom Ufer aus fiel der Boden zwar ziemlich steil ab, blieb jedoch dann etwa hundert Meter weit auf demselben Niveau, um sich anschließend in einen tiefen Graben abzusenken. Doch an der Stelle, an der sie sich gerade befanden, konnte das Wasser höchstens zwanzig Meter tief sein.

Plötzlich war ihm, als hätte er etwas gesehen. Er schaute genauer hin, und da meinte er, tief unten auf dem Grund der Bucht eine vertraute Gestalt auszumachen. Er beugte sich noch weiter über die Reling. Seine Kehle war wie zugeschnürt, und das Blut rauschte ihm in den Ohren. Jetzt konnte er die Gestalt deutlicher erkennen, und eine böse Vorahnung beschlich ihn. Jake hielt den Atem an.

Penman war mittlerweile zu sich gekommen, aber er fühlte sich immer noch benommen, und sein Kopf dröhnte, als hätte er einen Schlag mit einem Zementsack abbekommen. Die anderen halfen ihm sich aufzusetzen.

»Wo ist Jake?«, murmelte er.

Jemand deutete mit dem Daumen in Richtung Bug. Penman lehnte an der Reling, drehte sich um und spuckte blutigen Schleim ins Wasser. Sein Blick war getrübt, und er spürte Übelkeit aufsteigen, dennoch war er sich sicher, einen riesigen Schatten wahrzunehmen, der wie eine Lokomotive unter der Oberfläche vorbeischoss. Er meinte ein paar weiße Flecken zu erkennen, und im nächsten Augenblick war die Gestalt schon wieder verschwunden.

Verwirrt schaute er die Männer an, die vor ihm standen. »Ich glaub, ich hab gesehen, wie …« Er schüttelte den Kopf, unfähig, den Satz zu Ende zu sprechen.

Vom Bug her hörten sie das Geräusch aufschießenden Wassers, dann ein lautes Klatschen. Die Luft war erfüllt von einer fächerartigen Wand aus Gischt, und als die Sonnenstrahlen durch diesen Vorhang fielen, bildete sich für einen Moment ein verschwommener Regenbogen über der *Seawind*. Die Männer hörten, wie die Tropfen auf die Wasseroberfläche regneten, dann war alles wieder still, bis auf die Wellen, die leise am Rumpf des Boots leckten.

Alle außer Penman, der sich nicht bewegen konnte, stürzten an die Reling, doch das Wasser hatte sich wieder beruhigt, und alles, was sie sahen, war das Spiegelbild der Hügel und Wälder.

Schließlich ging einer der Männer zum Bug, um nach Jake zu sehen. Als er zurückkam, schüttelte er ratlos den Kopf. Jake war verschwunden.

42

Ben Harper hörte das Geräusch von Schiffsschrauben und schaute nach oben. Verblüfft musste er zusehen, wie sein Boot davonraste und dabei eine tiefe Furche ins Wasser pflügte.

Kurz zuvor hatte er den Meeresgrund abgesucht, der in diesem Bereich voller zerklüfteter Felsen, Spalten und Höhlen war. Systematisch hatte er sich bis zu der Stelle vorgearbeitet, wo der Boden am Rand des Grabens steil abfiel. Während der ganzen Zeit war der Rumpf seines Boots etwa hundert Meter entfernt erkennbar, ein breiter, weißer Orientierungspunkt an der Wasseroberfläche. Etwas erregte Bens Aufmerksamkeit, und er spähte in die Tiefe zu einer etwa sechs Meter unter ihm gelegenen Spalte. Verwirrt runzelte er die Stirn hinter seiner Taucherbrille, während er auszumachen versuchte, was sich dort unten befand. Etwas Unförmiges ragte aus einem Spalt, doch ohne seine Brille konnte er auf die Entfernung nicht erkennen, was es war. Er änderte seine Position, und auf einmal fiel das Sonnenlicht bis in die Tiefe, und er sah etwas aufblitzen, eine metallene Spange oder vielleicht ein Stück Draht. Er warf einen Blick auf seine Uhr und auf den Druckmesser. Sein Sauerstoff ging allmählich zur Neige.

In diesem Augenblick hörte Ben, wie sein Boot Fahrt aufnahm. Er schaute noch einmal zu dem Ding hinunter, das seine Aufmerksamkeit erregt hatte, entschied, dass ihm genug

Zeit blieb, um den Gegenstand näher in Augenschein zu nehmen. Er tauchte hinunter und fand, zwischen Felsbrocken eingeklemmt, ein in Segeltuch eingewickeltes Bündel, das mit Draht und einer Klemme zusammengehalten wurde. Er berührte es, konnte jedoch nicht ertasten, was sich darin befand, dann versuchte er, es zwischen den Felsen hervorzuzerren. Es ließ sich nicht bewegen, doch er packte fester zu und versuchte es noch einmal. Ihm war bewusst, dass er eine Menge Sauerstoff verbrauchte. Er unterbrach seine Anstrengungen und warf einen Blick auf seinen Druckmesser. Die Anzeige stand auf Null. Er zog ein letztes Mal. Diesmal brach ein Stück von einem Felsbrocken ab, an dem der Draht sich verfangen hatte. Dadurch löste sich das Bündel und sank auf den Grund, und in diesem Moment hatte Ben keinen Sauerstoff mehr. Er schluckte und schwamm an die Oberfläche. Das längliche Bündel blieb auf dem Meeresgrund zurück.

Es hatte etwa die Größe eines Menschen.

43

Richter Walker saß an seinem Schreibtisch, sichtlich überrascht von den Ereignissen des Tages. »Himmel Herrgott«, sagte er, stand auf und trat an eins der hohen Fenster, die zum Platz hin lagen. Die Sonne stand tief im Westen, und das Denkmal von Oliver Wake warf einen langen Schatten auf das vertrocknete Gras. »Ich wüsste mal gern, was mit dieser Stadt passiert ist«, murmelte er resigniert und stopfte die Hände in die Hosentaschen. »Soll ich Ihnen sagen, wie viele Leute gestern hier vor Gericht erschienen sind? Fünfzehn! Fünfzehn, verdammt noch mal! In all den Jahren, die ich nun schon in diesem Amt tätig bin, habe ich nie so viele Fälle an einem einzigen Tag erlebt. Himmel, so viele hatte ich bisher noch nicht mal in einem Monat.«

Der Richter sah Matt und Baxter an und schüttelte verständnislos den Kopf. »Und jetzt das.« Er verschränkte die Hände auf seinem Schreibtisch. »Würden Sie mir bitte erklären, was zum Teufel hier los ist!«

Der Richter wusste bereits, was sich in der Bucht zugetragen hatte, jedoch nicht, wieso Baxter und Matt da draußen gewesen waren. Der Polizeichef übernahm es, ihm zu berichten, was sie zunächst von Jordan Osborne und dann von Kate und Evan Little erfahren hatten. Als er erwähnte, dass Evan Little in jener Nacht Schüsse und das Geräusch eines Boots in der Bucht gehört hatte, runzelte der Richter die Stirn. Dann unterbreitete Baxter ihm die Theorie, die Ben Harper aufgestellt hatte.

»Wollen Sie damit sagen, Sie vermuten, dass Ella und Kate gemeinsam in diese Sache verwickelt sind?«, fragte der Richter. »Hat Harper denn irgendwas gefunden?«

»Ihm ist der Sauerstoff ausgegangen«, erklärte Matt. »Aber er hat drei Tauchgänge gemacht, ohne was zu finden.« In Wirklichkeit hatte Ben, nachdem sie ihn aus dem Wasser gefischt hatten, Matt anvertraut, dass er etwas entdeckt hatte, kurz bevor er auftauchen musste. Er hatte ihm die ungefähre Größe des Bündels beschrieben, mehr aber nicht sagen wollen, bevor er einen erneuten Tauchgang unternommen hatte, um das Bündel zu bergen, was er für den folgenden Vormittag plante. Matt hatte ihn gebeten, Baxter vorerst nichts von der Sache zu erzählen.

Richter Walker zog verwirrt die Augenbrauen zusammen. »Was sagt Ella denn zu all dem? Sie sind ihr Anwalt, Matt. Es erscheint mir doch ziemlich merkwürdig, dass Sie da draußen nach Beweisen suchen, die Ihre eigene Klientin belasten würden.«

»Sie weiß noch nichts davon.«

Richter Walker dachte einen Moment über das scheinbar Widersinnige in Matts Verhalten nach, dann nahm er eine Kopie von Jerrod Gants Aussage zur Hand, die vor ihm auf dem Schreibtisch lag. »Bisher liegt also außer dieser Aussage hier nichts gegen Ella oder sonst jemanden vor. Vielleicht hat Gant ja doch die Wahrheit gesagt. Glauben Sie, Ella war in jener Nacht in Bryan Rodericks Haus?«

»Ich schätze, das werden wir erst wissen, wenn einer von uns mit Gant geredet hat«, sagte Baxter.

»Irgendeine Spur von ihm?«, erkundigte sich der Richter. Aber weder Matt noch Baxter hatten in dieser Hinsicht irgendwelche Fortschritte erzielt. Richter Walker schüttelte den Kopf. »Und jetzt ist Jake auch noch verschwunden.« Er ließ die Bemerkung im Raum stehen, doch keiner der beiden anderen schien darauf erpicht zu sein, sie zu kommentieren. Die Männer von der *Seawind* hatten ausgesagt, was sie gesehen und gehört hatten, konnten oder wollten sich aber auf keinerlei

Mutmaßungen darüber einlassen, was mit Jake geschehen sein mochte. Er war einfach verschwunden.

»Ich habe Ben Harper gebeten, morgen früh entlang der Küste nach ihm zu suchen«, sagte Baxter. »Vielleicht ist er einfach über Bord gegangen oder so was.«

Der Richter wirkte wenig überzeugt, beließ es jedoch dabei. »Ich würde sagen, diese ganze Sache ist ein ziemlicher Schlamassel. Die Frage lautet: Was machen wir mit Kate und Ella? Wir werden sie wohl beide wegen Mordverdachts in Haft nehmen müssen. Sollen die Jungs von der Kriminalpolizei Jerrod Gant finden und den Fall aufklären, bevor noch jemand zu Schaden kommt.« Er sah Matt und Baxter in der Erwartung eines Widerspruchs an, und als keiner kam, seufzte er. »Wo sind die beiden jetzt?«

»Ich habe eben mit Doktor Laine gesprochen«, sagte Baxter. »Kate hat ein paar Schrammen abgekriegt, ist jedoch wohlauf. Sie konnte nach Hause fahren. Aber Ella will Anne über Nacht zur Beobachtung in ihrer Praxis behalten.«

»Also gut«, sagte der Richter resigniert. »Wir können genauso gut bis morgen warten. Ich nehme nicht an, dass die beiden heute Nacht noch irgendwo hingehen. Morgen früh werde ich den Staatsanwalt benachrichtigen und ihn bitten, jemanden herzuschicken.«

44

Ella schlief, als Matt in der Praxis eintraf, um nach ihr zu sehen. Anne Laine führte ihn ins Sprechzimmer. »Helena ist bei ihr.«

»Wie geht es ihr?«

»Bisher hat sie noch nichts Zusammenhängendes gesagt. Ich glaube nicht, dass sie weiß, was passiert ist. Sie hat einen Schock erlitten und sich bei dem Sturz böse den Kopf angeschlagen, aber ich denke, sie wird bald wieder auf dem Damm sein.«

Matt meinte, etwas Zögerndes in Annes Stimme wahrzunehmen. »Verschweigen Sie mir irgendetwas?«

»Nein. Naja, es ist nur – etwas hat sie gesagt.«

Womöglich hatte Ella in halb bewusstlosem Zustand eine Art Geständnis abgelegt. Matt musste daran denken, wie bleich ihr Gesicht gewesen war, als Baxter sie ins Boot gezogen hatte. Die Haare hatten an ihrem Schädel geklebt, ihre Lippen waren blau gewesen, und ihre Haut hatte sich wächsern angefühlt. Er hatte sie für tot gehalten, bis sie angefangen hatte, zu husten und Wasser zu spucken.

»Nachdem sie hierher gebracht wurde, hat sie immer wieder Ihren Namen gesagt. Ich nehme an, sie war im Delirium.« Anne sah ihn an. »Baxter hat mir erzählt, was Sie getan haben. Das war sehr mutig von Ihnen.«

»Er hätte dasselbe getan, wenn ich ihm nicht zuvorgekommen wäre.«

»Möglich.« Sie schürzte nachdenklich die Lippen. »Aber Baxter ist ein guter Schwimmer.« Matt fragte sich, ob Baxter ihn durchschaut und was er Anne erzählt hatte. Als er schwieg, lächelte sie. »Möchten Sie mit ihr sprechen?«

»Nein, ich wollte mich nur vergewissern, dass es ihr gut geht. Ich muss los.«

»Soll ich ihr irgendwas ausrichten, wenn sie aufwacht?«

Er schüttelte den Kopf. »Nein.« Was sollte er ihr auch ausrichten lassen? Dass ein Haftbefehl gegen sie vorlag?

Nachdem er die Praxis verlassen hatte, ging Matt in seine Kanzlei. Es war schon fast dunkel, als er die Tür aufschloss, und das Erste, was ihm auffiel, war das blinkende rote Lämpchen an seinem Anrufbeantworter. Er drückte auf den Knopf, gleich darauf ertönte Ruth Thornes Stimme.

»Ich rufe nur an, um mich zu vergewissern, dass Sie das mit Charlie nicht vergessen haben«, sagte sie schüchtern. »Ich hab gehört, was heute passiert ist, und nehme an, dass Sie alle Hände voll zu tun haben, Sie brauchen also nicht zurückzurufen.«

Er stöhnte und warf einen Blick auf die Uhr. Dann nahm er den Hörer ab und wählte Ruths Nummer. Dass Charlie an dem Abend nicht zum Dienst eingeteilt war, hatte er Ruth noch nicht gesagt. Wahrscheinlich hatte sie sich im Datum geirrt. Sie nahm beim ersten Läuten ab.

»Hier spricht Matt Jones. Können Sie reden?«

Sie zögerte kurz, dann sagte sie leise: »Hallo, Mr. Jones. Äh, ich meine, Matt. Charlie duscht gerade. Er macht sich für die Arbeit fertig.«

»Er arbeitet heute?«, fragte Matt.

»Klar. Haben Sie das vergessen?«

»Nein, natürlich nicht.« Er fragte sich, was das zu bedeuten hatte. »Hören Sie, machen Sie sich keine Sorgen, ich habe alles in die Wege geleitet. Ich rufe Sie an, sobald ich etwas in Erfahrung gebracht habe.«

»Macht es Ihnen auch wirklich nichts aus?«, fragte Ruth besorgt. »Ich weiß, dass Sie im Moment viel um die Ohren haben.«

Er war beinahe versucht ihr zu sagen, sie habe Recht, er habe tatsächlich viel um die Ohren, aber er hatte ihr versprochen herauszufinden, was ihr Mann trieb, wenn er sich angeblich auf dem Festland aufhielt, und an dieses Versprechen fühlte Matt sich gebunden. Vorerst verschwieg er ihr, dass Charlie nicht zum Dienst eingeteilt war, denn er wusste noch nicht, was das zu bedeuten hatte. Er versicherte ihr lediglich, er werde am Ball bleiben.

Als Nächstes rief er Ben in der Pension an, und während er darauf wartete, verbunden zu werden, fiel sein Blick auf den Tischkalender neben dem Telefon. Ein rot eingekringeltes Datum erinnerte ihn mit stummer Ironie daran, dass die Wahl, bei der entschieden werden sollte, wer der nächste Bürgermeister von Sanctuary Harbor wurde, für den nächsten Tag angesetzt war. Bevor er jedoch weiter darüber nachdenken konnte, meldete sich Ben Harper. Matt fragte ihn, wann er am Morgen aufbrechen wolle.

»Bei Tagesanbruch. Gegen halb sechs.«

»Wir treffen uns an Ihrem Boot«, sagte Matt.

Es entstand eine kurze Pause, dann fragte Ben zögernd: »Haben Sie Baxter erzählt, was ich gesehen habe?«

»Noch nicht. Warten wir lieber, bis wir mit Sicherheit wissen, um was es sich handelt.«

»In Ordnung. Bis morgen früh.«

Nachdem er aufgelegt hatte, ging Matt zu seinem Wagen und fuhr zum Haus von Ruth und Charlie Thorne. Mit dem Abend hätte er sowieso nichts anderes anzufangen gewusst. Bis zum Morgen war es noch lange hin, und irgendwie hatte er das Gefühl, dass er ohnehin kein Auge zutun würde.

Matt parkte am Straßenrand schräg gegenüber dem Haus der Thornes und wartete darauf, dass Charlie aus der Tür trat. Er musste an das Gespräch denken, das er mit Ella auf dem Friedhof geführt hatte. Sie hatte ihm vorgeworfen, er sei engstirnig, unfähig zu akzeptieren, dass es im Leben nicht nur Schwarz und Weiß gab. Vermutlich hatte sie damit andeuten wollen, dass Bryans Tod ein Unfall war und das Wegschaffen seiner Leiche irgendwie erklärt werden konnte. Außerdem hatte sie angedeutet, dass sie ihm nicht die Wahrheit sagte, weil sie wusste, wie er reagieren würde.

Das machte ihn nachdenklich. Wenn seine Vermutung stimmte, nahm Ella an, er würde die Vertuschung eines Mordes niemals stillschweigend hinnehmen. Doch Kate und Ella gingen offenbar davon aus, ihr Handeln könne gerechtfertigt werden. Konnte es Umstände geben, unter denen er ihnen womöglich Recht geben würde? Noch vor wenigen Wochen hätte er diese Frage mit einem unerbittlichen Nein beantwortet. Doch jetzt war er sich da nicht mehr so sicher.

Er erinnerte sich daran, wie er auf dem Friedhof das Gefühl gehabt hatte, irgendetwas zu übersehen. Ellas Gesichtsausdruck, bevor sie gegangen war, die Worte, die sie gesagt hatte – »Sie sind sich Ihrer Sache verdammt sicher, was? Sie glauben wirklich, Sie wüssten auf alles eine Antwort« –, schienen seine Theorie Lügen zu strafen. Später an jenem Abend, als er in die Bucht gegangen war, am Sandstrand gestanden und aufs Meer hinausgeschaut hatte, hatte ihn dasselbe Gefühl beschlichen. Irgendetwas lag direkt vor seiner Nase, aber er war unfähig, es zu sehen. Am Morgen, wenn Ben den nächsten Tauchgang durchführte, würden seine Fragen vielleicht alle beantwortet werden.

Auf der anderen Straßenseite wurde eine Haustür geöffnet, Charlie Thorne trat heraus, über der Schulter einen Seesack. Er gab seiner Frau zum Abschied einen Kuss, Ruth schaute ihm noch kurz nach, dann schloss sie die Tür.

Matt folgte Charlie Thorne in einigem Abstand bis zum Fährhafen, der etwas außerhalb der Stadt in der Nähe der Fischverarbeitungsfabrik lag. Charlie stellte seinen Wagen auf dem Parkplatz ab, und Matt sagte sich, dass er vielleicht mit jemandem die Schicht getauscht hatte und diese Nacht doch arbeitete. Aber Charlie ging nicht an Bord der Fähre, sondern näherte sich einem Wagen, der am Rand des Parkplatzes stand, und nachdem er sich verstohlen umgesehen hatte, stieg er auf der Beifahrerseite ein. Gleich darauf setzte sich der Wagen in Bewegung. Nach einer Weile nahm Matt die Verfolgung auf, obwohl er sich, da er das Auto sofort erkannt hatte, bereits denken konnte, wohin die Fahrt ging.

Der Wagen fuhr in Richtung Landzunge. Nur der Kopf der Fahrerin war zu sehen; wahrscheinlich duckte Charlie sich, um zu vermeiden, dass jemand ihn bemerkte. Matt fragte sich, wie lange das bereits gehen mochte. Es tat ihm jetzt schon Leid, Ruth Thorne mitteilen zu müssen, dass sie mit der Vermutung, ihr Mann betrüge sie, richtig lag. Andererseits hatte er den Eindruck, dass sie stark genug war, um damit fertig zu werden und ihr Leben selbst in die Hand zu nehmen. Vielleicht konnte er von ihr sogar noch etwas lernen.

Matt hielt am Straßenrand, als der Wagen vor ihm in einen Waldweg einbog. Eine Zeit lang saß er da und dachte nach, dann stieg er aus und ging auf das Haus zu, das zwischen den Bäumen stand.

Es war nach eins, als Matt bei Ruth Thorne eintraf. Er hatte sie von zu Hause aus angerufen, und sie erwartete ihn bereits, öffnete die Tür, bevor er anklopfen konnte. Sie trug einen Morgenmantel, ihr Haar sah aus, als hätte sie es hastig gebürstet, ihr Gesicht glänzte rosig. Er konnte keine Anzeichen von Niedergeschlagenheit entdecken, keine hängenden Schultern, keinen resignierten Gesichtsausdruck. In dem Augenblick, als Matt sie sah, wusste er, dass sie ihr Schicksal mit Fassung tragen würde und dass sie Recht gehabt hatte, als sie meinte, sie verdiene etwas Besseres als einen Mann, der sie betrog.

»Kommen Sie rein«, sagte sie. »Ich hab Kaffee aufgesetzt. Sie sehen aus, als könnten Sie welchen gebrauchen.«

Sie setzten sich an den Küchentisch, und Matt berichtete ihr, was geschehen war, nachdem Charlie das Haus verlassen hatte. Obwohl sie sich nicht zu wundern schien, dass sich ihr Verdacht bestätigt hatte, wurde sie wütend, als sie die Einzelheiten erfuhr.

»Der Mistkerl soll sich bloß nicht mehr hier blicken lassen!«

Matt bezweifelte, dass Charlie das versuchen würde. Er ließ ihr Zeit, ihrem Ärger Luft zu machen, doch sie war nicht der Typ, der sich in Selbstmitleid erging. Noch bevor er seinen Kaffee ausgetrunken hatte, erkundigte sie sich, welche Schritte sie unternehmen musste, um eine Scheidung zu erwirken.

»Ich danke Ihnen für Ihre Hilfe«, sagte Ruth, als Matt sich schließlich erhob.

Sie geleitete ihn zur Tür. Die Art, wie sie mit der Situation umging, bewog ihn dazu, ihr etwas zu erzählen, was er sich ursprünglich bis zum nächsten Tag hatte aufsparen wollen. »Ich habe heute Nacht noch etwas anderes herausgefunden«, sagte er und berichtete ihr, was er entdeckt hatte. Während sie zuhörte, begriff sie, welche Konsequenzen sich aus Matts Erkenntnissen ergaben und dass schon bald die ganze Insel über Charlie Bescheid wissen würde.

»Tja, so hat das Ganze am Ende doch noch etwas Gutes«, sagte sie schließlich. Matt fand, dass das in ihrer Situation eine ziemlich noble Haltung war.

Er fuhr nach Hause, um ein paar Stunden zu schlafen, bevor es Zeit war, sich mit Ben Harper zu treffen. Als er dort ankam, hatte es gerade angefangen zu regnen. Dicke, schwere Tropfen zerplatzten auf der Windschutzscheibe wie kleine Bomben. Als er aus dem Wagen stieg, spürte er, dass der Wind gedreht hatte und rasch auffrischte. Erst war nur ein Rascheln in den Bäumen zu hören, doch im nächsten Augenblick fegte ein Windstoß den Hügel hinauf, wirbelte Laub und Reisig vom Waldboden auf, erfasste die Baumkronen, die erzitterten, als fürchteten sie sich vor dem herannahenden Sturm.

Matt flüchtete in Richtung Veranda. Riesige Regentropfen schlugen kleine Krater in den staubigen Weg, und dann öffneten sich die Schleusen des Himmels, und innerhalb weniger Minuten stand der ganze Weg unter Wasser. Obwohl die Außenlampe eingeschaltet war, konnte man keine zwanzig Meter weit sehen. Der Himmel war pechschwarz, und am Boden verwandelte der Regen alles in eintöniges Grau. Der Wind wurde immer stärker und schüttelte die Bäume wie mit der Hand eines Riesen. Matt legte sich aufs Bett, schloss die Augen und lauschte dem Wüten des Sturms. Er versuchte zu schlafen, fand jedoch keine Ruhe. Eine Flut von Bildern und Fragen hielt ihn wach, bis er schließlich aufgab. Er ging in die Küche und trank eine Tasse Kaffee nach der anderen, während sich draußen das Unwetter austobte. Der Sturm heulte durch den Wald, Regen schlug gegen die Wände und aufs Dach wie ein wütendes Ungeheuer, das einzudringen versuchte. Dann hörte es ebenso plötzlich auf, wie es angefangen hatte; die Sturmfront war vorübergezogen.

»Sie sehen ja furchtbar aus«, verkündete Ben, als Matt am frühen Morgen auf dem Pier erschien. Der schwarze Himmel färbte sich allmählich dunkelblau, und die Sterne verblassten. Der Wind hatte erneut gedreht, die Luft war schwül und warm. Dampf stieg von der feuchten Erde auf, und überall hatte der Sturm seine Spuren hinterlassen. Holzkisten, Hummerkörbe und vielerlei Gerümpel lagen weit und breit verstreut.

»Ich hab nicht viel geschlafen«, sagte Matt und beäugte die Taucherausrüstung, die auf dem Achterdeck bereitlag. Ben löste die Vorderleine und ging an Bord.

»Alles klar?«

»Alles klar.«

Matt kletterte ebenfalls an Bord, und bis auf die halbe Sekunde, die er brauchte, um zu bemerken, dass ihm weder der kalte Schweiß ausbrach noch das Herz stehen blieb, nahm er kaum wahr, dass er keinen festen Boden mehr unter den Füßen hatte. Er gesellte sich zu Ben auf die Brücke, während dieser vom Pier ablegte und Kurs auf die Mittenmarkierung der Fahrrinne nahm. Als sie weit genug vom Pier entfernt waren, gab Ben volle Kraft, und sie schossen aufs offene Meer hinaus.

Im Licht der fahlen Morgensonne schimmerte die See in den unterschiedlichsten Blau- und Grüntönen. Nach wenigen Minuten hatten sie die Mündung der Bucht erreicht, wo Ben sich an Landmarken orientierte, die er sich am Vortag eingeprägt hatte, um die Stelle wieder zu finden, an der er getaucht war. Mit Hilfe des Echolots suchte er den Rand des Grabens, dann warf er den Anker aus.

»So, da wären wir.«

Matt half ihm in den Taucheranzug. Während Ben auf der Reling hockte und seine Taucherbrille reinigte, schaute er zum Ufer hinüber. Nachdenklich runzelte er die Stirn.

»Was ist los?«

»Sehen Sie mal, das ganze Treibholz da drüben an den Klippen ist während des Sturms letzte Nacht angespült worden.«

Die Felsen entlang des Ufers waren bedeckt mit Seetang und Müll. Außer jeder Menge Treibholz entdeckte Matt Plastikbehälter, Schwimmkörper und einige zerbrochene Hummerkörbe. Lauter Müll, den die Fischer von St. George irgendwann verloren oder über Bord geworfen hatten.

»Was ist damit?«

»Was auch immer ich gestern da unten entdeckt habe«, sagte Ben, »ist bei dem Sturm wahrscheinlich nicht an derselben Stelle liegen geblieben, und wir befinden uns direkt am Rand des Grabens.«

Sie sahen einander an, doch mehr gab es nicht zu sagen, bevor Ben getaucht war und nachgesehen hatte. Er ließ sich über die Reling fallen, und als er im Wasser war, zog er die Taucherbrille über und schob den Sauerstoffschlauch in den Mund. Dann reckte er einen Daumen in die Luft, und im nächsten Augenblick war er verschwunden.

Matt blieb nichts anderes übrig, als zu warten.

Ungeduldig ging er auf dem kleinen Achterdeck auf und ab und beugte sich immer wieder über die Reling, um zu sehen, ob Ben auftauchte, doch das Wasser war vom aufgewühlten Sand ganz trüb, und er konnte kaum einen Meter weit in die Tiefe blicken. Er empfand eine Mischung aus Angst und freudiger Erwartung. Seit er Ella von der sinkenden *Santorini* gerettet hatte, war ihm klar geworden, dass er sie liebte. Aber bevor er sich Hoffnungen auf eine gemeinsame Zukunft mit ihr machen konnte, musste er wissen, was mit Bryan geschehen war. Vielleicht konnten sie dann miteinander reden. Vielleicht konnte sie ihm ihre Sicht der Dinge erklären, und vielleicht, aber auch nur vielleicht, konnten sie anschließend den nächsten Schritt tun. Wenn Ben jedoch mit leeren Händen zurückkehrte und Ella ihr Schweigen nicht brach, würde es keine Antworten geben, und diese Geschichte würde für immer zwischen ihnen stehen, ein Hindernis, das sie wohl niemals würden überwinden können.

Es dauerte zwanzig quälende Minuten lang, bis Ben endlich auftauchte. Matt half ihm ins Boot und wartete ungeduldig, bis er die Taucherbrille abgenommen hatte.

»Haben Sie's gefunden?«

Ben schüttelte den Kopf. »Es ist weg.«

Irgendwie, dachte Matt, habe ich geahnt, dass es so kommen würde. Trotz allem empfand er so etwas wie Erleichterung, und das hatte nichts mit dem Gesetz zu tun oder mit seinen Gefühlen für Ella, sondern nur mit ihr selbst. Das Beweismittel, das sie eines Kapitalverbrechens hätte überführen und ihr eine lange Gefängnisstrafe einbringen können, war verschwunden. Plötzlich fühlte er sich erschöpft.

»Sind Sie sicher?«

»Ja. Ich hab überall nachgesehen. Der Sturm muss es in den Graben getrieben haben.«

»Kann es nicht irgendwo anders hingeraten sein?«

Ben schüttelte den Kopf. »Dafür ist es zu schwer. Es fühlte sich an, als würde es von Gewichten unter Wasser gehalten. Die Strömung kann es nur ein paar Meter weit bewegt haben, und ich habe in jedem Spalt dort unten nachgesehen, Matt. Es ist weg.«

Als ahnte er, was das für Matt bedeutete, ließ er ihm Zeit zum Nachdenken, während er seinen Taucheranzug auszog. Matt starrte aufs Meer hinaus, verwundert über das Gefühl vollkommener Leere, das ihn überkommen hatte.

»Und jetzt?«, fragte Ben nach einer Weile.

»Ich würde sagen, wir suchen nach Jake.«

Sie holten den Anker ein und nahmen Kurs auf die Landzunge, von wo aus sie ihre Suche entlang der Küste aufnehmen wollten. Während der langsamen Fahrt suchten sie mit den Augen das Ufer ab. Dann versuchten sie es auf der anderen Seite des Riffs, wobei sie darauf achteten, den Klippen nicht zu nahe zu kommen, und als sie auch dort nichts finden konnten, fuhren sie weiter in die Bucht hinein.

Einmal meinte Ben, etwas entdeckt zu haben, das sich an einem versunkenen Baumstamm in einigen Metern Tiefe verfangen hatte. Er legte Taucherbrille und Schnorchel an und sprang ins Wasser, um nachzusehen, was es war.

Matt blickte Ben hinterher, doch schon bald verlor er ihn zwischen den vielfältigen Schatten und den verschwommenen Konturen dicht unter der Wasseroberfläche aus den Augen. Er hockte sich auf die Reling und wartete. Obwohl das Boot in der Nähe des Ufers vor Anker lag, fühlte er sich zutiefst einsam; St. George kam ihm vor wie eine menschenleere Insel, auf die er zufällig gestoßen war. Die einzigen Geräusche, die er hörte, waren das Geschrei der Möwen und das Tosen der Brandung, die über dem Riff entstand und gegen die Klippen auf der anderen Seite der Bucht schlug. Das Wasser in der Bucht lag fast reglos da, die Bäume, die sich darin spiegelten, wirkten so echt, dass es Matt nach einer Weile so vorkam, als wären Land und Wasser eins. In der Ferne ragte der Bootssteg wie ein dunkler Finger in die Bucht, und dahinter konnte er den Bootsschuppen erkennen. Die Bewegungen der Wellen und die hypnotischen Bilder um ihn herum schlugen ihn völlig in ihren Bann, und ganz allmählich, ohne sein bewusstes Zutun, nahm etwas Gestalt an, das er seit Tagen vergeblich zu fassen versuchte.

Er fuhr zusammen, als Ben plötzlich kaum einen Meter vom Boot entfernt auftauchte.

»Verdammt, haben Sie mich erschreckt«, sagte Matt mit klopfendem Herzen. »Haben Sie was gefunden?«

»Nur einen verrotteten Baumstamm.«

Matt half Ben, an Bord zu klettern, und deutete auf den Bootssteg. »Fahren Sie mal da rüber. Ich muss mir was ansehen.«

Ben nahm Kurs auf das Ufer, schaltete den Motor ab und ließ das Boot auf den Steg zutreiben. Matt sprang an Land und machte die Bugleine fest. Der schmale Strand war mit Treibgut übersät. In einiger Entfernung war die dunkle Gestalt des toten Schwertwals zu sehen. Der Kadaver schien bereits in sich zusammengefallen zu sein.

Matt ging zu dem alten Bootsschuppen hinüber und schob die Tür auf, obwohl er bereits wusste, was ihn erwartete. Einen Moment lang starrte er in die Dunkelheit, und als er sich umdrehte, sah er, dass Ben ihn neugierig beobachtete.

»Was gibt's denn da?«

»Ich bin mir nicht sicher.« Ein paar Meter entfernt entdeckte Matt ein Stück Holz im Sand. Er ging hin und bückte sich, um es genauer in Augenschein zu nehmen. Eine Seite war weiß angestrichen, und die Planken, aus denen es zusammengesetzt war, waren an beiden Enden zersplittert.

»Was ist das Ihrer Meinung nach?«

Ben warf nur einen flüchtigen Blick darauf. »Das ist ein Teil von einem Boot. Vielleicht von einem Krabbenfänger.«

»Das habe ich mir gedacht.« Matt schaute aufs Wasser hinaus, dann zu dem Schuppen hinüber. »Jedes Mal, wenn ich hergekommen bin, hat mich etwas irritiert, aber erst jetzt weiß ich, was es war. Es ist der Bootsschuppen. Er ist leer.« Ben sah ihn verständnislos an. »Denken Sie mal nach. Bryans Haus steht da hinten zwischen den Bäumen. Das hier ist sein Bootssteg und das da sein Bootsschuppen. Aber wo ist sein Boot?«

»Vielleicht hatte er keins.«

»Er war Fischer. Haben Sie schon mal von einem Fischer gehört, der kein Boot hat? Außerdem, was sonst sollte er da drin aufbewahrt haben?« Er deutete auf den alten Holzschuppen. Matt hatte das Gefühl, als juckte es ihn an einer Stelle, an der er sich nicht kratzen konnte. Er war sich sicher, dass er mit seiner Vermutung richtig lag, aber er wusste noch nicht, was das zu bedeuten hatte. Nachdenklich betrachtete er das Stück Holz, und dann wanderte sein Blick wieder in die Bucht hinaus, als könnte er die Antwort dort finden.

Plötzlich sah er die *Seawind* vor sich, wie sie den Orca in die Bucht jagte. Und jetzt war Jake ebenfalls verschwunden. Matt schaute zu den Überresten des toten Tiers hinüber.

Dann nahm in seinem Kopf ein Gedanke ganz allmählich Gestalt an.

»Was ist?«, fragte Ben, als er Matts Gesichtsausdruck sah.

»Ich habe eine Idee, wie es gewesen sein könnte«, sagte Matt.

45

Matt drehte sich zum Strand um und ging auf eine kleine Gruppe Menschen zu, die dort auf ihn wartete. Draußen in der Bucht lag Ben Harpers Boot vor Anker. Daneben ein Schleppnetzkutter, der vom Hafen aus hergeschickt worden war, nachdem Matt am Morgen Baxter angerufen hatte. Richter Walker und ein uniformierter Polizist standen neben Ella. Ihre Mutter war auch dort, ebenso Anne Laine, die darauf bestanden hatte, ihre Patientin zu begleiten.

Als Matt sich gerade ungeduldig fragte, wie lange Baxter sich wohl noch Zeit lassen würde, erschien sein Streifenwagen am Ende des Wegs, der durch den Wald zur Straße führte. Der Wagen hielt, und Baxter und Kate Little stiegen aus. Ella schaute den beiden entgegen, den Blick auf Kate geheftet, mit einem Ausdruck, der schwer zu deuten war.

Im Hintergrund hatten sich ein paar Schaulustige eingefunden, neugierig geworden durch die Neuigkeiten, die sich schnell im Hafen verbreitet hatten. Einer von Baxters Leuten stand in ihrer Nähe, um sie auf Distanz zu halten.

»Was hat das alles zu bedeuten, Matt?«, fragte Richter Walker, als Baxter sich zu ihnen gesellte.

Ella und Kate begrüßten sich mit einem reservierten Nicken. Ella war immer noch blass, schien sich aber halbwegs erholt zu haben. Matt fiel auf, dass sie es vermied, ihn anzusehen.

»Tut mir Leid, dass ich Sie hierher bitten musste, Herr Richter, aber ich glaube, ich weiß, was in der Nacht geschehen ist, als Bryan Roderick verschwand. Und ich glaube, Sie werden alle überrascht sein, wenn Sie die Wahrheit erfahren.«

Kate und Ella tauschten nervöse Blicke, doch Matt meinte, noch etwas anderes in Ellas Miene zu lesen; sie wirkte verblüfft, jedoch nicht über etwas, das er gesagt hatte.

»Ich sollte wohl damit anfangen, Ihnen zu sagen, dass Bryan tot ist«, erklärte Matt. »Aber ich glaube, dass weder Ella noch Kate ihn getötet hat.«

Diesmal sahen ihn beide mit großen Augen an, und in diesem Augenblick wusste Matt, dass die Theorie, die er sich am Morgen zurechtgelegt hatte, während er mit Ben die Bucht absuchte, richtig war.

»Bevor ich fortfahre«, sagte er und sah die beiden Frauen direkt an, »möchte ich Ihnen beiden eine Frage stellen, und in Anbetracht dessen, was ich gerade gesagt habe, möchte ich Sie bitten, diese Frage wahrheitsgemäß zu beantworten. Ich vermute, jede von ihnen hat nach Bryans Verschwinden die andere für seine Mörderin gehalten. Ist das richtig?«

Er sah von einer zur anderen, doch keine der beiden Frauen sagte etwas.

»Sie brauchen sich keine Sorgen mehr zu machen, dass Sie sich gegenseitig belasten könnten. Wie ich schon sagte: Keine von Ihnen hat Bryan getötet, egal, was Sie bisher angenommen haben.«

Es war Ella, die schließlich das Schweigen brach, den Blick auf Kate gerichtet. »Sie haben Recht. Ich dachte, Kate hätte ihn umgebracht.« Und dann nickte auch Kate, die vollkommen perplex wirkte.

Das war die letzte Bestätigung, die Matt brauchte. Er sah Ella an. »Wussten Sie das?«

Sie schüttelte den Kopf, ganz langsam. »Eigentlich nicht. Nur gestern hatte ich einmal das Gefühl, dass irgendwas nicht stimmte. Kate sagte etwas, was für mich keinen Sinn ergab. Aber ich hatte keine Gelegenheit, sie darauf anzusprechen.«

»Moment mal. Das verstehe ich nicht«, fiel Baxter ein, der, genau wie Richter Walker, nicht mehr folgen konnte. »Wie sind

Sie beide überhaupt auf die Idee gekommen, sich gegenseitig des Mordes an Bryan zu verdächtigen?«

»Ich glaube, diese Frage kann ich Ihnen beantworten, Chief. Sie waren beide in jener Nacht draußen auf der Landzunge.« Matt schaute Ella an. »Ich vermute, dass Sie sich dort gesehen haben. Sagen Sie es mir, falls ich mich in irgendeinem Punkt irre.«

»Sie irren sich nicht.«

»Ich glaube, Kate hat ihr Haus verlassen, nachdem sie in der Bucht Schüsse gehört hatte. Ist das richtig?«

Kate blickte in die Runde. »Ja«, antwortete sie schließlich.

»Und was geschah dann?«

»Ich ging den Waldweg entlang, und dort bin ich Ella begegnet. Es war dunkel und ein bisschen unheimlich da draußen. Ich habe mich ziemlich erschrocken.«

»Sie haben nicht miteinander gesprochen?«

»Nein. Wir haben uns nur ganz kurz gesehen.«

»Und was taten Sie dann?«

»Dann bin ich nach Hause gegangen.«

Matt spürte, dass Kate immer noch Angst hatte, zu viel zu sagen, dass sie immer noch fürchtete, das alles könnte eine Falle sein, deswegen sprach er seine Vermutungen über den weiteren Verlauf der Nacht aus. »Sie haben die ganze Nacht wach gelegen und sich gefragt, was Ella dort draußen zu suchen hatte. Vielleicht haben Sie sich Gedanken wegen der Schüsse gemacht, die Sie gehört hatten. Vielleicht haben Sie sich Sorgen um Ella gemacht. Sie wussten, wie sie und Bryan zueinander standen. Sie wussten, wie er ihr zusetzte wegen der Wahl. Sie wussten, was er für ein Mensch sein konnte. Und so sind Sie am nächsten Morgen zu ihm nach Hause gegangen und haben festgestellt, dass er nicht dort war. Ist das richtig?«

»Ja.«

»Wussten Sie in diesem Augenblick oder glaubten Sie zu wissen, dass er tot war?«

»Nein. Ich wusste nicht, was ich denken sollte, aber ich habe wohl angenommen, dass ihm irgendetwas zugestoßen war.«

»Und da haben Sie beschlossen, im Haus sauber zu machen?«

»Das habe ich aus dem Grund getan, den ich Ihnen bereits genannt habe. Es sollte niemand erfahren, dass ich dort gewesen war.«

»Und wann kamen Sie zu dem Schluss, dass Bryan tot sein musste?«

»Einen oder zwei Tage später. Als ich von seinem Verschwinden erfuhr.«

»Und Sie glaubten, Ella hätte ihn getötet?«

»Nicht sofort. Vielleicht hatte ich einen Verdacht, ich weiß nicht mehr genau. Doch dann hörte ich, was die Leute redeten, und da hab ich zwei und zwei zusammengezählt.«

»Aber Sie haben nichts gesagt.«

Kate zögerte einen Augenblick, bevor sie antwortete. »Nein, ich habe nichts gesagt.«

»Und auch sie hat für sich behalten, dass sie Kate in jener Nacht begegnet ist«, erklärte Matt und wandte sich Ella zu. »Sie wussten, dass Bryan Kate schon öfter geschlagen hatte, so kamen Sie Ihrerseits zu dem Schluss, dass sie ihn getötet hatte. Vermutlich nahmen Sie an, es müsse ein Unfall gewesen sein und Bryan habe seine gerechte Strafe bekommen. Ist das ungefähr richtig?«

Ella begegnete seinem Blick, und nach langem Zögern sagte sie: »Ja, das ist ungefähr richtig.«

Matt sah sie unverwandt an und wartete, ob sie etwas hinzufügen würde. Er wusste, da war noch mehr, aber er hatte es sich noch nicht vollständig zusammengereimt, und selbst wenn er eine Vermutung gehabt hätte, hätte er nichts beweisen können. Doch sie schaute ihn nur schweigend an. Dann wechselte sie einen langen Blick mit ihrer Mutter, den Matt nicht deuten konnte. Er sah nur, dass Helena bekümmert wirkte.

Das Motorengeräusch eines herannahenden Wagens unterbrach das Schweigen, dann wurde eine Tür zugeschlagen, und es ertönten aufgeregte Stimmen, als der Polizist, der die wachsende Zahl der Schaulustigen zurückhielt, versuchte, Howard Larson am Weitergehen zu hindern.

»Lassen Sie ihn durch!«, rief Matt.

Baxter gab dem Polizisten ein Zeichen, und Howard kam auf sie zu. Er betrachtete die Boote in der Bucht, dann schweifte sein Blick über die Versammelten, blieb kurz an Ella hängen, und schließlich starrte er Matt an.

»Was zum Teufel wird hier gespielt?«, verlangte er zu wissen.

»Nichts, was Sie etwas angeht, Howard«, sagte Baxter.

»Kommen Sie mir nicht damit. Es geht mich sehr wohl etwas an. Es geht um Bryan, stimmt's? Die Leute haben ein Recht zu erfahren, was hier los ist. Werden Sie sie jetzt endlich verhaften?«

»Sie brauchen gar nicht so zu schreien, Howard«, mischte der Richter sich ein. »Sie halten hier keine Wahlkampfrede, und was immer Sie denken mögen, Sie haben hier wirklich nichts zu suchen.«

»Ich hätte gern, dass er bleibt, Herr Richter«, sagte Matt. »In gewisser Weise geht ihn das hier tatsächlich etwas an.«

Howard sah Matt an, als wunderte er sich, dass er von dieser Seite Unterstützung erhielt, dann verwandelte seine Verblüffung sich in Argwohn.

»Ich habe gerade allen hier erklärt, dass Ella Bryan nicht getötet hat.« Matt ließ einen Augenblick verstreichen, um Howard Zeit zu geben, seine Worte zu verdauen. »Sieht so aus, als hätte Jerrod Gant nicht gerade die Wahrheit gesagt, als er seine Aussage machte.«

»Gant?« Howard blickte sich um, als erwartete er, Gant könnte jeden Augenblick auftauchen.

»Er ist nicht hier, falls Sie sich das fragen. Um ehrlich zu sein, ich habe keinen blassen Schimmer, wo er sich aufhält, aber sobald er auftaucht, werden wir wohl erfahren, wo er sich die ganze Zeit versteckt hat. Was haben Sie mit ihm gemacht? Haben Sie ihn in einem Motel auf dem Festland untergebracht? Ich wette, er hockt irgendwo vor einem Fernseher, ein Sixpack neben sich und eine Pizza auf dem Schoß. Wer bezahlt das alles, Howard? Kriegt er das zusätzlich zu dem, was Sie ihm versprochen haben? Was genau haben Sie ihm überhaupt versprochen, Howard? Dass Sie ihm seine Mietschulden erlassen und ihm eine neue Werkstatt in einem der Gebäude in Aussicht stellen, die gebaut werden sollen, wenn Ihr Yachthafen entsteht? War das der Preis dafür, dass er sich bereit erklärt hat, für Sie zu lügen?«

»Ich habe keine Ahnung, wovon Sie überhaupt reden«, raunzte Howard.

»Wirklich nicht? Ich bin gespannt, was Gant dazu sagt, wenn er wieder auftaucht. Glauben Sie, er wird behaupten, es war seine Idee, die falsche Aussage bei der Polizei zu machen? Wenn er erfährt, dass er für so was ins Gefängnis wandern kann, wird er sich das gut überlegen. Was hatten Sie überhaupt vor? Sollte er seine Aussage widerrufen, sobald die Wahl vorüber ist? Sollte er plötzlich behaupten, es sei dunkel gewesen und er sei sich nun doch nicht mehr so sicher, wen oder was er gesehen hat?«

»Das ist doch alles ausgemachter Blödsinn. Sie können nichts von dem, was Sie sagen, beweisen.«

»Vielleicht noch nicht. Aber ich kann beweisen, dass Sie bei Jerrod Gant zu Hause waren an dem Abend, bevor er seine Aussage gemacht hat. Und ich kann beweisen, dass Gant in der Nacht, als Bryan verschwunden ist, noch nicht mal auf der Insel war.«

Mit einiger Befriedigung nahm Matt zur Kenntnis, dass diese letzte Information selbst Howard zu verblüffen schien.

»Wahrscheinlich hat er vergessen, Ihnen das zu sagen.«

»Ist das die Wahrheit?«, fragte Richter Walker.

»Das ist die Wahrheit.«

Und dann berichtete Matt, wie er das alles in Erfahrung gebracht hatte, wie er Charlie Thorne zu Gants Haus gefolgt war, nachdem Lucy Gant ihn am Fährhafen abgeholt hatte. »Ruth Thorne hatte ihren Mann in Verdacht, sie zu betrügen, und sie hatte Recht. Aber er übernachtete nicht auf dem Festland, wie sie angenommen hatte, sondern verbrachte jedes Mal, wenn Gant auf einer der anderen Inseln zu tun hatte, die Nacht mit Lucy. Lucy hat von Howards Besuch bei ihrem Mann erzählt, und sie und Charlie haben beide ausgesagt, dass sich Gant in der Nacht, als Bryan verschwand, auf der Insel Lucia befand. Er kann also unmöglich irgendetwas gesehen haben. Die ganze Geschichte ist von vorne bis hinten erfunden.«

Howard wirkte ertappt. Seine Wut war verflogen, und in seinem Blick lag Unsicherheit, gemischt mit einem Anflug von Angst.

»Sieht so aus, als wären Sie gut beraten, sich nach was Neuem umzusehen. Ich habe den Eindruck, Ihre politische Karriere ist hiermit beendet. Andererseits, vielleicht könnten Sie sich auch zum Sprecher Ihres Zellenblocks wählen lassen.«

Howard erbleichte und starrte Matt feindselig an. »Diesen Schwachsinn muss ich mir nicht länger anhören. Sie können sich mit meinem Rechtsanwalt unterhalten.«

Er wandte sich abrupt ab und ging zu seinem Wagen zurück. Matt sah ihm grinsend nach. Das hatte richtig Spaß gemacht.

Bevor jemand dazu kam, noch etwas zu sagen, ertönte vom Wasser her ein Ruf. Ben stand auf seinem Boot und winkte ihnen zu.

»Leute, die Show kann beginnen«, sagte Matt.

An Deck des Schleppnetzkutters ging ein Mann an die Winde. Von Osten her zogen dunkle Wolken auf; ein weiterer Sturm schien sich vor der Küste von Maine zusammenzubrauen.

Ella und Kate standen nebeneinander auf dem Bootssteg, als Ben Harper im Taucheranzug aus dem Wasser auftauchte und dem Mann auf dem Kutter das Ende einer Leine entgegenstreckte, das dieser mit einem Landungshaken erfasste. Die Leine wurde an der Winde befestigt, und sobald Ben aus dem Weg war, begann die Winde zu quietschen, und die Leine spannte sich.

Matt erklärte, wie ihm am frühen Morgen, als ihm aufgefallen war, dass Bryans Boot fehlte, eine Idee gekommen war. Am Tag zuvor hatte er die Reaktion des Orca miterlebt, der von Jake harpuniert worden war, und da war ihm schlagartig klar geworden, wie intelligent diese Tiere sein mussten.

»Der Orca schien die *Seawind* in die Bucht zu locken, damit der Rest der Herde flüchten konnte. Und als ich hörte, was die Mannschaft über den Vorfall berichtet hat, kam mir der Gedanke, dass das Tier möglicherweise den Spieß umgedreht hat.« Matt deutete ans andere Ende des Strands. »Ben glaubt, dass der tote Orca, den er hier in der Bucht gefunden hat, zur selben Herde gehörte. Er ist an Lungenentzündung gestorben, aber Ben hat vernarbte Schusswunden an der Rückenfinne entdeckt, was nichts Ungewöhnliches ist. Eine Wunde schien ihm jedoch ziemlich frisch zu sein. Leider ist der Kadaver schon zu stark verwest, als dass sich das mit Sicherheit sagen ließe. Ben nimmt an, dass die Herde in der Nacht, als Bryan verschwunden ist, auch hier war, um Fische zu jagen, die sie in die Bucht getrieben hatte.«

Draußen auf dem Wasser wurde die Leine langsam eingeholt. Matt sah einen Augenblick zu, bevor er fortfuhr.

»Wir wissen bereits, dass Bryan in jener Nacht betrunken war und sich auf dem Pier mit Ella gestritten hat, also muss er ziemlich schlechte Laune gehabt haben. Wir wissen außerdem, dass die Rodericks gern auf Wale schossen, wenn sich ihnen die Gelegenheit bot. Ich glaube, genau das ist in jener Nacht passiert. Bryan hat die Orcas in der Bucht entdeckt, sich sein Gewehr geschnappt und ist mit dem Boot rausgefahren.«

»Die Schüsse, die Carl Johnson gehört hat?«, fragte Richter Walker.

»Ich nehme es an.«

In diesem Augenblick wurde etwas aus dem Wasser hochgezogen. Als es gut sichtbar war, rief Ben dem Mann an der Winde zu, er solle aufhören zu kurbeln. Matt sah Ella an.

»Bryans Boot«, erklärte er.

Es war ein etwa vier Meter langer Krabbenfänger mit einem großen Außenbordmotor, der vollkommen mit Tang bedeckt war. Der schwere Motor hatte dafür gesorgt, dass das Boot gesunken und auf dem Grund liegen geblieben war. An einer Seite klaffte ein großes Loch, die Planken an den Rändern waren eingedrückt und zersplittert. Was Matt am Strand gefunden hatte, war ein Teil von diesem Boot.

Es dauerte eine ganze Weile, bis das Auge nach und nach verschiedene Einzelheiten ausmachen konnte. Das Bootswrack war nicht nur mit Tang bedeckt, sondern auch voller Schlamm, der es teilweise unter sich begraben hatte, als der Sturm in der vergangenen Nacht die See aufwühlte. Bei genauem Hinsehen konnte man erkennen, dass sich noch etwas in dem Boot befand. Etwas Unförmiges schien an einer der zersplitterten Planken aufgespießt zu sein. Und dann, als das Auge sich auf dieses unförmige Etwas konzentrierte und alles andere ausblendete, wurden die Konturen deutlicher. An einer Stelle schimmerte etwas Helles durch den grauen Schlamm, und es dämmerte allen, dass es sich dabei um einen Kopf handeln konnte.

Ella holte erschrocken Luft.

Matt sah sie an. »Das ist Bryan.«

46

Die Überreste von Bryans Boot wurden auf den Kutter gehievt und zusammen mit der Leiche in den Hafen gebracht. Der Richter ordnete eine Autopsie an, doch Matt war sich ziemlich sicher, was geschehen war. Wahrscheinlich hatte Bryan den kranken Orca gesehen und beschlossen, ihm den Garaus zu machen, doch bevor er dazu kam, hatte ein anderer Orca aus der Herde eingegriffen, womöglich der Bulle, den Jake harpuniert hatte. Matt stellte sich vor, wie ein acht Tonnen schweres Tier mit der Geschwindigkeit und der Kraft einer Lokomotive aus dem Wasser aufstieg und wie leicht es ein kleines Boot zum Kentern bringen konnte. Vielleicht war der Orca beim Wiedereintauchen ins Wasser mit einem Teil seines Körpers auf dem Krabbenfänger gelandet, und Bryan war auf die zerborstenen Planken gestürzt. Wahrscheinlich war alles so schnell gegangen, dass er noch nicht einmal mitbekommen hatte, wie ihm geschah.

Als der Schleppnetzkutter in Richtung Hafen davonfuhr, fragte Ben Matt, ob er ihn in seinem Schnellboot mitnehmen solle, doch Matt sagte, er werde Ben in der Stadt treffen, und schloss sich den anderen an, die gerade zu ihren Autos gingen.

Richter Walker schüttelte ungläubig den Kopf, er konnte immer noch nicht fassen, wie die Dinge sich entwickelt hatten. »Das ist das Verrückteste, was ich je erlebt habe. Sie müssen ja ein paar schlimme Wochen hinter sich haben«, sagte er zu Ella. Dann sah er Kate an. »Andererseits, wenn Sie beide von Anfang an alles gesagt hätten, was Sie wussten, wäre es anders gelaufen.« In seiner Stimme lag ein leicht tadelnder Unterton. »Aber ich bin froh, dass die Sache nun ausgestanden ist. Soll ich Sie und Ihre Mutter mit zurück in die Stadt nehmen?«

Ella warf Matt einen kurzen Blick zu. »Fahr du schon mal mit, Mom. Ich komme gleich nach.« Helena zögerte, sie wirkte immer noch besorgt. »Fahr nur, ich brauche nicht lange«, drängte Ella sie freundlich.

»Ich bringe Kate nach Hause«, sagte Baxter zu Matt. »Soll ich anschließend zurückkommen und Sie abholen?«

»Ich glaube, ich gehe lieber zu Fuß. Bis später.«

»Bis später.«

Matt und Ella blieben allein zurück. Einen Moment lang standen sie schweigend da, dann machten sie sich auf den Weg.

»Ich habe mich noch gar nicht für das bedankt, was Sie gestern getan haben«, sagte Ella.

»Vergessen Sie's.«

»Das vergisst man nicht so leicht, wenn einem jemand das Leben gerettet hat.« Sie legte eine Hand auf seinen Arm. »Ich danke Ihnen.«

Eine Weile gingen sie nebeneinander her, ohne ein Wort zu sagen. Matt wusste nicht, wie er ansprechen sollte, was ihm auf den Nägeln brannte. Doch dann sagte er sich, dass sie sowieso ahnte, was ihn beschäftigte, und darauf wartete, dass er es aussprach.

»Es gibt etwas, was ich am Strand nicht erwähnt habe«, sagte er schließlich. Er schaute weiter geradeaus, auch als er spürte, dass sie ihn ansah. »Ich habe alle in dem Glauben gelassen, Sie hätten die Begegnung mit Kate verschwiegen, um sie zu schützen, aber das stimmt nur teilweise, nicht wahr?«

»Ja«, gab Ella leise zu.

»Niemand scheint sich mehr zu fragen, was Sie mitten in der Nacht draußen in der Bucht zu suchen hatten.«

»Warum sollten sie auch? Jetzt, wo Bryan gefunden worden ist.«

»Nun, die Sache ist die, ich habe auch nicht erwähnt, dass

Ben etwas entdeckt hat, als er gestern in der Nähe des Grabens getaucht ist.« Er schaute ihr in die Augen, doch er konnte ihre Gedanken nicht ergründen.

»Was denn?«

»Er war sich nicht sicher. Es war eine Art Bündel, mit Draht umwickelt und mit Gewichten beschwert. Heute Morgen ist er noch einmal an derselben Stelle getaucht, aber bei dem Sturm letzte Nacht ist es anscheinend in den Graben gesunken.«

Matt war davon überzeugt, dass Ella wusste, wovon er redete, und er war weiterhin davon überzeugt, dass das Bündel und was auch immer sich darin befinden mochte, der wahre Grund dafür war, dass sie auf der Landzunge gewesen war. Dieses Bündel hatte Carl Johnson an ihrem Davit hängen sehen, und es war auch der Hauptgrund dafür, dass Ella ihre Begegnung mit Kate Little in jener Nacht für sich behalten hatte, selbst dann noch, als sie des Mordes beschuldigt wurde. Und nicht zuletzt war es dieses Bündel, was zwischen ihm und Ella stand. Niemand würde je erfahren, was es enthielt, wenn sie weiterhin schwieg, aber sie würde ihn damit auch endgültig aus ihrem Leben ausschließen.

Er nahm an, dass ihr das klar war, aber er wusste auch, wie ihre Antwort lauten würde.

Schließlich schüttelte sie kaum merklich den Kopf und sah ihn mit tieftraurigen Augen an, dann wandte sie sich ab und ging. Matt blieb stehen und schaute ihr nach.

47

Nach den Enthüllungen im Zusammenhang mit dem Auffinden von Bryans Leiche war die Wahl verschoben worden. Es dauerte drei Wochen, bis endlich ein neuer Termin festgelegt war. Bis dahin hatte sich ein neuer, hoffnungsvoller Kandidat gefunden, während Howard, der von seiner Kandidatur zurückgetreten war, sich seitdem im Hintergrund hielt. Jerrod Gant war immer noch nicht auf die Insel zurückgekehrt, und Matt fragte sich allmählich, ob er je wieder auftauchen würde. Der neue Kandidat war der einzige andere Anwalt auf der Insel, ein alter Freund von Howard. Er befürwortete den Bau des Yachthafens und pries die Segnungen an, die er mit sich bringen würde. Am Wahltag machte Matt sich auf den Weg zur Stimmabgabe. Beide Kandidaten waren im Versammlungssaal anwesend, begrüßten ihre Wähler und lächelten gut gelaunt in die Runde. Matt kreuzte Ellas Namen auf dem Wahlschein an, dann faltete er den Zettel und reichte ihn dem Wahlhelfer. Als er aufsah, begegnete er Ellas Blick. Ihr Ausdruck änderte sich für einen kurzen Moment, dann wandte sie sich wieder den Leuten zu, mit denen sie gerade sprach.

»Hey.«

Matt fuhr herum, als er Sally Brewsters fröhliche Stimme hinter sich hörte.

»Was guckst du denn so sauertöpfisch?« Sie folgte seinem Blick. »Sag's nicht. Ich kann's mir schon denken.«

»Hallo, Sally. Wie geht's?«

»Willst du nicht rübergehen und ihr Glück wünschen?«

»Sie scheint im Augenblick ziemlich beschäftigt zu sein.«

Sally sah ihn unbeirrt an. »Weißt du, ich bin Ella vor ungefähr einer Woche zufällig begegnet. Sie war reichlich kühl mir gegenüber. Das passt gar nicht zu ihr, also hab ich sie gefragt, was los ist. Sie hat es nicht zugegeben, doch aus dem, was sie gesagt hat, hab ich geschlossen, dass sie denkt, wir beide hätten was miteinander. Ich hab keine Ahnung, wie sie darauf kommt, aber du solltest wissen, dass ich das richtig gestellt hab.«

»Ich glaube kaum, dass sie das sonderlich interessiert.«

»Wenn du das glaubst, verstehst du nichts von Frauen. Wenn's ihr egal ist, warum hat sie sich dann mir gegenüber so komisch verhalten? Denk mal drüber nach«, sagte Sally. »Ich muss los, meine Pause ist zu Ende. Ich bin nur rübergekommen, um zu wählen. Bis bald.«

Als Sally weg war, schaute Matt noch einmal zu Ella hinüber, doch sie stand mit dem Rücken zu ihm.

Auf dem Weg nach draußen traf er Baxter. Gemeinsam gingen sie über den Platz in Richtung Café.

»Wer wird Ihrer Meinung nach die Wahl gewinnen?«, fragte Matt.

»Schwer zu sagen. Ich schätze, die Leute haben Zeit gehabt, gründlich über alles nachzudenken. Aber man kann nie wissen.«

Sanctuary Harbor hatte sich verändert, seit die Thunfische für kurze Zeit eine Goldgräberstimmung in der Stadt verbreitet hatten, dachte Matt. Obwohl äußerlich alles beim Alten geblieben war, waren einige Leute so zerstritten, dass sie nicht mehr miteinander redeten. Leute, die seit jeher Nachbarn oder Freunde gewesen waren. Selbst innerhalb von Familien waren tiefe Gräben entstanden, die sich erst ganz allmählich wieder schließen würden.

Matt wollte nicht, dass die Insel sich veränderte. Er war hierher gekommen, um ein neues Leben zu beginnen, um ein anderer Mensch zu werden, und er war nach wie vor davon überzeugt, in St. George den richtigen Ort dafür gefunden zu haben.

Er wusste, dass nichts auf ewig gleich bleiben konnte und dass es für die Inselbewohner wegen der zurückgehenden Fischbestände immer schwerer wurde, ihren Lebensunterhalt zu verdienen. Dennoch hoffte er, St. George würde sich nicht in eine Touristeninsel verwandeln, deren Bewohner dazu verdammt waren, sich als Dienstleister für wohlhabende Urlauber zu verdingen. Doch wie sich die Dinge auch immer entwickeln mochten, er war sich ziemlich sicher, dass er bleiben würde. Zumindest vorerst.

Matt fragte Baxter, ob er Kate Little in letzter Zeit gesehen habe. Baxter schüttelte den Kopf. »Sie ist vor ein paar Tagen zurück nach New York gefahren.«

Matt wusste nicht, was er sagen sollte. Wahrscheinlich war Baxter sich mittlerweile darüber klar geworden, dass er mehr für Kate empfand, als er selbst geahnt hatte. »Haben Sie mit ihr gesprochen, bevor sie abgereist ist?«

»Ja, ich bin ihr zufällig begegnet. Sie hat mir erzählt, sie und ihr Mann werden sich scheiden lassen.«

»Hat sie gesagt, ob sie vorhat, wieder auf die Insel zurückzukommen?«

»Nein, aber ich glaube, sie kommt nicht mehr«, sagte Baxter, ohne Matt anzusehen. »Ich nehme an, sie hat das Gefühl, nicht hierher zu passen. Wahrscheinlich hat sie Recht.« Sie kamen vor dem Café an und blieben noch einen Augenblick draußen stehen. »Haben Sie mit Ella gesprochen?«

Matt schüttelte den Kopf. Baxter zögerte, als wolle er noch etwas sagen, überlegte es sich jedoch dann anders. »Kommen Sie, ich gebe Ihnen einen Kaffee aus.«

Am frühen Abend saßen Matt und Henry auf der Veranda und beobachteten die Wolken, die von Osten heraufzogen. Es war spürbar kühler geworden. Weit entfernt über dem Meer zuckten Blitze. Als ein Pick-up sich auf dem Waldweg näherte, stand Henry auf und drückte seine Zigarette aus.

»Sieht aus, als bekämst du Besuch. Ich verzieh mich dann mal.« Er atmete tief durch. Die Abendluft duftete nach Kiefern. »Es gibt bald Regen. Du solltest heute Nacht die Fenster schließen.«

»Du brauchst nicht zu gehen, Henry«, sagte Matt.

»Ich bin sowieso müde.«

Der alte Mann ging die Verandastufen hinunter und sprach kurz mit Ella, die gerade aus ihrem Wagen stieg. Sie trug Jeans und ein weißes T-Shirt und hatte ihr Haar im Nacken zusammengebunden. Nach einer Weile wünschte Henry ihr eine gute Nacht und stapfte davon. Ella blieb am Fuß der Treppe stehen. Sie lächelte unsicher.

»Hallo. Darf ich raufkommen?«

Seit dem Augenblick, als er ihren Wagen erkannt hatte, war Matts Kehle wie zugeschnürt, und er verspürte einen schmerzhaften Druck auf der Brust. »Gern.« Er fragte sie, ob sie sich setzen und etwas trinken wolle, und sie nahm beides an. Seine Gefühle für sie waren kompliziert, doch er bemühte sich, so zu tun, als wäre er über ihren Besuch nicht sonderlich überrascht. »Ich habe Bier und Wein. Oder Kaffee, wenn Sie wünschen.«

»Ich nehme ein Bier.«

Er ging hinein und kam mit ein paar Flaschen Bier und zwei Gläsern wieder heraus. Er nahm ihr gegenüber Platz, und während er die Gläser füllte, bemerkte er, dass ihre Wangen ein ganz klein wenig gerötet waren. Er lächelte und hob sein Glas. Sie tat es ihm nach.

»Wie ist die Wahl denn gelaufen?«

»Das Ergebnis steht noch nicht fest«, sagte sie.

»Tja, ich habe Ihnen meine Stimme gegeben.«

»Danke.«

Er wartete darauf, dass sie ihm erzählte, warum sie gekommen war. Sie schien nach Worten zu suchen, mit denen sie beginnen konnte. Schließlich blickte sie auf und sah ihm in die Augen.

»Meine Mutter hat mir schon vor drei Wochen geraten, mit Ihnen zu reden. Nein, eigentlich schon früher.«

Das konnte er sich gut vorstellen. Er hatte viel über das nachgedacht, was bis zu dem Tag geschehen war, an dem Bryans Leiche gefunden wurde, und er hatte sich gefragt, warum Ella ihm an dem Tag am Strand nicht sagen wollte, was in dem Bündel war, das Ben Harper entdeckt hatte. Er wusste, sie fürchtete sich vor seiner Reaktion, doch er glaubte, dass sie nicht um sich selbst besorgt war oder um Kate, wie er eine Zeit lang angenommen hatte, und das ließ nicht viele Möglichkeiten offen. Er spürte, wie sie ihn beobachtete, womöglich fragte sie sich, wie viel er bereits ahnte.

»Sie wissen es, nicht wahr?«, sagte sie schließlich und zog die Stirn in Falten.

Er nippte an seinem Bier. »Ich glaube, ich weiß etwas, aber nicht alles.«

Sie seufzte tief. »Ich bin gekommen, um Ihnen alles zu erklären. Mir ist klar geworden, dass ich es mein Leben lang bedauern würde, wenn ich es nicht täte, dass ich mich immer fragen würde, was aus uns hätte werden können.«

Mit leiser Stimme begann sie, ihm die ganze Geschichte zu erzählen. Hin und wieder sah sie ihn an, wenn sie einen Moment lang innehielt, doch die meiste Zeit hatte sie den Blick nach innen gerichtet, auf Bilder, die nur sie sehen konnte. Zunächst erzählte sie ihm von ihrem Vater, beschrieb ihn als einen wortkargen Mann, einen stoischen Fischer, der gern allein war. Andererseits, sagte sie, sei er aber auch ein weichherziger Mensch gewesen und ein guter Vater und Ehemann.

Nach dem Tod von Ellas kleinem Bruder hatte er angefangen, sich zu verändern. Der Verlust seines einzigen Sohnes hatte ihn tief getroffen, und schon als kleines Mädchen hatte Ella die große Trauer gespürt, die ihr Vater irgendwo in seinem Herzen verschlossen hatte. Es war, als hätte ein Teil von ihm sich aus der Welt zurückgezogen.

»Ich nehme an, ich suchte seine Anerkennung, als ich anfing, ihm bei seiner Arbeit im Hafen auf Schritt und Tritt zu folgen. Ich habe nicht bewusst versucht, meinen Bruder zu ersetzen, aber Kinder tun vielleicht manche Dinge instinktiv. Jedenfalls war ich irgendwann Tochter und Sohn zugleich. Oder zumindest habe ich mich bemüht, es zu sein.«

Erst als sie älter wurde, begriff Ella, dass ihr Vater krank war.

»Ich glaube, er hat sein ganzes Leben lang an Depressionen gelitten. Aber er hat es nie zugegeben oder ärztliche Hilfe in Anspruch genommen. Es wurde von Jahr zu Jahr schlimmer.

Meine Mutter sagt, es habe eine Seite an ihm gegeben, die ihr immer fremd blieb. Vieles von dem, was in ihm vorging, hat er nie jemandem anvertraut. Ich glaube, er wusste einfach nicht, wie. Aber die Art und Weise, wie er unter Dannys Tod litt, war nicht normal. Er hat den Verlust nicht verkraftet, und irgendwann fing er an zu trinken, und das machte seine Stimmungsschwankungen unberechenbar.«

Ella beschrieb, wie die Grübeleien ihres Vaters sich in Gewaltausbrüchen entluden, wenn er getrunken hatte, über viele Jahre ein gut gehütetes Familiengeheimnis.

Ella sah Matt an, als wollte sie ihn um Verständnis anflehen. »Er war kein schlechter Mensch. Er war kein cholerischer Säufer, der seine Frau prügelt. Er war krank. Aber er wollte sich nicht helfen lassen.«

Sie kam auf die Sturmnacht damals im Februar zu sprechen, als ihr Vater ertrunken war, als alles sich zugespitzt hatte. Ihre Mutter hatte sie mitten in der Nacht angerufen und ihr erzählt, ihr Vater sei betrunken, und sie hätten sich gestritten. Er hatte sie so heftig geschlagen, dass sie gestürzt war und sich den Kopf am Herd aufgeschlagen hatte. Entsetzt über das, was er getan hatte, war ihr Vater aus dem Haus gestürmt und hatte getobt wie einer, der endgültig den Verstand verloren hat.

»Wenn er in so einen Zustand geriet, machte er stets meine Mutter für Dannys Tod verantwortlich.«

Ella hatte sich mit ihrer Mutter am Hafen getroffen. Der Wind peitschte das Wasser auf, die Wellen krachten gegen den Kai, und das Boot ihres Vaters war verschwunden.

»Am nächsten Morgen wurde das Wrack in der Bucht gefunden«, sagte Ella. »Aber es gab keine Spur von ihm.«

An dem Abend war Ella nach Hause gegangen, um sich ein paar Sachen zu holen. Während sie unterwegs war, kehrte ihr Vater zurück. Er war bis auf die Haut durchnässt, zitterte vor Kälte, und seine Augen funkelten wie die eines Wahnsinnigen. Als er auf Ellas Mutter losging, verteidigte sie sich mit einer gusseisernen Pfanne. Sie traf ihn am Kopf und verletzte ihn tödlich.

»Ich hatte keine Ahnung, was geschehen war. Als ich zurückkam, hatte sie seine Leiche schon in der Garage versteckt. Ein halbes Jahr lang hat sie ihr Geheimnis gehütet.« Ella schüttelte den Kopf, als könnte sie es immer noch nicht fassen. Sie hatte Tränen in den Augen und hob die Hand, um sie fortzuwischen.

»Nach der Trauerfeier hat sie hinten im Garten ein flaches Grab ausgehoben, und dann hat sie seine Leiche eines Nachts in Segeltuch eingewickelt, nach draußen geschleppt und dort begraben.«

Ella verstummte. Minutenlang sagte keiner von ihnen ein Wort, bis Matt endlich die Frage stellte, auf die sie wartete. »Warum hat Helena niemandem erzählt, was vorgefallen ist? Nach allem, was Sie sagen, war es Notwehr.« Er konnte nicht verhindern, dass ein scharfer Unterton sich in seine Stimme schlich, und Ella sah ihn irritiert an.

»Darauf kann ich Ihnen keine einfache Antwort geben«, sagte sie nach einer Weile. »Teilweise lag es wohl daran, dass sie Angst hatte. Meine Mutter stammt aus einer sehr traditionellen Familie. Da tut eine Frau, was ihr Mann ihr sagt, da werden familiäre Probleme nicht in der Öffentlichkeit ausgebreitet. Man hat ihr beigebracht, dass eine Frau ihren Mann unterstützen muss, egal, was passiert. Niemand wusste, was mein Vater für ein Mensch sein konnte. Er hat nur zu Hause getrunken oder allein auf seinem Boot. Meine Mutter fürchtete, man würde ihr nicht glauben, aber sie war auch verwirrt. Sie schämte sich, als wäre das, was geschehen war, in Wirklichkeit ihre Schuld gewesen. Aber sie liebte meinen Vater auch, und ich nehme an, in ihrer Trauer hat sie versucht zu verdrängen, was vorgefallen war. Ich glaube noch nicht mal, dass sie wirklich wusste, was sie tat.«

Matt reagierte beinahe mechanisch auf Ellas Versuch, die Handlungsweise ihrer Mutter zu erklären. Diese Geschichte hatte er schon oft gehört, er hatte erlebt, wie Leute auf tausend verschiedene Arten versuchten, ihre Taten zu rationalisieren, die Verantwortung für das, was sie getan hatten, zu leugnen. Und er begriff, dass dies der Grund war, warum Ella bisher nicht gewagt hatte, ihm die Wahrheit zu sagen.

Sie erzählte ihm den Rest der Geschichte. Kurz nach der Trauerfeier hatte ihre Mutter einen Schlaganfall erlitten und sich danach ungewöhnlich langsam wieder erholt.

»Es war, als wollte sie nicht mehr leben.«

Ella hatte immer geahnt, dass ihre Mutter noch etwas anderes belastete als die Trauer, und als es ihr mit der Zeit immer schlechter ging, fürchtete Ella, Helena könnte sterben, wenn sie, Ella, nicht herausfand, was ihr auf der Seele lag. Schließlich brachte sie ihre Mutter dazu, ihr die Wahrheit zu sagen.

»Inzwischen war es zu spät, um noch irgendjemandem zu erzählen, was geschehen war. Ich konnte mir nicht vorstellen, welchen Nutzen es haben sollte, meine Mutter all den Belastungen auszusetzen, die eine polizeiliche Untersuchung mit sich gebracht hätte. Also beschloss ich, den Leichnam meines Vaters an einen anderen Ort zu bringen. Ihn auf See zu bestatten, so wie er es sich gewünscht hätte. Damit meine Mutter nicht jedes Mal, wenn sie aus dem Küchenfenster schaute, daran erinnert wurde, wie er gestorben war.« Sie schwieg einen Moment lang, dann sagte sie mit tonloser Stimme: »Den Rest kennen Sie ja.«

Es war dunkel geworden. Die Biergläser standen vor ihnen auf dem Tisch, unberührt, seit Ella angefangen hatte, ihre Geschichte zu erzählen. Matt konnte ihr Gesicht nicht mehr erkennen, doch er wusste, dass sie ihn beobachtete, dass sie auf eine Reaktion von ihm wartete.

Er verstand jetzt, warum sie die ganze Zeit geschwiegen hatte, warum sie sich geweigert hatte, ihre Mutter den Strapazen einer polizeilichen Ermittlung auszusetzen, durch die die Geheimnisse ihrer Familie ans Licht der Öffentlichkeit gezerrt worden wären. Sie hätte den Namen ihres Vaters beschmutzt, und letztlich wäre sie das Risiko eingegangen, dass man ihrer Mutter nicht geglaubt hätte. Dann wäre Helena ins Gefängnis gekommen. Matt fragte sich, was er getan hätte, wenn sie ihm das alles anvertraut hätte, als Bryan anfänglich vermisst wurde, und er musste sich eingestehen, dass er es nicht wusste.

Sein ganzes Leben war geprägt von einem lange zurückliegenden Tag, an dem er in der Stillwater-Bucht beinahe ertrunken wäre. Als Paulie getötet wurde, hatte Matt begonnen, einen Rachefeldzug zu führen, und lange Zeit hatte er das, was er tat, nicht in Frage gestellt. Wenn Fremde ihm eine solche Geschichte aufgetischt hätten, als er noch als Staatsanwalt tätig war, hätte er Mordanklage erhoben. Unschuldige begruben ihre Ehemänner weder im Garten, noch warfen sie ihre Väter mit Gewichten beschwert ins Meer. Er wusste immer noch nicht, ob er das Recht hatte, ein Urteil zu fällen, das zu fällen er nicht berufen war. Dies war ein Fall, der vor einem Gericht hätte verhandelt werden müssen, aber wenn es dazu gekommen wäre, wären Menschen Verletzungen zugefügt worden, egal, welches Urteil am Ende gesprochen worden wäre. Und letztlich war er davon überzeugt, dass alles sich so zugetragen hatte, wie Ella es ihm erzählt hatte.

Doch vor allem war er nicht mehr derselbe Mensch, der er noch vor einem halben Jahr oder vor zwei Monaten gewesen war.

Ohne fragen zu müssen, wusste er, dass Ella wieder so handeln würde, wenn sie noch einmal in dieselbe Situation geriete. Das lag in ihrer Natur. Ebenso wie es in ihrer Natur lag, Kate Little in Schutz zu nehmen, obwohl sie glaubte, Kate hätte Bryan getötet.

»Es gibt keine Beweise, die ausreichen würden, um Sie oder Ihre Mutter vor Gericht zu bringen«, sagte er schließlich. »Es spielt keine Rolle, was ich denke.«

»Sie irren sich, Matt. Es spielt eine Rolle.«

Er wusste, was sie ihn fragte, was er sich selbst fragen musste. Würde er sie lieben können, nach allem, was er jetzt über sie wusste?

Er stand auf und ging wortlos hinein, um das Licht anzuschalten, und als er wieder nach draußen kam, stand Ella auf der obersten Verandastufe. Er sah sie an, ihr Gesicht lag halb im Schatten, und ihm fiel auf, wie schön sie war.

»Es ist schon spät. Ich fahre jetzt besser nach Hause«, sagte sie.

Drinnen klingelte das Telefon. Matt ignorierte es. »Bleiben Sie doch noch ein bisschen.«

Sie sah ihn lange an.

»Wollen Sie das wirklich, Matt?«

»Ja, das will ich wirklich.«

Das Telefon klingelte immer noch.

»Wollen Sie nicht rangehen?«

Er zögerte, unsicher, ob sie noch da sein würde, wenn er

zurückkam, doch dann ging er hinein. Als er kurze Zeit später wieder auf die Veranda trat, stand sie nicht mehr auf den Stufen, und einen Augenblick lang glaubte er, sie sei gegangen, doch dann sah er sie am Geländer stehen.

»Das war Baxter. Er wollte mir das Wahlergebnis mitteilen. Sie haben gewonnen. Herzlichen Glückwunsch.«

Er ging zu ihr und nahm sie in die Arme. Sie legte ihren Kopf an seine Schulter, und da wusste Matt, dass alles gut werden würde.

Epilog

In den kalten Gewässern vor der Küste von Neuschottland bewegten sich die Orcas in geschlossener Formation auf einen ahnungslosen Zwergwal zu. Ein Bulle schwamm an der Spitze, dicht neben ihm eine Kuh, und weiter hinten folgte der alte Bulle, dessen Körper von den Narben eines langen Lebens gezeichnet war. Hinter seiner Rückenflosse steckte die abgebrochene Harpune im angeschwollenen Narbengewebe. Der Bulle war schwach. Ein junger Bulle und eine junge Kuh wichen keinen Augenblick von seiner Seite. Seit die Herde den Golf von Maine verlassen hatte, wurde der alte Schwertwal von einer ganzen Reihe von Leiden gequält. Am schlimmsten war, dass die Wunde sich entzündet hatte. Die Harpunenspitze war mit der Zeit immer tiefer in seinen Körper eingedrungen, hatte seine inneren Organe verletzt. Der Bulle hatte Fieber, und seine Kräfte ließen sichtlich nach. Er beteiligte sich nicht mehr an der Jagd und war darauf angewiesen, dass die anderen Mitglieder der Herde ihn mit Nahrung versorgten.

Der Zwergwal war ein ausgewachsenes Tier, fast so groß wie der alte Bulle. Er hörte die Orcas erst, als es zu spät war. Sie griffen ihn zu zweit an. Eine Kuh packte ihn an der Schwanzflosse, eine andere an seinem langen, spitzen Maul. Der Zwergwal konnte sich nicht mehr bewegen. Er wusste, dass er verloren war, und stieß ein tiefes, angstvolles Stöhnen aus. Der Leitbulle der Herde stürzte sich als Erster auf ihn, tauchte unter ihm hinweg und riss ein riesiges Loch in die Speckschicht an seiner Unterseite. Eine ölige Blutwolke breitete sich im Wasser aus. Einer nach dem anderen stürzten sich die Orcas auf den hilflosen Zwergwal. Jedes Mal ging ein Beben durch dessen Körper, und seine Todesschreie hallten durch das tiefe Wasser. Die Weibchen, die ihn am Maul und an der Schwanzflosse festhielten, wurden von anderen abgelöst, damit auch sie fressen konnten, und so verschwand nach und nach die äußere Fettschicht. Erst nach diesen langen Qualen war genug Fleisch freigelegt, dass der Leitbulle in die Bauchhöhle des Zwergwals beißen konnte. Um dessen Leiden zu beenden, schnappte er das große, klopfende Herz, riß es ihm aus dem Körper und spuckte riesige Blutwolken ins Wasser.

Der alte Bulle fraß ein paar Bissen von dem Walspeck, den die anderen ihm brachten, doch er konnte ihn nicht bei sich behalten. Als die Herde weiterzog, war er kaum noch in der Lage, aus eigener Kraft zu schwimmen, und musste ständig von den anderen Orcas unterstützt werden.

Während der Nacht döste der alte Bulle vor sich hin, und als am Morgen die Sonne aufging, war er tot. Nacheinander schwammen die Orcas zu ihm hin, rieben sich an dem Bullen, der sie so viele Jahre durch die Meere geführt hatte. Noch einen weiteren Tag lang hielten sie ihn in ihrer Mitte, zögerten den Abschied hinaus.

Als dann die Abenddämmerung einsetzte, trennten sie sich schließlich von seinem Leichnam und setzten ihren Weg fort.

Langsam sank der tote Bulle in die Tiefen des Ozeans hinab.